马振骋译文集

圣埃克苏佩里作品

〔法〕圣埃克苏佩里 著
马振骋 译

人民文学出版社

图书在版编目(CIP)数据

圣埃克苏佩里作品/(法)圣埃克苏佩里著;马振
骋译.—北京:人民文学出版社,2021
(马振骋译文集)
ISBN 978-7-02-014853-0

Ⅰ.①圣… Ⅱ.①圣… ②马… Ⅲ.①中篇小说-小
说集-法国-现代 Ⅳ.①I565.45

中国版本图书馆CIP数据核字(2019)第014718号

责任编辑　卜艳冰　张玉贞　汤　淼
封面设计　钱　珺

出版发行　人民文学出版社
社　　址　北京市朝内大街166号
邮政编码　100705
网　　址　http://www.rw-cn.com

印　　刷　杭州钱江彩色印务有限公司
经　　销　全国新华书店等

字　　数　455千字
开　　本　890毫米×1240毫米　1/32
印　　张　19.625
版　　次　2021年1月北京第1版
印　　次　2021年1月第1次印刷

书　　号　978-7-02-014853-0
定　　价　89.00元

如有印装质量问题,请与本社图书销售中心调换。电话:010-65233595

目 录

译序 / 逆风而飞的一生　　　　　　　　　　　　1

南方邮航　　　　　　　　　　　　　　　　　1
夜航　　　　　　　　　　　　　　　　　　　91
人的大地　　　　　　　　　　　　　　　　　155
空军飞行员　　　　　　　　　　　　　　　　293
要塞　　　　　　　　　　　　　　　　　　　423

圣埃克苏佩里年表　　　　　　　　　　　　　586

译序
逆风而飞的一生

一　两次大战间文学

第一次世界大战在一九一八年结束，英、法、德三大帝国，不论胜利和失败，都民穷财尽，元气大伤。曾经不可一世的殖民国家不得不承认帝国统治是暂时和有限的。到二十世纪二十年代，欧洲依然回天乏术，未能从战争衰败中完全复元。跨入三十年代，世界性经济萧条接踵而来，导致法西斯势力抬头，最后造成第二次全球性冲突。混乱、动摇、彷徨、苦闷。

法国文艺界反映了这些现实，产生了"两次大战间文学"。这一时期作家众多，作品丰富，流派纷起，思想庞杂。马丁·杜加尔的长篇巨著《蒂博一家》问世，波澜壮阔，再现了大战前夕法国社会思想更迭、工人运动兴起。于勒·罗曼以卷帙浩繁的《善良的人们》，记录了战争震撼欧洲的四分之一世纪。乔治·杜哈曼通过《帕斯基埃家的轶事》，描绘一八九〇年到一九三〇年的法国社会各阶层。莫里亚克的杰作《腹蛇结》《福隆特纳克的秘密》《黑天使》，继续探索人的内心世界。贝尔纳诺这位虔诚的基督徒作家，在《乡村教士日记》中进行孤独圣洁的沉思。这类作品大都暴露人的弱点与绝望，怀疑主义、犬儒主义思想浓厚。

新一代作家中还有人在英雄崇拜中追求新的人生价值、新的人道主义原则。其中最有成就的是蒙泰朗、马尔罗，还有圣埃克苏佩里。

二 大写的人与小写的人

圣埃克苏佩里有两个身份，飞行员与作家，这两个生涯在他是相辅相成的。从《南方邮航》(1928)、《夜航》(1931)、《人的大地》(1939)、《空军飞行员》(1942)、《小王子》(1943)到《要塞》(1948)，圣埃克苏佩里共出版了六部作品，其中《要塞》是他未完成的遗作。这些作品都以飞机为工具，从宇宙的高度，观察世界，探索人生。这些作品篇幅不多，体裁新颖，主题是：人的伟大在于人的精神，精神的建立在于人的行动。人的不折不挠的意志可以促成自身的奋发有为。

根据他的人生哲学，个人首先应该建立自己的本质。人的品质是以本人与他人的关系而确定的。这样做的同时，是向着人（即我们所说的大写的人）的方向前进，达到理想的自我完成。人的观念不是固定不变的，随着人的上升日臻完善。因而，人的一生是人的成长过程。人生只是一条道路，一个途径，走向人的境界，而人又是在永恒中不断完美的形象。

作家大凡用文字表现自己的思想，极少亲自体验。而圣埃克苏佩里的作品，字字句句可以说是他一生的思想写照与行动实录。他的书房是飞机座舱，座右铭是身体力行，作品是自己的生平。他参加了法国—非洲—南美洲航线的开拓工作；曾生活在撒哈拉敌对的阿拉伯部落中间；作为特派记者访问过内战时期的西班牙、斯大林时代的苏联；深入德国内地观察到纳粹党喧嚣一时的第三帝国；经历过法国一九四〇年大崩溃；获得过十三项航空科技发明的专利权；四十三岁时超龄八年，当上了世界最年老的空军飞行员，最后一次侦察中，飞进地中海空域从此不见影踪。

他的一生壮美惊险，作品也粗犷雄奇。尤其为国捐躯的神秘忠烈结局又给他的身世添上几分传奇色彩，更使他的人与作品具有一种独特的魅力。他的荣名在五六十年代达到高峰。稍后作品遭到少数评论家攻击，在法国文坛掀起一场大论争。原因错综复杂，有社会背景的不同，时代心理的变异，评论家的个人情绪。那些在战争中幸存的知识分子害怕以他的行动来对照自己在国难中的消极表现，有意回避他的事迹，也有意贬低他的人道主义、反种族主义和理想主义思想。必须提到他时，只承认是《小王子》的作者。不管如何，他的艺术与价值经受住了考验，圣埃克苏佩里始终是法兰西民族的骄傲，近代文学史的重要作家，在世界各国拥有广大读者。

他的作品与飞机密不可分，以致一名记者问他："没有飞机您会不会成为作家？"他回答："不是飞机使我写书，我若是个矿工也会钻进地下探个究竟。"飞机只是他使用得比谁都好的一个激发思想的工具。工具人人都是有的。人生存在世界上，都有一个依附的环境，也总有一个应用的工具。主要是思想，有了思想，谁都能在自己的生活环境中程度不同地做到了解自己，了解他人。根据圣埃克苏佩里的说法，每个人的童年都是莫扎特，心中都有一颗种子，予以适当的培养，这颗种子迟早总会成长发芽，做出不同凡响的事。

为了了解圣埃克苏佩里的作品，有必要先了解他的生平。

三　上天以前的岁月

安东尼·德·圣埃克苏佩里生于法国里昂，父母都是外省没落贵族家庭出身。父亲有伯爵头衔，在保险公司任职，母亲懂音乐，爱绘画，艺术修养很高。父亲四十岁时，患脑溢血遽然病逝。此时圣埃克苏佩里仅四岁，有两个姐姐、一个弟弟和一个未出世的妹妹。家庭经济拮据。母亲的姨祖母也是年轻守寡，常邀请他们一家到她的庄园同住。庄园在圣·莫里斯·德·莱芒，位于里昂东北三十公里处，是圣埃克苏佩里童年的天堂。

十四岁时，欧战爆发。母亲参加护理伤兵工作。他和弟弟弗朗索瓦被送到瑞士一所教会中学学习。他聪明好闹，写诗歌，弄机械，做事分心，爱遐想，功课平平。弗朗索瓦两年后死于风湿性心内膜炎，使他十分哀痛。

一九一七年得到业士文凭，回法国，先后在波舒埃中学、圣路易中学读数学班。两年后投考海军学校，名落孙山。到巴黎美术学院听建筑课，过着穷学生的生活，也不信自己有建筑天赋。一九二一年，他二十岁，四月份兵役令一下，倒使他摆脱困境，人生中出现转折。

世界航空史初期，法国人大胆发明，勇敢实验，对飞行作出重要贡献，占有光辉的一页。历年报刊不乏这方面轰动一时的新闻。尤其美国飞行先驱维勃·怀特一九〇八年九月在法国芒市表演，地上万头攒动，他在空中神奇地飞行了一小时三十一分。接连几年，飞行试验中屡屡出现新纪录，一直在法国闹得沸沸扬扬。这些事迹在圣埃克苏佩里少年心灵中留下深刻印象。一九一二年夏天，他经常到附近一个机场，连续几个小时呆望着机械师在飞机上忙碌不停。飞机师弗洛勃列夫斯基-萨尔韦见他痴心，抱起他放进座舱，在空中飞了一圈。他激动地写了一首诗，给教师选登在暑期校刊上。

圣埃克苏佩里入伍后要求加入空军。获准送往斯特拉斯堡附近诺伊多夫空军基地当地勤人员，当时空军飞行员都在海外领地受训。但是他利用休息时间向一名空军教官私下学习飞行技术，获得民航驾驶执照。接着又去法属摩洛哥培训六个月，一九二二年回国参加后备士官生考试。九个月的军队生活艰苦紧张，为他今后的生涯打下坚实基础。

一九二三年，与路易丝·德·维尔莫兰订婚。女方家庭要求他放弃危险的飞行职业。他离开空军，当上一家砖厂的职员。终因双方贫富悬殊，志趣迥异，也害怕飞行员不得好死，维尔莫兰在母亲怂恿下不辞而别，婚约解除。他又进入一家汽车公司做推销员。

这时他结识了让·普莱沃斯特。由他荐引出入文艺沙龙，并在他主编的《银船》杂志发表《航空员》一文。这是圣埃克苏佩里年轻时的习作，充满热情，思想与技巧还不成熟，其中重要章节融入他后来的《南方邮航》。

他为汽车公司工作一年多，只推销了一辆卡车，自然不能指望续聘。正当他走投无路，波舒埃中学校长苏杜神父介绍他进入拉泰科艾尔航空公司。公司总部设在图卢兹。圣埃克苏佩里站在卧室窗前，凝视熟悉的街头与行人默默告别时，感到生活的新行程开始了。

四　蓝天与黄沙之间

拉泰科艾尔航空公司在一次大战期间生产战斗机。战后业务改为邮政航空。一九二七年，经济困难，易主后改名为法国邮政航空公司。飞机时速低，航空图不全，气象资料欠缺，无线电未普遍使用，公司依然制定雄心勃勃的开发计划。招募志愿飞行员，横越浩瀚沙漠、苍茫海水，驾驶升限仅五千二百米的飞机，迂回而过七千米高的崇山峻岭，前后花了十一年，在非洲设立十二个中途站，在南美洲建成二十七个机场，接通了长达一万四千公里的图卢兹—达喀尔—布宜诺斯艾利斯航线，也为法国培育了第一、第二代优秀的民航飞行员。一九三三年，法国邮政航空公司又遇财政危机，与其他几家航空公司合并，成立今天的法国航空公司。

圣埃克苏佩里进入拉泰科艾尔时，开发部经理叫迪迪埃·多拉。多拉在一次大战初期当陆军。负伤休养期间，结交不少空军飞行员，十分向往航空生活。后来转为空军，进行侦察摄影。第二次马恩战役（1918）中，他发现德军大炮阵地，奉命轰炸栈桥码头。经过四天激烈空战，六十四名法国飞行员仅剩他一个幸存者！一颗机枪子弹穿过他右手三根指头，另一颗擦伤他的脑门，他右手高举在座舱外，减少流血速度，左手驾驶方向盘，勉力飞回基地。他一九一九年进航空公司，一年后主持开发部工作，制订一套严格、讲究实效的规章制度。那时飞行员在群众眼中，犹如今天的影坛明星，到处引人注目。多拉则把飞行员看作驾驶飞机、负有重大责任的工作者。正式录用前要求他们到车间跟机械师、普通工一起维修装配，对自己的责任有个完整的认识。对于妨碍工作的人，即使至亲好友，也无意聘任。第一流飞行员梅尔莫兹已有六百小时飞行历史，进公司后仍从车间工作做起。第一次试飞考核，难免技痒，在上司面前存心卖弄，不必要地做了一连串盘旋、俯冲、倒飞筋斗等高难度动作。下机后，只听到多拉对他说："我们这里不要杂技演员，您想玩马戏，请到别处看看。"后来按规定重新飞一遍。生活上屡遭挫折，工作上也缺乏经验的圣埃克苏佩里，就是在这位铁腕人物手下慢慢成长，走上了他的光辉历程。

他最初往返于图卢兹—卡萨布兰卡之间，后来又飞至达喀尔，一路遇到的是沙尘暴、风暴、酷阳、岩石和荒漠。非洲北部已建立殖民统治，撒哈拉沙漠西部有三种势力：法国、西班牙和阿拉伯抵抗部落。三方面关系有时相当紧张。飞机迫降在沙碛上，飞行员常有渴死、遭虐杀、被扣作人质的危险。那时飞机发动机性能差，三次飞行中有一次要出故障。

一九二七年春天，圣埃克苏佩里至摩洛哥塔尔法亚附近的朱比角，当中途站站长。也就是挨着西班牙要塞盖的一间木屋内，做过路飞机的联络工作。他的任务是与西班牙人、摩尔人建立联系，"在任何时间、沙漠任何地点，救助一切飞行员"。实际上这项工作更需要的是一名外交官。他一无自卫手段，二无人身保障，在沙漠与天空、摩尔人与西班牙人中间，度过了十八个月。遇到阿拉伯抢劫队骚扰，一夜数惊，骑骆驼逃命。凭其诚意、机智和胆略，多次折冲樽俎，转危为安，赢得摩尔人的信任，争取到西班牙人的合作，给十四个处境困危的机组提供有效的帮助。身居荒凉的沙漠，接触猜疑的异族，分享同志的水、面包和"最后"时刻，使他发现和体验到人的情意与交流是人生的根本。也是在朱比角这间简陋的木屋内，两只汽油桶上搁一块木板，写出他的第一部小说。图卢兹机场偶然看到一只运往达喀尔的邮包，上面印着"南方邮航"，这四个字也成了那本书的书名。也在这间木屋里走出了我们今日认识的圣埃克苏佩里。

《南方邮航》描写飞行员贝尼斯徘徊于感情与行动的矛盾心灵，也是影射他与维尔莫兰这段失败的罗曼史。从文学角度看，这是一部功亏一篑的杰作。书名叫人看了不得要领；爱情与历险交织的故事已有成千上百；语言运用虽新奇，但是有时晦涩，超现实主义痕迹不浅。不过背景选在天空，给人开拓了一个新的视野,这在当时是很现代化的,把个人幸福和行动所代表的两个世界的冲突也表现得更为明显。

五 钻进夜空中摸索道路

一九二九年,圣埃克苏佩里随同梅尔莫兹、吉约梅等民航优秀人物,到南美洲开辟新航线。他负责最后一段航程:里瓦达维亚到彭塔阿雷纳斯。这是在飞沙走石的巴塔哥尼亚境内。这些飞行员又以钢铁意志、大无畏精神弥补了物质条件的不足。像在西班牙和北非上空,合格的商业飞机还未生产,他们开创了商业航空;在这里,适用的夜航仪表制成以前,他们实现了夜航飞行。在原始的中途站没有照明设备,用汽油点燃三团微弱的火光,引导飞机降落。感于这些动人事迹,圣埃克苏佩里问:人的生命是无价的,但是什么使他们在行动时总觉得还有东西比人的生命更可贵?最后他提出:幸福是对责任的承担。

《夜航》写三架班机黑夜中同时从三个方向朝布宜诺斯艾利斯进发,其中一架卷进暴风雨中坠毁的过程。故事在貌若平行分离,实则息息相关的两条线上展开。一个人挣扎在电闪雷鸣的夜空,一个人忐忑在灯火通明的办公室;一动一静,一暗一明,大反差的光与影的画面交替出现,紧凑而有节奏,惊心动魄,无论内容与技巧,都属中篇小说的杰作。描写与歌颂为"飞行器"工作、奋斗,甚至牺牲的勇士,《夜航》不是第一部书,只是读《夜航》时,仿佛驭在天马背上,经历了雪虐风饕的高峰、汹涌澎湃的涡流、瞬息万变的云空,明白这些在夜空中迷失道路的人,在亿万颗星中千方百计找寻那颗只因有了人而温暖的星星时,怀着什么样的苦心与热望。

六　温柔仙子与带刺玫瑰

到了一九三〇年，圣埃克苏佩里在法国、非洲、南美洲穿梭飞行，已经五年没有固定的地址，也看不出今后有理由相信会在法国生活。一九二九年他结识了一位 B 夫人，这是一个懂得如何去爱圣埃克苏佩里的守护天使，给他带来他需要的空间与联络。B 夫人一头金发，修长身材，有伯爵夫人的头衔。这三点也是圣埃克苏佩里对女性的主要审美观。她绘画，写小说，说一口完美的英语，举止高雅，她在物质上帮助他，在精神上安慰他，知道他决心以死实现自己的诺言时，也温柔地鼓励他。他们两人的关系维持了一生。早期关于圣埃克苏佩里传记中只称 B 夫人，她的真名是内丽·德·沃盖。她本人在一九四九年后用皮埃尔·舍弗里埃的假名写了一部《圣埃克苏佩里》传记和许多纪念文章。

圣埃克苏佩里在一九三〇年从阿根廷带回一个未婚妻，实在叫他的家人和朋友吃了一惊。康素罗·桑星小个子，深色头发，乌亮眼睛，还出生在"半开化"的火山国家萨尔瓦多。然而这个象牙色皮肤的南美女子也是个绝色美人。在结婚证书上生于一九〇二年，在一九七九年死亡证书上则生于一九〇七年。当她在阿根廷被介绍给圣埃克苏佩里时，已做了三年寡妇；前夫是名记者、冒险家高曼·加利略。至于她与圣埃克苏佩里第一次相遇和以后的相爱，康素罗没有两次说得一样。不过有一点倒是不变的，就是认识的当晚，十几个朋友一起坐上圣埃克苏佩里驾驶的飞机，在拉普拉塔河上空七百多米，他们俩悄悄缔结了姻缘。

圣埃克苏佩里那边则没有任何书面或口头的证词说明他是如何追求康素罗的，甚至家信中也没有一点提及。不管怎样，他们在一九三一年四月结婚，还举行了两次婚礼，宗教的和世俗的。

从那时起康素罗过上了被逼得几乎发疯的等待生活。只要丈夫在空中飞行她就寝食不安，因为每次飞行都孕育巨大的风险。

康素罗性子急，做事极端，像空气那么自由，像风那么变幻不定，可以在几秒钟内决定搬家。身边常围绕一群超现实主义艺术家，放浪形骸。圣埃克苏佩里也有自己的怪癖，落拓不羁，诗意地幻想与生活。他成年累月，只看星星，不知钟点，昼夜颠倒地生活，倒在这个天性复杂的女子身边找到了庇护，因为康素罗还有南美女子传统的一面，也会体贴温存侍候丈夫。

B夫人与康素罗在圣埃克苏佩里后半生中扮演不同的角色。康素罗有多野，B夫人就有多雅；康素罗在沙龙中有多别扭，B夫人就有多自在。据B夫人说，"他在康素罗面前是父亲，在我的面前是孩子"。又据作家的家人说，"康素罗使他失去平衡，B夫人使他恢复平衡"。

不管这对巴洛克式的夫妻生活中遇到多少暴风骤雨，彼此造成多少伤害与痛苦，不是圣埃克苏佩里像犯了过错出走的孩子回到康素罗身边要求留下来，就是康素罗在命运的安排下（飞机失事与世界大战）不声不响去找丈夫。

康素罗逝世于一九七九年。圣埃克苏佩里百周年时，人们从她遗留的箱子里拿出了她写的《玫瑰的回忆》公之于众，结尾部分有这么一段话："啊，我们那些小吵小闹现在看来是多么无聊！""在回顾这些每个婚姻中都会遇到的困难时刻……说实在的，当神父说你们是为了生死与共而结合的，这话很对！"

七 人蚁世界——那粒温暖的灰尘

法国航空公司成立初期，圣埃克苏佩里好不容易在宣传处谋得一个职位，月薪只及南美飞行时七分之一。日子过得非常窘迫，最令他失望的是，在办公室里体会不到机组人员平时"君子交有义，不必常相从"、危急时相濡以沫的亲密情谊。法国航空事业这时开始因循守旧，缺乏进取心，走到了下坡路，在欧洲大陆的优势地位逐步被德国取代。

　　法西斯力量在意大利、德国日益得势，并向邻国迅速蔓延。圣埃克苏佩里逐渐关心政治、社会问题。《巴黎晚报》鉴于他没有党派色彩，有文名，对航空是内行，派他前往莫斯科参加五一节军事检阅。后来他又作为《巴黎晚报》《不妥协者报》的特派记者，两度前往内战时期的西班牙，进行战地采访。在这期间，一九三五年，写出一部电影脚本《安娜·玛丽》，在法国拍成电影。

　　文坛的盛名没有使他忘记飞行。一九三六年法国空军部颁发两笔奖金，一笔五十万法郎，给最快飞完巴黎—马达加斯加航程的飞行员；一笔十五万法郎，给打破巴黎—西贡五天四小时飞行记录的飞行员。他出于经济原因，参加第二笔奖金的角逐，因为这条航线他熟悉。准备工作仓促，飞行十五小时后跌落在利比亚沙漠，险遭不测。一九三八年，仍与机械师普雷沃合作，赴美企图进行纽约—火地岛合恩角的远程飞行，不幸在危地马拉又出严重事故，昏迷中送入医院，差点被截去右手。在纽约长期疗养中写完了《人的大地》。

　　纪德一直欣赏圣埃克苏佩里，曾为《夜航》写过一篇出色的序言。有一次对他说："您为什么不写点东西，不要是一个完整的故事，而是一种……一束花，一堆锦缎，不受时空的限制，一个个篇章写出飞行员的感受、激情、思想，像英国康拉德写海员的《海的镜子》。"圣埃克苏佩里得到启发，《人的大地》集子做成后交给纪德，纪德阅后惊呼："喔！大大超过我的祝愿、我的期待、我的希望。"

《人的大地》是散文体小说，全书共八章，每章独立成篇，漫谈航线、飞机、星球、绿洲、沙漠，没有连贯的情节，然而形散神不散，有一个主题相通，那是：人及其生活的大地。法国哲学家卢梭在《社会契约论》中开宗明义地说："人生来是自由的，但是处处受到束缚。"圣埃克苏佩里在《人的大地》中要说的是：人生来还不是人，只是孩子。存在是肯定的，但是要成为人，还要靠一步步成长，与自然、与社会、与自己奋斗。地球上不存在现成的生存条件，因而人生不是上帝赐予的一件礼物，而是人面临的一个问题。人的真正价值不是与生俱来的，而是后天获得的。看人不是看他现在是什么，而是看他将来会是什么。衡量人，也即是衡量他的创造性。圣埃克苏佩里的这种人道主义哲学某些方面与战后红极一时的存在主义有相似之处，使得萨特称赞《人的大地》是存在主义小说的滥觞。其实，二者更有不同的一面，萨特说："他人即是地狱。"圣埃克苏佩里则说："人的存在是为了与人联系。""只有用以交换，生命才有意义。"《人的大地》虽则体裁不尽符合小说的标准，但其文笔优美，哲理深刻，感情炽热，在亨利·博尔多的精彩陈述后，还是获得了一九三九年法兰西学院小说大奖。

八　亡国之痛

一九三九年九月三日，同盟国和轴心国正式宣战。圣埃克苏佩里是空军后备役军官，立即接到动员令，军衔是上尉。他不愿到政府情报处工作，申请转入战备役。实际他已三十九岁，受过重伤，右肩局部麻木，不可能驾驶歼击机。经他再三要求，编入空军侦察部门第三十三联队第二大队。接受单位有点为难，因为中队长年轻得多，军衔不及他高，又慑于他的名气，怕不好相处。那天，圣埃克苏佩里到机场报到，下车时中队长迎上去自我介绍："洛中尉，中队长。"圣埃克苏佩里语调平静地说："圣埃克苏佩里，飞行员。"这种平易近人的态度立刻赢得空军人士的好感。后来在舍生忘死的战斗生活中，他与大队结下深厚的感情。

经过了一段"奇怪的战争"时期，德国发动闪电战，绕道比利时插进法国，势如破竹，马奇诺防线形同虚设，全面崩溃，引起大撤退，后方陷于一片混乱。法国空军侦察人员在德军炮火中伤亡惨重，大队中二十三个机组三星期内损失了十七个。一九四〇年五、六月份，法国陆军节节败退，空军不断变换驻地，费尽千辛万苦，辗转各地，最后撤至阿尔及利亚。圣埃克苏佩里几天几夜目不交睫地连续工作，到了旅馆与朋友没有说上几句话，支持不住睡着了，第二天六月二十三日醒来，听到贝当政府签订了屈辱性的停战协定。

圣埃克苏佩里不久也退役，回到失败主义气氛弥漫的法国，彷徨苦闷。这时纽约出版商希区柯等邀他去美国，《人的大地》在美国获一九三九年全国图书奖。他跟好友莱翁·维尔特商量，国难时期去美国这个世外桃源是不是逃避责任的行为。

莱翁·维尔特是法籍犹太人，比圣埃克苏佩里年长二十四岁，可说是忘年交。中学毕业后，全国会考中得哲学第一名。他是社会叛逆，不满足学院生活，从里昂迁到巴黎。一次大战时志愿入伍，写过《士兵克拉威尔》，是一部可与巴比塞的《火线》、雷马克的《西线无战事》媲美的反战小说。后与罗曼·罗兰一起搞过杂志编辑工作。在谈话中，维尔特鼓励他赴美：当前局势下，任何爱国者在法国境内无事可做。在美国则可向美国人说明反对希特勒的战争，不是国家间的战争，而是国际性战争，这对他的国家贡献更大。圣埃克苏佩里从另一位朋友那里听到同样的论据，犹豫了一段时间，终于下决心收拾行装。

西班牙领事告诉他，因为内战期间他在文章中表现出反佛朗哥感情，西班牙政府可能拒绝给他过境签证。他绕道阿尔及利亚，进入摩洛哥丹吉尔，过海去葡萄牙里斯本，再换船前往纽约。在非洲法国军队内部已逐渐分裂成维希派和戴高乐派。葡萄牙境内气氛截然不同，贵人们满身珠光宝气，在夜总会醉生梦死，进赌场一掷千金——虽然这些以票据纸币代表的财富在欧洲内陆恐怕早在炮火中荡然无存。他后来在《给一个人质的信》（1943）中写道："我有时去看他们玩轮盘赌和巴加拉，不感到气愤，也不想嘲笑，只是有种模糊的忧虑，像进了动物园，站在幸存的濒临灭绝动物面前。"他担心在遥远的大西洋彼岸也是一番歌舞升平景象。上船前几天，又听到吉约梅在地中海上空出事。昔日卡萨布兰卡—达喀尔航线上同甘共苦的飞行员都先后离去，只剩他一人还在世上。

九　流亡的《空军飞行员》

一九四〇年最后一天，他抵达纽约港，开始了流亡生活。纽约是法国流亡者的大本营，分成两大派别，一以法国驻美大使为首的维希派，一以"永久法国"组织进行活动的戴高乐派。圣埃克苏佩里目睹法国的崩溃、法军的惨败、百姓的逃亡。认为贝当政府要求停战，也是获得一个喘息机会，圣埃克苏佩里不属在国外谴责它，重要的是伺机反攻。他不论行动和感情上都是抗战派，但是戴高乐派中一些头面人物在法国危急时抢先逃到美国，现在隔岸空喊抗战，特别对曾作出牺牲、而今在非洲忍辱负重、不知所从的法国军队频频攻击，使他非常厌恶。此外，戴高乐对待法国其他抗战力量的用心与做法也叫他十分怀疑。因而他在美国期间始终游离于两派政治势力之外，又发表了两篇调和性文章：《我们以什么名义相互憎恨？》《给各地法国人的一封公开信》，强调捐弃前嫌，"法国高于一切！"，更招致戴高乐派的指责，感到十分痛苦和孤独。

美国出版商邀请他的另一目的，是要他写一部关于这次欧战的书，他一直无意动笔。一九四一年六月，苏联向德国宣战。圣埃克苏佩里对《巴黎晚报》主编皮埃尔·拉扎莱夫说："这是开始的结束。"苏联在德国进攻下后退，放弃大片土地，他觉得让公众了解法国当初失败的意义是有益的，开始奋笔疾书《空军飞行员》。十二月七日星期日，圣埃克苏佩里请拉扎莱夫在家吃中饭，打开收音机听到日军偷袭珍珠港消息，他长时间一动不动，接着眼泪夺眶而出，抓住拉扎莱夫的手臂："这是结束的开始，美国不得不应战。我们要赢了。"

一九四二年一月，《空军飞行员》在法国和美国同时出版。书中写他在法国本土飞往北部城市阿拉斯的一次侦察任务。文章夹叙夹议，亦庄亦谐，笔锋老练尖刻，字里行间有一种深沉的力量。作者从具体到抽象，从个别到普遍，追溯纳粹兴起、法国沦亡的深远原因。根本问题是西方近代文明无法应付时代的挑战。法国一时失败了，只要敢于牺牲，恢复大写的人先于人的文明传统，他们心中埋藏的胜利种子总有一天会发芽抽枝。巴黎陷落后，西方知识界，尤其美国知识界，都在等待法国作家挺身而出表明自己的看法,但是无论纪德、阿拉贡、艾吕雅、马尔罗、杜加尔都保持沉默。现在,圣埃克苏佩里第一个公开表示反对纳粹主义,并以亲身经历说明受屈辱的法国人的内心活动与精神面貌。不能以失败判断法国人,要以肯于牺牲判断法国人。美国一家杂志评论说:"这本书与丘吉尔的演说,是民主国家迄今为止对希特勒《我的奋斗》做出的最好回答。"具有讽刺意味的是,这本书在美国出版引起强烈反响,大大改变美国人对法国的看法,重新估价它的意志与力量。在法国境内,一名德国宣传官员删去"希特勒是个精神病者"这句话后,同意印二千一百册,出版后却遭到法国合作派记者撰文责难,引起当局注意,立即遭到查禁。在戴高乐派占统治地位的北非也把它视为禁书,不予出版,使圣埃克苏佩里很长时期不能消释心头的郁结。

十 一个小孩向大人说故事

几年来,圣埃克苏佩里喜欢在纸片和菜单上任意涂抹一个"孤独的小人儿",有时他戴一顶王冠坐在云端,有时站在山巅上,有时欣赏蝴蝶在花间飞舞。一天,在纽约一家酒馆,希区柯克对他画的小人儿瞧了又瞧,说:"给这小家伙写本书,怎样?"一本儿童读物!当然,《小王子》能够问世,不光是听了这句话。

圣埃克苏佩里属于这一类艺术家,提起自己的童年悠然神往。他认为,童年是盼望奇迹、追求温情、充满梦想的时代,对比之下,大人死气沉沉,权欲心重,虚荣肤浅。大人应该以孩子为榜样。像英国诗人华兹华斯妙语双关地说:"小孩是大人的父亲。"

圣埃克苏佩里写《小王子》时,请一位画家画插图,但是送来的画稿都不能使他满意,画中缺乏他要求的拙朴稚气与迷幻梦境。最后决定自己画。《小王子》一九四三年在美国出版,不像《空军飞行员》引起轰动。评论界和读者对这本书感到意外。一直写飞机的圣埃克苏佩里这次写了一篇童话!但是童话是大人讲给孩子听的故事,而《小王子》是把故事讲给大人听。那几句不无幽默的献词是不是理解这本书的钥匙?况且,全世界烽火连天、血肉横飞,虚无缥缈中的小人儿在找寻什么,谁去理会呢。随着岁月的推移,《小王子》的寓意在严酷的现实中愈来愈明显。茫茫宇宙中,目前知道只有一个星球住着人,也只有一个人类文明,人的感情也全部倾注在这个星球上。在这个孤单、桀骜不驯的地球上,人既坚强而又脆弱,文明既可长存又易毁灭,这要取决于人是否好自为之。这部充满诗情画意的小作品又像预言似的提出,物质丰富弥补不了精神匮乏,人不能忘记精神实体。评论家起初对这本小书是冷漠的,但是读者又一次走在评论前面,几十年后《小王子》在全世界成为大人、小孩、东方人、西方人都爱读的作品。

十一 "喷向天空的水柱,再不见下落。"

这时,斯大林格勒战役已经结束。同盟国在欧非两洲转入反攻阶段。圣埃克苏佩里操心如何为国家的复兴效力。以他的声望与年龄来说,没有人会苛求他驾驶飞机上前线冒险吃苦。但是他不这样想,他要尽人的责任,他认为身体力行的人才有发言的权利。一位来美国购置军火的法国将军出力,帮他重新入伍,随同盟国军队乘船去非洲。他到非洲第一件事,借了一架军用飞机去找驻在阿尔及利亚南方的第三十三联队第二大队。并得到允许留在该队,与美国空军混合编组,晋升为少校。毕竟年龄太大,老伤遍布全身，每次穿层层叠叠的飞行服时像上苦刑，关节格格发响，又加上新型飞机仪表先进复杂，一次着陆时失去控制，飞机滚进了机场附近的葡萄园，幸好人员安全无恙。但是他被调回阿尔及尔。从此与战争告别？永远做个局外人？阿尔及尔城内法军抗战力量内部戴高乐派与基罗派明争暗斗日趋激烈，眼看达到火并程度，圣埃克苏佩里感到窒息。他心情颓丧地过了八个月，那是"既不参战也无具体工作，既不健康也没病，既不被了解也没被枪毙，既不幸福也不不幸，却是绝望的"的八个月。

他并没放弃回军队的希望。皇天不负苦心人，终于又通过美国朋友的帮助，一九四四年三月到了意大利那不勒斯附近卡富塔，同盟国地中海空军司令部驻在那里。负责该地区空中作战的美国艾拉·埃克将军，批准他回到迁至撒丁岛的第三十三联队第二大队，进行五次侦察飞行。七月，大队转移到科西嘉岛东北的博尔戈。他的飞行任务已超过三次。

七月三十一日，他要进行他的第九次侦察任务，目的地是里昂东面空域——里昂，他童年的故乡。那天风和日丽，上午八时四十五分，圣埃克苏佩里跨入座舱，向帮助他上机的两名空军人员挥挥手，起飞了。到了中午，雷达站应该收到返航飞机的踪迹，但是荧屏上没有出现黑点子。在机场上踱来踱去，焦急不安等着他的是加瓦勒上尉。四年前，《空军飞行员》写到的那个时期，就是他对圣埃克苏佩里说："我的上尉，您总不见得妄想战后还活着吧！"十三时，屏幕和天空还是令人心寒的一片空白。直到十四时三十分——油量耗尽的极限时间——还是没盼到圣埃克苏佩里的飞机回来。那天，离巴黎解放的日子不到一个月。十五时三十分，值班官员在一份报告中写下"没有返航的飞行员，被假定为失踪人员"。

从圣埃克苏佩里在巴斯蒂亚机场起飞，六小时后他的飞机机油全部耗尽之间，到底发生了什么，经过五十多年的调查，始终是个不解之谜。甚至他的尸体与飞机残骸也没有找到一点痕迹。在此以前，有人对他开玩笑说："你再也不会死了，因为你已死过几次了。"然而他还是没有闯过死神的罗网。

那个时代的飞行员要冒最疯狂的风险，这也使他们的职业充满魅力，受人敬佩。他们也只有一个愿望，不想在床上咽下最后一口气。死亡在职业的事理之中。但是为法国而战死，这也不是圣埃克苏佩里完成作家职责的先决条件。法国有四百五十名作家在第一次世界大战中死去。至于二战中，一九四四年十月《出版社周刊》对法国知名作家的活动做过调查。克莱米欧被德国人处决；纪德避难罗马；于勒·罗曼流亡纽约；马丁·杜加尔隐居尼斯。塞利纳附逆名声扫地。艾吕雅、阿拉贡、萨特都只是参加过一阵抵抗运动或关过集中营。在一九四四年年初，战前有影响的作家中拿起武器抵抗纳粹的，只有马尔罗、普雷沃斯特和圣埃克苏佩里。而圣埃克苏佩里是死于二战中最有名望的法国作家。这是他自愿选择的那种死。他的死与他的生是一致的，正如有人说蒙田应该死在床上，莫里哀应该死在舞台上，拜伦应该死在希腊战场上，而他——圣埃克苏佩里——应该死在空中。这是死得其所。一九九二年一度盛传在尼斯附近天使湾海底发现他的飞机残骸。后来证明不是。家族成员明确表示，无论在什么地方找到他的遗骸，都不迁葬，让它留在原地，那是他理想的归宿。

十二 修建不成的"要塞"

《小王子》法文版在纽约出版后两周，圣埃克苏佩里带了一部样书搭上美国战船，前往北非参加抵抗运动。在阿尔及尔，跟他须臾不离的是一只猪皮包。执行最后一次任务前不久，托付给加瓦勒上尉保管。里面就是厚厚九百八十五页录音打字稿，书名已有，叫《要塞》，据他自己说："这部书将在我身后出版，我的其他著作与它相比只是习作而已。"

《要塞》全书共二百一十九章，从一九三六年开始写，主要部分在美国时期完成，到了北非等待战斗的间歇时期集中精力审阅润饰。遗稿中只有开头与结尾几章基本完成。其余有的是没头没尾的片断，有的是重复冗长的段落。伽利玛出版社聘请三名作家，根据打字稿、录音带、笔记本，校勘审订，起初准备出删节本，后来决定不作任何增删，在一九四八年出版。这犹如强把一个衣冠还来不及整理的人推到众人面前。立刻引起圣埃克苏佩里的朋友的极端愤怒。

是的，圣埃克苏佩里说过，这部书只会在他死后发表，但是这不是说他死后就可发表。这是一部离定稿还差很远的作品。如今匆匆出版，他的文学经纪人马克西米里安·贝克指出："要是圣埃克苏佩里知道人家把他的作品这样出版了，他会第二次死去。"

圣埃克苏佩里说，他花十年时间写《要塞》，还要花十年时间改《要塞》。写作时间的跨度太大，又加上世事动荡，生活漂泊不定，这些都影响作家的思想演变与人生态度。他对同一主题，写了又改，改了又写，累积起来，可能以为有时间整理修改杀青。只是有一次，他对约瑟夫·凯塞尔透露心事说："我写不完了，这部书本身就不会有结尾。"

此外，明白了圣埃克苏佩里的工作方法，也可以对他的草稿与定稿的差别有个大致的看法。他总是先写下大量素材、叙述和感想，这是他说的作品"脉石"，然后经过一道道提炼，取出其中包含的纯粹矿物。《夜航》初稿四百页，交稿前字斟句酌，只剩下一百八十一页。要达到完美的境地，像《人的大地》中说的："并不在于无物可增，而在于无物可减。"面对《要塞》的原始稿，恐怕除了作者以外谁也无法决定保留什么，删除什么。

那么，内容究竟写的是什么？这不是一部小说，而是随感录、沉思集式的作品。有故事，有自白，有议论。借托沙漠中一位柏柏尔酋长对王子的教育，从中表达了对文明、人生、社会、制度、价值的议论。褒者认为可与尼采的《查拉图斯特拉如是说》、纪德的《人间粮食》并列为三部重要哲学小说，这三部书中都没有时间与空间的模式。贬者认为芜杂冗长，说法充满矛盾，文笔矫揉造作。波伏瓦给萨特的信中说："谈到抽象与基本的事，这家伙在胡说八道。"也有人说："天真幼稚，这是个不产石油的阿拉伯乌托邦。"

不论是精心杰作，还是临终梦呓，全书代表了圣埃克苏佩里在战乱中的精神状态。《要塞》中有些章节读来有史诗般的气魄、《圣经》时代的遗风或《一千零一夜》的流韵。圣埃克苏佩里拿书稿给B夫人阅读。B夫人看到一百页，看不下去，感到空气太闷，坚持要到海边散步一下……后来她告诉他："你写你的《要塞》时，口气有点儿像基督。"她察觉到继续写完这部书已是他与生命的唯一维系。

荒漠中的要塞，给人一种浩渺的感觉。我们更易产生孤烟落日的联想。在这块"创世纪"的时代背景前，人人都有自己的命运，而又都朝着一个集体的结局前进。由于全书使用象征寓意的手法，阅读时必须要明白上帝不一定是上帝，帝国不一定是帝国，战争不一定是战争……一切不一定是一切。各个章节都可独立成篇，然而有时也有内在的联系。读完一段可以合上书体味其中的寓意。

《要塞》因为作者英年早逝没有结尾，就像人生，就像宇宙，看不到底。一部未完成作品的象征。《要塞》书中说："完美是死亡的美德"，"只有死亡是完美的"。圣埃克苏佩里的悲剧，是他想让自己说出小王子未说的话，但是"完美的"死亡无法使他孤心苦诣的作品臻于完美。八十页的《小王子》使他名扬天下，六百页的《要塞》引起议论纷纷。罗伯特·康特斯说："这是圣埃克苏佩里最差的作品，其中也有他最佳的篇章。"从而有人读了欣赏，有人读了迷茫。

马振骋

南方邮航

第一部分

（一）

"发报。六时十分。图卢兹呼叫各个中途站；法国-南美洲班机五时四十五分离开图卢兹，句号。"

天空清澈如水，星星浸在其中光亮耀眼。然后夜黑了。月光下撒哈拉沙丘滚滚向前。我们额头上的这道灯光照不亮物件，但显露其轮廓，给每样东西添加些许温柔。在我们发闷的脚步下一片丰饶奢侈的沙层。我们摆脱烈日的重压，不戴帽子踩在上面。黑夜，这个家……

但是怎么相信我们的平安呢？那些信风不歇地朝南吹，带着丝绸的声音掠过海滩。这不再是欧洲大陆上旋转的柔风；它们顶着我们犹如顶着行驶中的快车。有时黑夜里，它们紧紧压着我们，我们背靠着它们面对北方，感觉被托升至一个黑暗中的目的地。仓皇啊！担心啊！

太阳旋转，带来了白天。摩尔人动静不大。那些冒险走近西班牙要塞的人挥舞手臂，扛枪就像扛个玩具。这是从幕后看到的撒哈拉。抵抗部落在这里失去了神秘，走出了几个无足轻重的人物。

我们扎堆生活在一起，面对着自己的形象，圈子极端狭窄。这说明为什么我们在沙漠中不知道孤单；必须回家才能想起置身天外，在远景中发现这个情况。

不用走出五百米，就进入了抵抗区，我们是摩尔人和我们自己的俘虏。我们最近的邻居在锡兹内罗斯和艾蒂安港，离此有七百到一千公里，困在撒哈拉就像困在脉石中。他们绕着同一座要塞旋转。我们知道他们的外号、他们的爱好，但是我们之间静默的深度就像各自住在不同的星球。

那天早晨，地球开始为我们转动了。发报员终于转发给我们一份电报，两根插在沙中的天线杆，让我们跟这个世界进行一周一次的联系：

"法国-南美洲班机五时四十五分离开图卢兹。句号。十一时十分经过阿利坎特。"

图卢兹说话了。图卢兹，起点站。远在天边的神。

十分钟内，消息经过巴塞罗那、卡萨布兰卡、阿加迪尔到达我们这里，然后向达喀尔传去。在五千公里航线上的机场都得到报告。晚上六点钟再向我们发报：

"班机二十一时在阿加迪尔降落，二十一时三十分向朱比角出发，带着米其林炮弹着陆。句号。朱比角准备常规灯光。句号。命令跟阿加迪尔保持联系。签发，图卢兹。"

我们孤零零在撒哈拉中央，从朱比角天文台观察一颗遥远的彗星。

傍晚六点钟，南方有了动静：

"达喀尔呼叫艾蒂安港、锡兹内罗斯、朱比角：紧急报告班机消息。"

"朱比角呼叫锡兹内罗斯、艾蒂安港、达喀尔：十一时十分经过阿利坎特后没有消息。"

一架发动机在某处轰鸣。从图卢兹直至塞内加尔，大家都在努力要听到它的声音。

（二）

图卢兹，五时三十分。

机库大门对着淅淅沥沥的雨夜开着，机场汽车戛然停在其入口处。在几只五百支光灯泡的照射下，物体像展品一样线条僵硬，赤裸裸的，轮廓分明。这里拱顶下，说出每个字都有回声，滞留不去，充盈于静默之中。

钢板闪闪发光，发动机没有油污，飞机看起来像是新造的。机械师用发明家的手指触摸的精密时钟。现在他们离开已经调试完毕的作品。

"赶紧，先生们，赶紧……"

邮包一个接一个塞进飞机的腹部。快速清点：

"布宜诺斯艾利斯……纳塔尔……达喀尔……卡萨布兰卡……达喀尔……三十九包。对吗？"

"对的。"

飞行员穿衣。羊毛套衫、围巾、皮制飞行衫、裘皮靴子。他昏昏欲睡的身子发沉。有人唤他："好啦！赶快……"两手满是手表、高度表、地图夹不方便，手指在厚手套里动弹不得，人沉重笨拙，爬到驾驶舱座位上。就像是个钻出海面的潜水员。但是一坐上驾座都变得轻松了。

一名机械师上来对他说：

"六百三十公斤。"

"好的。乘客呢？"

"三位。"

他没有看到他们，只是记了下来。

场长转身朝着操作工走去：

"这个罩子是谁上的销子？"

"我。"

"罚二十法郎。"

场长看了最后一眼：事物安排井然有序，动作规范如同芭蕾演出。这架飞机在机库里犹如五分钟后在高空中，都有自己确切的位置。这次飞行与轮船出海一样都必须精密计算。这个销子没扣好，是一大漏洞。这些五百支光的灯泡，这些尖利的目光，这样严格要求，都是为了飞机上了高空，从中途站接着中途站，直到布宜诺斯艾利斯或智利圣地亚哥，形成一种弹道效应，而不是一件碰运气的事儿。为了不顾暴风雨、浓雾、龙卷风，不顾阀门弹簧、气门摇臂和材质问题层出不穷，也必须赶上、超越和抛开快车、高速列车、货船、汽轮！在创纪录的时间内抵达布宜诺斯艾利斯或智利圣地亚哥……

"起飞。"

有人交给飞行员贝尼斯一张纸条：作战方案。

贝尼斯看到：

"佩皮尼昂报告天晴无风。巴塞罗那，暴风雨。阿利坎特……"

图卢兹，五时四十五分。

粗壮有力的轮子碾过垫木。在螺旋桨风的劲吹下，机后直至二十米的草皮仿佛都在滚动。贝尼斯手腕一动，就可掀起或者制止风暴。

经过连续发动，声音现在充实，逐渐变成浓密几乎是固体的气场，把身体团团裹住。当飞行员感觉它在他的体内灌注了直至那时未能满足的某个东西，他想："可以啦。"然后他瞧着在逆光下如同炮口伸向天空的黑色机罩。螺旋桨后面,黎明景色在颤动。

迎着直立的风慢慢滑行后,他拉动油门杆。飞机被螺旋桨一戳往前冲。朝着有弹性的空气跳几下后稳住,地面终于好像绷紧了,在轮子下如同一条传输带发光。飞行员判断着空气,起初它不可触知,后来在流动,现在变成了固体后,他撑着往上升空了。

沿跑道的树木露出了地平线。退后不见了。在两百米时还俯身在看一座儿童乐园,里面有笔直的树木,彩色的房屋。森林还保持郁郁葱葱,人住的土地……

贝尼斯在寻找椅背的倾斜度、肘臂的实际位置,这对于他的安宁是必不可少的。在他身后,图卢兹的低压云映出了航空站的阴暗大厅。现在,飞机正在朝上飞,他也减少对它的控制,让手中掌握的力量释放一点。他的手腕一动就会掀起一股气浪把他往上托,身体内像有一种气流在流转。

五小时后到阿利坎特,今晚到非洲。贝尼斯在遐想。他很平静:"我把事情料理了。"昨天,他乘夜间快车离开巴黎,多么奇怪的假期。他对隐约的骚动还保持模糊的记忆。他稍后会难受的,但是此时此刻,他把一切都抛到脑后,仿佛一切也会在他身外延续。此时此刻,他好像随着初生的朝阳一起诞生,帮助早晨建设这一天。他想:"我不仅仅是个工人,我还建立非洲邮件。"每天,对于工人来说,他开始建设世界,世界开始了。

"我把事情料理了……"在公寓的最后一个夜晚。报纸叠好放在书堆四周。信件烧毁的烧毁,整理的整理,家具都盖上遮布。每样东西都归类,让它走出自己的生活,置放于空间。这内心的骚乱就不再有意义了。

他为第二天就像为一场旅行那样做好了准备。他为第二天就像为去一次美洲那样登上了飞机。原来那么多事情没有了结，让他牵肠挂肚的。一下子他自由了。贝尼斯发现自己可以那么轻易打发和死去，几乎感到害怕了。

卡尔卡松，紧急中途站，在他身下漂移。

世界安排得多么井井有条——三千米。像装在它的盒子里的羊圈。房屋、运河、公路，都是人的玩具。世界泾渭分明，地球划成方块，那里每块田地都隔着篱笆，花园都有自己的围墙。卡尔卡松，那里每家服饰用品铺子的女店主都在重复自己祖母的生活。关在小屋子里的卑微幸福生活。众人的玩具整整齐齐放在他们的橱窗里。

橱窗里的世界，过于暴露，过于炫耀，城市井条有序地出现在那张卷开的地图上，缓慢的土地却带着海潮的规律朝着他把它们推了过来。

他想他是孤零零一个人。太阳在高度表表盘上闪烁。一道明亮如冰的阳光。踩一下平衡杆，整个景物都漂移。这阳光是矿物质的，这土地也像是矿物质的；使生命体现温柔、芬芳与软弱的一切都被摧毁了。

可是，在这身皮衣下是温暖脆弱的肉身，贝尼斯。在厚手套下是美妙的双手，它们知道——杰纳维耶芙——用手指背抚摸你的面孔……

这里是西班牙了。

（三）

今天，雅克·贝尼斯，你将带着主人的平静心态飞越西班牙。熟悉的景物一个接一个呈现在眼前。你在暴风雨之间自在地用胳膊推推搡搡。巴塞罗那、巴伦西亚、直布罗陀，送到你面前又收了回去。这好啊。你把卷拢的地图又收好，完成的工作都堆到了身后。但是我记得在你初驾班机的前夕你跨出最初的步子，我给的最后的忠告。你应该黎明时用双臂抱起一个民族的沉思。抱在你细弱的双臂里。抱着它们像长袍下掖了一件宝物穿过千险万阻。邮件珍贵——有人对你说——邮件比生命还珍贵。又那么脆弱。稍一疏忽就会化为灰烬，随风飘散。我记得这个出征前夕：

"那时呢？"

"那时你努力飞到佩尼斯科拉海滩。有渔船要注意。"

"然后呢？"

"然后到巴伦西亚以前你总是可以找到紧急机场的：我用红笔把它们标出来。万不得已就停到干涸的河床上。"

贝尼斯在这盏绿罩子灯光下，面前摊着这几张地图，又回到了中学时代。但是他那天的老师在每个地点给他挖掘出一个活生生的秘密。陌生的国家不再提供死亡数字，而是开着自己鲜花的真正田野（——嗨，就在那里这棵树要千万留意），而是带上自己沙子的真正海滩（在那里，傍晚必须避开渔民）。

雅克·贝尼斯，你已经知道，我们永远不会去了解格拉纳达、阿尔梅里亚、阿尔汉布拉宫或清真寺，但是一条小溪、一棵桔子树和它们微不足道的知心话则是必须记住的。

"你要听我说：这里如果天气晴朗，你就笔直飞过去。要是天气不好，你飞低，压着左边钻进这条山谷。"

"我钻进这条山谷。"

"稍后你再从这个山口飞到海面上。"

"我从这个山口飞到海面上。"

"你要提防你的发动机：有峭壁和巉岩。"

"发动机要是不听我的呢？"

"你自己解决啦。"

贝尼斯微微一笑：年轻飞行员多幻想。一块岩石飞射过来，把他杀了。一个孩子奔跑，但是一只手在他额上一拍，把他掀翻在地。

"不会吧，老兄，不会吧！大家自己解决啦。"

贝尼斯对这样的教育很自豪，他童年时没有从《埃尼德》中窥到一条秘密，可以保护他免于一死的。教师的手指在西班牙地图上找不到地下水源，发现不了宝藏和陷阱，也碰不到草地上的这个牧羊女。

今天这盏灯多么温暖，光如同油一般流出。这条油的细流使海面平静。外面在刮风。这个房间实在是世上的一座小岛，像水手留宿的一家客栈。

"来点波尔多酒？"

"那当然……"

飞行员的房间，不稳定的旅店，往往必须把你重建。公司前一个晚上给我们来了通知："某飞行员调往塞内加尔……调往美洲……"于是当晚必须切断联系，打好箱包，在房间里清空自己、自己的照片、自己的书籍，即使幽灵也会在身后的房间留下更多的痕迹。有时在当晚要松开两条手臂，耗尽一个小女孩的力气，不是开导她——她们个个都固执——而是磨蹭她，将近清晨三点钟，把她轻轻放下去睡，她不是认了你的离开，而是认了自己的忧伤，这时他对自己说，她接受了，其实她哭了。

雅克·贝尼斯，后来你在全世界奔波中学到了什么呢？飞机？在一块硬水晶上钻着他的洞慢慢前进。城市一座座轮替，必须着陆才有自己的模样。现在你知道这些财富仅是昙花一现，此后也就被时间像被海水一样湮没和荡涤。但是你最初几趟旅行回来，你想你变成了什么样的人？为什么要把他与一个温柔男孩的幽灵比照呢？你第一次假期一回来就拉了我朝学校去；贝尼斯，我在撒哈拉等待你经过，我也在那里忧郁地回忆我们那次对童年的拜访。

松林中间的一座白色别墅，有一扇窗子亮着灯，后来又有一扇。你对我说：

"这就是我们写最初几首诗的自修室……"

我们从非常远的地方过来。我们的厚大衣覆盖全世界，我们旅行者的灵魂照亮着我们的中心。我们闭紧嘴巴，戴着手套，保护得好好的，抵达陌生的城市。人群朝着我们过来，并不碰我们。我们留着白色法兰绒长裤和网球衫在驯服的城市里穿。在卡萨布兰卡，在达喀尔。在丹吉尔，我们走路不戴帽子，在这座沉睡的小城市里不需要制服笔挺。

我们凭着男性的肌肉，腰板挺直地回来了。我们拼过命，我们受过苦，我们飞越过无边无际的大地，我们爱上过几个女人，偶尔还跟死神赌输赢，只是为了摆脱贯穿我们童年罚作业、罚留校的恐惧，为了周六晚上毫不胆怯去听宣布分数。

先是在门厅里一声私言，然后几次点名，然后几位老人匆匆走过来。他们来了，黄灯光照着他们全身，羊皮纸似的腮帮，但是眼睛那么明亮：喜气洋洋，客客气气。立刻，我们明白他们早知道我们已经脱胎换骨了；因为校友早已习惯踏着坚定的步伐回来，扬眉吐气。

我握手有力，雅克·贝尼斯目光坚定，他们并不惊讶，因为他们直截了当把我们看成男子汉，因为他们跑去找来一瓶他们从未与我们说起过的陈年萨莫斯酒。

大家坐下来吃晚饭。他们一起挤到灯罩底下，就像农夫围着火。我们知道他们也是弱者。

他们所以是弱者，因为他们变得宽容了，因为我们从前会走向堕落、走向贫贱的偷懒，其实只是个孩子的缺点，他们对此笑笑而已。因为我们的傲气，他们那时苦口婆心要我们压下去的傲气，那天晚上也得到了他们的赞扬，说这是高贵的。甚至哲学老师也对我们真情表白。

笛卡儿可能是在一个预期理由上建立自己的思想体系。帕斯卡……帕斯卡是残酷的。他自己作出那么多努力，没有解决人类自由的老问题就结束了生命。而他本人，竭尽全力不让我受决定论、受泰纳的影响，他还看到对于走出校门的孩子，生活中最恶毒的敌人莫过于尼采，他向我承认他也有应该责备的温情。尼采……尼采本人令他不安。物体的真实性……他不再知道了，他不安了……这时，他们向我们提问题。我们走出了这幢温暖的屋子，进入生活的暴风雨里，我们应该向他们说一说大地上真正的气候。如果爱上一个女人的男人，是不是真的会像皮洛士变成她的奴隶或者像尼禄变成她的屠夫。非洲、它的荒僻、它的蓝天是不是真的符合地理教师所教的那样。（鸵鸟闭上眼睛是自我保护吗？）雅克·贝尼斯稍稍弯下身，因为他掌握一些大秘密，但是教师们从他那里偷了去。

他们愿意从他那里知道行动中的陶醉之情，发动机的轰隆声，还有要我们幸福只是在晚间像他们那样修剪玫瑰树是再也不够的了。轮到他解释卢克莱修或《传道书》，提出忠告。贝尼斯还及时教他们必须带干粮和水，那样跌落在沙漠中才不至于死亡。贝尼斯向他们匆匆说出最后几句忠告，从摩尔人手中救出飞行员的秘密，让飞行员逃出火场的窍门。这时他们摇头，依然着急，但是已经放心和自豪，给世界培养出这些新生力量。他们历来赞扬的这些英雄人物，他们终于用手指接触他们了，终于认识了他们，也死而无怨了。他们说到了少年恺撒。

只怕引起他们伤感，我们还是向他们讲述劳而无功之后的失望与空闲时的苦涩。由于那位年长者在出神，这令我们难过，唯一的真理实在可能是书中的和平。但是这个教师们早已知道。他们的体验是残酷的，因为他们教大家的是历史。

"那么您为什么回来呢？"贝尼斯没有回答他们，但是老教师善解人意，眨眨眼睛，想到了爱情……

(四)

大地，从高空看来，显得赤裸荒凉。飞机下降，它穿起了衣服。树木重新铺设地面，峡谷丘陵使它波涛滚滚，它也在呼吸。一座高山如同一个横卧的巨人。他飞越时巨人的胸脯对着他鼓了起来。

现在地面接近，万物犹如桥下的激流加速滚动。这是平川如镜的世界大崩裂。树木、房屋、村庄离开光洁的地平线，朝他的身后漂移而去。

阿利坎特机场地面上升，晃动，固定；轮子靠近它就像靠近一台轧钢机，在上面擦，在上面磨尖……

贝尼斯走下机舱，两腿沉重。有一秒钟，他闭上眼睛，头脑里满是发动机声和生动图像，四肢内还是像有机械的震动。然后他走进办公室，慢慢坐下，用胳臂把墨水瓶和几本书推开，把

612航班航程手册拉到面前。

图卢兹-阿利坎特：飞行五小时十五分。

他不往下写，身上感到累，出神了。传来一个模糊的声音。有个女人在那里嚷嚷。福特车司机打开门，道歉一声，微笑。贝尼斯严肃地看着这些墙壁、这扇门、这个自然尺寸的司机。有十分钟，他加入了一场他不明白的讨论中，看着人家做了又做的动作。这个景象是不真实的。门前种的那棵树可是竖立了三十年。三十年来作为位置的标注。

发动机：无异常。

飞机：向右偏。

他放下笔杆，只是想："我困了。"紧扣他太阳穴的梦还在做。

琥珀色的光照着明亮异常的景色。阡陌分明的田野和草原。一座村庄放在右边，一小群牛羊放在左边，笼罩他的是蓝色穹顶。他想："一个家。"他想起他突然明白无误地觉得这个景色、这片天空、这块土地是作为一个家园建造的。亲人聚居的家园，井井有条。每个物件好好地竖着。一切平整光溜，看不到一点威胁，一丝裂缝，他也像是处在景色之中。

老妇人就是这样，在她们的客厅窗前觉得自己永远不会消失。草地嫩绿一片，动作缓慢的园丁在浇花。她们目随他的令人宽心的背脊。从光亮的地板升起一股蜡的气味，她们闻了高兴。屋内的秩序赏心悦目，日子挟着它的阳光和风雨过去，只吹坏了玫瑰几朵。

"时间到了。再见啦。"贝尼斯又要走了。

贝尼斯闯入暴风雨。暴风雨猛攻飞机，像拆屋工人的鹤嘴锄砸个不停。他见过世面，会闯过去的。贝尼斯只剩下最基本的想法，这些想法在指导行动，走出四周环绕的山脉，在这里从上而下的龙卷风摁着他，在这里狂风骤雨密匝匝漆黑一团，他要跳出这堵墙，飞到海面上。

一个撞击！形成了断裂？飞机立刻斜向左边。贝尼斯用一只手抱住，然后用两只手，然后又用全身。"见鬼！"飞机就朝着地面沉重地跌下。贝尼斯这下子完蛋了。他刚刚意识到，再有一秒钟，他将会跌出这幢七歪八斜的房子，再也回不去了。平原、森林、村庄旋着向他喷过来。样子像烟，旋转的烟，烟！羊圈在天空的四角翻筋斗……

"啊！我好怕……"用脚后跟踢开了一根电线。操纵杆卡住了。怎么？怠工破坏？不。根本没事；脚后跟一踢恢复了世界。多妙的奇遇！

奇遇？那一秒钟只是在嘴里留下苦味，在肉里留下酸痛。唉！但是这道云隙啊！刚才这一切只是蒙骗眼睛的：公路、沟渠、房屋，人的玩具！……

过去了。结束了。这里晴空无云。气象预报说过的。"天空四分之一有卷云。"气象预报？等压线？鲍尔森教授的"云系"理论？老百姓过节的天空，是的。七月十四日的天空。应该说："在马拉加是节日！"每个居民头上都有一万米晴空。直至卷云为止的天空！从没见过这么亮、这么大的金鱼池。就像在海湾的赛船之夜：天空是蓝的，海是蓝的，船长的衣领与眼睛也是蓝的。假日灿烂。

结束了。三万封信送过去了。

公司像布道似的：邮件珍贵啊，邮件比生命还珍贵。是的。这是三万个情人以此为生的东西……耐心啊，情人们！在夜晚灯光中有人朝着你过来。在贝尼斯身后是密集的乌云，被龙卷风吸在一只罐子内搅拌。在他面前是阳光明媚的大地，草地上晒着薄衣衫，树林里飘着毛茸，海面上有吹皱的船篷。

到达直布罗陀天色已黑。那里朝丹吉尔往左一拐，把贝尼斯拉出了欧洲，欧洲像巨大的浮冰，漂移开去……

再经过几座依靠褐色土地滋养的城市就是非洲了。再经过几座靠黑色黏糊物为生的城市就是撒哈拉了。贝尼斯那天傍晚出席了大地的卸装仪式。

贝尼斯累了。两个月前，他北上巴黎去征服杰纳维耶芙。他失败后收拾好残局，昨天回到公司。这些平原，这些城市，这些灯光一一离去，其实是他舍弃了它们。是他把它们从身上卸下。一小时后，丹吉尔的灯塔会亮：雅克·贝尼斯在到达丹吉尔的灯塔之前，把事情回忆一番。

第二部分

（一）

我应该回溯以往，讲一讲过去两个月的事情，不然会留下什么呢？当我将要提到的事件渐渐结束了它们的微弱旋涡与同心圆，又像湖水倒灌而与它们无情消灭的人物的旋涡与同心圆相互重叠时，当我亏欠他们，先痛心，后缓解，最后又变为温馨的感情平复时，我觉得世界又显得安全了。杰纳维耶芙和贝尼斯留下对我应该是残酷回忆的地方，我不是已经可以在那里散步，而不过于忧戚了吗？

两个月以前，他北上巴黎，但是，离开了那么久再也找不到自己的位置，城中人满为患。也只有雅克·贝尼斯穿着一件散发樟脑味的上衣。他身子僵硬笨拙，移来移去，他的军用旅行箱还好端端放在房间一角，他要说里面也都是些不稳定、暂时的东西。这个房间还没有被白色布帛、被书籍占领。

"嗨……是你吗？"他通知每个朋友。他们大呼小叫，他们庆贺他：

"一个鬼魂！好哇！"

"嘿，是的！我什么时候见你？"

恰好今天没空。明天呢？明天玩高尔夫，但是让他也来吧。他不愿意？那么后天见。八时正一起吃晚饭。

他身子沉重地走进一家舞厅，坐在潮客中间，还穿着他那件像探险服似的大衣。他们就像鱼缸里的鲍鱼，在这家小场子里度过他们的夜晚。嘴里一溜恭维话，跳舞，回来喝酒。在这个暧昧的地方，只有贝尼斯保持理智，他感到像脚夫那么沉重，力量都压在两条腿上。他的思想没有了亮点。他穿过桌子朝着一个空位子走去。那些女人的目光被他的目光一碰就躲开，仿佛熄灭了一样。那些年轻人身子灵活让他过去。就像黑夜里，巡逻军官过来，哨兵指头的香烟就跌落在地上。

我们每次重新见到的就是这个世界，就像布列塔尼水手重新见到他们在明信片上的城市，他们忠贞如一的情人，在他们回来时并不见老。儿童书籍上的插图总是相差不多。我们看到一切都原封不动，被命运安排得井井有条，害怕暗中会有什么。贝尼斯打听一个朋友："是的。就是那个人。他的事业不怎么顺利。好在你知道……这就是生活。"人人都是自己的囚徒，受到看不见的牵制，不像他，这个逃犯，这个穷孩子，这个魔术师。

经过两个冬天，两个夏天，朋友们的面孔有点儿沧桑，有点儿瘦削。酒吧角落里的那个女人，他认出来了。她的面孔付出那么多的微笑也有点疲劳了。酒保还是原来那个。他害怕被人认出来，仿佛这个向他打招呼的声音在他心中唤起一个死亡的贝尼斯，一个没有翅膀的贝尼斯，一个没有成功脱逃的贝尼斯。

渐渐地，回家途中，已经在他四周建起一道景色，犹如一座监狱。撒哈拉的沙，西班牙的山，像舞台服装，从即将显现的真正景色中一点点退出。终于，跨过边境就是一马平川的佩皮尼昂。阳光在这块平原上还滞留不去，斜了好几条，拉得长长的，每一分钟都磨得更薄。散在草地上的这些金色衣衫，每一分钟更飘更透，不是熄灭了，而是蒸发了。这时候在这片青色的空气下，泥土是绿的，暗淡的，温和的。底下静悄悄的，发动机减速，向着这个海底扎下去，那下面一切都像一堵墙壁那么明白与长久。

这是在从机场前往火车站的车子上。面对他的这几张面孔，毫无表情，不苟言笑。这几只手带着他们的命运标记，平放在膝盖上，那么沉重。那些擦肩而过的农民，从田里回来。这个在门前的少女，她在千万人中窥测一个人，她也放弃过千万个希望。这个母亲在摇一个孩子，她已经成了他的囚徒，逃不走了。

贝尼斯直接深入到事物的秘密，走上最隐秘的小路回到家，双手插在口袋里，没有旅行包，航线飞行员。而在这个恒久不变的世界里，要触动一堵墙，要延伸一块地，必须打上二十年官司。

在非洲待上两年，景色就像海面诡谲多变，但是一个个揭开后，这片天荒地老的景色赤裸裸露了出来，唯一的，亘古不变的，他从中脱身，踩在一块真正的土地上，成了忧伤天使。

"这里一切没变……"

他担心看到的东西不一样，现在又发现它们那么相似而难过。他跟人相遇，与人相交中得到的只是一种迷茫的厌烦。与想象相差很远。动身时的种种柔情，抛在了身后，心中带着灼痛，但是也有一种把宝藏埋在了地下的奇异感觉。这些逃避有几次证实了那么多吝啬的爱。有一次撒哈拉夜空星光灿烂，当他想起这些远方的温情柔意，在夜幕与时光的遮盖下犹如种子，他突然有这样的想法：后退是为了欣赏睡态。他靠着抛锚的飞机，在沙面上的这条曲线前，在地平线的这道缺口前，像个牧羊人给他的爱情守夜……

"这是我去重新寻找的东西！"

有一天贝尼斯写信给我说：

我不跟你说我的归来，因为我相信当我得到感情的回应时，我就是事物的主人了。但是没有一种感情醒了过来。我像那个朝圣者，迟了一分钟到达耶路撒冷。他的欲望、他的信仰刚刚死亡，他找到的是石头。这里这座城市成了一堵墙。我要重新离开。你还记得那第一次出发吗？我们是一起飞的。穆尔西亚和格拉纳达像小摆设躺在它们的橱窗里；由于我们没有降落，都埋在过去之中了。几世纪的岁月把它们放在那里，自己又抽身走了。发动机发出这个浑厚的声音，只有它独自存在，景物像一部影片在声音后面无声地掠过。而这个冷哪，因为我们正飞在高空，这些城市也都封存在冰块里。你记得吗？

你传给我的几张纸条我还留着：

"注意奇怪的叮当声……声音大了不要飞进海峡。"

两小时后在直布罗陀："到了塔里法再穿越，那样更好。"

在丹吉尔："不要停留太久，场地软。"

简简单单。凭着这几句话赢得了世界。我发现了这些简短的命令可使一种战略变得那么强大。丹吉尔，一座弹丸小城，这是我的第一次征服。你看到，这也是我第一次入室抢劫。是的，直扑而下，起初这样，但是那么远。然后，下降时，草地、花卉、房屋都舒展开来。我把一座湮没的城市拉到日光下，它又恢复一派生机。突然有了这个神奇的发现，五百米下的地面上，那个阿拉伯人在耕种，我把他拉过来，使他成为一个与我平等一致的人，他真正是我的战利品、我的创造物或我的赌博。我逮住了一个人质，非洲属于我的。

两分钟后，我站在草上，我年轻，仿佛降到了某颗星球上，那里生命又重新开始。在这个新气候里。我在这块土地上，在这片天空下，觉得自己是一棵新种的树。我带着这种有滋有味的饥饿感，摆脱这趟旅行。我跨大步，富有弹性，消除驾机的疲劳。我因降落找回了自己的影子而在笑。

这个春天！你记得吗？图卢兹灰蒙蒙雨后的这个春天？在万物之间流转的这个新鲜空气？每个女人都藏有一个秘密：一个口音，一个手势，一个沉默。个个都令人向往。然后，你知道我的，又是这样匆匆出发，到远方去寻找我有预感但不明白的东西，因为我是那位寻水人，手中的榛树枝抖抖的，去全世界直至找到宝藏为止。

但是告诉我我在寻找什么，为什么我身子靠在我的窗前，脚下是我的朋友、我向往与回忆的城市，人还是绝望？为什么我第一次找不到泉眼，就感觉离宝藏那么远。大家对我作出的、一个模糊的神不会遵守的这个模糊的承诺，到底是什么？

我找到了泉眼。你记起来了吗？这是杰纳维耶芙……

杰纳维耶芙，我读到贝尼斯的这句话时，闭上眼睛又见到您少女时的模样。你十五岁，而我们那时十三岁。您在我们的记忆中怎么会老去呢？您一直是这个脆弱的女孩。当我们听人说起您时，我们在生活中惊讶邂逅的就是她。

当其他人把一位成熟的女子推到祭台前时，贝尼斯与我在非洲的腹地定亲的是一个小女孩。您那时是十五岁的孩子，最年轻的母亲。别人还处在树上擦破裸露的腿肚子的年龄时，您要求的是一只真正的摇篮——华丽的玩具。您的亲人没有猜到其中的奥妙，您与他们相处时，在生活中做出的是妇女的谦卑的动作，您为了我们则生活在一篇童话中，您通过那扇奇幻的门走进世界——像进入一场化装舞会，儿童舞会——扮成妻子、母亲、仙女……

因为您就是仙女。我回忆。您住在一幢老房子的厚墙之中。我又看见您肘臂支着凿得像枪眼的窗户，窥视月亮。月亮在上升。平原开始有声音了，蝉的翅翼发出瑟瑟声，青蛙的肚子发出咯咯声，回家的牛脖子上发出铜铃声。月亮在上升。有时从村庄响起一阵丧钟声，带给蟋蟀、小麦、蝉那种不可名状的死亡。您探出身子，只是为情人们感到不安，因为什么都没有像希望那样受到威胁。但是月亮在上升。那时，灰林鸮发情彼此呼唤，其声音盖过了丧钟。野狗围上了月亮，朝着它狂吠。每棵树、每株草、每根芦苇都活跃了。月亮在上升。那时，您拿起我们的手，要我们听，因为这是大地的声音，令人安心，悦耳动听。

这幢房子，还有这幢房子四周的土地像有生命的袍子，把您严加保护。您与椴树、橡树、牛羊群订立了那么多盟约，因而我们称您是它们的公主。到了夜晚，大家把世界收拾一下准备过夜，您的面孔逐步平静下来。"农夫把牲口赶回了圈内"。您看到远处牲口棚的灯光就明白了。一阵发闷的响声："有人在上门闩。"一切都井然有序。最后，晚间七时快车掀起它的暴风骤雨，越过本省逃逸而去，把您的世界中如卧车窗前一张脸上的不安与彷徨一扫而光。这是晚餐时刻，餐厅太大，灯光太暗，你在那里变成了黑夜女王，因为我们像间谍似的毫不放松地跟踪你。你不作声，在老人中间坐下，周围是细木墙板，身子往前倾，只露出头发照在金黄色灯光下，戴上了光的皇冠，你是王后，跟事物那么密切结合，对事物、对你的想法、对你的前途那么有把握，你在我们看来天长地久存在。你是王后……

但是,我们愿意知道可不可能使你伤心,把你搂在怀里直至窒息,因为我们感到你心中有个活生生的人,我们希望把他带到阳光底下来。一种柔情,一种忧伤,我们希望把它带到眼前。贝尼斯把你搂在怀里,你脸红了。贝尼斯把你搂得更紧,你眼睛闪烁泪光了,然而嘴唇不像老妇人哭泣时变得难看。贝尼斯对我说,这些眼泪来自突然充盈的心田,比钻石还珍贵,谁喝下就会长生不老。他对我也说你躲在你的体内,就像这个仙女躲在水下,他会施展千种法术把你引上水面,其中最可靠的法术就是弄得你哭。这样我们从你那里偷来了爱情。但是,当我们放开你时,你笑了,这声笑使我们满心惭愧。就像一只鸟,稍一放松,展翅飞去。

"杰纳维耶芙,给我们念几首诗吧。"

你很少念,我们想你已经一切都懂了。我们从没见过你显出惊讶。

"给我们念几首诗吧……"

你念,对我们来说,这是关于世界与人生的教诲,不是从诗人而是从你的智慧中朝着我们走过来的。情人的沮丧、王后的眼泪变成了静悄悄的大事。你的声音那么平静却让人为了爱情死去。

"杰纳维耶芙,人为爱情死去是真的吗?"

你中断念诗,你慎重思考。你无疑在蕨类植物、在蟋蟀、在蜜蜂那里寻找答案,你回答说:"是的。"因为蜜蜂是为爱情而死的。这是必需的、和平的。

"杰纳维耶芙,情人是什么?"

我们想弄得她脸红。你脸没有红。她只是稍为严肃一点,正视着月色颤动的池塘。我们想情人对你来说就是这月光。

"杰纳维耶芙，你有情人吗？"

这次你脸红了吧！但是没有。你毫不拘束地笑笑。你摇头。在你的王国里，一个季节带来百花，秋天带来果实，一个季节带来爱情：人生是简单的。

"杰纳维耶芙，你知道我们今后做什么吗？"我们要把你震住，我们称你是弱女子。"弱女子，我们将会是征服者。"我们向你解释人生。征服者载誉而归，他们所爱的女人都被他们看成情人。

"那时，我们将是你的情人。女奴，给我们念几首诗吧……"

但是你再也不念了。你推开书本。你突然感到自己的生活那么确定，就像一株小树觉得自己在生长，在阳光下发芽。这一切全是必然的。我们是寓言中的征服者，但是你一心扎在你的蕨类植物、你的蜜蜂、你的山羊、你的星星上，你倾听你的青蛙的声音，你对这样的生命充满信心，它弥漫在你夜阑人静的四周，它升起在你从脚踝到后颈的体内，以迎接无法表述可是又有把握的命运。

明月高悬，是睡觉的时候了，你关上窗户，月亮在玻璃后面闪闪发光。我们对你说你关上了窗子也就关上了天空，把月亮以及一小簇星星囚禁在里面，因为我通过一切象征，通过一切陷阱，试图拉拽你透过表面，潜至海底，我们的不安在那里召唤着我们。

……我找到了泉眼。我必须有了它才能停下不旅行。它就在眼前。其他……有些女人，我们说她们在爱情之后就被远远抛在了星星上，她们不是别的，只是心的建设。杰纳维耶芙……你记得,我们说她是踏实的。我找到她,就像找到事物的意义,我在她身边走进了我终于发现了其真谛的世界……

她走向他是出于事物的必然。她作为千次分离与千次结合的媒介。她把这些栗子树、这条林荫道、这个喷泉归还给他。每样东西在其中心又承载了这个秘密,这中心就是她的灵魂。这座花园也不再像一个美国人看来那样梳理、修剪和光秃秃,而恰恰可以看到凌乱的小径、干枯的树叶和情侣走过时丢失的手帕。这座花园变成了一个陷阱。

(二)

她从来不曾对贝尼斯提起她的丈夫埃兰,但是那天晚上:"无聊的晚餐,雅克,那么多人,你来跟我们一起用餐吧,我就不那么孤单了。"

埃兰指手画脚。动作太多。为什么他在亲人中间赤裸裸表现这种自信?她不安地瞧着他。这个人就是装模作样摆谱。不是出于虚荣,而是自以为是。

"亲爱的,您的看法对极了。"这个圆滑的手势,这个腔调,这种肤浅的自信,杰纳维耶芙转过头去,心都翻了!

"服务员!雪茄。"

她从未看见他如此活跃,好像对自己的权力那么陶醉。在一家餐厅,在一只酒吧高脚凳上领导世界。一句话触动一个想法,把它掀翻。一句话触动一个仆欧、一个餐厅主任,弄得他们手忙脚乱。

杰纳维耶芙半笑不笑的：为什么设这个政治饭局？为什么六个月来这么热衷于政治啦？埃兰只要觉得自己心里闪过高明的想法，可以有高明的作为，就以为自己是个高明的人了。那时他沾沾自喜，退几步对着自己的偶像自我欣赏起来。

她让他们去玩他们的游戏，朝贝尼斯转过身：

"浪子，给我谈谈沙漠吧……您什么时候回到我们身边再也不走了呢？"

贝尼斯瞧着她。

贝尼斯看在眼里的是一个十五岁女孩，她借了陌生女人的形体向他微笑，像在仙女故事里一样。一个躲着的女孩，但是这个动作一露头，就让人看出来了。杰纳维耶芙，我想起了巫术。必须把您抱在怀里，紧紧搂着直至您叫痛，这是她回到光天化日下快要哭了出来……

现在，那些男人穿着白色硬胸衣向杰纳维耶芙俯下身，极尽阿谀献媚之能事，仿佛女人是凭口舌说得天花乱坠就可以得到的，仿佛女人是这么一场竞赛的奖品。她的丈夫也装出体贴的样子，今晚会渴望她。他是当其他人渴望她以后才发现了她；当她穿了晚礼服，光彩照人，乐意取悦于人，有点成了个卖弄风情的女人时才发现了她。她想：他爱的就是庸俗。为什么人家从不整个儿都爱她呢？爱她的一部分，但是让她的另一部分落在阴影里。大家爱她就像爱音乐，爱奢华。她灵气或她感性，大家就渴望她。但是她信仰什么，她感受什么，她心中想什么……大家就不在意。她对自己孩子的亲情，她非常合乎情理的操心事，这个落在阴影中的部分，都被大家忽视了。

每个在她身旁的男人变得低声下气。他跟着她鸣个半，跟着她动感情，好像为了取悦她而在说：我就是您要的那个男人。这是真的。这个他并不在乎。他在乎的或许是跟她睡觉。

她并不总是想到爱情,她没有时间!

她想起她订婚后的最初几天。她微笑。埃兰突然发现他恋爱了(他肯定已经忘记了吧?)他要跟她说话,调教她,征服她。"嗨,我没有时间……"她在小径上走在他前面,拿着一根棍子跟着唱歌的节拍神经质地拨开小树枝。浸湿的土地散发香气。树枝上的雨点落在脸上。她重复说:"我没有时间……没有时间!"首先要跑到暖房去照看她的花卉。

"杰纳维耶芙,您是个残酷的女孩!"

"是的。当然。您瞧这些玫瑰,花蕊多沉!花蕊沉的花多好看。"

"杰纳维耶芙,让我抱抱您……"

"当然。为什么不呢?您爱我的玫瑰吗?"男人都爱她的玫瑰。

"但是不,不,我的小雅克,我不伤心。"她朝贝尼斯俯下半个身子:"我记得……我那时是个怪怪的女孩。我照自己的意思给自己创造了一个上帝。我遇上不称心耍孩子脾气,就会天塌似的从早到晚哭个不停。但是黑夜里灯一吹灭,我就去找我的朋友。我在祷告中对他说:我遇上了什么事,我太软弱了,生活毁了就弥补不了了。但是我把一切都给您,您比我强大得多。您看着办吧。我进入睡乡。"

然后,在那些不肯定的事物中,有太多要逆来顺受。那些书本、那些花、那些朋友由她统治着。她跟他们订过盟约。她知道令人微笑的信号、集会的口令,只消一句话:"啊!是您,我的老星相家……"或者当贝尼斯走进来时:"坐下吧,浪子……"每个人与她联系都通过一个秘密,通过彼此发现、彼此牵累的这份温情。最纯洁的友谊变得像一桩罪案那样丰富。

"杰纳维耶芙,"贝尼斯说,"您总是事物的女王。"

客厅的家具她稍许移动一下,这张座椅她拉了一拉,朋友很惊讶,终于发现它在世界上的真正位置。经过一整天的生活,乐声散尽,鲜花折落,静悄悄一片狼藉:这是友谊掠夺后留在地上的情景。杰纳维耶芙不声不响地在自己的王国里重建和平。贝尼斯感到曾经爱过他的小女俘内心竟是那么遥远,那么深不见底。

但是,有一天,事情闹了起来。

(三)

"让我睡吧……"

"真不可思议!起来。孩子喘不过气来啦。"

她惊醒过来,奔向床前。孩子睡着,脸烧得发亮,呼吸短促,但人平静。杰纳维耶芙半睡半醒,想到了拖轮的急迫吭气声。"辛苦!"这样已经有三天了!她脑海里没法想什么,只是弯身对着病人。

"你为什么要说他喘不过气来啦?你为什么吓我?……"

她的心还在受惊后乱跳。埃兰回答说:

"这是我相信这样。"

她知道他在撒谎。他遇上什么愁事不能单独承受,就要别人与他分担这份忧心。当他难过时,太平世界就叫他不可忍受。可是守了三夜没睡以后,她需要休息上一个小时。她已经不知道自己处于什么状态。

她原谅这些不断而来的讹诈,因为这些话……这有什么要紧?可笑,对睡眠这么斤斤计较!

"你不讲道理，"她这么说，然后为了缓和他的情绪，"你是个孩子……"

她接着立即问女护士时间。

"两点二十分。"

"啊，是吗？"

杰纳维耶芙重复说："两点二十分……"仿佛有一件急事要做。但是不。除了等待以外无事可做，就像在旅途中一样。她手指轻轻拍床，整理药瓶，摸窗户。她在创造一种无形与神秘的秩序。

"您应该睡一下啦。"护士说。

然后一片静默。然后又出现旅途中的压迫感，无形的景物在飞跑。

"这个孩子大家看着他生活，大家一直很疼爱……"埃兰大声朗诵。他要让杰纳维耶芙同情他。这个可怜的父亲角色。

"你忙你的，我的先生，找点事做做吧！"杰纳维耶芙低声劝他，"你有个生意上的约会，那就去吧！"

她推他的肩膀，但是他还在装可怜：

"你怎么能这样！现在这个时刻……"

现在这个时刻，杰纳维耶芙心里在想，但是……真是前所未有！她感到一种奇异的要整理的需要。这只花瓶移动了位置，埃兰这件大衣放在家具上，墙桌上有灰尘，这是……这是让敌人占了先着。内部溃败的暗示。她跟这场溃败作斗争。金光闪闪的摆设，排列整齐的家具，是一目了然的表面现实。所有一切健康、干净、发亮的东西对杰纳维耶芙来说，好像正在排斥那黑暗中的死亡。

医生说过："这会过去的，孩子可坚强呢。"那当然。当他睡着时,他捏紧两个小拳头抓住生命不放。这是那么美丽。这是那么结实。

"太太,您应该出去散散步,"护士说,"我过一会儿再走。不然我们是坚持不下去的。"

这个孩子弄得两个女人筋疲力尽,这情景很奇怪。他眼睛紧闭,呼吸短促,把她们拖到地球的绝境。

杰纳维耶芙走出去,目的是躲开埃兰。他正在向她做报告:"我最基本的义务……你的傲慢……"这些话她一句也没听懂,因为她困思蒙眬,但是有些话听在耳里还是叫她吃惊。"傲慢。"为什么傲慢?在这里说这话干吗?

医生对这个少妇很惊讶,她不哭泣,不说一句废话,像个动作规范的护士那样做他的副手。他欣赏这位会生活的娇小女人。杰纳维耶芙也把他的出诊看作一天中最好的时光。他不安慰她,什么话都不说。但是在他的心里孩子的身体情况一清二楚。因为一切严重的、暗藏的、不利的症候都表现了出来。在与暗影的这场抗争中这是多么重要的保护啊!还有前天的那场手术……埃兰在客厅里呻吟。她留了下来。外科大夫穿了白大褂走进房间,像当天的一种镇静力量。住院医生与他开始进行一场快速的战斗。说话、下命令干脆利落:"麻醉剂",然后"收紧",然后"碘酒",声音低沉,不带感情。突然,像贝尼斯在他的飞机里,她也见到灵光一现,认定会渡过难关的。

"这个你怎么看得下去?"埃兰说,"你真是个没有心肝的妈妈。"

一天早晨,她渐渐地沿着一张座椅滑下,当着医生的面昏迷过去。当她恢复神志,他没有对她说什么勇敢与希望,也不表示任何怜悯。他严肃地瞧着她,对她说:"您操劳过度了。这不是在认真对待。我命令您下午出去走走。不要去剧院,那里的人眼界太狭窄,不会明白的,但是做些类似的事。"

他想:

"以上是我在世上看到最真实的事了。"

林荫道这么凉爽她没有料到。她走着回忆自己的童年,内心感到极大的平静。树木、平原。一些简简单单的东西。有一天,很久以后,她有了这个孩子,这件事没法理解,同时又最简单不过了。比其他事情都要明白无误。她帮这个孩子浮出事物的表面,处在其他的生命体中间。要描述她立即感到的体验,这类的词句是不存在的。她感到自己……是的,是这个词:聪明了。对自己有了信心,与一切有了联系,成为一场大音乐会的一部分。晚上,她让人抱她到窗前。树活着,往上长,从泥土上拽出一片春意:她是树木的同类。她身边的孩子呼吸轻微,这却是世界的发动机,他轻微的呼吸使世界有了生意。

但是三天来过得慌慌张张。做任何细小的动作——开窗、关窗——都会后果严重。再也不知道该怎么做了。她接触药瓶、床单、孩子,不知道这个动作在阴暗世界中达到什么效果。

她走过一家古玩店。杰纳维耶芙想起自己客厅里的小摆设,就像想到捕捉阳光的陷阱。一切留住阳光的东西,一切照亮后浮出表面的东西,她都喜欢。她停下欣赏这只水晶瓶里的无声微笑——陈年葡萄佳酿中闪闪发光的微笑。她在疲劳的意识里混合了光、健康和生命的确信,想望这个正在夭亡的孩子的房间里出现这道反光,像金色钉子一样固定不移。

（四）

埃兰又发起进攻。"你还有心情去玩，去逛古玩店！我决不会原谅你的！这……"他在找词，"这恶劣，不可思议，不配当母亲！"他机械地取出一支烟，一只手摇动一只红烟盒。杰纳维耶芙还听到："尊重自己！"她还想："他会不会点他的香烟？"

"是的……"埃兰慢慢放出一句话，他把真情放到最后透露，"是的……妈妈玩的时候，孩子正在吐血哩！"

杰纳维耶芙变得十分苍白。

她要离开房间，他堵住门不让她走。"留下来！"他呼吸急促像头野兽。之前让他一人焦虑不安，他要她付出代价！

"你要弄痛我了，以后你会责怪自己的，"杰纳维耶芙淡淡地说。

但是这句话针对他这个鼓足了气的皮囊，针对他面对事情的无能，像是一记狠狠的鞭子抽得他兴奋起来。他说得慷慨激昂。是的，她对他的种种努力都无动于衷，她卖弄风情，轻佻。是的，他长期蒙在鼓里，埃兰说，他把全部精力都放在她身上。是的。但是这一切毫无效果，他独自受苦，人在生活中总是孤独的……杰纳维耶芙忍无可忍，转过身去，他把她拉回来，面对面，冲着她说：

"但是女人的错误是要付出代价的。"

她还是要躲，他用一句羞辱的话来制止她：

"孩子要死了，这是上帝的指责！"

他的怒气一下子消了，像完成了一桩凶杀案。这话一出口，他自己都愣住了。杰纳维耶芙脸色煞白，朝门走了一步；他猜出他留在她心头的是个什么形象，其实他只想装出高贵的样子。他渴望抹去这个形象，进行弥补，把一个温和的形象强迫她接受。

他的声音突然嘎叫起来：

"对不起……回来吧……是我昏了头啦！"

她把手放在插销上，侧身向着他，她在他看来像是一头野兽，准备着他稍有动静就往外逃。他没有动静。

"过来吧……我有话对你说……这难……"

她保持不动，她怕什么？他就是为了一种无谓的恐惧而恼火。他要跟她说他昏了头，残忍，不讲道理，她一个人是真心的，但是她首先应该过来，表示信任，吐露心声。那时他会在她面前低首下心。那时她会明白……但这时她已经转动插销了。

他伸出手臂，猛地抓住她的手腕。她极为轻蔑地逼视他。他不服气，不惜一切代价要制服她，显示自己的力量，对她说："看，我放手了。"

他起初轻轻地，然后又重重地拉她柔弱的手臂。她举手准备打他的耳光，但是他使这只手动弹不得。现在他弄痛了她。他觉得他弄痛了她。他想起那些孩子抓住了一只野猫，为了用力降服它，几乎把它掐死。为了用力抚摸它。为了表示温柔。他深深吸了一口气："我弄痛了她。一切完了。"他自己塑造的这个形象，叫他自己也惊慌，有几秒钟他有个疯狂的念头，把它随同杰纳维耶芙一起抹去。

他终于松开手指，有种奇怪的无能与空虚的感觉。她不慌不忙躲开，仿佛他真的不再令人害怕，仿佛什么东西突然把他置于无可奈何的境地。他不存在了。她不着急，慢慢整理头发，身子挺得笔直往外走。

晚上，贝尼斯来看她，她什么也没跟他说。这类事不说也罢。但是她要他叙述他们童年时共有的回忆，他自己在那里的生活。这样做是因为她托付他去安慰一个小女孩，因为大家用旧时情景来相互安慰。

她额头靠在他肩上，贝尼斯相信杰纳维耶芙全身都躲进了那里。她无疑也是这样相信的。他们无疑不知道人在抚摩之下不冒多少风险。

（五）

"杰纳维耶芙，您这个时候上我这里来……脸色这么苍白……"

杰纳维耶芙不作声。挂钟滴答滴答声令人难以承受。灯光已与曙光融化在一起，苦涩的饮料喝了会发烧。这扇窗户令人恶心。杰纳维耶芙强自振作：

"我看到了灯光，我就来了……没什么事要说的。"

"是吗，杰纳维耶芙，我……我在看书，您瞧……"

那些简装书组成黄的、白的、红的色块。一朵朵花瓣，杰纳维耶芙想。贝尼斯等着。杰纳维耶芙依然不动。

"我坐在这张椅子上遐想，杰纳维耶芙，我打开一部书，然后另一部，我印象中都是读过的。"

他做出这副老成的样子来掩饰内心的兴奋，声音极为平静地说：

"杰纳维耶芙，您有话要跟我说吧？……"

但是在心底想的是：这是爱情的奇迹。

杰纳维耶芙在排斥唯一的想法：他不知道……惊奇地瞧着

他。接着高声说：

"我来了……"

手摸额头。

窗户发白，房间泛出鱼缸般的光泽。"灯光淡了，"杰纳维耶芙想。

然后，突然脸带沮丧：

"雅克，雅克，带我走吧！"

贝尼斯面孔苍白，把她搂住，轻轻摇她。

杰纳维耶芙闭上眼睛：

"您把我带走吧……"

时间从这个肩膀上流过，不会造成伤害。放弃一切几乎成了一种欢乐：人听之任之，被流水冲走，仿佛自己的生命在流淌……在流淌。她说出心里话："不会给我造成伤害。"

贝尼斯抚摸她的面孔。而她想起了什么事："五年，五年……竟这样做！"还想："我给了他那么多……"

"雅克！……雅克……我的儿子死了……"

"您看到，我逃出了家庭。我那么需要安静。我还弄不明白，我还没有难过。我是不是一个没有心肝的妈妈？其他人哭了，还要安慰我。他们为自己那么善良感动不已。但是你看……我还没有记忆。

"对你，我什么都可说。死亡在一片混乱中降临：打针、包扎、电报。经过几个夜里没睡还以为在做梦。在诊病时头靠在墙上，空空的。

"跟大夫商量事情简直噩梦一场！今天，就刚才……他抓住我的手腕，我相信他要把我的手腕扭了。这一切就为了那一针。

但是我知道……这不是时候。然后他要我原谅他,但是这没什么要紧!我回答说:'是的……是的……让我去找我的儿子。'他堵住门:'原谅我……我需要你的原谅!'真是喜怒无常。'好吧,让我过去,我原谅你。'他又说:'嘴上说说,心里没有。'这样纠缠,我变得疯了。"

"这时候,当然,结束时也没有多大失望。对平静和沉默还几乎感到惊奇。那时我想……我想:'孩子休息了。'就是这样。我也好像天蒙蒙亮时在很远的地方下了船,不知在哪里,也不再知道干什么。我想:'大家到了。'我瞧着针筒、药,心里说:'这都没有意义了……大家到了。'我昏了过去。"

突然,她惊讶:

"我来这里真是疯了。"

她感到黎明照亮了那里的一场大溃败。床单是冷的,乱的。毛巾丢在家具上,椅子倒在地上。她必须赶快去抵抗这场事物的溃败。她必须赶快把这把椅子、这只花瓶、这本书放回原处。她必须徒然弄得自己筋疲力尽,去恢复围绕生活的事物的态度。

(六)

大家过来吊唁。说话时掌握节奏。大家勾起那些可怜的回忆,又让它们在她心中沉淀,这是多么不知趣的一种沉默……她身子保持挺直,大家传来传去的那些话,其中有"死"那个词,她照样毫不婉转地说出来。她不愿意人家窥视着她,听到她说出大家等待她说的话。她眼睛直愣愣瞧着,使人不敢正视,但是一等她低下眼睛……

其他人……那些人走到外客厅前走路平静从容，但是从外客厅到客厅快走几步，失去平衡倒在她怀里。不说一句话。她对他们不说一句话。他们把她的悲伤压了下去。他们胸前紧紧抱个身子蜷缩的女孩。

她的丈夫现在说到出售房屋。他说："这些可怜的回忆叫我们痛苦！"他撒谎，难过这个借口几乎跟他形影不离。但是他激动，喜欢动作夸张。他今晚动身去布鲁塞尔。她稍后再去找他："要是您知道家里有多乱……"

她的过去都崩溃了。这个客厅由长期耐心组成的。这些不是被人、被商人，而是被时间放在那里的家具。这些家具装点的不是客厅，而是她的人生。人家把这把椅子拉离了壁炉，把这只半圆桌拉离了墙壁。一切都从过去跌了出去，第一次露出一张赤裸裸的面孔。

"您也要再走吗？"她做个绝望的手势。

一千条盟约解除了。居然是一个孩子保持了世界的千丝万缕关系，让世界围绕着他进行调节？一个孩子的死亡对杰纳维耶芙竟是那么惨重的失败？

她听天由命了：

"我难过……"

贝尼斯温柔地对她说："我把您带走。我把您劫走。您记得吗？我对您说过我有一天会回来的。我对您说过……"贝尼斯把她紧紧搂在怀里，杰纳维耶芙头向后微仰，她的眼睛噙着泪水发亮，贝尼斯搂着不是一个女囚，而是这个泪汪汪的女孩。

朱比角

贝尼斯,我的老友,今天是邮包发送的日子。飞机已经离开锡兹内罗斯。不久就要经过这里,给你带去这几句责备。我对你的来信和我们囚禁的公主想了很多。昨天在海滩散步,那么空旷,那么裸露,天长地久地受海水冲刷,我想起我们也与它相仿。我不太清楚我们是否存在。有几个晚间,在悲凉的日落之时,你看到了西班牙要塞在亮着的海滩隐没。但是这种神秘的蓝色反光跟要塞不是同样的颗粒。这是你的王国。不怎么真实,不怎么可靠……但是,杰纳维耶芙,让她活着吧。

是的,我知道,让她活在今天的惶恐中。但是生活中并不多戏剧性故事。有机会经历的友谊、温情、爱情是那么少。不管你对埃兰有什么说法,一个男人并不很重要。我相信……人生建筑在其他事情上……

这些习俗,这些协议,这些法规,这一切你不觉得有必要的东西,这一切你已逃离的东西……把她框住了。

为了生存在她周围必需有长久存在的现实。但是荒谬也罢,不公正也罢,这些都只是语言。杰纳维耶芙,被你带走,杰纳维耶芙也就徒有虚名了。

此外,她需要什么自己知道吗?对财富的这种习惯本身,她不见得知道。钱,是可以获取财物的东西,引起外在的激动——而她的人生是内在的——但是财富,让事物可以持续存在。这是看不见的地下河流,它一世纪以来构筑一个家庭的四壁,积累人的记忆,这才是灵魂之所在。你会把她的人生清理一空,就像给一套公寓内不再看到的千百件组合物搬了家。

但是我在想，对你来说爱是诞生。你会以为带走的是个重生的杰纳维耶芙。爱，对你来说，是你有时在她身上看到的眼睛颜色，像一盏灯似的可以轻易点燃的。是的，在某些时刻最简单的话好像具备这样一种力量，爱是可以轻易哺养的……

生活，无疑，是另一回事。

（七）

要杰纳维耶芙去碰这块窗帘、这张椅子很为难，仿佛有的人发现了立在边境的界碑石。直到那时以前，手指抚摸是一种游戏。直到那时以前，这个背景到了时间都会轻易地出现与消失，就像在舞台上一样。她的情趣是如此可靠，从来不用问这块波斯地毯，这幅印刷画究竟是什么。它们到今天还是一间那么幽静小室内的装饰——现在她跟它们相遇了。

"这没什么，"杰纳维耶芙想，"我依然在不属于自己的生活中过着外来人的生活。"她端坐在座椅上，两目紧闭。这样在特快列车的车厢里。度过的每秒钟都把房屋、森林、村庄抛在后面。可是，若从卧铺上睁开眼睛，看到的只是一个铜环，永远是那同一个。人在不知不觉中变化。"一周后我睁开眼睛，我将是一个新人，他把我带走了。"

"您觉得我们的家怎么样？"

为什么这么早叫醒她？她张望。她不知道表达自己的感觉：这个布置缺乏长久性。它的房架也不坚固……

"你过来，雅克，有你在……"

单身公寓内沙发和墙纸上的暗淡阳光，墙上的这些摩洛哥装饰布。这一切可以在五分钟内装上、卸走。

"雅克，您为什么把墙壁遮住，您为什么愿意不让手指紧摁墙壁？……"

她喜欢用手掌抚摸石头，抚摸家里最可靠与最长久的东西。一切像一艘船可以长期运载你的东西……

他拿出他的宝物："一些纪念品……"她明白。她认识几名殖民部队的军官，他们在巴黎过着幽灵般的生活。他们又在林荫道上相遇了，奇怪自己还活着。在他们的家里或多或少认得出在西贡的那个家，在马拉喀什的那个家。大家在里面谈女人、谈同僚、谈晋升；但是这些帷幔在那里可能跟墙壁血肉相连，在这里则像死去的一样。

她用手指碰薄片铜器。

"您不喜欢我的小玩意吗？"

"原谅我，雅克……这有点儿……"

她不敢说："庸俗"。但是她所以有可靠的趣味，就来自她只鉴赏和热爱塞尚的真迹，而不是临摹；真正的名家家具，而不是赝品；这使她暗中瞧不起贝尼斯的东西。她怀着最慷慨的胸怀准备牺牲一切；她觉得自己可以在一间粉刷的小室内承受生活，但是这里她感到有点败坏自己的情绪。不是富家子弟的挑剔，而是——奇怪的想法——她的直率。他猜到她的为难，但不能理解。

"杰纳维耶芙，我没有能力提供您人舒适的生活，我不是……"

"啊！雅克！您疯了，您想到哪里去了！"

这我都不在乎,——她紧紧依偎在他怀里——只是比起您的地毯,我宁愿要简单的打蜡的地板……这些都由我来给您安排吧……

她没有再往下想,她猜想她所追求的不事修饰,其实是更大的奢侈,要求的东西也多于他们脸上的这些面具。她孩子时代玩耍的大厅,这些闪光的胡桃木地板,这些实木桌子,能够穿越几个世纪也不会过时和陈旧……

她感到一阵不可名状的忧郁。不是为财富、为自己的要求而遗憾。她肯定不及雅克那么了解什么是多余的东西,但是她确切明白她在新生活中因有了多余的东西而富裕。她不需要那些东西。但是她再也得不到生活持久的保证。她想:"东西比我更持久。以前我被人接受、陪伴、保证有一天会得到照顾的,现在我要比东西更持久。"

她还想:"当我去乡下的时候……"她又透过茂密的椴树林看到了这幢房子。这是浮上表面最稳固的东西:宽大的条石台阶不停地往泥土里陷。

那里……她想到冬天。冬天清除树林里的全部枯木,露出房屋的每根线条。我们甚至看到世界的构架。

杰纳维耶芙走过,吹口哨唤狗。她每走一步踩得树叶沙沙响,但是经过冬天这番挑选,这番大清除之后,她知道春天将会填补地面的凹凸,攀登树枝,绽放花蕾,使拱形树冠焕然一新,让它们具有水的深度与运动。

那里,她的儿子没有完全消失。当她走进食品储藏室翻动半熟的木瓜时,他刚好走了,但是,我的孩子呵,奔跑了那么久,疯了那么多时候,是不是该乖乖睡一会儿啊?

她认出那里死者的信号,她不怕。每个死者把自己的沉默都加入家庭的沉默里。眼睛从书本上抬起,屏住呼吸,体验刚刚消失的召唤。

消失的人们?而在这些变化不定的人中间只有他们才是持久的,而他们最后的面孔是那么真实,再做什么也不能改变的!

"现在我跟了这个人,我会为他痛苦,为他怀疑。"因为既充满温情又令人反感的这种人性纠结,其成分都是天定的,她没法把它解开。

她睁开眼睛,贝尼斯在沉思。

"雅克,您必须保护我,我离开时会很穷,非常穷!"

她将生活在达喀尔的这间房子里,在布宜诺斯艾利斯的这人群中,在那个世界上——如果贝尼斯不够强的话——将只有些不甚需要、比一部书中情景略显真实的情景……

但是他弯身对着她,轻声轻气说话。他表示出的这个形象,这种出自内心的温情脉脉,她愿意尽力去相信。她确实愿意去爱爱情的形象,她只有这个脆弱的形象来保护它了……

今晚,她会在纵情中找到那个脆弱的肩膀,这个脆弱的庇护所,把脸埋在里面,像只等待死亡的动物。

(八)

"您带我上哪儿?您为什么带我上这里?"

"这家旅馆不喜欢吗,杰纳维耶芙?那我们再走吧,愿意吗?"

"好的,再走吧……"她不安地说。

车灯照得不亮。在黑夜就像在黑洞里艰难前行。贝尼斯偶尔向旁边看一眼：杰纳维耶芙苍白无色。

"您冷吗？"

"有点儿，没关系。我忘记拿裘皮大衣了。"

她是个丢三落四的女孩。她笑了。

现在天在下雨。"糟透了！"雅克心里说，但是他还想这样是在走近人间天堂。

到了桑斯近郊必须换一个火花塞。他忘了带电行灯，又是一个忘记。他手握一把滑牙的扳手在雨下摸索。"我们应该乘火车的。"他心中嘀咕个没完。他宁可开自己的车是因为车给人提供一个自由的形象：美丽的自由！可是从这次出走以来他做的尽是傻事，事事都忘记！

"您到得了那里吗？"

杰纳维耶芙来找他了。她突然觉得自己是一个囚徒，一棵树，两棵像哨兵似的树，这间不堪入目的养路工小窝棚。我的上帝，怎么会有这个想法……她难道要在这里生活一辈子吗？

事情完了，他拿起她的手：

"您发烧了！"她微笑……

"是的……我有点累，我好想睡觉……"

"那您为什么还要下车淋雨！"

发动机还是转不起来，熄火，劈劈啪啪。

"我的小雅克，我们到得了吗？"她半睡半醒，全身高烧，"我们到得了吗？"

"是的，我的爱，马上就是桑斯了。"

她叹口气，她努力在做的事已超出她的能力。这一切都由于那个喘粗气的发动机。每棵树都要花大力气往后拉。每棵树。一棵接一棵。没完没了。

这样是不行的,贝尼斯想,还得停下来。他想到抛锚就惊慌。他害怕景物停滞不动了。这引出某些在萌生的想法。他害怕某种正在显示的力量。

"我的小杰纳维耶芙,别去想这个夜里……想不久的事……想西班牙。您喜欢西班牙吗?"

一个细小遥远的声音在回答他:"是的,雅克,我很幸福,但是……我有点害怕盗贼。"他看见她轻轻笑了。这句话叫贝尼斯不舒服,这句话其实只是想说:去西班牙旅行,这是个童话故事……没有信仰。一支没有信仰的军队。一支没有信仰的军队不能够胜利。"杰纳维耶芙,是今天夜里,是这场雨破坏了我们的信心……"他一下子认识到今天夜里就像是一场生不完的疾病。病的苦味就在他嘴里。这是看不到黎明希望的一个夜里。他抗争,在心里打拍子:"只要天不下雨,黎明就是一帖治愈的药……只要……"他们内心有什么病了他不知道。他相信这是大地烂了,这是黑夜病了。他期望黎明,就像绝症病人说:"天亮我去呼吸新鲜空气,"或者:"春天来了我就会年轻的……"

"杰纳维耶芙,想想我们在那里的家……"他立即醒悟他不应该说这样的话。什么都还不能够在杰纳维耶芙心里建立家的形象。"是的,我们的家……"她试着读这个词的声调。她的热情在滑落,她的乐趣是飘忽的。她搅动许多她自己也不清楚、即将形之于言词的想法,许多叫她害怕的想法。

他不认识桑斯的旅店,在一盏路灯下停车,查一查旅行指南。一盏快要熄灭的煤气灯摇晃着影子,使一块褪色滑落的布招牌在白灰墙上活了起来:"自行车……"他觉得这是他一生中见到最悲哀与最庸俗的词。平庸生活的象征。他觉得他在那里的生活中许多东西是平庸的,但是以前他没有发觉。

"借个火，布尔乔亚……"三个骨瘦如柴的顽童嬉皮笑脸瞧着他。"这些美国人，在找路……"然后他们盯着杰纳维耶芙。

"你们给我滚开！"贝尼斯大吼。

"你的妞，哆得来。但是你看到二十九号我们的那个……"

杰纳维耶芙有点惊慌，身子向他靠。

"他们说什么？……我求您，我们走吧。"

"但是杰纳维耶芙……"

他忍住，闭上嘴。他必须找个旅店……这些喝醉的野孩子……又怎么样呢？接着他想她身上发烧，她难受，他应该不让她碰见这种事。他带着病态的固执，责备自己让她卷进一些丑事中去。他……

环球旅馆关上大门。所有这些小旅店在夜里都像缝纫用品商店的样子。他门敲了很久，直至有人拖着脚步过来。值夜人打开半扇门：

"客满。"

"我求求您啦，我的妻子病了！"贝尼斯坚持。门又关上。脚步往走廊深处走去。

一切都串通一气来对付他们。

"他说什么？"杰纳维耶芙说，"为什么，为什么他连话都不回答？"

贝尼斯差点要她看一看，他们这里不是旺多姆广场，肚子一吃饱，小旅店都入睡了。这比什么都正常。他坐下，不说一句话。脸上汗水闪烁。他不发动，但是盯住一段发亮的路面；雨水从他的脖子往下流，他觉得要把这块死气沉沉的土地摇醒。重新想到了这个愚蠢的主意：当天亮的时候……

在这一分钟，确实需要说句有人情味的话。杰纳维耶芙试探着说:"这一切都没什么,我的爱。为我们的幸福自然要辛苦一点。"贝尼斯凝视她:"是的,您真是宽宏大量。"他感动。他真想拥抱她,但是这雨、这不舒服,这累……他还是握住她的手,感到她的体温更高了。每一秒钟都在摧残她的身体。他依靠想象的事来使自己镇静下来。"我给她煮一杯滚烫的格罗格酒。就会没事的。一杯滚烫的格罗格酒。我用毯子裹住她。我们对着看,把这场艰难的旅行当作笑话说。"他感到一种模糊的幸福感。但是当前的生活情景与这些想象格格不入。另外两家旅店依然毫无动静。这些想象。必须每次把它们重新过一遍。每次它们也更为黯淡,它们包含的梦想成真的能力也微乎其微了。

杰纳维耶芙早已不说话了。他感到她不抱怨,也不说什么。他可以开上几小时,几天,她也不说什么。再也不说什么。他可以扭弯她的手臂,她不说什么……"我在胡说八道,在瞎想!"

"杰纳维耶芙,我的孩子,您难过吗?"

"不,这过去了,我好些了。"

她刚才对许多事感到无望。把它们放弃了。为了谁?为了他。一些他不能给她的东西。这更好……这一根弹簧折了。她更顺从了。这样她将过得愈来愈好,她甚至会放弃幸福。当她过得完全好了……"嘿!我是个大傻子,还在瞎想。"

希望与英格兰旅馆。商务旅客享受特价。"杰纳维耶芙,您靠着我的胳膊……是的,要个房间。太太病了,快来杯格罗格酒!一杯滚烫的格罗格酒。"商务旅客享受特价。为什么这个句子是那么可悲?"坐这张椅子,这会好些。"格罗格酒怎么还不来?商务旅客享受特价。

那位上了年纪的女佣很殷勤:"来啦,我的小太太,可怜的太太。她全身发抖,面孔煞白。我给她烧壶热水。上十四号客房,一个漂亮的大房间……先生可不可以登记一下?"他手指捏着一支肮脏的蘸水笔,注意到他们的姓氏不一样。他想把自己说成是照顾杰纳维耶芙的仆人。"都是我的错,没有品位。"这次还是她帮他解的围,她说:

"填情人,不是很亲切么?"

他们想到了巴黎,想到了丑闻。他们看到不同的面孔群情激昂。对他们来说仅仅只是困难的开始,但是他们相互一句话也不提,害怕他们的想法不约而同。

贝尼斯明白直到目前为止还是什么也没发生,除了一座发动机性能欠佳,淋了几滴雨,花了十分钟寻找旅馆。他们觉得克服了累人的困难,其实这些困难来自他们自己。杰纳维耶芙在跟自己过不去,她那么费力自拔,以致弄得心力交瘁。

他握住她的手,但是还是知道语言帮不了他的忙。

她睡着。他不去想爱情。但是他思想奇奇怪怪的。往事的重现。灯的火焰。必须赶快给灯加油。但是同时必须保护火焰不被大风吹灭。

但是,尤其是这种洒脱。他原来以为她贪图安逸。为物质难过,为物质感动,像孩子似的哭着要喂。而今,尽管贫困,他还是要给她许多东西。但是,他身无长物,在这个不饥饿的孩子面前跪了下来。

(九)

"不。没什么……我自己来……啊!不早啦?"

贝尼斯站着。他梦中的动作像纤夫的动作那么沉重。像使徒的动作,把你从自己的深处引导到阳光前。他的每一步都充满意义,像舞蹈家的舞步。"呵!我的爱……"

他踱来踱去:这可笑。

那扇窗子给晨光照出了肮脏。那个夜里,它蓝得发暗。它在灯光照耀下,如蓝宝石一般深邃。那个夜里,它透明直接见到星光。人在做梦,人在想象。人站在一艘轮船的船头。

她收回双膝抱紧,觉得身子发软,像没烤好的面包。心跳太快,难受。这样在一节车厢里。轮轴声在给逃离打拍子。轮轴像心一样跳动。额头贴在玻璃窗上,景物在流逝。地平线接纳一团团黑影子,渐渐把它们笼罩在自己的和平中,这一切像死亡那么温柔。

她正想对那个男人叫:"把我留下吧!"爱情的双臂把你们抱住,连同你们的现在、过去、未来,爱情的双臂把你们拉在一起……

"不。我自己来。"

她站起。

(十)

这个决定,贝尼斯想,这个决定是在我们之外做出的。相互没有讲过话就做了出来。这样回去好像事先就商定好了似的。人病成这样自然不能继续了。以后再看啦。离家没多久,埃兰在外地,事情不会露出破绽。贝尼斯奇怪这一切都显得那么轻松。他知道事实不是如此。这是因为他们可以不费气力去做。

况且,他怀疑自己。他知道他还是在某些想象前退缩了。但是,想象又是来自深处什么呢?今天早晨醒来时,他对着眼前这块低矮灰暗的天花板立即想到：

"她的家是一艘船。把好几代人从此岸送到彼岸。旅行在这里与他处都没有意义，但是有了船票，坐上舱位，带了黄皮箱包感到多么安全啊。上了船……"

他还不知道他是否会难过，因为他正在走一条坡道，未来朝他走来而他又没法把它抓住。当人自暴自弃时不会难过；当人在悲哀中自暴自弃时就不再难过。以后面对某些形象时才会难过。他从而知道他们扮演后半部角色较为胜任，因为内心已有所准备了。他是在操纵一台转动不灵的发动机时对自己说这番话的。但是会到达的。走在一条坡道上。总是这坡道的印象。

将近枫丹白露时，她口渴。景色的每个细节都熟识在心。他平静地停好车。他安慰。上升至白天的必须是这么一个环境。

这家小餐馆给他们送上了牛奶。不用匆匆忙忙了吧？她小口呷牛奶。不用匆匆忙忙了吧？发生的事都必然发生在他们身上了。总是这个必然的印象。

她温柔。她为许多事感激他。他们的关系要比昨天自由得多了。她微笑，指着门前啄食的小鸟。她的脸在他看来是新的，他在哪儿见过这张脸？

在旅行者身上。这是生活将在某秒钟内从你的生活中剥离的旅行者身上。在河滨道上。这张脸已经能够微笑，依靠未知的热忱活着。

他又抬起眼睛。她露出侧面，低下头，在遐想。她若稍微侧转头，他就失去了她。

肯定她始终爱着他，但是对于一个脆弱的少女不可以有太多要求。他显然不能说"我还给您自由"，也不能说句同样愚蠢的话，但是他说起他打算做的事，他的前途。在他给自己构建的生活里，她不是个囚徒。为了感谢他，她把她的小手放在他的胳臂上："您是……我全部的爱。"这是真的，但是他从这些话里也听出他们天生不是一对儿。

既固执又温柔。几近无情，残酷，不公正，但是对这点并不自知。会急于不惜一切代价捍卫某种说不清楚的利益。既安静又温柔。

她生来也不适合埃兰。这个他知道。她说到她要重过的生活，从来给她造成的只是损害而已。那么，她天生适合什么呢？她看上去并不为此难过。

他们又上路了。贝尼斯稍稍向左靠。他知道也不要难过，但是他心中的小动物肯定受了伤，它的眼泪是不可解释的。

在巴黎，毫无动静。没有引起任何风波。

（十一）

这又有什么好呢？城市在他四周毫无用处地搅扰。他知道他从这种混乱中再也没有什么可取的。他慢慢逆着陌生的人群走。他想："好像我不在这里似的。"他不久又该离开了，这很好。他知道他的工作环绕他产生非常具体的联系，使他重新获得一种现实感。他也知道日常生活中跨出一小步，也具有完成了一件事的重要性，那个精神上的溃败也就失去了一点意义。中途站上的说说笑笑依然保持着它的魅力。这奇怪，然而肯定。但是他对自己不感兴趣。

他经过巴黎圣母院时，走了进去，奇怪里面人群密集，他躲在一根柱子后面。他为什么来这里呢？他问自己这个问题。不管怎样，他来了，因为这里待上几分钟会有所收获。在外面这段时间不会给他带来什么。是这样,"在外面待上几分钟只会是一无所获"。他还感到有必要自我认识一番,把自己托付给信仰,就像托付给任何一种哲学体系。他心想:"我若找到一个信条,它表达我的思想,它凝聚我的意志,对我来说这就是真的。"然后他又沮丧地说:"可是,我是不会相信的。"

突然,在他看来这又是一趟海上航行,他的一生就是这样消耗在试图逃离上。布道一开头就让他不安,仿佛是一次出发的信号。

"天国,"布道师说,"天国……"

他双手压在椅子的宽大边沿上……朝着听众俯下身。听众挤在一起,专心聆听每句话。心灵滋养。有些形象又袭上他的心头,清晰明白出乎意外。他想到钻入鱼篓里的鱼,又毫无联系地加了一句:

"当加利利的渔民……"

他只是使用那些会带来一连串往事和持续存在的词句。他好像在听众身上慢慢加重压力,渐渐加强冲势,像赛跑者的步子。"你们如果知道……你们如果知道多少爱……"他停下,有点气喘;他的感情太丰满了,难以表达。他懂得广泛使用的普通词显然包含着太多的意思,他再也分不清楚在此恰当表达的词汇。烛光使他面孔发黄。他挺一挺身,两手撑着,额头抬着,人笔直。当他放松时,这些听众也像海水稍稍晃动。

接着词句又来了,他说话。他带着惊人的自信说话。他像个孔武有力的装卸工那样轻松愉快。想法在他的身外形成,进入他的内心,当他说完句子时,就像人家给他递上了一个包裹。首先他心里模模糊糊升起那个形象,再在形象里套上那个公式,说得教民口服心服。

贝尼斯现在听布道。

"我是一切生命的源泉。我是潮水,进入你们体内,激励你们,然后退去。我是恶,进入你们体内,撕裂你们,然后退去。我是爱,进入你们体内,永久留驻。

"你们过来用马西昂[①]和第四部《福音书》反对我。你们过来跟我谈经间插入句。你们过来抛出你们可怜的人性逻辑来反对我,而我是超越的那个人,而我把你们从中拯救!

"囚徒呵,你们要懂得我!我救你们摆脱你们的科学、你们的公式、你们的法律,这个精神奴役,这个比宿命更为蛮横的决定论。我是盔甲上的拼条。我是监狱上的天窗。我是计算中的错误:我是生命。

"你们用积分算出了星辰的运转,实验室的一代人呵,你们也就对它不再了解了。这成了你们书中的一个符号,不再是光明了。这事你们知道的比一个男孩子还少。你们甚至还发现了掌控人类爱情的规律,但是这种爱却不是你们的符号所能捕捉的,这事你们懂得的比一个女孩子还少。好吧,上我这里来吧。光明的这种柔情,爱情的这种光明,我把它们还给你们。我不奴役你们,我拯救你们。那个人第一个计算出水果的跌落,把你们关进这场奴役中,我把你们从他那里救出来。我的家是唯一的出路,出了我的家你们会变成什么呢?

"出了我的家,出了这艘船,你们会变成什么,在这里面时间的流逝自有其丰富的意义,就像海水对着发亮的艏柱流逝。海水的流逝无声无息,但承载着岛屿。海水的流逝。

[①] 马西昂(约110—约160),早期基督教异端马西昂派教会的创始人。

"上我这里来吧，对你们毫无结果的行动是苦涩的。

"上我这里来吧，对你们只会陷入法律的思想是苦涩的……"

他张开双臂：

"因为我是个接待的人。我过去承载着人间罪恶。我承载了它的恶。我承载了你们这些失去幼崽的野兽的伤痛和不可痊愈的疾病，你们得到了解脱。但是你们的恶，我今天的子民，是一种更深重、更难补救的苦难，可是我把它与其他的恶一样承载。我将承载更沉重的精神锁链。

"我是个承载人间枷锁的人。"

那人在贝尼斯看来是个绝望的人，因为他呼喊不是为了得到一个信号。因为他没有要求信号。因为他在自问自答。

"你们将是些在游戏的孩子。

"你们每天无谓的努力，使你们筋疲力尽。到我这里来吧，我给予你们的努力一个意义，它们将建立在你们心中，我将使之成为人的成就。"

这话传进人群。贝尼斯不再听到说话，但是有什么在他心中产生，像个主题反复出现：

"……我将使之成为人的成就。"

他感到不安。

"今日的情人，上我这里来吧，你们的爱，干枯、残酷、绝望的爱，我将使之成为人的成就。

"上我这里来吧，你们对肉欲的匆忙，你们悲伤的归来，我将使之成为人的成就……"

贝尼斯觉得苦恼之情在增加。

"……因为我是那个对人赞美的人……"

贝尼斯陷入了彷徨。

"我是唯一能够把人归还自己的人。"

教士不说了。他疲惫，朝祭台转过身。他崇拜他刚才树立的这位神。他觉得自己卑微，好像他把一切奉献了，好像肉体的疲惫是一份献礼。他不知不觉把自己等同于基督。他朝祭台转过身后又说，速度慢得令人害怕：

"我的父，我相信他们，因而我给出了我的生命……"

最后一次俯身向群众：

"因为我爱他们……"然后他发抖了。

静默在贝尼斯看来很奇妙。

"以父的名义……"

贝尼斯想："那么绝望！信德的行为在哪里？我没有听到过信德的行为，而是一声极端绝望的尖叫。"

他走出门。弧光灯不久就要点亮。贝尼斯沿着塞纳河河堤走。树木纹风不动，凌乱的树枝凝结在厚重的黄昏中。他内心已经平静，是因为白天无所事事而来的，有人则相信是为了一个问题得到了解决而来的。

可是这个黄昏……十分戏剧化的幕布，已经在帝国的废墟、溃败的夜晚和脆弱爱情的结局中使用过，明天还会在其他的喜剧中使用。这块幕布在黑夜宁静时，在人生迟滞不前时都令人不安，因为不知道在搬演的是什么戏。啊！是什么把他从人性焦虑中拯救出来？……

弧光灯全都同时亮了起来。

（十二）

几辆出租车。几辆公交车。不可名状的喧闹，贝尼斯，迷失在这里不是很好吗？一个大个子插在柏油路上。"喂，让一让！"那些女人，一生也只能遇见一次，不能错失良机。那边，蒙马特尔灯光逼人。已经有妓女在搭讪。"好上帝！快啊！……"那边，另有一些女人。一些西班牙人，像珠宝盒，女人即使没有姿色的，也有一个宝贵的肉体。五百张票子的珍珠挂在肚子上，还有这样的戒指！奢侈的肉团团。还有一个着急的女孩："放开我，你！我认识你，皮条客，滚吧。让我过去吧，我要过日子！"

这个女人在他面前吃夜宵，穿礼袍，三角领口，背全裸。他只看到这个后颈，这两个肩膀，这个看不见东西的背，上面的肉在急速颤动。物质不断重新组合，不可察觉。当那个女人抽烟时，拳头支着下巴，低着头，他看到的只是一片荒漠了。

一堵墙，他想。

舞女开始她们的游戏。舞女的步子富有弹性，芭蕾的灵魂借给她们一个灵魂。贝尼斯喜欢这个将她们平衡托起的节奏。这种平衡处于极大的威胁中，但是她们总是满有把握地恢复，令人惊讶。她们搅得人的感官不安，当形象正要建立和即将进入休止、死亡和分解成动作的时候，又把它解开了。这其实是欲望的表述。

在他面前是这个神秘的背，像湖面那样平滑。但是一个初起的动作、一个想法或一个寒颤，都会在上面引起一个会扩大的影子漪澜。贝尼斯想："我需要在这下面的隐秘蠕动的东西。"

舞女在沙子上画出然后又抹去几个谜后，谢场退下。贝尼斯向身姿最轻盈的舞女打了个手势。

"你跳得真好。"他猜测她的身体重量，那就像水果的果肉。他发现她身子沉重，这倒没有想到。一种富态。她坐下。她目光专注，剃过毛的后颈有点牛性的东西。这是这个身体上最不灵活的关节。她的面孔也无秀气可说,但是全身上下显得平心静气。

然后,贝尼斯看到她的头发被汗水粘住。脂粉里现出一条深皱纹。一件褪色的饰物。她走出了舞蹈,就像走出了生存之地,显得憔悴和可怜。

"你在想什么?"她做了个笨拙的手势。

这整个夜生活的喧闹有了一个意义。酒保、出租车司机、酒店领班的喧闹。他们在干自己的活儿,归根结底是把这杯香槟和这个累乏的女人推到他面前。贝尼斯从大幕后面来看生活,那里一切都是工作。那里没有罪恶,没有美德,没有暧昧的感情,但是这是一份工作,跟他们团队的工作一样按照常规办事、一样中性。这场舞蹈也是如此,它把姿势编在一起,形成一种语言,只能向外人去说。只是外人在这里发现一个结构,但是他们与她们早已忘记了。犹如那位音乐家,他把同一首曲子演奏了一千次,丧失了对它的感觉。这里,她们在聚光灯下跨出舞步,做出表情。但是只有上帝知道有什么投入。这一位只关心隐隐作痛的那条腿,那一位只想到——啊,可怜哪!——舞蹈后的约会。这位想到:"我欠一百法郎……"那位可能还是:"我痛。"

在他心中一切热忱都已经烟消云散了。他心想:"我向往的东西你一点也不能给我。"然而,他的孤独如此无情,他不得不为此需要她了。

(十三)

她担心这个沉默的男人。当她夜里在睡着的人身边醒来时,她印象中是被人遗忘在一片荒凉的海滩上。

"把我抱在你怀里!"

她还是感觉温情的冲动……但是在这个身体中关闭着这个陌生生命，在额骨下隐藏着这些陌生梦想。她横卧在这个胸脯上，感到男人的呼吸如波涛似的起伏不定。这是一种渡海的焦虑。如果耳朵贴在肉上倾听心的沉着的跳动声，这台转动的马达，或者这个拆建工人的砍斧声，她体验到一种飞快、不可捕捉的逃逸。还有当她说一句话把他从梦中闹醒时的这种沉默。她计算说这句话与这声回答之间的秒数，像在测定暴风雨——一秒……两秒……三秒……他远在乡野之外。他若闭上眼睛，她拿住和捧起这颗沉甸甸像死人的头颅，要用两只手如同捧起一块石头。"我的爱，伤心啊……"

神秘的旅伴。

两人都直躺着，默不作声。他们感到生活像一条河流穿过身子。令人眩晕的逃逸。身体：放入激流中的独木舟……

"几点钟了？"

大家要对时间，奇怪的旅行。"呵，我的爱啊！"她紧抱他，头往后仰，头发凌乱，从水里拉出来。女人不论从睡眠还是从爱情中出来，这绺头发贴在额头，这张沮丧的脸，都像从海里回来似的。

"几点钟了？"

嗨！为什么啦？这些钟点像外省小车站那样过去了——午夜十二点、一点、两点——抛在后面了无影踪。有些东西在指缝中溜了过去，留不住。岁月老去，无所谓的。

"我能够很好想象你白发苍苍的样子，而我贤淑地做你的朋友……"

岁月老去，无所谓的。

但是，受挫的这一时刻，今后的平静，还有待时日，这个令人劳累。

"给我说说你那个地方吧?"

"那边……"

贝尼斯知道这是不可能的。城市、海洋,祖国:个个都一样。偶尔,事情飞逝的一面,你猜到而不明白,也不会重现。

他用手碰这个女人的腰肢,那个部分的肉毫无防御。女人:娇嫩润滑的裸身,照上一点光就亮晶晶的。他想这个神秘的生命,使他兴奋,使他温暖,如同太阳,如同内心气候。贝尼斯不对自己说她是温柔的,她是美丽的,而说她是温暖的。像动物那样温暖。生气勃勃。这颗心永远在跳动,隐藏在这个身体里的源泉,与他的源泉不同。

他想到这份快感,在他心里展翅拍打了几秒钟:这只疯狂的鸟拍打翅膀,死去。而现在……

现在,天空在这扇窗户里颤抖。呵,爱情后的女人神情溃散,头脑里对男人不存有欲望。被抛进冰冷的群星中。心的景色变化竟是那么快……欲望被穿越,温情被穿越,火的河流被穿越。现在纯洁,寒冷,摆脱了肉体,独立船头驶向大海。

(十四)

这间秩序井然的客厅像一座月台。快车始发前,贝尼斯在巴黎度过了几个荒漠般的钟点。他额头贴着车窗瞧着人潮流过。他被这条河流隔开了。每个人都在制订自己的计划,匆匆忙忙。

在他身外定计设套,又都见招拆招。这个女人来了,刚走了十步,走出了时间。这群人以前是生命体,喂你们眼泪,喂你们笑,现在他们在这里如同一群死人一般。

第三部分

（一）

欧洲、非洲一边在各处清除白天最后的暴风雨，一边前后相隔不久准备着迎接黑夜。格拉纳达的暴风雨正在平静，马拉加的暴风雨转成多雨。在某些角落，狂风还在把树枝像头发那样揪住不放。

图卢兹、巴塞罗那、阿利坎特送出邮包后正在整理辅助设备，把飞机开进机库，关上库门。马拉加白天等待班机，也就没有必要准备工作照明。再说他也没有降落。他大概低空继续飞往丹吉尔去了。今日还要凭罗盘在二十米的高度飞过海峡，还看不到非洲海岸。西风强烈，吹得海面下陷。溅起的浪头变成白的。每艘下锚的船只船头迎着风，全身铆钉都在大海中一样用足了劲。英国悬岩在东边形成一个低压区，滂沱大雨往里灌。乌云在西边升高一层楼。在海的另一边，丹吉尔在雨中冒气，雨水急得像在给城市冲洗。地平线上乌云密集。可是，向着拉腊歇的天空则一片清澈。

卡萨布兰卡对着敞开的天空呼吸。七零八落的帆船使港湾非常触目，像经过了一场海战。海面经暴风雨的耕耘，只留下了有规则的长波纹，像扇子似的向外扩散。田野好像更绿了，在夕阳下像个深水塘。城市内积水未退的广场到处发光。电工在发电机组木棚里闲着等待。阿加迪尔的电工还有四小时上班，在城里吃饭。艾蒂安港、圣路易、达喀尔的电工可以安心睡觉。

晚上八时，马拉加传来电报：

"班机经过，没有降落。"

卡萨布兰卡在试用照明设备。一排标志灯切出一片红色的夜，一个黑色的矩形。前后有一个灯坏了，就像缺了一颗牙齿。然后第二个开关接通导航灯。在机场中央洒上一摊像牛奶似的灯光。音乐厅演员还没有上场。

有人在搬移一面反射镜。无形的光束挂在一棵湿漉漉的树上。它像水晶微微闪光。然后又是白色木棚，面积巨大，影子在旋转，然后又打散。终于那个光晕从高处下来，找到自己的位置，又给飞机划定这条白色的边线。

"好，"场长说，"关了吧。"

他回到办公室，查阅最新的报告，凝视电话，心里一片空白。拉巴特马上会来电话。一切准备就绪。机械师坐在油桶上，坐在木箱上。

阿加迪尔弄不明白。根据种种计算，班机早已离开卡萨布兰卡。大家窥伺它时时刻刻会到。金星已十次被误认为是飞机的机翼灯，刚从北方升起的北极星也是这样。大家等待，只要看到多了一颗星辰，看到它在星辰中间徘徊找不到位子，就打开探照灯灯光。

机场场长感到为难。他要不要发起飞信号？他怕南方有雾，甚至到努恩河，甚至还到朱比角都不散，而朱比角不管无线电怎么呼叫就是默不作声。黑夜里可不能把"法-美"班机往棉花堆里塞！撒哈拉站一直神秘莫测。

可是在朱比角，我们与世隔绝，像一艘船那样发出求救信号：

"告知航班消息，告知……"

锡兹内罗斯老提同样的问题烦我们,我们已不再回答。我们这样彼此千里相隔,在黑夜中徒然相互埋怨。

二十时五十分,一切都缓解了。卡萨布兰卡和阿加迪尔可以通电话。至于我们的发报机也接上线了。卡萨布兰卡在说话,它说的每个字都重复传至达喀尔。

"班机二十二时起飞前往阿加迪尔。"

"阿加迪尔呼叫朱比角:班机将在零时三十分抵达阿加迪尔。我们能让它飞往你们那里吗?"

"朱比角呼叫阿加迪尔:有雾。等待白天。"

"朱比角呼叫锡兹内罗斯、艾蒂安港、达喀尔:班机将在阿加迪尔过夜。"

飞行员在飞往卡萨布兰卡去的航程记录上签字,在灯光下眨眼睛。刚才,每眨一下眼睛都只是一个小小的战利品。有时候,贝尼斯应该感到幸福,在海水与陆地交界处有不成形的白色波涛作为向导。现在,在这间办公室内,满眼是文件柜、白纸、笨重的家具。这是一个在物质上既紧密又慷慨的世界。在门框里则是一个被黑夜清空的世界。

他脸发红,因为风在他的腮帮上摩挲了十个小时。有几滴水从他的头发上掉下。他走出黑夜,就像下水道工人走出地洞,穿厚靴子、皮衣、头发沾在额头上,眼睛眨个不停。他停下步子。

"……您还想让我继续飞吗?"

场长翻动航程记录,面有愠色:

"等会儿告诉您什么,就做什么。"

他已经知道他不要求再飞了,飞行员则知道他会要求他再飞的。但是各人都要证明自己是唯一的法官。

"把我蒙上眼睛关进一只带气门杆的柜子,要我把这家具送到阿加迪尔:您要我做的就是这个吧。"

他内心有那么多事,才不会花费一秒钟去想个人的意外事:这些想法只能来自空虚的心,但是这柜子的形象叫他沾沾自喜。有些事不可理喻……但是他还是会做成的。

场长打开一道门缝,把他的香烟抛进黑夜。

"嘿!看见啦……"

"什么?"

"星星。"

飞行员火了。

"我才不管您的星星,只看到三颗。您又不是派我飞火星,而是阿加迪尔。"

"月亮一小时后升起。"

"月亮……月亮……"

这个月亮叫他脾气更大:他难道是在等着月亮练习夜间飞行吗?他还是个学员吗?

"好。明白啦。就这样!留下吧。"

飞行员静了下来,打开还是昨晚的三明治,安心地咀嚼。他在二十分钟后离开。场长在微笑,他手指在电话上轻弹,知道他不久要签起飞命令。

现在一切安排就绪,有一段空闲。偶尔也像是时间停了下来。飞行员一动不动,在椅子上俯身向前,膝盖之间那双沾满油污的手。他的眼睛停滞在墙壁与他之间。场长斜坐着,嘴巴微张,像在等待一个秘密信号。女打字员打哈欠,拳头托着下巴,肘子撑在桌子上,感到睡意一阵阵袭来。有一只沙漏无疑在流动。然后远处一声声叫喊,犹如大拇指推动着机器运转。场长举起一个指头。飞行员微笑，直起身，胸膛吸满新鲜空气。

"啊，再见啦。"

偶尔也像是一部片子中断了。什么都卡住不动，如同一场昏迷，每秒钟都更严重，然后生命又开始了。

起初，他印象中不是在起飞，而是被关进了一个潮湿寒冷的洞穴，他的发动机就像有海水在里面澎湃咆哮。然后给什么东西抬了起来。白天，丘陵浑圆的背脊、海湾的线条、蔚蓝的天空组成一个世界，把你也包含在内，但是他还处在这一切之外，在一个正在形成的世界，那里自然元素还混淆不清。平原延伸，带走了最后的城市，马扎干、萨菲、摩加多尔，它们像玻璃棚从下面把他照亮。然后，最后的农庄闪着光，那是大地最后的机翼灯。突然他眼前一片漆黑。

"好！我现在回到一团乱麻中。"

他注意坡度计、高度计，顺着下降要钻出云层。一只微弱的红灯叫他眼花，他把它关了。

"好，我钻了出来，但是什么也没看见。"

小阿特拉斯山的最初几座山峰夹在两条河流之间，看不见影子，听不到声音，像在漂移中的冰山。他猜到它们顶在他的肩膀上。

"好，情况不妙。"

他转过身。机械师是唯一的乘客，膝盖上一只手电筒，正在读一本书。从机舱里只露出低垂的头，还有一些倒影。头被里面的光照着，像灯笼似的，在他看来很奇怪。他喊叫："嘿！"但是他的声音消失了。他用拳头敲打钢板。那人从灯光中钻出，还是在看书。当他翻过那一页，面孔好像很沮丧。"嘿！"贝尼斯还喊了一声。这人只差两臂距离，却远不可及。他放弃联络，朝前转身。

"我应该飞近吉尔海峡了,但是我愿意有人把我挂住……情况很不妙。"

他考虑:

"我大概过于进到海面上了。"

他用罗盘修正航向。他觉得自己奇怪地被抛进右边大海上,像一匹易惊的母马,也像左边的群山真的向他压过来。

"天大概下雨了。"

他伸出手,打到雨点子。

"二十分钟后,我向海岸靠,那里是平原了,我风险小些……"

但是一下子,雨过天晴!天空扫清了乌云,所有星星都洗得鲜亮。月亮……月亮,唔,最好的明灯啊!阿加迪尔的机场将亮三次,像一块灯光广告牌。

"我才不在乎它的灯光呢!我有月亮……!"

(二)

白天在朱比角拉开帷幕,舞台在我面前显得空荡荡的。没有光影,没有中景。这个沙丘始终在原地,还有这座西班牙要塞,这片沙漠。它缺少那个即使无风也使草原和海洋丰富多彩的微小运动。带着骆驼队缓缓前行的游牧人看到沙子颗粒变了样,晚间在处女地一般的背景前竖立他们的帐篷。我可以在最微小的移动中感受沙漠的广袤无垠,但是这个不变的景色像一张画片限制了我的思想。

相应于这口井的是三百公里外的另一口井。相同的井,表面相同的沙和一模一样布置的地面褶皱。但是,那里,事物的质地是新的。就像海面上每一秒钟的白沫更新不已。这要到了第二口井我会感到孤独,这要到下一口井抵抗区才会真正神秘了。

那个白天赤裸裸过去了,没有添加什么事件。这是天文学家的太阳运动。大地之腹朝着太阳好几小时。这里,语言渐渐失去了我们人类向它提供的保证。它包含的仅是些沙子。那些最沉重的词,如"温情""爱",压在我们心上毫无分量。

"你五点从阿加迪亚起飞,应该已经着陆。"

"他五点从阿加迪亚起飞,应该已经着陆。"

"是的,老弟,是的……但是刮东南风。"

天空是黄的。几小时后,由北风几个月塑成的一片沙漠,将被风掀得天翻地覆。日子混乱不堪,沙丘遭到横扫,把它们的沙子拉成一绺绺长线,每个沙丘都在放线,在更远处重新绕成另一个线团。

我们细听。不。这是海。

一架班机在空中,这没什么。在阿加迪尔与朱比角之间,在这个未经开拓的抵抗区上空,这就成了哪儿都没着落的一位同志了。过一会儿,在我们的天空像会出现一个不动的信号。

"五时从阿加迪尔起飞……"

大家隐约想到出事了。一架班机遇上故障,这没什么,大不了继续等待,讨论有点恼火,变了味。然后,时间变得太宽裕,大家用小动作、断断续续说话也难以填满……

突然,桌子上响起一记拳头声。"天哪!十点了……"这一叫让人振作,意味一位同志落到了摩尔人手里。

报务员跟拉斯帕尔马斯联系。柴油机轰隆隆喘气。交流电机像涡轮那么打鼾。他眼睛盯住安倍表,每次放电一清二楚。

我站着等待。那人侧着身子把左手伸给我,用右手一直操纵。然后他对我大喊：

"什么？"

我什么话也没说过。二十秒过去了。他还在喊，我没听见，我说："啊，是么？"我的周围一切都在发光，半开半闭的百叶窗透过一道阳光。柴油机的连杆发出潮湿的闪电，搅动这道光。

报务员最后整个身子转向我，卸下他的耳机。发动机打了几个喷嚏，不响了。我听到最后几个字，是声音静下来后听到的，他对着我叫喊，仿佛我在一百米开外。

"……根本没理！"

"谁？"

"他们。"

"啊！是么？您能接通阿加迪尔吗？"

"还不到接头的时间。"

"还是试试吧。"

我在记事本上涂写：

"班机没到。是否没起飞？句号。请确认起飞时间。"

"把这个发给他们。"

"好的。我马上呼叫。"

杂声又响了。

"怎么啦？"

"……待。"

我走了神，我在胡思乱想。他要说的是：等待。谁驾驶班机？是你，雅克·贝尼斯，你就是这样处于宇宙之外，时间之外吗？

报务员要大家不说话，接通插头，又戴上耳机。他用铅笔轻弹桌子，瞧钟点，立刻打起哈欠。

"有故障,怎么会?"

"您要我怎么知道!"

"这倒是的。啊……没什么。阿加迪尔没有听见。"

"您再来一下?"

"我再来一下。"

发动机震动了。

阿加迪尔一直哑然无声。我们现在在捕捉它的声音。它若跟另一个站在讲话,我们就插进去讲。

我坐下。我无所事事,拿起一副耳机,跌进了一个鸟声嘈杂的笼子里。

拖长的、短促的、颤声快速的,我实在破解不了这种语言,我原来以为天空如荒漠一片,却发现那么多声音。

三个站在说话。一个不说了,另一个又进来凑热闹。

"什么?波尔多在自动电话机上。"

尖锐、急促、遥远的琶音。有一个声音更低沉,更慢:

"什么?"

"达喀尔。"

失望的音调。声音不响了,又响了,再一次不响了,又开始了。

"……巴塞罗那呼叫伦敦,伦敦没有回答。"

圣达西斯在遥远的什么地方,闷着声音在说什么故事。

这算是撒哈拉的什么集会!全欧洲齐聚于此地,各国首都发着鸟声在交换知心话。

近处刚刚响起一阵滚动声。一个插话者把声音都打了下去。

"刚才是阿加迪尔吗?"

"是阿加迪尔。"

报务员眼睛总是直愣愣的——我不知为什么——盯着挂钟,发出呼叫。

"他听到了吗?"

"没有。但是他在卡萨布兰卡说话,过会儿就知道了。"

我们偷偷截取天使的秘密。铅笔犹豫不决,戳到纸上,抓住一个词,然后两个,然后快速写下十个。词句形成了,好像小鸡破壳而出。

"给卡萨布兰卡的通知……"

混蛋!特纳里夫岛把我们跟阿加迪尔搅混了!它巨大的声音塞满耳机。又啪地停止了。

"……六时三十分降落。在……再起飞……"

不识相的特纳里夫岛还在跟我们捣乱。

但是我知道的这些已经够了。六时三十分班机返航阿加迪尔。——雾?发动机出问题?——只得在七点钟重新起飞……没有误点。

"谢谢!"

(三)

雅克·贝尼斯,这次在你到达以前,我将披露一下你是谁。从昨天以来,报务员给你正确定位,你将在这里按规定停留二十分钟,我要为你开一个食品罐头,开一瓶葡萄酒,你将给我们说的不是爱情,不是死亡,没有一个真正的问题,而是风的方向、天空的状况、你的发动机。你听到机械师一句俏皮话就发笑,埋怨这里天气炎热,像我们中间的任何人……

我将说出你完成的是什么样的旅行。你怎么揭开表面现象,又为什么在我们旁边走的脚步不一样。

我们都是从同一个童年走出来的,这才会在我的记忆中突然竖起这堵摇摇欲坠、爬满常青藤的老墙头。我们是大胆的孩子:"你为什么怕了?把门推开……"

一堵摇摇欲坠、爬满常青藤的老墙头。被太阳晒干、晒透、晒穿、布满沧桑的痕迹。壁虎在树叶之间窸窸窣窣,我们把它们叫做蛇,已经爱上这个奔逸也即死亡的形象。这一边的每块石头都是热的,像鸡蛋那样孵生,也像鸡蛋那样圆浑。每片土地、每根细枝都被阳光照得失去了神秘。在墙壁的另一边,夏天丰富饱满,统治着乡野。我们看到一座钟楼。我们听到一台脱粒机。一切空隙里都填满了天空的蓝。农民收割小麦,神父给葡萄喷硫酸铜,亲友在客厅玩桥牌。那些人在这个小村里劳心劳力六十年,从生到死把这个太阳、这些麦子、这个家作为自己的禁锢,我们把尚在人世的这几代人称为"护乡团"。而我们喜欢让自己出现在岌岌可危的小岛上、在两片狰狞可怕的大洋之间,在过去与未来之间。

"转动钥匙……"

这扇小绿门,颜色像古老破旧的木船;那把大锁,像捞自海中一只年久生锈的铁锚。这两件东西都是不允许孩子碰的。

大家无疑是为我们担心那个露天蓄水池,害怕有个孩子淹死在沼泽地里。在这扇门的背后睡着一池水,我们说一千年以来就是一动不动的;每次当我们听人说到死水就会想起它。小小的圆叶给它穿上绿色衣衫;我们抛出去石头,把它戳了几个洞。

这些浓密古老的树枝,承载着太阳的重量,底下又是多么阴凉。从来不曾有过一道阳光染黄了填土上的嫩绿草坪，触摸到这块珍贵的衣料。我们抛出去的那块卵石开始它的行程，像一颗行星，因为，对我们来说，这池水是没有底的。

"我们坐下吧……"什么声音也到不了我们这里。我们品味着凉意、气味与潮湿，这些使我们换上了新的肌肤。我们失落在大地的边缘上，因为我们已经知道，旅行首先是脱胎换骨。

"这里，是事物的背面……"

是这个那么自信的夏天、这个乡野、这些把我们当作囚犯扣留的面孔的背面。我们憎恨这个强加的世界。晚餐时刻，我们朝着家往上走，心里秘密沉甸甸的，就像摸到了珍珠的印度潜水员。当太阳颤动、彤云密布的那一分钟，我们听到有人说这几句话，叫我们不舒服：

"白天长了……"

我们觉得自己又陷入这个自古以来的人情世故，这个由四季、假期、婚礼、丧葬组成的生活。这都是表面的虚妄喧闹。

逃离吧，这才是重要的。我们十岁时，在阁楼的屋架下找到了庇护所。几只死鸟、几只破旧的老箱子、几件怪里怪气的衣裳，有点像生活的后台。这份我们所谓暗藏的宝物，这份老家里的宝物，其实也恰是童话中所描写的：蓝宝石、蛋白石、钻石。这份宝物发出微光。它是每堵墙、每根梁柱存在的理由。这些粗大的梁柱保护房屋，不受只有上帝知道的什么侵犯。当然。不受时间的侵犯。因为这在我们是最大的敌人。大家靠传统来保护自己。崇拜过去。粗大梁柱。但是只有我们知道这幢楼像一艘船那么抛入海里。只有我们访察过船舱，底舱，知道哪里漏水。我们知道屋顶的窟窿，鸟从那里钻入然后死亡。我们知道房架上的每只壁虎。下面客厅里客人闲谈，美女跳舞。多么迷人眼目的安全啊！当然还有人送酒。黑人男仆，白色手套。旅客呵！而我们，在上面，看屋顶的缝隙里透进来蓝色的夜。这是个小孔，仅有一颗星星落在我们身上。对于我们来说是从整块天空中抠下来的。这样的星使我们很不舒服。这时，我们转身离开：这是带来死亡的那颗星。

我们吓了一跳。事物的内在运动。梁柱因有宝物而破裂。每次一开裂我们就检查木头。这其实只是豆荚破裂，种子跌落。事物的老壳内，我们不用怀疑，存在着其他东西。不就是这颗星，这颗坚硬的小钻石？有一天，我们朝北或是朝南，或是在我们内心，去寻找的就是它。逃离吧。

催人入睡的那颗星，一转眼被瓦片遮住不见了，明确得像个信号。我们下楼回到自己的房间，带着对一个世界的认识步入半睡半醒的长途旅行，那里神秘的石头在水中无尽地滚动，犹如太空中这些光的触须，它们潜行一千年才到达我们这里；那里，房屋在风中嘎嘎响，像船只那样受威胁，那里，东西一个接一个在宝物难测的推动下分崩离析。

"这里坐吧。我以为你出了故障。喝吧。我以为你出了故障，正要出发去找你。飞机已经在跑道上，你瞧。阿依突萨人进攻伊扎尔金人。我以为你落入这场大混战中，我害怕。喝吧。你要吃些什么？"

"让我走吧。"

"你还有五分钟。瞧着我。跟杰纳维耶芙发生什么了？为什么笑？"

"啊！没什么。刚才我在机舱里想到一首老歌。我一下子觉得自己那么年轻……"

"杰纳维耶芙呢？"

"我不知道。让我走吧。"

"雅克……回答我……你见到她了吗？"

"是的……"他犹豫，"在去图卢兹的路上，我下车拐了个弯去看她了……"

雅克·贝尼斯向我说出了他的历险。

(四)

这不是一个外省小车站，而是一扇暗门。从表面看是朝田野而开的。在一名平静的检票员的目光下，大家走上一条毫无神秘的白色公路，遇到一条小溪和几枝野蔷薇。站长在照看玫瑰花，乘务员装着在推一辆空的手推车。一个神秘世界的这三名警卫在这样的伪装下监视着。

检票员拍拍那张票：

"您从巴黎到图卢兹，为什么在这里下车？"

"我乘下一趟车再走。"

检票员盯着他看。他犹豫着要给他的不是一条公路，一条小溪和几枝野蔷薇，而是从梅兰[①]时代开始，大家知道在伪装下进入的那个王国。他一定在贝尼斯身上看到了，自从俄耳浦斯时代以来对这类旅行所需要的三种品质：勇敢、青春、爱情。

"请吧。"他说。

这个车站不停靠快车，它在那里仅成了一幅障眼画，就像这些暧昧的小酒吧，有假男孩、假乐手和一个假酒保摆设其间。贝

---

① 指公元 7 世纪和 8 世纪法国北部不列颠系游吟诗人时代。

尼斯在慢车上已经感到他的生命在慢下来，改变了方向。现在在这个农民身边的这辆小车上，他更加远离我们而去。他钻入了神秘王国。那个男人一过三十岁，布满皱纹也就不再老了。他指着一块地：

"这长得好快啊！"

麦子朝着太阳奔跑，在我们，又是看不见的匆匆忙忙！

贝尼斯发现我们更遥远了、更激动了、更可怜了，那是当农民指着一堵墙说的时候：

"这是我祖父的祖父造的。"

他已经触及一堵不朽的墙，一棵不朽的树，他猜想他快到了。

"就是那块地。要不要等您啊？"

沉睡水底下的传奇王国，这是贝尼斯将过上一百年而只老了一小时的地方。

那天晚上，小车、慢车、快车帮助他通过这种绕着路障逃跑，把我们带回到从俄狄浦斯时代、从睡林美人年代以来的世界。在往图卢兹的路上，他把他的白色面颊贴在玻璃窗上，显得是个跟别人相似的旅客。但是他心底将带着一个没法讲述的、带"月亮颜色""时间颜色"的回忆。

奇怪的重逢啊！没有尖叫声，没有惊讶。公路回以一种沉闷的声音。他像以前一样跳过篱笆，小径上的草长高了……啊！这是唯一的差别。房屋夹在树木中，在他看来很白，但是像在梦中，遥不可及。难道达到目的地时出现了海市蜃楼？他登上大石条台阶。台阶是出于需要才建造得既有线条又适用。"这里没有东西是造假的……"外客厅暗淡无光，一把椅子上一顶帽子，她的帽子？乱得可爱啊！不是没人整理的乱，而是用过心意的乱，表示有人在。它还保持活动的痕迹。有一把椅子稍往后移，可以看出有人一手撑着桌子站了起来，他看到了动作。一本打开的书。谁刚与它分开呢？为什么？最后那个句子可能还在某人心里唱呢。

贝尼斯笑了，想到一个家庭里千百件小事，千百个麻烦。人终日在里面走动，应付同样的需要，整理同样的凌乱。人间大事在这里是如此微不足道，只要是个旅行者，是个外人都对此一笑置之……

"然而，"他想，"这里跟其他地方一样，一年到头夜晚总是要来的，这是一个周期，第二天……生命又开始。大家向着夜晚走去，那时大家不再有忧愁：百叶窗关上了，书籍理好了，壁墙挡板放到位置上。这种争取得来的休息也可以是永恒的，他有这种体味。我的夜晚，却比休战的日子还要少……"

他不声不响坐下。他不敢自报说来了，这里一切显得那么静，那么平和。从一扇有意放低的帘子中透过一缕阳光。"一条缝隙，"贝尼斯想，"这里人老了也不知道……"

"我等会儿会听到什么呢？……"隔壁房间一个脚步，叫全幢房子都生动起来。一阵平静的脚步声。一个在整理祭台上鲜花的修女的脚步。"这里要做的工作多么细腻？我的生活永远慌慌张张。这里，在每个动作之间，在每个思想之间，有多少空间，有多少喘息机会……"他在窗口探身朝向乡野。乡野在阳光下延伸，带着好几里的白色公路，给人去祈祷，去打猎，去送一封信。远处一台脱粒机发出呼噜声，要仔细才能听见，一位演员发音太低，全场感到压抑。

脚步声又响了："有人在整理玩具，它们把玻璃柜慢慢塞满了。每个世纪抽身引退时都把这些贝壳留在了身后……"

有人说话，贝尼斯听：

"你相信她过得了这个星期吗？医生……"

脚步走远了。他惊呆了，没有说话。谁快要死啦？他的心揪紧。他向一切生命迹象——那顶白帽子、打开的书本——求救……

声音又响了。这是些充满爱意但又如此平静的声音。他们知道死神已在屋檐下，把他当个亲人那么接待，并没转过脸不敢正视。没什么必要慷慨陈辞。贝尼斯想："一切都多么简单，生活，整理摆设，死亡……"

"客厅的花你采了吗？"

"采了。"

说话声音小，语调低哑平稳，他们在说些琐碎的杂事，正在临近的死亡只是使这些事染上灰暗的颜色。扑哧一声笑，又自动死亡了。一种不是深扎于心底的笑，即使摆出舞台的尊严也是压制不了的。

"不要上去，"那个声音说，"她睡着。"

贝尼斯身处于痛苦的中心，而这份亲密却是僭越的。他害怕被人发现。外人出于把什么都要表述一番的需要，会使痛苦不那么谦逊。有人对他喊道："您认识她，爱过她……"说到死者的种种好事，这真令人不能容忍。

他确有权利这么亲密，"……因为我爱过她。"

他需要再见她，偷偷上了楼梯，打开房门。屋内充满了夏意。墙壁是浅色的，床是白色的。阳光照满了敞开的窗户。远处一座钟楼，钟声平静缓慢，恰与心的跳动相一致，当然必须是不发高烧的心。她在熟睡。仲夏时这样好睡真是太美了！

"她要走了……"他往前走,打蜡地板金光闪亮。他不理解自己内心平静。但是她在呻吟,贝尼斯不敢更往里走……

他感受到一个巨大的存在,那是病人的灵魂在伸展,充满了房间,房间像一个伤口。令人不敢碰上家具,不敢走。

没有一点声音。除了苍蝇嗡嗡响。远处有人高声问什么。一阵清风软绵绵吹进室内。贝尼斯想:已经傍晚了。他想到护窗板要关上,灯要点上。立刻黑夜来临,这如同一道需要跨越的关口纠缠着病人。不灭的夜灯就像海市蜃楼那么令人迷惑。室内陈设毫不移动影子,在同样的角度下瞧上十二小时,最终印在脑海中驱除不去,沉重得难以忍受。

"是谁啊?"她说。

贝尼斯走近去。嘴里不由自主要说些温柔与怜悯的话。他弯下身。援助她。把她抱在怀里。成为她的力量。

"雅克……"她眼睛盯着他。"雅克……"她把他从思想的深井里往上吊。她不寻找他的肩膀,而是在自己的记忆里搜索。她像探出水面的海难者勾住他的衣袖,不是抓到了一个存在、一个依靠,而是一个形象……她用目望……

这时她觉得他渐渐地是个外人。她认不出这道皱纹、这个目光。她握紧他的手指要唤他,他不能对她有任何帮助。他不是她心中怀念的朋友。她已经对这个存在感到累了,推开他,转过头。

他处在了不可逾越的距离之外。

他不声不响往外逃,重新穿过外客厅。他从一场漫长的旅行回来,从一场模糊的记不清是什么的旅行回来。他难过吗?他悲伤吗?他停住。夜色像海水一样浸入到一间渗水的船舱里,小摆设将要失去光彩。他额头贴在玻璃上,看到椴树的影子拉长,接在一起,把草坪笼罩在黑暗中。远处的一个村庄灯亮了,寥寥数团火光,可以一把抓在手里。距离不再存在,他可以伸出手指去触及丘陵。房子里的声音都消失了,它已经整理好了。他不动。他记起那些相似的夜晚。站起身,人重得像潜水员。女人光洁的面孔毫无表情,突然间大家害怕未来,害怕死亡。

他走出门。他转过身,强烈希望有人把他拉住,有人呼唤他的名字,内心就会悲喜交集一片。但是没有。没有东西要留住他。他毫无挣扎地钻进树丛。他跳过篱笆,道路是艰难的。这结束了。他再也不会回来了。

(五)

贝尼斯离开以前给我总结了全部历险:"你看到,我试过,要把杰纳维耶芙带进我的世界。我给她看的一切都变得死气沉沉,灰不溜秋。第一夜就说不出的黑暗,我们没能穿越过去。我只得把她的房屋、她的生活、她的灵魂还给她。公路上的杨树,一棵接一棵。在我们往北朝巴黎走的时候,世界与我们之间的厚度逐渐减少。仿佛我要把她拖进海底似的。稍后,当我还曾努力去跟她汇合,我还能够接近她,接触她,在我们之间已没有空间了。那是多久啦。我不知道对你怎么说:一千年吧。我们离另一种生活是那么远。她死死抱住她的白床单、她的夏天、她的那些实在的东西不放,我就没法把她带了走。让我走吧。"

你现在往哪儿去寻宝?你这位印度潜水员,摸到了珍珠,但是不知道把它们捞出海面。我走在这片沙漠上,像一块铅似的被地面吸住,不会在其中发现什么了。但是,对你这位魔术师来说,它只是一层沙做的网、一个表面……

"雅克,时间到了。"

（六）

现在，他身子麻木，在遐想。从这么高的高空往下看，地面好像是不动的。撒哈拉的黄沙咬着一片蔚蓝的海面，犹如一条看不到尽头的人行道。贝尼斯是个优秀工人，他把这个往右漂移的海岸往回拉，朝着发动机的直线走向斜飞。在非洲每个弯道，他把飞机慢慢倾斜。到达喀尔之前还有两千公里。

在他前面这块不听使唤的区域，白光耀眼。有时是巉岩裸石。风扫沙面，到处形成有规则的沙丘。凝聚不动的空气把飞机像脉石似的包住。不颠簸，不摇摆，从那个高空，景色没有丝毫移动。飞机裹在风里继续飞。艾蒂安港，第一个中途站，没有登记在空间里，而是在时间里。贝尼斯瞧他的表，还有六小时的静止与沉默，然后人从飞机犹如从蛹壳里钻出。世界是新的。

贝尼斯瞧着这只表，通过它实现这样一个奇迹。然后计数表不动了。如果这个指针放弃它的数字，如果故障把人交给沙漠，时间与距离将含有一种新的意义，这甚至不是他意识到的。他旅行在第四维度中。

然而他认识这种压抑。我们大家都认识过的。在我们眼里飘过那么多的影像；其中唯有一个才使我们成为它的囚徒，以它的沙丘、阳光、静默的真正力量压着我们。一个世界坍塌在我们身上。我们是弱者，仅有手势作为武器，黑夜来临，这些手势仅够用于赶走几头羚羊。有声音作为武器，这个声音传不到三百米，不能被人听见。我们大家都曾有过一天跌落在这颗陌生的星球上。

对于我们的生活节奏来说，这里的时间变得太宽裕了。在卡萨布兰卡，我们由于约会都以钟点计算的，每次约会我们的心情都不一样。在飞机上，每个半小时，我们的气候都不一样：身体也不一样。这里，我们是以星期来计算的。

同事把我们拉出了那里。如果我们虚弱，把我们抬上机舱；同事用铁腕把我们拉出这个世界，进入他们的世界。

贝尼斯要在这么多未知事物前保持平衡，想到对自己的了解还是不够的。干渴、放弃或者摩尔部落的残酷在他内心会唤起什么？艾蒂安港中途站突然推到一个多月后？他还在想：

"我不需要任何勇气。"

一切依然很抽象。当一个青年驾驶员冒险尝试翻筋斗，他倾倒在头上的不是坚硬的障碍物——不管它们离得多么近——最小的也会把他碾碎，而是流动飘浮的树，如同在梦里一样。鼓足勇气，贝尼斯？

可是，由于发动机颤抖了一下，随时可能出现的陌生事物，也会不顾他的心愿占据他的位子。

这个海峡，这个海湾，终于在一小时后，与那片中性的、解除武装的土地连接了，螺旋桨也到了极限。但是，前进途中的每个点都包含它自己的神秘威胁。

还有一千公里：这块巨大的地面必须把它拉过来。

"艾蒂安港呼叫朱比角：十四时三十分班机平安到达。"

"艾蒂安港呼叫圣路易：十四时四十五分班机重新出发。"

"圣路易呼叫达喀尔：班机十四时四十五分离开艾蒂安港，我们将要求它夜间继续飞行。"

东风。风吹自撒哈拉内陆,黄沙盘旋而上。一个有弹性的淡白色太阳在黎明时从地平线跳出,在热腾腾的雾气中变了形。一个淡白色肥皂泡。但是朝着天顶上升时,逐渐凝聚,最后又恢复常态,变成这么一支火箭,这么一根打在后颈上的燃烧的锥子。

东风。从艾蒂安港起飞时空气宁静,几乎凉爽,但是到了一百米高度,这成了一股岩浆。立刻:

油温:一百二十度。

水温:一百十度。

升至两千米、三千米:那当然!超出这场沙尘暴,那当然!但是,爬升还没五分钟,自动点火器和阀门都烧坏了。然后上升:说来轻松。飞机在这个没有弹簧的空气里往下沉,飞机陷入了流沙。

东风。人的眼睛瞎了。太阳在这些黄色涡纹里滚动。它的淡白色面孔偶尔还浮起和燃烧。看到的大地都是直立的,还有什么!我爬升?我俯冲?我斜飞?试试吧!最高才飞一百米。没法啦!往下再找找。

北风紧贴地面,像河流似的吹过。这好。把一条胳臂搁在机舱外。这样像在一艘快艇里用手指划清凉的水面。

油温:一百十度。

水温:九十五度。

像河流那样清凉?比较而言。这有点跳跃,地面的每道褶皱都蹦出一记耳光声。讨厌的是什么都看不见。

但是在蒂梅利斯海峡,东风沿着地面吹。没有地方再有庇护所。橡胶的焦味。磁电机?密封圈?转速表的指针犹犹豫豫,少转了十圈。"你,怎么啦,你要是添乱……"

水温:一百十五度。

升高十米是不可能的。看一眼沙丘，它就像一块跳板向你捅过来。看一眼压力表。哦！沙丘在回流。操纵杆顶在肚子上驾驶，这样长不了。双手让那架飞机保持平衡，就像捧着一只盛水太满的碗。

在离轮子十米的地方，毛里塔尼亚分发它的沙、它的盐田、它的海岸压舱物的洪流。

一千五百二十转。

第一次空转犹如一拳头打在飞行员身上。二十公里外有一个法国哨所，唯一的。飞到它那儿吧。

水温：一百二十度。

沙丘、岩石、盐田都被吸收了。一切都滚在轧钢机下。别提啦！飞机外形撞扁了，戳破了，合不上了。轮子底下，惨不忍睹。那边这些黑石头，紧密挤在一起，好像慢慢过来，突然加速。飞机扑到它们身上，把它们洒落一地。

一千四百三十转。

"我要是撞破脑袋……"一块钢板他用手指一摸，烫了他。散热器一阵阵蒸发。飞机，超载的小船，压在地面上。

一千四百转。

速降中溅出的最后几堆沙，落在机轮二十厘米地方。快速铲，铲的都是金子。一个沙丘铲走，露出了哨所。啊！贝尼斯关机。真是时候。

景物的冲劲被刹住了，正在消失。这个灰尘世界正在重组。

撒哈拉中一个法国小碉堡。一位老中士迎接贝尼斯，见到一个兄弟喜眉笑眼。二十个塞内加尔人举枪致敬；一个白人，至少也是个中士。他虽年轻，却是个中尉。

"您好，中士！"

"啊！上我家来吧，我太高兴了！我从突尼斯来的……"

他的童年，他的回忆，他的灵魂：他把这一切一口气给贝尼斯说了。

一张小桌子，墙上钉着几张照片。

"是的，这是亲人的照片。我不全都认识，但是我明年去突尼斯。那张？我同事的情人。我看到它一直放在他的桌上。他总是说起她。他死时，我取了照片，我继续留着，我自己没有情人。"

"中士，我渴了。"

"啊，喝吧！我很高兴给你敬上些葡萄酒。我那时没有给上尉留着。他是五个月前经过的。以后，当然，很花时间，我心里胡思乱想不痛快。我写信要求把我调走，我太难为情了。"

"我做什么事？我天天夜里写信，我不睡，我有蜡烛。当邮包每隔六个月送来时，再是这样回就不合适了，我重写。"

贝尼斯跟老中士一起到碉堡的平台上抽烟。沙漠在月光下实在荒凉。他在这个哨所监视什么？无疑是星星。无疑是月亮……

"那您是星星的中士了？"

"您不要拒绝我啦，抽吧，烟我有。我那时没有给上尉留着。"

那位中尉[①]、那位上尉的一切贝尼斯都听在耳里。他甚至能够复述出他们唯一的缺点与唯一的美德：一个爱赌，一个心地太好。他还听说了一位青年中尉首次去拜访一位迷失在沙漠中的老中士，几乎是一片爱情回忆。

"他向我解释了星星……"

---

① 据伽利玛出版社版本，原文如此。但从情节看来似乎应是"中士"更合理。

"是的，"贝尼斯说，"他把它们都寄存在您那里啦。"

现在，轮到他来解释了。中士听说距离时，也想起遥远的突尼斯，他听说北极星时，发誓说看到它的脸就认出来，他只要把它向左挪一挪。他想起就在同样近的突尼斯。

"我们朝着这些星星天旋地转迅速往下跌……"中士及时扶住了墙。

"您真是什么都知道！"

"不，中士。我有一位中士，他甚至跟我说：'您好人家出身，又那么有学问，那么有教养，飞机调头那么差，不难为情吗？'"

"哎！不要难为情，这是难哪……"

那人安慰他。

"中士，中士！你的巡逻灯……"

他指指月亮。

"中士，你听过这首歌吗？"

　　下雨啦，牧童下雨啦……

他哼起了调了。

"啊，是的，我听过：这是一首突尼斯歌……"

"中士，告诉我下面的歌词。我需要想一想。"

"等一等：

　　把你的白绵羊

　　赶到那里的草棚……"

"中士，中士，我记起来了：

听那树叶下

雨水哗哗响

暴风雨来临啦……"

"啊,是这么唱的!"中士说。

他们懂得同样的东西……

"天亮了,中士,咱们去干活吧。"

"干活吧。"

"把火花塞扳手递给我。"

"啊!好的。"

"用钳子夹住这里……"

"啊!您指挥……我什么都干。"

"你看,这没什么难,中士,我要走了。"

中士凝视一位年轻的神灵,从虚无中来,又要飞走了。

……来了叫他想起一首歌、突尼斯、他自己。这些英俊的信使不声不响降临,来自沙漠外的什么天堂?

"再见啦,中士!"

"再见啦……"

中士动了动嘴唇,自己也不知道自己怎么了。中士不知道怎么去说出他心中珍藏了六个月的爱。

(七)

"塞内加尔圣路易呼叫艾蒂安港:班机没有到达圣路易。句号。紧急向我们报告情况。"

"艾蒂安港呼叫圣路易：从十六时四十五分起我们毫无信息。立即进行搜索。"

"塞内加尔圣路易呼叫艾蒂安港：632号航机七时二十五分离开圣路易。句号。推迟你们的起飞时间，直至它到达艾蒂安港。"

"艾蒂安港呼叫圣路易：632号航机十三时四十分平安抵达。句号。飞行员指出尽管有足够的能见度，他什么也没看见。句号。飞行员认为班机若在正常航路上他会看到。句号。需要第三名飞行员进行不同层次的深入搜寻。"

"圣路易呼叫艾蒂安港：同意。我们下命令。"

"圣路易呼叫朱比角：法国-美洲班机没有消息。句号。紧急飞往艾蒂安港。"

朱比角。

一名机械师回到我身边：

"我给你在左前方箱子装了水，右箱子装了食品，在后面放了一号备用轮胎和药箱。十分钟。行吗？"

"行。"

记事本。交代事项：

"我不在时写每日报告。周一付钱给摩尔人。把空油桶装上帆船。"

我手臂撑在窗上。每月一次给我们送淡水的帆船在海面上轻轻摇晃。它颇有魅力。它给我的沙漠罩上一层颤抖的生气，一块新洗的布帛。我是挪亚，在方舟里接受鸽子的来访。

飞机准备就绪。

"朱比角呼叫艾蒂安港：236号航机十四时二十分离开朱比角飞往艾蒂安港。"

骆驼队经过的路上留下骸骨，我们的路上留下几架飞机。"再一小时就到了博扎多的那架飞机……"被摩尔人洗劫后只剩下了骨架。成了标志。

千里沙漠，然后是艾蒂安港：沙漠中的那四座建筑物。

"我们在等你。我们充分利用白天时间立即出发。一架在海面上，一架在二十公里，一架在五十公里。到了夜里在碉堡停歇。你要换部件？"

"是的。接触气门。"

拆下装上。

出发。

没什么。这只是一块深色岩石。我继续像轧钢机那样压着这片沙漠飞。每个黑点都看错，叫我心里烦躁。但是沙漠向我滚过来的都只不过是一块深色岩石。

我再也看不见我的同事。他们都待在他们的那块天空内。要有飞鹰的耐心。我再也看不见大海。我吊在一只灼烧的火盆上，看不到什么活的东西。我的心加速跳动；远处那块漂浮物……

一块深色岩石。

我的发动机：一阵河流奔腾声。这条奔腾的河流把我裹住，把我研磨。

贝尼斯，经常我看到你身子蜷曲，还抱着你的不可解释的期望。我不知道表述。我想起你以前喜爱尼采的那句话："我的夏天炎热、短促、忧郁和幸福。"

搜寻了那么久,我的眼睛疲劳了。黑点在跳舞。我已不知道我在往哪里去。

"这么说来,中士,您见过他啦?"
"他天一亮就起飞了。"
我们在碉堡墙脚下坐定。塞内加尔人在笑,中士在想:明亮但是无用的一个黄昏。
我们中一人冒出一句:
"要是飞机坠毁……你知道……几乎是找不着的!"
"那当然。"
我们中一人站起,走几步:
"这糟了。烟?"
我们——动物、人、东西——进入了黑夜。

我们在类似机翼灯的一支烟光下进入了黑夜,世界又恢复到它真正的尺寸。骆驼队在前往艾蒂安港的途中老去。塞内加尔圣路易在梦的边缘。这片沙漠刚才还只是一堆没有神秘性的沙子。在三步外的城市投身过来,中士自有对付耐心、静默和孤独的武装,觉得这样一种美德是徒然的。但是,一条鬣狗叫了起来,沙子活了,但是一声呼唤把神秘重新组合,但是某个东西在诞生,在逃亡,在重生……

但是,星星在为我们测量真正的距离。平静的生活、忠诚的爱情、我们以为钟爱的女友,又是北极星给它们设置了路标……
但是,南十字座是给一个宝藏设置了路标。
将近凌晨三点钟,我们的羊毛毯变得单薄透明:这是月亮的妖术。我全身冰冷醒来。我走上碉堡平台抽烟。烟……烟……我这样等待着黎明。

月光下的这个小哨所：是一个风平浪静的港湾。星星全体为飞行员列队送行。我们三架飞机的罗盘都听话地指向北方。可是……

你真正的最后一步是踩在这里吗？感情的世界到此为止了。这座小碉堡：是个上船码头。向着月光开放的门槛，里面什么都不是真的。

夜色灿烂。雅克·贝尼斯，你在哪儿？可能在这里，也可能在那里？已经是多么轻的存在了！在我四周的这个撒哈拉，上面只有极少的负载，仅仅这里和那里有一只羚羊跳过，仅仅在最深的褶皱里，抱了一个分量很轻的孩子。

中士走来找我：

"晚安，先生。"

"晚安，中士。"

他听着。什么也没有。一阵沉默，贝尼斯，是你的沉默造成的沉默。

"烟？"

"好的。"

中士咀嚼他的烟。

"中士，明天我会找到我的同志的，你相信他会在哪里？"

中士颇有自信，给我指指所有地平线……

一个孩子走失，沙漠到处都有他。

贝尼斯，有一天你对我承认："我喜欢过一个我并不是很理解的生命，一个不完全忠诚的生命。我现在甚至不很明白我那时需要什么：这是一种轻度饥饿……"

贝尼斯，有一天你对我承认："我那时猜测的东西躲在任何事物后面。好像一用力我就会理解的，最终会明白的，把它带走。我从来没有能够把一位朋友的存在看个透，于是惶惑地离开……"

我觉得一艘船晃了起来。我觉得一个孩子平静了下来。我觉得帆樯与希望的这个震颤沉入了大海。

黎明。摩尔人的嘶哑叫声。他们的骆驼累得趴在地上。一支有三百支枪的抢劫队，从北方秘密而下，或许会在东方出现，屠杀一支骆驼队。

我们若从抢劫队的方向去找呢？

"那就扇形前进，同意吗？中间那架直奔正东方……"

西蒙风，一超出五十米高度，这种风就会像吸气器那样把我们吹干。

我的同志……

宝藏果真在这里吗？你找过了吗？

在这个沙丘上，双臂交叉，面对这深蓝色的海湾，面对星光灿烂的村庄，那个夜，你没有多少分量……

在你向着南方跌落时，多少缆绳松了，已在空中飞翔的贝尼斯只剩下了一个朋友：勉强拉着你的是一根游丝……

那个夜，你的分量更轻。一阵晕眩攫住了你。在那颗千仞直立的星球上，那个瞬息即逝的宝藏哦！闪光了！

我的友谊的那根游丝勉强拉着你：我是个不忠诚的牧羊人，一定是睡着了。

"塞内加尔圣路易呼叫图卢兹：在提莫里斯找到法国-美洲邮航班机。句号。附近有敌对部落。句号。飞行员死亡，飞机坠坏，邮包平安。句号。继续飞往达喀尔。"

（八）

"达喀尔呼叫图卢兹：班机平安抵达达喀尔。句号。"

夜 航

第一章

  金色夕照中，飞机下的丘陵犁出了一道阴影的航迹。平原变得亮铮铮的，亮光持久不散。在这个国家，平原上是放不尽的一片金光，而入冬以后，又是放不尽的一片雪光。
  飞行员法比安从美洲南端巴塔哥尼亚，驾驶邮政航机飞往布宜诺斯艾利斯；傍晚的云彩与港湾的水纹同样表示种种征兆，他看到这种宁静，看到无声的云层中隐约透露的这些丝光淡影，认出星夜临近了。他正在驶入一块辽阔幸福的锚地。
  他尽可以认为自己在宁静中慢慢行走，像一个牧羊人。巴塔哥尼亚的牧羊人从容不迫，从一群羊走向另一群羊，他则从一座城市走向另一座城市，放牧的是小城镇。每隔两小时他遇上一个这类城镇，有的在河边饮水，有的在原野上吃草。
  有时候，越过百余公里比大海还荒凉的草原后，看见一家孤独的农庄，仿佛在草海上满载着人的生命迎面驶来，他摆动机翼向这艘船致敬。

  "圣胡利安进入视线，十分钟后降落。"
  航空报务员把这条消息发往航线上各个指挥塔。
  从麦哲伦海峡到布宜诺斯艾利斯，全程二千五百公里，一路上都设有这一类中途站；但是过了这一个，进入的是黑夜的疆界，如在非洲，过了最后一个归顺法国的村庄，进入的是神秘的疆界。

报务员递给飞行员一张纸条：

"雷雨太大，耳机内都是放电声。你在不在圣胡利安过夜？"

法比安笑了，天空宁静得像个养鱼池，前面的中途站个个都向他们报告："晴空，无风。"

他回答：

"继续赶路。"

但是报务员想，某地已经刮起风暴，像果子里长了小虫；黑夜是美的，但是要变天：他很不乐意钻进这团随时会腐烂的黑影。

向圣胡利安慢速降落时，法比安感到疲乏。一切使人产生甜蜜的东西：他们的房屋、他们的小咖啡馆、他们的沿街树木，都迎着他渐渐大了。他像个征服者，在凯旋的晚上，俯视帝国的大地，发现了人们朴实的幸福。法比安需要休整，需要体验全身的沉重与酸痛——不幸也是人的一种财富——需要在这里做个普通人，望着窗外从此不会移动的景色。他不会嫌弃这个小村子：人经过选择都会满意和喜欢生命的机缘。生命的机缘像爱情将你团团围住。法比安盼望在这里长住，与这块地方共同长生不息。这些他仅生活过一小时的小城镇，这些他凌空飞越古墙环绕的小花园，在他看来都在身外永恒地存在着。村子向着飞机迎来，敞开胸怀。法比安想起了朋友、温柔的少女、亲切的白桌布，想起了受人慢慢驯化已成为永恒的一切。村子漂浮到了与机翼相齐的位置，高墙深锁也护不住花园的秘密让人一览无遗。但是，法比安着陆后，明白自己除了石块之间几个慢慢走动的人外，并没有看见什么。村子岿然不动，保护着自己种种情欲的秘密。这村子不会让温情外泄的：欲获得它的温情，你不能匆匆而过。

十分钟的停留时间一过,法比安又得走了。

他转身望着圣胡利安,它仅成了一团灯火,接着成了一点星光,最后,成了一粒尘土,而这颗令他久久不忍离去的尘土也很快无影无踪了。

"仪表盘已经看不清,我开灯了。"

他接通开关,但是在黄昏的蓝光中,座舱的红灯光很淡,照在指针上显不出颜色。他把手指伸到灯前,手指上只沾一点点色彩。

"还早。"

可是黑夜正在往上升,如一股浓烟,填满了丘壑,再也分不清山谷与平原。村子已纷纷亮了,它们的星座彼此呼应。他用手指闪动航行灯,向村子答话。大地布满灯光的召唤,家家户户对着无垠的夜空,点燃了自己的星光,好似对着大海开亮了灯塔。凡隐伏着人的生命的地方,都有亮光闪闪烁烁。法比安很高兴,这次进入黑夜像进入锚地,既缓慢又美丽。

他把头伸进座舱。指针上的荧光开始发亮。飞行员检查一个个数据,感到满意。他发现自己稳稳坐在高空。他用手指抚摸钢翼梁,感觉金属中流动着生命:金属不是在震颤,而是在生活。五百匹马力发动机产生一股非常平静的电流,通过物体,使冰冷的钢铁变成丝绒般的血肉之躯。又一次,飞行员在飞行中感觉到的不是昏眩,不是沉醉,而是一个生命体神秘的工作。

现在他给自己创造了一个天地,用胳膊肘东推西撑,以便坐得舒服些。

他轻敲配电盘,挨个儿摸开关,移动身子,背靠实,找个最佳姿势领略托在浮动夜空中五吨金属的摆动。接着他摸索，把救急灯推到位置上，放开，又抓，灯没滑，他放心了，又放开手，碰每根手柄，要一伸手就够着，训练手指熟悉一个盲人世界。等手指熟悉了这个世界，他才肯点上一盏灯，让精确的仪表点缀他的座舱，就凭这表盘，监视自己像潜入海底似的潜入黑夜。接着，物体不晃动、不颤动、不抖动了，陀螺仪、高度表、发动机转速都稳定不变了，他稍稍伸个懒腰，后颈靠在皮椅上，开始了这种飞行中的沉思，从中体味一种不可言传的期望。

现在，深更半夜，他像个守夜人，发现黑夜可以暴露人：这些召唤、这些火光、这种忧虑。黑暗中这颗普通的星：一幢孤立的房子。另一颗星灭了：一幢房子遮住了自己的爱。

或者遮住了自己的烦恼。这一幢房子不再向外界打信号。这些两臂撑在桌上、坐在灯前的农民，不知道自己在希望什么；不知道自己的欲望在广袤的黑夜笼罩下会传得那么远。但是，当法比安来自千里以外，感觉那架会呼吸的飞机在涌浪中载沉载浮的时候，当他不下十次穿过忽而雷雨大作——像置身在连天烽火中——忽而月光皎洁的天空的时候，当他怀着征服者的心情，飞临一个又一个灯光的时候，他发现了这一点。这些人以为自己的灯光只照亮那张简陋的桌子，不知在八十公里以外，有人看到这团火光的召唤会深受感动，像看到他们在一座荒岛上，面对着大海绝望地摇晃一盏灯。

第二章

三架邮政航机，就是这样，南自巴塔哥尼亚，西从智利，北由巴拉圭,一起飞向布宜诺斯艾利斯。那里正等着机上的邮包,到半夜让欧洲航班带走。

三位飞行员,都落进星夜深处,在驳船那样沉重的发动机机罩后面,沉思自己的飞行;有的从雨天,有的从晴空,将朝着这座大城市徐徐下降,好似奇异的农民下山来了。

里维埃,全航线的负责人,在布宜诺斯艾利斯的停机坪上来回踱步。他一声不出,三架飞机抵达前,这一天总令他提心吊胆。一分钟复一分钟,随着电讯不断传来,里维埃意识到在跟命运进行争夺,使事情逐渐水落石出,把他的机组从夜海中拉到岸边。

一名工人走近里维埃,捎给他电讯站的一封电报:

"智利班机报告看到布宜诺斯艾利斯灯光。"

"好的。"

不久,里维埃就可听到这架飞机的声音:黑夜送回了一架。这如同潮起潮落、神秘莫测的大海,把海面漂浮多时的宝物送上了海滩。再过一会儿,还会收到其他两架。

那时,这一天才算了结。那时,疲倦的一批人去睡了,换上精神饱满的一批人。但是,里维埃还是得不到休息:这一回,令他心神不宁的是欧洲班机。事情永远是这样周而复始。永远。生平第一次,这位老斗士对自己感觉劳累暗暗吃惊。飞机抵达,决不是那种结束战争、开创幸福和平新纪元的胜利。对他来说,实际是千里之行的第一步。里维埃觉得自己把一副重担挺举了很久:一种没有休息、没有希望的努力。"我老了……"他要是不在行动中得到自己的养料是会老的。他惊讶自己思考起以前从不提及的一些问题。可是随着一阵忧郁的啜嚅声,袭上他心头的是他一直回避的温情柔意:那是一片埋在地下的海洋。这一切如此之近……他发觉自己渐渐把一切使人生甜蜜的东西都推到晚年,推到"以后有时间"的时候去做。仿佛人到了某一天真会有时间似的，仿佛人在生命尽头会得到想象中的幸福的和平。但是，和平是不存在的。胜利，可能也是不存在的。所有的班机也不会有什么最终的到达。

里维埃走到勒鲁面前停下，他是一位还在工作的老监工。他已工作了四十年，工作占据了他的全部精力。勒鲁晚上十点或半夜回家，迎着他的不是另一个世界，不是一种逃避。里维埃向这个人笑笑，他抬起滞重的脸，指着一根发青的钢轴："拧得太紧，可还是给我取下来了。"里维埃俯身看那根轴。他又干上了这行当。"应该关照各车间，这些机件上得松一点。"他手指抚摸滑丝，然后又细瞧勒鲁。对着这一脸深刻的皱纹，一个奇怪的问题到了他嘴边，他觉得好笑：

"您一生中谈情说爱多不多，勒鲁？"

"哦！爱情，您知道，经理先生……"

"您跟我一样，没时间。"

"确实不多……"

里维埃辨别声调，要了解这声回答是否辛酸：它不辛酸。这个人对以往的生活感到恬静的满足，像细木工刚把一块木板刨光："好嘞，就这个样啦。"

"好嘞，"里维埃想，"我的一生也就这个样啦。"

因疲劳而生的种种悲观思想，他统统抛开，朝机库走去，因为智利班机的吼声近了。

第三章

远处这台发动机声音愈响愈浑厚，渐趋成熟。灯全点亮了。导航灯的红光勾勒出一座机库、几根天线杆、一块方形机坪。人们在准备节庆。

"在那里!"

飞机已经在光束集交中盘旋。机身通明,崭新的一样。但是,当飞机终于停在机库前,机械师和工人匆匆卸邮包时,飞行员贝勒兰没有动静。

"怎么?你不下来,还等什么?"

飞行员正忙于一件神秘的事,不屑回答。可能,他仍在倾听自己体内流转的飞行声。他慢慢点头,身子往前冲,不知在拨弄什么。终于,他向班长和同事转过身,盯住他们就像盯住自己的财物一样。他仿佛在清点数目,丈量高矮,掂量轻重,他想他真的把他们赢来了,还有这座张灯结彩的机库,这堆坚固的水泥建筑,远处的这座城市,以及城内的生机、女人和温暖。他把这些人抓在大手掌中,当作他的臣民,既然他可以碰他们,听他们,骂他们。他首先想到骂他们几句——他们在那里消消停停,毫无性命之虞,欣赏着月亮。但是他还是和和气气地说:

"……你们得请我喝一杯!"

他走下飞机。

他想谈一谈一路的经历:

"嘿!要是你们知道……"

他显然觉得这么说已够了,就走开去,脱下皮衣。

当班车把他随同一脸死气的督察员、一言不发的里维埃驶往布宜诺斯艾利斯时,他变得悲哀了。摆脱了险境,脚踏上实地,劲头十足地骂了几声,还不太称心。多么强烈的欢乐!但事后想起当时的情景,却产生了莫名的疑虑。

在狂风中搏斗,至少是桩实实在在、明明白白的事。但是事物的面目，事物自认为无人窥见时的这副面目，则不是这样，他想：

"这完全跟发怒一样：脸色没怎么变白，但神情变得多么不同！"

他努力回忆。

他太太平平地越过安第斯山脉。冬天的积雪重重压在它上面，毫无纷扰。冬天的雪使这片山脉，如同漫长的世纪使荒废的古堡呈现出一派和平气象。绵延二百公里的雪原上，没有一个人，没有一丝生命气息，没有一种力。有的是高耸六千米的悬崖峭壁，直落沟底的地幔，令人发瘆的宁静。

这是在图彭加托火山山峰附近……

他想一想。没错。是那里，他亲眼目睹了一场奇观。

起先，他什么也没看见，只是感到别扭，好似有的人以为身边没有旁人，其实不是，正给人家盯着看。他感到——太晚了，也不太明白怎么回事——受到怒火的包围。是啊。怒火从哪儿来的呢？

岩石里渗出来的，雪堆里渗出来的，他凭什么这样猜，并没有东西向他袭击，也没有昏天黑地刮风暴。但是在原有的地球上又长出个形状酷似的地球。贝勒兰的心揪紧了，不知所以，呆望着这些若无其事的山峰、山脊、雪谷，它们只是灰了一点，可是开始活了——像一群生命。

他还没有搏斗，手却牢牢握住了操纵杆。他不明白在酝酿什么事。他全身肌肉绷紧，若一头要跳跃的野兽，但是他看见的一切无不平静得很。是的，平静，但内中蕴藏着一种奇异的力量。

接着一切都冒尖了。这些山脊、这些峰顶都变得尖尖的，就像船的艏柱插入劲风中间。接着，仿佛在周围旋转漂移，好似巨船调整方向准备海战。接着，风中又掺杂一种尘土，如同一层网纱，沿着雪山向上缓缓飘荡。那时，为了必要时找到退路，他旋转身，发抖了：整个安第斯山脉在身后发酵膨胀。

"我这下完了。"

一座山峰，在前面，往外喷雪：一座雪的火山。接着另一座山峰，靠右边，也喷雪。所有的山峰都这样，一座接一座，放出火花，仿佛给一位看不见的火炬手连续点燃了。这时，随着第一阵涡流，高山在飞行员周围摇晃起来。

激烈的行动没留下多少痕迹：吹得他翻滚旋转的大涡流，回忆不起来了。仅仅记得陷在这堆灰色火焰中发狂的挣扎。

他想了一想。

"飓风，没什么。人会救自己。可是在这以前！可是碰上了！"

这个千变万化的面目他以为认出来了，然而早忘得干干净净。

第四章

里维埃望着贝勒兰。这个人二十分钟后下车，他将疲惫困顿，与周围的人群毫无两样。他会想："我累坏了……干上这一行！"他对妻子会说这样的话："这里可比安第斯山上空舒服。"可不是，人那么珍惜的一切几乎离开他而去了：他不久前就经历了这种不幸。他不久前在眼前景色的另一面度过了几个小时，不知道能否重睹这座灯光灿烂的城市。能否再体验人间的甜酸苦辣——这些与童年俱来的可厌又可亲的朋友。"不论哪群人中，"里维埃想，"总有些人不引人注目，却是出色的信使。他们自己并不知道。除非……"里维埃怕某些崇拜者。他们不懂冒险的神圣性，他们的赞扬歪曲冒险的意义，贬低人。贝勒兰只是比别人更了解,在某种角度下看到的世界有什么价值,把庸俗的赞语老实不客气地顶回去,他完整地保持了自己的伟大气质。所以,里维埃祝贺他说:"您是怎么成功的?"他喜欢他不说废话,谈到自己的飞行,像铁匠谈到自己的铁砧板。

贝勒兰首先说明他的退路断了。几乎在表示歉意:"因而我没有选择余地。"接着,他什么也看不见:雪封住他的视线。但是强烈的气流救了他,把他吹上七千米高空。"飞行全程中,我大约与山脊保持一般高度。"他也谈到陀螺仪,进气口方向以后必须改变,雪把它堵了。"上冻了,您知道。"过后,其他气流又吹得贝勒兰往下翻滚,接近三千米时,他不明白怎么会没撞上东西。这是因为他已经在平原上空了。"我被冲到晴空中突然发现的。"他最后解释说,这时候他的感觉是从地洞中钻了出来。

"门多萨也有风暴吗?"

"没有。我降落时是好天,也没风。但是风暴紧紧跟在我后面。"

他作了一番描述,因为——他说——"这实在怪极了。"风暴顶部高高遮在雪一般的云堆里,但是尾部像黑色岩浆在平原上翻滚。城市一座接着一座埋在里面。"我从来没见过……"接着他不作声了,有个回忆触动了他。

里维埃向督察员转过身。

"这是太平洋飓风,他们通知我们太迟了。这类飓风从来不越过安第斯山的。没想到这回跟着追到东部来了。"

督察员对此一无所知,然而点点头。

督察员显得犹豫,朝贝勒兰转过身,喉结动了动。但是没说话。他考虑后,眼睛望着前面,又恢复了忧郁的尊严。

这种忧郁的神色,还有一件行李,到处跟着他。里维埃召他来办些杂务,上一天才到达阿根廷。他的一双大手没处放,督察员的尊严也丢不下。他没有权利赞赏别出心裁、生动活泼。从本职工作出发,他只赞赏照章办事。他没有权利跟大伙喝一杯,与同事称兄道弟,大胆说句俏皮话,除非巧上加巧,在同一个中途站遇上了另一位督察员。

"当法官,"他想,"要不讲情面。"

说实在的,他并不做出判决,只是摇头。他对一切不认账,遇到什么事,只是慢条斯理地摇头。

心亏的人见了他惴惴不安,装备确也得到了良好保养。他不大得人心,因为督察员生来不是讨人喜欢的,而是打报告的。自从里维埃写了这样的话:"请罗比诺督察员向我们提供报告而不是诗。罗比诺督察员促进职工的热忱,才是充分发挥他的职能。"他再也不提新建议和技术方法。从此以后,他像不错过每日的粮食一样,不放过人的缺点过失。不放过贪杯的机械师,不放过通宵不眠的机场场长,不放过着陆弹跳的飞行员。

里维埃对他的评价:"他不很聪明,正是这一点才成绩斐然。"里维埃订出一套规章制度,就里维埃来说,是出于对人的了解;但是,对罗比诺来说,只剩下对规章制度的了解。

"罗比诺,哪个起飞误点,"有一天里维埃对他说,"您该扣他的准点奖。"

"遇上不可抗力也扣?遇上雾也扣?"

"遇上雾也扣。"

罗比诺有这么一个大刀阔斧、不怕做事不公正的上司,感到一种自豪。罗比诺本人在这种不惜得罪人的权力中得到威严。

"你们到六点十五分才发起飞信号，"他后来对各位机场场长照样说，"我们不能付给你们奖金。"

"但是，罗比诺先生，五点三十分时，十米之外就啥也看不见了。"

"这是规章制度。"

"但是，罗比诺先生，我们没法把大雾赶走！"

罗比诺不理不睬，叫人高深莫测。他属于领导阶层。在这些主见不多的人中间，只有他懂得怎样靠罚人提高准点率。

"他不出主意，"里维埃提到他说，"也就不会出馊主意。"

如果一名飞行员损坏飞机，这位飞行员得不到机器保养奖。

"要是飞机在树林上空出故障呢？"罗比诺问过这件事。

"在树林上空也不行。"

罗比诺就把这句话当作依据。

"我很抱歉，"他后来对飞行员说，神情亢奋，"我万分抱歉，但是应该上别的地方出故障。"

"不过，罗比诺先生，这事由不得人呀！"

"这是规章制度。"

"规章制度，"里维埃想，"像宗教仪式，表面上荒诞不经，不过可以造就人。"显得公正或不公正，里维埃并不在意。这些词甚至可能对他毫无意义。小城镇的布尔乔亚到了晚上，围着乐池转，里维埃想："对他们公正或不公正，这没有意义：他们是不存在的。"对他来说，人是一团尚未成形的蜡，需要塑造。需要给这块材料培育一个灵魂，创造一个意志。他这样严格，不是要他们受奴役，而是使他们升华。每次误点要罚，他办事有欠公正，可是他鼓动每个中途站保持起飞的意志；他在创造这种意志。他不让大家看到天气阴霾，像得到放假休息那样高兴，这使他们常备不懈,甚至最不出色的工人也在等待中暗暗叫屈。这样,天空一出现云隙,决不漏过:"北面有豁口,飞吧!"全赖里维埃,一万五千公里航线上,对邮政班机的崇拜高于一切。

里维埃有时说:

"这些人是幸福的,因为他们爱自己的工作;他们爱自己的工作,因为我不讲情面。"

他可能叫人苦恼,但也给他们巨大的欢乐。

"应该敦促他们,"他想,"过一种奋发有为的生活,有苦恼,有欢乐,这样的生活才是生活。"

汽车进了城,里维埃要司机开到公司办公室去。罗比诺剩下一个人,跟贝勒兰待在一起,张嘴要说话。

第五章

可是,罗比诺今晚提不起精神。他刚才面对凯旋归来的贝勒兰,发现自己的生活灰溜溜的。尤其是他刚才发现,他,罗比诺,尽管有督察员的头衔和权威,但比不上这位疲劳不堪、缩在车厢角落里闭目养神、两手油腻污黑的人。罗比诺第一次产生了钦佩之情。他想说出来,他尤其想得到友情。旅途的奔波、白天的挫折使他提不起精神,或许还感到自己挺可笑。傍晚,盘点汽油库存时,他算糊涂了,还是那位他想找岔子的职工发善心帮他把账目算平了。此外,他还批评 B_6 型油泵的安装,但竟把它跟 B_4 型油泵弄混了。那些爱捉弄的机械师由着他对"这种不可饶恕的无知"——他自己的无知——揶揄了二十分钟。

他也怕自己的旅馆房间。从图卢兹到布宜诺斯艾利斯,下班后一成不变地要走进这种房间。他关在门内，心头沉沉压着秘密，从公事包里取出一叠纸，慢慢写"报告"，随便写了几行，又都撕了。他一直巴望把公司救出一场大风险。公司并没遇到风险。直到今天，他只救出一只长锈的螺旋桨毂。他的手指在这块锈斑上来回移动，脸色沉郁，动作缓慢，站在一位机场场长面前，但是场长却回答说："请去问前一站机场：那架飞机刚到没多久。"罗比诺怀疑自己扮演的角色。

为了接近贝勒兰，他又试探了一句：

"您愿意跟我一起吃饭吗？我想谈谈，我的工作有时不能讲情面……"

他怕架子放下太快，又改口说：

"我的责任重大呀！"

他的下属不爱跟罗比诺有私交。每个人都想：

"要是他找不到材料写报告，饥不择食时，会把我一口吞掉的。"

但是，今晚，罗比诺想到的只是自己的辛酸：身上长了讨厌的湿疹——他唯一真正的秘密，他要一吐为快，博取人家同情，既然在傲岸中得不到安慰，就到谦恭中去寻找。他在法国有一个情妇，回国期间的夜里，为了炫耀和得到感情，也向她谈自己的稽查工作，但是她一听就烦；他现在想谈谈她。

"那么，您跟我一起吃晚饭啰？"

贝勒兰客客气气地答应了。

第六章

布宜诺斯艾利斯的办公楼里，秘书们正在打瞌睡，这时里维埃进来了。他依然穿一件大衣，戴一顶帽子，总像个走不到终点的旅客，也几乎引不起注意，这是因为他的五短身材搅动不起多少空气，他的灰白头发和缺乏特色的衣着在任何环境中都不惹眼的原故。可是人心鼓动起来了。秘书们埋头工作，办公室主任急忙查阅最后几份文件，打字机嘀嘀嗒嗒响。

电话接线员把插头插进交换机，在一本厚册子上登记电报。

里维埃坐下，看文件。

读了在智利发生的那场灾难之后，他又重读报告平安的一天纪事：一桩桩顺顺当当，飞机越过的中途站先后发来的电讯都是简明扼要的捷报。巴塔哥尼亚航机也进展很快，可望提前到达，因为风推着大气流顺方向从南往北吹来。

"给我气象报告。"

每个机场都夸耀自己那儿天气晴朗，天空透明，风力小。美洲大地披上了金色黄昏。里维埃因一切尽如人意而高兴，眼下这班航机还在风云不测的黑夜某处奋斗，但是机会好得不能再好了。

里维埃推开本子。

"好哇。"

他走到外面对各科室扫了一眼，这些守夜人，守的是半个世界。

在一扇敞开的窗户前，他停下来，他理解什么是黑夜了。黑夜笼罩着布宜诺斯艾利斯，如同一座宽阔的殿堂笼罩着美洲大陆。这种宏大的感觉他并不惊奇：智利圣地亚哥的天空是异国的天空，但是一旦航机向智利圣地亚哥飞去，整条航线的人都生活在同一个高远的苍穹下。那一架航机，此刻大家正在无线电耳机中监听它的声音，巴塔哥尼亚的渔民看见它的航行灯正在闪光。一架飞机在飞，压在里维埃心上的不安感，随着隆隆的马达声，也压在各国首都和省市身上。

为这个不见云雾的夜晚感到幸运的同时，他也回忆起风雨交加的夜晚，飞机仿佛埋在云堆里，岌岌可危，无法抢救。从布宜诺斯艾利斯的电讯站，大家紧紧追随它那夹杂了风声雨声的呜咽声，低沉嘈杂，内中则藏着美妙动听的仙乐。对着黑夜的重重障碍盲目直冲的飞机，发出若断若续的幽咽中，有多少凄凉！

里维埃想起，守候班机的夜晚，督察员应该待在办公室里。

"给我把罗比诺找来。"

罗比诺就要跟飞行员交上朋友了。他在旅馆里当着飞行员的面打开皮箱，倒出一些小物件：几件俗气的衬衣、一只梳妆盒、一个瘦女人的照片；从这些东西来看，督察员与其他人相差不多。督察员把照片钉在墙上。他向贝勒兰谦逊地吐露了自己的欲望、爱情和遗憾。他把这些宝贝摆成可怜的一排，这样，他的不幸就显露在飞行员面前。这是精神上的湿疹。他在人家面前展示自己的牢笼。

但是，对罗比诺如同对所有人一样，都存在着一团小小的火光。他从箱底取出一只珍藏的小包时，感到极大的温暖。他轻轻地抚摸了好一会儿，没有说话，后来终于松开手：

"这是我从撒哈拉带回来的……"

督察员因自己敢于说出这么一件隐私，不禁感到不好意思。就是这些向神秘世界打开一道门的黑石子，使他得到安慰，不去计较挫折、家庭不和与生活的阴暗面。

他脸红得更厉害了：

"这样的石子巴西也有……"

这是个低头在看海底世界的督察员,贝勒兰轻轻拍了拍他的肩膀。

贝勒兰不好意思地问他:

"您喜欢地质学?"

"这是我的热情。"

生活中对他有过情意的只是这些石头。

罗比诺接电话时露出愁容,但是很快又变得不苟言笑了。

"我要离开您了,里维埃先生有些重要决定要跟我商量。"

罗比诺走进办公室时,里维埃已把他忘了。他站在一张挂图前沉思,图上红线标志着公司的航空网。督察员等待他的命令。足足过了几分钟,里维埃才头也不回地问他:

"罗比诺,您看这张图怎么样?"

他沉思后,有时会提些莫名其妙的问题。

"这张图,经理先生……"

说真的,罗比诺对这张图没有想法,但他还是神情严肃地盯着图看,把欧美两洲大致审视了一遍。里维埃并不对他明说,而在继续自己的默想:"这个航空网的面貌很美,也很凶。它夺去了我们不少人——不少年轻人的生命。横在这里,俨然生了根似的,它给我们带来多少问题啊!"可是,对里维埃来说,目的高于一切。

罗比诺站在他身旁,始终盯着面前的地图,慢慢直起身子。他不指望里维埃会动恻隐之心。

他试过一次,向他诉说自己的生活被可笑的小毛病害苦了,里维埃回答他一句俏皮话:

"它使您睡觉不沉，可也使您手脚利落。"

这句也不尽然是俏皮话。里维埃经常说："倘若失眠使音乐家创造出美丽的乐曲，这就是美丽的失眠。"有一次他指着勒鲁说："您瞧，这多美，这张吓跑爱情的丑脸……"勒鲁身上的优秀品质，可能都要归功于没人爱，使他在生活中除了工作不思其他。

"您跟贝勒兰很有交情吧？"

"唔！……"

"我不是在怪您。"

里维埃回转身，挽着罗比诺低着头小步走。他嘴上露出苦笑，罗比诺不明白怎么回事。

"不过……不过您是上司。"

"是的。"罗比诺说。

里维埃想到每天夜里空中发生的事，如在戏剧中一样，有伏笔有高潮，各种意志稍有衰退便会导致失败，从此刻到天亮，也许还有一番苦斗。

"您应该继续扮演您的角色。"

里维埃说话字斟句酌：

"明天晚上您可能要命令这位飞行员去冒险飞行，他应该服从。"

"是的……"

"这些人，这些比您更有价值的人的生命，几乎由您支配……"

他显出犹豫。

"这个，很重大。"

里维埃始终小步走着，几秒没有开口。

"要是他们讲交情才服从您,您是在欺骗他们。您本人没有权利要人家做出牺牲。"

"当然……没有。"

"还有,要是他们跟您有了交情,以为某些苦活可以不干,您也是在欺骗他们,因为他们还是应该服从。请这里坐。"

里维埃慢慢用手把罗比诺朝他的办公桌推。

"我请您坐上自己的位子,罗比诺。您若累了,也不该由这些人来扶您。您是上司。您软弱要招人笑话。写吧。"

"我……"

"您写:'罗比诺督察员因某种理由,给贝勒兰飞行员某种处分……'您随便找个理由吧。"

"经理先生!"

"我的意思您只当明白了,做吧,罗比诺。要爱您手下办事的人,但是要爱在心里。"

罗比诺又精神十足,指挥人家揩螺旋桨毂了。

一个迫降场打来电传:"看见飞机。飞机发信号:转速下降,要求着陆。"

无疑又要耽误半个小时。当特别快车停在半道中,一分分的时间再也越不过一寸寸的土地时,人会等得烦躁;里维埃感到的就是这种心情。时钟大针现在描画一种死的空间:在圆规的这段跨度中原来可以包容多少件大事。里维埃等急了,出去散心,在他眼里,黑夜空得像一座没有演员的剧院。"这么一个夜晚要浪费了!"他透过窗户,恨恨地望着这片繁星点点的明朗夜空,这排神圣的航标,还有这个月亮——这么一个夜晚如同黄金一般糟蹋了。

但是，飞机一离地，这个夜晚在里维埃看来还是美丽动人的。黑夜的腹内怀着生命。里维埃对它很关心：

"你们遇到什么天气？"他传话问机组。

十秒钟过去：

"大晴天。"

然后又传来飞越的城镇的名字，对里维埃，这些也是这次战役中攻陷的城市。

第七章

巴塔哥尼亚班机的航空报务员一小时后，突然感到有个肩膀轻轻抬他。他环顾四周：浓云遮住了群星。他俯身看地面，找寻村庄的灯光——像躲在草丛中发光的昆虫，但是这堆黑草丛中没有东西闪亮。

他不大高兴，预感到这一夜不会好过：前进，后退，占领的土地又要撤离了。他不理解飞行员的策略；他觉得闯入黑夜愈深，愈像撞在一堵墙上。

现在，他窥见正前方向地平线上，有一团闪光若有若无，宛如打铁铺的炉火。报务员碰了一下法比安的肩膀，但是后者没有反应。

远方暴风雨的头几阵涡流在袭击飞机。金属机身慢慢上举，即使报务员的身体也感到金属的分量，接着又像飘落了，溶化了；黑夜中，有好几秒钟，他单独浮在空中。这时他两手紧紧攥住钢翼梁。

世界的一切他都看不到，除了座舱那盏红灯。他打了一个寒战,感到自己直往黑夜中心坠落,毫无救星,唯一的护身物是盏小矿灯。他不敢惊动飞行员,问他的打算,只是两手抓住钢翼梁,身子向他倾斜,呆呆地望着这个发暗的后颈。

微弱的光线中,只冒出一动不动的一颗头颅和两个肩膀。这个身躯只是一团黑影,微向左靠,脸正对着雷雨,显然掠过一道道闪电。但是脸上的表情,报务员一点看不到。脸上露出迎战风暴的神情:那张抿紧的嘴,那股意志,那阵怒火,还有那张苍白的脸与窗外那些倏忽的电光一问一答的本质内容,在他也是无法窥透的。

然而,他咂摸到这团岿然不动的阴影中积聚的力量。他爱这力量。这力量可能正把他引向风暴,然而同时也给他庇护。这双抓住操纵杆的手也许已经狠狠揪住暴风雨,像揪住猛兽的后颈;充满力量的肩膀仍旧岿然不动,令人感觉内中深厚的潜力。

报务员想,负责的总是飞行员。此刻,他坐在骑士身后,风驰电掣朝着火奔去,体味到身前这团黑影表现的质与力,这团黑影表现的坚韧。

左边,又亮起了一团火,弱得像闪烁的灯塔。

报务员正要举手碰飞行员的肩膀,告诉他,但是看到飞行员慢慢旋转头,脸朝这个新敌人凝视了几秒钟,然后又慢慢恢复原来姿势。这副肩膀始终岿然不动,这个后颈压在皮椅背上。

第八章

里维埃出去走走,排遣又袭上心头的烦闷,他完全是为行动、为充满戏剧性行动而生活的人,却奇怪地感到戏剧在转移位置,变成了个人的戏剧。他想,小城镇的小布尔乔亚,表面非常平静,有时也充满形形色色的戏剧:疾病、爱情、死亡,也可能……他自己遭遇的痛苦也教他明白了许多事情。"这打开了某些窗户。"他想。

将近晚上十一点,他舒畅了一些,朝办公楼方向走去。电影院门口聚集着人群,他用肩膀慢慢挤进去。他举目望望星空,星星在这段狭窄的街道上空闪烁,在明亮的霓虹灯映照下几乎看不真切。他想:"今晚,我有两架飞机在飞,我就要负责整个天空。这颗星在人群中找的是我,还把我认了出来,它是一种迹象:说明我有点与众不同,有点孤独。"

他耳际响起一个乐句,那是昨天与几位朋友共听的一首奏鸣曲中的几个音符。他的朋友听不懂:"这种艺术我们听了没趣,您听了也没趣,只是您不承认罢了。"

"也许是这样……"他回答说。

他那时像今晚一样,感到孤独,但是很快发现这种孤独的可贵。这个乐曲在这些庸人中,只对他一人袒露一个信息,温情地向他诉说一桩秘密。星星也表示这样迹象。越过这么多肩膀,用他一人才懂的语言跟他说话。

人行道上,他被人推推搡搡;他又想:"我不生气。我像个父亲,有个生病的孩子,一小步一小步地走在人群中,心中惦念那无声的家。"

他举目看人群。要认一认他们中哪几个人怀着发明和爱情在漫步。他想起灯塔看守人的伶仃孤独。

办公楼的安静很合他的心意。他慢慢穿过一间间办公室,只有他的脚步发出声响。打字机在罩子下睡觉。大柜子把卷宗整整齐齐关在里面。十年的经验与工作。他想到这是在参观银行的保险库。里面压着沉甸甸的财宝。他想每本册子里积累的东西比金子还贵重：这是一种活的力量。活的力量，但是睡了，如同银行里闲置的金子。

在某处，他会遇到单独的值班秘书。有一人在某处工作，可使生命不致中断，可把意志——就这样的——从一个中途站贯彻到另一个中途站，可保证从图卢兹到布宜诺斯艾利斯的这条长链不缺一个环节。

"这个人不明白自己的伟大。"

航机在某处奋斗。夜航的过程好比生病的过程，必须有人陪夜。必须帮助这些人，他们用手，顶膝盖，挺胸膛，迎着黑暗搏斗，他们再也认不清，再也认不清别的，除了一些流动无形的东西，然而又要他们用不长眼睛的双臂努力去拨，就像拨开海水浮上来一样。有的话听起来叫人吃惊："就是自己的手也要灯光照着才看得见。"在暗室红灯下露出的只是皮肤细洁的双手。这是世上还留下、并需要拯救的一切。

里维埃推开营业部办公室的门。只有一盏灯亮着，在角落里开出一片光明的海滩。只一架打字机响着，并没驱散寂静，反给寂静更增一层新的含义。有时电话铃发出颤声；这时值班秘书站起身，朝着这声反复、执拗、凄凉的呼唤走去。秘书拿起话筒，在暗角落里细声细气说话，无形的忧虑平静了。接着，外表沉着的秘书回到办公桌前，因孤独和困意使面孔发呆，内心也叫人捉摸不定。当两架飞机在空中飞，从室外黑夜传来一声呼唤，包含什么样的威胁？里维埃想到那些在夜灯下叫飞行员家属读了伤心的电报，想到在那无穷无尽的几秒钟中使父亲的面孔深奥莫测的灾难。声波起初是无力的，因为离呼唤的地点那么远，又那么静。可是,每次,他在这种讳莫如深的铃声中听到自己微弱的回声。每次,这个人因孤独而动作慢悠悠的,像钻入深水的游泳者;从暗影中走回灯光处,又像浮上水面的潜水员;他的动作,在里维埃看来,充满着秘密。

"坐着。我去接。"

里维埃拿起话筒,耳边响起尘世的呜噜声。

"我是里维埃。"

一阵低微的杂音,然后一个人声:

"我给您接报务员。"

又是一阵杂音,这是塞绳插入闸口的声音,然后又是一个人声:

"我是报务员。向您汇报几份电报。"

里维埃记录,点点头:

"好……好……"

没有大事。例行的公事电文。里约热内卢打听一件事。蒙得维的亚谈天气,门多萨谈器材。这是一家人熟悉的声音。

"班机呢?"

"暴风雨天气。听不到飞机声。"

"好。"

里维埃想,这里夜色清朗,星光灿烂,但是报务员发现其中有远方暴风雨的气息。

"等会儿再联系。"

里维埃站起身,秘书走来:

"几份通知,请先生签字……"

"好。"

里维埃对这人充满真挚的友情,他也承担着黑夜的重负。"一位战友，"里维埃想。"他可能不会知道，这样的值夜使我们团结一起。"

第九章

里维埃双手拿了一叠通知，走进自己的专用办公室，感到胸右侧一阵剧痛，几星期来，这种剧痛一直折磨着他。

"不行了……"

他在墙上靠了一秒钟：

"真不像话。"

然后他走到椅子前。

又一次觉得自己是一头四肢受缚的老狮子，不由大为悲哀。

"真是积劳成疾了！我五十岁；五十年来，我充实自己的生活，培育自己的才能，奋斗，改变了某些事的进程，现在却由它占据我，充实我，比世界还重要……这不像话。"

过了会儿，他抹了一下汗，这阵剧痛消除以后，他开始工作。

他慢慢审阅通知。

"我们在布宜诺斯艾利斯拆卸301型发动机时看到……拟给予该事负责者严厉处分。"

他签字。

"弗卢里亚诺普利斯中途站没有遵照指示……"

他签字。

"为了整肃纪律，我们拟把机场场长理查调走，他……"

他签字。

接着，胸痛虽然麻木了，但在心里还是抹不去，像给生命带来一个新内容,逼着他想到自己,他几乎为此悲哀了。

"我公正还是不公正?我不知道。我若有过必罚,故障就减少。该负责的不是人,而是一股隐秘的力量;如果不触动每个人,也永远触动不了这股力量。我若事事讲公正,夜航一次就会是一次送命的机会。"

开拓这条道路如此艰辛,使他也感到一定程度的疲乏。他想,怜悯还是一件好事。他浮想联翩,始终在翻阅通知。

"……至于罗布雷,从今天开始,不再是本公司人员。"

他想起这位老人,想起傍晚的对话:

"对大家是个鉴戒,哪能没有鉴戒呢?"

"但是先生……但是先生。这一回,就这一回,请您考虑!我在这里工作了一辈子!"

"应该是个鉴戒。"

"但是先生!……您瞧,先生!"

这时掏出这只旧皮夹、这页旧报纸,报上有年轻的罗布雷站在一架飞机旁的留影。

里维埃看到这双年老的手伸在这份天真的荣誉状上颤抖。

"一九一〇年照的,先生……阿根廷的第一架飞机是我在这里装配的!从一九一〇年就参加航空工作……先生,前后二十年了!您怎么还能说……那些年轻人,先生,会在机修厂笑话的!……啊!他们会笑话我的!"

"这个我管不着。"

"还有我的孩子,先生,我有孩子!"

"我对您说过,我给您留个普通工的位子。"

"我的面子,先生,我的面子!喔,先生,在航空中干了二十年,我这样的老工人……"

"普通工。"

"我不干，先生，我不干！"

那双老手抖了，里维埃转开眼睛不去看这张布满皱纹、厚实、美丽的皮肤。

"普通工。"

"不，先生，不……我还要跟您谈的……"

"您可以请了。"

里维埃想到的是："我这样粗暴辞退的不是他，是错误，这错误可能他也负责不了，但是通过他发生的。"

"事情因为有了人指挥，"里维埃常想，"才顺从人意，人进行创造。人是可怜的东西，自身也需要予以创造。然而错误通过他们发生时，就要把这样的人请走。"

"我还要跟您谈的……"这位可怜的老人，他还要谈什么？谈人家剥夺了他多年的乐趣？谈他喜欢听工具敲在飞机钢壳上的叮当声的，谈人家害得他生活失去了诗意，还谈……他需要生活？

"我很累了。"里维埃想，体温上升了，给他一种轻抚的感觉。他轻轻拍这张纸，想："我很爱这个老伙伴的脸……"里维埃又看到这双手。他想起这双手轻微合拢的动作。只要说一句："行了，行了，留下吧。"里维埃也向往看到喜悦之情若泉水似的流淌到这双年老的手上。不是表达在脸上，而是表达在长期干活的手上的这种喜悦之情，在他看来是世界上最美的东西。"这份通知我撕了？"他仿佛看到老人晚上回家，在家人面前这份貌若谦虚的自豪感：

"那么，他们把你留下啦？"

"还用问！不信？阿根廷第一架飞机就是我装配的！"

年轻人不再笑话了，老前辈挽回了声誉……

"我撕了？"

电话铃响，里维埃拿起话筒。

过了好长一会儿，接着是风与空间带给人声的这种共鸣，这种深沉感。终于，对方说话了。

"这里是机场。贵姓？"

"里维埃。"

"经理先生，605航机停在跑道上。"

"好。"

"一切准备妥当，但是最后时刻我们不得不整修线路，接头有毛病。"

"好，线路是谁接的？"

"我们去查实。您同意的话，我们就处分一些人：航行灯出故障，后果会很严重！"

"当然。"

里维埃想："不论哪儿出错，遇到了不去清除，灯就会不亮。一旦错误选中了执行人，你还放过它，这是罪；罗布雷必须走人。"

秘书什么也没看见，一直在打字。

"这是？"

"半月报表。"

"怎么还没准备好？"

"我……"

"以后再谈吧。"

"奇怪，事故占了上风，像一股巨大的隐秘力量暴露出了真面目，同是这种力量会把原始森林掀倒，会在大工程的四周茁壮生长，强攻，往外冒。"里维埃想到那些被小小爬藤绊倒的巨大宫殿。

"一项大工程……"

为了使自己心安理得，他还想："所有这些人我都爱，我打击的不是他们。而是通过他们发生的……"

他的心急速跳动，使他难受。

"我不知道自己做的事对还是不对。我不知道人生、公正、焦虑的确切价值。我也不确切知道怎样衡量一个人的欢乐。也不知一只颤抖的手。不知怜悯与温情……"

他沉思：

"生活充满矛盾，人要尽可能在生活中应付自如……可是要延续下去，创造下去，以易于腐朽的躯体去换取……"

里维埃思索，接着打铃。

"给欧洲班机的飞行员挂个电话，要他出发前来我这里。"

他想：

"不能让这班航机中途无缘无故返回来。我不对手下人鼓鼓气，黑夜总叫他们心寒。"

第十章

飞行员的妻子被铃声吵醒，她朝丈夫看了一眼，心想：

"让他再睡会儿。"

她欣赏着这个赤裸裸的、线条美丽的胸脯，联想到这是一艘漂亮的巨轮。

他安歇在这张平静的床上，像船停泊在港湾；为了不惊扰他睡眠,她用手指抹去这条褶皱、这团窝影、这片起伏,把这张床铺平。仙女用手一指,海面就会风止浪静,变得像镜子一般。

她站起身,打开窗,脸上吹到风。这房间俯视布宜诺斯艾利斯。隔壁房间里,有人在跳舞,随风传来歌声:这是寻欢作乐和休息的时刻。这座城市把人挤压在它的十万座碉堡内,一切宁静安全;但是对这个女人来说,好像马上有人要喊:"拿起武器!"挺身而出的只有一个人——她的丈夫。他还在安歇,但是他的安歇是预备队冲锋陷阵前可怕的安歇。这座沉睡的城市保护不了他:这位年轻的神腾云驾雾而去时,城内的灯光对他也像是虚无的。她望着这两条结实的胳膊,一小时后,将接过欧洲班机的命运,负责类似一个城市的命运那样重大的事。她感到心慌。几百万人中,独有他一人准备去接受这种奇异的牺牲。她因此难过。她的温情也抓不住他。她侍候他,照顾他,爱抚他,一切不是为了自己,是为了这么一个催他出发的夜晚。是为了她毫不知情的奋斗、焦虑和胜利。这双柔软的手是一双驯顺的手,真正的工作是什么也说不清。她熟悉这个人的笑容、情人般的体贴,但是不熟悉他在暴风雨中的神圣怒火。她给他套上种种温柔的羁绊:音乐、爱情、花朵;但是,每次出发时刻来了,这些羁绊都纷纷断了,他却像没事儿似的。

他睁开眼睛。

"几点啦?"

"半夜十二点。"

"天气怎么样?"

"我不知道……"

他起床,一边伸懒腰一边慢慢走向窗子。

"我不会冷的。什么风向?"

"你要我怎么知道……"

他弯下身：

"南风。很好。至少到巴西以前不会变风向。"

他发现了月亮，感到走运。然后俯望城市。

他不认为城市温柔、光明与暖和。他已经看到这些灯光像虚无的流沙似的流走了。

"你在想什么？"

他在想阿雷格里港那边可能有雾。

"我有办法。我知道从哪儿绕过去。"

他始终探着身子。深深吸气，仿佛赤身裸体要往海水里跳。

"你一点不难过……要去多少天？"

八天，十天。他不知道。难过，不；为什么难过？这一片片原野，这一个个城市，这一座座山岭……他不是听了谁的话才去征服它们的。他还想，一小时内他将占领布宜诺斯艾利斯，接着又把它抛在后面。

他笑了：

"这个城市……很快就会离我远远的。夜间起飞很美。手按在气门杆上，脸朝南，十秒钟后，把田野翻个个儿，脸朝北。城市看来像一片海底。"

她想到的则是为了征服而必须抛弃的一切。

"你不爱自己的家吗？"

"我爱自己的家……"

但是他的妻子已经感到他在途中。这副宽阔的肩膀已经牢牢顶住天空。

她把天空指给他看。

"你遇上了晴天，一路上铺满星星。"

他笑了：

"是的。"

她手放在这张肩膀上，摸到肩上的热气动了感情：这身子真的受到威胁吗？……

"你真棒，但是要小心！"

"小心，那当然……"

他还在笑。

他穿衣服。为了这个节日，他选最硬的衣料、最沉的皮衣，穿着像个农民。他变得越笨重，她越欣赏他。她给他扣腰带，提靴子。

"这双靴子穿着紧。"

"给你另一双。"

"找根绳给我，系我的救急灯。"

她望着他。亲手把他这身铠甲的最后一道缝隙盖好，一切舒舒齐齐。

"你很美。"

她见他正在细心梳头。

"给星星看？"

"是不让自己感到老。"

"我嫉妒……"

他还在笑，亲亲她，紧紧把她搂在怀里，压着自己笨重的装束。然后两臂把她高高举起，像在举一个女孩子，始终笑吟吟的，然后把她放在床上：

"睡吧！"

他把门在身后关上，走到路上，在不可辨认的夜行人中间，跨出走向胜利的第一步。

她还留在那里。她满脸愁容,望着这些花、这些书、这份温情——对他来说,都已是一片海底了。

第十一章

里维埃接待他:

"最后一趟飞行中,您给我开了个玩笑。天气很好,您却给我飞了回来,您可以飞过去的。您害怕啦?"

飞行员没料到谈这件事,一声不出。他慢慢搓动双手。然后抬起头,正面对着里维埃:

"是的。"

里维埃衷心同情这个年轻人,他那么勇敢,居然也害怕。飞行员企图申辩。

"我什么都看不见。当然,远一点地方……可能……报务员说……但是我座舱的灯暗了。连自己的手也看不见。我要点翼灯,至少可以看到机翼:我什么也看不见。我好似落在一个大洞底里,爬不上来。那时我的发动机又开始发颤。"

"不会。"

"不会?"

"不会。我们后来检查过。发动机一点没毛病。害怕时总以为发动机发颤。"

"到那个时候谁不害怕啊!山在我上面。我要上升时,遇到了强涡流。您知道,眼前什么也看不见时……涡流……不但没爬上,反而跌下一百米。我连陀螺仪、气压表也看不见了。觉得发动机转速也下降了,发烫,油压也不足……这一切都是在暗中发生的,像得了疾病一样。我看到光明的城市真是太高兴了。"

"您想象真是丰富。去吧。"

飞行员走了。

里维埃往椅背一靠,用手撩了一下灰白的头发。

"他是我的最勇敢的飞行员。他那天晚上做成的事很了不起,但是我帮他摆脱了恐惧心理……"

接着,又狠不下心:

"讨人爱,只要会同情就行。我不大会同情,也可以说我把同情埋在了心里。我也喜欢周围的人对我友好多情。医生行医时,谁都对他友好多情。但是我服务的对象是事。使人能为事服务,我就得锤炼他们。每晚在办公室里,面对航行守则深深感到这条隐秘的规律。要是我不严以律己,要是我由着一板一眼的事放任自流,稀奇古怪的事故都会发生。仿佛只要我意志坚定,飞机就不会在飞行中坠毁,暴风雨就不会耽误飞行的班机。有时我也惊奇自己的力量。"

他还在思索:

"可能也很容易明白。园丁在草坪上无休止地奋斗。单靠他手的重量,可使根苗不绝的土地长不出野草。"

他想到飞行员:

"我帮他摆脱恐惧心理。我打击的不是他,而是那种使人在陌生事物前瘫痪瓦解的阻力。要是我信他的话,同情他,把他的历险当真,他就以为自己真是从一个神秘的国度回来的,而大家怕的就是这种神秘。应该让人下到这口黢黑的井里,再让他们上来,并让他们说什么也没遇见。这个人应该落到昏天黑地的中心钻个透,甚至连那盏只能照亮双手或一只机翼的小矿灯也不带,而用自己宽阔的肩膀来推开那未知之物。"

在这种奋斗中,里维埃和他的飞行员心底自有一种默契的感情联系。他们都是志同道合的人,怀有同样追求胜利的欲望。但是里维埃也回忆起他为了征服黑夜而进行的其他次战斗。

官方人士害怕这个黑暗王国,犹如未经勘察的热带丛林。派一个机组,以二百公里时速,朝隐伏在黑夜中的暴风雨、浓雾、有形障碍冲去,由空军执行这类冒险事还情有可原:在明月之夜起飞,扔下几枚炸弹,返回原地。但是开辟定期的夜航线必然垮台。"对我们来说,"里维埃反驳说,"是一个生死攸关的问题,因为我们白天对铁路和轮船取得的优势,都在夜里丧失了。"

里维埃不胜其烦地听他们谈论算表、保险、尤其舆论:"舆论……"他针锋相对地说,"是由人掌握的!"他想:"浪费了多少时间!有些东西……有些东西比什么都重要。有生命力的东西要排除一切而活下去,为了活下去又创造了自身特有的规律。这是不可抗拒的。"里维埃不知道什么时候,又如何开展商业航空的夜航工作,但是这事势在必行,应该有所准备。

他回忆起他在绿呢桌前,拳头撑着下巴,听到纷纷纭纭的反对意见,感觉一种奇异的力量。他觉得这些意见不经一驳,早给生活本身否定了。他感到自己的力量积聚在体内,像一种重压:"我的理由是有力的,我会战胜,"里维埃想,"这是事物的必由之路。"有人要求他提出十全十美、万无一失的办法,他回答:"规律是从经验而来的,在经验以前,绝不可能认识规律。"

经过长达一年的奋斗,里维埃获胜了。有的人说:"这是靠他的信仰。"有的人说:"靠他的顽强,靠他熊一般的力量。"但是据他自己说,简单得多,因为他努力的方向对头。

但是开创初期多么小心谨慎!飞机只在日出前一小时起飞,

日落后一小时降落。里维埃对自己的经验有了把握,这时才敢把航机推向黑夜的深渊。差不多没有追随者,还几乎遭到否定,他现在单枪匹马奋斗。

里维埃打铃,要了解航行中飞机的最新消息。

第十二章

可是这时,巴塔哥尼亚的航机遇上了雷雨,法比安又不打算绕道走。他估计雷雨区太大,因为电闪插入这个国家内陆,照见层层叠叠的堡垒状积云。他试图从云下钻过,要是事情不妙,就决定返航。

他看高度:一千七百米。他把掌心压在操纵杆上,开始下降。发动机震颤很厉害,飞机发抖了。法比安根据判断,调整下降角度,然后看地图核实丘陵高度:五百米。为了保持回旋余地,他往七百米高度飞。

他牺牲高度,是在孤注一掷。

一阵涡流把飞机往下压,飞机抖得更凶。法比安受到无形的山崩地裂的威胁。他妄想拨转机头可以见到繁星点点,但是他连一度航向也旋转不了。

法比安计算他的机会:这非常可能是一场局部暴雨,因为下一个中途站特雷利乌报告说,天空四分之三有云。也就是说他在这堆黑水泥中要钻上二十分钟左右。可是,飞行员忧心忡忡,他顶着狂风向左俯身,企图看清这些在黑夜浓影里到处旋转的混乱火光到底是什么。其实这不是火光,只是浓影密度差异或眼睛疲劳发花。

他打开报务员给他的一张纸条：

"我们在哪儿了？"

法比安何尝不想知道，花什么样的代价也愿意。他回答："我不清楚。我们靠着指南针在闯雷雨。"

他又俯身看。排气管喷出火焰，挂在发动机上，像一束火的花朵，淡得似乎月光也可把它抹去，然而在茫茫太虚中，这一小点却是他看得见的整个世界。他感到局促。眼睛盯着火焰，风吹得它直往上蹿，像一支火炬。

每隔三十秒钟，为了查看陀螺仪和罗盘，法比安就把头伸进座舱。他再也不敢点亮微弱的红灯，这些红灯光叫他好长时间眼花缭乱；但是所有荧光数字指示仪表都发出淡白的星光。身处指针、数字之间，飞行员感到一种虚妄的安全感；惊涛骇浪中的轮船也会产生这种幻觉。黑夜挟着它的岩石、山岭、漂流物，一齐向飞机撞来，同样惊心动魄，万劫不复。

"我们在哪儿了？"报务员又问了一句。

法比安又探出身，靠左再做一次可怕的巡视。他再也不明白要多少时间，作多少努力才能挣脱黑暗的束缚。他几乎怀疑永远无法挣脱了，因为他已把自己的生命都押在这张又脏又皱的小纸片上，为了保持这一线希望，他打开纸片阅读了上千遍："特雷利乌：天空四分之三有云，风向西，风力小。"特雷利乌天空果真四分之三有云，他就可以在云隙间窥见这座城市的灯光。除非……

远处，充满希望的这团白光引着他前进；可是，他将信将疑，给报务员涂了几个字："我不知道是否闯得过去。给我打听后面的天气是不是还晴。"

回电使他泄气：

"科摩多罗报告：不可能返回。暴风雨。"

他开始猜到一场异常的风暴正从安第斯山脉直扑大海。一路上的城市在他抵达以前,已被旋风抢先横扫了。

"问圣安东尼奥天气。"

"圣安东尼奥回答:'风向西,西部有暴风雨。天空全部有云。'圣安东尼奥有噪声,听话很不清楚。我也听不清楚。由于放电,我看应该立刻抽回天线。您往回飞吗?您打算怎样?"

"别跟我啰嗦。问布兰卡港天气……"

"布兰卡港回答:预计二十分钟内有强大雷雨从西部袭击布兰卡港。"

"问特雷利乌天气。"

"特雷利乌回答:西部有飓风,每秒三十米,并有阵雨。"

"向布宜诺斯艾利斯发电:我们四面受困,一千公里路上都有暴风雨,什么都看不清。我们怎么办?"

对飞行员来说,这是个没有边际的黑夜,它通不到港口:每个港口都远不可及;也迎不来黎明:汽油将在一小时四十分后耗尽。飞机迟早被迫在沉沉黑夜中盲目下滑。

倘若能够赢得天亮……

法比安想到黎明,像想到金色沙滩,容许他经过一夜艰辛的航行后停靠一阵。在摇摇欲坠的飞机下,会出现连接原野的海岸。静静的大地怀着它的沉睡的农庄、牛羊群和丘陵。黑影中浮沉翻腾的漂流物都不足为害了。要是行,他真想朝着白昼游过去!

他想起自己陷进了重围。结局好也罢,坏也罢,都要在这片黑暗中见分晓了。

这是真的。他有过几回，太阳升起时，相信自己是在死而复苏。

但是，又何必眼睛死死盯住东方——那个太阳生活的地方：他们之间横隔一个黑夜，这么深阔，哪里过得去。

第十三章

"亚松森班机旅途顺利。两点左右到。可是巴塔哥尼亚班机误点很久，说不定遇上了困难。"

"是的，里维埃先生。"

"可能我们不等它到就让欧洲班机起飞。亚松森的飞机一到，您就来听我们指示。作好一切准备。"

里维埃此刻又重阅北部中途站拍来的航行调度通报。每份报告都向欧洲班机打开一条明月的道路："晴空、明夜、无风。"巴西的群山映在月色皎洁的夜空中，把黑森林的浓发一直飘落到银涛翻滚的海面上。这些森林，尽管月光不懈地洒在上面，但不掉一点颜色。还有黑色漂流物似的东西，那是海上的岛屿。而这个月亮成了一口光明的井，在整个航程上取之不尽，用之不竭。

如果里维埃命令起飞，欧洲班机机组进入一个稳定的世界，通夜熠熠生辉。没有东西威胁到这个世界上光与影的平衡。即使最微弱的清风也钻不进去——这些清风吹得猛些，整个天空会在几小时内变色。

但是，里维埃面对这片光明，像勘探者面对一座禁止开采的金矿，犹豫不前。在南方，事情的发展表明里维埃错了，他是夜航的唯一支持者。巴塔哥尼亚发生灾祸，他的对手取得强有力的道义地位，甚至使里维埃的信念从此无能为力；里维埃的信念不会动摇:工作出现裂缝会导致悲剧,但是悲剧也暴露了裂缝,这才是悲剧要说明的问题。"可能有必要在西部再建几个观察站……这以后再说。"他还想,"我也有同样充分的理由坚持下去;事故的原因既然找到了,今后就少了一个可能导致事故的原因。"失败使强者更强。可惜,跟众人玩的游戏中,事物的真正意义是很少算分的。大家从表面现象评定输赢,计算那些可怜的分数。人往往受到表面失败的束缚。

里维埃打铃。

"布兰卡港一直没来电讯?"

"没来。"

"给我挂电话接中途站。"

五分钟后,他问:

"为什么没报告?"

"我们听不到航机。"

"它没发信号?"

"我们不知道。暴风雨太大。就是发我们也听不到。"

"特雷利乌那里听得到吗?"

"我们听不到特雷利乌。"

"挂电话过去。"

"我们试过,线断了。"

"你们那里什么天气?"

"说变就变。西部和南部有闪电。气压很低。"

"风呢?"

"还不大,但是十分钟后难说。闪电来得很快。"

一阵沉默。

"布兰卡港呢?您在监听吗?好。十分钟后再来电话。"

里维埃翻阅南方中途站的电报。都说收不到这架飞机的电讯。有的中途站不再回答布宜诺斯艾利斯,地图上默不作声的省区像油迹似的扩大,那里小城镇已遭到旋风的肆虐,家家门户深闭,无灯的街上每幢房子落在黑暗中,如同一艘船与世隔绝。只有黎明才会使它们重见天日。

可是,里维埃伏在地图上,还希望发现一块可供避难的晴空,他曾拍电报到三十多个省城警察局询问天空情况,回音开始来到他这里。二千公里航线上,电讯站接到命令,谁截到飞机的呼号,三十秒钟内报告布宜诺斯艾利斯,布宜诺斯艾利斯马上通知它避难地点,并转告法比安。

凌晨一点,秘书接到召集通知,回各人办公室。他们在那里不知如何听说可能要中止夜航,欧洲班机今后只在白天起飞。他们低声议论法比安、旋风,尤其议论里维埃。他们猜想他在附近,遭到了自然界的否定,一点点压垮了。

但是喊喊喳喳声音一下子停了:里维埃刚刚出现在自己办公室门口,大衣紧裹,帽子总压在眼睛上,像个永远走不到终点的旅客。他朝办公室主任走去,步子从容:

"现在一点十分,欧洲班机的图表备齐了吗?"

"我……我以为……"

"您不用以为,但是要执行。"

他慢慢朝一扇洞开的窗户转过身,手叉在背后。

秘书走近他:

"经理先生,我们收到的回音不多。他们报告内地许多电线杆已经摧毁……"

"好。"

里维埃一动不动,凝望天空。

这样，每份电报都在威胁航机。每座城市，在电线杆摧毁前能作出回答的，都报告说旋风逼近，像一支侵略军。"从内地，从安第斯山来的。朝着海洋一路扫去……"

里维埃看出星辰太亮了，空气太潮湿了。多么奇怪的夜！它突然一片片变质，好似发光的水果的肉。布宜诺斯艾利斯上空还是一颗星辰不少，但是这仅是一块绿洲，并且维持不了多久。还算得上是个港口，但是船员们鞭长莫及。夜充满威胁，邪风一吹，立刻腐烂。不易征服的夜啊。

一架飞机，在某处，陷在黑夜中飘若游丝，地上的人，再激动也束手无策。

第十四章

法比安的妻子打来电话。

每逢他返航那天夜里，她计算巴塔哥尼亚航机的进程："他从特雷利乌起飞了……"接着又睡着了。再过一会儿："他应该飞近圣安东尼奥了，他应该看到城市灯光了……"这时她站起身，撩开窗帘，观测天气："这么多云，他不好飞……"有时，月亮在徘徊，像个牧羊人。这时这位少妇又躺下，丈夫身边有这个月亮和这些星星，有这么多东西作伴，她放心了。将近一点钟，她感到他来近了："他应该不会太远，他应该看见布宜诺斯艾利斯了……"这时她又起床，给他准备一顿饭和一壶热咖啡："那上面多冷……"她每次见他，总把他看作从冰山雪峰上下来的："你不冷？""不冷！""还是来暖一暖……"将近一点一刻，一切准备就绪。她总在那个时候打电话。

这天夜里,像其他的夜里一样,她问:

"法比安着陆了吗?"

秘书听到这话,心有点发慌:

"您是哪位?"

"西蒙娜·法比安。"

"啊!请等一会儿……"

秘书不敢说什么,把话筒递给办公室主任。

"谁?"

"西蒙娜·法比安。"

"啊!……您要什么,太太?"

"我丈夫着陆了吗?"

出现一阵看来没法解释的沉默,接着一声简单的回答:

"没有。"

"误点了?"

"是的……"

又出现一阵沉默。

"是的……误点了。"

"啊!……"

这是表示切肤之痛的一声"啊"。误点,不稀罕,不稀罕……但是老误下去……

"啊!……那么他几点能到这里?"

"他几点能到这里?我们……我们不知道。"

她现在是对着一堵墙在说话。听到的只是她自己问题的回声。

"我请您回答我的问题!他现在在哪儿?"

"他现在在哪儿?请等等……"

这种吞吞吐吐的说话叫她痛苦。这堵墙后面在商量什么。

对方拿定了主意:

"十九点三十分他在科摩多罗起飞的。"

"后来呢?"

"后来呢?……耽误很久……天气不好耽误很久……"

"啊!天气不好……"

多么不公正,多么狡猾,这个月亮高悬在这里的上空,游手好闲,照着布宜诺斯艾利斯!这位少妇猛然记起,从科摩多罗到特雷利乌要不了两小时。

"他朝特雷利乌飞了六个小时了!那么他总有电讯给你们的吧!他说了些什么?……"

"他说了些什么?当然,这么个天气……您知道……他的电讯听不清楚。"

"这么个天气!"

"那这样吧,太太,我们一有消息就给您挂电话。"

"啊!你们什么也不知道……"

"再见,太太……"

"不!不!我要跟经理讲话!"

"经理先生非常忙,太太,他在开会……"

"啊!我不管!我才不管!我要跟他讲话!"

办公室主任擦了一把汗:

"请等一会儿……"

他推开里维埃的门:

"法比安太太要跟您讲话。"

"来了,"里维埃想,"我害怕的事来了。"悲剧中动感情的场面开始了。他首先想到删去这些场面;就像母亲和妻子不准进入手术室。船只遇险也不许感情冲动。感情冲动救不了人。他还是同意接：

"把电话接到我的办公室。"

他听到这个遥远、发颤的小声音，立即明白自己没法跟她交待。两人对峙也是绝对的徒劳。

"太太，我请您冷静！干我们这行，消息等了好久才来是太平常了。"

他到达的这个疆域，涉及的不是小小的个人悲痛问题，而是行动本身问题。迎着里维埃挺身而出的不是法比安的妻子，而是生活的另一种意义。对这个小声音，对这个么悲哀、然而抱有敌意的诉说，里维埃只能听，只能同情。因为行动与个人幸福不能并存，而且势同水火。这个女人也是以一个绝对的世界，并以这个世界的义务和权利的名义说话的。这是桌子前夜灯明照的世界，这是对他人满怀渴望的世界，这是充满希望、温情和回忆的世界。她要求的是属于自己的一份财富，她是对的。他，里维埃，也是对的，但是他提不出什么来反对这个女人的真理。他在一盏朴素的家庭灯光下，照见自己的真理难以言喻，不合人情。

"太太……"

她不再听。他觉得她娇弱的拳头对墙壁擂了一阵，倒在地上了，几乎就在他的脚边。

有一天，在一座施工的桥梁附近，他们俯身看一位伤号时，一位工程师对里维埃说："值不值得为座桥把脸磕扁？"使用这条道路的农民，谁也不会为走这座桥少绕个弯，而同意把这张脸砸个稀巴烂。可是，桥还是到处建造。工程师还说："大众利益由各种个人利益组成的，因而它要维护的也不外乎这些。"——"可是，"里维埃后来回答他说，"如果说人的生命是无价的，可是我们在行动时总觉得还有东西比人的生命更可贵……但这是什么呢？"

里维埃想到飞机上的人，心也揪紧了。行动，即使建一座桥梁，也会破坏幸福；里维埃不能不问自己："以什么名义？"

"这些人，"他想，"可能就要消逝，否则可能过上幸福的日子。"他看到那些面孔俯在夜灯照耀的金殿里。"我以什么名义把他们拉出去？"他以什么名义剥夺了他们的个人幸福？法律头一条不就是保障这样的幸福吗？但是他把它们毁了。也总有一天，天命难违，这些金殿会像海市蜃楼那样无迹可寻。衰老和死亡会比他更加无情地摧毁它们。可能，有什么东西需要拯救，而又更持久；可能，里维埃的工作就是在拯救人的这一部分吧？不然，行动就无以自辩了。

"爱，仅仅是爱，这是行不通的！"里维埃隐约感到有一种责任比爱的责任更崇高。或者说，这也是一种温情，但是跟其他温情大不相同。他想起一句话："要使他们成为不朽……"他在哪儿读到这句话的？"你们自身追求的东西是要消逝的。"他眼前又出现秘鲁古代印加人建立的太阳神庙。这些高矗在山顶上的石块。没有这些石块，这个强有力的文明还留下什么？这个文明用石头的重量压在现代人的心上，像一桩千古恨事。"古代人的领袖以何种无情的名义，或以何种奇怪的爱的名义，驱使他的老百姓在山顶上盖这座庙，强迫他们竖立自己的不朽之碑？"里维埃又看见小城镇的人群，到了晚上在乐池四周徘徊："这种幸福，这副枷锁……"他想。古代人的领袖对人的痛苦可能毫不顾惜，对人的死亡却无限怜悯。不是怜悯个人的夭亡，而是怜悯人类被沙海吞没。于是他领导人民，要石块凌空屹立，使沙漠无法掩埋。

第十五章

这张折成四叠的纸条是来救他的吧,法比安咬咬牙打开。

"无法跟布宜诺斯艾利斯通话。发报机不能使用,手指碰上就起火星。"

法比安一看火了,要回答他,但是当他的手放开操纵杆要写字时,强烈的气浪吹透他的全身:涡流把他连同五吨钢铁往上举起,左右摇晃。他只得不写。

他的双手重新揪住气浪,往下压。

法比安深深吸口气。报务员要是怕风暴而把天线抽回去的话,法比安一下飞机会砸烂他的脸。要不计代价地跟布宜诺斯艾利斯联络,仿佛一千五百多公里外也可向这个深渊抛来绳索似的。既然一点颤抖的亮光也没有,一盏旅舍的灯火也不见——有也没用,不过可以像灯塔那样表示这里是陆地——他就有必要听到一个声音,哪怕一声也好,从一个已经不存在的世界传过来。飞行员在红光中举拳摇晃,要后面那个人理解这个可悲的真理,但是那个人在俯望风雨蹂躏、城市湮没、灯光死灭的空间,不认得这个真理。

法比安什么话都肯听,只要有人对他喊出来。他想:"有人对我说盘旋,我就盘旋,对我说往正南飞……"总在什么地方存在的吧,这些在巨大月影下的和平乐土。这些同事在下面,都知道乐土在哪儿,他们伏在地图上,在美如花朵的灯光前,像学者那样无所不知,无所不能。他自己除了涡流和黑夜以外,不知其他;黑夜挟着黑色激流,排山倒海向他冲过来。他们不会把在龙卷风和烈焰中挣扎的两个人抛在云端不管。他们不会。他们会命令法比安:"航向二百四……"他就把航向定在二百四。但他是一个人。

他觉得就是飞机也在反抗。每次下降时，发动机震动那么厉害，整个机身好像在生气发火。法比安竭尽全力去控制飞机，头扎在座舱里，面对陀螺仪展示的视野，因为他跌在开天辟地前的一片混沌中，辨不清飞机外的天与地了。但是，方位指示仪指针愈摆动愈快，他根本没法跟着修正。飞行员误信了指针，驾驶不当，高度下降，渐渐落入这团黑影不能自拔。他看到高度："五百米。"这是丘陵的高度。他感到丘陵上令人昏眩的气浪向他滚滚而来。他也明白所有的泥石山丘——即使最小的也可使他粉身碎骨——都像拔地而起，散了骨架，开始醉醺醺地在他周围乱转。开始在他周围跳起一种直蹦直颠的舞蹈，愈逼愈近。

他下了决心。就是撞上地面也要降落，哪儿都行。至少要避开山岭，他放出唯一的照明弹。照明弹着了，转了一圈，照亮一块平原，跌在上面熄了火：这是海。

他很快想到："完了。我修正四十度，还是漂移。这是旋风。哪儿是陆地？"他朝正西方向盘旋。他想："现在没了照明弹，我是在送命。"这总有一天会来的。他的伙伴，在后面……"他肯定把天线收了。"但是飞行员不再怪他。他现在一松手，他们的生命也会立刻往下落，像一粒虚无的灰尘。他手中掌握的是他伙伴跳动的心，他自己跳动的心。突然自己的手叫他害怕。

涡流像撞锤，撞得方向盘剧烈震动，他早已竭力抓住方向盘，减少震动，否则操纵电线会被锉断。他始终抓住不放。双手用力过久，已经麻木不仁。他不知道手指听不听话，转动试试。双臂的下端不像长在自己身上似的。这是没有知觉、没有弹性的橡皮囊。他想："我应该死死想到自己要抓紧……"他不知道思想能不能传至这双手上。他感到肩膀痛才明白方向盘在震动:"它会滑跑的。我的两手会松开的……"但是,自己竟然说出这样的话,吓坏了,因为他以为感觉到两只手这一次服从了神秘力量的指使,在黑暗中徐徐松开,把他交了出去。

他本来还是能够奋斗的,试试机会,因为外界的宿命论是没有的,但是确实有一种内心的宿命论:那是在人发现自己的脆弱的那一分钟发生的;这时你就晕头转向,被错误吸引过去。

就是在这一分钟,在他头上,在暴风雨的缝隙中间,亮起了几颗星光,像捕鱼篓底放的吞了要死的钓饵。

他明知这是一口陷阱:曾经有人看见一个窟窿中有三颗星,朝它们高飞,后来再也没有下来——在那里咬上了星星就挣不脱了……

但是,他那么渴望光明,还是往上飞。

第十六章

他往上飞,靠星光的标志,修正方向,避开涡流。星光像苍白的磁铁吸引着他。对光明苦苦追寻了那么久,即使最朦胧的也决不放弃。即使是一团旅舍的灯光,他也愿意绕着这个渴慕追求的信号一直到死。现在他朝着这片光明往上飞。

在这口先开启、后又在飞机下面封合的井里,他慢慢盘旋上升。随着他愈飞愈高,乌云失去了黑黝黝的土色,推着愈来愈清澈洁白的波涛向他涌来。法比安钻出来了。

他惊异极了:一切亮得他眼睛发花。他不得不闭上几秒钟。他从来不相信云在夜里会叫人眼睛发花。但是一轮明月和全部星座,却使云变成了晶莹明亮的波涛。

在他钻出的那一秒钟,飞机一下子进入一个好似意外宁静的境界。再也不受浪涛的摇晃。像一艘船越过防波堤,正驶入水库。他驶入的是一块不为世人所知的隐蔽的天空,像岛屿中间的幸福港湾。暴风雨在他脚下组成另一个世界,厚达三千米,狂风大作,水柱高喷,电光闪闪摇摇,但是对星空却摆出一副冰霜的面孔。

法比安以为到了奇异的太虚幻境,因为一切变得亮晶晶的:他的手、他的衣服、他的翅翼。因为光不是从上往下照的,而是从他身下,从他四周,从这些雪白的积云中释放出来。

这些云在他身下,把从月亮中吸收的雪光都往外反射。左右两边的云,高耸如塔,也是这样。到处流转一种乳白色的光辉,机组的人沉浸在中间。法比安转过身,看见报务员在笑。

"这下可好啦!"他喊。

但是喊声消失在飞行声中,唯有笑容交流着心声。"我完全疯了,"法比安想,"还笑呢,我们可是没救了。"

可不是,黑影里千百条手臂把他撒开了。他仿佛一名囚徒被松了绑,准许独自在花径上散一会儿步。

"太美了。"法比安想。他遨游在密密匝匝珠宝堆似的群星中间,在这个除了他法比安和同伴以外绝无生命的世界上。如同神话中的城市小偷,闯进了珍宝室再也走不出来。他们在珠光宝气中遨游,说不尽的风光,可也别想有指望。

第十七章

在巴塔哥尼亚的科摩多罗·里瓦达维亚中途站,其中一名电讯员急速一动,所有守在岗位上束手无策的人一拥而上,围住他俯下身去。

他们俯在一张照得煞白的白纸上。电讯员的手还犹豫不决,铅笔在摆动。电讯员的手迟迟不肯写出字母,手指已经发颤了。

"雷雨?"

电讯员点头表示"是"。雷雨的鸣嘟声使他听不明白。

接着他记下几个没法辨认的符号。而后是几个字。接着可以拼凑成文了:

"困在暴风雨上空三千八百米。漂移到海面上空,现朝正西方向往内陆飞。下面全被乌云堵住。不知是否还在海面上空。告诉我们暴风雨是否扩至内陆。"

由于雷雨,这份电讯拍发给布宜诺斯艾利斯,要一站接一站传达。这份电讯在黑夜中递送,像瞭望台上相继点燃的烽火。

布宜诺斯艾利斯让人回答:

"暴风雨遍及内陆。还剩多少汽油?"

"半小时的。"

这句话又由守夜人接力传到布宜诺斯艾利斯。

过不了三十分钟,机组注定要卷入旋风,旋风吹得它飘飘荡荡,摔落在地上。

第十八章

里维埃在沉思。他已不抱希望,这个机组将会沉没在黑夜中某个地方。

里维埃记起童年时给他留下的一个深刻印象:人们汲干池塘发现一具死尸。这片黑暗从大地上消失以前,这些黄沙、原野、麦地重现在阳光下以前,什么也不会找到的。以后可能有几个农民遇见两个孩子,手臂曲着盖在脸上,睡熟了似的,躺在青草和金光之中,四周一片和平气象。但是,他们已给黑夜淹死了。

里维埃想到深沉的黑夜像神奇的海洋，埋下了多少金银财宝……黑夜里，这些苹果树带着尚未授粉的满枝繁花等待着天明。黑夜是富裕的，充满芳香、沉睡的羔羊、尚无颜色的花朵。

慢慢地，朝着太阳将升起肥沃的犁沟、滋润的树林、新鲜的苜蓿。但是，在这些现在已不伤生害命的山岭、草原和羔羊之间，在吉祥的世界上，将有两个孩子像在睡觉。有的东西已从眼前的世界悄然飘至另一个世界。

里维埃理解法比安的妻子，她不安，温柔。这份爱情是不久前才给她的，像借给穷孩子的玩具。

里维埃想到法比安的手，这只抓住操纵杆还可把他的命运掌握几分钟的手。这只手曾经爱抚过。这只手放在一个胸脯上，像神的手会引起内心的骚乱。这只手放在一张脸上，使这张脸改变表情。这只手是神奇的手。

夜里，法比安在气象万千的云海中遨游，但是底下——是永恒。他迷失在唯有他一人居住的星座之间。他用手掌握这个世界，用胸膛稳住这个世界。他把人间的全部财富紧紧拴在方向盘上，把他最后总要归还的无用的珍宝，不胜绝望地从一颗星拖到另一颗星……

里维埃想到有一个电讯站还在监听。唯一还把法比安与世界相连的是一道乐波，一支哀曲。这不是一声叹息。不是一声尖叫。却是最纯正的绝望之音。

第十九章

罗比诺惊破了他的孤寂。

"经理先生，我想……或许可以试试……"

他没有建议要提，但是表示了他的好意。他乐于找到一个解决办法，像猜谜似的去猜。他总是找到办法，而里维埃又从来不愿听："罗比诺，您要知道生活中不存在解决办法。存在的是各种进取力量。必须创造这些力量，办法随后会来的。"所以罗比诺就把自己的任务限于在机械师中间创造一种进取力量。一种微薄的进取力量，保持螺旋桨毂不长铁锈。

但是，这天夜里发生的事使罗比诺没辙了。他的督察员头衔对雷雨无能为力，对一个幽灵般的机组也无能为力；说实在的，机组此刻还在挣扎，不是为了准点奖，只是想逃过唯一使罗比诺的惩罚再也无效的惩罚——这就是死。

罗比诺现在挂了一个空衔，在办公室踱来踱去，没有事做。

法比安的妻子上门求见。她来时很着急，在秘书室等候里维埃接待。秘书们偷偷抬头看她的脸。她感到一种难为情，四下张望：这里一切都不欢迎她。这些人，继续自己的工作，脚下仿佛踩着一具尸体走路；这些卷宗，人的生命、人的痛苦在里面只剩下一堆冷冰冰的数字残渣。她在寻找迹象，能向她谈论法比安。在家里，一切都表明他不在：被子掀开一半的床、煮好的咖啡、一束鲜花……她找不到迹象。这里一切都与怜悯、友谊、回忆相对立。她听到的唯一一句话——没人在她面前高声说话——是一名职员要对方提供清单时说的粗话。"……发电机清单，见鬼！我们发给桑托斯的那张。"她举目朝这人看看，表情无限惊奇。然后面朝挂图的墙壁。她的嘴唇有点颤抖，几乎难以觉察。

她难堪地猜到，她在这里代表一种敌对的真理，几乎后悔自己来了，恨不得躲开，只是害怕引人注目，才忍住了咳嗽和眼泪。她感到自己像没穿衣服似的别扭，有失体面。但是她代表的真理这样强烈，引得偷窥的目光在暗中不厌其烦地要向她的脸上看。这位妇女非常美。她向男人显示了神圣的幸福世界。显示了人们行动时无意中损害的是怎样严峻的生活内容。她受不了那么多的注视，闭上眼睛。她显示了无意中能够破坏的是什么样的和平。

里维埃接待了她。

她怯生生地来为她的鲜花、煮好的咖啡、年轻的身体进行诉讼。再一次，在这间更冷的办公室里，她的嘴唇微微发颤。她也发现，她的真理在这不同的世界里难以表达。涌上她心头的这种热烈近乎野性的爱，还有一片忠诚，到了这里也像是换上了一副自私可厌的面目。她真愿意逃开。

"我打扰您了……"

"太太，"他对她说，"您没有打扰我。不幸的是，太太，您与我除了等待没有其他良策。"

她微微耸肩，里维埃理解其中的意思："我回去看到这盏灯、这份桌上的晚餐、这些花，有什么意义呢……"一位年轻的母亲有一天向他吐露："我的孩子死了，我还明白不过来。令人难受的是那些小东西，我翻出他穿过的衣服，还有我半夜醒来依然涌上心里来的那份柔情，从此像我的奶水一样用不上了……"对这位妇女也是，法比安的死要到明天才算开始，通过每个从此失去意义的动作，通过每件东西，法比安渐渐离开她的家。里维埃把深切的同情压在心里。

"太太……"

少妇退出去，带着一种几乎谦恭的微笑，不知道自己的力量与坚强。

里维埃坐下，有点沉重。

"但是她帮我发现了我一直在寻找的东西……"

他漠然地轻拍从北方中途站传来的航行调度通报。他想：

"我们要求的不是长生不老，而是不要看到行动和事物一下子失去它们的意义。那时我们周围的空虚就要暴露……"

他的目光落在通报上。

"死神就是从这里钻进我们中间的：这些再也没有意义的信息……"

他看一下罗比诺。这个平庸的小伙子，现在无用了，也不再有意义。里维埃几乎严厉地对他说：

"您的工作还要我来派吗？"

接着里维埃推开通往秘书室的门，一眼认定法比安不在了；这些迹象法比安太太是看不懂的。法比安驾驶的RB903飞机的卡片，已经插在航行标图"不可动用物资"一栏。准备欧洲班机航行图纸的几名秘书知道起飞已经推迟，工作也不带劲。机场打电话来，询问对漫无目的值班的机组有什么指示。生活的功能慢下来了。"死，这才叫死！"里维埃想。他的事业像一艘帆船，没有风，在海面上停滞不前。

他听到罗比诺的声音：

"经理先生……他们结婚六个星期……"

"去工作吧。"

里维埃始终望着秘书，越过秘书望着工人、机械师、飞行员，所有这些怀着建设者的信念曾在他的事业中帮助过他的人。他想到古代的小城镇，只因为听说有什么"岛"，就着手给自己造一艘船。来运载他们的希望，让大家看到自己的希望扬帆航行在海上。由于一艘船，所有这些人茁壮成长，有所施展，获得解放。"目的可能不说明什么，行动则可救人于死亡。这些人通过自己的船而延续。"

当里维埃让电报重新具有完整的意义，让值班机组重新紧张不安起来，让飞行员重新飞往不平坦的目的地的时候，他也是在跟死亡搏斗。这时生活又推动这项事业，像风推动帆船在海上行驶。

第二十章

科摩多罗·里瓦达维亚什么也听不见了，但是在一千公里以外，二十分钟后，布兰卡港截到第二份电讯：

"我们下降。进入云层……"

然后，在特雷利乌电讯站，出现意义不清的这几个字：

"……什么也看不见……"

短波往往这样。那里收着了，这里依然没有声息。接着，无缘无故地，一切变了。这个位置不明的机组，对生者来说，已经超越空间和时间之外，在电讯站白纸上写字的，也已是一些幽灵了。

汽油耗尽了吗？要不，飞行员在故障发生时尝试最后的机会，落在地上而没有坠毁？

布宜诺斯艾利斯的声音命令特雷利乌：

"问他这个。"

无线电监听站如同一所实验室：镍、铜和压力计、导管线路。值班人员穿白大褂，一声不出，弯着身像在观察一项普通的实验。

他们用手指轻轻触动仪器,探索磁性的天空,像找水人在寻觅泉眼。

"没有回答?"

"没有回答。"

他们或许会捉住这个意味着生命的音符。假使飞机带着它的航行灯回到群星中间,他们或许会听见这颗星唱歌……

时间一秒秒流走了。真正像血似的流走了。还在飞吗?每秒钟带走一次机会。而今,这些流走的时间在摧毁,如同在两千年间侵蚀一座庙堂,钻进岩石内部,啃得殿堂纷纷倒坍。而今,几世纪的磨蚀力凝聚在每一秒中,雷霆万钧,要向一个机组轰击。

每秒钟带走一点东西。

法比安的这个声音,法比安的这声笑,这声微笑。沉默在占上风。愈来愈重的沉默,如同海洋,沉沉压在这个机组身上。

这时有人提醒:

"一小时四十分。油耗量的极限时间,他不可能还在飞了。"

一片死寂。

嘴里出现苦而淡的一股味道,好像旅程到了终点。某件事完成了,没有人知道是什么,有点令人恶心。在这些镍、铜管之间,大家感到凄凉,像站在工厂的废墟上。这些设备都显得重了,没用了,虚设了:像一堆枯木。

现在只有等待天明。

再过几小时,阿根廷全境将迎着阳光浮起,这些人待在这里,像待在海滩上,脸朝着鱼网,往上拉,慢慢往上拉,不知道网到的是什么。

里维埃在自己办公室里,神经松了下来;人经过大灾大难,不再为厄运牵肠挂肚时才会这样。他已让人向全省警察局报警。他不再能做什么，应该等待。

但是，即使丧事人家做事也应该有条不紊。里维埃向罗比诺打个手势：

"向北方中途站拍电：预计巴塔哥尼亚班机误点很久。为了不使欧洲班机过于延误起飞，把巴塔哥尼亚邮件并交给下一班欧洲班机运走。"

他身子向前微弯。但是他一振作，便想起一件什么事，很重要。啊！是的。别忘了：

"罗比诺。"

"里维埃先生？"

"您起草一份通知。禁止飞行员把转速超过一千九百转：他们在给我糟蹋发动机。"

"好的，里维埃先生。"

里维埃身子更弯了。他最需要静静一个人待着。

"去吧，罗比诺。去吧，老弟……"

在死亡阴影前的这种平等关系，叫罗比诺听了骇怕。

第二十一章

现在，罗比诺在各个办公室忧伤地晃来晃去。公司的生命已经停顿了，因为原定两点出发的航班将会取消，等到白天再出发。面孔呆板的职员还在值班，但是这种值班已没有用了。北方各中途站还源源不断发出航行调度通报，但是那里的"晴空""明夜""无风"，令人想起的是一块不毛之地。一片月光与石头的沙漠。当罗比诺自己也不明白为什么，翻阅办公室主任正在工作的一份卷宗，他看到后者站在对面，神情带着傲慢的礼貌，等着他交还卷宗，样子在说："您爱管就可以管，是吗？这可是我的……"一名下属抱这种态度，督察员十分不快，但也想不出话回答，愤愤交出卷宗。办公室主任大模大样回去坐下。"我早该让他走。"罗比诺想。他怕失去常态，一边想那个悲剧，一边走。悲剧可能会导致一项政策破产，罗比诺为这双重丧事伤心。

接着，他又想起里维埃关在自己办公室的样子，还对他说："老弟……"这人从来没有这样失去支撑的力量。罗比诺为他感到莫大的怜悯。他在寻思几句隐约表示同情安慰的话。心中激荡一种他认为很高尚的感情。于是他轻轻敲门。没人回答。这么静，他不敢敲得更响，推开门。里维埃在里面。罗比诺走进里维埃的房间，生平第一次感到几乎与他平起平坐，有点像朋友，在他的想象中也有点像一位中士，冒着枪林弹雨去寻找负伤的将军，在撤退中不离左右，在流放中又成了他的兄弟。"不管发生什么，我和您在一起。"罗比诺好像真要这么说了。

里维埃没有开口，低头在看自己的双手。罗比诺站在他面前，不敢再说话。这头雄狮即使伤了元气，也令他生畏。罗比诺准备的话也愈加表示自己耿耿忠心，但是他每次抬起眼睛，都见到这个低垂的头、这堆灰白的头发、这两片紧抿的嘴唇，流露出多么巨大的痛苦！终于他下了决心：

"经理先生……"

里维埃抬起头，瞧着他。里维埃似大梦初醒，也许根本没注意到罗比诺在场。没有人知道他做什么梦，有什么感受，心中戴的什么孝。里维埃望着罗比诺，久久地，好像他是什么事情的活见证。罗比诺感到困窘。里维埃愈望着罗比诺，嘴唇上愈露出一种不可理解的揶揄表情。里维埃愈望着罗比诺，罗比诺愈脸红。

在里维埃看来，罗比诺像是抱着感人、不幸自发的好意，来这里证明人的愚蠢。

罗比诺惶恐不安。什么中士、将军、枪林弹雨，都想不起来了。接着发生的事叫人难以解释。里维埃始终望着他。这时，罗比诺不由自主地改变了一下姿势，从左口袋伸出手。里维埃始终望着他。这时，罗比诺自己也弄不清怎么会福至心灵地说：

"我是来听您指示的。"

里维埃掏出表，很自然地：

"两点。亚松森班机两点十分着陆。叫欧洲班机两点一刻起飞。"

罗比诺向外宣传这条惊人的消息：夜航不会取消。罗比诺对办公室主任说：

"您把那份卷宗带来让我审阅。"

当办公室主任走到他面前，他说：

"您等着。"

办公室主任就等着。

第二十二章

亚松森班机报告即将着陆。

里维埃即使在最艰难时刻，还是根据一份份电讯，注视着这架班机的顺利航程。在这场人心惶惶中，这是他信念的报酬，是证据。这次飞行顺利，从一路的电讯来看，预示其他千万次飞行也可以顺利。"旋风不是每夜都有的。"里维埃还想，"路一旦打通，不会没人走。"

飞机从巴拉圭，像从一座满是鲜花、矮屋、静流的乐园出发，经过一个个中途站，沿着旋风的边缘往下溜滑，旋风连一颗星也没遮住。九位旅客卷在旅行毯中，额头紧贴玻璃窗，像望着挂满首饰的橱窗；阿根廷的小城镇到了夜里金玉满堂，反使璀璨的星空显得苍白。飞行员在前座，两手捧着一飞机宝贵的生命，圆睁着月光荡漾的眼睛，像个牧羊人。布宜诺斯艾利斯的地平线已经布满红光，不久城内每块石头都将放出异彩，如神话里的宝藏。报务员手指按出最后几份电讯，好似在天上高高兴兴弹完了里维埃能领会的奏鸣曲的最后几个音符。接着他收回天线，伸伸懒腰，打个哈欠，笑了：大家都到了。

飞行员着了陆，遇到欧洲班机的飞行员，他背靠在自己那架飞机上，双手插在口袋里。

"接班的是你？"

"是的。"

"巴塔哥尼亚的在吗？"

"不等啦，还没影儿呢。天气好吗？"

"好极了。法比安还没影儿？"

这种事，他们谈得很少。他们情谊深厚，不需要说很多话。

亚松森的邮包卸到欧洲班机，飞行员始终一动不动，头抬起，后脑勺顶着座舱，仰望星空。他感觉身上产生一种巨大的力量，心中有一种强烈的欢乐。

"装完了吗？"一个声音说，"启动吧。"

飞行员没有动。有人发动机器。飞行员肩靠飞机，他的肩膀感到这架飞机要活了。飞行员在听到这么多"要飞""不飞"的传闻后，终于得到确讯："要飞！"他的嘴微微张开，牙齿在月光下闪亮，像小野兽的牙齿。

"夜里，要小心，嗯！"

他没有听见伙伴的劝告。双手插在口袋里，头抬起，面对云、山、河流、海洋，这时他无声地笑了。接着笑声幽幽的，在他心中掠过，像清风吹过树梢，使他全身都颤了起来。笑声幽幽的，却比这些云、这些山、这些河流、这些海洋更有威力。

"你怎么啦？"

"里维埃这个蠢人，他对我……他以为我怕了呢！"

第二十三章

一分钟后，他将越过布宜诺斯艾利斯，里维埃又继续自己的奋斗，想听一听飞机的声音。听到它出生，它吼叫，它消失，像一支军队踏着威武的步伐，向星星挺进。

里维埃两臂交叉，穿过秘书中间。在一扇窗前，他停下，听，想。

倘若他让飞行中断一次，夜航事业就会告吹。弱者明天会诋毁他，但是里维埃抢在他们前面，当夜又抛出一个机组。

胜利……失败……这些词没有什么意义。生活还处在这些形象下，已在塑造新的形象。一场胜利会使一个民族削弱，一场失败又会使另一个民族觉醒。里维埃遭遇的失败可能是一场交锋，会带来真正的胜利。唯一重要的是进行中的事。

五分钟后，电讯站将通知各个中途站。一万五千公里的航线上，生命的震颤将解决所有问题。

管风琴的乐声已经响了，那是飞机。

里维埃步履从容，从秘书中间穿过，他要回去工作。秘书一见他严厉的目光都低下头。伟大的里维埃，凯旋的里维埃，他肩负着自己沉重的胜利。

人的大地

亨利·吉约梅,我的同志,
我把这本书献给你。

我们对自身的了解，来自大地，更多于来自全部书本，因为大地桀骜不驯。人在跟障碍较量时，才发现自己的价值。但是，为了克服障碍，人需要一个工具，一个木刨，或是一把铁犁。农民在劳动中，逐渐窥探到自然界的一些奥秘，他挖掘到的真理是无处不在的。同样地，飞机这一个航空运输的工具，也使人接触到所有这些古老的问题。

在我眼前，总是呈现着我在阿根廷初航之夜的景象。这是一个昏暗的晚上，原野上看不到别的，只有像星星似的闪耀着三三两两寥落的火光。

在茫茫夜海上，每颗火光都显示了一个心灵的奇迹。在这户人家，有人在阅读，有人在思索，有人在娓娓谈心。在另一户人家，可能有人在探索宇宙，有人殚精竭虑在计算仙女座的星云。那里，有人在恋爱。原野上绵延不断地闪烁着这些暗淡欲灭的火光。还有最隐秘的，那是诗人的火光，教师的火光，木工师傅的火光。但是，介于这些有生命的火光之间，又有多少扇关闭的窗户，多少颗熄灭的灯火，多少个沉睡的人……

应该努力返回去。应该设法跟其中几颗火光联系——这些火光，绵延远方，星星点点，散落在原野上。

第一章 航　线

这是在一九二六年。我刚作为青年飞行员进入拉泰科艾尔公司，这家公司在邮政航空公司，然后又是法国航空公司之前飞图卢兹与达喀尔之间的航线。我在那里学习这门职业。这回轮到我像其他同志一样度过见习期，这是新手在有幸驾驶航机以前都要经历的。驾驶教练机，在图卢兹与佩皮尼昂之间来来回回，在寒气透骨的机库角落里听沉闷的气象课。我们在生活中，对我们还陌生的西班牙山岭感到畏惧，对老飞行员怀着敬意。

这些老飞行员，我们可以在餐厅里见到，脸带愠色，神情有点淡漠，倨傲地给我们提出忠告。当其中一位从阿利坎特或卡萨布兰卡返航归来，皮外套浸透雨水，迟迟才回到我们中间，有人怯生生地问他航途情况，他的回答三言两语，在那些暴风雨的日子里，给我们开拓了一个神异的世界，到处是陷阱和埋伏，突如其来的峭壁，以及会把松树连根拔起的涡流。乌龙挡住峡谷口，山顶上电光四射。老飞行员凭其精湛的技术使我们的敬意保持不衰。可是，时而再三地，敬意成了敬挽，他们中间有的人再也没有回来。

我还记得比里的一次归来，他后来是在科尔比埃尔山罹难的。这位前辈飞行员刚来我们中间坐下，沉闷地吃着东西，一句话不说，两肩还受到风力的摧压。在这么一个气候恶劣的日子，到了晚间，整条航线的上空一片混沌；在飞行员眼中，所有的大山仿佛在泥泞中翻了个个儿，像古战船上的大炮，崩断了缆绳在甲板上打滚。我朝比里瞅了一眼，咽下一口口水，终于壮着胆子问他这次飞行是不是艰苦。比里双眉紧锁，俯在盘子上，没有听见。逢上阴风晦雨的天气，坐在机舱盖敞开的飞机里，身子要伸出风挡外面才看得清楚，锐利的寒风长时间在耳边呼啸。终于比里抬起头，好像听到了我的话，凝神想了一想，突然洪亮地笑了起来。这声笑把我迷住了，因为比里平时很少言笑，这声短促的笑使他的倦容骤然灿烂。他对自己的凯旋归来一句别的话也没说，又低下头不声不响地咀嚼起来。但是在灰暗朦胧的餐厅里，在劳劳碌碌忙了一整天此刻到这里消除疲劳的小公务员中间，这位肩膀宽厚的同志在我眼中显得出奇的高贵。在他坚实的躯壳下，隐隐显出这是一个曾经降龙伏魔的天神。

终于这一个晚上来临了。轮到我被召进经理的办公室。他简单地对我说：

"明天你上飞机。"

我依然站立不动，等着他让我走。但是，静默片刻后，他又说：

"那些规章你知道吧？"

在那个时期，飞机发动机的性能不像今天那样可靠。经常一点预兆也没有，机器像打碎了坛坛罐罐似的哗啦啦一阵响，一下子抛下我们不顾了。我们朝着山石嶙峋，几乎找不到备降场的西班牙滑下去。我们经常说："这时候，发动机出了毛病，飞机，也不会长久啦！"但是一架飞机是可以替换的。头等重要的是不要盲目地靠近岩石。所以，公司禁止我们在山区上空的云海中飞行，违者要受到最严厉的处分。遇上故障的飞行员陷入白色的乱云，会看不见峰巅而猛撞上去。

因而，那一个晚上，一个缓慢的声音又把那条规章最后重申一遍：

"在西班牙云海上空，凭着指南针飞行确是挺美的事，也很优游自在，但是……"

声音更缓慢了：

"……但是你切切记住：在云海底下……这是千古。"

这时，从云层中钻出来，发现这个那么平坦、那么单纯的宁静世界，一刹那对我具有一种还不认识的价值。这种平静，竟成为一个陷阱。我想象展延在我脚下的白色大陷阱。在这下界，就像人们会深信不疑的，不存在人间的骚乱，不存在动荡，不存在城市的熙熙攘攘；有的只是一片更为绝对的静谧，一种更为确定的和平。这大片乳白色的云絮对我来说，成为真实与虚幻、已知与不知之间的疆界。我也认识到，任何景物不通过一种文化、一种文明、一种职业来观察是毫无意义的。山区的人当然也见过云海，可是他们却发现不了这块神奇的屏障。

当我走出这间办公室，像孩子似的洋洋得意。天一破晓，轮到我来负责一机的乘客，负责非洲的航空邮件。但是我也感到惶恐不安，觉得自己准备不足。西班牙境内备降场很少；我怕遇上故障的威胁，不知道到哪儿去寻找栖身之地。我俯身审视过那些空空荡荡的航空图，没能发现我所需要的情况。因而，带着又胆怯又骄傲的复杂心理，去找我的同志吉约梅，在他家里度过我初上疆场的前夕。吉约梅在我之前飞过这条航线。他熟悉这些诀窍，可以提供我打开西班牙的钥匙。我应该由吉约梅开导一番。

当我走进他的房间,他微微一笑:

"我已听说了。你满意吗?"

他走到壁柜前找出波尔多酒和杯子,回到我的身边,始终面带笑容:

"让咱们干一杯。你看着吧,一切都会顺利的。"

灯散布光明,他灌输信心;这位同志后来创造了横越安第斯山脉和南大西洋邮政航空的飞行纪录。几年前的这个晚上,他身穿衬衣,在灯光下两臂交叉,笑容可掬,跟我简单地说:"风暴、浓雾、大雪,这些东西有时会给你带来困难。那时你要想到那些在你以前碰上这些东西的人,你只要对自己说:其他人能够做到的事情,我总也能够做到的。"可是我还是摊开地图,要求他带着我一起温习这个航程。于是,伏在灯光前,扶着老飞行员的肩膀,我又找到了大学时代的宁静。

但是,我听到的地理课竟是那么怪!吉约梅不给我谈西班牙是什么样的,而把西班牙作为一个朋友介绍给我。他不跟我谈水文学,不谈居民,也不谈当地的动物。他不跟我谈瓜迪什,而谈瓜迪什附近一块农田旁边的三棵橘子树:"要提防它们,把它们标在你的地图上……"从此,这三棵橘子树在我的地图上要比内华达山脉占据更大的位子。他不跟我谈洛尔卡,而谈洛尔卡附近的一个普通农庄,一个生气勃勃的农庄。谈农庄主人。谈农庄主妇。这对夫妇,远在天外,跟我们相隔一千五百公里,顿时变得无比重要。他们栖居在他们那座山的山坡上,像导航塔的看守人,在星光照耀下,随时准备救死扶伤。

这些不为世界上任何地理学家知道的细枝末节,又被我们从遗忘中，从不可思议的远方召回来了。因为只有哺育那些大城市的埃布罗河，才使地理学家津津乐道。但是这条在莫特里尔西部、隐伏在乱草丛下的小溪，这位只是三十来朵花的养育者，则引不起人们的兴趣。"提防那条小溪，它把场地都破坏了，……也把它标在你的地图上。"啊！我怎么能忘了莫特里尔的蛇呢！这种蛇外表若无其事，似乎只会发出轻微的咝咝声去迷惑几只青蛙；但是这种蛇睡觉时也是眯缝着眼睛。在天堂似的紧急降落场上，挺着身子躲在草丛里，隔着两千公里窥伺着我。只要遇上机会，张口就可以把我变成一束火花……

我也毫无惧色地等待着那三十头气势汹汹的绵羊，它们在山坡上排开阵势，随时准备冲锋。"你以为那块草地上空无一物，突然哗啦一声，你那三十头羊卷到你的轮子底下……"我对这么一个出其不意的袭击，不由发出惊讶的微笑。

我这张地图上的西班牙，在灯光下逐渐幻变成一个迷人的仙境。我把那些备降场和陷阱划上一个个十字标记。我把这位农庄主人、这三十头绵羊、这条小溪也划上标记。我把地理学家不加注意的这位牧羊女，也标在她准确的位置上。

我辞别古约梅出来，感到需要在这个寒冽的夜晚散散步。我翻起大衣领子，逗着年轻人血气方刚，在这些一无所知的路人中间走着。我心中藏着秘密，与这些陌生人擦肩而过时，不免感到骄傲。这些野蛮人哪里知道我的心事，但是他们的忧虑、他们的激情都已经托付给我，由我第二天拂晓随着邮包一起带走。他们也可能在我手里要抛却心头的希望。我就是这样，裹在大衣里，在他们中间像保护者似的高视阔步；但是他们对我的操心木然不知。

我从黑夜那里得到的信息,他们也同样感觉不到。因为这场可能已在酝酿,并会给我初航带来困难的暴风雪,跟我是息息相关的。星星先后一颗颗隐灭了,这些路人又怎么会明白呢?只有我才知道其中的秘密。战斗前夕,有人把敌人的阵势泄露给我了……

可是,这些激励我去战斗的庄重号召,我是在明亮的橱窗旁边得到的,那里面陈列着璀璨夺目的圣诞礼物。在夜色中,似乎世上所有的财宝都在那里展示,而我为自己的克己献身感到自豪和陶醉。我是一个身历险境的战士;这些用于节日之夜、光可鉴人的水晶器皿,这些灯罩,这些书籍,已对我无关紧要。我已经在满天云雾中浮沉,我已经作为民航飞行员咬上了夜航的苦果。

我被人唤醒时,是凌晨三点钟。我"咔"的一声打开百叶窗,看到天空渐渐沥沥在下雨,我神情严肃地穿上衣服。

半小时后,轮到我坐在小旅行包上,在雨水下晶晶闪光的人行道旁,等待着公司的班车把我接走。在这个授予圣职的日子,有多少同志在我之前,也曾有点忧心忡忡地作过同样的等待。终于,这辆一路上丁零当啷的老式车子,在路角出现了;轮到我像其他同志一样,有权坐到长板椅上,挤在一位睡意蒙眬的海关职员和几位公务人员之间。这辆车散发出霉臭,是灰扑扑的机关和陈旧的办公室的气味;人的生命陷入这样的办公室就难以自拔。车子每次开五百米停下,让另一位秘书,另一位海关职员,一位督察员上车。那些已经堕入睡乡的人含糊不清地嘟囔一声,算是回答刚上车的人的招呼;后者尽量往车里挤,立刻也睡着了。在图卢兹崎岖不平的石子路上,这是一辆阴郁的大车;飞行员与公务人员混在一起,起初难以区别……然而,随着路灯杆一根根后移,随着机场逐渐接近,随着这辆颠簸的旧班车变成了一只灰色的茧子,人从中蜕化而出,就另有一副新的模样。

每一位同志都曾这样,在一个相似的早晨,从一个地位不稳、还受督察员申斥的低级工作人员,一下子成了西班牙和非洲航线班机的机长;他再过三个小时,就要在闪电中迎战奥斯皮塔莱特的巨龙……他再过四个小时,降伏了巨龙以后,有至高的权力,任意决定绕行海边还是直取阿尔科伊的崇山峻岭,他将与之周旋的是风暴、高山和海洋。

每一位同志都曾这样,在图卢兹冬日暗淡的天空下,混在默默无闻的人群中,然后在一个相似的早晨,觉得自己成长为一个主宰,过了五个小时,把北方的雨雪抛在身后,驱散了冬寒,减低机速,在仲夏灿烂的阳光下降落在阿利坎特。

这辆破旧的班车已经消失了,但是它的坚硬和不舒服感依然铭刻在我的记忆中。这辆车象征了我们这个既艰辛又欢乐的职业所必需的准备工作。这个职业的一切都是干脆利落,一丝不苟。我至今记得三年后有一天,还没有说上十句话,便听到飞行员勒克里万的死讯。他是航线上几百个同志中的一个,他们在一个雾蒙蒙的白天或黑夜,永远退出了我们的队伍。

那也是在凌晨三点钟,四周笼罩着同样的沉默,忽然我们听到隐没在黑暗中的经理,提高嗓子向督察员说:

"勒克里万昨夜没有在卡萨布兰卡降落。"

"啊!——啊?"督察员回答说。

这时他在睡梦中受到了惊动,竭力醒一醒,为了表示他的热忱,他补充一句说:

"啊!是吗?他没有闯过去?他往回飞了吗?"

在车厢深处，只传出一声简略的回答："没有。"我们等着下文，但是一句话也没有接上来。随着秒针滴滴答答过去，愈来愈清楚，这声"没有"是不会有其他的话接上来了，这声"没有"是终审判决，勒克里万不但没有降落在卡萨布兰卡，也不会再在任何地方降落了。

因而，这个早晨，在我初航的黎明，轮到我俯首领受神圣的就职典礼；我透过班车的玻璃窗，望着发亮的碎石路映着灯杆的倒影，愈来愈感到缺乏信心。一阵阵蒲叶大风掠过一摊摊水潭。我不由想："我初次飞行……说实在的……我运气不好。"我抬头看着督察员说："这天气不好吧？"督察员迟钝的目光朝玻璃窗外望，最后喃喃地说："还说不准。"我思忖如何才算是天气坏的标志呢：前一天晚上，吉约梅仅仅一笑，就把老飞行员重压在我们身上的一切不吉利的谶言一扫而光；此刻这些谶言又涌上我的心头："哪个人对航程中的一草一木不了解得清清楚楚，要是遇上一场暴风雪，我为他惋惜……啊！不错！我为他惋惜……"他们当然应该维护自己的威望，他们摇摇头，两眼打量我们，带着令人难堪的怜悯，仿佛在惋惜我们居然还是这么天真和幼稚。

事实也是，这辆车曾为我们中间多少人作过最后的藏身处？六十个？八十个？也是在一个细雨霏霏的早晨，由同一个沉默寡言的司机驾驶着。我环顾身旁，黑暗中香烟的点点火光，表示人们在沉思默想。这是垂老的职员在考虑生活琐事；这些伙伴又给我们中间多少人当过最后一批送殡的客人？

我无意中也听到低声交换的内心话。谈到疾病、金钱、家庭的烦恼。这些话暴露了禁锢着这些人的暗牢的围墙。蓦然在我眼前揭开了命运的真面目。

老公务员——在座的我的同志——从来没有人来搭救过你，你对此也无能为力。像白蚁所做的一样，你封死了所有透进光明的缝隙，才创造了内心的和平。布尔乔亚的安分守己，刻板的工作，外省生活中令人窒息的繁文缛节，你都不以为意；你筑起一道谦卑的高墙，挡风挡雨又挡星星；你不愿为重大的问题忧虑焦急，你一片苦心是为了忘却你作为人的地位。你已经不是一颗行星上的居民，你也不徒然提出得不到解答的问题，你是图卢兹的一个小布尔乔亚。在还不太晚的时候，没有人来唤你回头。现在，你的躯壳像黏土一样又干又硬，已没有什么可以把那位沉睡的音乐家，或是原来你天禀中的那位诗人或天文学家唤醒了。

对着这场凄风苦雨，我也不再抱怨。这个职业的魔力给我开辟了另一个世界；在那里，我将在两小时内迎战乌龙，飞越笼罩在雷光闪电中的蓝色峰巅；在那里，夜色来临，突出重围，我将在星斗之间阅读自己的道路。

经过这一番职业洗礼，我们开始了航行。大多数时候，这些航行是平安无事的。我们像专业潜水员，安然无恙地潜入到我们工作领域的深处。今天这个领域经过了详尽的勘测。飞行员、机械师、报务员不再是在探奇涉险，而是深锁在一间实验室内。他们听从指针的旋转，而不用注视田野的移动。窗外的群山隐没在黑影中，但已称不上是山了。这是一些无形的力量，但是必须计算它们逼近的距离。报务员在灯光下顺从地记录这些数据，机械师在航空图上作标记，如果这些山漂移了，如果这些他想从左边越过的山峰，像军事袭击似的悄悄扑到他面前的话，飞行员就改正飞行路线。

至于地面控制站的报务员，也顺从地在同一秒钟，把他们同志的话记录在他们的工作本上："零时四十分。航向二百三十度。机上一切平安。"

今天的机组就是这样航行的。他们一点感觉不到自己在行动。如同海上夜航一样，他们远离一切航标。然而，这间明亮的小舱充满了发动机的震颤声，这种震颤声改变了小舱的实质。然而星移斗转。在这些仪表盘，这些无线电灯，这些指针的背后，正在进行着一整套肉眼看不见的炼金术。随着时间一秒钟一秒钟过去，这些神秘的手势，这些低沉的语声，这样的凝神贯注在创造着奇迹。当预定时间来临时，飞行员必然把脸凑到玻璃窗前，茫茫空中出现金子，在中途站的灯光中发亮。

可是，我们大家也都经历过这样的航行，离中途站还有两小时路程，突然从某一个特定的角度来看，我们感觉自己飘逸而去，即使在印度也感觉不到这么遥远，我们再也不存重返大地的希望了。

当梅尔莫兹初次驾驶水上飞机横越南大西洋，在薄暮时分抵达波托努瓦尔区域[①]时，遇到的情况就是这样。他迎面看到几条龙卷尾，一分钟比一分钟逼近，仿佛四周筑起了一道围墙，后来黑夜降临了，把这些酝酿的风暴遮得丝毫不露。一小时后，他钻到云层底下，豁然进入一个神奇的王国。

水龙卷蹿立而起，水滴密集，表面上纹丝不动，犹如庙堂里的黑色大柱子。水龙卷顶端突兀，支撑着暴风雨组成的暗淡低沉的拱顶，但是从拱顶的豁口，垂落下一道道光流。一轮圆月在大

---

① 波托努瓦尔，位于南大西洋赤道附近，该区域多暴雨。

柱之间，把光芒投射在冰冷的石板似的海水上。梅尔莫兹在这片阒无一人的废墟上，继续走他的道路；从一道光流斜飞至另一道光流，绕着这些巨柱盘旋穿插，巨柱中间无疑震荡着海水翻腾的澎湃声；他沿着月亮的光流飞行了四个小时，找寻庙堂的出口。这种情景如此凶险，以致梅尔莫兹闯出波托努瓦尔后，才发现自己竟然顾不上害怕。

我也忘不了超过现实世界边缘的这么一个时刻：整个夜里，从撒哈拉中途站发来的无线电定向数据都是不准确的，使报务员内里和我受害不浅。当我看到海水在浓雾的缝隙下闪闪发亮，马上掉转机头往海岸方向飞去；也不知道朝着外海方向扎进去已有多长时间了。

我们也没有飞抵海岸的把握，因为汽油可能不够。而且，即使到了海岸，我们也还要搜寻中途站。这时已是月落时刻。再不掌握角度数据，我们这些已经聋了的人，又会慢慢变成瞎子。在雪原似的一长溜浓雾中，月亮终于隐熄了，像一块苍白的炭结。我们头顶上的天空乌云密布。从那以后，我们夹在这堆乌云与这团浓雾之间，在这个漆黑一团、空无一物的世界上飞翔。

原来向我们拍发信号的中途站，已放弃向我们提供情况："方位不明……方位不明……"因为我们的声音从四面八方传到他们那里，反而哪儿都不是。

我们已经灰心丧气的时候，突然在左前方的地平线上，冒出一点亮光。我内心又感到一阵骚乱的喜悦，内里也向我俯身过来，我还听到他在哼歌呢！这只能是中途站，这只能是中途站的导航灯，因为撒哈拉到了夜晚，漆黑无光，成为一片死亡的土地。亮光还闪耀了一下，然后又熄灭了。我们已经转身朝着一颗星飞去，这颗星消失在地平线前是可以看到的，但是也仅仅几分钟,当它夹在浓雾和乌云之间的时候。

可是,我们又看到其他亮光也闪耀起来。我们暗中抱着希望,轮流朝着每一颗星光飞去。当星光历久不衰时,我们冀求着生的机会。内里向锡兹内罗斯中途站发出命令:"前面的火光,熄灭你的导航灯,然后再亮三下。"锡兹内罗斯把导航灯熄灭了,又亮了起来,我们目不转睛地盯着,但是这颗狠心的火光没有再眨一下——公正不阿的星星呵!

尽管汽油逐渐耗尽,我们还是每次要去咬那只金色钓饵。每次它都是导航塔的真正信号,每次它都是中途站和绝处逢生,然而每次,我们不得不转向另一颗星光。

从那时开始,我们感到自己迷失在太空中,在成百颗远不可及的星球中间,搜寻着那颗真正的星球,我们的那一颗,唯有这一颗星上有我们熟悉的田野,我们亲切的房舍,我们的温情。

唯有这一颗星上有……我将向你们叙述那时出现在我眼前、可能在你看来是幼稚可笑的景象。但是身处险境时,人还是有人的烦恼,我感到口渴,我感到饥饿。如果我们找到了锡兹内罗斯,加油以后,立即可以继续我们的航程,在清晨凉爽的空气中降落在卡萨布兰卡。工作完啦!内里和我可以走到城里,在黎明时,找一家已经开门营业的小饭店……内里和我将坐在餐桌旁,前面摆着热的羊角面包和牛奶咖啡,万无一失,笑谈前一夜的经历。内里和我将接受生命赐予的清晨礼物。年老的农妇也是通过一幅图像,一枚朴实的圣章,一串念珠才接触到她的上帝。要我们了解,也应该讲一种简单的语言。因而,生的喜悦对我来说,就集中在这一口芬芳、热气腾腾的牛奶、咖啡和小麦的混合物里,从而接触到宁静的牧场、异国植物和庄稼,从而接触到整个大地。在这些纷纭众多的星球中,唯有一颗能在黎明时,做成一碗香喷喷的早点，献到我们面前。

但是在我们的航机和这个有生命的地球之间，横亘着不可逾越的距离。世界上所有的宝藏都积聚在迷失于群星之间的这一粒灰尘中。星相学家内里为了辨认出这粒灰尘，总是不停地在祈求星星。

突然，他一拳打得我肩膀一晃。顺手递给我一张纸，上面写着："一切平安。我收到了一条了不起的电讯……"我等待着，心怦怦地在跳，他终于给我带来了可把我们救出险地的五六个字。终于，我收到了这份天赐的礼物。

这份电报是在前天傍晚，从我们离开的卡萨布兰卡发出的。转发时耽误了，突然当我们飞出两千公里以外，夹在乌云与浓雾之间，迷失在海洋上空的时候，这份电报找上了我们。这份电报是国家代表在卡萨布兰卡机场拍来的。我看到："圣埃克苏佩里先生，我有责任向巴黎提出给你处分，从卡萨布兰卡起飞，你盘旋转弯时离机库太近。"我盘旋转弯时离机库太近，这是事实。这个人生气完全出于恪尽职守，这也是事实。如果在机场办公室内，我挨这顿训斥一定会负疚抱惭。但是，如今它在不该找到我们的地方找到了我们。在这几颗稀落的星星，这一片浓雾，这凶险逼人的大海之间迸了出来。我们肩负着自己的命运，邮件的命运，我们航机的命运。我们费尽心力进行操纵才活了下来，这个人却对着我们发泄他那小小的怨气。但是内里和我，不但没有恼怒，反而感到极大的欢悦。在这里我们才是主人，还是亏了他的提醒我们才发现这一点。这个二等兵难道没有朝我们的袖章看一眼，我们已经是上尉啦！我们从大熊座庄重地踱步走向人马座时，唯一值得我们操心的是月亮的变幻无常，这时他居然来打断我们的沉思……

在出现这个人的地球上,唯一刻不容缓的义务是向我们提供确切的数据,好让我们在星辰之间计算位置。现在数据都是错的。至于其他一切,目前来说,这个星球还是免开尊口。内里给我写道:"他们不把我们领到一个地方,却在这些蠢事上闹……"对他来说,"他们"是指地球上所有的人类,以及他们的议会,他们的参议院,他们的海军,他们的军队和他们的皇帝。这个不明事理的人还要跟我们纠缠不清;我们一边读着他的电报,一边朝着水星侧飞而去。

是一件离奇不过的巧事救了我们。终于到了这么一个时刻,我们已经放弃一切抵达锡兹内罗斯的希望,朝着海岸方向斜插过去,决定保持这个方向不变,直到汽油耗尽为止。这样我还可能碰上运气,不至于沉落在海里。不幸的是,我的那些扑朔迷离的导航灯,早把我们引导到只有上帝才知道的地方;还有不幸的是,茫茫黑夜迫使我们闯入了弥天大雾,要想着陆而不机毁身亡,这样的希望是非常渺茫的。但是,我们已经没有选择的余地。

当时的情境十分明显,所以当内里塞给我一条早到一小时或许可救我们出险的信息,我只是凄然地耸耸肩膀,信息说:"锡兹内罗斯决定向我们提供方位。锡兹内罗斯指出:疑为二百一十六度……"锡兹内罗斯不再埋在云雾中,锡兹内罗斯在那里,在我们的左方,不是虚无缥缈的。不错,但是多少距离呢?内里和我简略地交换了几句。太晚了。我们两人意见一致。若往锡兹内罗斯飞去,更增加我们失去海岸的危险。内里的回答是:"油只够用一小时,继续九十三度航向。"

然而，中途站一个接着一个苏醒了。我们的对话中也夹杂了从阿加迪尔、卡萨布兰卡、达喀尔传来的声音。每个城市的无线电站向各个机场告警，机场场长又向各个飞行员告警。慢慢地他们聚集在我们周围，像聚集在病人的床边。这份热情无济于事，但终是一份热情。毫无作用的指点，但是那么亲切！

霎时间，图卢兹出现了，图卢兹这个远在四千公里外的起飞站。图卢兹一下子闯入我们中间，开门见山地说："你驾驶的飞机不就是 F……"（我已经忘了编号。）

"是的。"

"那你们还有两小时的油量。这架飞机的油箱不是标准油箱。往锡兹内罗斯飞。"

就是这样，随着一个职业而来的种种需要，可以改变世界的面貌，丰富世界的内容。并不一定总要有这么一个夜晚，才使航班飞行员发现这些司空见惯的景象还有一层新的含义。单调的田野令旅客生厌，但在飞行员眼中却不一样。这片浮云挡住了视线，对他来说，决不是一种景致而已，它牵动他的肌肉，向他摆出问题。他已经在思索对策，周密审度，一种真正的语言把他俩联结在一起。这里一座山峰，还在远处，然而会露出什么样的面目？逢上月明之夜，这是一个容易辨认的标志。但是飞行员盲目驾驶，抑不住飞机的漂移，又怀疑山峰的位置，山峰顿时会变成一堆炸药，整个夜空充满了杀机，犹如在水面下的一颗炸弹，随波逐流，使整个海洋令人望而生畏。

大海也是这样变幻莫测。对于普通旅客，风浪是看不见的。从这样的高处俯视，波涛显不出起伏，一簇簇浪花也似乎凝聚不动，唯有巨大的白色海涛向前展伸，浪沫水纹也像封在冰层之中。但是根据机组人员的判断,这个海面无论如何是不能降落的。这些波涛对他们来说,好比巨大的毒花。

即使这次航行是一次幸运的航行,飞行员在他的某一段航程上驾驶,阅历到的也不是一种单纯的景色。绚丽多彩的土地和天空,风吹粼粼的海面,金黄色的晚霞晨曦,他们一点也欣赏不到,而只会引起他们的深思。就像农民到田头巡视,从蛛丝马迹预见到春光的流转,霜冻的威胁,雨水的来临。职业飞行员也是这样,要辨认雪的迹象、雾的迹象、幸福之夜的迹象。这架飞机初看似乎是把他们拉开,实际是更为严格地要他们顺从这些重大的自然现象。满天乱云犹如一座广大无垠的法庭,这位飞行员孤悬在中央,为了维护他的飞机,要与三个原始神道进行角逐,那是高山、海洋和风暴。

第二章 同 志

1

包括梅尔莫兹在内的几位同志,开辟了从卡萨布兰卡到达喀尔,横越"不屈的撒哈拉"[①]的法国航线。那个时期的发动机不经久耐用,一次故障使梅尔莫兹落入摩尔人手里。要不要把他杀了,摩尔人犹豫不决,囚禁了两星期以后,把他卖了出来。梅尔莫兹重新驾起他的航机,翱翔在同一块土地上。

开辟美洲航线时,遇事始终一马当先的梅尔莫兹,负责研究

[①] 19世纪中叶,法国侵入非洲建立殖民地。20世纪初,企图从塞内加尔的陆路向西北非洲行进,打通毛里塔尼亚、摩洛哥、阿尔及利亚这一条道路。在所谓"和平进驻"失败后,实行"军事平定"。1905年到1910年,迫使生活在非洲这些地区的大部部落承认法国的宗主权。不愿降服的部落退向山区和绿洲,不受法国管辖。这些继续抵抗的部落在法国称为tribus dissidents,本书内译作抵抗部落,他们占据的地区称为抵抗地区。这里"不屈的撒哈拉"即是指此。1934年,撒哈拉才完全被法国征服。

从布宜诺斯艾利斯到圣地亚哥这一段航程。他在撒哈拉上空架设桥梁后，又要在安第斯山上架设另一座桥梁。公司交给他一架升限为五千两百米的飞机。科迪耶拉山系的顶峰高耸七千米。梅尔莫兹腾空去寻找突破口。梅尔莫兹继沙漠之后，又跟高山搏斗了：峰顶上雪虐风饕，冰珠直喷，暴风雨时万物苍茫，夹在两旁峭壁之间的汹涌涡流把飞行员逼得如钻刀丛。梅尔莫兹投入这场战斗，既不了解一丝一毫的敌情，也不知道经过这番短兵相接是否还有生还的希望。梅尔莫兹在为他人"试验"。

终于有一天，经过多次"试验"，他发现自己做了安第斯山的俘虏。

机械师和他跌落在海拔四千米的高原上，四周皆是悬崖绝壁，他们两天来都在寻找脱身之路。他们被困住了。于是，他们试一试最后的机会，把飞机往虚空推出去，飞机在坎坷不平的地面上蹦跳，顺着倾斜的岩崖**骨碌碌**向前滚。飞机经过一阵滚动，达到一定速度，又服从人的驾驭了。突然梅尔莫兹只见迎面奔来一座山峰，赶快拉起机头，擦峰而过；飞行七分钟后，飞机又发生故障，隔夜冻裂的所有的水管接头都开始往外喷水，这时他们发现底下是智利的平原，不啻是看到了天国。

第二天，他们又起飞了。

当安第斯山勘探完毕，航行技术一经确定，梅尔莫兹把这一段航程交给他的同志吉约梅，又动身去勘探黑夜了。

我们有几个中途站还没有安装照明设备，在漆黑的夜里，我们在降落的场地上，迎着梅尔莫兹，按一条直线用汽油点燃三团微弱的火光。

他沉着应付，开辟了道路。

黑夜被驯服后，梅尔莫兹又去探索海洋。一九三一年初，首创纪录在四天时间内，把航邮从图卢兹递送到布宜诺斯艾利斯。返航途中，梅尔莫兹汽油用尽，跌落在南大西洋中心波涛汹涌的海面上。一艘轮船把他、他的航邮以及他的机组人员捞了上来。

就是这样，梅尔莫兹开垦了沙漠、高山、黑夜和大海。他不止一次地跌落在沙漠、高山、黑夜和大海中。他所以归来，总是为了重上征途。

终于，在十二年的工作后，当他又一次在飞越南大西洋途中，发出一封简短的电讯，说他把右后部的发动机关了。接着沉寂无声。

表面看来，这不像是一条令人不安的消息，可是，十分钟的沉寂无声后，从巴黎到布宜诺斯艾利斯的航线上所有发报员，都开始焦急地守候在无线电旁边。如果说在日常生活中，等待十分钟这件事不足为奇，在航空事业上却含有重大的意义。在这死一般的时间中心，包含着一个尚不为人所知的大事。幸与不幸，已没有挽回的余地。命运已经作出了判决，对这样的判决是不容上诉的：一只铁掌把整个机组，或是无关紧要地迫降在海面上，或是引向了毁灭。但是，这份判决书并不向等待着的人们宣读。

我们中间谁不曾怀有这种愈来愈渺茫的希望，谁不曾经历过这种沉默，像致死的痼疾，一分钟比一分钟恶化？我们期待着，然而时光消逝而去，渐渐地终于太晚了。我们终究不得不领悟，我们的同志再也不会回来了，他们已经安息于多次在其上空耕耘过的南大西洋。梅尔莫兹肯定是功成身退了，犹如收割的农民，把庄稼捆扎后，躺倒在田野上。

当一位同志这样消逝了，他的死在我们这个职业中似乎也是分内的事；最初，可能也不像其他一般的死那样令人伤心。不错，在最后一次航线调动后，他早已不跟我们在一起了。我们盼念他并不像盼念面包那么殷切。

我们确实也养成了长期等待重逢的习惯。这些航线上的同志，都是四海飘零，从巴黎到智利圣地亚哥，各守一方，如同互不通话的岗哨。只是旅途上的机缘，才使航空大家庭内浪迹天涯的兄弟，偶然在某地重聚。在卡萨布兰卡，在达喀尔，在布宜诺斯艾利斯，某一个晚上，大家团团坐在一张桌子旁边，经过多年音尘隔绝后，又继续上次没有讲完的话，又重叙往事的回忆。然后，又珍重道别。大地就是这样，既空旷又富饶。富饶的是这些秘密的、隐蔽的、曲径幽深的花园，但是也总有这么一天，工作会让我们故地重游。这些同志，生活可能把我们相互隔离，教我们无法经常思念他们，但是他们总是在某个地方，也难说到底在哪儿，杳无音信，也无人提及，但却是那么忠诚！如果我们途中不期而遇，他们欢喜若狂，猛力摇晃我们的肩膀！不错，我们已经养成等待的习惯……

但是渐渐地，我们发觉，某个人的清朗笑声我们再也听不到了，我们发觉，这一座花园我们永远也进不去了，这时才开始我们真正的悼念，虽不痛彻肺腑，却颇为凄恻。

确实，从来没有任何东西可以代替失去的同伴。交往多年的同志是无法创造于一时的。这么多的共同回忆，这么多并肩渡过的患难时刻，这么多次的龃龉、重修旧好、心声交流，有什么比得上这样的宝藏呢？也无法重建这一类的友谊。种了一株橡树，期望立刻得到它的荫庇，那是实现不了的。

人生如此。我们最初充实自己，若干年间种树植林，然而在最终几年，岁月摧残下，生命凋敝了。同志们一个接着一个舍我们而去。阵阵悼念声中，也暗暗夹杂着年华逝去的叹息。

这就是梅尔莫兹和其他人给我们的教诲。一个职业的伟大之处，可能首先在于团结人们：只有一个真正的奢望，那就是人与人的交往。

单纯为了物质利益工作，我们会自陷囹圄。这些过眼烟云的财富，并不能提供任何值得为之生活的东西，只会令我们遗世孤立。

要我在记忆中搜集一些萦怀心头的往事，要我列举一生中的重要时刻，我提出的时刻和往事绝不是任何财富所能促成的。金钱买不到像梅尔莫兹这样一个人的友谊，也买不到曾经共过患难而永远与我们联结一起的同伴的友谊。

这个飞行之夜和夜空中千万颗星星，这片清朗，这几小时的至高权力，也不是金钱所能买到的。

经过艰难历程后见到的这个地球的新貌，这些树木，这些花朵，这些女人，这些黎明时庆幸生命到来的新鲜艳丽的微笑，这些令我们感到欣慰的种种小事，也不是金钱所能买到的。

还有我此刻回想起在阿拉伯抵抗区度过的那个夜晚。

我们是邮政航空公司的三个机组人员，黄昏时刻降落在里奥德奥罗[①]的海岸上。我的同志里居艾尔在连杆折断以后，首先在这里降落。另一位同志布尔加为了接应他的机组人员也在此着陆，但是一个小故障也把他钉在地上。最后，是我从天而降，但是当我抵达时，天色暗了下来。我们决定先抢救布尔加的飞机，

[①] 即今非洲西撒哈拉的一部分。

为了修理顺利，只能等到天亮进行。

一年以前，我们的同志古尔和埃拉勃尔正是因故障而降落在这里，被抵抗部落杀害了。我们知道，今天恰巧也有一群拥有三百支枪的阿拉伯抢劫队驻扎在博哈多尔角附近。我们先后的三次降落，从远处看来一目了然，可能已经惊动了他们。我们开始守夜，可能这也是最后一次了。

我们已经作好过夜的安排。从行李舱内取出五六个箱子，倒空里面的货物，围成一圈，我们各人躲在一个箱子底下，像在哨亭的斜檐下点上了一支可怜的蜡烛，遮不住风的吹袭。这样，身处茫茫沙碛，在裸露的地壳上，像在上古年代那样零落孑遗，我们建立了人住的一个村子。

在我们村子这块广大天地里，在被我们箱子里摇曳的烛光照亮的那块小沙地上，我们围在一起通宵达旦等待。等来的可能是救我们出险的黎明，也可能是摩尔人。我不知道是什么竟使这个夜晚有一种圣诞节的气氛。我们叙说往事，我们互开玩笑，我们唱歌。

我们带着轻松兴奋的心情，如同欢度一个精心布置的晚会。可是，我们却是无比的贫困。风、沙、星星。无异于特拉普会教士①的苦修。然而，在这片昏暗的大地上，六七个人除了他们的回忆之外，身无长物，却分享着种种无形的财富。

我们终于见面了。我们多年来朝夕相处，却深锁在各自的沉默中，再不然只是泛泛交换几句空洞的话。但是，现在到了危急时刻。于是大家同舟共济。大家发现原来属于同一个家庭。开诚相见换来了推心置腹。大家相视大笑。好比那个恢复自由的囚

---

① 天主教的一个教派，成立于17世纪，以苦修著称。

犯，面对着大海的无涯，不由心驰神往。

2

吉约梅，我要为你说几句话。但是，我不会对你的勇气或你的专业才干唠唠叨叨而教你难受。在提到你平生最了不起的业绩时，我要描述的是另外一些事。

有一种品质，还找不到适当的名字。或许也可称为"严肃"，但是这个字不能令人满意。因为这样的品质表现时，也可以伴随着最欢悦的心情。这也是木工师傅的品质，他以平等的态度对待他手中的木条，抚摩端详，决不掉以轻心，而是依其纹理质地，度材施用。

以前，吉约梅，我看过一篇赞扬你冒险事迹的故事，我早就要清算这个虚妄的形象。在这篇文章内，只看到你像巴黎顽童似的口吐怨言，仿佛身陷绝境，面临死亡时，勇气就表现在糟蹋自己说几句心浮气躁的挖苦话。人们并不理解你，吉约梅。你并不需要在跟敌人交锋以前，先把他们丑化一番。在险恶的狂风暴雨前，你判断说："这是一场险恶的狂风暴雨。"你迎上去，跟它较量。

吉约梅，我在此以我的回忆来为你作证。

那是冬天，在一次横越安第斯山的途中，你失踪已经有五十个小时了。我从巴塔哥尼亚的腹地回来，到门多萨跟飞行员德莱会合。我和他两个人，整整五天驾驶着飞机搜索这片连绵不断的层峦叠嶂，但是一无所获。只靠我们两架飞机是不够的。在我们看来，一百个中队，飞行一百年，也不见得能把这些峰高七千米、渺无际涯的群山搜寻一遍。我们失去了一切希望。即使是走私贩子——那些进入山区后敢于为了五法郎而作案的土匪——也回绝我们,不敢冒险把救护的马队沿着支脉带进山里去,他们对我们说:"我们会把命送掉的。""在冬天,人进入安第斯山,从来没有回来的。"当德莱和我在圣地亚哥着陆时,智利官员也劝我们中断搜寻工作。"这是冬天。你的朋友即使没有摔死,也过不了夜晚。在山上,夜风吹在身上,人便冻成冰块。"当我再次在安第斯山的峭壁和峰柱之间来回穿插,我觉得我不是在找你,而是在一座玉砌银妆的教堂里,一片静默中守着你的遗体。

最后,在第七天,我趁两次飞行之间在门多萨的一家餐厅吃饭,一个人推开门,大声高叫——哼!这不是什么大新闻——:

"吉约梅……还活着!"

所有在那里的陌生人都拥抱起来。

十分钟后,我又起飞了,机上带了两名机械师勒费弗尔和阿布里。四十分钟后,我沿着一条公路降落,我也不知凭什么认出了从圣拉斐尔驶来,要把你带往不知何方的那辆汽车。这是一次激动人心的见面,我们大家都哭了,我们紧紧地把你抱在怀里,活的,死而复苏,自身奇迹的创造者。这时你开口说了第一句口齿清楚的话,表达了人的可贵的自豪感:"我干过的事,我向你发誓,是任何牲畜都不会干的。"

后来,你把那件事故告诉了我们。

一场风暴刮了四十八小时,在安第斯山智利境内的山坡上堆起了五米厚的积雪,把整个空间都封住了,泛美航空公司的美国人已经半途折回。你还是起飞,要在天空找出一条云隙。在稍往南的方向,你发现了那一个陷阱,这时,乌云最高升到六千米,只有几座高峰刺破云天,你爬升至六千五百米,凌云朝着阿根廷飞去。

下降气流有时引起飞行员一阵奇异的不舒适的感觉。发动机转动平稳,但是飞机就是往下沉。为了保持一定高度,飞机向上爬,失去了速度,变得飘飘荡荡,飞机还是始终往下沉。现在又怕爬升过高而放松了操纵杆,听任飞机随风漂移,忽左忽右,借助背后的山峰作为跳板,接受风的推动,但是飞机依然往下沉。整个天穹像在压下来。那时感到自己卷入了一场宇宙间的变故。哪里还有什么躲身之处。中途折回也是徒劳的,身后再也找不到那种区域,那里气流如石柱似的平稳充实,可以托住飞机。再也没有什么石柱了。一切都在分崩离析。在这一场天翻地覆的毁灭中,你朝着乌云滑去,乌云悠悠上升,直到你的飞机跟前,把你整个吞没。

你对我说:"我几乎被逼入绝境,但是我还是没有认输。在一些看来好似稳定的云层上面,还会遇到下降气流,原因很简单,就是在同一个纬度上,这些气流不断地聚而复散。高山上的一切都是那么奇怪……"

多怪的云啊!

"一卷进云内,我放掉了操纵杆,紧紧抱住座位,为了不致被抛出机外。震动十分激烈,以致背带勒得我肩膀发痛,差不多要绷断了。还有仪表盘上一层霜花,遮得连指针也看不出来,我如同一顶帽子,从六千米翻滚至三千米。

"滚至三千五百米时,我瞥见一长条横的黑影,使我可以确定飞机的方位。我认出这是一个水塘:迪阿曼特湖。我知道这条湖静卧在漏斗式的峭壁深渊,峭壁的一边是曼普火山,海拔六千九百米。虽然我钻出了云端,迷乱纷飞的暴雪仍教我两眼看不清周围,要不是认定了我的湖泊,就会在峭壁上撞得粉身碎骨。我于是在湖泊上空三十米高度盘旋,直至汽油耗尽为止。经过两小时的跌扑翻腾,我降落在地面上,晃动不已。当我跨出飞机,风暴把我掀翻在地上。我站了起来,风暴又把我掀翻在地上。我最后没法,只得爬至座舱底下,在雪地上扒了一个坑。我缩在邮包堆里,等待了四十八个小时。

"在这以后,风暴停了,我开始走路。我走了五天四夜。"

但是你还剩下什么呢,吉约梅?我们确实又见到你了,但是皮肤灼伤,但是全身僵硬,但是像老妇人似的枯瘦!当天晚上,我用飞机把你送到门多萨,你的身子裹在白色床单里,像涂上了一层油膏。但是这些床单并不能治愈你的创伤。这个疲劳不堪的躯体教你无法摆脱,你在床上辗转反侧,始终没能入睡。你的躯体未能忘掉岩石和风雪。你身上处处留着它们的痕迹。我望着你那黝黑浮肿的面孔,像一个磕碰得斑斑斓斓的熟果子。你丑极了,可怜巴巴,你赖以工作的灵巧的工具已失去了功能,你的双手拘挛一团;有时为了喘口气,你坐在床沿,冻伤的双脚悬着像两只沉重的铁锤。你还没有走完你的历程,你还胸闷气憋,当你翻身伏在枕头上为了寻求安宁,可是一连串你没法遏制的图像,一连串在走廊里等得不耐烦的图像立刻争先恐后钻入你的脑海。它们列队前进。你进行了二十次的战斗,要击退这些死灰复燃的敌人。

我给你灌满了药水:

"喝吧,老弟!"

"最使我惊奇的……你知道……"

你是凯旋的拳击家,但是遍体鳞伤,你把那奇异的历险又重温了一遍。你是点点滴滴吐露的。在你夜间叙述那些往事时,我仿佛看到你向前走着,没有爬山杖,没有保险带,没有粮食,在零下四十度的严寒中,不是扒着四千五百米的高峰攀登,便是沿着绝壁巉岩踽踽行进,手脚膝盖上沾满血迹。热血逐渐流干了,气力逐渐耗尽了,理智逐渐丧失了,你像蚂蚁似的顽强地走着,遇到障碍回转头绕过去,摔在地上爬起来再走,或者匍匐在一直滑到深渊的山坡上,不容许自己有片刻的停顿,因为你躺上雪床就再也不可能起来了。

事实也是如此,你滑倒在地,应该马上蹲立起来,才不致变成石头。寒冷使你的身子一秒钟比一秒钟僵硬,跌倒以后,由于贪图一分钟的休息,你就要运动那僵死的肌肉才站得起来。

你抵制了种种诱惑。你对我说:"在雪地中,人失去一切求生的本能。经过两天、三天、四天的走路后,只盼念一件事,那就是睡觉。我也盼念睡觉。但是我对自己说:我的妻子,如果她相信我活着,就相信我会走下去。我的同志也相信我会走下去。他们都很信任我。假使我不走下去,我便是一个混蛋。"

你就走下去了。每过一天,你总是用小刀把你的靴子口割得更大些,为了能容纳下你那双冻僵浮肿的脚。

你对我说了那么一些奇怪的知心话:

"你看,从第二天起,我最大的努力是防止我思想。我太痛苦了,我的处境毫无希望。为了有勇气走下去,我不应该考虑我的处境。不幸的是我控制不了自己的脑子,它像涡轮机似的转动。但是我还能把我的思想集中在某些景象上。我去想一部影片,我去想一本书。这部影片和这本书的情节,在我脑海中联翩而过。然后思想还是落到我当时的处境上。丝毫不爽。于是我又想到另一些往事……"

可是有一次，你滑倒了，直挺挺地伏卧在雪地上，再也不想站起来了。如同一个拳击家，一下子丧失了所有热情，只听到奇妙的太空中秒针滴滴答答地在响，数到第十秒钟那就毫无救星了。

"我已尽力而为，我也没有任何希望，何苦再受这样的折磨呢？"你只要两眼一闭，就可结束此生的痛苦。再也看不见眼前的岩石、冰层和雪堆。只要合上这两片神奇的眼皮，什么鞭打、跌扑、灼痛、皮开肉绽也都消失了；也不用当牛似的拖着已比大车更沉的生命重担。你尝到过这种有毒性的寒冷，仿佛吗啡使你全身感到晕晕乎乎的好受。你的生命躲至心房四周。在你的中枢还藏有温柔美妙的东西。知觉已渐渐达不到远离心脏的部位。躯体一直是饱尝痛苦的一团肉，已变得大理石似的麻木。

甚至你的顾虑也消失了。我们的呼唤传不到你的耳边，或者说得更确切一点，在你听来乃是来自梦中的呼唤。你欣然作答，跨着梦游者的步子，三步两脚，轻轻盈盈地踏进了灵天福地。你多么悠然自若地飘入了对你说来是那么甜蜜的世界！吉约梅，你多吝啬，忍心叫我们空盼着你归来。

在你的心灵深处引起了自责。梦幻中突然闪现了一些明确的琐事。"我想到我的妻子。我的保险金可以使她免于贫困。是的，但是保险金……"

人失踪后，要过四年，法律才承认为死亡。这件小事在你眼前一亮，把其余的景象都抹去了。这时你伏在陡直的雪坡上。夏天来了，你的尸体随着泥块滚入安第斯山的千沟万壑。这个你知道。但是你也知道有一块岩石兀立在你前面五十米的地方。"我想到，如果我站起来，我或许能走到那块岩石旁边。如果我把身子贴在那块石头上，到了夏天，他们会找到我的。"

一站起来，你走了两天两夜。

但是你并没想走得远：

"我从许多迹象知道我的末日来临了。下面就是其中一个迹象。我到了这个地步，每隔两个小时左右便要停下来把鞋子的裂缝割得更大一些，用雪摩擦那浮肿的双脚，或是仅仅让我的心脏得到休息。但是在最后几天，我丧失了记忆。我已经走了好长一段时间，突然心中一亮，我每次总要丢失一点东西。第一次是一只手套，在这样的严寒这是件大事！我拿它放在前面，走时忘了捡起来。然后是我的手表。然后是我的小刀。然后是我的指南针。我停一次，穷一点。

"走上一步，就有救了。再走上一步。总是走不完的这一步……"

"我干过的事，我向你发誓，是任何牲畜都不会干的。"这句话时常出现在我的脑海中，是我听到过的最高尚的话，这句话显出人的本色，为人增光，表达了真正的尊卑贵贱。你终于睡熟了，你的理智隐匿了，但是苏醒时，理智又将在这个皮开肉绽、焦头烂额的肉体中恢复，并将重新控制这个肉体。然而肉体只是一个好工具，肉体只是供你使唤的。好工具的骄傲，吉约梅，你也知道如何来表示：

"你想一想，一口粮食不吃地走到第三天……我的心脏挺不住了……是啊！我正沿着一条笔直的山坡前进，身子挂在半空，挖几个小洞好让我的拳头抓住，突然我的心脏发生了故障。它停顿一下，又跳了起来。它乱蹦乱跳。我觉得它如果再停顿一秒钟，我就松手了。我一动不动，倾听着我的心房。就是在飞机上，我也从来没有——从来没有，你懂吗？——把我的生命依附于我的发动机,像在那几分钟里如此紧紧地依附于我的心脏。我对心脏说:'来吧,用劲!努力再跳一下……'但这是一颗坚强的心啊!它停顿一下,后来总是又跳了起来……你知道我是多么为我的心脏感到骄傲!"

  在门多萨的房间里,我陪着你,你终于喘着粗气睡熟了。我想:如果跟他谈到他的勇气,吉约梅会不以为然。但是颂扬他的谦虚,同样不能忠实地表达他的内心。他超越这种平凡的品质。如果他不以为然,倒是出于明智。他明白,人一旦遇上事变,不会惊慌失措。只是前途茫茫才使人害怕。但是对任何敢于面对事变的人,已经不存在前途茫茫的问题。尤其当我们神志清晰、严肃观察的时候。吉约梅的勇气首先在于他的正直。

  他的真正品质不仅在于此。他的伟大,在于他有责任感。对他自己、对航邮、对期待着的同志负责。在他的手中掌握着他们的痛苦,掌握着他们的喜悦。对他作为其中一分子的人类社会的创造事业负责。在其本身工作范围内,也可说是对人类的命运负责。

  他属于那种高耸挺拔的树木,以其茂密的枝叶干云蔽日。作为人就是要有责任感。看到好像与己无关的惨事要感到羞耻。对同志获得的胜利要感到骄傲。添砖盖瓦时感到是在为建设世界出力。

  有人愿意把这样的人跟斗牛士或者拳击家混为一谈。人们颂扬他们对死亡的蔑视。但是我却要嘲笑对死亡的蔑视。如果对死亡的蔑视不是植根于公认的责任感,这只是意志消沉或血气过旺的一种表现。我认识一个自杀的青年,我不知道哪一桩恋爱上的伤心事,使他经过周密思考后对着自己的胸脯打了一枪。我也不知道他受到什么样的文学作品的诱惑，两手还戴了白手套，但是我记得看到这种装模作样的悲剧，留给我的不是高贵的而是卑下的印象。在这张可爱的脸庞后面，在这个人的头颅里，实在是空洞无物，除了一个傻里傻气、平淡无奇的女孩子的肖像而已。

面对着这种贫乏的人生，我记起一个真正的人的死。这是一个园丁的死，他跟我说："你知道……翻土的时候有几次我要出汗。关节炎使我的腿脚不灵，我咒骂这样的奴役。可是今天，我乐意在地上翻呀翻的。我觉得翻土真是一桩美事！翻土时感到多么自在！以后，又是谁来修剪我的树呢？"他留下一块有待耕作的土地。他留下一个有待耕作的星球。他对所有的土地，以及土地上所有的树木都寄予深情。他才是一个慷慨的人，一位施主，一位显贵！他和吉约梅一样，以**创造**的名义与死亡进行斗争时，才算得上一名勇士。

第三章　飞　机

吉约梅，你毫不计较你工作的日日夜夜，消磨在监督气压表的升降，保持陀螺仪的平衡，诊断发动机的气息，肩负十五吨金属的重担上。你所遇到的问题，归根结蒂，也是人的问题，你一下子毫无困难地感染了山里人的高贵气质。你如同一位诗人，懂得欣赏黎明的来临。你在磨难重重的黑夜深渊，曾经多少次祈望这束苍白的花朵，这团光明自东方茫茫的土地上冉冉升起。还有那神奇的泉水，有几次在你以为末日已近的时候，慢慢地溶化，把你救了过来。

你并不因为经常使用科学仪器，而变成一个索然无味的技术人员。我觉得那些过分害怕我们时代技术发展的人，混淆了目的与手段。一心钻营物质利益而辛辛苦苦的人，最终得不到任何值得为之生活的东西。但是机器不是一个目的。飞机不是一个目的，这是一个工具。像铁犁一样的工具。

假使我们认为机器会毁灭人类，这可能是我们经历的变革过于迅速，还不能对其效果从容地作出判断。跟二十万年的人类史相比，才一百年的机器史算得了什么呢？我们还刚开始在矿山、电站的景色中间安家落户。我们还刚开始迁入这幢新盖还没有来得及竣工的房子。我们周围的一切：人的关系、工作条件、生活习惯发生那么迅猛的变化。我们的心理在最深的根基上受到了冲击。要是说生离、死别、两地、归来这些字眼还依然存在的话，也不包含同样的现实。我们是在使用昨日世界创造的语言来理解今日世界。过去的生活在我们看来更适合我们的天性，唯一的原因是它适合我们的语言。

每一个进步使我们更远离一点我们刚养成的习惯。说实在的，我们只是一些还没有建立家园的移民。

我们都是些未开化的年轻人，看到自己新创的玩具还是惊讶不已。我们飞机的航行并没有其他意义，只是飞得更高，跑得更快而已。我们忘了为什么要它航行。航行一时胜过了目的。但是事情永远是这样。对于要建立帝国的殖民者来说，生活的意义在于征服。军人看不起拓荒者。但是这次征服的目的不就是让拓荒者定居吗？因而在我们进步的热潮中，我们召人铺设铁路，建立工厂，钻探油井。我们总是有点忘记，我们进行这些建设是使之服务于人类。我们在进行征服时的道德准则，是军人的道德准则。但是现在需要我们拓荒垦地。要把这幢尚无面貌的新房子布置得生意盎然。真理，对一个人来说，是盖房子，对另一个人来说,是在里面居住。

我们这幢房子,不用说是愈来愈有人情味了。机器也是,结构愈精巧,作用愈显得突出。看来,人在工业上花的心血,他的所有计算,他所有用于投影设计的不眠之夜,从表面的迹象来看,只是为了达到单纯这一点,好比经过一代代铢积寸累的经验,才逐步画出了一根圆柱、一副龙骨或一个飞机的骨架,直至使它们的线条具有乳房或肩头一样的浑圆和质朴。看来,设计室的工程师、绘图员和计算员的工作,在表面上只是刮垢磨光,减轻这个接头的分量,维持那个翼身的平衡,直至见精忘粗,直至看不出是一个插在机身上的翅翼,而是一块自脉石中脱胎而出的晶莹宝石,形离势合,浑然一体,具有诗一般的美质。看来,达到完美的境地,并不在于无物可增,而是在于无物可减。演变的终极,使机器销声匿迹。

创造的极致意味着创造的无为。就像在仪器中,一切肉眼可见的机理作用逐渐消失,我们接受的物体也像被海水磨得光溜的鹅卵石一样是从自然中来的,同样值得赞美的是在使用时也逐渐被人遗忘这原是一台机器。

我们从前接触到的是一座复杂的工厂。但是今天我们忘了有一个发动机在转动着。它总是会达到它转动的功能,就像心房的跳动一样,然而又有谁再去把注意力放在心房上呢。我们不再在工具上费这份心思了。而是越过工具,借助工具,去寻求那个古来已有的本性,那是园丁、航海家或诗人的本性。

飞行员起飞后,接触到的是水,是空气。当发动机旋转后,当飞机已经在海面上滑行,激浪打在机壳上,发出轰轰的响声,飞行员扭动腰身,依然继续他的工作。随着这架水上飞机速度增加，飞行员一秒钟甚于一秒钟，感觉到这架飞机愈来愈有力量。他感觉到这十五吨金属的物体渐趋成熟，终于可以展翅高飞了。飞行员双手抓住操纵杆，渐渐地，他的掌心受到一种仿佛天赐的力量。随着他接受了这种天赐的力量，操纵杆的金属器官就成了他的力量的使者。力量成熟时，飞行员一拨弄，比探手摘果子还轻巧，使飞机掠水而起，飞腾在天空。

第四章　飞机与星球

1

飞机毫无疑问是一台机器，又是多么了不起的仪器！这台仪器让我们发现了地球的真面目。说实在的，几世纪以来，我们总是受道路的哄骗。我们就像这样一位女王，她希望访问她的臣民，了解在她的治理下人们生活是否幸福。大臣们为了瞒她，在銮驾经过的路上，造几座美丽的建筑物，雇人在沿途跳舞。除了这根细细的导线以外，这位女王看不到她的王国内的一事一物，毫不知道在广大的乡野，人们饿得奄奄待毙，怨声载道。

我们也是走在一些弯弯曲曲的道路上。这些道路避开不毛之地、岩石、沙漠，遵从人的需要，从水井走向水井。这些道路把庄稼人从粮仓引向麦地，在牛棚门口迎接尚未睡醒的牲畜，黎明时把它们送入苜蓿地里。因为隔村成亲的习惯，这些道路又从一个村子通往另一个村子。遇上其中一条居然要越过沙漠，也总是前绕后弯，沿着绿洲迤逦而行。

经过这番迂回曲折，就像听到婉转的谎言信以为真，旅途上满目又是灌溉良好的田野、葡萄园、草原，我们长期以来把自己的监狱想象得非常美丽，一直认为这个星球既富庶又可爱。

但是我们的视力变得敏锐了，我们取得的进步是残酷的。驾着飞机，我们学会了直线前进。我们刚脱离地面，就把这些引向清泉和马厩或在城市之间蜿蜒而行的道路抛在身后。从此摆脱了心爱的奴役，解除了对水井的依赖，朝着我们遥远的目的地飞去。只是在那时候，我们从高处俯视而下，才发现了山、沙和盐碱组成的底座，这才是地球的根基，生命在这里，好比瓦砾堆上的青苔，稀稀落落地在夹缝中滋生。

这时我们变成了物理学家、生物学家，观察着这些文明；这些文明点缀着河谷，有时在气候适宜的地方，奇迹似的像花园一样繁荣昌盛。这时候我们站在宇宙的高度来衡量人类，通过我们的舷窗像通过科学仪器似的来观察人类。这时我们重温了自己的历史。

2

朝着麦哲伦海峡飞行的时候，在里奥加列戈斯稍往南的地方，飞行员要飞越一层从前的火山熔岩。这堆废物重压在平原上，厚达二十米。然后，又盖上第二层，第三层；以后每一个土包，每一个二百米高的隆丘，在山腰间都有一个火山口。这不是骄傲的维苏威火山，只是与平原一样齐的朝天的炮口而已。

但是今天这里又恢复了宁静。在这片荒凉的原野上，昔日有千百座火山喷射火焰，地下轰声隆隆，此起彼伏，而今遇到这样的宁静大为惊异。人们飞越在一块从那以后悄无声息、黑色冰川杂陈其间的土地上。

但是在更远的地方，更古老的火山已经披上了金黄色的衰草。间或有一棵树在沟壑里生长，仿佛种在古盆里的花卉。斜阳西照下，浅草茸茸的平原显出了文明的气息，居然像花园似的绚丽，仅在巨大的火山口四周还稍稍有些拱起。兔奔鸟飞，生命又占领了一个新的星球，在天体上又沉积了一抔新的沃土。

再过去，不到阿雷纳斯角的地方，最后几个火山口填平了。沿着火山的起伏长出一片整齐的草地，火山也充满了情意。每一条裂口就靠这根柔软的麻线缝织在一起。地面平坦了，山坡不陡了，人们忘了原来的面目。山腰上萧索的痕迹也被这块草地抹掉了。

在原始熔岩和南极冰川之间，鬼使神差地多出一堆土，建立了这个地球上最靠南的城市。离黑色熔岩那么接近，简直教人感到这是人类的奇迹！真是一场巧遇！人们不知道这位旅客如何，也不知道为什么光临这些花园，经过清扫布置，居住那么短暂的日子，即使是一个地质时期，也只是时间长河中得到赐福的一天而已。

我在暮色苍茫中降落。阿雷纳斯角啊！我靠在一口井旁，望着那些姑娘。离她们的情影才两步，我更能感觉人类的神秘。在这一个生命与生命为邻，花与花在风中相迎，天鹅认识所有天鹅的世界上，唯有人类自甘寂寞。

在他们的心灵之间隔了多少重关山！少女的遐想使我无从捉摸，如何去接近她呢？那位少女慢步往家里走去，两眼低垂，笑容悠悠，已是满腹巧妙的遁词和假话，又如何去理解她呢？她已以其情人的思想、声音和静默建立了一个王国，从此除了他以外，其余的人都是化外之民。我觉得她深锁在她的秘密、她的习惯、她的往事的清亮回声中，要比住在另一颗星球上还显得遥远。昨天刚从火山、草被或盐海中出生，现在已变成超尘拔俗的人物了。

阿雷纳斯角啊！我靠在一口井旁。一些老妇人走来汲水；除了看出这是些女仆在干活以外，我对她们的生活沧桑一无所知。有一个孩子头靠在墙上饮声啜泣。他在我的记忆中，永远是一个没法安慰的美少年。我是一个异乡人。我什么也不知道。我闯不进他们的王国。

充斥于人间的怨恨、友爱和喜悦，竟在这么一个狭窄的布景前展开！在一堆尚有余温，但已感到未来沙漠和冰雪威胁的熔岩上，人们朝不保夕，却不知从哪儿感染了长生的欲望？他们的文明只是夕阳余晖，一次火山爆发，一次海陆变迁，一场风沙都可使那些文明毁灭无遗。

这座城市好似建立在扎实的土壤上，人们以为像博斯[①]的土地那样深厚。人们忘了：这里的生命如同其他地方的生命，是一种奢华之物；人们忘了：脚下踩的土地没有一块是深厚的。而我知道，离阿雷纳斯角十公里的地方，有一个湖塘可以给我们证明这一点。这个湖塘四周是细弱的树木和低矮的房屋，像农庄场院中的一个水潭那样不为人注意，却不可思议地受到海潮的影响。在那么宁静的环境中，在芦苇和游戏的孩童之间，长年屏息敛气，但服从着另一些规律。在水平如镜的湖面下，在停滞凝结的冰块下，在唯一的破船底下，月亮的能量在发挥作用。海洋的涡流激荡着这个黑色水塘的深处。在这块草浅花疏的地层下，进行着一些离奇地消化，蔓延四周，一直渗流至麦哲伦海峡。这里的人们在人的大地上定居以后，以为找到了自己的家，殊不知城门口的一个水潭，宽不过一百米，却跟大海脉息相连。

---

① 博斯，法国西北部的博斯平原。

3

我们住在一颗行星上。幸而有了飞机,这颗星球时而再三地向我们说出了它的根源,一个与月亮有关的水潭也泄露了它们隐蔽的亲属关系——但是我还了解到其他一些征兆。

在朱比角和锡兹内罗斯之间的撒哈拉海岸线上,飞机愈飞愈远,越过一些圆锥体的高原,小的宽仅几百步,大的长达三十公里。它们的高度整齐划一,都在三百米。而且除了高度相同以外,颜色相同,土壤颗粒相同,悬崖形状也相同。犹如露在沙面上的庙堂的圆柱表示它是陷落的台基的遗迹,这些横空兀立的石柱也证明从前这里是一片广阔的高原。

卡萨布兰卡-达喀尔航线开辟后的最初几年,那时候飞机的设备很易损坏,故障、搜寻和营救工作迫使我们经常在抵抗区降落。而沙是不可信赖的,以为这是一块硬地,但是落在上面便飞不起来。至于那些从前的盐碱地,看起来像沥青一样坚固,在脚跟下也橐橐作响,轮子一压有时就陷了下去。白色的盐层一破,便冒出黑色沼泽地的臭味。所以,环境允许时,我们宁可选择这些表面光滑的高原,它们不设埋伏。

所以有这样的保证,在于它掺有坚实、颗粒粗的沙子,一大堆细小的螺蚌壳。随着飞机沿着山峦下降,可以发现这些从未触动过的螺蚌壳,在高原表面不断地分聚离合。高原底下最古老的沉积层,已变成纯石灰岩。

在雷纳和塞尔这两位同志被抵抗部落俘虏期间,有一次,为了送回一位摩尔信使,降落在这样一个备降场上;在离开他以前,我和他共同寻找是否有一条道路可以让他下去。但是我们这个土岗不论往哪个方向,都走到一个波形褶皱、直坠深渊的悬崖前。不可能找到任何出路。

但是起飞到其他地方寻找另一块场地之前,我在这里不忍离去。在这块人兽绝迹的土地上留下我的脚印,感到一种可能是孩子气的喜悦。任何摩尔人都不可能进攻过这个坚固的堡垒,也没有一个欧洲人曾经勘探过这块领土。我在这块无比纯洁的沙地上踯躅。我是第一人把这些螺蚌壳粉,像贵重的金沙似的,从一只手簌簌播落到另一只手。我是第一人打破了这里的宁静。在这个类似极地的冰层上,开天辟地以来没有长出过一根草,而今我像随风吹落的种子,做了生命的第一个见证。

一颗星已经在闪耀了,我仰望着它。我想,这块白色的土地千百年来,都只是呈献在星星之前,这是铺在碧空下洁白无瑕的一块布。当我发现离我十五或二十米的布上,有一块黑色的石头,就像踏上了秘藏室的门槛,心头感到一震。我站在三百米厚的螺蚌壳上。庞大的基座完整无缺。本身是一个不容置疑的明证,拒绝任何石块的出现。由于地球内肠的蠕动,可能有燧石隐藏在地心深处,但是,什么样的奇迹使其中一块冒出在这个形成不久的地表上呢?我心怦怦地跳着,把我觅得的宝物捡了起来,这是一块坚硬的黑色砾石,大若拳头,坚若金属,眼泪那样浑圆。

铺在苹果树下的布得到的只能是苹果,铺在群星下的布得到的也只能是星球的灰尘。从来没有一颗陨石如此明白无误地说出自己的根源。

翘首仰望时,我自然而然地想到,这棵长在天上的苹果树也可能落下其他果子。既然千百年来没有受到过骚扰,我可能就在它们坠落的地方找到它们。还因为它们也不会跟其他物质混淆不清。于是我立刻进行搜索,以期证实我的假说。

果然得到了证实。我把我的宝物搜集起来,一公顷地上可以找到一块。都有风化熔岩的外观。都有黑金刚石的硬度。就是这样,我站在计算星雨的雨量计上居高临下,近在咫尺的地方,目睹了这场悠悠飘落的流星雨。

4

最奇妙的莫过于在这个星球的拱背上,在这块有磁性的布和星星之间,站着一个有灵性的人,这场星雨可以像反映在镜子里一样反映在他的内心。在一座矿石的地基上,梦也是一个奇迹。而我回忆起了一个梦……

有一次我降落在莽莽沙地上,等待着黎明。金色丘陵有一边的山坡迎着月光,另一边的山坡隐在黑暗中,黑白分明。在这块荒芜的光与影的工地上,一派停工后的和平景象,也是一片凶险莫测的静默,我在这样的环境中睡着了。

当我醒来时,只看到夜空如水,因为我躺在一座山峰上,胸前两臂交叉,面对着一池星星。上无屋宇,旁无扶靠的树根,在深谷和我之间也没有一根遮挡的树枝,我也不知道峡谷的深度,只感到一阵头晕目眩——我已无拘无束,像一个潜水员一样,准备投入深渊。

但是我没有跌下去。从我的后颈直到脚跟,紧紧地贴在地上。我懒洋洋躺在大地身上,感到一种满足。地球引力在我看来如爱情似的至高无上。

我觉得大地托住我的腰,不使我倾斜,把我举了起来,在夜空中移动。我紧贴在星球上,受到一种向心力,在拐弯时使你紧贴在车上的那种向心力,我体味着这种奇妙的依托,这种牢靠,这种安全;我于是感到在我身子底下我这艘船的弯曲的甲板。

我这样清楚地意识到我的身子在漂动，以至即使听到地心深处传上来机械沉重啮合的呻吟，归帆返航的呜咽，逆风而行的驳船的吱叫，也不会表示惊讶。但是大地深处始终一片寂静。压在我肩头的这种引力显得和谐，稳重，永世保持不变。我安居在这个故乡，仿佛苦工船上的劳役犯，死后摆脱了镣铐，静躺在海洋深处。

我在默想自己的处境：落在沙漠中岌岌可危，孑立在黄沙和群星之间，孤寂地远离我的生活天地。因为我知道我要几天、几星期、几个月的时间才能回到他们身边，要是飞机找不到我，要是明天摩尔人不来杀我的话。在这里，我已一无所有。我只是一个迷失在黄沙和群星之间的凡人，唯一的乐趣是意识到自己还在呼吸……

可是我依然充满遐想。

那些遐想进入我的脑海，好像地下泉水似的悄然无声。最初，我不理解渗入到我身上的那种乐趣。听不出声音，瞧不见图形，但是感觉到心中闪过人影，一个非常亲近、心意相通的朋友。然后，我懂了，闭上双目，沉浸在迷人的回忆中。

在某地，有一座花园，里面种满了黑松和菩提树，那儿还有我喜爱的一幢老屋子。在这里，屋子只起一种幻想的作用，远也好，近也好，不能使我的肉体温暖，不能给我遮风躲雨，这都无关紧要，只要它存在，能以它的形象充实我的黑夜就够了。我不再是漂落在海滩上的一具尸体，我认出了方向，我是这座房子的孩子，完全记得它散发的气息，前庭的清新，以及使满屋子充满生气的人声。甚至水塘里的蛙声也传到这里我的耳边。我需要这些成千上百的标志来认识我的处境，来发现到底缺了什么才使沙漠这般凄凉，来给这个万籁俱寂、连青蛙也不叫一声的无声世界找到一种意义。

不，我不再栖身在黄沙与群星之间。我从苍天那里得到的仅是一个冷冰冰的信息。我原以为长生的欲望来自上苍，此刻才发现它的根源。我似乎又看到房子里庄严的大柜子，柜门开启时，看到里面一叠叠雪白的被褥。柜门开启时，看到里面冰凉的布帛。年老的女仆像耗子似的，从一个柜子碎步跑向另一个柜子，不停地查看、铺开、折叠、清点那一堆堆白布，看到任何磨损威胁到房屋的长存，就大声叫道："啊！我的上帝，糟了。"立刻跑去眼睛紧紧凑在灯火前，织补这些祭台上的台布，缝补这些三桅船的帆篷，侍候我也不知什么比她更伟大的东西——一位上帝或是一艘船。

啊！我应该给你写上一页。我最初几次飞航归来，姑娘，我看到你手里拿着针线，双膝掩埋在白色的长裙下，每年添上几条皱纹，几根白发，长年累月用你的双手为我们的安睡准备这些上浆的床单，为我们的用餐准备这些平整的桌布，准备这些灯火辉煌的节日。我到你的洗衣坊来看望你，坐在你的对面，叙述我九死一生的经历，为了打动你，为了要你放眼看看外面世界，卷入世俗生活。你说：我没有多大改变。还是在儿童时代，我穿破了一件件衬衣——啊！糟了！——我还擦伤了膝盖；后来我回到房里敷药绷带，像今夜一样。但是，不，不，姑娘！我不是从花园的墙角，而是从天涯海外归来的，我身上还带着孤寂的苦味，沙漠的旋风，热带耀眼的月光！你对我说，当然，男孩子四海奔波，伤筋劳骨，自以为强壮非凡。但是，不，不，姑娘，我阅历到的东西远不止这座花园！要是你知道这些树荫多么微不足道！落在沙漠、山岳、原始森林、沼泽地里，这些树木哪里还有什么影儿。你还知道吗，世界上有的地方，那里的人遇上了你会立刻端起他们的马枪瞄准？你还知道吗，在沙漠中，人们没有屋顶，没有床铺，没有被单，就睡在寒夜……

啊！你这个野蛮人，你这样说。

在信仰上我动摇不了她，就像我动摇不了一个教堂的婢女。我惋惜她的谦卑的命运，使她又瞎又聋……

但是，这天夜里，在撒哈拉，孑立在黄沙与群星之间，我觉得她也有她的道理。

我不知道心里产生了什么。这个引力把我和土地连接一起，而那么多的星星又受到磁极的吸引。另一个引力又把我引向自己。我觉得我的重量把我推向那么多的东西！我的遐想要比这些沙丘，这个月亮，这些身旁之物更为真实。啊！一座房子的迷人之处，并不在于它给你栖身或使你温暖，也不是说这四堵墙壁是属于你的财产。而在于它慢慢地在你的心中积累起这些温柔的感情。在于它在你的心灵深处垒成这些苍苍群山，从而像生成淙淙流泉似的，引起你绵绵幽思……

我的撒哈拉，我的撒哈拉，浩浩平沙也感到一个毛纺女的魅力！

第五章 绿 洲

关于沙漠我已经给你们讲了不少，在继续往下讲以前，容许我给你们描述一个绿洲。此刻浮上我心头的，不是迷失在撒哈拉中心的绿洲。飞机带来的另一个奇迹，是它能把你直接投入到神秘的中心。你是这样一位生物学家，坐在舷窗前研究着这个人蚁世界。你无动于衷地观察这些坐落在平原上的城市,处在四通八达的道路中心,这些道路仿佛血管,用乡野的汁液哺育着这些城市。但是压力表上的指针颤动一下,飞机底下这堆草丛变成了你的天地。你落在一座沉睡的花园的草地上无法动弹。

远近不能以距离来测定。我们国内的一座花园可能要比中国的长城暗藏着更多的秘密,一个少女的灵魂要比隔着浩瀚沙海的撒哈拉绿洲,更隐秘地笼罩在静默中。

我将谈到在世界某地一次短暂的停留。这是在阿根廷境内康科迪亚附近;但是神秘如此普遍,可能到处都有这样的事。

我降落在一个田野上,想不到将会遇到一个童话般的生活。我驾驶的那辆破旧的福特牌汽车毫无独特之处,款待我的那对温良的夫妇也很平凡。

"您就留在这里过夜吧⋯⋯"

但是在路角拐弯处,月光下映现出一丛树林,在树林背后是这幢房子。多么奇怪的房子!低矮,坚实,简直是座堡垒。这是一座传奇中的城堡,越过门廊,迎面是一个小室,清静,安谧,深闭固守,不亚于一座修道院。

这时出现两个少女。她们严肃地打量我,仿佛两个守卫在禁宫门前的执法官;年幼的那个噘一噘嘴,用一根绿色木棍轻轻捣地,后来介绍完毕,她们向我伸出手来,一言不发,脸带好奇挑战的神气走开了。

我感到又好玩又迷惑。这一切都是那么简单、安静、诡谲,仿佛一件秘密吐露了第一个字。

"嗨,嗨,她们怕见生人。"做父亲的淡淡地说。

我们走了进去。

我在巴拉圭喜欢那种具有讽刺意味的野草,经常把鼻尖伸到首都的石子路上，从肉眼看不见然而到处都是的原始森林那里，跑来刺探城里是否还有人占领着，打听把所有这些石头绊倒的时刻是否来临。我喜欢这种颓垣残壁的景象，这确实表示一种蓬勃的生机。因而这里把我迷住了。

这里一切东斜西歪，妙不可言，好比一棵盖满青苔、年久枯裂的老树，好比十个世代以来情侣坐过的木凳。磨薄的板壁，虫蛀的门闩，跛腿的椅子。要说这里从不修葺，但是热心打扫。一切干干净净，乌光明亮。

客厅的面貌庄严肃穆，若一个满脸皱纹的老妇人。剥落龟裂的天花板，一切都教我欣赏不已，尤其这里的地板，前塌后摇，不亚于船上的吊桥，但总是纤尘不染，晶光莹莹。奇怪的屋子，看不到一点疏忽、无人收拾的迹象，而是受到特殊的尊重。年复一年，无疑使它的魅力更添一分，它的面貌更趋丰富，它的友好气氛更加洋溢，当然也使从客厅到餐厅这段必经的旅程显得更为险峻。

"小心！"

这是一个窟窿。他们要我注意，跌在这么一个窟窿里很容易腿折。这个窟窿也不是谁的过错，而是时间的杰作。遇事绝对不找任何借口，在这里也是堂堂正正的。他们不对我说："我们可以把这些窟窿都填满，我们有钱，但……"他们也不对我说——这也是实话——："这是我们向城里租来的房子，住三十年。应该由他们来修。大家相持不下……"他们不屑作任何解释，这种豁达洒脱的态度也叫我很愉快。他们最多跟我说一声：

"嘿！嘿！这房子有点年久失修了……"

说话的口气如此轻描淡写，以致我怀疑我的朋友是否真正为此发愁。你没有看到吗？那一帮水泥瓦匠、木工细作，对着这么一个古迹,抡起肆无忌惮的工具,在一星期内把一幢房子彻底翻造,叫你认也认不出来,还以为走进了别人的家。一座没有神秘、没有暗角、脚下没有翻板、没有密室的房子,不就是市政厅的一间会客室吗?

很自然的,这两位少女已消失在这幢到处可以隐身匿迹的房子里。客厅里已经罗列了阁楼的财富,那阁楼更不知如何丰富多彩了!不用说也知道,稍稍打开任何一个壁柜,马上滚出一束束焦黄的信封、曾祖父的清单、一串串钥匙;这些钥匙要比房子里的锁还多,当然又是一把都插不进锁孔的。这些妙而无用的钥匙,迷乱人的理智,让人对地窖、埋藏的箱子、金路易想入非非。

"上座吧,怎么样?"

我们入席坐定。我从一个房间走入另一个房间时,嗅到空气中香烟缭绕似的有一种古老图书馆的气息,这比世界上所有的香料还珍贵。我尤其喜欢油灯的搬移。这些真正的笨重的油灯,像在我孩提时代,用车子从一个房间推至另一个房间,在墙上晃动着奇妙的影子。灯里升起火焰,冒出黑烟。然后,灯一经摆在位置上,火焰一动不动,周围是一片深沉的黑夜,只听得木柴声劈劈啪啪响个不停。

两位少女又出现了,就像她们消失时一样神秘、一样无声无息。她们神色庄重地坐在桌旁。刚才一定去喂过她们的狗,她们的鸟,在明月前把窗子打开,迎着晚风呼吸草木的芬芳。现在,打开餐巾时,她们悄悄地用眼角瞅我,在思量是否要把我归在她们熟悉的动物这一类。因为她们饲养了一只鬣蜥、一只蛇獴、一只狐狸、一只猢狲和一些蜜蜂。这些动物杂居共处,意气相投,组成一个新的人间天堂。她们统率着这些与世俱来的动物,用纤手抚爱它们，给它们喂食饮水，向它们叙述故事，不论蛇獴还是蜜蜂，都在侧耳倾听。

我当然预料到，这两位如此活泼的少女会运用她们全部批判精神、聪明才智，向坐在对面的男性做出迅速、秘密和正式的评判。在我的童年，我的姐姐也对初次光临入席的客人评头品足。当谈话稍一停顿，突然在一片静默中听到一声响亮的：

"十一分[①]！"

这句话除了姐姐和我以外，没有人能够欣赏其妙处。我玩这种游戏的经验使我自己感到紧张。尤其知道我的法官如此精明更是局促不安。这些法官擅于辨别狡猾的动物和天真的动物，从狐狸的足迹看得出它是否可以接近，对各种内心活动也有同样深刻的了解。

我喜欢这些敏锐的眼光，这些正直年轻的灵魂，但是我多么愿意她们换一种游戏。为了讨好，也出于对"十一分"的畏惧，我给她们递盐瓶，给她们斟酒，但是我抬起眼睛总是看到这些执法官端庄严肃，铁面无私。

即使奉承也是徒劳的，她们不懂虚荣。尽管不懂虚荣，但是非常自尊，不用我夸奖，她们也自视甚高，胜过我敢于说出口的。我甚至没有想到炫耀我的职业，因为一口气爬上梧桐树树顶，只是为了看一眼窝里的小鸟羽毛是否丰满，跟朋友们打个招呼，这是另一种勇敢。

我的两位安静的仙女始终监视着我在桌上的一举一动，我屡次碰到她们偷觑的目光，于是我住口不说了。这时一阵静默，在静默中地板上有样东西发出轻微的吱叫，桌子底下嗖的一声，然

[①] 法国学校考试批分成绩为二十分制。最高分为二十分，十二分及格，十分、十一分可以补考。

后不响了。我抬起好奇的目光。妹妹无疑满足了自己的观察所得，但是依然不忘进行最后的试探，用年轻野性的牙齿咬着面包，轻描淡写地跟我解释说：

"这是蝮蛇。"

说话时满不在乎，显然希望以此使我这个未见过世面的人目瞪口呆。

说了以后心满意足的样子，好似谁只要不是太蠢，这句话已够说明事情了。她姐姐明亮的眼光向我扫了一下，判断我的初步反应，然后两个人低头朝向盘子，满脸天真无邪的样子。

"啊！……是蝮蛇……"

当然这句话是脱口而出的。从我大腿之间钻过去，在我腿肚子上擦过的，是些蝮蛇……

幸而我这时笑了，还毫不在意，她们或许感觉到的。我笑了，因为我兴高采烈，因为这座房子说实在的，一分钟比一分钟叫我喜欢；还因为我渴望对蝮蛇有更多的了解。姐姐来给我消释疑团了：

"蝮蛇的窝就在桌子底下的小洞里。"

妹妹又添了一句：

"晚上十点左右蝮蛇进洞，白天它们出外捕食。"

轮到我偷觑这两姐妹。平静的面容背后隐藏着狡黠和无声的笑。我欣赏她们身上这种雍容大方……

今天，我浮想联翩。这一切已成往事。这两位仙女又变得怎样了呢？她们无疑已经嫁了人。但是她们是不是改了以前的脾气？从少女到少妇这是个重大的转变。她们到了新家庭又做些什么？跟野草蝮蛇还保持什么样的交往？以前她们跟周围某些永恒的东西融合一起。但是终于有一天，少女情窦初开，向往着把心意抛给一个十九岁的青年。十九岁压在心头沉甸甸的。于是来了一个傻小子。生平第一次,如此敏锐的眼光看不清了,被花言巧语迷惑了。那个傻小子如果会念些诗句,就以为他是诗人,以为他理解有窟窿的地板,以为他会喜欢蛇獴,以为对桌子下游移于大腿之间的蝮蛇的信任也会叫他洋洋得意,把一颗野花蔓草似的心奉献给了一个只喜欢庭园景致的人。那位傻小子把公主带走了,去过奴隶的生活。

第六章　在沙漠中

1

有时,几星期,几个月,几年,我们这些撒哈拉航线上的飞行员,羁旅沙漠,从一个要塞飞往另一个要塞而无从归来的时候,连这样的温情对我们也是无缘的。这里的沙漠找不出类似的绿洲、花园和少女,哪里有这样的传奇!当然,在远方,我们工作一经结束即可去生活的那个地方,千百个少女等着我们。当然,在那里,在她们的蛇獴和书本之间,日久天长她们也成为一些迷人的灵魂。当然,她们也出落得更加美丽了……

但是我经历过孤独。三年荒漠生活教我深深体会孤独的滋味。青春消磨在深山旷野并不可怕,但是远处的整个世界显得在衰老。树上结了果实,地上长了麦子,女人也已风韵多姿。但是春去秋来,应该赶快收拾行装……但是春去秋来,还是滞留在远方……大地的财富像沙丘上的细沙,从指缝中悄悄流失。

岁月荏苒,在平时不易察觉。大家过着一时的和平生活。但是一旦抵达中途站,终日不断的贸易风压在我们心头,那时我们就感到时光的流转。我们好比乘快车的旅客,满耳是黑夜里隆隆作响的路轨声,从车窗后猛然发亮的一束束火光,猜知这是田野上的小河流水,还有乡间的村子,美丽的庄园,但是这一切他都无法留恋,因为他在旅途上。我们也是这样,精神亢奋,耳边还响着飞行的呼啸声。我们自己也觉得,随着心的跳动,听任风的飘逸,落向不可知的未来。

抵抗区更增添了沙漠的风光。朱比角的夜晚,每一刻钟都被一个时钟的当当声打断,岗哨与岗哨依次警戒,从远处传来一声声洪亮的口令。朱比角的西班牙要塞①,陷在抵抗区重围中,就是这样提防着四处隐伏的威胁。我们这些乘在这艘不明海情的航船上的旅客,倾听着哨声自远及近,由低而高,像海鸟似的在我们头上盘旋。

然而,我们还是爱上了沙漠。

如果说沙漠中空旷冷寂,那是因为沙漠决不轻易委身于萍水相逢的情人。我们家乡的小村子也是躲躲闪闪的。如果我们不为它而牺牲世界的其余部分,如果我们不进入它的传统、它的习惯、它的冲突,我们就丝毫不理解某些人把它看作故乡的原因,更不理解仅离我们几步路幽居在他的小室内,依照我们不知道的准则生活着的那个人。那个人真正出神入化,像西藏人那样孤寂,与我们遥遥相隔,是任何飞机也没法带我们去那儿的。我们又何必去拜访他的小室呢!那是空的。人的王国存在于他的内心。因此,沙漠也决不是黄沙组成的,也不是图阿雷格人②,甚至也不是荷枪的摩尔人组成的。

今天我们才感到了口渴。一向熟悉的那口水井,只是在今天

---

① 朱比角在当时里奥德奥罗境内,为西班牙殖民地。
② 图阿雷格人,撒哈拉地区的游牧民族,分布在西北非洲。

我们才发现它在沙地上闪闪发光。一个女人的身影可使满室生辉。一口水井也像爱情一样引人深思。

沙地上原来一片荒凉,然而有一天,我们害怕抢劫队的袭击,我们观察他们穿的大氅印在沙地上的褶痕。抢劫队也使沙漠换了一副面目。

我们接受了游戏的规则,游戏则以它的面貌来改造我们。撒哈拉,呈现在我们的内心。涉足绿洲并不算接触到了沙漠,而是要把一口水井看作宗教一样神圣。

2

我第一次飞航后,便领略了沙漠的风光。我们——里居艾尔、吉约梅和我——降落在努瓦克肖特的要塞附近。那时候,这个毛里塔尼亚的小驿站,像淹没在大海中的孤岛似的与世隔绝。一位年老的中士,带了十五个塞内加尔人,困守在这里。他接待我们,不亚于接待天上的使者:

"啊!能跟你们谈谈我真感到了不起……啊!我真感到了不起!"

他感到太了不起了,他哭了起来。

"六个月来你们是第一批客人。他们每隔六个月给我一次补给。有时是中尉来。有时是上尉。最近一次是上尉……"

我们还是感到目瞪口呆。离达喀尔仅两个小时,那里午饭也在准备了,这时连杆一跳,人便换了一个命运。在一个热泪纵横的老中士面前,我们成了显灵的天使。

"啊!喝吧,能向你们敬酒真叫我高兴!你们想想!上次上尉来的时候,我竟拿不出酒来招待上尉。"

我在一本书内讲过这件事，但是这不是虚构的。他跟我们说：

"最后一次，我连碰杯也没法碰……我感到惭愧极了，我甚至提出了调防。"

碰杯！跟那个从骆驼背上滚下来，汗流浃背的人好好碰一杯！六个月来，他就是为了这一分钟而活着的。一个月前已经把枪杆擦得铮亮，把哨所从弹药库到粮仓打扫得焕然一新。已经有好几天了，感到这个神圣的日子即将来临，登上平台，不知疲劳地监视着地平线，为了眺望阿塔尔骆驼巡逻队出现时扬起的飞尘……

但是滴酒不剩，他没法庆祝这个节日。大家不能碰杯。真是羞惭得无地自容……

"我急切盼着他再来。我等着他……"

"他在哪里，中士？"

于是中士指着沙漠：

"我不知道，上尉他哪儿都去！"

从星星来说，在要塞的平台上度过的那个夜晚，也是一个真正的夜晚。夜空中没有其他物体可以观察的。星星点缀在天空，一览无遗，像在飞机上看到的一样，但是固定不移。

在飞机上，当夜色太美时，我们便放任自流，不怎么操纵方向盘，飞机渐渐向左方倾斜。正以为飞机还是四平八稳的时候，突然发现右翼底下有一个村庄。沙漠里是没有村庄的。那么就是一队出海的渔船。但是在浩瀚的撒哈拉，哪里有什么渔船。那么？于是对自己的错误感到好笑。慢慢地再把飞机拉起。村庄又恢复到原来的位置。我们又把抛在身后的星座，犹如珍宝似的在墙上挂成一串。村庄？不错。是星星居住的村庄。但是，从要塞高处俯视，只看到一片好像冰封的沙漠，停滞不动的沙涛。还有那挂在墙上的星座。中士对我们谈论星座：

"唔！我对自己的方向了解得一清二楚……对准这颗星，就直达突尼斯！"

"你从突尼斯来的吗？"

"不。我的表妹。"

一阵长时间的沉默。但是中士没能向我们隐瞒真情：

"总有一天我要去突尼斯。"

当然不是对准这颗星，而是走另一条道路。除非跋涉途中，一口干涸的水井使得他如痴若狂。那时，星星、表妹和突尼斯就难分难辨了。那时，开始了受到上天启示的长征，这在凡夫俗子看来是痛苦的。

"有一次，为了看表妹，我向上尉请假要求去突尼斯。他回答我说……"

"他回答你啦？"

"他回答我说：'世界上到处有表妹。'他派我去达喀尔，因为这更近些。"

"你的表妹漂亮吗？"

"突尼斯的那个？当然啰，她是个金发女郎。"

"不，达喀尔的那个？"

中士，由于你那有点悲哀和伤感的回答，我们真想拥抱你：

"她是个黑人……"

中士，对你说来，撒哈拉是什么？这是不停朝着你迈步走来的一位上帝。这也是在五千公里沙漠外的金发表妹的温情。

沙漠对我们来说呢？这是我们内心的憧憬。我们对自身的了解。我们也是，在那个夜晚，对一个表妹和一位上尉滋生了爱慕之心……

3

艾蒂安港①位于不屈的领土的边缘，谈不上是座城市。城里有一座要塞，一个仓库和一间木头平房，这就是法国全部驻防设施。前后左右是一片绝对的沙漠，尽管兵寡枪少，艾蒂安港几乎是攻克不了的。要攻占它，必须越过一条沙与火的环形地带，以致抢劫队只有走得筋疲力尽，把随身带的水喝得一滴不剩才能到达这里。可是，据人们回忆，在北方某个地方，总有一支抢劫队在向艾蒂安港行进。每次那位上尉司令到我们这里来喝茶时，在地图上指给我们看抢劫队行进的路线，仿佛在叙述一位美丽公主的传奇。但是这支抢劫队永远不会到达这里，就像河水遇到了沙漠被吸收得无影无踪，我们称他们为幽灵抢劫队。到了晚上，政府发给我们的手榴弹和弹药，依然沉睡在床脚旁边的木箱内。特别由于受到贫困的保护，我们除了寂静以外，没有其他东西敌人需要与之争夺的。机场场长吕卡从早到晚，开动着那台留声机；离开生活那么远，乐声听在耳里一知半解，倒引起莫名的忧郁，这种感觉奇怪得有点类似口渴。

那天晚上，我们在要塞吃过晚饭，上尉司令让我们欣赏他的花园。确实，从法国迢迢四千公里外，给他运来了满满三箱子货真价实的泥土。泥土里长出三片绿叶，我们用手指抚摸，像抚摸

---

① 即今西撒哈拉的努瓦迪布。

珠宝似的。中尉谈到它时，总说："这是我的花园。"当天空刮起使万物枯萎的风沙时，他把花园搬进了地窖。

我们住在离要塞一公里的地方，饭后踏着月光回去。在月色下，沙子呈玫瑰的颜色。我们感到自己一无所有，但是沙子是玫瑰色的。但是哨兵的一声嗯哨又教我们看到世界的凄怆。整个撒哈拉害怕我们的身影，询问我们的口令，因为有一支抢劫队在行进。

哨兵一声长啸，沙漠中万声回荡。沙漠不再是一幢空屋，一群摩尔人的骆驼队吸引着黑夜。

我们以为安然无恙。可是啊！疾病、事故、抢劫队，有多少威胁准备着乘隙而入！人在世上乃是暗枪冷箭的靶子。但是塞内加尔的哨兵，却像先知，在这一点上提醒了我们。

我们回答说："法国人！"在黑天使面前走过，我们松了一口气。是什么样的气概竟使我们认为这个威胁……喔！还是这般遥远，不是那么紧迫，也被重重沙漠挫去了大半锐气；但是世界却不同了。这个沙漠，又变得十分壮丽。抢劫队在某地行进，又永远到不了这里，使沙漠显得凛凛然不可侵犯。

现在是晚上十一点钟。吕卡从无线电站回来，对我说半夜有一架从达喀尔来的飞机。机上一切平安。零时十分，将把邮包转装完毕，由我驾机飞往北方。在一块破镜前面，我认真地刮着胡子。我把毛巾围在脖子上，好几次走到门前，望一望寸草不长的沙漠，天空晴朗，但是风落了。我又回到镜子前。我思索起来。几个月来，风一直吹个不断，一旦停歇，有时会搅乱整个云空。

现在，我在乔装打扮，腰间挂了我的急救灯，我的经度仪，我的铅笔。我走去找内里，今夜他是我同机的报务员。他也在刮胡子。我对他说："行吗？"目前还行。这一类起飞前的准备是飞行过程中最容易对付的工作。但是我听到噼啪一声，是一只蜻蜓撞在我的灯上。我也说不出理由，感到一阵揪心。

我又走了出去，环顾四周，清朗一片。旷野边上一块悬崖兀出空中，像白昼一样分明。沙漠中阒然无声，好似布置井然的屋子。但是现在有一只青蛾，两只蜻蜓向我的灯光扑来。我又产生一种郁悒的情绪，像是喜，也像是忧，从心底滋长，方兴未艾，还模糊不清。有人从远处在跟我说话。这是本能吗？我又走了出去，风完全停息了。天气始终凉爽。但是我感到一个预兆。我猜了一下，我相信猜中了我会遇到的事情；我猜对了吗？既不是天空，也不是黄沙，向我作任何暗示，而是两只蜻蜓，还有一只青蛾在跟我说话。

我走上一座沙丘，朝着东方坐下。如果我猜中了，"那事情"不久就会出现的。这些蜻蜓离内地的绿洲几百公里，到这里来寻找什么呢？

断桩残木漂流到岸边，意味着海面上狂风怒号。同样，这些昆虫在向我指出，一场沙尘暴正在逼近。东方吹来的沙尘暴，而且已经蹂躏了青蛾在远方的棕榈园。浪花已经溅到我的身上。东风吹起来了，不可藐视，既然它是一个明证；不可藐视，既然它包含着一个严重的威胁；不可藐视，既然它酝酿着一场风暴。它的微弱的叹息才传到我的耳边。我是浪涛波及的最远的一块石碑。在我身后二十米，布条也不会飘动一下。以前有一次，仅有的一次，沙尘暴的热气罩住我的全身，像死神的爱抚。但是我很明白，几秒钟内撒哈拉换过一口气后，即将吐出第二声叹息。用不了三分钟，仓库的通气管将会晃动。用不了十分钟，风沙遮天。不一会儿，我将在火中，在沙漠蹿起的火焰中展翅高飞。

但是，使我激动的不是这场沙尘暴，而是对这种秘密的语言能够心领神会，而是像一个凭细微的声息能窥知全部未来的原始人，侦察到了一个踪迹，而是从蜻蜓翅翼的颤动中预测到了沙漠的震怒，这使我内心充满了一种野性的喜悦。

4

我们在那里接触了不屈的摩尔人。他们从森严的禁区走了出来，这些禁区我们都是坐在飞机中越过的；他们冒险进入朱比角或锡兹内罗斯的要塞，来买糖块或茶砖，然后又隐没在他们神秘的内陆。我们试图在他们经过时跟其中几个人进行笼络工作。

如果来的是有势力的领袖人物，我们在取得航空公司的批准后，有时请他们坐上飞机看一看世界。这是要消除他们的傲气，因为往往是出于轻蔑，而不是出于憎恨，他们杀害俘虏。如果他们在要塞附近遇见我们，甚至不会骂我们一声。他们转过身去，朝地上啐唾沫。这种傲气是因为他们耽溺于自己的力量。他们中间有许多人，由于组成了一支拥有三百支枪的队伍，反复地对我说："要走一百天才到得了法国，总算是你们的运气……"

我们带了他们观光，其中有三个人还游览了这个陌生的法兰西。他们是属于这一类人，有一次随我到了塞内加尔，看见树木而呜呜哭了起来。

当我到他们的帐篷里去找他们时，他们盛赞有裸体女人在花丛中跳舞的游艺场。这些人从来没有看到过一棵树，一泓泉水，一朵玫瑰花，他们只有从《古兰经》中才知道花园的存在，园中流水潺潺，因为这就是他们心目中的天堂。含辛茹苦三十年，挨了异教徒的一颗子弹,在沙漠中痛苦地结束一生后,才能进入这个天堂和见到天堂里的美丽女奴。但是上帝欺蒙了他们,既然把所有这些财富赐给了法国人,也不向他们索取口渴的代价,死亡的代价。这就是为什么这些年老的领袖在沉思默想。这就是为什么想到帐外的撒哈拉,触目所及一片荒凉,一生于此郁郁寡欢,他们也不由说出了知心话。

"你知道……法国人的上帝……他对待法国人,比摩尔人的上帝对待摩尔人要宽厚得多!"

几星期以前,有人带了他们去萨瓦。他们的向导领他们走到一条形若垂帘、水声隆隆的大瀑布前。

"你们尝尝。"向导对他们说。

这是甜水。水!在这里要走上多少天才抵达最近的一口井;就是找到了,又要花多少钟点去掏尽塞满井口的淤沙,才能挖到带有骆驼尿臭的泥浆!水!在朱比角,在锡兹内罗斯,在艾蒂安港,摩尔小孩不乞讨金钱,而是捧了一只罐头盒乞讨清水。

"请给点水吧,请给点……"

"你要是乖的话。"

水跟黄金一样贵重,只要小小一滴就可使沙上闪耀出嫩草的绿光。如果一个地方下了雨,就会引起撒哈拉的大迁徙。各部落朝着将在三百公里外生长的青草蜂拥而去……这水,如此吝啬,六年以来在艾蒂安港未曾落过一滴,而今在这里汹涌澎湃,好像天下的水都从这个撑破的水桶里汩汩往外流。

"走吧。"向导跟他们说。

但是他们木然不动。

"让我们再……"

他们一言不发,静穆庄重地瞻仰圣灵在此大显神通。从高山的腹部奔流而下的,是人的生命,是人的鲜血。一秒钟的流量简直可以使整整几个骆驼队起死回生;他们渴得发疯,永远陷没在无穷的盐湖和海市蜃楼中。上帝在这里显灵,他们没法舍之而去。上帝打开了他的闸门,显示了他的力量;三个摩尔人始终一动不动。

"还有什么可看的呢?走吧……"

"应该等等。"

"等什么?"

"等它流完。"

他们要等待上帝对自己的疯狂感到厌倦。他很快就会后悔的,他是吝啬的。

"但是这水流了两千年啦!"

所以那一晚,他们才没有坚持要留在瀑布旁边。对某些奇迹还是不提的好,甚至不要想得太多,否则会莫名其妙。否则会怀疑上帝……

"你看,法国人的上帝……"

但是,那些生长在蛮荒之地的朋友,我对他们是了解的。他们在那里,信仰发生了动摇,仓皇失措,此后差不多要归顺了。他们幻想由法国军需处提供大麦,由我们撒哈拉部队保障安全。事实也是如此,一旦归顺后,他们可以获得物质上的利益。

但是他们三个都是特拉扎地区酋长马蒙的后裔(我相信我把他们的名字弄错了)。

当马蒙做我们的藩属时,我认识他。因功晋封官职,获得政府的重赏,备受部落的尊敬,表面看来,他荣华富贵应有尽有。但是有一个晚上,事先不露一点声色,屠杀了他陪同前来沙漠里的官员，抢了几匹骆驼、枪支，投奔不屈的部落。

一位领袖人物奋身反抗，既英勇又悲壮的逃亡，从此在沙漠中过放逐的生活，遇上阿塔尔巡逻队的狙击，这种昙花一现的荣耀立刻像古代火箭似的熄灭；我们对这种反抗、逃亡和荣耀斥之为背叛。我们对这一类疯狂行为感到吃惊。

但是，马蒙的历史也是许多其他阿拉伯人的历史。他年老了。人到了暮年，爱沉思默想。以致有一天晚上，他发现自己背叛了伊斯兰教的上帝，跟基督教徒携手结盟使他丧失一切，还玷污了自己的双手。

事实也是，大麦与和平对他又有什么意义呢？失节的战士变成了牧羊人，蓦然记起他曾经在撒哈拉生活过：沙地上每一道褶皱都充满了暗藏的威胁；在黑夜中前导的小分队把巡夜的人派至前哨；敌情的传闻激动着围在篝火旁的人们的心。他记起了碧海扬帆的乐趣，这种乐趣一旦被人体会，终生也不会遗忘。

今天，他在一块绥靖的、毫无威望的土地上，无声无息地游荡。只有今天，撒哈拉才算得是一片沙漠。

他要杀害的军官可能还是他所敬重的人。但是，对真主的爱超过一切。

"晚安，马蒙。"

"上帝保佑你！"

军官钻进被窝里，直挺挺躺在沙地上，像躺在一条木筏上，仰望着星空。这时满天星斗徐徐流转，整个夜空标志着时辰。这时月亮向沙漠倾斜，由智慧之神引入了太虚。基督徒立刻坠入睡乡。又过了几分钟，只有星星在熠熠发光。为了衰退的部落重振昔日的声威，为了再过追逐的生活，使沙漠光彩夺目，只需要这些基督徒一声轻微的喊叫,让他们在原来的睡眠中沉溺不醒……又过了几秒钟,万劫不复中又产生了一个世界……

他把睡梦中的这些英俊的中尉杀了。

5

今天,在朱比角,凯马尔和他的兄弟穆伊阿纳邀请我去,我在他们的帐篷里饮茶。穆伊阿纳用蓝色面纱遮住下半脸,对我虎视眈眈,默无一言。只有凯马尔一个人跟我说话,尽地主之谊:

"我的帐篷,我的骆驼,我的女人,我的奴隶都可以供你使唤。"

穆伊阿纳眼睛始终盯住我,俯身朝他哥哥说了几句话,又默不作声。

"他说什么?"

"他说:'博纳富偷了尔该巴一千头骆驼。'"

那个博纳富上尉,是阿塔尔要塞骆驼巡逻队的军官,我不认识他。但是我从摩尔人那里听到他惊人的传奇事迹。他们谈到他时恨恨不已,但是却像谈到上帝似的。他在哪里出现,沙漠便要付出代价。就在今天,他神不知鬼不觉地出现在一群往南方去的抢劫队背后,偷了他们几百头骆驼,逼得他们为了拯救原来以为安全可靠的财富,群起向他进攻。这次奇袭,给阿塔尔解了围,现在营帐扎在一座石灰碱的平台上,他挺身昂立,仿佛是一个势在必得的战利品;他的声威如此远扬,以致部落纷纷而来,要与他决一死战。

穆伊阿纳更严厉地望着我,嘴里依然说个不停。

"他说什么?"

"他说:'我们明天去袭击博纳富。三百支枪。'"

事情我早已猜知一二。三天来牵至井前饮水的这些骆驼,这些冗长的商谈,这种热情。好像在给一艘无形的桅船备帆挂索。将把船只带走的风,已经在海面上刮了起来。由于博纳富的原因,向南方移动的每一步都充满了光荣。我简直不能区别,进行这样的出征,更多出于仇恨还是出于热情。

在世界上有这么一个显赫的敌手可供其杀害,实在是件快事。不论他在哪里出现,附近的部落就收拾他们的帐篷,集合他们的骆驼,逃之夭夭,生怕与他劈面撞见;但是最偏远的部落则像坠入爱河似的神不守舍。抛却帐篷的宁静,挣脱妻子的拥抱,从沉睡中一跃而起;发现两个月来向南方艰苦跋涉,忍受火燎的干渴,蹲在风沙下长夜等待,就盼的是到了天明,出人意料地遇上阿塔尔巡逻队,若上帝允许的话,当场把博纳富上尉杀死。

"博纳富是位强者。"凯马尔向我承认说。

现在我知道了他们的秘密。对女人抱着欲念的男人,做梦也想到她漫不经心的步态,为之彻夜辗转难眠;在幻想中追随着她的漫不经心的步态,感到心火难按和伤心;博纳富的遥远的脚步声也使他们痛苦。这个基督徒化妆成摩尔人,避开抢劫队的追踪,率领他的两百名摩尔海盗,潜入抵抗区;到了那里,摆脱了法国的羁绊,即使他手下最没出息的人,也可能从他的奴役中幡然觉悟,而不会受到惩罚地把他放在石堆上奉献给他的上帝;到了那里只是他的威望使他们有所顾忌,就是他的弱点也威慑着他们。这天夜里,在他们的鼾睡声中,他无动于衷地踱来踱去,而他的脚步声响彻沙漠中心。

穆伊阿纳在沉思,在帐篷的角落里一直木然不动,像一尊青石浮雕。只有他的两眼炯炯发光,而他的镶银匕首也不是一件仅供观赏的玩物。自从他组成一支抢劫队以来,完全变了一个人!

他从来没有感到自己这么高贵,对我根本不屑一顾;因为他要袭击的是博纳富,因为天一亮他就要出发,仇恨驱使着他,而这种仇恨又处处流露出爱情的迹象。

他又一次俯身凑向他的哥哥低声说话,然后又望着我。

"他说什么?"

"他说如果在远离要塞的地方碰见你,就对你开枪。"

"为什么?"

"他说:'你有飞机和无线电,你有博纳富,但是你没有真理。'"

穆伊阿纳穿着蓝袍,石雕似的褶裥分明,木然不动,对我进行着审判:

"他说:'你像山羊似的吃生菜,像猪似的吃猪肉。你们的女人没有廉耻心,把面孔露在外面。'他看到过的。他说:'你从来不做祷告。'他说:'假使你没有真理,你的飞机,你的无线电,你的博纳富对你又有什么用呢?'"

我钦佩这位摩尔人,他不保卫他的自由,因为在沙漠中人人都是自由的;他不保卫身外的财富,因为沙漠中一无所有,但是他保卫一个秘密的王国。在悄然无声的沙涛中,博纳富像一个老海盗率领着他的巡逻队;有了他,朱比角的帐篷营地不再是游手好闲的牧羊人的中心。博纳富风暴威胁着它的要害;有了他,晚上帐篷都挤在一起。在南方,沉默也叫人提心吊胆,这是博纳富的沉默!穆伊阿纳是个经验丰富的猎人,倾听着他在风中彳亍的脚步声。

当博纳富后来回到法国,他的敌人不但不感到高兴,反而潸然流下了眼泪,仿佛他的离去使他们的沙漠失去了一根磁极,使他们的生存失去了一点威望；他们对我说：

"你的那个博纳富，他为什么走啦？"

"我不知道……"

他跟他们进行生死的搏斗，这样有好几年。他以他们的规则作为自己的规则。他睡觉时头枕在他们的石头上。在无穷无尽的追逐中，他学得跟他们一样，会观测《圣经》上记载的星与风组成的黑夜。现在他走了，显得他不是在进行一场必要的赌博。他离开赌桌扬长而去。被他撂在后面而独自赌下去的摩尔人，从某种意义来说，对生活失去了信心，因为生活不再使他们惊心动魄。他们还是愿意相信他：

"你的博纳富，他会回来的。"

"我不知道。"

他会回来的，摩尔人这样想。欧洲的游戏再也不会令他满足，兵营里的桥牌、晋级、女人也不会令他满足。在这里，每一步路都令人心惊胆颤，像走向爱情似的。他原来可能以为生活在这里只是逢场作戏，在那里才是生活的主体。但是他不久意味索然地发现，唯有在这里，在沙漠中才能获得仅有的真正财富：黑夜里沙漠的这种威严，这种沉默，这个风与星星的故乡。假使博纳富有一天回来了，这条消息当夜就会传遍抵抗区。摩尔人知道，在撒哈拉某地，他沉睡在两百名海盗中间。于是大家悄悄地把骆驼牵至井边，准备秣草，检查枪统，由于受到了这种恨或这种爱的驱使。

6

"把我藏在一架飞机里，带到马拉喀什去……"

每天晚上，在朱比角，这个摩尔人的奴隶向我念一遍他简短的祈祷。这几句话说过以后,对生活尽了努力,他就盘膝坐着给我煮茶。在向他认为唯一能治愈他的医生说出病情以后,向唯一能拯救他的上帝祈祷以后,从此可以安静一天。从此弯身朝着水壶,琢磨他生活中单调的情景,马拉喀什的乌黑土地,赭红房屋,以及他那被剥夺的基本生活资料。他对我的沉默,对我迟迟没有给他新生命,并不耿耿于怀;在他看来,我不是一个跟他一般的人物,而是一个促进的力量,类似一种吉利的风,终有一天会推动他的命运。

但是,一个普通飞行员,在朱比角当几个月航空站站长,全部财富就是挨着西班牙要塞而盖的一间木屋,还有这间木屋子里的一只水盆,一只盛海水的水壶,一张不够身长的床,我对自己的能力不抱么多的幻想:

"老巴克,以后再看吧……"

所有的奴隶都叫巴克;所以他也叫巴克。尽管当了四年俘虏,他还是不能俯首帖耳,他记得以前做过国王。

"你以前在马拉喀什做什么的,巴克?"

在马拉喀什,他以前从事过一项高尚的职业,他的妻子和三个孩子肯定也还活着:

"我以前是放牛羊的牧工,我那时叫穆罕默德!"

那里的卡伊德① 把他召唤来:

"我有些牛要卖掉,穆罕默德。你去山里把它们找来。"

或者:

"我在原野上有一千头羊,你把它们赶到北面的牧地上去放。"

巴克拿了一根橄榄树枝做的节杖,率领他的羊群迁徙。一个

---

① 卡伊德,北非伊斯兰教的官员,主管执法、治理、收税等职。

人负责着一大群羊,为了照顾将要出世的羊羔,要最灵活的羊放慢脚步,同时又不忘催一下懒惰的母羊,他一路走来,羊无不对他信任,无不对他惟命是从。唯有他知道它们该走向哪几块乐土,唯有他懂得凭着星斗去寻找道路,唯有他具有丰富的、那些羊群无法企望的知识;他一个人以其聪明睿智,决定休息的辰光,饮水的时刻。晚上,羊群睡了,他两腿插在没膝的羊毛丛中,对这些无知的弱者无比怜爱;巴克身兼医生、先知和国王,在为他的臣民祈告上苍。

有一天,几个阿拉伯人找上了他:

"跟我们往南方找牲畜去吧。"

他们叫他长途跋涉,三天以后,他被带进抵抗区边缘地带的一条山沟里,他们只是把手往他肩上一搭,叫他巴克,就把他卖了。

我还认识其他一些奴隶。我每天到帐篷里去喝茶。光着脚,躺在地毯上,重温白天的航程。地毯都是长纤维羊毛编织的,这是游牧部落的奢侈品,在这上面他们建立他们的住所,逗留几个小时。在沙漠中,人们感觉到日月如梭子般的转动。在阳光的灼射下,人们朝着夜晚前进,朝着去汗生凉的清风前进。在阳光的灼射下,牲畜和人都朝着这个巨大的饮水池前进,像朝着死亡前进一样千真万确。因而,闲荡也不是无益的。每个白天都显得美丽,好比通向大海的道路。

这些奴隶我都认识。当主人从百宝箱里取出炉子、水桶和玻璃杯,他们走进帐篷来了。这种笨重的箱子里无奇不有,没有钥匙的挂锁,没有花的花盆,值三个小钱的镜子,老式的武器,这些东西散落在沙漠中,叫人想起沉船后的漂流物。

这时，奴隶一声不出，在炉内装了干枯的小树枝，用嘴吹火，把水壶装满，摆动足以拔树的肌肉，去做那些女孩子足以应付的事。他温顺善良。过着机械的生活：焙茶，看管骆驼，吃饭。在阳光的灼射下，朝着黑夜前进，在冰凉裸露的星光下，又盼望阳光的灼射。北方国家是幸运的，四季更替，夏天叫人憧憬白雪，冬天叫人向往煦阳。不幸的热带，长年烈日炎炎，毫无变化；但是在这个撒哈拉也是幸运的，日以继夜，摆弄人从一个希望到另一个希望。

有时黑人奴隶在门前打盹，享受着晚风的吹拂。在这个囚犯粗实的躯体内，回忆永远不会浮上来。他所记得的只是绑架的时刻，这些拳打脚踢，这些喊叫声，以及这些在那难忘的一夜把他掀翻在地的人的胳膊。从这个时刻起，他陷入一种奇怪的睡眠，像瞎子一样望不见塞内加尔的悠悠流水，南摩洛哥的白色房屋，像聋子一样听不到亲切的声音。他不痛苦，这个黑人，他是受了创伤。一朝落入游牧部落的生活轨迹，免不了一起颠沛，随着他们在沙漠里的萍踪终生漂泊；从此以后，他的过去，他的家庭，他虽生犹死的妻儿，还能跟他有什么共同之处呢？

长期在圣洁的爱情中生活，然后又失去了这种爱情的人，有时也会对自己高贵的独居生活感到厌倦。他们低声下气地接近生活，得到一种庸俗的爱情便心满意足。他们觉得忍让、卑躬屈节，与世无争也自有其乐趣。奴隶把主人的炭火也引以为荣。

"哎，拿着。"有时主人对俘虏说。

由于种种疲劳消除了，种种热气散失了，由于并肩走入了阴影，这时主人对奴隶是宽宏大量的。主人赐给他一杯茶。俘虏感激涕零，为了这杯茶去吻主人的膝盖。奴隶不总是戴上镣铐的。他并不需要啊！他多么忠诚！他驯顺地否认自己是个被剥夺的黑国王,他不是别的,只是一个幸福的俘虏。

可是,有一天,主人把他放了。当他过于年老不值得对他供给衣食时,主人让他享受无边的自由。三天来,他徒然挨着一个个帐篷荐身谋活,他一天比一天衰弱,到了第三天晚上,他依然驯顺地卧倒在沙地上。在朱比角,我就看到过一些人这样赤条条的死去。摩尔人在这些长期间的弥留者身边侧目而过,但是并不是冷酷成性;摩尔小孩在奄奄一息的人形旁边游戏,每天清晨好奇地跑来看他是否还在抽动,但是并不嘲笑年老的奴隶。这是自然规律。不亚于人们对他说:"你工作得不少啦,你可以去睡了,你去睡吧。"他始终躺着,感到的只是阵阵晕眩似的饥饿,但是并不感到唯一折磨人的人间不平。他渐渐与大地融为一体。受烈日暴晒,归尘土吸收。三十年的辛劳,然后是这个长眠的权利,入土的权利。

我遇到的第一个弥留者,我没听到他呻吟一声,这是他没有可以对之呻吟的人。我猜他内心隐约有一种俯首听命的思想,像一个迷路的山里人,精疲力尽,躺倒在雪地上,沉浸在梦幻和雪堆中。令我难受的不是他的痛苦。我不信有什么痛苦,而是随着一个人的死亡,一个未为人知的世界也消逝了;我在想,在他心头消失的是些什么样的景象。渐渐湮没在遗忘中的是塞内加尔的哪些种植园,南摩洛哥的哪些白色城市。我也没法知道,在这个黑色的躯体中,隐灭的是否仅是些日常的忧虑:焙茶,把牲畜牵至井边……得到安息的是一个奴隶的灵魂,还是往事蓦然叫他清醒,怀着昔日的荣耀死去。坚硬的脑壳对我说来,好像年代久远的百宝箱。我不知道里面装了哪些彩色丝绸,哪些节日美景,哪些在此地不合时宜、在沙漠中又如此无用的遗物,居然在沉船后保留了下来。这只箱子在那里,锁得严严的,分量沉沉的。我不知道，在悠悠长眠前的最后几天，在这个人心中分解、在这个心灵、这个肉体中分解的是世界的哪一部分；这个心灵、这个肉体自身也逐渐分解为黑夜和根。

"我以前是放牛羊的牧工，我那时叫穆罕默德……"

巴克是我认识的黑人俘虏中第一个奋起反抗的。摩尔人损害了他的自由，一天之间把他抢得身无一物，胜过初生的婴儿，他不在乎。有时上帝的风暴不就是这样，在一小时内把一个人的庄稼全部毁坏。但是要比威胁财物更严重的，是摩尔人威胁到他的人身。巴克不愿苟且偷安，其他许多奴隶早把做过可怜的放牧人这段往事忘得干干净净了！放牧人不也得长年辛勤才换来每日的粮食！

巴克不像其他人久等生厌而乐天安命，他不甘心过奴隶生活。他不愿意乞求奴隶主的善意而感到做奴隶的喜悦。他心中还把穆罕默德居住过的房子，给离家外出的穆罕默德留着。这所房子空无一人而显得破败衰落，但是外人仍然不得擅自入内。巴克像一个白发苍苍的看家人，在花径野草和寂寞无聊中，忠心耿耿地死去。

他不说："我是穆罕默德·本·拉乌辛。"而说："我那时叫穆罕默德。"梦想有一天，这位被人忘却的人物重新出现在人间，凭他自己的复活使这个奴隶面目一新。有时更深夜静，他所有的回忆联翩而至，若童年的歌声那样充沛。"到了半夜，"我们的摩尔翻译对我们说，"到了半夜，他谈到马拉喀什哭了起来。"在孤独中，没有人能够不走这条怀故忆旧的道路。那个人在他心中悄悄醒来，舒展肢体，在这个从来没有女人光临的沙漠中找他身边睡着的妻子；巴克在这个从来没有泉水流过的地方倾听泉水的潺流声。巴克在这个人人都寄身帐篷、漂泊无定的地方,每夜坐在同一颗星底下,闭上双目,以为居住在一所白色的房子里。巴克走到我这里满怀激情——这些旧日的激情又神秘地复苏了,仿佛受到磁极的吸力。他要对我说,他已作好准备,他的所有感情也已作好准备,为了发泄他的感情只能回到自己的家里。而这取决于我一声令下。巴克面带笑容,把他的诡计告诉了我,这确是我还没有想到的。

"明天有邮件要送……你把我藏在飞机里,送到阿加迪尔……"

"可怜的老巴克!"

因为,我们身在抵抗区,怎么能帮助他潜逃呢?摩尔人在第二天,不知会进行什么样的屠杀来为这次劫持和侮辱报仇雪恨。我曾试图在机场的机械师洛贝尔格、马夏尔、阿布格拉尔的协助下,把他赎买回来。但是摩尔人不是天天遇得到觅求奴隶的欧洲人。他们大敲竹杠。

"两万法郎。"

"你在取笑我们吧?"

"瞧瞧他两条结实的胳膊……"

几个月来就是这样过去的。

最后摩尔人的要价降低了。我事前写信给法国一些朋友,在他们帮助下我已有能力把老巴克买下来。

这是一些颇有意思的谈判。谈判持续了一星期。十五个摩尔人和我,团团坐在沙地上,度过这一个星期。奴隶主的一个朋友,也是我的朋友,赞·乌·拉塔里,一个土匪,暗中帮着我。

跟我商量后,他对他说:"把他卖了吧,你总是要失去他的。

他有病,这病不是一眼看得出来的,但是它长在里面。有一天会突然爆发。快把他卖给法国人吧。"

我曾经答应给另一个强盗拉吉一笔佣金,要是他帮我做成这笔买卖。拉吉劝诱奴隶主说:

"有了这笔钱,你可以买骆驼、枪支、弹药。你可以带上一帮抢劫队去跟法国人打仗。这样你也可以从阿塔尔带回来三四个年轻力壮的奴隶。把这个老的处理了吧。"

他把巴克卖给了我。我把巴克倒锁在木屋里关了六天,因为要是飞机到达以前让他在外面溜达的话,摩尔人又会把他抓走,卖到更远的地方去。

我给他解除了奴隶的身份。这也是一个颇有意思的仪式。马拉布特①来了,还有原来的主人和朱比角穆斯林法官伊勃拉因。这三个海盗若在离要塞二十米的地方,单是为了跟我玩恶作剧,也乐意把巴克的脑袋砍掉;这时他们热烈地拥抱了他,签下了一张正式契约。

"现在,你是我们的孩子。"

依照法律,他也是我的孩子。

于是,巴克拥抱了他所有的父亲。

他在我们的小屋里度过甜蜜的软禁生活,直到动身。他一天不止二十次,要人描述这次简单的旅程:他在阿加迪尔下飞机,在这个中途站有人交给他一张去马拉喀什的汽车票。巴克扮一个自由人,好比一个孩子扮一个探险家:这次走向生命,这辆公共汽车,这些人群,这些他将见到的城市……

---

① 马拉布特,伊斯兰教中过修行和沉思生活而被称为圣者的人。这些人曾领导北非人民反对某些王朝和欧洲征服者的斗争。这里系指修行的圣者。

洛贝尔格受马夏尔和阿布格拉尔的委托来找我。不应该让巴克在下飞机后过挨饿的生活。他们要我把一千法郎交给他；这样巴克可以寻找工作。

这叫我想到慈善机构内那些"乐善好施"的老太太，捐献二十法郎，要求人家感恩戴德。飞机机械师洛贝尔格、马夏尔、阿布格拉尔拿出一千法郎，不是在乐善好施，更不要求人家感恩戴德。他们也不像这几个做梦也在追求幸福的老太太，出于怜悯而干这件事。他们只是促成把人的尊严归还给那一个人而已。他们跟我一样，对此是太清楚了：归家的陶醉心情一旦消除后，巴克迎面碰上的第一个忠实朋友是贫困，不到三个月他就会在某一段铁路线上，辛辛苦苦地在挖枕木。他不见得会比在沙漠跟我们一起的时候更幸运。但是他有权利回到自己的老家，恢复原来的身份。

"好啦，老巴克，去吧，做一个自由人了。"

飞机颤动了，准备起飞。巴克最后一次俯身朝向朱比角这大片萧索的荒地。在飞机前早已围了两百个摩尔人，为了看看一个奴隶走上生命的道路时，将是什么样的一副面目。假使飞机遇上故障，他们还可在远一点的地方把他抓回来。

我们向我们五十岁的新生婴儿挥手告别，把他送到世界上去碰运气，心里忐忑不安。

"别了，巴克！"

"不。"

"怎么！不？"

"不。我是穆罕默德·本·拉乌辛。"

阿拉伯人阿勃达拉受我们委托，在阿加迪尔帮助巴克；我们从他那里得知巴克的最后消息。

公共汽车要到晚上才开,这样巴克有一整天的时间。他首先在小镇上,默默无言地徘徊,阿勃达拉猜到他局促不安,不由甚为感动。

"怎么啦?"

"没什么……"

巴克突然摆脱了束缚,可以为所欲为,简直不知所措,还没有体会到他的新生。他隐隐然感到幸福,但是,除了这点幸福外,昨天的巴克和今天的巴克之间没有多大差别。然而,从此以后,他可以和其他人处于同等的地位,分享阳光的煦照和坐在这个阿拉伯咖啡馆凉棚下的权利。他在咖啡馆坐下来。给阿勃达拉和自己要了茶。这是他第一个趾高气扬的姿态,他的权力可能已使他换了一个人,但是跑堂给他冲茶时并不表示惊讶,好像这种姿态是很平常的。他没有领会到冲茶时,是在对一个自由人表示敬意。

"到其他地方走走。"巴克说。

他们朝着俯视阿加迪尔的卡斯巴山走去。

娇小玲珑的柏柏尔舞蹈女郎向他们走来。她们显得温良恭顺,巴克这下子相信他要重生了;这是她们不知不觉地把他迎入了生活。她们挽着他的手,温柔地把茶献给他,就像给任何其他人一样。巴克愿意谈他的新生。她们轻轻地笑了。既然他很满意,她们也为他感到满意。为了叫她们惊异,他又加了一句:"我是穆罕默德·本·拉乌辛。"但是这并没有叫她们惊异。每个人都有一个名字,许多人又是从那么远的地方回来的……

他又挟了阿勃达拉到城里去。他在犹太人开的铺子前踯躅,朝着海水凝视,心想可以凭自己的心意朝任何哪个方向走去,他是自由了……但是这种自由对他来说是痛苦的;尤其他发现自己与世界多么缺乏联系。

这时,过来了一个小孩,巴克轻轻地抚摸他的脸颊。小孩笑了。这不是在讨好一个主人的孩子。巴克抚摸的是一个娇弱的孩子。而他笑了。这个孩子唤醒了巴克。巴克觉得他在这个世界不是无足轻重的,就因为一个娇弱的孩子向他笑了一笑。他开始琢磨到某些东西,现在大踏步走了起来。

"你找什么?"阿勃达拉问道。

"没什么。"巴克回答说。

但是路角来了一群嬉闹的孩子把他挡住了,他停步不走。就在这里。他瞧着他们,一声不出。然后抽身朝犹太人的铺子走去,回来时抱了一大堆礼物。阿勃达拉生气了:

"笨蛋,把你的钱留着!"

但是巴克听不进去了。他郑重地向每个孩子做手势。这些小手纷纷伸出来抓玩具、手镯、镶金线拖鞋。每个孩子在抓到他的宝物后,粗鲁无礼地逃跑了。

阿加迪尔的其他孩子听到这个消息,都朝着他飞奔而来,巴克给他们穿镶金线拖鞋。阿加迪尔郊区的孩子风闻此事,蹬脚而起,尖声怪叫朝着这位黑色上帝跑来,拽着他做奴隶时的旧衣服,索取他们的礼物。巴克破产了。

阿勃达拉相信他"乐疯了"。但是我相信,巴克并不是要人家分享他满心压抑不住的喜悦。

既然他自由了,他就占有了基本的财富:被人爱,走向天南地北和干活谋生的权利。这钱还有什么用呢……就像人们感到极度饥饿一样,他感到需要做一个处在人群中,与其他人打成一片的人。阿加迪尔的舞蹈女郎对老巴克表示了温柔,但是他像来时一样毫不费力地离开了她们;她们不需要他。阿拉伯咖啡馆的那个跑堂，街头的这些行人，都尊重他是个自由人，跟他平等分享他们的阳光，但是也没有哪一个表示需要他。他是自由的，而且无限的自由，直至他在地球上感觉不到一点分量。他缺少的是人与人关系中这种叫人趑趄不前的重量，这些眼泪，这些告别，这些责备，这些欢乐，这些一个人的行动不是带来安慰便是造成痛苦的东西，这些与其他人千丝万缕、得失相关的联系。但是巴克心上已压着千百种希望……

在阿加迪尔的落日余晖和清新气息中开始了巴克的王朝；多年以来，这种清新气息是巴克唯一等待的慰藉，唯一栖身的地方。出发的时刻来临了，巴克好像当年在一群羊，而今在一群孩子的前簇后拥下，悠悠前往，在地球上留下他的第一道足迹。明天他回到亲人中间，艰难度日，维持全家的生计，恐怕也不是他衰老的双臂能够担当的，但是他在这里已经显示了真正的分量。仿佛一个天使，轻盈飘逸，过不了人间的生活，但是他可以掩人耳目，在他的腰间系上一只铅锤；巴克在千百个那么需要镶金线拖鞋的孩童拉拽下，跌跌撞撞走在大地上。

7

这就是沙漠。一部《古兰经》只不过是一套游戏规则，把沙漠变成了帝国。在原本空无一物的撒哈拉深处，搬演着一出秘密戏剧，煽动着人们的热情。沙漠中真正的人生，并不是赶了一群牛羊到处去寻找牧草，而是生生不息的行动。不屈的沙漠与一般的沙漠这两者的本质是多么不同！难道所有的人不都是这样吗？面对着这个面貌迥然不同的沙漠，我不由想起儿童时代的游戏，幽暗的金黄色花园在我们的想象中住满了天神，我们从来不曾完全认识、彻底探索过的这一平方公里，则成了无边无际的王国。

我们创造了一种秘密文明,一举一动都有其风味,一事一物都有其意义,不见容于其他文明。长大成人后,在其他法则下生活过以后,这个充满童年回忆、神奇、阴冷、灼热的花园又剩下些什么呢?现在,人们归来时,怀着失望的心情,在花园外边沿着灰石砌的矮墙走去,诧异地发现从前认为无边无际的天地,竟束缚在这么一个狭小的花园中,从而明白人们永远回不到这块无边无际的天地中去了,因而,应该回去找的不是这个花园,而是当时的游戏。

但是今天抵抗区已不复存在。朱比角,锡兹内罗斯,康萨杜港,拉萨盖·艾·海拉,多拉,斯马拉,都毫无神秘可言。我们曾经朝之直奔而去的地平线一个接着一个消失了,好比那些昆虫一经落入温暖的掌心,便失去原有的色彩。但是追逐这些地平线的人不是幻想的玩物。当我们闯进这些新天地里,我们没有眼花缭乱。《一千零一夜》的苏丹也没有,他追求的物质是那么精致,以致他的美丽的女奴一经接触便失去羽翼上的金粉后,在黎明时一个接一个在他的怀抱中香消玉殒。我们赖沙碛的魔力而成长,后来其他人可能在此发现油井和靠着油井的产物发财。但是他们来晚了。因为门禁森严的棕榈园或原始的贝壳粉已把它们的精华献给了我们,它们只呈献一小时的热诚,而度过这一小时的是我们。

沙漠?有一天让我接触到了它的中心。一九三五年,驾机直袭印度支那的途中,我在埃及,靠近利比亚的边境,陷困在沙里像陷困在胶里一样。我以为这回要死在那里了,下面是这件事的始末。

第七章　沙漠中心

1

到达地中海上空,我遇到低压云。我降至二十米。阵雨猛击座舱风挡,海面好似在喷烟吐雾。为了辨清周围和不撞上一根桅杆,我作了极大的努力。

我的机械师安德莱·普雷沃,给我点了几支烟。

"咖啡……"

他消失在飞机后舱,带了一个热水瓶回来。我喝了。我不时用手指弹油门杆,以便保持在二千一百转。我朝仪表盘扫了一眼:我的臣民安分守己,每根针都在正常的位置上。我向海探望,大雨下的海面烟雾腾腾,仿佛一只巨大的热水缸。假若我驾驶的是一架水上飞机,我将会惋惜海面太"虚"。但是我驾驶的是一架陆上飞机。不论虚与不虚,我没法降落。我也说不出所以然,这给我一种虚妄的安全感。海洋不是我的世界的一部分。在这里发生故障与我无关,甚至不使我感到威胁,我的装备不是用于海上飞行的。

飞行了一小时三十分后,雨势小了。云层始终很低,但是亮光已经透过云层,像欢乐的笑容。我欣赏这种慢慢转晴的天气。我猜知在我头上有一层薄薄的白色轻云。为了避开雷飚,我斜着飞,因为这里已出现了第一道云隙,没有必要在飚线中心穿越过去。

我不用看已预感到这道云隙,因为我一眼瞥见正对着我的海面上,有一长溜青烟,绿洲似的颜色又深又亮,很像南摩洛哥的大麦地;当我从塞内加尔横越三千公里沙漠后,看到这些大麦地总不由心头一阵激动。这时也是一样,我感觉进入了一个可以居住的地区，心情轻松愉快。我转身向普雷沃说：

"过了，这下子好啦！"

"对，这下子好啦！"

突尼斯。上油的时候，我签了几张表格。但是，在我离开办公室时，听到"扑通"好像物件跌入水里的音响。这是一种闷哑的音响，没有回声。我立刻记起以前也听到过类似的声音，这是汽车库的爆炸声。那个嘶哑的咳嗽声中死了两个人。我转身朝着沿跑道的公路看去：半空中灰尘微扬，两辆快速行驶的汽车相撞，霎时间一动不动，像陷进了冰堆。有人往车辆奔去，有人朝我们跑来：

"打电话……叫个医生……头……"

我感到一阵揪心。命运之神在宁静的薄暮时刻又完成了一次袭击。毁了一个美人，一个聪明的头脑，还是一个生命……海盗就是这样在沙漠中蹑行，没有人听到他们在沙地上有弹性的脚步声。在营地上一时流传着劫掠的谣闻。过后一切又隐没在金黄色的寂静中。同样的和平，同样的寂静……我身边一个人说脑壳破裂了。我一点也不想打听这个毫无生气、鲜血淋漓的前额。我转身避开公路，走上我的飞机。但是我心中仍感到一种威胁。这个声音我不一会儿又听出来了。当我以时速二百七十公里擦过黑色高原时，听出这个同样嘶哑的咳嗽声，命运之神的这声"吭"将在约会的地点等着我。

往班加西飞吧。

2

飞吧。白天还有两个小时。当我抵达黎波里塔尼亚时，我已经摘下了墨镜。沙漠上金光闪闪，上帝，这个星球是多么荒凉！又一次，在我眼中，只是种种幸运的巧合，才产生了河流、树荫和人的居住地。岩石、沙碛占了多大的部分！

但是这一切都与我漠不相关，我生活在腾云驾雾中。我感到黑夜在向我逼近，人像关在庙堂里。人关在中间，陷入孤立无助的沉思，接触到基本礼仪的秘密。这个世俗的天地已经退居一旁，即将消失了。全部景物还闪映着一片金光，但是某些东西已经开始挥发了。我说，我不知道还有什么比这个时刻更珍贵。那些对飞行怀有难言的依恋之情的人，是非常理解我的。

我渐渐放弃了太阳。放弃了发生故障时可以接待我的金色广袤土地……放弃了可以指引我道路的标志。放弃了可以让我避免触礁的横空兀立的山影。我进入了黑夜。凌空飞翔。身边仅有的是那些星星……

这个世界是慢慢死去的。日光逐渐黯淡。土地与天空逐渐混沌不清。这块土地往上升腾，蒸气似的弥漫飘浮。最初出现的星辰像在绿水中一般闪烁不定。要等好久才会变成光芒明亮的钻石。我还要等好久才能看到流星悄然无声的行迹。有几次夜色深沉，我眼见那么多的星火划过夜空，以为在星群中掀起了大风。

普雷沃试了试固定灯和急救灯。我们在灯泡外罩上红纸。

"再加一层……"

他又加上一层，按一下开关。光线还是太亮。如在照相馆里，光线太亮会把外部世界苍白的形象遮住。有时在夜里，万物都蒙上了薄薄的白絮，光线又会把它摧毁。已是一片这样的黑夜。但是这还不是真正的人生。一钩新月还悬在空中。普雷沃又钻进后舱，带了一客三明治回来。我嚼着一串葡萄。我不饿。不饿也不渴。我也不感觉疲劳，好像还可以这样驾驶十年。

月亮死了。

班加西在黑夜中响了起来。班加西安卧在如此深邃的黑暗中，周围看不到一点光晕。我抵达上空时看到了这个城市。我在寻找机场，这时候红色的跑道灯亮了。灯光勾勒出一块黑色的梯形。我盘旋而飞。一只探照灯翘首仰望，灯光像火柱似的直冲天空，旋转一下，在机场上铺出一条金色道路。我仍在盘旋，要仔细认清障碍。这个中途站的照明设备非常出色。我减低速度，开始往黑色的水池里钻。

我着陆时，当地时间二十三点。我向探照灯滚过去。彬彬有礼的官员和士兵，从暗影中进入探照灯强烈的光照内忽隐忽现。他们收了我的证件，开始给我上油。按规定我停留二十分钟。

"盘旋一圈，再在我们上空飞过，否则我们不知道起飞是否顺利结束。"

飞吧。

我在这条金色道路上，朝着一无障碍的豁口滚过去。我驾驶的是西摩型飞机，还没有滚到跑道尽头，庞大的机身已凌空而起。探照灯尾随着我，使我难于盘旋。后来，灯抛开了我，他们猜到灯光迷乱了我的眼睛。我垂直转弯，这时探照灯又打在我的脸上，但是仅仅一掠而过，把金色长笛指向别处。这些照应叫我感到莫大的礼遇。现在我朝着沙漠盘旋而去。

巴黎、突尼斯、班加西的气象员都向我报告说，顺风时速三十到四十公里。我打算飞行时速三百公里。我对准联结亚历山大港和开罗的直线中心点飞去。这样可以避开海岸上的禁区，尽管会遭遇到难以预料的漂移，我还是可以在右边或左边得到某个城市的灯光指引，或者更笼统地说，得到尼罗河河谷区的灯光指引。假若风速不变，我将航行三小时二十分钟。假若风力减弱，三小时四十五分钟。于是我开始鲸吞一千零五十公里的大沙漠。

月亮不见了。星光以外，云雾弥漫。我将看不到一点火光，将找不到一个标志，在到达尼罗河以前也将收不到人的一个信号，因为无线电已经中断了。除了我的罗盘和斯贝雷陀螺仪以外，我也别想观察到任何其他东西。我对一切不感兴趣，除了那根细细的荧光针在朦胧的仪表盘上缓慢的呼吸。当普雷沃走开时，我轻轻地校正重心的位移。我爬升到两千米上空，根据收到的信号，在那个高度上刮的是顺风。每次飞上一大段路，我把灯扭亮，观察发动机的刻度盘，因为这些仪表盘并不都是夜光的；但是大部分时间我沉浸在黑暗中，跟我的渺小的星座为伍；这些小星座与窗外的星座放出同样的矿物质光泽，同样不可磨灭，同样神秘莫测，也讲同样的语言。我也好比天文学家，在阅读一本天体力学的书籍。我也觉得自己勤奋和专心致志。外部世界是漆黑一团。那边普雷沃熬了一阵后睡着了。我更可享受我的孤独。周围是发动机柔和的嗡嗡声，眼前的仪表盘上则出现这些安静的星星。

我可是在沉思。我们照不到一点月光，也用不上无线电。在投身扑入尼罗河的光网以前，我们跟地球之间没有丝毫的联系。我们远离一切，全靠我们的发动机悬浮于这片云雾中而不致坠落。我们在横越童话中的黑色大峡谷，考验大峡谷。在这里孤立无援。在这里一失足成千古恨。我们全凭上帝的安排了。

从电报室的缝隙中泄出一道光。我唤醒普雷沃去把光熄灭。普雷沃在黑影中像头熊似的翻身，伸伸懒腰，走到前面。他专心地用手绢和黑纸不知怎么一凑，我的那道光消失了。那道光把整个世界划了一道裂口。它跟苍白飘忽的荧光针的光色不同。这是夜总会的灯光,不是星星的光芒。尤其它迷惑我的眼睛,也把其他的光抹去了。

飞行了三个小时。一道光从我的右翼射来,显得很强烈。我望了一眼。在此以前翼尖上的那个小灯一直看不见,这时挂上了长长的一道光线。这道光闪烁不定,一会儿隐一会儿现,因为这时候我飞进了一堆乌云里。是这堆乌云把我的灯光折射过来的。附近若有我的标志,我宁愿有一个清朗的天空。机翼在光晕下发亮。光线透入云堆,照住了不动,发亮后,在那里形成一团玫瑰色的花束。激烈的涡流把我摇晃不停。我在一堆厚度不明的积云的风口中飞行。我爬升至二千五百米,还是没有钻出云堆。我又降至二千米。那团花束依然如故,岿然不动,愈来愈明亮。好。行。得啦。我不去理会它了。等我钻出云堆时再说吧。但是我可不喜欢这种黑店里透露出来的灯光。

我在计算:"我在这里颠簸折腾,这还是正常的,因为尽管天空清朗和纬度高,我一路上都遇到了涡流。风一刻也没有停息过。我的时速应该超过了三百公里。"总之,我没有掌握一点确切的情况,飞出云堆后再设法定位吧。

我还是飞出了云堆。花束突然无影无踪。花束消失使我觉得事情不妙。我朝前方凝视,若能窥见什么的话,我就窥见一线狭窄的天空和劈面一道积云的屏障。花束又滚成一团。

我再也不可能摆脱这堆粘胶,就是摆脱也只能是几秒钟时间。经过三小时三十分钟的飞行,这堆云开始令我不安,因为我若按照我想象的速度在飞,我正在接近尼罗河。只要稍为有点运气,我穿过几条空中走廊后就可以望见尼罗河了,而且空中走廊为数也是不多的。我还不敢往下滑,万一没有飞得我想的那样快，就还有几块高地要飞越。

我在这以前没有感到丝毫不安，只是怕耽误了时间。但是我在清醒时确定了一个限度：飞行四小时十五分。超过这个时间，即使无风——无风实际是不可能的——我也越过了尼罗河河谷。

当我到达乌云边缘，花束中火星四迸，愈来愈急速，然后一下子熄灭了。我可不喜欢跟黑夜的魔鬼进行这种密码通讯。

有一颗绿色的星出现在我面前，像一座灯塔似的光芒四射。这是一颗星还是一座灯塔？我也不喜欢这种超自然的光，这颗报喜的星辰，这种包藏祸心的邀请。

普雷沃醒来了，把光打在发动机刻度盘上。我把他连同他的灯光一起推开。我刚飞入这两堆云之间的缝隙，要利用这个机会瞧一瞧下界。普雷沃又去睡了。

然而没有什么可瞧的。

飞行四小时零五分。普雷沃过来坐在我的身边：

"应该到开罗了……"

"我想也是……"

"这是一颗星还是一座灯塔？"

我稍稍减低了发动机的转速，无疑是这个把普雷沃闹醒的。他对飞行噪声的任何变化都很敏感。我开始缓慢下降，想钻到云堆底下。

我刚才查了查航空图。不管怎样，我到达过零度标高，因而不会有任何危险。我依然下降，向正北方向盘旋。这样，我的窗前会出现城市的灯光。我可能已经超越城市，那灯光就会出现在我的左翼。此刻我飞在积云下面。但是我沿着另一堆乌云，它降到我左翼底下。为了不致坠入它的罗网，我盘旋一下，朝着正北偏东方向飞去。

这堆乌云无疑更加下沉了，把我的视线完全切断。我不敢再往下滑。我的高度计达到四百度标高，但是我不知道这时的气压。普雷沃弯下腰。我向他叫道："我要一直往海面滑；为了不跟地面相撞，最终也是要落到海里去的……"

然而也没有东西可以证明我还没有漂移到海面上空。这堆云下面的黑暗实在无法穿透。我紧贴在窗前。我试图看到飞机下有些什么。我试图发现灯光、信号。我是一个在灰堆中扒拉的人。我是一个努力在炉底寻觅生命的余烬的人。

"有个水上航标！"

我们同时看到了这个时隐时现的陷阱！真是疯了！这个幽灵似的航标，这个黑夜的创造物，究竟在哪儿啊？因为正在这同一秒钟，普雷沃和我俯身要在我们机翼下三百米处找回这个航标时，突然……

"啊！"

我相信我没有说别的话。我相信我也没有别的感觉，除了感到一声惊人的崩裂，把我们地球的基座也撼动了。我们以每小时二百七十公里的速度撞上了地面。

我相信接着百分之一秒的时间内，我不等待什么，除了爆炸引起的紫红色的巨星，把我们烧得彼此不分。普雷沃和我都不感到丝毫激动。我内心只是在无尽地等待，等待这颗星发出光芒，也在那一秒钟内我们在星的光芒中昏过去。但是没有紫红色的星。只是一阵地震，毁坏了我们的机舱，打落了机舱的窗子，把机壳板抛到百公尺以外，使我们的五脏六腑充满了隆隆的响声。飞机像从远处扔过来插在硬木上的一把小刀，颤动不已。我们被这场怒火搅作一团。一秒钟、两秒钟……飞机始终在哆嗦，我怀着恶魔般的迫切心情等着，恨不得飞机内在的能量使它像炸弹似的爆炸开来。但是地心的震颤延续不断，却没有引起最终的喷发。但是我对这种无形的功一无所知。我不理解这次地震，我不理解这场怒火，也不理解这种无穷无尽的等待……五秒钟、十秒钟……突然，我们感到一阵天旋地转，一记撞击，把我们的香烟抛出窗外，把右机翼震得粉碎，然后一切停止了。一切，除了令人心寒的静止不动以外。我向普雷沃叫道：

"快跳！"

他也在同时叫了起来：

"火！"

我们已经翻出空洞洞的窗口，滚在二十米远的地方站起来。我对普雷沃说：

"没有伤着吧？"

他回答我说：

"没有伤着！"

但是他在抚摸膝盖。

我对他说：

"你拍拍，动动，然后再跟我发誓说，你没有伤着什么……"

他回答说：

"没什么，这是灭火机……"

而我在想，他马上会滚倒在地上，从头到肚脐裂成两爿，但是他两眼愣愣地又对我说了一遍：

"这是灭火机！"

而我在想，他疯了，他要乱蹦乱跳了……

但是，看到已没有着火的危险，他的眼睛终于从飞机上移开，对我望着，又说：

"没什么，这是灭火机，把我的膝盖擦伤了。"

3

令人费解的是我们居然活了下来。我手里提着电气灯，沿着飞机留在地面上的痕迹回溯。在离飞机撞击点二百五十米的地方，已经发现卷曲的金属架和钢板，在飞机滑过的道路上黄沙四溅。后来天破晓后，我们才看清一块荒芜的高原顶上有一条平缓的斜坡，我们差不多以切入的角度猛撞在上面。沙地上撞出一个深坑，用犁犁过的一样。飞机没有仰翻，却像一条怀着怒火的蟒蛇，胸腹贴地，尾巴直晃，以每小时二百七十公里的速度向前滑过去。我们无疑亏得这些黑色的圆卵石才保全了生命。这些石子在沙地上自由滚动，这次作了我们的滚珠台架。

为了避免短路引起以后燃烧，普雷沃把蓄电池拆了下来。我靠在发动机上思考：我飞行了四小时十五分钟，在高空中遇到的风速可能是每小时五十公里，我确实感到颠簸。但是，要是在这些预报后风有所变化，那我就完全不知道它吹的是什么方向。我估计自己落在每边有四百公里的正方形地带。

普雷沃走来坐在旁边，跟我说：

"能活下来真是意外……"

我没有回答他，一点也不感到高兴。我脑海中已浮起那么一种想法，并有点儿叫我焦躁不安。

我请普雷沃把他的灯点亮作为标志。我手里拿了我的电气灯往前直走。我仔细观察地面，缓步向前，绕了一个圈子，换了几次方向。我一直搜索地面，好像在寻找一枚遗落的戒指。不久前我也是这样在寻找火光。我一直在黑暗中向前走着，弯身对着我手拎的一团白光。就是这么回事……就是这么回事……我慢慢沿着原路朝飞机走去。我坐在机舱旁边，又沉思起来。我在搜寻希望的根据,然而没有找到。我在搜寻生命提供的信号,然而生命不给我提供信号。

"普雷沃,我连一根草都没有看到……"

普雷沃不言不语,我不知道他是否听懂了我的意思。当天空破晓,幕布拉开时,我们再谈这件事吧。我只是觉得疲惫不堪,我想:"落在离周围四百公里的沙漠中……"突然我跳了起来:

"水!"

汽油箱和滑润油箱都砸破了。我们的水箱也破了。沙把一切都吸干了。我们在一只打成碎片的热水瓶底找到半升咖啡,在另一只瓶底找到四分之一升葡萄酒。我们把这些饮料过滤,又掺在一起。我们又找到一些葡萄和一只橘子。但是我计算:"在沙漠里,在阳光下,走上五个小时,这些就完了……"

我们躺在机舱内等待天明。我伸直身子,要睡了,一边陷入睡乡,一边总结我们的冒险经历:我们一点也不知道自己的位置。我们的饮料还不到一升。如果我们大致处在一根直线上,他们要八天才能找到我们,我们不可能有更好的指望,但是这已经太晚了。假使我们已经向横侧漂移,要六个月才能找到我们。不应该对飞机抱着希望,因为他们要在三千公里的地带上寻找我们哩。

"啊!可惜……"普雷沃对我说。

"可惜什么?"

"本来可以一下子了结的!……"

但是不应该这么早就甘认失败。普雷沃和我振作一下。不管如何渺茫,还是不应该失去从空中获得神灵救助的机会,也不应该留在原地不动,可能错过附近的绿洲。我们今天走一个白天,然后回到飞机旁边。出发之前,在沙地上用大写字体写上我们的计划。

于是我蜷作一团,准备一直睡到天亮。我很幸运居然还能睡着。疲劳使我觉得四周围着许多人。我不是孤零零地在沙漠里,迷迷糊糊中充满了声音、回忆和喊喊喳喳的知心话。我还不曾感到口渴,心境很佳,信步就走入了睡乡。在梦幻前,现实也要退避。

啊!天破晓时,事情又是多么不同!

4

我深深爱上了撒哈拉。我曾经在抵抗区度过几个夜晚。我曾经在这片莽莽黄沙中醒来,大风吹过的地方像海面留下一道道波纹。我曾经在沙漠中卧在机翼下等待营救。但是那时的事情不一样。

我们步行在起伏不平的丘陵的斜坡上。地下是沙子,表面盖了密密一层发亮的黑砾石。可以说是金属的鳞片,我们四周所有的隆丘都像盔甲似的闪闪发光。我们落在一个矿物世界。我们陷进一个钢铁田野。

越过第一座山头,远处又出现一座相似的山头,又乌又亮。我们走路时,脚底擦着地面,为了留下一根导线,以便等会儿走回来。我们面对着太阳前进。朝正东方向走是违反任何逻辑的,因为气象预报、飞行时间这一切都叫我相信,我已越过了尼罗河。但是我曾经朝西方作过一次短暂的尝试,我感觉不舒服,自己也说不出原因。我于是把西方留到第二天再说。我一时也把北方抛在脑后,虽则北方的路倒是通向海洋的。三天后,我们已经处于半谵妄状态,正式决定舍弃我们的飞机,往前一直走到跌倒为止,我们走的仍然是朝东的方向。说得更确切些,是正北偏东方向。这既违反情理,也毫无希望。后来得救后,我们发现走哪一个方向都没法使我们回去;若往北走,我们已经筋疲力尽,也决然到达不了海边的。不管表面看来多么荒诞不经，今天我还是觉得，既然没有什么可以作为取舍的依据，我选择了这个方向，唯一的理由是我那时在安第斯山到处搜寻我的朋友吉约梅时，也是这个方向救了他。对我来说，东方隐隐约约地变成了生命的方向。

经过五小时的步行后，景物变了。有一条流沙河好像涌向一条峡谷，我们就走上了谷底这条路。我们大踏步走着，我们应该尽量走得远一点，如果什么都没有发现的话，还要在天黑以前回去。突然我停了下来：

"普雷沃。"

"什么？"

"脚印……"

从什么时候起，我们忘记在身后留下一条踪迹？要是找不到自己的踪迹，那就是死亡。

我们转身回头，但是向着偏右方走去，相当一段路后，又朝原来的方向斜插过去，这样就可以交叉穿过我们留下踪迹的地方。

接上这条线后，我们又出发了。气温升高了；随着气温升高，出现了海市蜃楼。但是这仅仅是些最初的海市蜃楼。一些大湖形成了，当我们往前走，大湖又消失了。我们决定越过沙谷，爬上最高的沙丘，可以环顾四方。我们已经走了六个小时。跨着大步走的，总该有三十五公里吧。我们登上了这个黑色圆丘的顶点，在一片静默中坐了下来。我们的沙谷静卧脚下，通向一块没有石头的沙漠。沙面上白光亮得耀眼。目光能及的远处空无一物。但是在地平线上，由于光线的折射，已经造成更加眼花缭乱的海市蜃楼。城堡、尖塔、线条笔直的几何图形。我也观察到一条黑影，宛若一片农田，但是上面压着最后一堆乌云；这些云都是白天消散,傍晚又会复现的。这只是积云的影子。

再往前走是没有意义的,这种企图不会得到效果。应该回到我们的飞机旁边,这个红白相间的航标可能会被我们的同志认出来。虽然我对这类搜寻不抱希望,看来这还是唯一得救的机会。尤其那里还留着我们最后几滴饮料,我们早就应该把它喝下去了。为了活下去也应该回到那里。我们是勒在铁箍儿里的俘虏,这个铁箍儿就是我们短促的耐渴力。

但是半途而废也是不容易的,因为很可能现在走的正是生命之路!在这些海市蜃楼的背后,地平线上可能布满了真正的城市,淡水河和草原。我知道回头走是对的,但是当真狠心步步不前时,我可是有一种往下沉的感觉。

我们躺在飞机旁。我们走了六十多公里。我们喝完了我们的饮料。在东方一无所获,也没有一位同志在这块领土上空飞过。我们还能坚持多久呢?已经那么渴……

我们在七零八落的机翼上抽出几块残片,堆得高高的。准备了汽油和镁板,镁板可以反射出强烈的白光。等到深夜才点起我们的大火……但是人又在哪儿呢?

现在火焰蹿上来了。我们虔诚地望着我们的明灯在沙漠中升起。望着我们静默辉煌的信号把夜空照得通亮。我想,如果说信号带走一个已够凄楚的呼唤,但也寄托一片深情。我们要求喝水,但是也要求与人取得联系。但愿在黑夜中升起另一团火光,只有人才支配着火,让他们来回答我们啊!

我又看到妻子的眼睛。除了她的眼睛,我没看见别的。这双眼睛在询问。我还看到所有可能对我表示关心的人的眼睛。这些眼睛也在询问。这一双双眼睛都在责备我默不出声。我回答!我回答！我竭尽全力回答，我已不可能在黑夜中燃起更加熊熊的烈火啦！

我已经尽了我的力量。我们已经尽了我们的力量，因为走了六十公里几乎没有喝水。现在我们也不会再喝了。如果我们不能久等，难道是我们的过错吗？我们留在这里，那么老老实实地在吮吸我们的水壶。但是从我把水壶底吸干的那一秒钟起，有一只时钟开始摆动了。从我把最后一滴水咽下肚去的那一秒钟起，我开始走下坡路了。如果时间像河流似的把我冲走，我又能怎么样呢？普雷沃哭了。我拍拍他的肩膀。我安慰他说：

"要完的话，那就完吧……"

他回答我说：

"要是你以为我为自己在哭……"

唉！不错，这件事的迹象我早已看在眼里了。没有什么是不可忍受的。我明天，要不就是后天就会知道，肯定没有什么是不可忍受的。我对苦刑只是半信半疑。我对此也曾经作过一番深思。有一天我被关在一个机舱里脱不出身，以为要溺死在水里了，我并不感到极大的痛苦。有几次，我以为自己要砸破脑袋，这在我看来也不是一件值得大惊小怪的事。在这里我也不会过于悲恸。明天，我将从中了解到更加新奇的事情。尽管我生了那堆大火，我是否已经放弃让人们听到我的呼声，只有上帝知道了！……

"要是你以为我为自己在哭……"是的，是的，这才是难以忍受的。我每次看到这些期待的眼睛，像受到火炙一样。我奋然而起，勇往直前地奔去。那边有人在呼救，有人在沉下去了！

这是一种奇怪的角色颠倒。但是我一直在想，事情的确是这样的。可是我需要普雷沃才能完全肯定我的想法。人们在我们耳边喋喋不休这种临终前的悲痛,普雷沃也绝不会感到。但是有些东西是他支持不了的,在我也是一样。

啊!睡着在我真是求之不得,不管睡过今夜,还是睡上几个世纪。要是我睡熟了,我不会有所区别。接着,多么安宁啊!但是,这些即将在那边响起的哭声,这些失望的浓焰……那种景象教我无法自主。我不能对着这些遇难的船只袖手旁观,一秒钟的沉默,就会杀害我所爱的人的一点生命。怒火在我心中燃烧:为什么这些锁链要束缚我不能及时去搭救那些沉下去的人呢?为什么我们的烈火不能把我们的喊声传到世界尽头呢?别着急!……我们来啦!……我们来啦!……我们是营救者!

镁板烧完了,我们的火发红了,只剩下一堆炭火,我们弯着腰在火堆上取暖。我们冲天的烽火灭了。在这个世界上有什么东西受到了推动呢?唉,我很清楚,什么都没有受到推动。这是一声没能上达天国的祈祷。

好吧,我就要睡着了。

5

黎明时,我们用布抹机翼,收集了浅浅一杯掺有油漆和机油的露水,气味令人恶心,我们还是把它喝了下去。谈不上别的,总算润了润嘴唇。这顿盛宴以后,普雷沃对我说:

"幸而还有那把手枪。"

我猛地变得气势汹汹,怀着邪恶的敌意转过身去对着他。在这个时刻,我最痛恨的莫过于感情的流露。我有一种迫切的需要,认为一切都是无所谓的。生是无所谓的。活着是无所谓的。

死于干渴也是无所谓的。

我斜眼打量着普雷沃,若有必要准备把他痛殴一顿,教他不要多嘴。但是普雷沃对我说这话时镇静自若。他在谈论一个卫生问题。他提到这件事,就像对我在说:"应该把我们的手洗洗干净。"那是我们一致同意的。昨天我看到那只皮壳子已经在转念头了。我的想法合情合理,一点也不凄怆。只有人情那一条是凄怆的。还有我们没能使我们负有责任的人安心。手枪却不是这样。

他们不会总是找我们的,或者更确切地说,可能总是在其他地方找我们。可能在阿拉伯沙漠。明天以前是不可能听到任何飞机声的,而那时我们已经放弃了我们的飞机。这种仅有一回的飞渡,又在那么辽阔的天空,我们对之不会动心。我们是混杂在沙漠里千万颗黑点中的两颗黑点,不要妄想会被人认出来。人们以后说到我在此受苦刑的想法,没有一个会符合事实的。我不会受任何苦刑。在我们眼中,营救者飞翔在另一个宇宙里。

要在三千公里沙漠中找到一架情况不明的飞机,需要搜寻十五天,因为可能要从的黎波里塔尼亚搜至波斯湾。可是在今天,我还抱着这个渺茫的希望,既然除此以外没有其他可盼的了。我改变了战术,决定一个人去探索。普雷沃准备了火种,有人访问时点起来,但是我们不会有客人来的。

我于是走了,甚至不知道是否还有走回来的气力。我所知道的利比亚沙漠的情况,浮现在我的脑海中。撒哈拉的湿度是百分之四十,而这里降至百分之十八。生命像蒸气似的挥发。据贝杜因人[①]、旅客、殖民地军官的报导,可以坚持十九个小时不喝水,

---

① "贝杜因",阿拉伯语意为住帐篷的游牧民,以别于定居务农和住在城市的阿拉伯人。

二十小时后眼冒金星,最后阶段开始了,渴魔的步伐赛过迅雷疾电。

但是,这阵东北风,这阵使我们受骗的怪风,超出所有人的预料把我们困在这个高原上,现在却让我们苟延残喘。但是,在眼睛冒出金星以前,它准许我们有多少时间的宽限期呢?

我于是走了,仿佛登上小船漂洋过海。

可是,在晨光下,四周景色似乎不那么凄惨。我先是两手插在裤袋里,像个流浪汉似的往前走去。昨天傍晚,我们在几个神秘的洞穴前张了几个罗网;我心中的那个偷猎者醒了。我首先去查看那些陷阱,里面是空的。

血喝不成了。说实在的,我也没存那个心。

我并不十分失望,但却感到莫大的好奇。那些动物在沙漠里靠什么活下来的?毫无疑问,这是些犬耳狐,或称为沙狐,个儿如兔子那么大,长着两只大耳朵的小食肉兽。我抑制不住自己的欲望,循着其中一条踪迹找去。足迹把我引到一条狭窄的沙谷旁边,在这里所有的足迹清晰可辨。我欣赏那三趾外伸,棕榈叶形状的美丽足印。我想象我的朋友在黎明时颠足轻跑,舔石头上的露水。这里足迹稀疏了,我的沙狐奔跑起来。这里有一个伴侣来找它了,它们俩齐头并进。我就这样,怀着奇怪的兴奋心情参加这次清晨的散步。我喜欢这些生命的迹象。我也有点忘了自己的口还渴着……

终于,我走到了我的沙狐的食品柜。每隔一百米,沙面上冒出一种又细又硬的灌木,形状若汤盆,枝条上长满金色的小蜗牛。沙狐在天亮时到这里取食。我无意中闯见了自然界的一大奥秘。

我的沙狐并不在每棵灌木前停留。有的枝条上尽管长满了蜗牛，它还是不屑一顾。有的枝条它在旁边绕上一圈，显然非常小心翼翼。有的它光顾一下，但并不损坏，啄了两三个蜗牛后便去另找一个酒家。

难道是为了更长久地享受清晨散步的乐趣，才存心不一下子吃得饱饱的吗？我不这样认为。沙狐的作法密切配合一种必要的策略。要是遇见第一棵灌木，就拿树上的产物来饱餐一顿，两三次后，枝条上的蜗牛就会吃得精光。这样，一棵灌木接着一棵灌木，就会破坏蜗牛的繁殖。但是沙狐知道克制自己，不去妨害蜗牛的生长。不但一顿只吃百来个这种棕色的丛生物，而且从来不在同一根枝条上啄食相邻的两只蜗牛。这样做说明沙狐是理解这种危险的。如果它不顾后果的吃饱为止，蜗牛就会绝种。如果不存在蜗牛，也不存在沙狐。

足迹又把我引向洞穴。沙狐在里面，肯定在屏息倾听，我隆隆的脚步声叫它心惊胆战。我对它说："我的小狐狸，我是没救啦，但是奇怪的是我并不因此而对你的生活习性失去兴趣……"

我站在那里胡思乱想，看来人能适应一切环境。一个人可能在三十年后死去，想到这一点并不败坏他的兴致。三十年，三天……这是从哪个前景来考虑的问题。

但是，某些情景还是应该忘记……

现在我继续走我的路，而随着疲劳，内心某些东西起了变化。海市蜃楼就是不存在，我也会创造的……

"喂！"

我举起胳臂高呼，但是那个打手势的人只是一块乌黑的岩石。沙漠中的一切都已蠢蠢而动。我要唤醒那个熟睡的贝杜因人，而他变成了一根黑色树干。树干？树干的出现叫我大为惊异,我弯下身去。我要捡起一根折断的树枝,它却是大理石做的!我又仰起身子,环顾四周;看到其他的黑色大理石。洪水前的森林留下它的断枝残躯狼藉满地。十万年前它遭到一次创世纪的风暴,像教堂似的崩坍了。这些庞大的躯干,经过一世纪又一世纪的滚动,直至我来到的那一天,磨得钢块一样光溜溜的,石化晶化以后,带着墨汁的颜色。我辨认树枝的突结,察看生命的扭曲,计算树干的年轮。这座森林,那时鸟声啾啾,受到上天的诅咒后,变成了一堆碱土。我感到这样的景物对我充满了敌意。这些凛凛然的遗物要比那些铁甲似的丘陵更为险恶,与我格格不入。我这个活生生的人,在这一堆不会枯烂的石头中间干什么呢?我这个不堪一击,不久便会腐朽的肉身,到这个千古长存的地方干什么呢?

从昨天以来,我走了差不多八十公里。肯定是口渴才引起这样的晕眩。要不然就是太阳。阳光照耀着这些树干,涂了油似的发亮。阳光照耀着这块触目皆是的地壳。这里没有沙子,没有狐狸。只是一块硕大无朋的铁砧板。我走在这块铁砧板上,觉得太阳在我脑袋里当当响。啊!那边……

"喂!喂!"

"那边什么都没有,不要激动,这是精神错乱。"

我对自己这么说,因为我需要向我的理智呼吁。要我拒不承认眼前看到的东西有多么困难。要我不奔向这个络绎前进的骆驼队怎么行呢……那边……你看!

"傻瓜,你也知道,这是你自己创造的……"

"那世界上还有什么是真实的呢……"

没有什么是真实的,除了离我二十公里外山岗上的那个十字架。这是个十字架,还是个灯塔……

但是这不是去大海的方向。那么这是个十字架。我整夜研究了地图。我的工作是徒劳无益的,既然我对自己的位置也不清楚。但是我还是弯下腰把所有表示有人迹的标志看了一遍。在某个地方,我发现一个小圈,上面画有一个类似的十字架。我查了查图例,上面写道:"宗教建筑。"在十字架旁边,我看到一个黑点,我又查了查图例,上面写道:"自流井。"我心头猛的一震,高声念道:"自流井……自流井……自流井!"阿里巴巴和他的宝藏,与这口自流井相比又值得了什么呢?再远一点我又看到两个白圈。我看图例:"间歇井。"这就不那么激动人心了。然后周围一无所有。一无所有。

我的宗教建筑在这里啦!教士已经在山岗上竖起了十字架,召唤沉船的人!我只要向那个十字架走去。我只要向那些多米尼克修士①奔去……

"但是在利比亚只有科普特修道院②。"

"……朝这些勤勉的多米尼克修士奔去。他们有一个漂亮、空气流畅、铺红色方砖的厨房,在院子里,还有一个奇妙的长锈的水泵。在长锈的水泵底下,在长锈的水泵底下,你猜也猜着了……在长锈的水泵底下,就是那口自流井!啊!当我去敲门,当我去拉那口大钟的缆绳,那里就要欢庆一番啦……"

"傻瓜,你描述的是普罗旺斯的房子,那里面是没有钟的。"

"……我就是要去拉那口大钟的缆绳!看门僧向空中高举双臂,对我叫道:'你是上帝的使者!'他叫来了全院的修士。他

---

① 也有译为多明我会,为天主教的一个教派。
② 古埃及人信奉基督教的科普特会。7世纪,伊斯兰教传入埃及。今科普特修士系指埃及、利比亚的基督徒。

们争先恐后地赶来。他们把我当作一个穷孩子那样热情款待。他们把我推向厨房。他们对我说：'等一秒钟，等一秒钟；我的孩子……我们一起跑到自流井旁边。'"

而我，幸福得全身发颤。

但是不，我不愿意哭出来，唯一的原因是山岗上根本没有十字架。

指望西方只会落得一场空。我旋踵朝正北方向走去。

北方，至少充满了大海的歌声。

啊！越过这个山头，地平线便展现在眼前，世界上最美丽的城市就在这里啦。

"你明明知道这是海市蜃楼。"

我知道得很清楚，这是海市蜃楼。别想骗我啦！但是，假若我心甘情愿地陷入海市蜃楼呢？假若我心甘情愿地抱着希望呢？假若我心甘情愿地爱上这座有雉堞高墙、阳光灿烂的城市呢？假若我心甘情愿地跨着轻快的步子直往前走，因为我不再感到疲劳，因为我幸福……普雷沃和他的手枪，只会叫我好笑！我宁愿自我陶醉。我醉了。我可渴死啦！

黄昏使我清醒过来。我骤然止步不走了，看到自己走出那么远感到骇怕。黄昏时，海市蜃楼消失了。水泵、宫殿、司铎的黑袍，都在地平线上倏忽不见了。这是一个沙漠的地平线。

"你走得好远啊！黑夜将把你攫住，你不得不等待天亮，而明天你的脚印将会湮没，你就哪儿都不在啦。"

"那还不如继续往前走……走回头路有什么用呢？我不愿再停了，这时可能我正要举起——这时我正在举起双臂迎着大海……"

"你看到哪儿有海啦?就是有你也走不到的。你与海之间肯定隔了三百公里。而普雷沃在飞机旁边窥探呢!他可能已经被一支骆驼队发现了……"

对,我要回去,但是我先要喊一喊人:

"喂!"

这个星球,善良的上帝,可不是有人住着吗……

"喂!人!"

我的喉咙咽住了。发不出声音了。我对这样大喊大叫感到好笑……我再喊一遍:

"人!"

这使声音听起来显得夸张和自负。

我回头走了。

走了两个小时,我窥见了火光;普雷沃以为把我丢了,大为恐慌,向天空举起了火把。啊!……我竟那么无动于衷……

又走了一个小时……还有五百米。还有一百米。还有五十米。

"啊!"

我收住脚步,惊呆了。我心头的欢乐快要溢出来了,我抑制内心的冲动。普雷沃映在火光中,跟两个靠在发动机上的阿拉伯人讲话。他还没有发现我。他自己也快乐得无暇他顾。啊!我若像他那样等待,我早已解放了!我高兴地叫道:

"喂!"

这两个贝杜因人一跳,朝我瞧着。普雷沃撂下他们,一个人走到我面前。我举起双臂。普雷沃抓住我的胳膊,是我要跌倒了吗?我对他说:

"终于,好了。"

"什么好了？"

"阿拉伯人！"

"什么阿拉伯人？"

"在那里，跟你在一起的阿拉伯人！……"

普雷沃诧异地瞧着我，我的印象是，在他也是不得已才悄悄告诉我一个沉重的秘密：

"没有什么阿拉伯人……"

当然，这一次，是我要哭出来了。

6

在这里没有水地度过了十九个小时，从昨晚开始，我们喝过些什么呢？几滴黎明时的露水！但是东北风始终不息，稍为延长了我们的蒸发。这块云幕在空中还可促成云的高层结构。啊！但愿云朵飘到我们这里，但愿能够下起雨来！但是沙漠中从来见不到雨下来的。

"普雷沃，把一个降落伞上的三角布拆下来。我们用几块石头把这些布压在地上。要是风向不变，天亮时我们把三角布拧一拧，可以在汽油箱内收集一些露水。"

我们把六块白色三角布，排成一条直线铺在星空下。普雷沃打破了一只油箱。我们只有等待天亮了。

普雷沃在飞机的残骸中，发现一只奇迹似的橘子。我们拿它对分。我不由异常激动；可是需要二十升水的时候，这一点点是太不足道了。

躺在我们的篝火旁边，我凝视着这只发光的水果对自己说："世上的人未必知道什么叫一只橘子。"我又对自己说："我们这下是完了；又一次，尽管对这点深信不疑，还是没有剥夺我的乐趣。我抓在手里的这半只橘子，是我平生一大乐事……"我躺着，吮吸我的橘子，计算天上的流星。有一分钟，我在这里感到无比幸福。我对自己说："我们按照其规律生活的世界，如果不身陷绝境，也是无法知晓其奥秘的。"今天我才懂得死刑犯的香烟和朗姆酒的意义。我以前不理解他会接受这种悲惨的境遇。[①]但是他感到其乐无穷。人们总是认为，他笑说明他是个勇敢的人。但是他笑的是能够喝上朗姆酒。人们不知道他换了一个前景，他把这最后一个小时作为人的一生。

我们收集了大量的水，可能有两升。这下子不会渴啦！我们得救了，我们要喝水啦！

我在我的油箱里舀了一锡壶的水，但是这水呈鲜艳的黄绿色，第一口送进嘴里，就觉得味道十分可怕，尽管干渴折磨着我，在我把这一口水咽下去前，还是要换一换气。就是泥浆水我也会喝下去的，但是这股掺毒的金属味却比我的口渴更难于忍受。

我瞧见普雷沃两眼盯着地面直打转，好像专心寻找什么东西。突然他弯下腰呕吐了。始终不停地打转。三十秒钟后，轮到了我。我抽搐得这么厉害，以致跪了下来，手指插在沙里。我们相互不说一句话，有一刻钟时间，我们就是这样颤抖不止，除了胃液以外，吐不出一点别的。

现在完了。我只是依稀还有一点恶心的感觉。但是我们丧失了最后的希望。我不知道我们这次失败，是由于降落伞的涂料，

[①] 根据法国监狱惯例，死刑犯在执行前，都赐给香烟和朗姆酒。

还是黏结在油箱内的四氯化碳。我们那时应该用另外一种容器或另外一些布。

那么，快啊，天亮了。上路吧！我们要逃离这个该死的高原，大踏步往前走，直到跌倒为止。我要追随吉约梅在安第斯山的榜样，从昨天以来我老是惦念着他。我违反了要留在飞机残骸旁边的正式规定。人们来这里找不到我们了。

我们又一次发现，我们不是在沉船上，在沉船上的是那些等待着的人们！那些被我们的沉默威胁着的人，那些为一个可憎的错误而心碎肠断的人。我们不能不奔向他们。吉约梅也是这样，从安第斯山归来后，告诉我说，他是朝着沉船上的人奔过来的！这是一个普遍真理。

"如果我一个人在世界上，"普雷沃对我说，"我就躺下了。"

我们笔直朝着正东偏北方向走去。如果已经越过了尼罗河，我们每走一步都是更深地陷入阿拉伯沙漠。

这一天的事我一点也记不起来了。我只记得我匆匆地赶路。匆匆地赶向任何地方，赶向我的死亡。我也记得，一边赶路一边望着大地，海市蜃楼迷得我恶心。我们几次三番用指南针改正我们的方向。我们有时也躺下来喘一口气。我把留着过夜的橡胶雨衣扔在半途了。其余我都忘了。就我记忆所及的是那天晚上的凉意。那时我也像沙一样，把内心的一切都吸得无影无踪了。

日落时我们决定露宿。我很明白，我们应该继续赶路，因为这夜再没有水，我们就完了。但是我们随身带了降落伞布。如果不是涂料有毒，明天早晨或许可能喝上水。我们又一次在星空下撒网捕露水。

但是这天晚上，北方的天空清澈无云。但是风已换了味道，也换了方向。我们脸上已经吹袭到沙漠的热气。这是猛兽醒来了！我感到它在舔我们的手和面孔……

但是，就是再走，也走不了十公里。三天来，滴水不进，我已经奔波了一百八十多公里……

但是，在歇脚的时候：

"我向你发誓，这是一条湖。"普雷沃对我说。

"你疯了！"

"现在这个时刻，已是黄昏，还会有海市蜃楼吗？"

我不回答。长久以来，我早已不信任自己的眼睛。这不是海市蜃楼，当然可能，但是，也会是我们疯狂的创造物。普雷沃怎么还信以为真呢？

普雷沃固执己见：

"离这儿二十分钟，我就是要去看看……"

这样顽固不化叫我恼火：

"你去看吧，你去散散心吧……这对健康大有好处。你的那条湖即使存在，也是咸的，这点你要明白。不管咸与不咸，路可远着呢。最主要还是这条湖根本不存在。"

普雷沃两眼发直，已经走远了。我遇到过这种勾魂摄魄的吸引力！而我在想："也有一些梦游者，直接扑到火车轮子底下去的。"我知道普雷沃一去不再回来了。他会被迷住心窍，不可能再走回头路了。他走不多远，就会倒下。他死在他的一边，我死在我的一边。这一切又有什么要紧的呢！……

我对一切无动于衷，我认为这可不是一个吉兆。濒临淹死的时候，我内心也感到过同样的和平。但是我可趁此机会，伏卧在石地上写一封遗书。我把遗书写得非常优美。不失尊严。频频写上明智的忠告。我重读时不免感到自负。他们会说："这封遗书写得多么出色！他死得真可惜！"

我也愿意知道自己的处境。我试图泌出一点唾沫，我有多少时间没有吐口水了？我已经没有口水了。我要是闭上嘴，就有一种黏糊把我的嘴唇粘住。干了后在嘴唇外边形成一个硬的扣环。可是有几次，我居然咽了下去。我的眼睛里还没有金星乱迸。当这种大放光明的景象在我眼前出现时，这就是说我还有两个小时。

天黑了。从那夜以来，月亮渐趋丰满。普雷沃没有回来。我挺身仰卧在地上。我在深思熟虑这些事。我心中又出现一个从前的印象。我设法要把这个印象明确表示出来。我是……我是……我是在船上！我在去南美洲的途中，我在上甲板上这样直挺挺地躺着。桅顶在星群中非常缓慢地来回晃动。这里就是少了一根桅杆，但是我还是乘在船上，朝着一个不再取决于我努力的目的地驶去。黑奴贩子把我双手反缚，扔到这条船上来的。

我想念普雷沃，他没有回来。我不曾听到他出过一声怨言。这太好了。听到呻吟声我会受不了。普雷沃是个男子汉。

啊！在离我五百米的地方，他挥动着他的灯！他失去了自己的踪迹！我没有灯来回答他，我站起来，我呼叫，但是他听不见……

离他的灯两百米的地方，另一盏灯亮了起来，又有第三盏灯。善良的上帝，这是在行围狩猎，他们在找我呢！

我叫了起来：

"喂！"

但是他们听不见我。

第三盏灯继续打出呼唤的信号。

这个晚上。我没有疯。我感觉良好。我心平气和。我仔细观察。五百米外有三盏灯。

"喂!"

但是他们总是听不见我的声音。

于是我有一阵子感到恐慌。这是我唯一的一次。啊!我还能跑上去:"等等……等等……"他们要转身了!他们要走远了,到其他地方去找我,而我就要摔倒了!当人们张臂迎接我的时候,我却在生命的门槛上摔倒了!……

"喂!喂!"

"喂!"

他们听到我了。我气咽了,气咽了,但还是跑个不停。我朝着声音的方向奔去:"喂!"我瞧见了普雷沃,我摔倒了。

"啊!当我看到所有这些灯!……"

"什么灯?"

他确实是孤零零一个人。

这一次我感不到一点失望,只是心中压抑着怒火。

"你的湖呢?"

"我走近去时它离开了。我朝着它走了半个钟点。半个钟点后它太远了。我就回来了。但是我现在还是肯定,这是一条湖……"

"你疯了,完全疯了。啊!你为什么要这样做……为什么呢?"

他做了什么?他为什么要这样做?我气得想哭,但是我不知道我为什么要气。普雷沃声音咿咿哑哑的对我解释说:

"我多么想找到水喝……你的嘴唇是那么苍白!"

啊!我的怒气顿时消释……我用手抚一抚前额,刚醒来的样子,不胜凄然。我轻轻告诉他:

"我看见,就像此刻我看见你一样,我看得清清楚楚,决不会错的,有三盏灯……我对你说,这三盏灯我看到的,普雷沃!"

普雷沃起初不说什么。

"是吗,"他终于承认说,"这下可糟了。"

在这种不存在水蒸气的大气中,大地很快就亮了。天气已经很冷。我站了起来,迈动步子。但是不一会人颤得难以忍受。我的失去水分的血液循环不爽,寒气彻肌刺骨,这不仅是夜晚的寒气。我的牙床格格作响,全身打战,连电气灯也没法使用了,因为拿在手里直摇晃。我对冷从来是不敏感的,可是我将死于寒冻,人渴了有多么奇怪的反应!

由于懒得在大热天提着,我把橡胶雨衣扔在途中了。风愈吹愈烈。我发现沙漠中没有躲身之地。沙漠像大理石一样光滑。白天阳光下见不着一片阴影,黑夜寒风中找不到半点遮拦。没有一棵树,一块篱笆,一块石头可以给我挡风蔽日。风像平川上的骑兵向我冲过来,我团团打转躲避它的锋芒。我躺下了又站起来。不论躺倒还是站着,我总是挨寒风的鞭挞。我跑不动了,气力不济了,已无法躲避这些杀人犯,我只能两手捧头,屈膝跪倒在屠刀之下!

过了一会,我恢复了意识;我站了起来,往前直走,身子老是打战!我在哪儿啦!啊,我刚走几步,听到了普雷沃的声音!这是他的呼唤把我叫醒的……

我朝他走去,全身始终发抖,抽搐不止。我对自己说:"这不是冷。是其他原因。最后阶段来了。"我已经失水过多。前天,还有昨天我一个人,总共走了那么多路。

在寒冷中结束一生,这使我难受。我宁愿死于内心的海市蜃楼。这个十字架,这些阿拉伯人,这些灯。不管怎么样,这些开始引起了我的兴趣。我不喜欢像奴隶那样遭人鞭打……

我还跪在地上。

我们随身带了些药品。一百克纯乙醚，一百克九十度酒精和一瓶碘酒。我试喝了两三口纯乙醚，无异于吞进去几把刀子。后来是一点九十度酒精，但是把我的咽喉封住了。

我在沙里掏了一个坑，躺倒后用沙盖住身体。只有我的面孔露在外面。普雷沃发现一些小树枝，升起一堆火，火很快灭了。普雷沃不愿埋在沙里。他宁可跺脚取暖。他错了。

我的咽喉还是感到压迫，这是个不祥之兆，可是我的感觉好了一点。我感觉平静。我是因为不抱任何希望而感觉到平静的。我还是绑在奴隶船的甲板上，身不由己地在星空下漂流。但是我可能还不算非常不幸。

我不再感到寒冷，只要我不牵动一条肌肉。于是，我忘了沉睡在沙堆里的肉体。我木然不动，因而也不感到痛苦。说来也是的，人并不感到那么痛苦……在所有这些折磨后面，交织着疲劳和精神错乱。一切都变成了未免有点残酷的画册和童话故事……刚才，风在我身后追逐，为了避其锋芒，我像头野兽似的团团打转。后来我呼吸艰难，有一个膝盖抵住我的胸脯。有一个膝盖。我在天使的重压下挣扎。我在沙漠中不是孤零零一个人。此刻，我对周围的一切失去信任，潜心敛神，闭上眼睛，一根眼睫毛也不动。我感觉到，这股图像的洪流把我带往一个安静的梦境——流入大海深处，江河也不起水波。

永别了，我爱过的人们。如果人体经不住三天不喝水，这决不是我的过错。以前我从不认为我那么离不开水井。我也没有怀疑过耐渴力是这么短促。大家以为人可以勇往直前，以为人是自由的……没有看到把人拴在水井上，把人拴在大地腹部仿佛脐带似的那根绳索。若越雷池一步，他就要灭亡。

除了你们的痛苦以外，我毫无憾事。瞻前顾后，我这一生委实不错。我若获得重生的机会，依然会这样做的。我需要生活。在城市里已没有人的生活可言。

这不仅是指航空而言的。飞机，这不是一个目的，而是一个手段。并不是为了飞机而去冒生命的危险。也不是为了他的铁犁，农民才去耕地的。但是，通过飞机，可以离开城市和城市的会计师，又可获得农民的真理。

我们做的是人的工作，也知道人的忧患。我们接触的是风，是星星，是黑夜，是沙漠，是海洋。我们与大自然的力量钩心斗角。我们期待黎明，不亚于园丁期待春天；我们向往中途站，无异于向往一块福地。我们还在星群中寻找自己的真理。

我决不会埋怨。三天来，我四处奔走，忍受口渴，寻觅沙上的踪迹，把希望寄托于露水。我努力去寻找我的同类，我早已忘了他们住在这个星球的什么地方。还有那些活着的人的忧患。我不能不把这些忧患看得比在晚上选择去哪家音乐厅更重要。

我不理解那些要乘郊区火车的居民，这些人自以为在过人的生活，却因循坐误，像蚂蚁似的忙忙碌碌而不自知。当他们空闲时，做什么来消磨他们荒谬的小小星期天呢？

有一次，在俄罗斯，我在一家工厂听到演奏莫扎特的乐曲。我写了报道。我接到两百封兴师问罪的信。我并不责怪那些喜欢喧嚣的舞厅的人。他们没有听到过别的音乐。我只是责怪那些开舞厅的人。我憎恨把人引入歧途。

我在工作中很幸福。自比为中途站的农民。在郊区火车里，我感到弥留的痛苦，与这里迥然不同！在这里，瞻前顾后，多么丰富的生活!……

我并不遗憾。我尽了努力,我失败了。干我们这一行,这也是分内的事。不管怎样,我呼吸到了大海的风。

尝过一回的人,永远忘不了这种养料。不是吗,我的同志?这不是说要过冒险的生活。这种说法未免浮夸。斗牛士我不喜爱。我喜爱的不是冒险。我所喜爱的我自己知道。那是生活。

在我看来天快要亮了。我从沙里伸出一条胳臂。有一块三角布就在手边,我摸了一摸,依然是干的。等一等吧。黎明时露水才降哩。但是天已大亮了,我的布没有润湿。这时我有点神思恍惚,我听到自己在说:"这里有一颗干硬的心……一颗干硬的心……一颗干硬的心,它流不出一滴眼泪!……"

"上路吧,普雷沃!我们的喉咙还没有咽住,就应该走下去。"

7

刮起了西风,这种风可以在十九小时内把人吹干。我的食道还没有封住,但是又硬又痛。我感到有什么东西在刮在磨。不久就会开始那种咳嗽,这也是人家跟我说过的,我也等着。我的舌头也不灵活,但是最严重的还是眼前出现了金星。当这些金星变成火焰时,我就要躺下了。

我们走得很快。趁着拂晓的凉爽赶路。我们知道得很清楚,在烈阳下,像人们所说的,我们就走不了啦。在烈阳下……

我们没有出汗的权利,也没有等待的权利。所谓凉爽,也只是湿度百分之十八的那种凉爽。刮的风又都是从沙漠来的风。在这种虚情假意的吹拂下,我们的血液在蒸发。

我们第一天吃过几颗葡萄。三天以来,半只橘子,后来又是半只橘子。我们哪里还有唾沫来咀嚼我们的食物?但是我一点也不感到饿,只感到口渴。从这时开始,比渴更叫我难受的是渴的反应。这个干硬的咽喉。这条石板似的舌头。嘴巴里这种刮磨和这股恶臭。这种种感觉在我也是新的。水无疑会把它们治愈,但是我实在记不起这种药会跟那些感觉联系在一起。干渴愈来愈成为一种病,愈来愈不是一种欲望。

想到喷泉和水果,似乎也不及原先那样令我心醉。我已忘了橘子橙黄的色彩,如同我忘了自己的温情。可能我已把一切都忘了。

我们坐了下来,但是又该出发了。我们放弃了走长路。走上五百米,便累得滚倒在地上。我躺下后感到莫大的欢乐。但是又该出发了。

景色变了。石头稀少了。我们现在走在沙子上。面前两公里的地方有几个沙丘。沙丘上有几团低矮的植物影子。跟铠甲相比,我宁可要沙子了。这是金黄色的沙漠。这是撒哈拉。我以为把它认出来了……

现在我们走上两百米就精疲力竭。

"我们还是要走,至少走到这些灌木旁边。"

这是一个极限。八天以后,我们循着我们的踪迹去寻找那架西摩型飞机,在汽车上证实这个最后的企图是八十公里。我们已经跋涉了四百公里。如何还能走下去呢?

昨天,我毫无希望地走着。今天,这样的话已失去原来的意义。今天我们是为走而走着。地里的耕牛一定也是这样的。昨天我还梦想种满橘子树的天堂。但是今天,对我来说已经不存在天堂。我也不相信橘子的存在。

我在身体内也发现不了什么，除了一颗干枯的心。我要跌倒了，感觉不到一点绝望，连痛苦也没有。我感到遗憾的是忧伤对我却像水那样甜蜜。怜悯自己的人，会像对着朋友似的自思自叹，但是我在世上已没有一个朋友了。

后来，他们找到我时，看到我两眼通红，相信我曾经大声高呼，历尽苦楚。但是激情，但是悔恨，但是内心的痛苦，这些也可以算得是财富。而我已没有一点财富。天真纯洁的少女，在她们初恋之夜感到伤心而哭了。伤心与生命的颤动是相互依附的。而我已不再伤心……

沙漠就是我。我吐不出一点口水，然而我也想不出值得留恋的情景可以对之呻吟。太阳已把我内心的泪泉晒干了。

可是，我又窥见了什么啦？希望的清风又袭上我的心头，如一阵风吹过海面。刚才触动我的本能，后来又唤醒我的知觉的是什么样的信号呢？什么都没有变化，但是一切显得异样。这片荒漠，这些沙丘，这些淡淡的绿影凑在一起，不再是一种景色，而是一个舞台。这个舞台还是空的，但是一切已准备就绪。我望着普雷沃。他同我一样，对眼前景物的变迁感到惊奇。他也不理解自己的感触。

我向你发誓，即将发生什么事了……

我向你发誓，沙漠动了。我向你发誓，这个空旷冷寂的沙漠顷刻间，变得比嘈杂的广场更加喧闹。

我们有救了，沙地上出现了踪迹！……

啊！我们早已失去了通往人类的道路，我们跟部落两地隔绝，我们在这个世界上孤苦伶仃，已被熙来攘往的万众遗忘了，正在这时，我们发现沙地上刻着人的神奇的脚印。

"这里,普雷沃,两个人分手了……"

"这里,一匹骆驼跪过……"

"这里……"

可是,我们还没有得救。翘首以待是不够的。几小时以后,他们再也不能拯救我们了。咳嗽一开始,渴魔的步伐是太快了。而我们的咽喉……

但是我把希望寄托在沙漠某地悠悠晃晃的这支骆驼队身上。

我们还是在走,突然我听到一声鸡叫。吉约梅以前对我说过:"在最后阶段,我听到安第斯山中有鸡叫的声音。我也听到火车的路轨声……"

就在听到鸡叫时,我想起了他对我讲的事,我对自己说:"首先是我的眼睛迷惑不清。这一定是干渴的结果。我的耳朵还能坚持……"但是普雷沃抓住我的手臂:

"你听到了吗?"

"听到什么?"

"鸡叫!"

"那……那……"

那,当然啰,傻瓜,这是人生……

我还有最后一个幻觉:三条狗相互追逐。普雷沃也环顾四周,什么都没有看到。但是我们两人朝着那个贝杜因人高举双臂。我们两人朝着他,把肺脏中的气都吐尽了。两人幸福地哈哈大笑!……

但是,我们的声音传不到三十米远。声带已经干了。两人说话一直低声细气的,而自己一直没有注意到这一点!

但是,这个贝杜因人和他的骆驼刚从沙丘后面映现出来,此刻又慢慢地，慢慢地走远了。可能他也是单身只影。一个残酷的魔鬼把他放在我们眼前晃一下又召了回去……

而我们不能再跑了！

沙丘上露出另一个阿拉伯人的侧影。我们吼叫，但是声音幽幽的。于是我们挥动双臂，我们的印象是巨大的信号遮满了整个天空。但是这个贝杜因人始终凝视右方……

他在那里不慌不忙地绕了四分之一圈。就在他正面对着我们的那一秒钟，大功就告成了。就在他朝我们凝视的那一秒钟，他就可以把口渴、死亡和海市蜃楼从我们心中驱走了。他在那里又绕上四分之一圈，这已经是改天换地了。他只要身子一移，只要眼珠一转，就创造了生命，他在我的眼里，不亚于一位天神……

这是一个奇迹……他在沙地上，仿佛神在海面上，朝着我们走来。

阿拉伯人只是对我们随便看了一眼。他两手紧紧压在我们的肩膀上，我们俯首听命。我们伸直身子伏在地上。这时已没有种族、语言、分歧……只有这个贫穷的牧民用他天使的双手按住我们的肩膀。

我们额头贴在沙上等待着。此刻我们腹部贴在地面上，头伸在盆里，像小牛似的狂饮。贝杜因人大为惊恐，好几次逼我们停一停。但是他一松手，我们又把整个面孔浸在水里了。

水！

水呀，你既没有味道，又没有色彩，也不芬芳；人们没法说你是什么；大家喝你，却不认识你。你不是生命的必需，你就是生命。你使我们内心渗透一种没法用感官形容的乐趣。随着你，我们原先放弃的所有能力，又在我们心中滋生了。靠了你的恩惠，我们内心所有干涸的源泉又涓流不绝了。

你是世界上最了不起的财富，也是最娇弱的财富，你在大地的腹部是那么纯洁。人们可以在一个含镁的泉水前死去，也可在离盐湖两步远的地方送命。两升的露水内只要浮着几颗盐粒，就会让人失去生的机会。你不能容忍外物的掺杂，你也不允许任何变质，你是一个难于侍候的神……

但是有了你，我们心中洋溢着一种无比纯朴的幸福。

至于你，利比亚的贝杜因人，你救了我们，以后又在我的记忆中永远消失了。我再也想不起你的面孔。你是人，你同时又代表所有的人出现在我面前。你从来没有对我们凝视过，但已把我们认了出来。你是亲爱的兄弟。现在我又在所有人的身上把你认出来了。

你在我眼里高贵善良，是伟大的主，有沐人雨露的权力。我所有的朋友，我所有的敌人都通过你向我走来，我在这个世界上就不再有一个敌人。

第八章　人

1

又一次，我面临一条我不曾理解的真理。我以为自己必死无疑，以为自己接触到了绝望的深渊，而一旦接受命运的安排，便得到了和平。仿佛在这些时刻，人对自身有了了解，变成了自己的朋友。没有什么东西胜过这一种丰富的感情，它能满足我们内心一种我说不出、以前我们也没有意识到的本质需要。我想象中，博纳富在追风逐尘的劳顿生活中，经历过这种恬静的境界。

吉约梅在冰天雪地中也经历过。我又如何能忘记,全身埋在沙里,喉咙慢慢紧掐在渴魔手里,在星空的笼罩下,内心却是那么沸腾?

如何在我们心中促成这种解放呢?人的一切违情悖理之处,大家知道得很清楚。保证他的衣食,使他有创造的机会,他却沉睡不醒;凯旋的征服者意志消沉;慷慨的人在发财以后,会变得爱钱如命。所有的政治学说都妄称可以解放人类,如果我们首先不了解要解放什么样的人,那又有什么用呢?生下的是个什么样的人呢?我们不是饱食终日的牲畜,出现一个贫穷的帕斯卡[①]要比多了几个富裕的庸才意义重大。

本质的东西我们没法预见。我们中间每个人都曾在人生的逆境中感受过最热烈的欢乐之情。这些欢乐令我们缅怀不忘,以致我们对自己的苦恼也会眷恋,如果这些苦恼带来了这些欢乐的话。跟同志重逢时,提起不愉快的往事也会使我们陶醉。

有一些还不被人认识的条件却在培育我们,除此以外我们还知道什么呢?何处是人的真理?

真理不是可以自我检验的。如果在这块地,而不是在另一块地,橘树生根发芽,开花结果,这块地就代表橘树的真理。如果这个宗教,这种文化,这个价值标准,这些行动方式,而不是其他种种,可以丰富我们的内心世界,发挥我们潜在的高贵品质,这个价值标准,这种文化,这些行动方式就代表人的真理。逻辑呢?只能由它自己应付着去向人生负责了。

在本书的各个章节,我列举了这么一些人,他们似乎顺从一

[①] 帕斯卡(1623—1662),法国数学家、物理学家、哲学家。

种最高的天职，选择了荒漠或航空，就像另一些人选择了修道院；但要是显得我在鼓励大家首先去赞美人，我还是背离了我的宗旨。首先应该赞美的是培育人的土壤。

天职当然也起一种作用。有的人终身埋没在商店里。有的人朝着一个必然的方向奋勇前进；我们在他们的童年故事中看到处于胚芽状态的这种激情，便用来解释他们的整个生涯。但是历史在事后读来，总是使人产生幻觉。这种激情我们几乎可以在任何人身上找到。我们大家也遇到过一些掌柜的，在某一个沉船或失火的夜晚，显得比平时伟大。他们对自己丰富的内心是不会误解的，这场火灾成为他一生中最值得纪念的一夜。但是，缺乏新的机会，缺乏肥沃的土壤，缺乏激励的宗教，他们会沉睡一辈子，根本不知道自己也有慷慨的感情。天职固然促成人的解放，但是天职本身同样需要解放。

航空之夜，沙漠之夜……都是些难逢的机会，并不是人人可以遇到的。可是，在环境逼迫下，他们都表现出同样的需要。如果我在这里叙述我在西班牙度过的一个夜晚，那也不算离题，那个夜晚在这一点上给了我教育。我对某些人谈得太多了，我喜欢谈谈所有的人。

这是在西班牙的前线，我作为记者去那里采访。那一个晚上，在一个地下室的角落里，我与一个年轻上尉同桌吃饭。

2

我们正在闲谈，这时电话铃响了。进行了长时间的对话：指挥部传来命令在当地出击，这是一次荒谬、绝望的进攻，要在这个工人区攻下几幢已改成水泥碉堡的房屋。上尉耸耸肩膀，回到我们身边，他说："我们中间打头阵的，站出来……"然后他把两杯干邑酒推到我和一位恰在这里的中士面前，对中士说：

"你第一个跟我去，喝了去睡吧。"

中士去睡了。我们总共十二个人，围坐在桌旁守夜。在这间油灰密封得不透一点光的地下室内，强烈的灯光照得我不停地眨眼睛。五分钟前，我透过枪眼往外面看过一眼。把枪眼前的遮布掀去后，我窥见笼罩在幽暗弥漫的月光下，一堆堆似有幽灵出没的断壁残垣。我盖上遮布，仿佛把月光像一条油渍似的抹去了。我现在眼前还保留了海蓝色碉堡的印象。

这些士兵肯定不会回来了，但是他们知趣地一声不提。这次进攻势在必行。从人的仓库调拨几个人，如同在种子房抓了一把种子，撒向田野，以待收获。

我们喝我们的干邑酒。我右边的人在下象棋。我左边的人在说笑话。我在哪儿呢？一个喝得醉醺醺的人进来了，他手抚长须，温柔的眼光在我们身上游移。他的目光停在干邑酒上，移开后又落在干邑酒上，带着哀求的神情转向上尉。上尉低声笑了。那个人满怀希望，也笑了起来，旁观的人也发出了低低的笑声。上尉慢慢地把瓶子往后推，那个人的眼睛里表示出失望。这样展开了一场天真的游戏，满屋子烟雾腾腾，不眠之夜的困顿，黎明出击的前景，使这一幕悄无声息的芭蕾舞，像梦境那样幽远。

我们关在我们这条大船的底舱，暖洋洋的在进行游戏，而在外面，爆炸声像海风似的轰隆不断。

这些人过一会儿，也将在战争之夜的王水中，洗清他们的汗水，消除他们的酒气，摆脱他们等待的腻烦。我感到他们的灵魂多么接近涤罪的时刻。但是他们还是尽情地跳这场醉汉与酒瓶的对舞。他们还是尽情地下完这盘棋。他们还是尽情地活下去。但是他们早已把搁板上的闹钟拨准了。铃声将响。于是这些人应声而起,伸伸懒腰,扣上他们的腰带。那时上尉解下他的手枪。这时醉汉也将醒来,他们不慌不忙地穿过走廊,沿着小斜坡上去,走到一扇月白色的矩形门前。他们随口说几句这类简单的话:"哼,冲就冲吧……"或者"天好冷哪!"然后他们钻入黑夜。

时间到了,我看见中士醒来。他本来直挺挺地睡在一张铁床上,在地下室的废物堆中间。我一直望着他沉睡不醒。我好似也有过这种无忧无虑,又是那么幸福的夜晚。这使我想起我在利比亚的第一个夜晚,那次普雷沃和我坠落在沙地上,没水,也没有生还的希望,我们在还没有感到极度口渴以前,总算还睡过一次,也仅仅这一次,睡了两个小时。我觉得在熟睡中可以使用一种令人赞美的权力,那就是逃避现实世界的权力。我还控制着这个身躯,它还没有搅乱我的内心,只要我把面孔伏在胳臂上,我的这一夜跟另一个幸福之夜没有任何差别。

中士就是这样睡着的,蜷作一团,失去了人的模样;来唤醒他的人点燃了一支蜡烛,插在长颈瓶口,我起初没法分辨这堆不成形的东西,除了两只大军靴外。打上铁钉铁掌的大军靴,短工或者码头工穿的大军靴。

这个人脚上穿的是工具,全身上下也无一不是些工具:弹药包、手枪、皮背带、腰带。他戴上了驮鞍、颈围以及耕马的全套马具。在摩洛哥的地窖角落里,可以看到推磨的都是些瞎马。在这摇曳不定的红烛光下,为了要推动磨盘,唤醒的也是一匹瞎马。

"嗨!中士!"

他慢慢转动身子,抬起睡意蒙眬的面孔,嘴里嗫嚅不清。可是他又朝着墙壁睡着了,不愿醒来,钻入沉醉的睡乡,就像钻入宁静的母胎,就像钻入深邃的水底,手掌一张一翕,在抓什么黑色的海藻。应该把他的手指掰开。我们坐在他的床边，有一个人轻轻地把手臂伸入他的颈后，把这颗微笑的沉重的头颅托住。这是暖和的马厩里马匹交颈厮磨表现出来的温情。"喂，老弟！"我生平还没有见过比这更温柔的情景。中士作最后一番挣扎，想回到他幸福的梦境，拒绝我们这个动乱、折磨人、寒冷黑暗的世界；但是太晚了。外界事物来强制他就范了。好比星期日的中学钟声，慢慢地惊醒了受罚的学生。他早忘了书桌、黑板、罚做的作业。他梦见田野里的游戏，但是无济于事。钟声当当响个不停，不可抗拒地把他送到不平的人间。中士像那个中学生，渐渐意识到这个疲惫的躯体，这个他乐于舍弃的躯体，这个醒后不久在寒气中忍受关节隐隐作痛，然后是马具的重压，然后是沉重的奔跑，然后是死亡的躯体。就是死，也胜过手浸在黏糊的血堆里挣扎着爬起来，粗声大气地喘息和四周寒心的沉寂；就是死，也胜过死的难受。我望着他时，片刻也没忘记自己那次醒后的失望心情，又要忍受口渴、烈阳、沙土，又要承载生命的重担，——我不会选择去做这个梦的。

但是他已经站在那里，直盯着我的眼睛：

"时间到了？"

这时候，人出现了。这时候，人违反了逻辑的种种推测：中士在微笑！是什么诱使他笑了起来？我记得在巴黎，有一个晚上，梅尔莫兹和我，还有其他朋友庆祝不知哪一个纪念日，拂晓时我们聚在一家酒吧门口，由于唠叨了那么多的话，灌下了那么多的酒，没干正事而感到那么累，心里正烦得要吐。但是天空已经蒙蒙发亮，梅尔莫兹突然抓住我的手臂，抓得那么紧，以至我感到他的指甲："你看，这时候在达喀尔……"这时候机械师在揉眼睛，取下螺旋桨套，这时候飞行员去查气象报告，这时候大地上来来往往的都是我们的同志。天空已经泛起朝霞，人们已经在准备节日，但是为了他人准备节日；人们已经铺上宴会的台布，但是我们不是宾客。有的人将冒生命的危险……

"这里多么乌烟瘴气……"梅尔莫兹说。

你，中士，你应邀去赴什么样的宴会，竟值得你去死？

我以前听到过你的知心话。你把自己的故事告诉了我：你是巴塞罗那城里的一个小会计员，你以前是跟数字打交道的，并不关心自己国家的分歧。但是一个朋友参军了，然后第二个，后来第三个，你也奇怪自己有了异常的变化，你的工作渐渐地对你变得毫无意义。你的欢乐，你的忧虑，你的小小的享受，这一切属于上一个时代。这里的事已无足轻重了。最后，终于传来了你的一个朋友的死讯，他是在马拉加附近被杀害的。这不一定是你急于要复仇的一个朋友。至于政治也从来不曾打扰过你。这条消息却像海风，吹到你的身边，闯入你狭窄的天地。一位朋友那天早晨望着你说：

"咱们走？"

"咱们走。"

你们两人就这样"走"了。

我心中产生了几个形象，来给自己解释你没能用语言表达，但是它的存在却指导了你的行动的这条真理。

在迁徙季节，飞来了一群群野鸭子，沿途飞经的地方引起阵阵好奇的骚动。家鸭好像受到了长空雁行的吸引，不寻常地跃跃欲试。野性的嘎叫声唤醒了它们心中我无从知道的残余野性。于是农庄驯养的鸭子一度也要成为候鸟。在这个小而懵懂的脑袋里,以前萦绕的是野塘、蛆虫、饲养房这些简朴的形象,而今向往千里沃野、高空长风、汪洋大海。家禽原来不知道它的脑袋,也足以容纳各种各样神思遐想,于是现在展翅欲飞,看不起谷粒,看不起蛆虫,一心想变成大雁。

我尤其想到我的小羚羊;在朱比角我养了几头羚羊。在那里大家都抚养羚羊。我们把它们关在旷场的棚子里,因为羚羊需要风的吹拂,比什么都娇弱。幼小时加以驯养,还会到你手里觅食。它们听任抚摸,把湿腻腻的鼻子伸到你的掌心上。我们以为它们已经驯服。我们以为无形中使它们避免了无声无息地消亡、抑抑郁郁地死去的痛苦。但是终于这一天来了,你看到它们朝着沙漠方向,用初生的小角顶触围墙。它们受到了磁性的吸力。它们不知道是在离弃你。你带给它们的牛奶,它们还是喝下去,还是听人抚摸,把鼻子更温柔地伸进你的掌心……但是你一放松,就会发现它们是在一阵幸福的跳跃后,又回到木棚旁边。如果你任其自然,它们会留在那里,并不企图突破藩篱,而只是低垂着头,用小角相抵,一直到死为止。这是发情的季节,还是只想蹓蹓蹄,奔驰得气喘吁吁而已?它们也说不上来。当人们捕获后送给你的时候,它们的眼睛还没有睁开。它们对沙漠的自由,就像对雄性的气息,都毫无所知。但是你要比它们聪明得多。它们追求的东西,你是知道的,那是供它们充分发挥的原野。它们愿意做羚羊,跳自己的舞蹈。愿意以每小时一百三十公里的速度朝前奔驰,途中突然停蹄收步,好像沙土到处会迸出火星似的。要是羚羊的真理是追求恐惧的乐趣,只有恐惧能促使它们超越,能激发它们跳得最高最欢,那豺狼又算得什么呢?要是羚羊的真理是在凶人化口之下亮利爪的撕裂,那狮子又算得什么呢?你望着它们,你想,它们得了怀乡病。怀乡病就是莫名的渴望……这种渴望的对象是存在的,但是没法用言辞表达。

而我们,缺少的又是什么呢?

中士,你在这里又能得到什么,叫你丝毫不想背叛你的命运?可能是这条友谊的手臂?它把你沉睡的头颅托了起来;可能是这声温柔的微笑?它从不埋怨,但分担忧患。"嗳!同志……"埋怨,这也需要两个人。这仍不能一人独占。但是人的关系中有一种境界,到了那种境界,感激与怜悯一样失去了原有的意义。这时,人可以像获得解放的囚犯一样呼吸。

我们两架飞机比翼并航,飞越那时还没有降服的里奥德奥罗的时候,就经历过这种团结的关系。我从来不曾听说沉船者向营救者道谢的。经常的是在把邮包从一架飞机卸至另一架飞机而筋疲力尽时,我们相互对骂:"混蛋!我这次出故障,是你的过错,顶着逆风,还拼命的要在两千米高度飞。如果你在低空跟着我,我们早到了艾蒂安港!"另一个冒着生命的危险,反显得羞于做一个混蛋。然而我们该用什么来感谢他呢?我们的生命也有赖于他。我们是同一棵树上的枝条。你救了我,我为你感到骄傲!

中士,把你往死路上送的那个人,又为什么要惋惜你呢?你们大家彼此担当这个风险。人们在这一分钟发现了这种不需用言辞表达的团结。我理解你为什么背井离乡。假若你在巴塞罗那是个穷人,工作后可能孑然一身,假若你的躯体无处栖息,在这里你感觉到了充分发挥的满足,你找到了普遍精神;在这里,你一个贱民,也受到了爱情的收容。

政客们的豪言壮语,可能把你的生命留在田野;他们说这些话是否出于诚意,合乎逻辑,我不想了解。要是这些话在你身上生根,像种子会发芽一样,那是这些话迎合了你的需要。你是唯一的评判者。品评麦子的是土地。

3

一个共同的、眼前还达不到的目标,把我们和我们的兄弟联系在一起,我们是为此活着的;经验告诉我们,爱不是相互望着对方,而是共同展望一个方向。只有团结一致攀在同一根绳索上,登上同一个顶峰去集合的,才算得是同志。要不然为什么就在这个富饶的世纪,我们在沙漠中分享最后一点粮食时会这样心满意足?在这件事上,社会学家的预言又值得什么?我们曾经在撒哈拉排除故障,对经历过这种欢乐的人来说,其他的乐趣都显得那么平淡。

可能这就是今日世界开始在我们周围崩溃的原因。每个人慷慨激昂,为了维护使他本人感情丰富的宗教。我们大家用相互矛盾的语言,表现同样的激情。我们在方法上——方法只是我们推理的结果——而不是在目的上有所分歧;目的都没有什么不同。

因而,我们不要惊讶。有的人原先不觉得心中有一个熟睡的陌生人,但是一旦在巴塞罗那无政府主义者的地窖里,听到牺牲、互助、法律的严峻,感到这个陌生人苏醒了,那个人只知道一个真理:无政府主义者的真理。有的人去站岗一次,保护西班牙修道院内一群跪在地上惊慌失措的修女,这个人就是在为教廷效命。

当梅尔莫兹抱着必胜的信心,驾机深入智利境内安第斯山区,你若指摘他说他错了,一个商人的函件可能不值得他去冒生命的危险,梅尔莫兹听了只会付之一笑。真理是:他越过安第斯山时,心中感到自己是个人了。

如果你企图用战争的恐怖来说服一个不惜一战的人,不要把他当作野蛮人看待,在评论他之前首先设法了解他。

举个例说,在里弗战争①期间,南方有个军官指挥一个前沿哨所,哨所夹在抵抗部落占据的两座山头中间。有一个晚上,他接待西山上派来的使者。他们正在按照礼节喝茶时,枪声响了。东山上的部落向哨所发动了进攻。上尉要把这些人送走,准备战斗。敌人的使者回答他说:"今天我们是你的客人,上帝不允许我们抛弃你……"他们和上尉的士兵并肩作战,保卫了哨所,之后又登上他们的鹰巢。

但是轮到他们进攻的前夕,他们派了使者对上尉说:

"那一天晚上,我们帮助了你……"

"不错。"

"我们为你打掉了三百发子弹……"

"不错。"

"把那些子弹还我们才是道理。"

上尉是个光明磊落的人,决不肯利用他们高尚的心地而占便宜。他把后来用于对付他的弹药还给了他们。

人的真理,在于使人成为一个人。有的人理解人与人关系中的这种尊严,处世耿直,推己及人,崇尚信义;还有一种人哗众取宠,对同样的阿拉伯人亲热地拍拍肩膀,表示友善,吹捧他们同时又侮弄他们;如果前者认为自己这种崇高的心灵与后者的庸俗好意不能相提并论,而你又表示异议的话,他只会对你报以稍带轻蔑的怜悯。而有理由的是他。

但是,你也有同样的理由憎恶战争。

---

① 指1925年到1926年摩洛哥境内里弗地区的部落与法国西班牙联军之间发生的一场战争。

为了理解人和他的需要，为了认清人的本质，不应该因为你的真理有了明证而攻击对方的真理。不错，你是对的。你们都是对的。逻辑可以检验一切。就是那个把人间的痛苦都归咎于驼背的人，也是对的。如果我们向驼背开战，不久就会学得慷慨激昂。我们一定要报复驼背犯下的罪恶。当然，驼背也是会犯罪的。

为了设法突出本质的东西，应该一时把分歧撇开；这些分歧一经确认，就会写成一部通篇是不可动摇的真理的"圣书"，以及由此引起的狂热。可以把人分作右派和左派，驼背和非驼背，法西斯分子和民主分子；这些区分是无懈可击的。但是你知道，真理是简化世界，而不是制造混沌。真理是突出普遍精神的语言。牛顿并不是用解答谜语的办法，"发现"了一条长期隐蔽的规律，牛顿进行了一次创造性的演算。他创立了一种人的语言，既能解释苹果跌落在草地，也能解释太阳的升起。真理，不是自我检验的东西，而是简化的东西。

讨论各种意识形态有什么好处呢？要是说所有的意识形态都可自我检验，所有的意识形态也都在相互攻讦，这样的讨论只会使人的解放遥遥无期。而人，不论在这里，还是在别处，都表示出同样的需要。

我们要摆脱桎梏。一个人用镐刨地，就要知道用镐刨地的意义。囚犯的一镐与勘探者的一镐，不能等量齐观。囚犯的一镐是对囚犯的惩罚，勘探者的一镐是给勘探者的荣誉。需要用镐刨的地方并不就是监狱。并不存在物质的恐怖。毫无意义地用镐去刨地，又不能教抡镐的人融合在人类大家庭内的，这种地方才算得是监狱。

我们要冲破牢笼。

在欧洲，有两亿人生活缺乏意义，他们要求生的权利。工业使他们失去了农民世代相传的语言，把他们关闭在巨大的贫民窟内；那些贫民窟就像塞满黑色车厢的调车场。他们在工人区的角落里要求觉醒。

另有一些人，卷入了各种各样职业的齿轮，谈不上享受拓荒者的乐趣，宗教的乐趣，学者的乐趣。有人以为，为了他们成长，只要给他们蔽体果腹，满足他们所有的需求。渐渐地把他们养成为库特林①式的小布尔乔亚，乡村的政客，内心闭塞的技术员。如果说对他们传授了知识，可是并没有对他们进行过教育。有的人认为教育就在于背诵几个公式，这是对教育的一种谬误。理科班的一个普通学生在自然和自然规律方面的知识，要比笛卡儿和帕斯卡丰富。但是在智慧上，他能进行同样的演算和推导吗？

每个人，隐隐约约，都有生的欲望。但是有的办法欺世惑众。当然可以给某些人套上军装来鼓励他们。于是他们高唱军歌，与同志们分享他们的面包。他们也会找到追求的东西——对普遍精神的爱好。但是他们会死于献给他们的面包。

人们可以从土里挖出木头偶像，给多少风行过一时的古老神话招魂，让泛日耳曼主义或者罗马帝国的神秘主义卷土重来。人们也可以说作为德国人，作为贝多芬的同胞是桩令人陶醉的事，而把德国人说得飘飘然。就是把船上的火夫也可奉承得忘乎所以。当然，这要比把火夫培养成一个贝多芬容易得多了。

---

① 乔治·库特林（1861—1929），法国戏剧家，是法国现代喜剧的中坚人物，擅写法国社会中的小人物，富有社会意义。

但是这一类的偶像崇拜是食肉动物的偶像崇拜。为知识进步和疾病医治而牺牲的人，在衰亡的同时，就是在为生命服务。可能为开疆拓土而牺牲也是壮美的，但是今日的战争摧毁了它本身妄称要促进的东西。今天已谈不上牺牲一些鲜血来救活整个民族。自从对阵的是飞机和芥子气以后，战争只是一个大流血的外科手术。每个人都躲在水泥墙后，每个人都无计可施，只是夜以继日地派出成批飞机捣毁对方的心脏，炸断对方的命脉，瘫痪对方的生产和贸易。胜利属于最后烂掉的人。结果两个敌手会同时烂掉。

在一个变成沙漠的世界上，我们渴望找到同志；在同志间分享面包的乐趣，曾使我们接受了战争的价值。但是我们并不需要战争来获得奔向同一个目标时摩肩蹭臂的温暖。战争欺骗我们。憎恨并不会在奔跑的激昂情绪之外增加些什么。

我们为什么要彼此憎恨呢？我们搭乘在同一个星球上，是同一条船上的水手，我们风雨同舟。如果说文明的冲撞可以促进新的组合，这点还有可取的话，文明的相互残杀则是丑恶的。

为了我们的解放，既然只要帮助我们意识到有一个目标可以把我们联在一起，那就应该在把我们联在一起的地方去寻找那个目标。治病的外科医生决不去听他所诊断的病人的诉苦，而是通过病人去设法治愈那个人。外科医生说的是一个普遍语言。物理学家也是如此，当他在思考那些几乎是神圣的方程式，并通过方程式既掌握原子又掌握星云的时候。直至最质朴的牧羊人也莫不如此。因为在星空下平平凡凡地放牧着几头羊的那个人，他若意识到了自己的任务，就会觉得自己不是一个走仆。他是一个哨兵。每个哨兵都身系一个王国的安危。

你以为那个牧羊人不希望有所意识吗？我在马德里前线参观了一所学校，离战壕五百米，在山岗上的一堵矮石墙后面。一个二等兵在教植物课。他用手把一朵罂粟花上嫩弱的器官一片片撕下来，招来了几个长胡子的香客，他们掸去身上的尘土，不顾炮火，到他那里朝圣。他们围住二等兵盘腿而坐，一手托腮，立刻专心地听他解释。他们蹙眉咬牙，对讲的课不甚了了，但是人们对他们说过："你们是些无知之徒，才从兽洞里爬出来的，还不赶快追上人类！"于是他们迈动笨重的步子急起直追。

只有当我们意识到自己的任务，即使是无足轻重的任务，才会感到幸福。才会心安理得的生，心安理得的死。因为生有了意义，死也有了意义。

当死作为一个自然的结局，当普罗旺斯的老农享尽天年，把他的一份山羊和橄榄树遗留给他的孩子，为了以后由他们传至他们的子子孙孙时，死乃是这样的甜蜜。在农民的世系中，人是不会完全死去的。每个生命都会轮到像豆荚似的开裂，落出果实。

有一次，我和三个农民坐在一起，面对着他们母亲的灵床。当然这是悲痛的。这是第二次割断脐带。这是第二次一个绳结松了——这个把各个世代串联一起的绳结。这三个孩子成为孤儿，一切从头学起，失去了逢年过节团聚的桌子，剥夺了天伦的磁极。但是，我也发现，世代的中断也是生命的再现。这些孩子，轮到他们做一家之主，众望所归的人物，年高德劭的长者，直到那一天，轮到他们把家计交给在院子里游戏的这群孩子。

我望着那个母亲，这个面貌恬静严峻、嘴唇紧闭的老农妇，这个已变成石头面具的面孔。我从中也辨认出儿子的面貌。这个面具曾用来拓刻了他们的面貌。这个肉体也曾用来铸造了这些肉体,这些美丽的人的模具。现在,她毫无生气地躺在那里,好像宝石取出后留下的矿渣。以后轮到她的儿女,以他们的肉体来铸造他们的后代。在农村,人的生命延续不断。母亲故世了,母亲万岁!

悲痛,是的,但是如此纯朴,这个生生不息的景象:把美丽的满头银丝的遗体,一具具抛落在沿途,通过脱胎换骨,走向我无从揣测的真理。

这就是为什么那天晚上,乡村小镇上的丧钟在我听来并不哀伤,而是一阵阵含蓄温柔的欢乐声。钟以同样的抑扬来庆贺葬礼和洗礼,又一次宣布了世代的递嬗。在听到一位可怜老妇人与大地的婚礼曲时,心头只是感到一片恬静。

生息繁衍,如树木的徐徐成长,这就是生命,这也是心灵。多么神秘的升华!一堆岩浆,一块陨石,一个神奇生殖的活细胞,我们就是从这些演化而来的,逐渐成长培育,直至今天能谱写清唱剧和探索银河。

母亲不但传宗接代,她还把一种语言教授给她的后裔,她托付给他们这些世世代代涓涓滴滴积累的知识,这份她也受之于上代的精神遗产,这一脉相承的传统、观念和神话,就是这些形成牛顿或莎士比亚所以与穴居人不同的全部区别。

西班牙士兵在子弹呼哨下学习植物课,梅尔莫兹飞往南大西洋,另一个人献身于诗歌;当我们饥渴的时候所以会感到他们这种饥渴,这是因为人类的创造还没有完成,我们对自己和宇宙必须有所意识。我们在黑夜中必须架起桥梁。只有那些把独善其身、漠不关心作为金科玉律的人才不理解这道理；但是这种金科玉律只是理智的毁灭！同志们，我的同志们，你们可以给我作证，我们在什么时候才感到了幸福？

4

在这本书的最后一章，我又记起了那些垂老的公务员，当我们终于得到任用的机会，准备蜕化成人的时候，他们在初航的黎明把我们伴送到机场。他们可是跟我们一样的人，但是从来不知道自己有过饥渴。

沉睡不醒的人真是比比皆是。

几年前，在一次铁路长途旅行中，我有心观察了这块行进中的国土；三天来，我关闭在车厢里，三天来两耳离不开海水卷动卵石的辘辘声，我站了起来。半夜一点钟光景，我跑遍整列火车。卧铺车厢是空的。头等车厢是空的。

但是三等车厢装满了几百个波兰工人，从法国解雇回到他们的波兰去。

我跨过他们的身子在过道上走回来。我停下来望着。这个车厢没有隔板，好像一个通铺房间，有一股兵营或警察局的气味。我站在宵灯下，看着这一群东歪西倒的人，随着快车的摆动摇晃。这一群人沉溺在噩梦里，回到他们的贫困中去。有几个剃光的脑袋在木椅靠背上晃动。男人，女人，小孩都自右向左侧转着，好像受到这些噪声、这些颠簸的攻击；他们在不知不觉中，这些噪声和颠簸也在威胁他们。他们在睡眠中也得不到安逸的款待。

在我看来，他们已经失去一半作为人的品质，受到经济浪潮的冲击,从欧洲的一个角落飘流到另一个角落,抛却了北方的小屋子、小花园,以及我在波兰矿工的窗前看到过的三盆天竺葵。他们只收拾了一些厨房炊具、被褥和窗帘,塞进了粗针疏线、鼓鼓囊囊的包裹内。但是他们以前抚摸过或喜爱过的一切,他们居留法国四五年间驯养的猫、狗和天竺葵,却不得不割爱了,他们随身只带了这些厨房的什物。

一个婴孩在吮吸一个倦得昏昏欲睡的母亲的乳房。在这个荒谬凌乱的旅途上,生命也在传递。我瞧了瞧父亲。头颅如同石头一样沉重和光秃。在不舒服的睡眠中身子折成两段,蜷缩在工作服内的是一身瘦骨。那个人简直是堆泥。如同夜半更深,一些鸠形鹄面的游民沉睡在菜市场的板凳上。可是我想,问题不在这种贫困,这种污秽,这种丑陋。因为同样这个男人和这个女人,以前在某一天见面,男的必然对女的微笑,他在工作之余无疑也曾带给她鲜花。他胆怯笨拙,看到自己遭到拒绝可能会发抖。女的天性爱俏,自恃姣美,可能逗得他不安。那一个在今天已只是一架挖土或敲钉的机器,那时在他心中也曾有过柔情和苦恼。令人不解的是他们竟然变成了两堆泥。他们曾经在哪一个可怕的模子里待过,竟如经过冲床的冲压?一头年老的动物还能保持体态的优美。为什么这个有风采的人到头来这么龙钟衰颓?

我在这群人中间继续我的旅程,他们的睡眠犹如妓院那样恶浊。粗鲁的鼾声,含糊的怨声,半身压麻后翻身时的大靴子摩擦声,交织成一种暧昧的声响,在空气中飘荡。始终幽幽伴随着的,是卵石在海水冲涌下无休无止的轱辘声。

我面对着一对夫妇坐下。在丈夫与妻子之间,那个孩子多少挤出了一个位子,他睡着了。但是他在睡梦中转过身来,在宵灯下露出了他的面孔。啊!多可爱的脸蛋!这对夫妇生下了一枚金果。这对行动蹒跚的丑人儿居然养出了这么一个娇媚的小孩。我俯身注视着这个光洁的前额,这两片可爱的微噘的嘴唇,于是我对自己说:这是一张音乐家的脸,这是童年莫扎特,这是有锦绣前程的生命。传奇中的王子跟他没有两样:得到保护、关心和培育,以后他做什么会做不成呢!花园里培养出一种新品种玫瑰,所有的园丁大为激动。人们把玫瑰隔离、栽培,促其生长。但是没有培养人的园丁。在冲床中,童年莫扎特和其他孩子会打上同样的烙印。在夜总会的污泥浊水中,莫扎特也会把堕落的音乐视作最高的享受。莫扎特被判了死刑。

我回到我的车厢。我心想:这些人并不为他们的命运感到难受。在这里叫我痛心的不是慈善事业。问题也不在于对着一个永不收口的创伤表示一番同情。那些身受创伤的人并不感到创伤的痛苦。这里受伤的、损害的不是个人,不妨说是整个人类。我不相信怜悯。令我痛心的是园丁的这种观点。令我痛心的不是这种贫困,人在贫困中,日久也会像在懒惰中一样安之若素。东方人在赤贫中生活,几世纪来处之泰然。令我痛心的事,不是靠慈善机构的菜汤能够医治的。令我痛心的,也不是这堆瘦骨,这个偻身,这种丑陋。而是在所有这些人身上,多多少少都有一个被扼杀的莫扎特。

唯经**智慧**的吹拂,泥胎才会变成人。

空军飞行员

第一章

我肯定做梦了。我在一所中学。十五岁。耐心解答我的几何题。两肘撑在黑色书桌上，斯斯文文地用圆规、尺、量角器。我好学，安静。有几位同学在旁边低声说话。其中一位在黑板上排出一串数字。另外几位贪玩的，在打桥牌。我时时在梦境中愈陷愈深，向窗外望上一眼。一根树枝在阳光中缓缓摆动。我望了很久，成了一个分心的学生……享受这份阳光，如同感到书桌、粉笔、黑板散发的这种童年气息，我都觉得高兴。我躲在受人关怀的童年中是多么快活！我知道，首先是童年、中学、同学，然后有一天接受考试。领取文凭。愀然不安地跨过某一道门廊；过了这道门廊，一下子成人了。那时，踩在地上的脚步重了。走上了自己的人生道路。跨出了人生道路上的最初几步。终于要在真正的对手面前试身手。尺、量角器、圆规，用来建设世界，也用来战胜敌人。再见了，游戏！

我知道，中学生一般不怕面对人生。中学生跃跃欲试。成人生活中的苦恼、危难、辛酸吓不倒一位中学生。

我却是一位奇怪的中学生。我这个中学生，知道自己生活在幸福中，不那么急于去面对人生……

杜泰特走来。我留住他。

"你坐这里，我给你玩一套扑克戏法……"

我把黑桃 A 给他找了出来，挺开心。

杜泰特在我对面，坐一张跟我一样的黑色书桌，晃着两条腿。他笑了。我谦虚地微微一笑。贝尼珂也上我们这里来了，手臂围住我的肩膀：

"怎么啦，小伙子？"

我的上帝，这一切多么亲切！

一位学监（是学监吗？……）打开门，召去两位同学。他们放下尺、圆规，站起身，往外走。我们目送他们出去。对他们来说，中学时代完了。人家把他们抛入了人生。他们的科学知识将有用武之地。他们将像成人，在对手身上试验自己的聪明才智。中学是个怪地方，每个人都要先后离开的。没有依依惜别。那两位同学看也没看我们。可是人生的机缘很可能把他们送往比中国还远的地方。甚至要远得多！中学以后，生活驱使大家四方奔波，他们敢说后会有期吗？

我们这些还留在温暖平安的孵化器中的人，低下了头……

"听着，杜泰特，今天晚上……"

但是，同一扇门第二次又开了。我像听到了判决书。

"圣埃克苏佩里上尉和杜泰特中尉，少校有请。"

完了，中学时代。这是人生。

"你早就知道要轮到咱们啦？"

"贝尼珂今天早晨飞过了。"

我们肯定是去执行任务的，既然他们召我们去。五月底，正是我们全面撤退、一败涂地的时候。他们牺牲机组，就像朝森林大火里浇几杯水。一切都在分崩离析，怎么还计较风险不风险呢？我们还算是法国全境空军侦察部门的五十个机组。五十个三人一组的机组，其中二十三个机组属于我们第三十三联队第二大

队。三星期中,我们二十三个机组损失了十七个。我们像蜡似的熔化了。昨天,我跟加瓦勒中尉说:

"这件事我们到战后再看。"

加瓦勒中尉回答我说:

"我的上尉,您总不见得妄想战后还活着吧?"

加瓦勒不是在说笑话。我们知道,他们除了拿我们往火堆里扔,不可能做别的,即使扔了也没有用。我们是全法国仅有的五十个机组。肩负法国军队的全部战略任务!大森林在燃烧,灭火的才只几杯水,就拿来做祭礼吧。

这没错。谁想到埋怨啦?哪一个听到我们的人有过别的回答,除了,"好的,我的少校。""是的,我的少校。""谢谢,我的少校。""明白,我的少校。"这场战争后期[1],有一个印象盖过其他印象。那就是荒谬的印象。一切都在我们身边崩溃。一切都在覆灭。无一幸免,使死亡本身也显得荒谬。在这场翻天覆地中,死亡也缺乏严肃性……

我们走进阿利亚斯少校屋内。(他今天还在突尼斯指挥同一个第三十三联队第二大队。)

"你好,圣埃克苏佩里。你好,杜泰特。请坐吧。"

我们坐。少校把一张地图摊在桌上,转身对值勤士兵说:

"给我把气象报告找来。"

然后他用铅笔轻轻敲桌子。我观察他。他满脸倦容。他没有睡过。他坐车来回寻找一个幽灵参谋部——师参谋部、军分区参谋部……他企图跟一个不发零配件的军需库斗争。公路上陷进了不可开交的交通阻塞。也组织了最近一次迁移,最近一次驻扎,

---

[1] 1939年9月3日,法国向德国宣战。1940年6月17日,法国贝当政府请求停战。本书出版于1942年,"这场战争"系指停战协定前的战争。

因为我们变换驻地,像一批穷光蛋,背后老有不徇情面的执达员紧追不舍。阿利亚斯每次也总能把飞机、卡车、十吨器材平安转移。但是我们猜他累得筋疲力尽,气性很大。

"嗯,事情是这样……"

他不停地轻轻敲桌子,眼睛不朝我们看。

"这不大好办……"

接着他耸肩。

"这是个不好办的任务。但是参谋部他们坚持要办。他们非要办不可……我表达了自己的看法,他们还是要办……就是这么回事。"

杜泰特和我望着窗外静静的天空。我听到母鸡咕咕声,少校办公室设在一家农庄,就像情报室搬进了一所学校。我不会用夏天、成熟的果子、长肉的小鸡、茁壮的小麦去排斥眼前的死亡。也看不出夏天的宁静在哪方面可以否定死亡,事物的温情又在哪方面是一种讽刺。但有一个模糊的念头:"这是一个七零八落的夏天。一个出了故障的夏天……"我见过遗弃的打谷机。遗弃的割捆机。路沟内遗弃的坏车辆。遗弃的村子。逃亡一空的村里有口井漏水。人用了多少心力才得到的清水,而今淌成了水塘。突然眼前出现一个荒谬的印象。钟停了的形象。普天下的钟都停了。乡村教堂的钟。车站的钟。空屋内壁炉上的钟。这家店主逃走的钟表铺前,这满满一架钟的骷髅。战争……没有人再给钟上弦。没有人再收甜菜。没有人再修车厢。水是解渴的,是给村女洗礼拜天穿的美丽花衫的,而今在教堂前泛滥成一片沼泽。人竟然死在夏天……

我好似生了病。医生刚才跟我说:"这不大好办……"就该想到公证人,想到留下的人。杜泰特和我两人实际也明白,这次是去执行一项敢死队任务：

"鉴于目前的形势，"少校最后说，"大家不能过分考虑风险……"

当然。大家"不能过分"。谁也没错。我们感到郁郁不乐——没错。少校感到为难——没错。参谋部下命令——也没错。少校面露不悦，是因为这些命令下得荒谬。这我们知道，参谋部本身也清楚。参谋部下命令，是因为它必须下命令。战争期间，参谋部的工作就是下命令。它把命令下给英俊的骑兵，在现时代下给摩托兵。哪里有混乱与绝望，哪里就有一个英俊的骑兵翻身跳下冒着热气的马背，他指示未来，像三博士的星光[①]。他带来真理。命令可以重建世界。

这，就是战争的图像。战争色彩的画片。各人都费尽心机要使战争进行得像战争。诚心诚意。各人都努力按照规则玩。这样去做，或许还有可能使得这场战争真的像一场战争。

为了使战争像战争，他们并没明确的目的就拿机组去牺牲。没有人承认：这场战争什么也不像，一切都无意义，哪个图像也对不上号，大家一本正经牵动的是一些已与木偶断了联系的线绳。参谋部信心十足地发出一些哪儿都到达不了的命令。他们要我们提供一些不可能搜集的情报。飞机没有能力担当向参谋部说清战争的任务。飞机通过空中观察，可以核实某些假设。但是，现在连假设也没有。事实上，他们在敦促五十个机组，给一场没有面目的战争描绘一副面目。他们找上我们，就像找上用纸牌算命的相士。我看看我的相士——观察员杜泰特。他昨天向师部的一位上校提出异议："离地十米，时速五百三十公里，我怎么给

[①] 耶稣在犹太的伯利恒出生时，东方有三博士循着他的星光寻访他。事见《新约全书·马太福音》第二章。

您确定敌人的阵地?""喔,哪里向您开炮,您总看得见吧!要是有人向您开炮,说明这阵地是敌人的阵地。"

"争过以后我真笑坏了。"杜泰特最后说。

因为法国士兵还没见过法国飞机。从敦刻尔克到阿尔萨斯,分布着一千架法国飞机。说得明白些,是融化在无限中了。因而在前线,有飞机呼啸而过,肯定是德国的。趁飞机没扔炸弹以前要努力把它打下来。飞机呼隆一响,应声而起的是急速的机枪和高射炮。

"靠这种方法,"杜泰特说,"可见他们的情报有多么可贵!……"

他们会重视的,因为按照战争的图像,应该重视情报!……本该如此,但是战争也是七零八落的。

幸而——我们知道——我们的情报一点不会受到重视。我们没法把情报往上送。公路堵塞。电话不通。参谋部早已紧急迁移了。敌人阵地的重要情报竟是敌人自己提供的。几天前,我们在拉昂附近谈论战线的可能位置。我们派了一名中尉联络官去找将军。在我们的基地与将军所在地的半路上,中尉的汽车撞见了横在公路上的一辆压路机,压路机后面掩藏着两辆装甲车。中尉转身就走。但是一梭子机关枪子弹把他当场打死,司机受伤。装甲车是德国人的。

* * *

实质上,参谋部像一名桥牌手,有人在邻室问他:"我这张黑桃 Q 怎么打?"

这位受隔离的人耸耸肩,不知道这副牌的前前后后,他回答什么?

但是参谋部没有权利耸肩。它若掌握人力、物力，只要战争不止，就要把人力与物力投入行动，指指点点，尝试一切机会。虽然是盲目的，参谋部必须行动与指挥行动。

但是，不顾前后地分配黑桃 Q 一个角色，这事难。我们已经看到——最初惊奇地，后来又见怪不怪地——山崩地裂开始时找不到事可做了。人们以为失败者淹没在问题的急流中，要解决这些问题，把他们的步兵、炮兵、坦克、飞机折腾得死去活来……但是，失败首先是掩盖了问题。他们对这副牌一无所知。不知道把飞机、坦克、黑桃 Q 用到什么地方去……

他们绞尽脑汁给它找了一个有效的角色，然后随便往桌上一摊。这引起周围一阵尴尬，不是兴奋。只有胜利才洋溢兴奋情绪。胜利组织力量，胜利建设世界。人人都会气吁吁地把自己的石头搬来。

但是失败却使人沉浸在一种支离破碎、厌烦，尤其是徒劳无益的气氛中。

因为首先，要求我们完成的任务是徒劳无益的。一天比一天更徒劳无益。更血腥，更徒劳无益。那些下命令的人，没法拦住山坡往下滑，只得把最后几张王牌摊到桌面上。

杜泰特和我是王牌，我们听少校的。他向我们披露下午的计划。他派我们在一万米高空飞行，返回时在七百米低空飞越阿拉斯地区的坦克屯留地，说话口气像在跟我们说：

"你们给我沿右边第二条路，走到第一座广场角落上；那里有一家烟铺，你们给我买几包火柴……"

"好的，我的少校。"

这个任务，既不比别的有用，也不比别的无用。交代任务的语言，既不更有情，也不更无情。

我心里说："敢死队任务。"我想……我想起许多事。我等到夜里——要是还活着——再来思考。但是活……任务好办时，三个机组可以回来一个。任务有点"不好办"时，显然回来更难了。但是，在这里，少校办公室内，死亡在我看来并不威严、壮观、英勇、摧人肝肠。死亡只是混乱的一个迹象，混乱的一个结果。大队要失去我们，就像人家在铁路上仓皇换车时失去几件行李。

这不是说我对战争、死亡、牺牲、法国不在想，我是缺乏主导的观念、明确的语言。我的思想充满矛盾。我的真理是一片片碎的，我也只能一片片碎的去看。要是还活着，我等到夜里再思考。可爱的夜。夜里理智睡觉了，只有事物还存在。真正重要的事物会恢复原形，经过白天分析的摧残依然幸存下来。人拼合了碎片，又成了风吹不动的树。

白天是用于闹家庭纠纷的，但是夜里，吵吵嚷嚷的人又找回了爱。因为爱比口角更伟大。人倚窗前，在星空下，又要为熟睡的孩子、日后的面包、妻子的安眠负责——她躺在那里，多么不耐风霜、娇弱、难以久留。爱，是不容讨论的。它存在。黑夜来吧，让我见见某些值得爱的明证！让我思索文明，人的命运、本国人的友情。让我愿为某种迫切、虽则可能还未显现的真理服务……

此刻，我完全像个六神无主的基督徒。我偕同杜泰特，老老实实扮演我的角色——这是肯定的——但是像在拯救已不具有内容的仪式。因为神已走了。我将等到黑夜，要是还活着，漫步走上那条横贯村庄的大路，如我喜爱的独来独往，弄明白为什么我应该去死。

第二章

我梦醒了。少校提出一条奇妙的建议,出乎我的意料:

"这任务您嫌太麻烦……您觉得身体状况不佳,我可以……"

"哪儿的话,我的少校!"

少校也知道,这一条建议是荒谬的。但是,机组不回来时,大家就会回想起出发时脸上的严肃神情。大家把这种严肃神情看成一种预兆。责备自己没把它当回事。

少校的顾虑使我想起了伊斯拉埃尔。前天,我在情报室窗前抽烟。我从窗口窥见他时,他正匆匆走路。他的鼻子通红。一只标准犹太人的红鼻子。伊斯拉埃尔的红鼻子突然令我一震。

这位正被我盯着鼻子看的伊斯拉埃尔,我对他情谊很深。他是队上最勇敢的飞行员之一。最勇敢的人之一,也是最谦虚的人之一。人家对他说犹太人谨慎小心,老说老说,使他把自己的勇敢也误以为是谨慎小心了。要做胜利者确实要谨慎小心。

是的,我注意到他的大红鼻子,红光只是闪了一闪,因为把伊斯拉埃尔和他的鼻子带走的脚步动得太快了。我转身对加瓦勒说,绝没一点开玩笑的意思:

"他怎么生了这么一个鼻子?"

"是他妈给他生的。"加瓦勒回答。

但是他又说:

"奇怪的低空任务。他要走了。"

"啊!"

这天晚上,我们再也不等待伊斯拉埃尔返航时,我自然而然想起了这个鼻子,耸立在一张没有表情的面孔中央,独个儿灵巧地表示出最沉重的心情。命令伊斯拉埃尔出发的要是我,这个鼻子的形象会在我的心头萦绕不去，像一声谴责。伊斯拉埃尔听到出发的命令，当然不会有其他回答，除了"是的，我的少校。好的，我的少校。明白，我的少校"。伊斯拉埃尔当然不会让脸上肌肉有一丝抖动。但是，慢慢地，隐隐地，偷偷地，鼻子亮了。伊斯拉埃尔可以控制脸部的表情，但是控制不了鼻子的颜色。鼻子在静默中没规没矩地代他打抱不平。鼻子瞒过伊斯拉埃尔，向少校表示强烈不满。

可能就是这个原因，少校不喜欢派他认为因预感而沮丧的人出去。预感几乎没有准的，但是确使军事命令带有一种判刑的意味。阿利亚斯是一位领导，不是一位法官。

那天，T军士就是这样。伊斯拉埃尔有多么勇敢，T也就有多么胆小。我认识的人中间，他是唯一真正感到害怕的人。他们向T下达一条军事命令，会在他心中引起一阵奇异的、自下而上的晕眩。这是一种简单的、压不住的、缓慢的东西。T的身子从脚到头慢慢发僵。脸上不沾任何表情，眼睛开始发光。

伊斯拉埃尔的鼻子依我看是大大发愣——对伊斯拉埃尔可能会死这事发愣——同时又愤愤不平。T与他相反，没有一点内心活动。他不作反应：他是在蜕变。他们把话跟T讲完，发现的只是把他心中的焦虑点着了。焦虑开始在他脸上映出一层均匀的亮光。T从那时开始，像是什么也奈何他不得了。大家觉得宇宙与他之间，有一片冷寂的沙漠在逐渐扩大。我在谁的身上也没见过这种形式的灵魂出窍。

"那天我不应该让他走的。"少校后来说。

那天，少校向他宣布上飞机的命令，后者不但脸色没有变白，反而笑笑。只是笑笑。刽子手实在太放肆的时候，受刑的人可能也是这样做的。

"您不舒服。我代您去……"

"不，我的少校。既然轮到我，我就该去。"

T立正在少校面前，直盯着他，没有一点动作。

"要是您感觉对自己没把握……"

"轮到我了，我的少校，轮到我了。"

"别那么说，T……"

"我的少校……"

那个人像一整块墩子。

阿利亚斯说：

"那时我就让他走了。"

后来的事得不到任何解释。T在机上是机枪手，遭到一架敌歼击机的袭击。但是，歼击机上机枪卡住了，只好往回飞。飞行员和T两人一直谈到基地附近，飞行员没有注意到任何异常迹象。但是离目的地还有五分钟，他问的话没有人回答。

晚上，大家发现T的脑壳被飞机尾翼撞裂。他在危急条件下快速跳伞，这事发生在我方上空，当时已无危险的威胁。歼击机的来临如同一声不可抗拒的召唤。

"穿衣服去吧，"少校对我们说，"五时三十分进入上空。"

"再见，我的少校。"

少校做了个含糊的动作表示回答。是迷信吗？看到我的烟熄了，我又在口袋里搜不着时：

"您怎么总不带火柴？"

这，倒说得不错。我在这声道别中跨出门，问自己：

"我怎么总不带火柴？"

"这任务叫他也为难。"杜泰特表示自己的看法。

我则想：他才不在乎呢！但是我这句不公正的赌气话，不是针对阿利亚斯说的。令我反感的是有件事很明显，然而谁都不承认：智慧的生命时断时续。唯有聪明的生命贯穿始终，或差不多贯穿始终。我的各种分析机能变化不大。智慧考虑的不是事物，而是事物内在联系的意义。是深入观察到的面目。智慧从形的观察发展到神的观察。爱自己产业的人会经历这一时刻：发现产业只是一堆错落不齐的物件的凑合。爱妻子的人会经历这一时刻：看到爱情只是操劳、嫌隙和束缚。欣赏某乐曲的人会经历这一时刻：体验不到其中的情趣。比如说现在，我经历这一时刻：不再理解自己的国家。国家不是山河、风俗、财富的总和，这些是我的聪明所能领会的。国家是一个本质。我经历这一时刻：发现自己对本质是盲目的。

阿利亚斯在将军那里讨论了一整夜的纯逻辑。纯逻辑会毁掉智慧的生命。接着，他因在公路上对付没完没了的交通阻塞而耗尽了力气。接着，回到大队遇到千百桩具体困难，这些困难如同无法阻挡的滑坡，产生千万种影响，一点一点销蚀你的身心。最后，他召我们去，要把我们抛出去执行一项办不到的任务。我们是一场大混乱中的物件。我们，不论是圣埃克苏佩里还是杜泰特，对他来说，不是生来对事物就有独特的看法，就有独特的思想、走路、饮酒、笑的方式。我们是一座大建筑物上的砖瓦。大建筑物的整体必须假以时日，静下心来，后退几步才能看到。我若染上一种癖好，阿利亚斯看到的只是癖好本身。他派往阿拉斯的只是一种癖好的形象。在这成堆的问题中，在这场山崩地裂中，我们自己也四分五裂。这个声音。这个鼻子。这个癖好。零星碎片是不会令人动心的。

这里谈的不是阿利亚斯，谈的是所有的人。在殡葬这类苦事中，我们爱的是死者。我们接触不到死亡。死是件大事。死是人与死者的观念、物件、习惯建立的一个新关系网。死是世界的一种新安排。表面没有变化，实际一切不同了。书的页码还是相同，但是内容全非。为了体会死，必须想象我们需要死者的时刻。那时，他令人怀念。想象他可能需要你的时刻。但是他已不再需要我们了。想象朋友来访的时刻。发现这个时刻是空洞的。我们应该从远景来看待生命。但是殡葬那天，既没有远景，也没有空间。死者还是四分五裂的片断。殡葬那天，我们忙于奔波，跟真朋友、假朋友握手，操心物质问题。只是到第二天，死者才在静默中死去。他将向我们显示出完整的形象，然后形象完整地从我们的实体中消失。这时，我们才为这个远走而又未能挽留的人号啕大哭。

我不喜欢把战争作漫画式处理。久经沙场的老兵不流一滴眼泪，感情压在心里，说几句尖刻的牢骚话。这是不真实的。老兵不会作假。他若说一句牢骚话，是因为他想到的就是一句牢骚话。

绝不是人的品质出了问题。阿利亚斯少校非常重感情。我们不回来，他可能比谁都难受。只要涉及的是我们，不是一大堆纷乱繁杂的琐事。只要让他静下心回忆往事。倘若今夜尾随我们不舍的执达员逼我们搬家，纷如雪片的问题中一辆卡车轮子出了故障，就会把我们的死期往后推。阿利亚斯也会忘了难受。

因而，我出发执行任务，想的不是西方与纳粹主义的斗争。想的是眼前琐事。想到七百米低空飞越阿拉斯这件事荒谬。想到要我们去弄到的情报一无用处。想到我慢吞吞穿上飞行服，像打扮好了去见刽子手。还想到我的手套。我去哪个鬼地方找我的手套？我把自己的手套丢了。

我再也见不着我居住的大教堂了。

我穿上衣服去侍奉一位死去的神。

第三章

"你快一点……我的手套在哪儿？……不……不是这一副……在我的包里找……"

"没找着，我的上尉。"

"你是个笨蛋！"

他们都是笨蛋。这个人，找不到我的手套。希特勒，他发动了这场白痴的战争。还有那个，参谋部的，死心眼儿地要人去低空侦察。

"我向你要支铅笔。我向你要支铅笔要了十分钟啦……你没铅笔？"

"有，我的上尉。"

聪明人在这里。

"在铅笔上系一根线。把这根线挂在这个钮孔上……您怎么啦，机枪手，您好像一点不着急……"

"这是因为我准备好了，我的上尉。"

"啊！好。"

那个观察员，我转身找到了他：

"行了吧，杜泰特？没缺什么？航向算好了吗？"

"算好了，我的上尉……"

好。航向他算好了。一个敢死队任务……请问：为了搜集谁也不需要、即使有人活着带回来也没人接的情报去牺牲一个机组，是不是头脑清楚……

"参谋部大概征募了会招魂的人……"

"怎么啦？"

"今天晚上，我们可以把他们要的情报放在一张转台上传达给他们。"

我对自己的牢骚并不太自豪，但是我还要嘟囔：

"参谋部，参谋部，让他们参谋部自己来执行吧，这些敢死队任务！"

因为，当任务不像有生还的希望，全身周密披挂是去被活活烧死的时候，穿衣的仪式很磨蹭。穿上这些重重叠叠里外三层的飞行服，佩带零七八碎货郎担似的全套附件，理顺氧气管道、热空气管道、机内人员通话线路，也很费手脚。至于呼吸，我是在这个氧气面罩内进行的。一根橡皮管把我与飞机连在一起，像脐带一样生命攸关。飞机在我的血液温度中运转了。飞机在我与人的沟通中运转了。他们给我加了几个器官，有点像插在我与我的心之间。我一分钟比一分钟笨重、庞大、不利落。我全身要一起转动，倘若弯腰收紧皮带或者扳动不灵活的搭扣，所有的关节会叫。我的老伤使我疼痛难忍。

"给我换一顶面罩。跟你说过二十五遍啦，我不要自己那顶。太紧。"

因为上帝知道什么道理，脑袋到了高空要发胀。在地上戴着好好的帽子，在一万米空中像钳子一样夹住骨头。

"但是您的是那一顶，我的上尉。我已经给您换了……"

"啊！好。"

因为我就是要嘟囔，但是心里没怨气。我是有道理的！然而这一切都不重要。这个时刻，大家都处在我说过的内心的沙漠中心。沙漠中心只有断片残石。我甚至希望发生奇迹，改变这天下午的进程也不感到难为情。比如说,喉头送话器出故障。喉头送话器没有不出故障的!这是些次等货!喉头送话器出了故障,我们就可以不去执行敢死队任务了……

韦赞上尉向我们走来,脸色阴郁。我们哪个执行任务起飞前,韦赞上尉走过来总是脸色阴郁。韦赞上尉在我们这里负责与监视敌机机构的联络工作。他的任务是向我们报告敌机的行动。韦赞是我很喜欢的一位朋友,但他是个扫帚星。我看到他感到遗憾。

"老弟,"韦赞对我说,"这不好办,这不好办,这不好办啊!"

他从口袋里取出几份材料。然后疑虑重重地望着我:

"你从哪儿飞?"

"从阿尔贝。"

"是啊。是啊。这就不好办了。"

"别装疯卖傻的,到底有什么事?"

"你不能走!"

我不能走!……好极了,韦赞!就请天父上帝让我的喉头送话器出点故障吧!

"你过不去。"

"为什么我过不去?"

"有三个德国歼击机队在阿尔贝上空日夜轮流值勤。一队在六千米,一队在七千五百米,一队在一万米。在换岗的飞机到来前,哪一队也不离开天空。他们事前设了防。你等于自投罗网。还有,嘿,你瞧吧!……"

他给我看一份材料,上面他鬼画符似的画了些看不懂的飞行图解。

韦赞，你还是别跟我唠叨了。"事前设防"这句话很触动我。我想到红灯和交通违章。但是，这里交通违章就是死亡。我特别讨厌"事前"这两个字。觉得是针对我个人来的。

我大大动了一番脑筋。敌人总是"事前"保护自己的阵地。那两个字，还不是废话……还有，歼击机不关我的事。我降至七百米时，防空部队早把我打下来啦。防空部队不会让我溜过去的！我突然变得气势汹汹：

"这么说来，你急急忙忙要跟我说的，无非是那里有德国飞机，我要去很不保险！跑去向将军报告吧……"

韦赞又何必呢，提到他说的那些飞机时，原可轻描淡写地叫我心不要乱：

"有几架歼击机在阿尔贝那边慢慢飞……"

意思不是照样一点没变！

第四章

一切准备就绪。我们坐在飞机里。只待检验喉头送话器……

"您听见我的话了吗，杜泰特？"

"听得很清楚，我的上尉。"

"您呢，机枪手，听得清楚吗？"

"我……是的……很清楚。"

"杜泰特，您听得见机枪手说的话吗？"

"我听得很清楚，我的上尉。"

"机枪手，您听得到杜泰特中尉吗？"

"我……是的……很清楚。"

"您为什么总说'我……是的……很清楚'？"

"我在找我的铅笔,我的上尉。"

喉头送话器没有出故障。

"机枪手,瓶里的气压正常吗?"

"我……是的……正常。"

"三瓶都正常?"

"三瓶都正常。"

"掩护好了,杜泰特?"

"掩护好了。"

"掩护好了吗,机枪手?"

"掩护好了。"

"那么走喽。"

我起飞了。

第五章

焦虑来自失去真正的身份。在我等候一条消息,决定我幸福或是绝望时,我像被推入了虚空。只要事情没有着落,我的心悬着,我的感情、我的态度都只是临时的伪装。一秒一秒的时间可使树木成长,但不会培育出那个一小时后在我身上出现的真正人物。这位陌生的我,是从外面向我走来的,像一个幽灵。这时候我有一种焦虑的感情。坏消息引起的不是焦虑,而是苦恼:这是另一码事了。

现在,时间不再空流了。我终于坐上了我的位子。不再把自己抛向一个没有面目的未来。不再是那个在冲天火柱中或许会飘荡的人。未来不再像个奇异的鬼魂缠绕我。我的行动从今以后,一个接一个,组成我的未来。我是这么个人,他把航向控制在三百一十三度。他调整螺旋桨螺距、油热量。这是些迫在眉睫、有益身心的操劳。这是家庭中的操劳,白天的小家务,可使人不感到老。白天变成了明亮的房屋、光滑的地板、畅通的氧气。我确实也在调节氧气流量,因为我们爬升很快:七千七百米。

"氧气行吗,杜泰特?您感觉好吗?"

"行,我的上尉。"

"哎!机枪手,氧气行吗?"

"我……是的……行,我的上尉……"

"您的铅笔还没找到吗?"

我也变成这么个人:他按一下按钮 A、按钮 B,试验自己的各门机枪。还有……

"哎!机枪手,您后面射程内不是个大城市吧?"

"哦……不,我的上尉。"

"放吧,试试您的机枪。"

我听到他的几阵枪响。

"好使吧?"

"好使。"

"所有的都好使?"

"哦……是的……都好使。"

我也放枪。我问自己,在我方乡村上空,毫无顾忌地乱放一通,子弹会落到哪儿呢。子弹从来不会打死人。地球很大。

每分钟使我有每分钟的内容。我是某个东西,像果子一样会自然成熟,不用焦虑。当然,我周围的飞行条件会起变化。条件和问题。但是我参与了这个未来的创造。时间一点一点地在雕塑我。小孩毫不担忧长年累月会变成一个老头儿。他是孩子,玩孩子的游戏。我也在玩,我在数我王国中的表盘、手柄、按钮、操纵杆。我在数一百零三个要核对、要拉、要转或要推的物件。(我差点弄虚作假,把我机枪上一个操纵装置算作了两个:它带有一个安全销。)今天晚上,我要逗我的房东农庄主。我要跟他说:

"您知道吗,今天的一位飞行员要监视多少个仪表?"

"您要我怎么知道?"

"那没关系。您说个数目。"

"您要我说个什么数目呢?"

因为我的那位农庄主一点不会凑趣。

"说个随便什么数目吧!"

"七个。"

"一百零三!"

我满意了。

所有这些叫我碍手碍脚的仪表各就各位,有呼必应,我才会安心。这些盘肠团麻似的管道线路变成了循环系统。我是飞机延伸的一个机体。当我转动某个旋钮,我的衣服和氧气徐徐转暖,飞机使我身心舒爽。可是氧气热,冲我的鼻子。氧气自身由一个复杂的仪表控制,随着高度上升,流量就增大。是飞机哺养了我。飞机在起飞以前,在我看来没有人性,现在我得到它的喂养,对它油然产生一种孝心。一种吃奶孩子的孝心。

至于我的重量,分压在几个支撑点。我那里三层外三层的飞行服、笨重的背负降落伞都靠在座椅上。我的大鞋子放在脚蹬上。双手戴了又厚又硬的手套,在地上那么笨拙,操纵方向盘却很自在。操纵方向盘……操纵方向盘……

"杜泰忒!"

"……尉?"

"先检查您的接触。我只是断断续续听到您说话。您听到我说话了吗?"

"……到……您……上……"

"把您那玩意儿摇摇!听到我说话了吗?"

杜泰特的声音又清晰了:

"我听得很清楚,我的上尉!"

"好。还有,今天操纵杆还是上冻;方向盘扳不动;脚蹬也完全卡住了!"

"不错嘛。高度多少?"

"九千七。"

"多冷?"

"零下四十八度。您,氧气行吗?"

"行,我的上尉。"

"机枪手,氧气行吗?"

没有回答。

"哎,机枪手。"

没有回答。

"杜泰特,您听到机枪手说话了吗?"

"听不到,我的上尉……"

"叫他一声!"

"机枪手,哎!机枪手!"

没有回答。

在俯冲以前,我猛力摇晃飞机,要是他睡了,可把他摇醒。

"我的上尉?"

"是您吗,机枪手?"

"我……嗷……是的……"

"您弄不清自己是谁?"

"弄得清!"

"您刚才怎么没回答?"

"我在试验无线电。我把插头拔了!"

"您是个混蛋!关照一声!我差点俯冲了,我以为您死了呢!"

"我……没有。"

"我相信您说的。别再给我玩这样的恶作剧!插头拔掉以前关照一声,嘿!"

"对不起,我的上尉。明白,我的上尉。以后关照。"

因为,氧气出了故障,人的机体感觉不出来。反而隐隐感到舒坦,几秒钟内导致昏迷,几分钟内导致死亡。因而,随时检查氧气流量是必不可少的,就像飞行员必须检查机上人员情况。

我把面罩上的输氧管轻轻捏了又捏,体味鼻子上一阵阵热气,是它带来了生命。

总之,我在干自己的工作。感到的只是行动时的生理乐趣,这些行动都含有意义,这就够了。我没感到在冒巨大的风险(穿衣时我着实心神不定),也没感到在履行伟大的职责。西方与纳粹主义的斗争,这一回就我个人行动范围来说,只是拨弄手柄、操纵杆和开关。就是这么一回事。管圣器的人对上帝的爱,表现为点圣烛的爱。管圣器的人步履平稳,走在他看不见的教堂里;使烛台一支接一支开花,心满意足。烛台都点燃了,他搓搓手。他感到自豪。

我也出色地调整了螺旋桨螺距,保持航向正负误差一度以内。杜泰特一定赞佩,要是看一眼罗盘……

·

"杜泰特……我……罗盘航向……行吗？"

"不，我的上尉。漂移太大。您要向右斜。"

好吧！

"我的上尉，我们过了前线。我开始拍照。您的高度表上指示多少？"

"一万。"

第六章

"上尉……罗盘！"

不错。我向左斜了。这绝不是偶然的……是阿尔贝这个城市在推我。我猜它在我前面还很远。但是它的"事前设防"这几个字的全部重量已压到我的身上。在四肢的深处隐藏了什么样的记忆力！我的身体记起了我曾遭受过的重跌、头颅骨折、糖浆似的黏性昏迷和在医院度过夜晚的滋味。我的身体怕吃苦头。它企图避开阿尔贝。我不监视它，它就往左斜。它往左挣扎，像一匹老马，一次叫障碍吓着了，一生不忘提防。我说的是我的身体，不是我的精神……这是我走神的时候，身体阴险地乘机回避阿尔贝。

因为，我并不感到什么事令人难受。我不再盼望逃避任务。我刚才相信有过这样的盼望。我对自己说过："喉头送话器要出故障了。我很困。我要去睡了。"把这张偷懒的床想得美不可言。可是心底知道，逃避任务除了使我感到灼心的难堪，不会有其他的结果。仿佛一次必要的蜕变过程失败了。

这使我记起中学……我的少年时代……

"……上尉！"

"什么？"

"没什么……我以为看见……"

我可不喜欢他以为看见的东西。

是的……在少年时代，在中学，起床太早了。早晨六点起床。天冷。擦擦眼睛，还没到时间就为可悲的语法课发愁。于是梦想生病，醒来躺在病房里，戴翘角白帽子的修女把糖浆送到床前。大家对这么个天堂想入非非。那时，我若患了感冒，当然也故意咳得厉害一些。我在病房醒来，听到钟为别人在敲。我若瞒得过分，这口钟会严厉惩罚我：它使我变成一具行尸走肉。室外的钟敲出的是真正的钟点：这些钟点是在课堂的严肃中，课间休息的喧闹中，饭厅的温暖中度过的。钟给在外面的活人创造一种紧张丰富的生活，有苦难，有渴求，有欢欣，有悔恨。而我，无人理睬，无人提及，对乏味的糖浆、湿热的床、没有面目的钟点感到恶心。

逃避任务是得不到结果的。

第七章

当然有时，像今天，任务不能使人满意。我们在玩一种摹仿战争的游戏，这点太明显了。我们在玩警察与小偷。我们一字不错地遵照我们历史书中的伦理道德，我们教科书中的定律规则。昨夜就是，我开了车子在营地行驶。哨兵按照命令对这辆车举起刺刀，不管它是不是辆坦克！我们就是在玩举刺刀抵挡坦克的游戏。

在这类有点残酷的捉迷藏中，我们显而易见在扮演一个跑龙套的角色，而又要把这个角色扮演到死，这叫我们如何热血沸腾呢？死，太严肃了，哪能为捉迷藏去死？

谁穿衣时热血沸腾呢？没人。就是奥什台也不，他赛过一位圣人，时刻准备肝脑涂地，这无疑是人的完善境界，就是奥什台他也缄口不谈。同志们穿衣时谁都不说话，面有愠色，这不是不好意思做英雄。满脸愠色不是掩饰激情。它表示什么就是什么。我认得出来。这是一名当差的愠色，他一点也不明白外出的主人向他发布的指令。然而他还是忠心耿耿。这些同志向往安静的房间，但是在我们这里，还没有一个人会真正选择到房里去睡觉的。

因为，重要的不是热血沸腾。在失败中决不能指望热血沸腾。重要的是穿好衣服，登上飞机，起飞。至于本人怎么想，毫不重要。一个想到语法课热血沸腾的孩子，在我看来未免自负和可疑。重要的是确立目标，好自为之——目标不是一时能看到的。这种目标决不是为聪明而立的，是为智慧而立的。智慧懂得爱，但是它睡了。我像教会圣徒一样明白，诱惑是怎么一回事。受诱惑，也就是在智慧睡觉的时候对聪明提出的理由让步。

在这场山崩地裂中，我把自己的命舍进去有什么用？我不知道。他们向我重复了一百遍："叫人给您安排这里或那里。这才是您的位子。您在这里比在空军更能发挥作用。飞行员，可以成千成百地培训……"论证是不容置疑的。所有的论证都是不容置疑的。我的聪明表示同意，但是我的本能胜过聪明。

既然我提不出论点反驳，为什么又认为这种推理是虚幻的呢？我对自己说："知识分子留在后备役，像糖果罐放在宣传部的壁柜上，到了战争后再拿来吃……"这算不得是个回答吧！

就在今天，我像其他同志一样，起飞了，违反当时的所有推理、所有的明证、所有的反应。我终会认识到，我违反自己的理智是很理智的。我答应自己，要是活下来，夜里步行穿过自己的村子。那时，可能，我终于适应了。我看清了。

也可能，我对自己看到的东西没什么要说的。有个女人在我看来很美，我对她的美没什么要说的。我看到她微笑，就是这么回事。知识分子则把面孔拆散，分成一块一块解释，但是他们看不到她的微笑了。

认识，绝不是拆散，也不是解释。要诉之于视觉。但是，要看，首先要身历其境。这是艰苦的学徒生涯……

白天，我的村子在我是看不见的。在接受任务以前，村子只是几堵泥墙和一些灰头土脸儿的农民。现在只是离我脚下十公里的几堆砾石。

但是，今夜可能，有一条看家狗会醒，吠上几声。皓月当空，一条看家狗吠叫，我一直欣赏这种小村庄的梦幻迷境。

我没有一点希望使人理解我，但是我对此毫不在乎。只要在我面前是我的村子，沉入睡乡，井然有序，家家门户紧闭，门后是粮食、牲畜和古风习俗！

农民从田间回来，吃过晚饭，安排好孩子上床，吹灭灯，融化在村子的静默中。什么都不存在了，除了又硬又美的农村床被下缓慢的呼吸，像暴风雨后的海面余波。

上帝夜间结账时停止财富的流通。人在安息时，战无不胜的睡眠使他们手掌张开、手指松弛，直到天明，我对掌握的财产看得更清楚。

那时候，我可能要对那些没有名字的东西凝神沉思。我将像个盲人，靠掌心的引导向着火走去。盲人不会描述火，可是他找到了火。那样，那些需要保护的东西，那些看不见、然而不灭的东西，像村子上黑夜埋在灰堆里的火种，可能也会显现出来。

我逃避任务就没有什么可以期望了。就是了解一个普通的村庄,首先也需要……

"上尉!"

"什么?"

"六架歼击机,六架,左下方!"

这简直是一声霹雳。

需要……需要……可是我要及时得到报答。我要有爱的权利。我要认清我为谁在死……

第八章

"机枪手!"

"上尉?"

"您听见了吗?六架歼击机,六架,左下方!"

"听见了,上尉!"

"杜泰特,他们看见我们了吗?"

"看见我们了。向我们转过来。我们飞在他们上空五百米。"

"机枪手,听见了吗?我们飞在他们上空五百米。杜泰特!还远吗?"

"……几秒钟。"

"机枪手,听见了吗?几秒钟后他们就追上了。"

他们在那里,我看见了!小小的。一群有毒刺的胡蜂。

"机枪手!他们斜飞过来了。您一秒钟内就可看到。那里!"

"我……我什么也看不见。啊!我看见了!我又看不见了!"

"他们在追我们?"

"他们在追我们。"

"升得快吗?"

"我不知道……我想不会……不会!"

"您怎么决定,我的上尉?"

说话的是杜泰特。

"您要我怎么决定!"

大家都不说了。

没什么要决定的。这纯粹要看上帝了。我盘旋,会缩短我与他们之间的距离。由于我们正对着太阳直飞,由于高空中爬升五百米,会让猎物蹿出几公里,可能他们达到我们的高度、恢复速度以前,我们已经在阳光中找不见了。

"机枪手,还在追?"

"还在追。"

"咱们比他们快?"

"嗷……不……是的!"

这要看上帝和太阳了。

料到可能有战斗(虽然一群歼击机与其说在战斗,不如说在谋杀),我竭力蹬开上冻的脚蹬,每条肌肉都在向它奋斗。我有一种奇异的感觉,但是眼睛还是甩不掉歼击机。我全身压在僵硬的操纵杆上。

再一次,我观察到,我在行动中远远没有穿衣时那么激动,虽然所谓行动也仅限于荒谬的等待罢了。我也有一种怒气。一种有益身心的怒气。

但不是那种牺牲的陶醉。我要咬。

"机枪手,甩开了吗?"

"甩开了,我的上尉。"

这下可好了。

"杜泰特……杜泰特……"

"我的上尉?"

"不……没什么。"

"刚才有什么啦,我的上尉?"

"没什么……我以为……没什么……"

我什么也不会向他们说的。这可不是该向他们开的一个玩笑。我若螺旋下坠,他们会看到。他们会看到我开始螺旋下坠。

零下五十度我还是汗流不止,这是不正常的,不正常的。喔!我明白发生了什么事情:我在慢慢地昏迷。非常慢地……

我看见仪表盘。我看不见仪表盘。我的双手在方向盘上发软。说话的力气也没有了。我瘫了。瘫了……

我捏橡皮管。一股生命的气流扑鼻而来。氧气管没出故障。这是……是的,肯定。我真笨。这是脚蹬。我在脚蹬上用足了装卸工、卡车司机的力气。在一万米高空,我却像个卖艺大力士那么火爆。氧气有限。我应该珍惜使用。大手大脚会毁了自己……

我呼吸急促。心跳得很快。像一只小铃。我不会向我的机组说什么的。我若开始螺旋下坠,他们立刻就知道!我看见仪表盘……我看不见仪表盘……满身汗水中我感觉悲哀……

生命又慢慢地回到我的体内。

"杜泰特!……"

"我的上尉?"

我想跟他说刚才发生的事。

"我……相信……这……"

但是我不想往下说。说话太费氧气,才说几个字已吁吁发喘。我是一个衰弱的、衰弱的康复病人……

"刚才怎么啦,我的上尉?"

"不……没什么。"

"我的上尉,您说话真吞吞吐吐!"

我吞吞吐吐。但是我活着。

"……没……追上……我们……"

"喔!我的上尉,这是暂时的!"

这是暂时的:还要去阿拉斯呢。

这样,有几分钟,我相信回不来了,可是心里没有感到这种灼心的焦虑,据说这种焦虑会熬白头发的。我想起了萨冈。想起了萨冈的亲身经历。两个月前,一番战斗后,他被打落在法国区,几天后我们去看望他。他被歼击机团团围住——可以说已钉在死刑架上——自忖十秒钟后必死无疑时,他萨冈感到的是什么?

第九章

我清清楚楚记起他躺在医院病床的情景。跳伞时,他的膝盖磕在飞机尾翼上,骨折了。但是萨冈没有感到震动。他的脸和双手严重烧伤,但是总的来说,他没受到令人担心的创伤。他向我们慢慢地叙述自己的事,声音平淡,像在报告一件苦差使。

"……我知道,他们看到我被照明弹照上了就会射击。我的仪表盘被炸了。接着我看到一股烟,喔!不多,像是前面来的。我想这是……你们知道那里有根连接管……喔!那个火烧得不旺……"

萨冈噘嘴。他在斟酌这个问题。对我们说明烧得旺还是不旺，他认为很重要。他犹豫：

"反正……着火了……那时我要他们跳伞……"

因为，火会在十秒钟后，使飞机变成一团火炬！

"那时我打开跳伞舱。我错了。空气引来了……火……我为难了。"

一个火车头锅炉，在七千米高空，对着你的肚子喷射烈焰，你仅是为难！我夸耀萨冈英勇或是腼腆，也不算是对他的出卖。他则不会承认这是英勇，这是腼腆。他会说："是的！是的！我是为难了……"他显然竭力做到实话实说。

我知道，思维的区域微乎其微，一个时候只能容纳一个问题。假使你们揪住衣领动拳头，一心考虑斗争的战略问题，你们就感不到拳头落在身上。一次我驾驶水上飞机出了事，以为要淹死，冰凉的水给我的感觉是温暖的。或者，更确切地说，我的思维不再考虑水的温度。它被其他急事吸引了。水的温度在我记忆中留不下一点痕迹。因而萨冈的思维也被跳伞技术占领了。萨冈的天地仅限于控制活动座舱罩的那个手柄，落点令他担心的降落伞的某个活扣，他的机组人员的技术命运。"你们跳了吗？"没有回答。"机上没人吗？"没有回答。

"我相信只剩下我一个人了。我相信我可以跳了……（他的脸和手已经烧伤。）我站起来，跨过座舱，先在机翼上站稳。一到上面，我向前俯身：我没有看到观察员……"

观察员被歼击机当场射死，躺在座舱角落里。

"我就向后退……我没有看见机枪手……"

机枪手也滚倒在地上。

"我相信只剩下我一个人了……"

他想了想：

"要是我知道……我原可回到机舱……烧得并不很旺……我就是这样，在机翼上站了很久……离开座舱前，我把飞机调整在爬升状态。飞行没有偏，风力也可忍受，我感到很自在。喔！是的，我在机翼上站了很久……我不知道该做什么……"

萨冈不提出错综复杂的问题：他相信机上只剩下他一个人，飞机在燃烧，歼击机去而复来，向他扫射子弹。萨冈向我们表示的是，他没感到任何欲望。他什么也感觉不到。他的时间绰绰有余。他处在无尽的闲暇中。逐渐逐渐地，我也体会到死在眼前时有时会产生这种奇特的感觉：意料不到的闲暇……那些想象中的气急败坏，都被现实生活否定了！萨冈站在他的机翼上，像被抛出了时间！

"后来我跳了，"他说，"跳得不好。我看到自己旋转。我怕伞打开太早，身子缠在里面。我等待身体稳住。喔！我等了好久……"

萨冈就是这样，这场历险自始至终记得的只是等待。等待烧得更旺。后来在机翼上等待谁也不知道什么。后来直朝地面自由降落时，还在等待。

这就是所谓萨冈，一个少不更事、比平时更平凡的萨冈，一个有点发愣、站在深渊前无聊得跺脚的萨冈。

第十章

周围压力只有正常大气压力的三分之二，我们沉浸于其中已经两个钟点了。机组在慢慢消耗。我们很少说话。我还小心翼翼地试过一两次，在脚蹬上踩。我没有坚持。每次心里钻进同样的感觉，又累又舒服。

拍照需要盘旋，杜泰特事前很早关照我。我尽自己力量利用还可一用的方向盘对付着。把飞机又摁又拉。盘旋了几圈，给杜泰特取了二十个镜头。

"什么高度？"

"一万零二百米……"

我还在想萨冈……人总是人。我们是人。我在自己心中遇到的只是我自己。萨冈认识的只是萨冈。要死的人，也像一贯的那样死去。一名普通矿工死了，死去的是一名普通矿工。小说家为了引人入胜，编造的这种惊慌失措、精神错乱，又在哪儿呢？

我在西班牙看到，几天挖掘后，从一幢遭航空鱼雷摧毁的房屋的地下室，钻出一个人。人群一声不出——我还觉得——带着一种突如其来的胆怯，围着他，那个人几乎从地狱回来，身上还盖满泥灰，被窒息和饥饿折磨得半痴半呆的，活像一头濒临灭绝的怪兽。有人大着胆子向他提出问题，他专心地听着，浑身显得青绿，人群由胆怯变得毛骨悚然。

大家在他身上试用一些笨拙的钥匙，因为没有人知道怎样提出真正的问题。有人对他说："您那时感到什么……想什么……做什么。"他们就这样，在深渊前把吊桥胡乱往前抛。就像企图帮助一个又聋又哑的瞎子，他耳不聪目不明，你却随便用一种信号去接近他。

但是当那个人能够回答我们时，他回答说：

"啊！是的，我听到很长的爆裂声……"

还有呢……

"我担忧得很。时间很长……啊！时间真长……"

还有呢……

"我腰痛,很痛……"

这位老实人跟我们谈的不外是老实人的事。他尤其谈起他遗失的表……

"我找过……老挂在心上……但是在黑暗里……"

当然,生活教导他珍惜流逝的时间,爱护日常的物件。他以自己这样的人来感受自己的宇宙,即使这个宇宙在黑夜中崩裂了。

但是,"你那时是个什么样的人?你心中出现的是谁?"这才是基本问题,指导着一个人的一切尝试,然而没有人懂得向他提;就是提了,他的回答无非是:"我自己……"

任何环境在我们心中唤醒的,决不会是一个我们素未谋面的陌生人。人生,是渐渐的诞生过程。借用现成的灵魂未免过于轻松了吧!

有时,顿悟好像使人的命运走上岔道。但是顿悟,只是智慧慢慢铺设的道路突然呈现在眼前而已。我慢慢学习语法。他们对我进行句法训练。我的感情被唤醒了。忽地,诗句在我心中油然而生。

当然,此刻我感觉不到一点爱。但是,如果今晚有什么向我显示,那是因为我曾经步履沉重地背了我的石块,添加在那座看不见的建筑物上。我在准备一个节日。我将没有权利说:我心中突然出现了一个非我的人,既然这个非我的人是我自己造成的。

我对这场战争历险不期望什么,除了这个缓慢的准备过程。如同语法课,以后会开花结果的……

这种慢性的磨蚀把我们心中的任何生命都损耗了。我们老了。任务老了。上高空要付什么代价?一万米高空生活一小时,不是相当于心、肺、血管等器官一星期、三星期、一个月的生活和活动吗?可是,我把此事置之脑后。好多次半昏迷已使我增老了几百岁,我像老人一样泰然自若。穿衣时的激动已显得无限遥远,恍若隔世。而阿拉斯也在无限遥远的未来。战争历险呢?哪儿有什么战争历险?

十分钟前,我差点儿连人都找不见了,我并没什么可说,除了看见一群小胡蜂飞过三秒钟。真正的历险只持续了十分之一秒。在我们队里,有人回来,有人回不来,从不议论这种事。

"蹬一下左脚,我的上尉。"

杜泰特竟忘了我的脚蹬冻住了!我想起童年时代令我入迷的一幅画。背景是北方的黎明,中央是一座离奇的沉船坟地,船在南方的海洋中凝住不动。类似长夜灰濛濛的光线中,船张开水晶状的手臂。它们在死的气氛中帆樯高耸,帆上保留了风的遗迹,像一张床保留了温柔的肩膀的窝形。但是令人感觉到船帆僵硬,还咯咯作响。

这里的一切无不上冻。我的操纵杆冻住了。我的机枪冻住了。我问机枪手:

"您的机枪呢?……"

"没事了。"

"啊!好。"

我吐在面罩氧气管中的是冰针。软橡皮管内结了冷霜,堵得我窒息,我不时要捏碎。捏的时候感到霜块在我的掌心吱吱出声。

"机枪手,氧气行吗?"

"行的……"

"瓶里压力多少?"

"噢……七十。"

"啊！好。"

时间对我们来说也上冻了。我们是三位长大白胡子的老头儿。无物是流动的，无物是紧迫的，无物是残酷的。

战争历险？阿利亚斯少校有一天认为有必要跟我说：

"尽量小心！"

小心什么，阿利亚斯少校？歼击机闪电似的从你头上扑过来。歼击机群凌越在你的上面一千五百米，发现你在底下，有的是时间。它们迂回飞行，定方向，定高度。你还完全蒙在鼓里。你是老鹰身影笼罩下的老鼠。老鼠想象中自己是活的。在麦田里钻。但是已经是老鹰视网膜中的囚犯，逃出捕鼠器易，逃出视网膜难，因为老鹰不再会放过它。

你呢，也是，你继续飞行、梦想、观察地面，而落入别人视网膜上的那颗难辨的黑点子已把你判处死刑。

一组九架歼击机可以随心所欲垂直一线挡住去路。他们有的是时间。他们射出那种神奇的箭叉，时速九百公里，百发百中。轰炸机队具备强大火力，有机会防御，但是侦察机在高空中孤立无援，绝对胜不了七十二支机枪，何况机组看到的只是一阵眼花缭乱的弹雨光束。

当你认识到会有战斗时，歼击机已像眼镜蛇，把毒液一口喷出，自己高高在上，让你伤也伤不着，够也够不到。眼镜蛇就是这样，摇摇摆摆，喷出火光，又摇摇摆摆。

因而，歼击机群隐遁而去时，什么也还没变。甚至面目也没变。现在天空空了，和平恢复了，面目变了起来。歼击机也已成了一个不偏不倚的旁观者，这时从观察员切断的颈动脉流出第一道血,从右发动机悠悠忽忽闪出第一团火。眼镜蛇身子已往回缩,毒液却向心脏钻,脸上肌肉开始痉挛。歼击机不杀人。它们散播死亡。它们过去后,死亡长芽了。

小心什么,阿利亚斯少校?我们遇上歼击机时,我已没有什么决定可做了。我也可能没认出来。它们要是在我上面,我根本认不出来的!

小心什么?天空是空的。

大地也是空的。

从十公里外观察,人就不见了。隔了这段距离,无法看清人的行动。我们的远焦距照相机在飞机上是当作显微镜使用的。显微镜下看到的不是人——人在这个仪器下显示不出来——而是人存在的踪迹:公路、运河、车辆、船队。人是载玻片培养基中的微生物。我是一位铁石心肠的学者,他们的战争对我只是一个实验室课题。

"他们放枪了吗,杜泰特?"

"我相信他们放了。"

杜泰特什么也不知道。子弹开花声离得太远了,烟与土的颜色混淆不清。他们别想乱放一通把我们打下来。我们在一万米高空,实际上谁也动不了一根毫毛。他们放枪是为了指出我们的位置,也可能指导其他飞机追我们。长空中一架歼击机像一粒看不见的灰尘。

地上的人看出我们,是因为飞机飞在高空,身后拖了一根珠白色的长带子,像新娘的纱裙。这颗流星划过天空,震动大气,使其中的水气结成冰晶。我们往身后放出一圈圈冰针的卷云。如果外界条件适宜云的形成,这条卷云变厚,到了晚上成为云层,横在原野上。

歼击机凭机上的无线电,枪弹开花,烟团,还有我们富丽堂皇的白纱裙,追赶我们。可是我们翱翔在几乎是空的九霄云外。

我们航行的时速——我知道——是五百三十公里……可是一切都是停滞不动的。体育场上表现出速度。这里一切浸在空中。因而,地球尽管每秒钟四十二公里,绕着太阳旋转却很慢。要耗上一年。我们也是,在地心作用中,给人追上也可能很慢。空战的密度呢?何异是大教堂中的几颗灰尘!灰尘,我们可能要招来几十颗或几百颗。这蓬灰,像从抖动的地毯上慢慢飘向太阳。

小心什么,阿利亚斯少校?我垂直往下看,只见到另一个时代的小摆件,罩在清澈不动的水晶底下。我朝博物馆的玻璃罩俯下身。但是玻璃罩处于逆光下,我们前面很远的地方,无疑是敦刻尔克和海。但是我辨不清侧面有些什么。现在太阳太低,我在一块巨大的反光板上飞。

"杜泰特,透过这块鬼东西您看到什么了吗?"

"往下能看到,我的上尉……"

"哎!机枪手,歼击机没消息吗?"

"没消息……"

实际上,有没有人跟踪我们,从地面看不看得到我们后面飘舞的一大把童贞女纱裙,我压根儿就是不知道。

"童贞女的纱裙"使我浮想联翩。心头骤然出现一个形象,我立即认为美妙动人:"……我们如大美人高不可攀,同时又紧追自己的命运,身后慢慢拖着冰雪的长裙……"

"左脚踩一下!"

这才是现实。但是我没忘记吟咏我的打油诗:

"……我一盘旋,满天的追求者跟着打转……"

左脚踩一下……左脚踩一下……踩！

大美人身子旋转不动啦。

"要是您唱歌……就翻眼睛……我的上尉。"

我真的唱歌了吗？

可是，我要有一点哼曲子的雅兴，也叫他杜泰特给赶跑了：

"我的照片差不多拍完了。您可以马上朝阿拉斯方向下降。"

我可以……我可以……我当然可以！大好机会不容放过。

嗨！气门杆也冻上了。

我对自己说：

"上星期，三次任务回来一次。战争的危险性真不小。可是，我们倘若属于那些回来的人，我们也不会有话说的。我有过冒险生活：邮政航线开创工作、撒哈拉抵抗区生活、南美洲飞行……但是战争不是一场真正的历险，它只是历险的一种代用品。历险具有丰富的内容：建立联系、提出问题、创造新事物。并不能因为押注是生与死，就可把一场猜正反面的赌博说成是历险。战争不是一种历险。战争是一种病。像伤寒症。"

可能以后会明白，我在奥贡特房间的经历才是一场真正的战争历险。

第十一章

1939年冬天酷寒，大队驻扎在圣迪齐埃。我住在郊区奥贡特村一家用土墙砌成的农庄。夜间温度大大下降，我的土罐子里的水能结成冰。穿衣前第一件事，不用说是点上我的火。在被窝里乐融融卷作一团，要点火就得离床。

这房间又冷又空,这张像苦修士用的普通床就比什么都令我迷恋。经过几天的辛劳,我在床上体验到休息的乐趣。也体验到安全感。床上没有东西威胁我。我的身体在白天经受了高空的严酷、锋利的炮弹的袭击。我的身体在白天可能变成痛苦的温床,受到不公正的折磨。我的身体在白天不属于我。不再属于我。他们可以宰割我的四肢,抽走我的一部分血。还有一种战争行为,就是这个身体成了一个零件仓库,业主却不是你。执达员来领眼睛。你就把天赋的视觉交给他。执达员来领腿。你就把天赋的步行功能交给他。执达员提了火炬来领你满脸的肉。在他的勒索下,你交出天赋的微笑和对人的友好表示,自己成了一个妖怪。也是这个身体在白天可能对我露出敌人的面目,伤害我,可能成为呻吟的工厂;此刻,它还是我的朋友,听话亲昵,半睡不醒地在被窝里滚,向我的知觉诉说生的乐趣,发出幸福的鼾声。但是我应该叫它起床,用冰水洗脸,刮胡子,穿衣服,整整齐齐地扑入火药的爆炸中。这次离床犹如被人从母亲的双臂,从母亲的怀抱,从童年的爱、抚摸和保护中夺走。

对我的决定仔细斟酌、慎重思考和长久拖延后,我咬咬牙一跃而起,跑到炉边,堆上一堆乱柴,浇上汽油。接着,木柴一着火,我再一次横越自己的房间,钻入被窝,又感到浑身暖洋洋,把鸭绒被拉到左眼下,窥视着我的壁炉。起初火没着,接着蹿起短促的火苗,照亮了炉顶。接着火头在炉内稳定了,像一场节庆筹备完毕。接着响起噼啪声、呼隆声、歌声。如在乡村婚礼上,宾主开始酒酣耳热,你推我搡时那么高高兴兴。

我的火温厚慈祥,像一头活泼忠实、勤劳守职的牧羊犬守着我。我凝视它,心底感到喜悦。当天花板上黑影的舞蹈、金光中温暖的音乐、角落里火焰搭成的建筑,使喜庆进入高潮,当屋内充满烟和树脂的神奇气味,我跳起身,离开一位朋友去找另一位朋友,我从床奔向火,向那个更慷慨的人走去,不知是去烤热我的肚子还是温暖我的心。处于两种诱惑之间,我怯懦地屈从了更有力、更鲜艳夺目、更能以喧声和闪光夸耀自己的那种诱惑。

这样,我有三次——先点火,后躺下,最后回去收割我的火焰庄稼——我有三次牙齿咯咯响,横越室内荒凉寒冷的草原,体验到点点滴滴的极地探险。我穿过沙漠走向幸福的中途站,犒赏我的是这团大火,火在我面前为我跳起了牧羊犬的舞蹈。

表面上这个故事平淡无奇。然而这是一场大历险。要是那天我以旅游者身份参观这家农庄,这个房间决不能让我发现我如今一目了然的东西。它能让我看到的只是它的平凡空荡,全部陈设仅是一张床、一只水罐、一只坏壁炉。我会在里面打上几分钟哈欠。我怎么会分辨它的三个领域,它的三种文明——睡眠的文明、火的文明和沙漠的文明。我怎么会感到身体的历险?——首先是母亲怀中备受爱护的孩子的身体,然后是吃苦耐劳的士兵的身体,最后又是有了火的文明而满心喜悦的人的身体;火是部落的中心,火使主人增光,使同伴增光。他们若去拜访一位朋友,参加他的宴席,拉过椅子围着他的椅子坐,跟他谈论白天的问题、担心和劳累,一边谈,一边又搓手又在烟斗里加烟:"火,不管怎样叫人高兴!"

但是,现在已没有火令我想起温情。没有冰冷的房间令我想起历险。我梦中醒来。有的只是一片绝对的空。有的只是极度的老。有的只是一个声音——那是杜泰特的声音,他还在痴心妄想要对我说:

"左脚踩一下,我的上尉……"

第十二章

我一丝不苟尽我的本职。还是不免做个吃败仗的机组。我沉浸在失败中。失败从各处往外渗,就是我手中也有失败的痕迹。

气门杆上冻了。我没有其他生路,只有开足全速。现在我的两截废铜烂铁向我制造错综复杂的问题。

我驾驶的这架飞机,螺旋桨螺距增大限度太低。要是我全速俯冲,没法指望时速不接近八百公里,发动机不超过负荷运行。发动机超负荷运行会带来烧毁的危险。

万不得已可以关车。但是这样飞机肯定发生故障。故障发生,任务失败,飞机也可能坠毁。一小时一百八十公里速度与地面接触的飞机,并不是在所有的场地都能着陆的。

主要是扳动气门杆。我一用力就把左边那根制服了。但右边那根还在抵抗。

我现在可能做到在容许的飞行速度内降落,倘若我减低我还能操纵的那个发动机——左边那个——的转速。但是要控制左发动机转速,必须补偿右发动机的侧面坠力,这种坠力显然会使飞机往左旋转。我必须防止这种旋转。可是,可进行这项操作的脚蹬也完全冻住了。我不可能进行任何补偿。我若限制左发动机,就会螺旋下坠。

没有别的途径,除了下降时冒一冒险,超过理论断裂转速。三千五百转:断裂危险。

这一切都是荒谬的。什么都不对劲。我们的世界就是一些互不啮合的齿轮装配而成的。该追查的不是机器,是钟表匠。但是钟表匠不在了。

战争已有九个月了。我们还是没能责成有关工业部门,制造机枪和操纵杆要适应高空气候。令我们碰壁的不是人的粗心大意。大多数人还是诚恳自觉的。他们的惰性几乎总是他们缺少效率的一个结果,而不是一个原因。

缺少效率像一种天命压在我们大家身上。压在用刺刀对付坦克的士兵身上。压在以一当十的机组身上。甚至压在那些担负机枪、操纵杆改进任务的人身上。

我们生活在一个行政机构的密不透风的肚子里。行政机构是一架机器。行政机构愈是完善,愈是排斥人的随意性。在一个完美无缺的行政机构内,人起一种齿轮作用,懒惰、狡猾、不公正都找不到泛滥的机会。

机器制成后,是为了控制一系列设计后一成不变的操作,同样,行政机构也没有一点创造性。它是管理。它对某种错误处以某种惩罚,对某个问题给予某个解决办法。行政机构不是为了解决新问题而建立的。若把木材送进冲床,出来的决不是家具。为了改进机器,就需要有人有权把机器拆散。但是行政机构的建立本来就是防范人的随意性的祸害,那些齿轮排斥人的干预。排斥钟表匠。

从十一月起,我属于第三十三联队第二大队。同志在我一到就关照过我:

"你去德国人上空溜达不用带机枪和操纵装置。"

接着安慰我说:

"你放心。不带你也不吃亏。你还没发现歼击机前,人家早就把你打下来啦。"

现在是五月；六个月了，机枪和操纵装置还是上冻。

我想起我国自古以来的一句老话："疑是走投无路时，必有奇迹救法国。"我明白这是为什么。有时这台漂亮的行政机器遭到一场灾难，坏得无法修复，万不得已用普通人来代替。是人挽救了一切。

一枚航空鱼雷把空军部捣成粉碎，他们紧急中召来一名下士，对他说：

"您的职责是不让操纵装置上冻。您拥有一切权利。看着办吧。不过两个星期后，如果操纵装置还是上冻，您就给我进班房。"

那样，操纵装置可能不会上冻。

我能举出一百个例子说明这个毛病。北方某省的征调委员会，比如说，征调了怀胎的母牛，屠宰场也就成了胎牛的坟场。机器的哪一个齿轮，征调委员会的哪一个上校都只有权利像齿轮那样行动。他们都受另一个齿轮的制约，像钟表一样。任何反抗都是无用的。这说明为什么这台机器一旦出毛病，会轻松愉快地把怀胎的母牛宰了。这可能还是不幸中之大幸。毛病出得更大，还会把上校也宰了呢。

到处乱七八糟的，使我骨髓也发冷。就是把其中一只发动机马上弄炸了也不会有用，只好对左气门杆又压一下。满腹怨气中我用力过度。接着我放弃了。这次使力让我的心又感到刺扎了一下。不用说，人的身体生来不是在万米高空中做体育活动的。这次刺扎是一种隐痛，犹似器官在安眠中某部分知觉奇异地醒了。

发动机爱炸就炸吧。我不在乎。我竭力呼吸。觉得要是分心，就会呼吸不成。想起了从前用来吹火的风箱。我也在吹我的火。我就是要叫它"着起来"。

我损坏了什么不可修复的东西？万米高空中，用力稍猛会引起心脏肌肉撕裂。心，是非常脆弱的。它要用上许多年。干这么笨重的活儿把心弄坏了那才荒谬呢。就像把金刚钻当柴火用来煮一个苹果。

第十三章

就像把北方的村子烧光，变成焦土，也没能挡住德国人的挺进，哪怕半天也不能。可是，这些错错落落的村子，这些年深日久的教堂和房屋，屋里成堆的纪念物，漂亮的胡桃木油漆地板，柜中美丽衣衫，窗前花边窗帘，用到今天还是好好的。眼下我看见它们在从敦刻尔克到阿尔萨斯的一路上，熊熊燃烧。

从一万米高空看下来说"燃烧"，这是夸大其辞。因为村子上空，像森林上空一样，看到的只是一团不动的烟，一种白色的奶液。火只是在暗中蠕动而已。在一万米高空，时间也像停滞了，因为看不到运动。看不到劈劈啪啪响的火焰，折裂的柱梁，翻滚的浓烟。看到的只是琥珀色中凝结的灰白奶汁。

这座森林有人治疗吗？这个村子有人治疗吗？从我这个地方观察，火像病似的慢慢销蚀。

在这件事上要说的话也很多。我听到过这样的话："我们不要舍不得小村庄。"说这话是必要的。战争期间，一个村庄不是传统的一个纽带。在敌人手里只是个老鼠窝。一切都会改变意义。就像这几棵树，三百多年了，给你的老家遮风挡雨。但是也妨碍一位二十二岁中尉的枪炮瞄准。他派十五个士兵到你家砍掉这件时间的杰作。三百年的耐心和阳光，三百年的家庭圣物和花园庇荫的结晶，他花十分钟工夫就捣毁了。

"我的这些树！"

他不听你的。他在进行战争。他是对的。

现在为了玩战争的游戏，他们也焚烧村庄，也拆毁营地，也牺牲机组，也投入步兵去对付坦克。自有一种说不出的难堪。因为一切都无济于事。

敌人看到了这个事实，在利用这个事实。无边无际的土地上，人占很小的位子。需要一亿士兵才能联成一条绵延不断的墙。因而，部队与部队之间总有缺口。这些缺口原则上说，可由部队的流动性弥补，但是从装甲武器的观点看，机械化程度不高的敌军可以说是不动的。这些缺口就成了真正的漏洞。从而产生这条简单的战术规则："装甲师的行动应该像水。在敌人的壁垒上轻轻施加压力，只在没有遇到阻力的地方往前猛冲。"坦克就是这样压在壁垒上。缺口总是存在的。坦克也总是能冲过去的。

这些坦克进行袭击后，遇不到坦克的阻挡，横冲直撞，带来不可挽回的后果，虽然它造成的损伤表面不深（如俘虏了地方参谋部，切断了电话线，火烧了村庄）。它们却起了化学剂的作用，摧毁的不是机体，而是神经和淋巴结。它们以闪电速度横扫过的土地上，任何军队即使表面几乎毫无损伤，也都不成为军队了。它变成了分散的凝块。原来是一个有机体，现在剩了一堆互不关联的器官。在这些凝块之间，不管士兵多么骁勇善战，敌人可以随心所欲推进。士兵成了乌合之众，部队作战就不会有效。

十五天造不出一种新材料。甚至……军备竞赛也是输的。我们是四千万种田的人，面对的则是八千万做工的人！

我们以一个人对付三个敌人。一架飞机对付十架或二十架敌机,从敦刻尔克以后,一辆坦克对付一百辆敌坦克。我们没有闲暇默想过去。我们从事的是现在。现在就是这个样。任何一种牺牲,不管在什么时候,不管在什么地方,都无法推迟德国人的挺进。

因而,在民政军事各部门,从上到下,从管子工到部长,从士兵到将军,无不有一种既不知也不敢明确表示的内疚,牺牲只是一种学样或者自杀时,就失去了任何崇高的意义。自我牺牲是美的:某些人为了别人活而自己死了。救火要拆除火场四周的建筑。等援兵要在兵营中战斗到死。这都是对的,但是,不论做什么,火还是向四处蔓延。可躲身的兵营不存在了。援兵也是盼望不到的。这时再说为那些人战斗,为那些人试图战斗,好比是在干脆叫他们去送死,因为飞机摧毁军队后方的城市,改变了战争的打法。

我后来听到一些外国人指责法国,没有把某几座桥梁炸掉,没有把某几个村庄烧毁,没有把某几个人处死。但是令我深感震惊的却是做了相反的事,绝对相反的事。这是一片诚意遮住了我们的耳目。这是我们不顾事实在作绝望的斗争。虽然一切无济于事,但为了按照规则游戏,我们还是把桥梁炸了。为了按照规则游戏,我们还是把真正的村庄烧了。为了按照规则游戏,我们的人在死去。

当然,也有忘了的!有的桥忘了炸,有的村庄忘了烧,有的人让活了下来。但是这场溃退的悲剧在于使一切行动失去了意义。不论谁炸桥,没一个不对这事厌恶的。这个士兵拦不住敌人,倒制造了一座桥的废墟。他损害自己的国家,是为了装模作样打个漂亮仗!

要使行动有热诚,就要使行动有意义。烧毁庄稼是要把敌人埋在灰堆里，是美事。但是敌人依仗一百六十个师，对我们的火和我们的死只会嗤之以鼻。

村庄烧毁的意义应该与村庄存在的意义是相等的。而今，村庄烧毁的作用只是装模作样的作用。

死的意义应该与死是相等的。这些士兵打得好还是不好？这个问题本身没有一点意思！大家知道从理论上，一座小镇可以防守三个小时！可是士兵接到坚守的命令。没法进行战斗，他们自己要求敌人摧毁村子，为了战争游戏规则得到遵守。犹如可爱的对手下棋时说："你忘了把这只小卒子吃掉……"

他们向敌人挑战：

"我们是这个村子的守方。他们是攻方。来吧！"

问题听明白了。一个中队用脚跟一踩，把村子夷为平地。

"好棋！"

当然，死气沉沉的人也是有的，但是死气沉沉是绝望的一种粗糙形式。当然逃兵也是有的。阿利亚斯少校本人就有两三次拔出手枪，威吓那些满脸灰气的散兵游勇；他们在公路上撞见的，对他提的问题期期艾艾答不上来。谁都想把罪魁祸首逮住，干掉他扭转乾坤！逃兵要对溃逃负责，既然没有逃兵就没有溃逃。只要拔出手枪瞄准了，一切都会好的……但是这好比消灭疾病，不惜把病人埋掉。阿利亚斯到后来还是把手枪放回口袋，这支手枪在他本人眼里突然显得过于招摇，像喜歌剧中的指挥刀。阿利亚斯感到这些满脸灰气的士兵是灾难的结果，不是原因。

阿利亚斯知道，这些士兵跟今天还在接受死的士兵没有两样，没有丝毫两样。十五天来，十五万人接受了死。但是也有一些头脑顽固的人要求说明死的理由。

理由可是不好找。

赛跑员将要和他同一级别的赛跑员进行一生中最重大的比赛。但是他一开始发现腿上锁了一个囚犯的铁球。竞赛者像长了翅膀那么轻快。这种争斗不说明什么。他弃权……

"这次不算……"

"算的！算的！"

在一场已算不得是比赛的比赛中，能编些什么理由才可使人主动贡献一切？

阿利亚斯知道这些士兵在想什么。他们也在想："这次不算……"

阿利亚斯收回手枪，找一个合理的回答。

合理的回答只有一个。唯一的。我打赌谁也找不出第二个：

"你们死了也不会改变什么。失败是铁定了的。但是失败最好用死人来表示。这样会哀痛。辛苦你们，扮演这个角色吧。"

"好的，我的少校。"

阿利亚斯不轻视逃兵。他太清楚了，他合理的回答够说明问题了。他自己就接受死。他手下的机组都接受死。对我们来说也是，这个合理的回答虽有点躲躲闪闪，也够了：

"这很不好办……但是参谋部他们坚持要办。他们非要办不可……就是这么回事。"

"好的，我的少校。"

我也只是相信，死者是给生者做担保的。

第十四章

我老得很了,把一切都撇在后面了。我看窗上的反光镜。底下是人。显微镜载玻片上的纤毛虫。纤毛虫的家庭纠纷能叫人感兴趣吗?

要不是心头的疼痛像活了似的,我会像一个垂老的暴君胡思乱想。十分钟前,我杜撰了这个龙套的故事。虚假得令人作呕。我窥见歼击机时,想到的是低声哀叹吗?想到的是尖尾巴的胡蜂。是啊。这些脏点子,真是微乎其微。

我竟能毫不厌恶地胡编长纱裙。我不会想什么长纱裙,是因为我根本看不到自己的航迹!在座舱里,我像烟斗卡在烟斗盒里动弹不得,不可能看到背后的事。我通过机枪手的眼睛往后看。这不够的!还得喉头送话器不出故障!我的机枪手从没对我说过:"那里有几个求婚者跟在我们的长纱裙后面……"

现在有的只是怀疑主义和耍花招。我当然愿意相信,愿意斗争,愿意赢得胜利。但是烧毁自己的村庄没法叫人装出相信、斗争、赢得胜利的样子,很难使人热血沸腾。也很难存在。人只是关系中的一个纽带,现在我的联系已无多大价值了。

我心里什么东西出了故障?这些变换的秘密在哪里?我现在看来抽象遥远的东西,怎么会在其他环境令我心绪不宁?一句话、一件事怎么会在人的命运中反复不已?我要是巴斯德[①],纤毛虫的生态活动会叫我牵肠挂肚,以致载玻片在我眼中像原始森林那么辽阔,我俯望载玻片是在经历最高形式的历险,这又是怎么

[①] 巴斯德(1822—1895),法国微生物家、化学家。

会的呢？

怎么会的，下边，这个小黑点，那幢住人的房子……

它引起了我的一个回忆。

当我还是孩子的时候……我远溯到我的童年了。童年——人人都是从中而来的这片广袤土地！我从哪里来的？我从我的童年来的。我生来就有我的童年，犹如我生来就有一个故乡。把话说回来，当我还是孩子的时候，有一天晚上经历了一件奇异的事。

我那时五岁或是六岁。晚上八点。八点是孩子该睡觉的时间。尤其冬天，因为天黑了。可是，大家把我忘了。

这幢乡村大宅第的底楼，有一个门厅，在我的印象中巨大无比，通往一间暖屋，那是我们孩子吃饭的房间。我一直害怕这间门厅，原因可能是那盏小灯，挂在房间中央，晦暗昏沉，不像在照明，像在打信号。可能是高高的护壁板，静默中咯咯出声，也可能是冷。因为，从明亮温暖的房间出来，到了里面像进了洞穴。

但是那天晚上，看到人家把我忘了，我向恶魔让了步，踮起脚尖抓到门柄，慢慢把门推开，走进门厅，非法勘探这个世界。

护壁板的响声在我看来像天怒的一种预示。我隐约看到暗影中那些高大抱敌意的木板。虽不敢再往前走，还是勉强爬上了一张蜗形腿桌子。我坐在上面，背靠着墙，腿悬在半空，心怦怦地跳，像大海的沉船者坐在他们的礁石上。

那时，一个客厅的门开了，两位叔叔——令我胆战心惊的两位——进来带上门，把闹声和灯光关在外面，开始在门厅里踱来踱去。

我怕被发现，抖个不停。其中一位叫于贝尔，对我更是威严的化身，神的执法者。这人不用对孩子指指戳戳，我每犯一次罪，他皱起狰狞可怕的眉毛反复对我说："下次我去美国，我要带回一台揍孩子的机器。美国什么都做得精巧。所以那里的孩子才乖呢。做父母的可省心了……"

我那时就是不喜欢美国。

他们在这间冰冷走不到头的门厅里来回逛，没有窥见我。我眼睛盯着他们，耳朵听着他们，屏住呼吸，头发昏。"如今这个时代，"他们说……他们带着大人的秘密走远了，我也重复说："如今这个时代……"接着他们回来了，像一阵潮水，带着不可知的财富又向我卷来。"荒唐，"其中一个对另一个说，"荒唐到家了……"我像拣珍宝似的把这句话也拣了起来。为了试验这句话对我五岁的心灵产生什么力量，我慢慢重复说："荒唐，荒唐到家了……"

潮水把叔叔冲走了。潮水把叔叔冲回来了。这种现象使我看到了人生一些还不明确的前途，它像星辰那样有规则地反复出现，如万有引力现象。我钉在墙桌上，千年万年下不来，当了一场密谈的偷听者，密谈中两位无所不知的叔叔同心协力创造世界。这幢房子还可能矗立一千年，两位叔叔也会一千年像钟摆慢悠悠地在门厅里晃，继续给它一种永恒的味道。

我正望着的那个黑点子，无疑是一幢住人的房屋，在飞机下十公里。我见了毫无感受。可是，也可能就是一幢乡村大宅第，也有两位叔叔在散步，在一个孩子的心灵中慢慢创造像无边大海那样神奇的东西。

我从我的万米高空发现的这块大地，有一个省份那么大，可是一切收缩得令我窒息。我在这里占的空间，还不及我在这个黑点子里占的多。

我失去了对内在天地的感觉。我对内在天地是盲目的。然而我对它很渴望。我在这里仿佛遇到了任何人的任何愿望的一种共同尺度。

当一次机缘唤醒了爱，人心中的一切都围绕这爱作安排，爱使他意识到内在天地。我住在撒哈拉时，要是阿拉伯人半夜突然来到我们篝火旁，警告我们说远处有危险，沙漠就有了内容，有了意义。这些信使开拓了沙漠的内在天地。音乐也有内在天地，当它美的时候。旧衣柜的气味也复如此，当它唤醒和引起回忆的时候。动感情，就是感到了内在天地。

但是我也明白，人的一切不可以数计，不可以度量。真正的内在天地不能用眼睛观察，只能诉之于心灵。它与语言的价值完全相等，因为连结事物的毕竟是语言。

我觉得从那以后，更看出什么是文明。文明是包括了信仰、习俗、知识的一笔遗产；信仰、习俗、知识随着世纪缓慢累积而成，有时很难用逻辑解释；既然它们可以开拓人的内在天地，比如道路总是通往某地的，这本身就可说明它们存在的理由。

低劣的文学向我们宣扬逃避的需要。当然，踏上旅途也是去找寻内在天地。但是内在天地是无法到外界去找的。它是渐渐建成的。逃避从不会使人找到道路。

人需要东奔西走，齐声高唱，或者进行战争，才感到自己是人，这也可算使自己跟他人和世界相结合而强加于自身的联系。但是这种联系多么贫乏！一个文明若是强有力的，它使人充实，即使这人在那里一动不动。

在某个宁静的小城里，天灰濛濛地下着雨，我窥见一位闭门不出的残疾女人在窗前默想。她是谁？大家对她怎么样？我就是以这个人的分量来判断这个小城的文明。我们一动不动时有多大价值？

这位祈祷的多明我修士身上有一种分量。这人在匍匐不动时更体现人。巴斯德在显微镜上屏息敛气时，是个有分量的人。巴斯德在观察时更体现人。那时，他前进。那时，他急急忙忙。那时，他跨着巨人的步伐前进，虽然一动不动，他发现了内在天地。塞尚①也是如此，面对他的素描，一动不动，一声不出，是一个不可估量的人。只是在不说话、专注于感受和判断时，他更体现人。那时，他的画对他变得比大海还浩渺辽阔。

童年房屋造成的内在天地，我的奥贡特房间造成的内在天地，显微镜视野给巴斯德造成的内在天地，诗歌开拓的内在天地，这许许多多脆弱美妙的财富，只有一个文明才能让人分享，因为内在天地是为精神的，不是为眼睛的，没有语言便没有内在天地。

但是，怎样恢复我的语言的意义，当此一切混淆不清的时候？当此花园的树既是一个家庭世代乘载的船，又是炮兵目标的障碍的时候？当此轰炸机像压榨机重重压在城市上空，迫使居民像黑色液汁沿着公路流动的时候？当此法国像捅破的蚂蚁窝乱作一团的时候？当此战斗对象不是具体可见的敌人，而是要上冻的脚蹬、卡住的手柄、滑牙的螺栓……

"可以下降！"

我可以下降了。我会下降的。我将低空飞过阿拉斯。我身后

---

① 塞尚（1839—1906），法国画家，后期印象派代表人物。

有千年文明帮着我。但是这千年文明一点不帮我忙。显然，还不是要求报答的时候。

我以每小时八百公里、每分钟三千五百三十转的速度失去我的高度。

旋转时，我离开了红得过分的极地太阳。在我前方底下五六公里，窥见一堆正面平直的大片浮云。一部分法国埋在它的阴影里。阿拉斯在它的阴影里。我想象这块浮云下一切是发黑的。这只大汤碗中央正酝酿战争。公路堵塞、火灾、物资狼藉满地、村庄十室九空、混乱……到处混乱。他们在荒谬中、在乌云下纷纷扰扰，像石头底下的鼠妇。

这种下降像是破产的过程。我们将不得不在他们的泥泞中趑趄不前。我们回到破败野蛮的状态。在那底下，一切都在瓦解！我们像富有的游子，长期生活在珊瑚和棕榈的国家，一旦破了产，回到家乡重过清苦庸俗的生活：吝啬的家庭的油腥饭菜，剧烈的兄弟相争，法院执达员存心不良觊觎钱财，不现实的希望，身败名裂搬家，救济人员傲慢无礼，医院中贫病而死。在这里，至少死是干净的！在冰与火中死。在阳光、天空、冰与火中死。在那底下，是被泥土消化的！

第十五章

"航向南，上尉！我们的高度到了法国区内再调整吧！"

我已能看到黑色公路；望着这些公路，我懂得什么是和平。和平时期，一切都有条不紊收在里面。晚上，村民回到村里。庄稼收进粮仓。衣衫整整齐齐折好放进衣柜。和平时期，每件东西都知道往哪儿去找。每个朋友都知道到哪儿去相会。到晚上也知道上哪儿去睡。啊！生活的底布撕碎时，世界上没有人的立锥之地时，心爱的人不知往哪儿去找时，出海的丈夫再也不回来时，和平也死了。

事物有了自己的意义、有了自己的位置时，还有事物成为更大事物的一个组成部分时（就像土地中分散的矿物质，一起集中在树木中），事物就会展示一个面目，而和平就可以观察这个面目。

但是现在是战争。

我在公路上空飞，公路黑压压的，看不到头的液汁在不停地流。据说，他们在疏散人口。这话已不能这么说。人口自动在疏散。逃难有传染性，使人精神错乱。这些流浪者要往哪儿去？他们向南方移动，仿佛南方有吃有住，仿佛南方热情欢迎他们去。但是在南方，有的只是人满为患的村子，那里夜宿在仓库里，食物日益减少。那里最慷慨好客的人也渐渐没有好声气，因为大批人涌入太没有道理了，人潮像挟着泥沙的河流，慢慢地把他们也吞没了。单单一个省怎样供应得起全法国的吃和住！

他们往哪儿去？他们不知道！他们朝着幽灵中途站前进，因为这批难民抵达一块绿洲，这块绿洲已不成为绿洲了。每块绿洲先后跟着崩溃，它跟着加入难民群中。如果到达一座看光景还在好好生活着的真正村庄，第一晚难民就把村内食物一扫而光。他们吃空村庄，像虫子蛀空骨头一样。

敌人比难民跑得还快。

装甲车在某些地方速度超过这条人流，人流倒是会淤积和倒灌的。有些德国部队陷在这堆泥泞中步履艰难，人们会见到这种荒诞不经的奇事：这些人在别处杀人，到了某些地方竟供应喝水。

我们一路撤退时，驻扎过十来个紧挨的村庄。我们也曾浸在这堆缓慢的淤泥中，淤泥慢慢穿过村庄。

"你们去哪儿？"

"不知道。"

他们从来什么也不知道。没有人知道什么。他们在疏散。没有一个避难所可以安身。没有一条公路可以走通。他们还是疏散。有人在北方对蚂蚁窝狠狠踩了一脚，蚂蚁往四处奔跑。艰苦地。不慌张。不希望。不绝望。像在履行一项职责。

"谁命令你们疏散的？"

总是镇长、教师或镇长助理。一声口号在某个清晨三点钟，骤然震动了村庄：

"全体疏散。"

他们料到会有这声命令。十五天来，他们看着难民经过，他们不再相信自己的家会天长地久存在。可是人到底很久没过游牧生活了。他们给自己建造的村庄，可以矗立几个世纪。他们做家具精工细作，要传给子孙后代。老房子接他出生，又见他度过一世，然后像一艘结实的船，把儿子从此岸送到了彼岸。但是住不下去了！他们弃家而走，甚至不知道为什么！

第十六章

沉重啊，我们一路上的经历！我们的任务有时是在同一天早晨，对阿尔萨斯、比利时、荷兰、法国北部和大海看上一眼。但是我们大部分问题还是地上的问题，我们的视野常常是狭隘的，集中在一条十字路口的交通阻塞上！就是这样，才三天前，杜泰特和我看到了自己居住的村庄的崩溃。

我肯定永远摆脱不了这个记忆的萦绕。将近早晨六时，杜泰特和我一出门口，就闯入了不可言状的混乱。所有的车库、货栈、粮仓把五花八门的车辆——新汽车和旧大车（躺在灰堆里五十年不用的），运粮车和卡车，马车和板车——统统吐在狭窄的路上。找得仔细，可能在这个市场上会发现古代驿车！凡有车轮的箱子都出土了。屋里的宝藏都挖掘了。都包在撑裂的裹布里，七零八落装上小车往大车运。无法形容。

家庭的面目是这些物件构成的。它们是各人虔诚崇拜的对象。每件珍宝有自己的位子，在习惯中必不可少，在回忆中完美无缺，并以其建立的感情王国而有价值。但是大家错以为它们本身如何珍贵，从壁炉、桌子、墙头取了下来，乱放乱堆，成了旧货市场的破烂，显出一副败相。肃穆的圣物堆在一起，叫人翻胃恶心！

在我们面前，什么东西已经开始瓦解。

"你们这里的人疯了！发生什么啦？"

我们进去的那家咖啡馆女主人耸耸肩：

"疏散呗。"

"为什么疏散？见鬼！"

"不知道。镇长说的。"

她非常忙。旋风似的走回楼梯口。杜泰特和我默默望着路。在卡车、汽车、大车、出租马车里面，孩童、床垫、炊具混杂相处。

尤其可怜的是那些旧汽车。一匹马挺立在大车辕木之间，给人一种健康的感觉。马不需要零件。大车用三根钉子就可修复。但是这些机械时代的遗迹！这些活塞、阀门、磁电机、齿轮拼凑而成的玩意儿能用上几时？

"……上尉……能不能帮个忙？"

"当然。帮什么？"

"把我的汽车开出车库……"

我望着她发呆：

"您……您不会开车？"

"喔！……到了路上就会开了……就没那么难了……"

她，小姑，还有七个孩子……

到了路上！到了路上，她每天前进二十公里，每二百米停一停！在这混乱不可开交的道路阻塞中，每二百米她要刹闸、停车、熄火、挂挡、换挡。她把一切弄坏为止！汽油没了！润滑油！还有水也会忘的。

"小心水。您的散热器像竹篮子那样漏水。"

"是啊！车子不新了……"

"您要开上八天……您怎么能做到？"

"我不知道……"

开不了十公里，她就会撞上三辆车，弄得离合器卡住，轮胎爆炸。那时候，她、小姑和七个孩子开始掉眼泪吧。那时候，她、小姑和七个孩子面对力不能及的问题，一筹莫展，心灰意懒，坐在路边等待牧羊人。但是牧羊人……

牧羊人……奇怪，就是不见带头的牧羊人！杜泰特和我，亲眼见到过羊群的创举。这些羊群在器械的丁零当郎声中弃家外出。三千只活塞，六千个阀门。这些器械吱吱嘎嘎，东碰西撞。有的散热器中水都煮沸了。就是这样，这个毫无生路的队伍开始艰苦跋涉！这个没有零件、没有轮胎、没有汽油、没有机械师的队伍。疯狂！

"你们不能留在家里吗？"

"啊！是的，我们愿意留在家里！"

"那为什么要走？"

"他们跟我们说走……"

"谁跟你们说走？"

"镇长……"

又是镇长。

"当然。我们大家都愿意留在家里。"

确实如此。我们在这里感觉到的不是恐慌的气氛，而是盲目受苦的气氛。杜泰特和我趁机去开导几个人：

"你们不如把这些都卸下来。至少可以喝上自己家乡的水……"

"这样肯定好！……"

"你们可以自己决定啊！"

我们说服工作见效了。围了一群人。他们听我们说。他们点头同意。

"……上尉说得还真有道理！"

有几位信徒接替我们宣传。我劝化了一位养路工，他比我兴头更高：

"我早说嘛！到了路上还不是啃石头。"

他们讨论。他们一致同意。留下来。有几人走开去向别人宣传。但是垂头丧气回来了：

"不行。我们只好也走。"

"为什么？"

"面包师走了。谁来做面包？"

村子乱了套。不是这里便是那里出现破绽。一切会从同一个漏洞流走的。没了希望。

杜泰特有自己的看法：

"糟的是大家听了相信战争是不正常的。从前，他们都留在家里。战争与生活交织一起……"

女主人又出现了。她拽了一只包裹。

"三刻钟后我们起飞……您可以供应点咖啡吗？"

"啊！可怜的年轻人……"

她擦眼睛。喔！她不是哭我们。也不是哭自己。她已累得掉眼泪了。她已感到陷入庞杂的队伍脱身不得；这个队伍一公里比一公里乱得厉害。

远处，田野上空，不时有几架敌歼击机飞过，飞得很低，对这个可怜的羊群扫上一梭子机枪。但是最令人惊讶的是他们一般也不多放。几辆车着火了，但火势不大。死人也不多。有点多此一举，类似一声警告。或者像狗的行为，咬羊的腿弯催羊群快走。在这里散布了混乱。但是为什么采取这些局部、零星、压力不大的行动呢？敌人不用出大力气打乱这群队伍。事实也是，队伍不用敌人也会自乱。机器自动坏的。机器是为一个和平稳定、有充分时间支配的社会设计的。机器没有人维修、调节、上油，衰老只在朝夕。这些车辆今晚看来，已有千年高寿了。

我像在给机器送终。

那一个人鞭打自己的马，威严得像个国王。他高高坐在自己座位上，满脸春风。我猜他喝多了。

"您挺高兴，嗯！"

"世界末日到了！"

我对自己说这话，心底感到难受：这些劳动者，这些有一技之长、多才多艺、品质高尚的小人物，今晚只是些寄生虫、蠹虫。

他们扩散到乡野,把一切吃光。

"谁给你们吃?"

"不知道……"

几百万流民在公路上逶迤,不知所从,每天走上五到二十公里,用什么供应他们?即使有供应,也没法往前运!

人与铁的这个混合体叫我想起利比亚的沙漠。普雷沃和我住在一片不可住人的荒野,地上尽是黑石头,在阳光中发亮——这是铁板铺地的荒野。……

我望着这种情景,有一种绝望心理:一群蝗虫落在石头地上,活得长吗?

"你们等天下雨喝水?"

"不知道……"

他们的村子六天来不停地走过北方的难民。他们六天来目睹这股川流不息的人潮。轮到他们自己了。也挤进队伍占个位子。喔!却不抱信心:

"我宁可死在家里。"

"谁都宁可死在家里。"

这是确实的。整个村子还是像沙堆的城堡崩溃了,虽然没有人愿意离开。

法国就是有储粮,储粮的运输也会被公路阻塞完全挡住。尽管抛锚的车辆满坑满谷,挤在十字路口动弹不得,人还是可以勉强顺着人潮南下,但是往回怎么走呢?

"没有储粮,"杜泰特对我说,"这下好办了……"

谣传说,从昨天开始,政府禁止农村疏散。但是命令如何传播的,只有天知道,因为公路上已不可能有交通。至于电话线不是接不通，便是切断了，或者令人怀疑。问题不在于下达命令。在于重新创造一种道德。一千年以来都是对男人说，妇女和儿童应该置身于战争之外。战争是男人的事。镇长知道这条规则，他们的助理、他们的教师也知道。突然，他们接到命令禁止疏散，这就是强迫妇女儿童在轰炸时留在原地。需要一个月时间才能使他们的思想适应新时代。思维方法不可能一下子转过来。可是，敌人在推进。镇长、助理、教师把他们的老百姓都赶到大路上了。应该怎么办？真理在哪里？这些没有牧羊人的羊群四处走散。

"这里没医生吗？"

"您不是这个村的？"

"不是。我们从北方来。"

"找医生干吗？"

"我的妻子要在大车上生产了……"

在这些厨房炊具之间，到处是废铜烂铁的荒漠中，无异于坐在荆棘堆上。

"您事前没有估计到？"

"我们在路上已经走了四天。"

因为公路成了一条汹涌的河流。哪儿停靠？村庄在激流冲击下，也都一座座空了，仿佛轮到它们淹死在大水沟里。

"不，没医生。大队的医生在二十公里外哩。"

"啊！好。"

那人抹去脸上的水。一切都摇摇欲坠。他的妻子要在公路中央炊具堆里生孩子。一切的一切都说不上残酷。主要还是邪了门儿，不是人性所能理解的。没有人埋怨，埋怨也不再有意义。妻子快死了,他不埋怨。就是这么回事。当作一场噩梦吧。

"至少可以找个地方停一停……"

到某个地方找一座真正的村庄,一家真正的客店,一家真正的医院……但是医院也疏散了,道理只有上帝知道!这是一条游戏规则。大家没有时间创造新规则。到某个地方找一个真正的死!但是真正的死也是没有的。有的是散了架的身体,像汽车一样。

我到处感到一种疲沓的紧迫感,一种已不思紧迫行事的紧迫感。每天走上五公里去逃避日行一百多公里穿林越野的坦克,飞行时速六百公里的飞机。瓶子掀翻了,液汁就是这样流的。那人的妻子要临盆了,但是他有无法计算的时间。这是急事,也不是急事。悬在急事与永恒之间不稳定的平衡中。

一切都来得很慢,像临终的人的思想。这是一大群羊,疲惫不堪,在屠宰场前跺脚。放出去啃石头的有五六百万吧?这批人在永恒的门槛前跺脚,又倦又困。

我实在无法想象他们靠什么活下来,人不吃树皮草根。他们自己也隐约感到这点,但并不恐慌。离了自己的环境、自己的工作、自己的职责,他们就失去了任何意义。身份也磨灭了。几乎不再是自己。也几乎不存在。随后又无中生有地苦恼,但是主要苦恼的还是腰痛,因为搬运的包裹太多了,断裂的结扣太多了,使衣物滚了一地,要推了才走的汽车也太多了。

对失败一字不提。这个不说也明白。形成自己实体的事物,你不需要说三道四。他们本身"就是"失败。

我眼前突然出现一个刺目的图像:五脏六腑往外流的法国。赶快缝合。一秒钟也不能耽误:他们没治了……

这开始了。他们已经在那里窒息,像出了水面的鱼:

"这里没牛奶吗?……"

这问题真要笑死人!

"我的孩子昨天来什么也没喝……"

这是个六个月的婴儿,哭闹得厉害。但哭闹不会很久:出了水面的鱼……这里没有牛奶。只有废铜烂铁。只有一大堆无用的废铜烂铁,走一公里坏一点,掉了螺母,掉了螺钉,掉了面板,在一次出奇无用的撤离中,推动这群人走向虚无。

谣传说,飞机用机枪扫射靠南几公里的大路。甚至还说有炸弹。我们确实也听到沉闷的爆炸声。谣言肯定是确实的。

人群并不惊慌。我觉得反使他们有了生气。冒这种具体的风险比陷入废铜烂铁,好像更有益于他们的健康。

啊!以后的历史学家会写出什么样的大纲?会编出什么样的主题,给这一锅粥找到一个意义!他们会援引一位部长的话、一位将军的决定、一个委员会的讨论,把幽灵作为装饰,杜撰几段认真负责、高瞻远瞩的历史性谈话。杜撰一些承诺、抵制、慷慨激昂的辩辞、卑劣的言行。而我,知道正在疏散的部是怎么一回事。一次偶然的机会使我访问了一个正在疏散的部。我立即懂得,一个政府一旦换了地点,就不是一个政府。如同一个人体。要是你也开始把它拆散——胃在那里,肝在这里,肠子又在另外地方——这样凑不成一个机体。我在空军部待了二十分钟。看吧,一位部长对他的传达员施加影响!一种神奇的影响。是因为部长与他的传达员之间还有一根电铃线相通。一根安全无恙的电铃线。部长揿一下按钮,传达员来了。

这,已相当不错。

"给我备车。"部长提出。

他的权威到此为止。他要传达员去跑腿。但是传达员并不知道地球上是否还有一辆供部长的汽车。传达员没有一根线跟一个汽车司机相通。司机消失在宇宙的某个角落里。这些执政者对战争知道些什么？就是我们，从现在起，由于联络工作千难万难，要等上一星期才能执行任务，去轰炸一个我们侦察到的装甲师。一位执政者从一个内脏掏空的国家听到什么样的搏动声？消息每天行进二十公里。电话不是串线，便是切断了，没有能力完整地传达此刻正在瓦解的主体。政府周围是空的，像南北极那样空空如也。时而传来呼吁声，紧急绝望，但是三言两语，说得不明不白。这些负责人怎么知道一千万法国人是否已经饿死？一千万人的这声呼吁包含在一句话内。一句话只能表示简单的意思：

"您四点钟到某某人家里去。"

或者：

"据说死了一千万人。"

或者：

"布卢瓦着火了。"

或者：

"您的司机找到了。"

话是这么说的。没头没脑的：一千万人。车辆。东方部队。西方文明。司机找着了。英国。面包。几点啦？

我给你七个字母。七个字母都是《圣经》上的。你给我用这些字母编出一部《圣经》来！

历史学家会忘记真实。他们杜撰一些思想博大的人物，通过几条神秘的神经与一个可以表达的宇宙相连，胸怀全局，看法有根有据，按照笛卡儿①的四则逻辑权衡重大的决定。他们会分

---

① 笛卡儿（1596—1650），法国哲学家、物理学家、数学家。

辨善的力量与恶的力量。英雄与叛逆。但是容许我提一个简单的问题：

"做叛逆；就得负责某些事，管理某些事，推动某些事，认识某些事。这在今天也要有天才。为什么就不给叛逆发勋章？"

和平已经在四面八方显露端倪。这不是像历史上某些新阶段，紧随着战争结束缔结和约，白纸黑字写清楚的这类和平。这是一个说不出名堂的时期，标志一切的结束。一个永远不会结束的结束。这是一个泥淖，任何激情都会在其中徐徐消沉。结局不论是好是坏，都不像会来临。相反地，会逐渐陷进一种临时状态中烂去，而这种临时状态却又像永恒那样没完没了。什么都不会有结果，因为找不到纽带抓住这个国家，就像抓沉溺者要抓住他的头发。一切都已瓦解。费了九牛二虎之力，也仅抓回一绺头发。目前的和平不是人的决断产生的果实。而像麻风病似的就地扩散。

那里，在我的飞机下，这些公路上，难民队伍正在崩溃，德国装甲兵或者杀人，或者给水喝。宛若一片泽国中泥水不分。和平已渗进战争，把战争也泡烂了。

我的朋友莱翁·韦特在路上听到一桩意义重大的事件，后来写在一本意义重大的书中。公路左边是德国人，右边是法国人。两者中间是缓慢汹涌的人流。几百名妇女儿童尽他们可能从着火的车里脱身。有一名炮兵中尉身不由己卷在交通阻塞中，试图把一门七十五毫米大炮拉上炮位，敌人对这门炮任意射击，没有打中，却杀伤了公路上的人；这位中尉满脸汗水，非要完成他这项不可理解的任务，试图保全一个坚持不了二十分钟的阵地（他们在这里是十二人！），几位做母亲的向中尉走去：

"你们走开！你们走开！你们是些懦夫！"

中尉和他的士兵走开了。他们到处遇到这类和平问题。当然不能让儿童在路上遭到杀害。然而每个打枪的士兵都会打在一个儿童背上。每辆往前开或者试图往前开的卡车，都有可能撞死一群人。因为，逆流而行，不可避免地会堵死整条道路。

"你们疯啦！让我们过去！孩子快死啦！"

"我们是在打仗……"

"打什么仗？你们在哪儿打仗啦？往这个方向去，你们三天只能走上六公里！"

这些乘在卡车上迷失方向的士兵，他们正赶去集合——这种集合几小时来肯定已无目的可言。但是他们在自己的基本义务中钻不出来：

"我们是在打仗……"

"……还是来照管我们吧！这不人道！"

一个孩子高声号叫。

"那一个……"

那一个不再叫了。没有奶。没有叫声。

"我们是在打仗……"

他们反复背诵他们这句公式，蠢得没治。

"但是你们永远打不上仗！会跟我们一起死在这里！"

"我们是在打仗……"

他们已不大明白自己在说些什么。已不大明白自己是不是在打仗。他们还没见过敌人。乘了卡车追逐的目标比海市蜃楼还飘忽不定。他们遇到的只是这种污泥坑中的和平。

因为混乱粘住了一切，他们下了卡车。大家围住他们：

"你们有水吗？……"

他们把自己的水分了。

"有面包吗？……"

他们把自己的面包分了。

"你们由她去死吗？"

在这辆抛锚后推入沟中的汽车里，一位妇女喘着粗气。

大家把她从车里搬出来，抬进卡车里。

"那个孩子呢？"

他们又把孩子放进卡车。

"快生产的那个女人呢？"

又把那个女人抬进了卡车。

还有一个，她哭了。

经过一小时的努力，大家给卡车开了一条路。把它拨转身向南方开去。它被流亡的人群挟着，随着民众的人流流动。军人信奉了和平。因为他们遇不到战争。

因为战争的肌肉组织看不见。因为你打出去一拳，挨到的是儿童。因为去集合出战的路上，你给分娩的妇女挡住了。因为传达情报或接受命令，就像要跟天狼星讨论问题——甭想。没有军队，有的只是人。

他们信奉了和平。他们迫于形势做上了机械师、医生、牧羊人、担架队员。他们给这些对着废铜烂铁傻了眼的小百姓修理汽车。这些士兵仗义不惜力气，却不知道自己算是英雄还是该上军事法庭受审。他们得到勋章不奇怪。并排站在墙前脑袋吃上十二颗子弹也不奇怪。复员也不奇怪。什么都不叫他们奇怪。他们早对一切见怪不怪了。

这是一大池浑水，不管什么东西的命令、行动、消息、电波都没能在浑水中传出三公里。村庄一座接一座倒坍在水沟中，军用卡车一辆接一辆受到和平的吸引，信奉了和平。这一批批士兵接受死亡决无二话，但是没向他们提出死亡的问题，只好去接受遇到的义务，修理这辆旧车的车辕。有三位修女在车里塞了十二位受死亡威胁的孩子，进行上帝才知道的朝圣，送往上帝才知道的仙人洞窟。

＊　　＊　　＊

犹如阿利亚斯把手枪放进了口袋，我也不评判那些失责士兵的行为。吹什么样的风能使他们振奋？哪儿来的波涛能使他们心动？他们一致的面目又在哪里？他们对世界其余部分一无所知，除了听到这些老是颠三倒四的谣言；谣言每隔三四公里便会滋生，起初是稀奇古怪的假设，浑水中慢慢传播三公里，成了千真万确的消息："美国参战了。教皇已经自杀。俄国飞机炸得柏林满城起火。停战协定签订三天了。希特勒在英国登陆。"

妇女儿童没有牧羊人，男子照样没有牧羊人。将军指挥他的传令兵。部长指挥他的传达员。或许还可凭他的口才说得他面容变色。阿利亚斯指挥他的机组。他可以要求他们牺牲生命。军用卡车的中士指挥十二个士兵，他们一切听他的。但除此以外，他跟什么都沾不上边了。假定有一位天才领袖，神机妙算，深知天下大事，藏有救国韬略，这位领袖也只有一根二十米长的电铃线供他表达自己的意图。他可用于征服的全部兵力仅是一位传达员，如果在电铃线的那头还有一位候着的话。

这些游兵散勇在路上加入互不通气的人群，走到哪里算哪里的时候，这些人只是战争失业者，表示不出人们认为爱国败兵应有的那种失望。他们模模糊糊盼望和平，这是确实的。但是和平在他们眼里不表示别的，只是这种不可名状的混乱的结束，一种身份——即便是最普通的身份——的恢复。像老鞋匠缅怀从前敲钉子的时代。敲钉子对他也就是创造世界。

如果他们径自一直往前走,这是这场大动乱使人与人分裂的结果,不是他们对死的恐惧。他们什么也不恐惧:他们是空的。

第十七章

一条基本定律:失败者不会在原地变成胜利者。人们说一支军队,起初退却,后来抵抗,这只是一种省略的说法,因为退却的军队与现在在战斗的军队不是同一支军队。退却的军队不再是军队。不是说这些人没有资格争取胜利,而是因为退却中人与人合作协调的物质联系和精神联系都切断了。把这批向后方撤退的士兵换下来,补充上具有组织特征的生力军。挡住敌人的是这些人。溃退的人要重新集结,锤炼成军队。没有后备力量投入行动,一撤退便不可收拾。

只有胜利使人同心协力。失败不但使个人与众人分裂,并使个人内部分裂。溃退的人没有为崩溃的法国哭泣,因为他们是失败者。因为法国不是在他们周围失败,而是在他们心里失败。能为法国哭的已经是胜利者了。

几乎对所有的人——那些还在抵抗的人和那些不再抵抗的人——被征服的法国的面目要到以后静默的时刻才会显露。今天,为了一个正要出现或者正要消失的细节问题,为了一辆抛锚的卡车,为了一条阻塞的道路,为了一项荒谬的任务,人人弄得身心交瘁。崩溃的标志表现在任务的荒谬上。就是反对崩溃的行动本身也荒谬。因为一切都在自我分裂。人不会为普遍的灾难哭泣，但是会为自身负责的事物的垮台哭泣——到底这事是唯一能触及的。崩溃的法国只是一条碎片充塞的洪流，没有一个碎片是有面目的；这次任务没有，这辆卡车没有，这条路没有，这根混蛋气门杆也没有。

覆灭的景象确是惨不忍睹。小人显出是小人，强盗暴露是强盗。组织机构七零八落。部队受尽了气，使尽了力，在荒谬中四分五裂。凡此种种反应，一场失败都包含了，像一场鼠疫包含了淋巴结炎。但是你爱的那个人叫一辆卡车撞坏了，你会嫌她丑吗？

失败使人看来有罪的反是那些受害者，这就是失败的不公正。失败怎么让人看清牺牲、忍辱负重、严于律己，以及决定战斗命运的那位上帝没有体谅到的警惕心？怎么让人看清爱？失败让人看到的是无能的领袖、一盘散沙的人、无所作为的群众。有时确是真正的匮乏，但是这种匮乏说明什么呢？只要风闻俄国转变或美国参战的消息，人的面容就不一样。使他们在共同期望中团结一致。这样的谣言像阵海风，每次可把一切净化。不应该以打垮的反应来评论法国。

应该从同意作出牺牲这点来评论法国。法国领受逻辑学家的真理接受了战争。逻辑学家对我们说："德国人有八千万。我们没法一年内生产出差额的四千万法国人。我们没法把麦地变成煤矿。我们不能盼望美国援助。德国人要求但泽自由市，为什么我们救不成就得自杀去遮羞呢？我们的土地产麦子多于产机器，人口只及人家一半，这有什么可耻呢？为什么这份耻辱要压在我们身上，不是压在全世界身上？"他们说得有道理。战争对我们意味灾难。但是法国为了避免失败应该拒绝战争吗？我不认为如此。法国本能也这样认为，既然上述警告并没使法国回避战争。

在我国是智慧压倒了聪明。

生活总是打破公式的框框。失败尽管有种种丑相，还是显出是走向新生的唯一途径。我知道，为了使树木破土而出，就要让种子在土里烂掉。第一个抵抗行动若来得太慢，总要失败的。但是它是抵抗的觉醒。觉醒如同种子，可能从中长出一棵树来。

法国扮演了自己的角色。这个角色就是自告奋勇让人压垮——既然世界既不合作也不战斗，只是仲裁——是由着人家把自己在沉默中埋葬一段时期。要冲锋就要有人打头阵。打头阵的人几乎都要死。但是，为了冲得起来，死几个打头阵的人也是应该的。

这个角色当时是压倒一切的角色，既然我们不抱幻想接受了用一个士兵对付三个士兵，用农民对付工人！人家以失败的丑相来评论我们，我不同意！有个人接受在飞行中烧伤，大家能以他焦头烂额来评论他吗？他虽然是会变丑的。

第十八章

然而，这场战争除了对我们有不可或缺的精神意义外，实际进行时在我们看来确像一场奇怪的战争。这个词从不叫我难为情。我们一宣布战争，因没有进攻能力，就开始等人家随时来把我们打垮。

这个实现了。

我们准备了麦捆去战胜坦克。麦捆一无用处。今天是垮到底了。没有军队，没有后备，没有联络，没有物资。

我还是以雷打不动的严肃态度继续飞行。一小时八百公里，一分钟三千五百三十转朝德国军队俯冲。为什么？咦！吓唬他们！要他们撤出国土！既然要我们搜集的情报没什么用，这项任务就不可能有其他目的。

奇怪的战争。

我说话也夸张了一点。飞机下降了许多。操纵杆与手柄也化冻了。我恢复了正常的平飞速度。现在朝德国军队冲过去的速度是每小时五百三十公里，每分钟二千二百转。可惜。我不能把他们吓得那么害怕了。

有人将责备我们把这场战争叫做奇怪的战争。

把这场战争叫做"奇怪的战争"的人，是我们！还是把它看作奇怪的好。我们有权利按照自己的心意开玩笑，因为一切牺牲都是我们自己承担的。我有权利对自己的死开玩笑，要是这玩笑开得我高兴。杜泰特也是。我有权利去体味这些反常现象。为什么这些村子还在燃烧？为什么这些人要四处逃亡，流落乡野？为什么我们怀着不可动摇的信念扑向一个自动屠宰场？

我有一切权利，因为在这一秒钟，我清楚自己在做什么。我接受死。我接受的不是风险。我接受的不是战斗。是死。我明白了一个伟大的真理。战争，并不是接受风险。也不是接受战斗。在某些时刻，战士接受的就是纯粹而干脆的死。

这些天，外国舆论认为我们牺牲不够的时刻，我望着机组起飞和毁灭，问自己："我们还能献出什么比这个代价更大呢？"

因为我们是在死。因为两星期来，法国死去十五万人。这些人死去可能并不表明是一场了不起的抵抗。我也不宣扬进行一场了不起的抵抗。这是不可能的。可是有几队士兵在一个无法防御的农庄遭到了屠杀。空军机组投入火中像蜡似的熔化了。

即使这样，我们第三十三联队第二大队为什么还接受死？为了让人尊重？但是尊重意味有一位裁判。我们中间哪个会把评判权力交给一个局外人。我们是以一个我们认为是共同事业的事业的名义在斗争。关系成败的不但是法国的自由，也是全世界的自由；我们认为裁判的位子太舒服了。应该由我们来评判裁判。我们第三十三联队第二大队的人评判裁判。我们这些人，二话不说登上飞机，任务好办的时候也只有三分之一有希望回来；还有其他大队的人；还有这位给流弹毁了面容的朋友，他这辈子别想打动女人，躲在丑的护墙后面严守德操，像躲在监狱后面的人，从此丧失了一个基本权利——对我们这些人别说什么观众在评判我们！斗牛士生来是给观众看的，我们不是斗牛士。如果有人向奥什台说明："你应该出发，因为旁观者望着你。"奥什台会回答："错了吧。是我奥什台望着旁观者……"

因为，说到头，为什么我们还在战斗？为了民主？倘若我们在为民主死，我们与民主国家是团结的。让民主国家与我们一起战斗吧！但是最强大的民主国家——那个唯一可能拯救我们的——昨天拒绝承担责任，今天还在拒绝承担责任。行。这是它的权利。但是它这样是在向我们表明，我们在为自身的利益战斗。我们明白一切都完了。那么我们为什么还要去死呢？

出于绝望？但是绝望不存在啊！你若以为失败中会发现绝望，这是你对失败一无所知。

有一种真理比聪明的陈述更高。有的东西通过我，控制我，这东西我能感觉，但还不能掌握。树没有语言。我不是为了抵抗入侵而死，因为没有一个避难所，可供我与我爱的人躲身。我不是为了一种荣誉的存亡而死，因为我拒绝裁判。我也不是出于绝望而死。不过，杜泰特在查地图，算出了阿拉斯就在底下，约一百七十五度航向，我感觉到不出三十秒钟，他会跟我说：

"航向一百七十五，我的上尉……"

我会接受的。

第十九章

"一百七十二。"

"明白。一百七十二。"

一百七十二就一百七十二。墓志铭说："他航向绝不偏离一百七十二度。"这个稀奇的挑战可以维持多久？我在七百五十米飞，顶上是云层。我若升高三十米，杜泰特就两眼漆黑。我们只有待在明处，让德国炮兵当小学生的靶子打。七百米是禁止高度。飞机会成为整个平原的注意目标。引起整个炮队的射击。什么口径的大炮都打得中。在任何武器的射界中天长地久待着。这已不是射击，是棍棒捅。仿佛在诱使一千根棍子来打一颗核桃。

我研究过这个问题：跳伞行不通。飞机中弹后往地面冲下来，单是打开跳伞舱门要三十多秒钟，已超过跌落的时间。打开舱门要把转动不灵的手柄转上七转。此外，全速时舱门要变形，移不动。

就是这样。这帖苦药，总有一天要吞下去！仪式并不复杂：航向保持一百七十二度。我错是错在人老了。是的。童年时代我多么幸福。我说这话，但真是这样吗？我在门厅里走已经保持航向一百七十二度了。由于那两位叔叔。

现在，童年变得甜蜜了。不但童年如此，从前的生活都如此。我看到它展现在面前，像一片田野……

我觉得我还是同一个人。我此刻感到的，以前也曾经体验过。我的欢乐或是我的悲哀,当然已经换了对象,但是感情还是依旧。我那时就是有时幸福,有时不幸。有时挨骂,有时得到原谅。有时工作好,有时工作差。这要看什么日子……

什么是我最远的回忆?我有一个奥地利蒂罗尔来的保姆,她的名字叫波拉。这算不得是个回忆:是个回忆的回忆。波拉在我五岁那个时代,已经只剩下一个传说了。有好几年,新年来临时,妈妈对我们说:"有封波拉来的信!"对我们孩子是桩大喜事。可是我们有什么高兴的呢?我们中间谁也记不起波拉。她早已回到她的蒂罗尔去了。也就是回到她的老家。一间埋在冰山雪谷里的小木屋。出太阳的日子,波拉出现在门前,住小木屋的人无不如此。

"波拉漂亮吗?"

"很讨人喜欢。"

"蒂罗尔好天气多吗?"

"长年是晴天。"

蒂罗尔长年是晴天。小木屋把波拉推出很远,在门外,在她白雪覆盖的青草地上。我会写字时,他们叫我给波拉写信。我对她说:"我亲爱的波拉,我给您写信很开心……"这有点像祈祷,既然我从来没见过她……

"一百七十四。"

"明白。一百七十四。"

一百七十四就一百七十四。墓志铭又要改写了。这真怪,生活仿佛一下子都集中在一起。回忆一个个涌上我心头。这些回忆再也帮不了事,也帮不了人。我回忆到一种深深的爱。妈妈常对我们说:"波拉信中叫我代她拥抱你们大家……"妈妈代波拉拥抱我们大家。

"波拉知道我长大了吗?"

"当然。她知道。"

波拉什么都知道。

"我的上尉,他们打炮了。"

波拉,他们向我们打炮了!我朝高度表看了一眼:六百五十米。乌云在七百米。好吧。我也没办法。但是我的乌云底下,世界不像我预测的那样发黑,它发蓝。蓝得神了。这是黄昏时刻,平原是蓝的。有的地方在下雨。是下了雨才蓝的。……

"一百六十八。"

"明白。一百六十八。"

一百六十八就一百六十八。走向永恒的道路真够曲折的……但是,这条路显得多么平静!世界像一座果园。刚才在图上是干巴巴的。我看不到一点人情味。我飞低了,有种亲切感。地上长树有孤独一支的,有小簇丛生的。到处可见。还有绿色田野。红瓦顶房屋,门前有个人站着。四周在下蓝色的阵雨。波拉遇上这种天气,肯定很快把我们赶回屋里了……

"一百七十五。"

我的墓志铭大大失去原有的浑朴高贵:"他航向不偏离一百七十二度、一百七十四度、一百六十八度、一百七十五度……"叫人看来我摇摆不定。咦!我的发动机咳嗽了。它冷下来了。我关上发动机罩。好。这是打开补充油箱的时候,我拉手柄。我什么也没忘吧?我看油压表。一切正常。

"事情开始不妙了,我的上尉……"

你听见吗,波拉?事情开始不妙了。可是我没法不对黄昏的这种蓝表示惊讶。真是蓝得出奇!这种颜色非常深邃。这些果树,可能是李树,列队而行。我进入了这座田园。中间连块玻璃也不隔！我是个偷庄稼的，跳进了围墙。在温湿的苜蓿地上大步走，我去偷李子。波拉，这是场奇怪的战争。这是场忧郁和蓝极了的战争。我有点迷了路。我进入暮年时发现了这个奇异的国家……喔！不，我不怕。有点悲哀，如此而已。

"曲折飞行，上尉！"

这是一种新游戏，波拉！右脚踩一下，左脚踩一下，使炮火迷路。我跌下去，身上要鼓大包。你一定会用浸山金车的纱布敷我。你知道，可是……黄昏的蓝色真是神！

我看到那边前面三柄散射形叉子。三根垂直发光的长杆。小口径的发亮炮弹或曳光弹的弹迹。金光锃亮。我突然看见黄昏的蓝色中这盏三枝烛灯喷火光……

"上尉！左边炮火很密！斜飞！"

踩脚。

"啊！这下糟了……"

可能……

这下糟了，但是我在事物的内部。我自有我的全部回忆、我的全部宝藏、我的全部爱。还有我的童年，像树根似的深深埋在黑暗里。我在一个回忆的忧郁中开始了生命……这下糟了，可是面临这些流星向我伸出爪子，我以为会感到的东西还是没在我的心中产生。

我在一个令我深受感动的国家。这是白天的最后时刻。在暴雨之间偏左的地方有大片亮光，形成一块块方形的玻璃。我几乎可用手触及两步外一切美好的东西。这些结李子的李树。这块散发土地气息的土地。走着穿过这块潮湿的土地一定很有趣。你知道，波拉，我慢慢往前走，左右颠簸，像一辆装满粮食的车。你相信这个速度，一架飞机嘛……当然，你想吧！不过，若把飞机忘掉，东张西望，你不就是在田间散步吗……

"阿拉斯……"

是的。在前方很远。但是阿拉斯不是一座城市。阿拉斯只是一抹红光，背后是蓝色的夜。背后是暴风雨。没错，在左边，正前方，正酝酿着一场暴风雨。黄昏并不说明天色这般朦胧。一定是满天乌云，才使透过的火光这么暗淡……

阿拉斯的火往上长了。这不是火灾的火光。火灾像下疳一样四下扩散，周围是一圈好肉。但是这抹红光不乏源源不断的燃料，像冒轻烟的油灯灯光。不窘不急，凝练持久，好似在油锅中烧个不歇的一团火焰。我觉得这团火焰得以维持不灭，是烧着了纤维紧密、重量很足的肉。有时风一吹，它像大树摇曳。那是一棵树。阿拉斯就困在树的蟠根曲须中。阿拉斯的全部精华，阿拉斯的全部库存，阿拉斯的全部珍藏，都转化成了液汁，使这棵树滋润荣发。

我看到这团火焰有时不胜重负，失去平衡，向左向右倾斜，喷出更黑的烟，接着又恢复原状。但是城市我总看不清。全部战争都凝聚在这团火中。杜泰特说这下糟了。他从前面看得比我清楚，首先令我吃惊的还是他说话说得不够重。这片有毒的原野上星光寥落。

是的，不过……

你知道，波拉，在小时候的童话书中，骑士经历千辛万苦，走向一座神秘迷人的城堡。他攀登冰川，跨越深渊，揭穿阴谋诡计。终于远远出现了那座城堡，在一片平原中央，平原上绿草如茵，软绵绵的适宜马蹄驰骋。他相信自己已是个胜利者……啊！波拉，童话中的老套式没人违背！这时刻总是最困难……

我就是这样，在蓝色黄昏中朝着我的火城堡跑去，像从前一样……你离开太早了,不知道我们的游戏,你错过了"阿克林骑士"。这是我们发明的一种游戏,因为别人的游戏我们瞧不起。这是在雷雨天玩的,第一阵闪电过后,我们从花园的气息和树叶的突然颤动,感到乌云快要滴水了。粗实的树枝有一时也变成了嗞嗞响、轻飘飘的青苔。这是信号……再也没有东西拉得住我们!

我们从花园最偏僻的角落奔进草地,朝房屋跑得上气不接下气。最初几滴雷雨重而稀疏。第一个挨到雨点的认输。然后第二个、第三个。然后其他人。最后的幸存者表明受到神的保佑,刀枪不入!他有资格晋封为"阿克林骑士",直到下次雷雨为止。

每次玩时,只几秒钟时间,大批儿童遭到屠杀……

我此刻还是在玩阿克林骑士。朝着我的火城堡慢慢跑去,上气不接下气……

但是这时候:

"啊!上尉。我还从没见过这个……"

我也从没见过这个。我再不是刀枪不入的了。啊!我原来不知道自己还是在希望……

第二十章

不管七百米,我还是在希望。不管坦克屯留地,不管阿拉斯的火焰,我还是在希望。我绝望地希望着。我一直回忆到童年时代,让自己觉得有人威风凛凛保护着我。大人就没有人保护了。一旦做了大人,人家由你自生自灭……但是有一个万能的波拉紧紧握着一个孩子的手,谁还能对这个孩子怎么样呢?波拉,我借用你的影子作为我的盾牌……

我借用一切诡计。当杜泰特对我说:"这下糟了……"我就是借用这声威胁本身在希望。我们是在战争:战争应该露出战争的面目。战争露面时,只不过是几道白光:"这就是所谓阿拉斯上空死亡的风险?叫我好笑……"

死刑犯一直想象刽子手是个脸色青灰的机器人。然而眼前却是个一般的老实人,会打喷嚏,甚至微笑。死刑犯抓住这丝微笑像抓住救生稻草……这只是一根虚幻的稻草。刽子手虽则打喷嚏,还是会把头砍下来的。但是希望怎么能放弃呢?

我本人对某一种接待怎么会不误解呢?既然一切变得亲昵朴实,雨淋过的板瓦屋顶发出柔光,没有东西再一刻不停地变,而且也不像会再变了。既然杜泰特、机枪手和我只是三个在田间散步的人,慢慢往家里走,也不用翻上衣领——说实在的,雨也不怎么下了。既然在德国防线中心地带,没有暴露什么真正值得一谈的东西,也没有绝对理由叫人相信往前走战争会是另一个样。既然敌人好像非常分散,如在广阔农村中溶化了,可能一幢房里一个士兵,可能一棵树上一个士兵,其中一个偶尔想起战争才放上几枪。上面对他三令五申:"你要朝着飞机开枪……"军令与遐想难分难解。他放出三颗子弹,没当一回事。以前我在晚上就是这样打野鸭子;只要一路上称心,我不在乎鸭子。我边聊边打上几枪,鸭子一点不受惊扰……

存心看的东西是可以看清楚的:这个士兵瞄准我,但是没有信心,打偏了。其他人放过去了。那几位有能力盘腿绊倒我的人,可能此刻愉快地呼吸夜晚空气,或者用火点烟,或者刚说完一则笑话——他们放过去了。其他驻扎在这村里的人,可能拿着饭盒去盛汤。"吭"的一声响了,又灭了。是友机还是敌机?他们没时间去认,他们盯着慢慢盛满的饭盒:他们放过去了。而我，手插在口袋里，嘴吹着口哨，尽量装得若无其事，试图通过这座游人止步的花园，然而花园的值班人员个个都想别人会管的——都放过去了……

我多么容易打下来！就是我的软弱对他们也是一口陷阱："你们忙什么？往前去他们自会把我打下来的……"那还用说！"你到别处找死去吧……！"他们把苦活推给别人干，自己不错过盛汤，不打断说笑话，或者继续呼吸夜晚空气。我就是这样利用他们的疏忽，我得救全靠这一分钟：战争使他们大家都累了，在同一时候，碰巧得很——又怎么会不累呢？我多少抱有这样打算：躲过一个个人，一个个小队，一座座村庄，跑完我的全程。说到头，我们只不过是一架晚上路过的飞机……谁也懒得抬头！

当然，我希望回得去。同时又知道有的事情会来的。你被判了极刑，但是囚禁你的牢房还是哑然无声。你寄希望于这声静默上。每秒钟都像前一秒钟。没有绝对理由认为即将消逝的这一秒钟会变换一个世界。这工作太重大，一秒钟内完不成。每一秒钟接连不断来救应静默。静默好像已经亘古不息的了……

但是，大家知道快要来的那个人，脚步声响了。

刚才，田野上有东西迸裂了。就像熄灭的木炭，突然劈啪一声，放出一簇火星。是什么样的奥秘使这片原野在同一时刻发作了？树木遇上春天，花儿千朵万朵的开，怎么枪炮突然也有了春天？这条发光的洪流为什么一开始就满山遍野向我们涌上来？

我首先怪自己粗心大意。一切都给我弄砸了。平衡非常脆弱时，一眨眼、一举手都可破坏！登山者一声咳嗽，会引起雪崩。现在雪崩引起了，一切不可挽回。

这片蓝色沼泽地已经沉入黑夜，我们走在里面步子太重了。我们搅动了这潭死水，现在死水冲着我们浮起千万个金色水泡。

一群杂耍演员刚才进了场。一群杂耍演员先后向我们抛出千万颗炮弹。炮弹没有角度变化，起初显得是不动的，但是像技巧娴熟的杂耍演员慢送而不急抛的圆球，徐徐朝上升。我看到几颗发亮的眼泪在油光光的静空中向我滚来。杂耍演员玩出手时周围也这样屏息敛气。

机枪大炮一阵快速的连响，放出成百颗发磷光的大弹小弹，连续不断，像成串的念珠。千百串有弹性的念珠朝着我们方向延伸，拉得要绷断了，到了我们的高度爆炸开花。

事实上，那些没有打中我们的炮弹，从侧面看，切线上升时快得令人昏眩。眼泪变成了闪电。这时，我发现自己埋在黄如麦秆的弹道堆里。置身在长矛密林中央。受到流星般的千针万扎的威胁。整个原野跟我有千丝万缕的联系，在我周围编织一个闪光的金线网罩。

啊！俯视地面时，我发现这些有高有低的发光水泡，像一片片雾悠悠往上飘。我发现这是一股挟着种子的慢旋风；脱落的麸皮就是这样飘的！但是我若平看，就成了一束束长矛！是射击吗？不！我受到的是冷武器的进攻！我见到的是刀光剑影！我觉得……这不是危险的问题！我陷在珠光宝气中，眼睛也睁不开了！

"啊！"

我从座位上蹦起二十公分。飞机像给山羊角拱了一下。飞机要裂开了，要粉身碎骨了……但是不……但是不……我感到飞机还是听从使唤。这仅是无数次顶拱中的第一次顶拱。可是我一点看不到爆炸。炮弹的硝烟肯定与深暗的土壤混同一色：我抬起头,望着。

这种情景看不到一线生机。

第二十一章

俯视地面时,我没有注意到云与我之间的空间在逐渐扩大。曳光弹放出麦子的光芒:我怎么会知道,曳光弹放到顶点,会射出一个个暗色物体,像打钉子一样?我发现这些物体堆积成令人晕眩的金字塔,如同一块浮冰向后面漂移,慢慢慢慢的。处在这样的位置,我觉得自己一动没动。

我知道这些金字塔刚筑成,就消耗尽了自己的能量。每团云絮只在百分之一秒的时间内握有生杀大权。但是它们趁我不知不觉把我围住了。它们的出现猛地压在我的后颈上,像一种可怕的谴责。

沉浊的爆炸声连续不断,被发动机的隆隆声盖没,更使我产生一种静得出奇的幻觉。我什么也感觉不到。等待的空虚在我内心扩大,仿佛人在踌躇不决的时候。

我想……我还是想:"他们放得太高了!"仰起头看到一群苍鹰依依向后面飘荡。这些鹰舍我而去了。但还是没什么可希望的。

没有把我们打中的武器又在瞄准了。又在我们的高度上建筑铜墙铁壁。每门炮在几秒钟内,用炸药筑起一座金字塔,这塔一消失,立刻转移地点另筑一座。炮弹不是在追我们,是在包围我们。

"杜泰特,还差得多吗?"

"……再坚持三分钟就可结束……但是……"

"可能闯得过……"

"不行！"

这团灰黑影子，这群纵放在外的黑猎犬，来意不善。原野是蓝的。无边无际的蓝。海底一般的蓝……

我可以盼望活上多久？十秒？二十秒？爆炸的震动不歇地摇晃我。近处的气浪打在飞机上，像岩石跌进了车厢。在此以后，飞机遍身发出一种几乎是悦耳的乐声。奇怪的叹息……但是有几下没有打中。听来却像几声霹雳。霹雳愈近，声音愈纯。有几声冲击纯得不能再纯，就是说弹片撞上我们机身了。兽群要杀一头牛，不是去撞翻它，而是用爪子笔直地插进肉里，也不撕拉。牛落在它们掌握之中。这样，机身就像肌体，上面留下累累伤痕。

"伤着了吗？"

"没有！"

"喂！机枪手，伤着了吗？"

"没有！"

这些值得大书特书的冲击不算什么。是在咚咚敲一个壳，擂一面鼓。虽不会打破我们的油箱，也可以剖开我们的肚子。但是肚子本身也只是一面鼓。身体，谁还管它？重要的不是身体……啊，这真出人意料啊！

对身体我有几句话要说。日常生活中，显而易见的事反而受到漠视。要暴露显而易见的事，必须遇上情况紧急。必须这一阵阵火雨直喷，必须这一镞镞箭矢猛袭，总之，必须搭成了这座最后审判台。这时，人才懂。

穿衣时，我问自己："最后时刻会是什么样的？"生活总是否定我自己招来的魔影。这一次，真可说是一丝不挂走在路上，听任愚蠢的拳头乱打乱挥,甚至没有曲一曲肘臂去保护面孔。

我确对我的皮肉做过一番试验。我想象试验是做在我的皮肉上。我采取的观点也必然是我肉体的观点。人对自己的肉体真是操心之至!多少次给它穿、洗、保养、刮胡子、喝水、吃饱。人把自己等同于这个家庭动物。人陪着它上理发店,看医生,动外科手术。人跟着它受苦。跟着它喊叫。跟着它爱。提到它时,总说这是我。而今一下子这个幻觉破灭了。人对身体并不关心!只把它归入奴仆一类的人物。只要脾气来了,爱情激动了,仇恨解不开了,这种所谓亲密关系宣告破裂。

你的儿子困在火里了?你就是要救他!没人拦得住你!你会烧着的!你悍然不顾。你这一身皮肉,谁要你就给谁当抵押。你发现你并不看重那么令你操心的东西。遇到障碍要用肩去顶,你舍得把肩压垮!你寓居于你的行动中。你的行动,才是你。你不在其他地方!你的肉体是属于你的,然而不再代替你了。你要冲吗?没人能以肉体受威胁这条理由制止得了你。你是什么?是要置敌人于死地。你是什么?是要救儿子出险。你转化了。你在转化中不感到失去什么。你的四肢呢?是工具。切切削削时,工具崩了,谁会在乎。你转化成为你敌人的死,你儿子的生,你病人的痊愈,你的发明创造——倘若你是科学家的话!大队的一位同志遭到重伤。嘉奖令说:"那时他对他的观察员说:我完了。你走吧!抢救文件……"唯一重要的是抢救文件,或者抢救小孩,治愈病人,打死敌人,发明创造!你的意义照得人耀眼。这是你的责任、你的恨、你的爱、你的忠诚、你的发明创造。你身上找不出其他别的。

火不但把肉体,并把肉体的崇拜也撇到了一边。人再也不计较个人得失。唯一悬挂心头的是他的实质。倘若死了,他不是离去了,而是融合了。他不是失去自己,而是找到自己。这不是什么伦理学家的夙愿。这是常见的真理,每日的真理,只是给每日的幻觉密密层层遮住了。我穿飞行服,怕肉体吃苦而害怕,怎么能够想到我是为一些废话白操劳?要把这个肉体献出去时,大家——无一例外——才惊异地发现自己对肉体多么不在乎。当然,平时生活中,没有急事控制我,我的意义没有受到威胁时,我感到什么问题都不比我的肉体问题更重要。

我的肉体啊,我才看不起你呢。我已从你这里脱颖而出,我什么也不希望了,什么也不惦记了!我否认我在这秒钟以前的一切。那时想的不是我,那时害怕的不是我,是我的肉体。我总算拉拉扯扯把它领到了这里,在这里我发现它一点也不重要。

我的第一课是在十五岁时学到的。数天来,我的一个弟弟病势危殆。有一天清晨四点,他的护士叫醒我:

"您的兄弟请您过去。"

"他不行啦?"

她没回答。我匆忙穿上衣,去找弟弟。

他对我说,声调跟平时一样:

"我要在死前跟你说几句话。我要死了。"

一阵痉挛使他全身抽搐,话也说不下去。发作时,他摇手表示"不"。我不懂这手势什么意思。我想弟弟不愿死。但是,一静止他就向我解释:

"你不要怕……我不难受。我不痛苦。我没法阻止自己这样做。这是我的身体。"

他的身体——这片异国土地,已分离了。

但是这个二十分钟后去世的弟弟要做得郑重其事。他迫切需要身后也能存在。对我说:"我要立一份遗嘱……"他脸红了,显然为自己做事像个成年人而自豪。如果他是大楼建筑师，会把大楼托付给我建造。如果他是个父亲，会把儿子托付给我抚养。如果他是军事飞机驾驶员，会把航程记录托付给我保管。但是他只是一个孩子。能托付的只是一台蒸汽机、一辆自行车和一把卡宾枪。

人不会死。人原来以为自己怕死，是因为人怕意外，怕爆炸，怕自己。死呢？不怕。遇到死的时候，死不存在了。弟弟对我说："别忘了把这些都写下来……"当肉体瓦解时，本质显露了。人只是联系中的一个纽带。只有联系对人是重要的。

肉体，这匹老马，会遭人抛弃的。谁在死亡中还想到自己？那么一个人我还没见过呢……

"上尉？"

"什么？"

"不得了啦！"

"机枪手……"

"嗷……是的……"

"什么……"

我的问题在震动中跳过了。

"杜泰特！"

"……尉？"

"挨着了吗？"

"不。"

"机枪手……"

"是啊？"

"挨……"

我像撞上了一堵铜墙。我听到：

"啊！啦！啦！……"

我抬头看空中，测量乌云的距离。显然，我愈往横里看，黑色云絮愈像层层叠叠堆积一起。往直里看，好像没那么稠密。所以我发现这只黑色叶饰大皇冠正扣在我们额上。

臀部的肌肉威力惊人。我往脚蹬上一压，仿佛去推倒一堵墙。我把飞机往斜里抛。飞机突然滑向左边，发出格格的震颤声。皇冠溜在右边。我把皇冠从头上摇落了。我骗过了炮弹，它打在其他地方。我看见一团团无用的弹烟聚集一起。但是我还没用另半边臀部做出相反的动作，皇冠已压在我头上。这是地上那些人摆正的。飞机吭吭几声，又滚到泥淖中。但是我全身再一次狠命压在脚蹬上。我把飞机往反方向盘旋，或者更确切说，往反方向侧滑（正确盘旋，没门！），皇冠往左面摇落。

继续玩吗？这种游戏是玩不久的！我徒然两脚猛踩，炮火在前面潮水似的去了又来。皇冠又形成了。我肚子也感到震荡。若往下看，又看见慢得令人昏眩的水泡正朝我升上来。我们还完整无缺，真不可思议。可是我发现自己是刀枪不近身的。我感到自己像个胜利者！我在每一秒钟都是胜利者！

"挨着了吗？"

"没……"

他们没有挨着。他们是刀枪不近身的。他们是胜利者。我是一个胜利者机组的头儿……

从此，每声爆炸不像在威胁我们，而是在磨炼我们。每次，十分之一秒内，我想象我的飞机被炸得七零八落。但是，它始终听我使唤，我把它往上提，像勒马一样，紧紧拉住缰绳。那时，我心放松，并感到暗喜。我没有时间感到害怕，在我只是一声巨响引起我肌肉收缩，响声未了已经发出如释重负的唏嘘。我大约先是感到吃惊,接着是害怕,接着又是轻松。但不是那么回事!没有时间!我先是吃惊,接着是轻松。吃惊、轻松。少了害怕这一环节。我不是生活在等待下一秒钟的死亡中,我是生活在度过上一秒钟的重生中。我生活在一团喜气里。我生活在满路欢悦中。我开始感到一种意外的、妙不可言的乐趣。仿佛每一秒钟我的生命都会重生。仿佛每一秒钟我的生命会更敏感。我活着。我是活的。我还是活的。我永远是活的。我不是别的,我是生命的源泉。生命叫我陶醉了。有人说:"战斗的陶醉……"这是生命的陶醉!嗨!下面向我们开炮的人,知不知道他们是在锤炼我们?

滑油箱、汽油箱都破了。杜泰特说:"完了!往上飞吧!"又一次,我目测我与乌云的距离,我爬升了。又一次,我把飞机往左侧、然后往右侧。又一次,我向地面看一眼。那种景色我今后忘不了。漫山遍野短短的火舌噼噼啪啪。肯定是快速炮。巨大的蓝水池里不断浮起一串串水泡。阿拉斯的火焰发出深红色的光,像铁砧上的一块烙铁。阿拉斯的这团火焰靠着地下矿藏凝聚不动地烧着,人的汗水、人的发明、人的艺术、人的回忆和遗产,都集结在这束黑头发中,上升化为烟灰,随风飘去了。

我已经碰到最前面的几团烟雾。我们四周还有飞腾的金箭,从下面戳破乌云的肚子。云已经把我围住,最后一个景象就是通过最后一个洞看到的。有一秒钟,阿拉斯的火焰在我看来像是空旷深邃的殿堂中的一盏长明灯。用于祭祀,但是代价昂贵。到明天会把一切耗尽烧光。我把阿拉斯的火焰当作证据带走了。

"行了,杜泰特?"

"行了,我的上尉。二百四十。二十分钟后钻到云下。到了塞纳河上空再定方位……"

"行了，机枪手？"

"噢……是的……我的上尉……行了。"

"没吓坏吧？"

"噢……不……是的。"

他说不清楚。他兴致很好。我想起加瓦勒的机枪手。一天夜里，在莱茵河上空，八十台探照灯把加瓦勒罩在罗网中。在他周围建起一座巨大的长方形教堂。这时炮弹纵横交叉。加瓦勒听到他的机枪手低声自言自语。（喉头送话器会泄露心事。）机枪手对自己在说知心话："好哇！我的老弟……好哇！我的老弟……做老百姓到哪儿去找这号事！"他兴致很好，这位机枪手。

我慢慢呼吸。胸脯吸得鼓鼓的。呼吸真是桩美事。有不少事我要明白了……但是我首先想到阿利亚斯。不。首先想到我的农庄主。我要问他仪表的数目……哎！有什么法儿呢？我有了主意就是不肯放。一百零三。还有……油量表、油压表……油箱坏时，最好监视这些仪表！我监视它们。橡皮罩没事。这可是个了不起的改进啊！我还监视陀螺仪：这堆云可没法住人。带雷电的云。它狠狠摇我们。

"您认为可以下了吗？"

"十分钟……最好再等十分钟……"

我就再等十分钟吧。啊！是的，我刚才想的是阿利亚斯。他真打算再见我们吗？有一天我们迟了半个小时。半个小时，一般说来，是严重的……我跑去归队，他们正在吃饭。我推开门，跌倒在阿利亚斯旁边我的椅子上。恰在这个时刻，少校叉起一捆面条，往嘴里塞。可是他吓了一跳，唰的停住了，目瞪口呆地对着我。面条挂着，一动不动。

"啊!……好……见到你真高兴!"

他把面条放进嘴里。

按我的看法,少校有个严重缺点。他死乞白赖地要问飞行员搜集的情报。他对我也要问的。怀着可怕的耐心望着我,等待我向他口述第一手真实材料。他配备一张纸、一支钢笔,不让这份起死回生的仙露散落一点一滴。这使我想起我的青年时代:"考生圣埃克苏佩里,您怎样求解伯努里①方程式?"

"噢……"

伯努里……伯努里……我待在那里,一动不动,在这样的目光盯视下,像一个昆虫身上穿了一根别针。

任务中搜集情报,这是杜泰特的事。杜泰特,他是从上往下直看的。看到许多东西。卡车、驳船、坦克、士兵、大炮、马、车站、停在站上的火车、车站长。我么,完全是斜看的。看到的是云、海、河流、高山、太阳。我看得非常粗略。我得到一个总的印象。

"您知道,我的少校,飞行员……"

"别那么说,别那么说,东西总是看到一些吧。"

"我……啊!火灾!我看到了火灾。这,有意思……"

"不说这个。一切都烧了。别的呢?"

阿利亚斯的心为什么这么狠?

第二十二章

这次,他会问我吗?

---

① 伯努里(1700—1782),瑞士物理学家。

我执行任务中带回来的东西，没法写在记事本上。我将如一名中学生"挂黑板"下不来了。我将显得很不幸，其实我不会不幸。不幸从此过去了……第一阵炮火发亮时，不幸已飞走了。若早一秒钟往回飞，我对自己还会一无所知。

我不会知道我心中产生的美好感情。我现在朝家里人走去。我是回家的心情。像一名主妇，跑完菜场，准备回家去了，默想做什么菜让家里人吃得高兴。拎了菜篮子左右晃动。不时翻开盖篮子的报纸：要买的都买了。一样也没忘。露一手叫他们吃惊，她笑了，多遛了一会。她向货架看一眼。

我也很乐意向货架看一眼，倘若杜泰特不逼我住进这座发白的监狱。我会望着田野移动。说真的还是留心一点吧，这里的风景是有毒的。一切都在搞鬼。就说这些外省的小城堡，里面有一块有点好笑的草地，十二棵经过修理的树木，在天真的少女看来像是个朴实无华的首饰盒，实际是战争的陷阱。飞得低，招来的不是友好的表示，而是炮弹的爆炸。

不管乌云的肚子，我还是从菜场回来了。少校的话有点道理："你们到右边第一条路拐角，给我买几包火柴……"我心安了。火柴在我口袋里。或者说得更确切，在我的同事杜泰特的口袋里。看到的一切他怎么去回忆？这是他的事啰。我要想正经事。着陆以后，我们若不必为重新搬家乱忙，我要向拉科代尔挑战，下棋赢他。他恨输棋。我也不爱。但是我会赢的。

拉科代尔昨天喝醉了。至少……有点儿：我不愿意阴损他。他是借酒消愁而醉的。他回来，忘了放起落架，着陆时机腹擦地。咦，阿利亚斯也在现场，神情忧郁地望着飞机，但是没有开口。老飞行员拉科代尔就像还在我眼前。他等待阿利亚斯责备。他盼望阿利亚斯责备。严厉的责备使他心里好受些。这顿脾气一发,可引起他发一顿脾气。反唇相讥时,也可解解恨。但是阿利亚斯只是摇头。阿利亚斯在想飞机;他才不想拉科代尔。这事故对少校只是一场无名的不幸,类似税务统计。只不过是最老资格的飞行员一时愚蠢和分心。现在不公正地犯在拉科代尔身上。除了今天这个差错外,拉科代尔在技术上无懈可击。所以阿利亚斯——他只对受害者感兴趣——自然而然地向拉科代尔本人询问他对损坏的意见。我感到拉科代尔闷在肚里的怒火又升了一级。你彬彬有礼地把手放在施刑者肩上,对他说:"这个可怜的受刑人……嗯……他一定很难受……"人心活动变幻莫测。这只温柔的手想叫施刑者发善心,却使他暴跳如雷。他向受刑人恶毒地瞪一眼。只恨没有把他结果了事。

事情就是这样。我回自己的家去。第三十三联队第二大队是我的家。我理解家里的人。我不会看错拉科代尔,拉科代尔也不会看错我。我感情上毫不含糊地觉得大家和衷共济:"我们这些第三十三联队第二大队的人!"哎!这里七零八落的材料组合在一起了……

我想到加瓦勒和奥什台。我感到我与加瓦勒和奥什台和衷共济。我问自己:加瓦勒他从哪儿来的?他显出一种淳朴的农民本质。不由唤起我一个温馨的回忆,使我的心一下子充满芬芳。我们驻扎奥贡达时,加瓦勒和我一样住在一家农庄。

一天他对我说:

"女房东宰了一头猪。请咱们去吃烤肉肠。"

我们三个人:伊斯拉埃尔、加瓦勒和我,大嚼又黑又脆的美味肉肠。农妇给我们倒白葡萄酒。加瓦勒对我说:"我买了这个送她,让她高兴高兴。应该签个名。"这是我写的一本书。我一点不感到窘。我高高兴兴签了名叫人也高兴高兴。伊斯拉埃尔在装烟斗，加瓦勒在挠大腿，农妇显得很高兴接受了一本有作者签名的书。肉肠香气扑鼻。我喝了白葡萄酒有点醉了，不感到自己是个外人，尽管在一本书上签了名——以前我把这种事总看得有点可笑。我不感到自己没人理睬。尽管写了这本书，我不以作者，也不以旁观者自居。我不是从外界来的。伊斯拉埃尔亲切地望着我签名。加瓦勒不拘礼节地继续挠大腿。我从心底感激他们。这本书原可使我显得是个抽象的旁观者。可是，尽管写了这本书，我还是不以知识分子、不以见证人自居。我是属于他们的。

见证人的工作一直使我讨厌。我算是什么，倘若我不身体力行？为了存在，我需要身体力行。我用同志的品质营养自己——这种品质并不自知，因为它对本身是漠视的，这不是由于谦虚。加瓦勒从不自命不凡，伊斯拉埃尔也不。他们与自己的工作、职业、责任交织一起。与这块冒烟的肉肠交织一起。这些人内心充实令我陶醉。我可以默不作声。可以喝我的白葡萄酒。甚至可以在这本书上签名而不与他们疏隔。什么也破坏不了这种情谊。

我这样说不是在贬低聪明的步骤、意识的胜利。我钦佩明白事理的聪明，但是人还成什么呢，如果他缺少实体？如果他只是观察而不求本质？我在加瓦勒或伊斯拉埃尔身上就发现实体。在吉约梅身上也如此。

我从事写作可得到好处，比如说，可以享受这种自由：倘若第三十三联队第二大队的工作不称我心，我可以退出去找其他事做；这样的好处我怀着惊骇的心情去谴责。这不过是不思存在的自由。凡义务都使人得到成长。

在法国，我们差点给没有实体的聪明坑害了。加瓦勒是存在的。他爱，他恨，他追求快乐，他发牢骚。他与外界息息相关。

如同我在他对面品味这种香脆的肉肠,我也品味使我们大家融为一体的工作义务。我爱第三十三联队第二大队。我不是作为发现了美景的欣赏者来爱的。我不在乎美景。我爱第三十三联队第二大队,因为我是其中一分子,因为它营养我,因为我也营养它。

现在我从阿拉斯回来了,比从前更属于我的大队。我与它多了一道联系。内心加强了和衷共济的感情,这感情要在静默中品味。伊斯拉埃尔和加瓦勒经历的风险,可能比我更艰苦。伊斯拉埃尔已经失踪。但是,今天这次散步,我也应该回不来的。它使我更有权利坐上他们的桌子,跟他们一样默不出声。得到这份权利要付极大的代价。但是,这是"存在"的权利,确也值这么大的代价。这说明为什么我在书上签名不感到窘……它不损害什么。

可是,等会儿少校问我,我结结巴巴说不上来,我想到脸红。我为自己难为情。少校想我这人有点儿蠢。如果说书上签名这类事不使我窘,这是因为我即使写出一座图书馆的书,这样的能力也救不了我到时候难为情。难为情不是我要玩的一种游戏。我不是那种怀疑论者,苦心孤诣去迎合某种催人泪下的做法。我不是那种城里人,在假期装扮成农民。我在阿拉斯上空再一次为我的诚意寻求证据。我把我的肉体投入这场历险。我的整个肉体。我存心把它输掉的。我献出我能献出的一切,遵守这些游戏规则。目的使这些游戏规则不成其为游戏规则。我获得了等会儿少校问我我发呆的权利。也就是身体力行的权利。与人联系的权利。心灵相通的权利。接受与奉献的权利。超越自己的权利。达到内心充实的权利。体验我在同志身上体验到的爱的权利,这种爱不是受自外界的一种冲动,不要求表露于外——从不——除了有时在告别宴会上。那时,你有点醉了,乘着酒兴向同席的人弯下身去，像一株果枝太沉的树向一边倾斜。我对大队的爱不需要表露。它是千丝万缕织成的。它就是我的实体。我属于大队。这便是一切。

我想到大队，不能不想到奥什台。我可以说一说他在战争中的勇气，但是我会感到自己可笑。这不是勇气问题：奥什台把全部身心献给战争。可能比我们大家都做得好。奥什台自始至终处于这种状况，使我难于望其项背。我穿衣时骂娘，他不骂娘。奥什台到了我们要去的地方。我愿意去的地方。

奥什台是一名老士官，最近提升为少尉。当然，他的文化程度不高。不会清楚表达自己思想。但他是个扎实的人，品格完整的人。对奥什台，责任这个词不含任何多余的意义。大家都愿意像奥什台承担责任那样去承担责任。对照奥什台，我责备自己出力不多，粗心大意，偷懒，尤其不该到时候冒出种种怀疑主义思想。这不是美德的标志，而是人所共知的嫉妒的标志。我愿意像奥什台存在那样存在。一棵树根正干直，美。奥什台始终不渝，也美。奥什台不会叫人失望。

奥什台的战斗任务，恕我一句不说。他自愿吗？我们这些人执行一切任务都是自愿的。这是模模糊糊地需要信任自己。这时人可微微超越自己。奥什台当然是自愿的。他"就是"这场战争。这件事那么自然，以致若要牺牲一个机组，少校马上想到奥什台："您说吧，奥什台……"奥什台在战争中就像修士在宗教中，都是修炼。他为什么战斗？他为自己战斗。奥什台融合在某种需要拯救、也具有自身意义的实体中。在这个阶段，生与死也有点难分难解。奥什台已经溶化了。他不怕死，可能自己并不知道。延续，使延续……对奥什台来说，死亡与生存融合为一体。

当初他令我迷惑不解的是他的焦虑，当加瓦勒想向他借用怀表测量地面速度时。

"我的中尉……不……叫我挺为难。"

"你真傻!借十分钟做个调整!"

"我的中尉……中队仓库里有一个。"

"是的。但是六星期来它停在两点零七分下不来了!"

"我的中尉……表这东西是不能借的……我的表,我没有义务借……您不能这样要求!"

奥什台尽管刚从一团火焰中摔下来,奇迹似的没有损伤,军事纪律和等级制度还是可以要求他,立即再坐上另一架飞机,去执行另一项出生入死的任务……但是没法要求他把一只精致的表交到一只不知爱惜的手里;这只表花了他三个月的饷银,每晚他怀着一种母爱给它上弦。看到这些人双手乱舞,可以猜到他们对表一点不懂。

胜利者奥什台争回了自己的权利,把表揣在胸前,离开中队办公室,余怒未消,这时我真想拥抱奥什台。我发现了奥什台珍爱的宝藏。他会为自己的表斗争。他的表就存在。他会为自己的国家去死。他的国家就存在。跟他们连在一起,奥什台就存在。他与世界有千丝万缕的联系。

所以我爱奥什台,而不用对他这么说。平生最好的朋友吉约梅是在飞行中死的,我失去他后避免去谈他。我们飞行在同样的航线上,参加过同样的开拓工作。我们属于同样的实体。我感到自己随同他有点儿死了。我把吉约梅看成我在沉默中的同伴。我属于吉约梅。

我属于吉约梅,我属于加瓦勒,我属于奥什台。我属于第三十三联队第二大队。我属于我的国家。大队的人都属于这个国家……

第二十三章

我变多了！这些天，阿利亚斯少校，我悲哀。这些天，入侵的坦克一往无前，敢死队任务使第三十三联队第二大队二十三个机组牺牲了十七个。我觉得我们——您是第一个——为了群众场面的需要在接受扮演死亡的角色。啊！阿利亚斯少校，我悲哀，我错了！

对一个精神实质模糊不清的责任，我们——您是第一个——死抠其中的一字一句。您从本能上推着我们不是去胜利——这是不可能的——是去成长。您跟我们一样知道，得到的情报没有谁可以交。但是您在拯救一些仪式，其力量是隐蔽的。您一本正经问我们坦克屯留地、驳船、卡车、车站、车站里的火车，仿佛我们的汇报能派上用场。我甚至看您怀有恶意，叫人恼火：

"怎么会呢！怎么会呢！从驾驶座可以看得非常清楚。"

可是，您说得也有道理，阿利亚斯少校。

飞机下的这群人，我就是在阿拉斯上空打入报告的。我只与我效过力的人连在一起。我只对我接近的人有了解。泉水滋润我的根苗时，我才存在。我属于这群人。这群人属于我。现在我从乌云中钻出来，以每小时五百三十公里速度，从二百米高度，在黄昏中接近他们，像一个牧羊人，眼睛一扫，把羊群点过数，赶拢来，合成一个集体。这群人不再是一群人，他们是人民。我怎么会没有希望呢？

尽管失败使人消沉没落，我心中却像领受圣事出来，感到这种庄严持久的喜悦。我沉浸在支离破碎中，可是我像个胜利者。哪个执行任务回来的同志不感到自己是个胜利者？贝尼珂上尉跟我谈到今天上午的飞行："我看出这些自动武器中有一支瞄得很准,拨转机头朝它全速擦地笔直冲过去,开上一梭子机枪,把这团红光一下子扑灭,像风扫残烛。十分之一秒钟后,我呼隆隆向敌军炮台扑去……像飞机炸了似的!那群炮兵给我冲得到处乱窜,地上打滚。我好似玩上了九柱戏。"贝尼珂笑了。贝尼珂豪迈地笑了。贝尼珂,胜利的上尉!

我知道任务使加瓦勒的这位机枪手也面貌一新,他在夜里闯进了八十台探照灯组成的集交火束,像参加军人的婚礼,在剑的夹道中钻了过去。

"您可以飞九十四。"

杜泰特在塞纳河上空定了位。我朝离地一百米高度下降。大地以每小时五百三十公里速度,推着种上小麦、苜蓿的长方形田野,还有三角形森林,朝着我们过来。我瞧着我的船头不知疲劳地把平静的镜面纷纷震碎,感到一种奇怪的生理乐趣。塞纳河出现在我面前。我横越时,塞纳河往后躲,像在旋转。这个动作使我快乐,像在跳轻柔的芭蕾舞步。我稳稳坐着。我是飞机的主人。油箱经住了震动。我要与贝尼珂打扑克,赢他一杯酒,然后下象棋击败拉科代尔。我是胜利者的时候,就是这个样。

"我的上尉……他们打炮了……我们飞入了禁区①……"

是他计算的航线。要挨骂轮不着我。

"炮火猛吗?"

"他们拼命地打……"

"我们回去?"

"喔!不……"

---

① 1940年6月22日,法国政府与德国政府签订停战协定。后把法国本土划分为若干区域,有"自由"区(归法国维希政府管辖)、德国占领区、意大利占领区、禁区等。

声调是饱经风霜的人的声调。我们见识过洪水。防空炮火对我们只是一场春雨。

"杜泰特……要知道……在家门口叫人打下来才叫傻呢！"

"……什么也打不下来的……是给他们锻炼锻炼。"

杜泰特悲哀了。

我不悲哀。我幸福。我要跟自己家里的人说话。

"嗷……是的……炮打得像个……"

咦，这个人还活着！我注意到我的机枪手从不自发地表明自己的存在。他把整个历险消化了，不感到需要与人交流思想。除了炮火最猛烈时发出"喔！啦！啦！"的声音。无论如何，这不是在和盘托出说心里话。

但是，现在他的专业用上了：机枪。专家谈到自己的专业时，就口无遮栏了。

我没法不把这两个领域进行对比。飞机领域和土地领域。我刚才挟着杜泰特和我的机枪手超过允许限度。我们看到法国熊熊燃烧。看到海洋闪闪发光。我们在高空中老了。俯身望着一片遥远的土地，像望着博物馆的玻璃柜。在阳光中跟敌人歼击机灰尘作游戏。然后我们又往下飞。朝火灾扑去。我们牺牲了一切。这时，我们对自身的了解比沉思十年学到的还多。我们最后走出这座修道院，确也过了十年。

此刻，在往阿拉斯飞时越过的这条公路上，我们可能又会遇到这群队伍，他们至多前进了五百米。

他们把一辆抛锚的汽车推到沟里的时间，替换一只轮胎的时间，为了等待岔路口清理漂流物而坐着不动，手指在方向盘上轻轻弹的时间，我们已经回到了机场。

我们跨过整个失败局面。我们像那些香客，他们历尽艰辛，但不以沙漠为苦，因为他们精神上已经进入了圣城。

逐渐下降的黑夜将把零乱的人群赶进痛苦的栅栏。人挤在一块。他们朝着什么喊叫呢？而我们，朝着同志奔去，我觉得我们匆匆忙忙在赶一个节日。比如一间简陋的小屋，远处灯光闪烁，会使最严酷的冬夜变成一个圣诞夜。我们到了那里，会受到欢迎。我们到了那里，会通过晚餐的面包达到感情相通。

今天，经历的事够多的了：我幸福和疲劳。我将把一架弹孔装点的飞机交给机械师去照应。我将脱下沉重的飞行服，天太晚了，不能跟贝尼珂赌酒喝了，还是老老实实坐在同志中间吃晚饭……

我们迟到了。迟到的同志有的不会回来了。他们迟到了吗？太晚了。也无可奈何了！黑夜使他们跌翻在永恒中。晚饭时刻，大队计算死者人数。

死者在记忆中愈长愈美。人们总看到他们最悦目的笑容停留脸上。我们沾不上这份光了。我们将像邪恶的天使、非法的猎人偷偷摸摸出现。少校一口面包又会咽不下去。他望着我们。可能会说："啊！……你们回来了……"同志们不说话。他们几乎不看一眼。

我从前对大人的敬意不多。我错了。人是不会老的。阿利亚斯少校！人回来时也可以是纯洁的："你来了，你是属于我们的……"腼腆使人沉默。

阿利亚斯少校，阿利亚斯少校……你们之间的种种情谊我体验到了，像盲人体验到火。盲人坐下，伸出双手，他不知道他的欢乐从哪个方向来的。我们完成任务回来，准备接受一种滋味陌生的报答；这种报答说穿了就是爱。

我们认不出这就是爱。我们平时想到的爱，充满骚乱和激情。但是这里谈的是真正的爱：使人成长的千丝万缕的联系。

第二十四章

我问过农庄主仪表的数目。农庄主回答我："你那玩意儿里的东西我一点不懂。仪表准是少了几件——至少那些可让我们打赢仗的仪表少了……您跟我们一起用饭吗？"

"我用过了。"

但是他强迫我坐在侄女和女主人中间：

"你，侄女儿，往那边靠靠……给上尉让个位子。"

我发现我不仅与同志们连在一起。通过他们还与全国人连在一起。爱，一旦发芽，根须便会无尽地蔓延。

我的农庄主在静默中分面包。白天的操劳使他神情肃穆，气质高贵。他从事这项分配工作，像主持一项仪式似的，可能是最后一次了。

我想起四周的田野，生产了这个面包的原料。敌人明天要占领田野。武装人员的纷扰是看不到的！地球很大。占领，在这里，可能只表现为无垠乡野中一个孤独的哨兵，田埂上一颗灰点子。表面什么也没有变化。但是，关于人的事，一个标志可使一切改观。

吹过庄稼地的风与吹过海面的风，始终相像。但是吹过庄稼地的风在我们看来更加强劲有力，是因为它席卷时是在巡视一份祖业。它保证未来。它是对妻子的抚摩，头发上的轻拍。

麦子，明天会变了样。麦子不只是肉体的养料。抚育人绝不同于喂养牲口。面包的作用数不胜数！由于一起分享面包，我们体会到面包是建立人类大家庭的一个工具。由于靠额上汗水赚到面包，我们体会到面包是劳动的伟大形象。由于贫困时用面包赈济，我们体会到面包是怜悯的主要媒介。分享的面包的滋味无物可以比拟。而今，这块麦田生产的精神面包，也即这个粮食的精神力量，处境危险。我的农庄主明天分面包时，可能不是在主持同样的家庭宗教仪式。面包，可能在明天，不会在眼睛里燃起同样的光。有的面包像油灯的油。油会变成光的。

我看侄女，她很美，我对自己说：面包在她身上变成忧郁雅致。变成腼腆。变成静娴。可是同样的面包，只要麦海岸边出现一颗灰点子，明天就是点燃同样的灯，恐怕也发不出同样的光。面包的本质力量变了。

我进行斗争是为了保持光的质量，更先于拯救肉体的养料。我进行斗争是为了一种特殊的光照，可使国内家家户户的面包改观。这位神秘少女身上，首先令我感动的是那种神态。我说不上一张脸上的线条是怎样连接的。这就像看书不是看书页，而是看书页中洋溢的诗意。

她感到有人瞧着自己。朝我抬起眼睛。好像向我笑了一笑……仿佛易碎的水波上吹过一阵清风。这表情使我惶惑。我感到属于这里——不属于他处——的特殊灵魂神秘地出现了。我体验到一种和平，我要说："这是静默王国的和平……"

我看到麦子的光亮了。

侄女的脸又变得光洁无纹，表情莫测。女主人叹口气，向四周望一下，没说话。农庄主默想未来的日子，知趣地一声不出。各人的静默中都有一份内心的财富，像一座村庄的祖产——同样受到威胁。

　　一个奇怪的道理，使我觉得自己要对这些看不见的宝藏负责。我离开我的农庄。我慢慢走。带着这份责任，虽沉重，但更亲密，像怀里睡着一个孩子。

　　我答应要跟我的村庄进行这次对话。但是我没有话要说。几小时前，焦虑的情绪平静时，我想起了树，现在我就像树上结的果子。我感到自己与家里的人连接一起，很自然。我属于他们，就像他们属于我。当我的农庄主分面包时，他什么都没有给。他在分享，在交换。同样的麦子在我们体内流转。农庄主没有贫困。而是富裕了：因为面包由大家分享，他吃了更有营养。我今天下午起飞为那些人执行军事任务，我什么也没有给他们。我们大队的人什么也没有给他们。我们是他们战争牺牲的一部分。我理解奥什台参战为什么不发豪言壮语，只像一名村里打铁的铁匠。"您是谁？"——"我是村里的铁匠。"铁匠工作得很幸福。

　　如果说此刻他们失望而我希望，我跟他们也没有不同。我不过是他们希望的一部分。当然，我们已经输了。一切都在未定之天。一切都在崩溃。但是我依然感到胜利者的平静。这话不是矛盾吗？我才看不起话呢。我像贝尼珂、奥什台、阿利亚斯、加瓦勒。我们找不出语言说明我们胜利的感情。但是我们感到自己是负责的。没有人能够同时感到负责和失望。

　　失败……胜利……我不擅于运用这些公式。有的胜利令人振奋，也有的胜利令人堕落。有的失败令人毁灭，也有的失败令人清醒。生命不是以状态、而是以步骤来表明的。我唯一不表怀疑的胜利是孕育在种子繁殖力里的胜利。种子埋进了广阔的黑色沃土，已经可算是胜利的种子。但是看它茁壮成长为麦子，则需借以时日。

今天早晨,还只是一支溃败的部队、一群流散的人。但是一群流散的人若有一个思想集结他们,就不会再流散。工地上若有一个人,即使单枪匹马,想到建造教堂,工地的石头四处分散也仅是表面现象而已。零星的泥块沾上一粒种子,我就不用为它担心。种子会破土而出,成为栋梁之材。

谁进入沉思,会变成种子。谁发现一条明白的事理,会拉别人的袖子指给他看。谁有创造发明,会立刻宣讲。我不知道奥什台这样的人怎样表心意或行动。但是这我不在乎。他默默的信念会在周围扩散。我更看清各种胜利的共同原则;谁只想在建成的教堂内谋求做一个圣器保管人或椅子出租者,已是一个失败者。但是谁心中有建造教堂的宏图,已是一个胜利者。胜利是爱的果实。爱才认得清要塑造的面目。爱才催人朝那个面目走去。聪明为爱服务才有价值。

雕塑家心里掂着他的作品;他若不知道怎样去雕塑,这不重要。捏了又捏,错了又错,矛盾了又矛盾,他通过黏泥直向他的创造走去。聪明和判断都不是创造者。雕塑家只有技巧与聪明,他的双手便缺乏天才。

我们对聪明作用的误解由来已久。我们忽视了人的实体。以为卑劣的灵魂靠了手段巧妙,也能完成高尚的事业,以为八面玲珑的自私自利也能鼓动牺牲精神,以为干枯的心通过巧言令色也能建立友谊或爱。我们忽视了本质。雪松的种子长成的总是雪松。荆棘的种子长成的只会是荆棘。从今以后,我判断一个人,决不根据他为自己的决定而作的申辩。言辞的保证犹如行动的方向,太容易叫人上当。往家走的人,我不知道他去吵架还是去爱。我要问自己的是:"他是什么样的人?"那时我才知道他倾向于做什么，会到哪里去。归根结蒂，人总是往他倾向的方向走的。

阳光照射到的根芽，总会在地面的乱石堆里找到自己的道路。纯粹的逻辑学家若没有阳光照引，会淹死在纷乱的问题中。我不会忘记敌人本身给我的教育。装甲队应该选哪个方向去封锁敌人的后方？他回答不出。应该是什么样的装甲队？这个装甲队——既然遇到的是堤坝——应该有海的力量。

应该做什么？做这个。或做相反的事。或做其他的事。对未来的事用不上决定论的。应该是什么？这才是主要的问题，因为只有智慧才会使聪明受胎。使它孕育未来的作品。聪明则可使作品呱呱落地。要造出第一艘船，人该做什么？这个公式太复杂了。归根结蒂，通过千万次反复的摸索船才会问世。但是这个人应该是什么样的人？这里，我在探索创造的根本。他应该是个商人或士兵，因为那时，有必要，出于对遥远土地的爱，他鼓动有技术的人，招募做工的人，有朝一日，把他的船抛出去！要整座森林飞腾，应该做什么？啊！这太难了……应该是什么？应该是冲天的火！

我们明天将进入黑夜。白天重临时，希望我的国家依然存在！要救它应该做什么？如何提出一个简单的办法呢？必须做的事又是彼此矛盾的。重要的是拯救精神遗产，没有精神遗产，民族出不了天才。重要的是拯救民族，没有民族，精神遗产要湮没。逻辑学家缺乏一种语言去兼顾这两种拯救，不免要牺牲灵魂或牺牲肉体。但是我不理会逻辑学家。我要的是白天重临时，我的国家——在灵魂上和肉体上——依然存在。为了依照我的国家的利益行动，我应该每一时刻，怀着我全部的爱，朝着这个方向压。海往一个方向压，不会找不到水道。

我不可能对复兴存丝毫的怀疑。我更理解我的盲人找火的故事。盲人若朝火走去,这是他内心需要火。火已经支配他的行动。盲人若去找火,可以说火已找到了。同样,雕塑家若去捏黏土,他已胸有成竹。我们,也是一样。我们感到我们联系的温暖,这说明我们已经是胜利者。

我们对自己的大家庭深有感触。号召别人加入,我们当然要把这点说出来。这要在觉悟和语言上作出努力。但是,为了不使实体受损,我们也不应该跌入权宜的逻辑、哄吓诈骗、论战空谈的陷阱。我们必须首先不否认我们所属的一切。

所以,我执行阿拉斯任务回来,仿佛受了启示,在乡村的静夜里,靠在一堵墙上,开始给自己确定几条终生不背离的简单规则。

因为我属于他们的,我决不否认他们是自己人,不论他们做什么。我决不煽动别人攻击他们。若有可能为他们辩护,我为他们辩护。他们若使我蒙受耻辱,我把耻辱埋在心里,一声不出。不管我对他们有什么想法,我决不去做原告的证人。做丈夫的不会挨家挨户,亲口告诉邻居他的妻子是个荡妇,这样做不能挽回自己的名声。因为妻子是他家的人。他不能自以为清白攻击她。回到家,他有权利表示愤怒。

因而,凡有失败我决不推卸责任——失败虽经常使我抬不起头。我属于法国。法国造就了雷诺阿、帕斯卡、巴斯德、吉约梅、奥什台这样的人。法国也培育了无能者、政客和骗子。但是我只承认与前者、而否认与后者的亲属关系,未免太轻松了吧。

失败造成分裂。失败会打败一切可以不败的东西。并会有死亡的威胁；我不去加深这些分裂，把灾难的责任推在想法与我不同的人身上。这种没有法官的官司一无可取。我们大家都是失败者。我失败了。奥什台失败了。奥什台不把失败推在其他人身上。他对自己说："我，奥什台，我属于法国，我做了弱者。奥什台的法国做了弱者。我通过它做了弱者，它通过我做了弱者。"奥什台知道，他若与自己人不沾边，他只是在捧自己。从而，他不再是某一家、某一家族、某一大队、某一国家的奥什台。他只是一片荒漠中的奥什台。

我若接受我家的屈辱，我可以对我家做一番工作。它属于我的，就像我属于它的。但是，我若拒绝屈辱，家会离我而去，我可以做个光荣的孤家寡人，然而比死人还无用。

为了存在，首先要承担责任。才几小时前，我还看不见。我悲哀。但是现在，我看清了。自从觉得自己属于法国后，我拒绝埋怨其他法国人，同样我也不以为法国可以埋怨世界。每人对人人负责。法国对世界负责。法国原可向世界提出世界团结的共同尺度。法国原可作为世界的拱顶石。假使法国保持了法国的风貌、法国的光辉，全世界可通过法国成为抵抗力量。我今后否认我对世界的指责。如果世界缺少灵魂，法国就有责任去充当灵魂。

法国原可号召别人。第三十三联队第二大队接连作为志愿军参加了挪威战争、芬兰战争。挪威和芬兰对我们的士兵与士官代表什么？我总觉得他们模模糊糊接受死，像去参加什么圣诞节庆。拯救世上的这种风貌，仿佛值得他们牺牲自己的生命。倘若我们那时是世界的圣诞节，世界会通过我们得到拯救。

世界人类精神大家庭并不倾向我们。但是，我们建成这个大家庭，就可拯救世界与我们自己。我们没有完成这项任务。每人对人人负责。每人单独负责。每人单独对人人负责。我第一次懂得了宗教的一个神秘，我自认我所从属的这个文明就是从宗教来的："承担人的一切罪恶……"每人承担一切人的一切罪恶。

第二十五章

谁说这是一种弱者的学说？承担一切的人是领袖。他说：我给打败了。他不说：我的士兵给打败了。真正的人是这样说话的。奥什台会说：责任在我。

我理解屈辱的意义。屈辱不是贬低自己。屈辱是行动的原则。我欲宽恕自己，若把自己的不幸归咎于命运，我在向命运投降。若把自己的不幸归咎于众叛亲离，我在向众叛亲离投降。但是，我若承担错误的罪责，我是在行使做人的权力。我能对我所属的东西有所行动。我是人类大家庭的一名成员。

我心中有一个人，我把他打倒才可使自己成长。必须经过这个艰苦历程，我多少辨清我心中要打倒的那个人和要成长的那个人。我不知心中要出现的这个人到底什么形象，但是我对自己说：个人只是一条道路。借这条路走向人的境界，这是唯一重要的。

论战中的种种真理再也不能令我满足。责备个人有什么用。他们只是道路和途径。我的机枪上冻，我不再说是官员的疏忽；友邦人民不来援助，我不再说是他们自私自利。失败当然通过个人的失责表现的。但是，塑造人的是文明。我若认为自己的这个文明由于个人的缺陷而受到威胁，我有权利问自己，为什么这个文明塑造的不是另一种人。

一个文明如同一门宗教，埋怨信徒怠惰也就是控诉自己无能。它应该鼓动他们的热情。埋怨非信徒的憎恨，也是如此。它应该感召他们。然而，我的文明从前经历了考验，激励了使徒，推翻了暴君，解放了受奴役的各国人民，今天却再也不会激励和感召。我若想找出我失败的种种原因的总根子，我若有复活的雄心，我首先应该找回我失去的热忱。

因为，文明说来也像麦子。麦子养活人，人又留下麦种拯救麦子。麦种的保存像祖业，一代接着一代，受到尊敬。

光知道盼望长什么样的麦子对我是不够的。我若要拯救某一类人——及其能力——必须同时拯救培育这类人的原则。

我保留了我认为是自己的这个文明的形象，却失去了传递这个文明的规则。我今晚发现我以前使用的词句接触不到事情的根本。我以前宣扬民主，没有察觉我在人的品质与命运上说的不是一整套规则，而是一连串祝愿。我祝愿人相亲相爱、自由和幸福。当然啰。谁会不同意？我知道摆道理说明人必须"怎样"——却不会说明人必须是"什么样"。

我说到人类大家庭，词义不明。我影射了那种气候，仿佛气候不算是某种具体社会结构的产物。我像在提起一条天然的事理。天然的事理是不存在的。法西斯队伍、奴隶市场也都产生于人类大家庭。

这个人类大家庭，我以前没有作为建设者住在里面。我托庇于它的和平、容忍和福利，我对它毫不了解，只知住在里面，住在里面像个圣器保管人或椅子出租者。因而也像个寄生虫。因而也像个失败者。

如同船上的旅客。他们乘在船上，从不给船做什么。他们关在客厅里——认为这是天经地义的场合——进行他们的赌博。他们不知道船的肋骨不停地承受海水的重压。倘若风暴打得船粉身碎骨，他们有什么权利指责？

倘若各人一蹶不振,倘若我给打败了,我去指责什么?

确有一个共同尺度,衡量我宣扬的文明培育下的人具有的品质。确有一条拱顶石,支持他们应该建立的具体大家庭。确有一条原则,从前的一切赖以长根壮干,抽枝结果。那是什么呢?那是埋在人的沃土中强有力的种子。唯有它能使我成为胜利者。

我在村上这奇妙的一夜里,好像懂得了许多事情。静也是静得异乎寻常。轻微的响声像钟声,充满整个空间。没有东西对我是陌生的。牲畜的呻吟、远处的呼唤、关门的声音,一切像在我心中穿过。一种即将消逝的感情,我应该赶快领悟其意义……

我对自己说:"这是阿拉斯的炮火……"炮火打穿了一层外壳。整个白天,我无疑是在脱胎换骨。只是进行的时候嘟嘟囔囔。是呀,嘟嘟囔囔的是那个个人。但是,出现了人。他代替了我,如此而已。他望着流离四散的人群,看到了人民。他的人民。人,是人民与我的共同尺度。所以,我朝大队奔去时,像奔向一堆大火。人通过我的眼睛在看——人,是同志们的共同尺度。

这是一个征兆吗?我几乎相信起征兆来了……今晚,一切都叫我心领神会。任何声响我听来都像是一个信息,又清楚又模糊。我倾听一个平静的脚步声响彻黑夜:

"嗨!你好,上尉……"

"你好!"

我不认识他。我们这声招呼,像两艘船对遇时船伕的一声"嗬嗨"。

又一次,我感到一种神奇的亲属感情。今晚,在我身旁的人,不停地清点自己的亲人。人,是人民和民族的共同尺度。

那一位他回家来,怀着他的一份操心、想法与意象。搂着自己的货物,秘而不宣。我可以上去跟他讲话。我们可以在白色乡村路上交换一些回忆。像岛上回来的商贩,见了面交换宝贝。

在我的文明中,不同于我的人不会损害我,只会丰富我。我们的团结居于我们之上,是为人建立的。在第三十三联队二大队,晚间讨论不会危害、只会加深我们的友谊,因为没有人希望听到自己的回声,瞧着镜子里的自己。

法国的法国人和挪威的挪威人同样也是为人而走到一起的。人使他们团结,同时又促进他们有不同的习俗,而不引起相互抵触。树也是这样表达自己的思想,它长出的枝条,与根不是同样面貌。因而,倘若那里的人爱写雪的故事,荷兰人爱种郁金香,西班牙人爱跳即兴的佛拉芒戈舞,我们大家都在人面前得到丰富。可能这说明为什么我们大队的人愿意为挪威而战……

现在,我好似经过长途跋涉,到了朝圣的目的地。我没有发现什么,但像梦中醒来,只是又看见了自己以前没再仔细看的东西。

我的文明是通过个人建立对人的崇拜。几个世纪来,我的文明追求的就是要指出什么是人,就像它教导我们要辨清石头与教堂。它宣扬的这人比个人重要。

因为我的文明中,人不是以众人作为标准。而是众人以人作为标准。在人之中,像在任何本质之中,有些东西不是构成它的物体所能解释的。一座教堂与一堆石头毕竟不可同日而语。教堂中有几何学和建筑学。这不是由石头来确定教堂的特性,而是教堂以其本身的意义丰富了这些石头。这些石头成了教堂的石头而有了风光。形形色色的石头都服务于教堂的统一。甚至龇牙咧嘴的兽形排水管也被教堂吸收了,组成它的赞歌。

但是,渐渐地,我忘了自己的真理。我一度相信人概括了众人,好像石头建筑概括了石头。我混淆了教堂与石头堆,渐渐地,遗产湮没无闻了。应该恢复人。人是我的文化的精华。是我的大家庭的钥匙。是我的胜利的原则。

第二十六章

强迫各人服从固定的规则,在这个基础上建立社会秩序,这是容易的。一个俯首忍受主人或《古兰经》约束的盲人,摆布他也是容易的。但是,成功要高尚得多,它要解放人,又要使人懂得自律。

但是,什么是解放?我把一个毫无感受的人解放到一片荒漠中去,他的自由意味什么?要走向某个地方去的"某个人"才谈得上自由。解放这个人,也就是教他什么是渴,并向他指出水井的道路。那时,才向他提出步骤,这些步骤就不是没有意义的了。如果不存在重力,解放一块石头是没有意义的,因为,石头就是自由,也哪儿都去不了。

我的文明追求的是:超越个人,在对人的崇拜上建立人与人的关系,目的使各人的行为不论对自己还是对别人,不是盲目遵从清规戒律,而是自由行使爱的权利。

重力的道路是看不见的,但可解放石头。爱的斜坡是看不见的,但可解放人。我的文明追求的是:每人都成为同一位王子的使节。它把个人看作是道路或使命,去达到更高一层境界。个人有上升的自由,它则给他指出磁力的方向。

我了解这种重力场的起源。几个世纪来,我的文明通过人去景仰上帝。人是按照上帝的形象创造的。大家尊重人心中的上帝。人在上帝面前是兄弟。上帝的这种反映赋予每人一种不可剥夺的尊严。人与上帝的各种关系,显然建立了各人对自己和对他人所负的各种义务。

我的文明是基督精神价值的继承人。我将对教堂的构造进行思索,以便更好理解它的建筑。

景仰上帝是建立人的平等,因为上帝面前人是平等的。这种平等关系有一个明确的意义。因为大家只能在某个事物面前实现平等。士兵和军官在国家面前是平等的。若不在某个事物面前去求这种平等,平等只落得是一句空话。

我很明白,这种平等——各人对上帝的权利的平等——为什么不允许限制个人的上升:上帝能够决定把他作为道路。但是,因为上帝"对"各人的权利也是平等的,我明白为什么各人——不管是谁——都要承担同样的责任,对法则表示同样的尊重。表达上帝的宗旨时,他们的权利是平等的。为上帝服务时,他们的义务是平等的。

我明白,为什么在上帝面前建立的平等不会引起矛盾与混乱。不确立共同尺度,蛊惑人心的宣传乘虚而入,平等原则会蜕化为同等原则。那时,士兵会拒绝向军官行礼,因为士兵向军官行礼,变成为向个人而不是向国家致敬了。

我的文明承袭了上帝,使人在人面前平等。

我明白人与人相互尊敬的起源。大学者向司炉工本人表示尊敬,因为他通过司炉工尊敬的是上帝——司炉工也是上帝的使节。不论这一个如何优秀,另一个如何平庸,谁也不能试图把另一个沦为奴隶。使节是不可侮辱的。但是对人的这种尊敬不是去迁就各人的平庸、愚蠢或无知,既然首先尊敬的是上帝使节这个身份。因而,上帝的爱建立了人与人之间的高尚关系,遇到事情都要超越各人的身份,而以使节身份去处理。

我的文明承袭了上帝,通过各人建立对人的尊敬。

我明白博爱的根源。人在上帝面前是兄弟。人只能在某种事物面前是兄弟。不存在串联他们的纽带,人是并列的,不是相连的。人不可能是纯粹的兄弟。我的同志和我在第三十三联队第二大队"面前"是兄弟。法国人在法国"面前"是兄弟。

我的文明承袭了上帝,使人在人面前是兄弟。

我明白以前向我宣扬有义务做慈善工作的意义。慈善施之于个人,服务于上帝。不管个人如何平庸,慈善是对上帝的偿还。这样的慈善不使受惠者屈辱,也不使他受图报的约束,因为这份礼物不是给他,而是给上帝的。行善决不是向平庸、愚蠢或无知致意。最庸俗的人得了瘟疫,医生也应冒生命危险去给他治病。医生服务的是上帝。他不因在小偷病床边度过不眠之夜而有所贬低。

我的文明承袭了上帝,这样把慈善作为通过个人赠给人的礼物。

我明白各人要谦恭的深刻意义。谦恭不使人低下，它使人高尚。它向他阐明作为使节的任务。谦恭要求他通过别人尊敬上帝，同样自己内心尊敬上帝，做上帝的信使，为上帝奔波。谦恭要他了解忘私才会达到崇高。如果一个人自命不凡，道路立刻变成墙壁。

我的文明承袭了上帝，主张尊敬自己，也即是通过自己尊敬人。

我终于明白，为什么上帝的爱建立了人对人的责任观念，要他们把希望作为美德①。因为希望使每人做同一个上帝的使节，把世人的得救交于每人之手。无人有权利绝望，既然他是个普通的受命者。绝望即否认自己内心的上帝。希望的职责可作出如下的理解："你认为自己那么了不起？你绝望说明你多么自负！"

我的文明承袭了上帝，使每人对人人负责，人人对每人负责。各人应该牺牲自己救助集体，但是这里说的不是一种愚蠢的算术关系。这是说通过各人尊敬人。我的文明的伟大在于：一百名矿工应该冒生命危险救一名埋在地底的矿工。他们救的是人。

我经过这样的启示，清楚明白了自由的意义。它是一棵树种在土壤上生长的自由。它是人的上升的气候。它像一种顺风，帆船靠了顺风才可在大海上自由行驶。

---

① 基督教教义中有三德：信德、爱德、望德。

这样培育的人具有树的力量。哪块空间他不能用自己的根须去覆盖！哪根苗子他不能润泽，令其在阳光下茁壮成长！

第二十七章

但是一切都给我糟蹋了。我挥霍了遗产。我听任人的观念腐烂。

通过各人崇拜所景仰的一位王子，崇拜在人与人关系中建立高尚品质；为了拯救这种崇拜与高贵品质，我的文明还是花费了相当的精力，运用了非凡的才华。"人道主义"的一切努力就是要达到这个目的。人道主义担负的特殊使命是阐明和延续人高于个人的观念。人道主义宣扬人。

但是谈到人，语言变得不敷应用。人不同于个别的人。只谈石头，那就没有谈到教堂的要义。用人的品质去说明人，那就没有说清人的要义。人道主义就是这样朝着一条死胡同在工作。它力求用一种逻辑的、伦理的论据去确定人的观念，然后把这个观念传播到人的思想中去。

没有一种语言解释可以代替心领神会。本质的一致没法用言词传播。有的人不懂祖国与产业，我欲教育他们爱祖国与产业，却找不到论点打动他们。组成产业的是田野、牧地和牲畜。这些东西，或个别的，或一起的，都可使人富。可是产业中也有东西没法用物资分析，既然有些业主出于对产业的爱，要保住它不惜倾家荡产。恰是这"东西"使物资有一个特殊的高尚品质。那时这些物资才称得上某一产业的牲畜、某一产业的牧地、某一产地的田野……

因而，我们也应成为某一祖国、某一职业、某一文明、某一宗教的人。但是要具备这样的本质，首先在于创立这样的本质。不存在祖国感情的地方，什么语言也传播不了祖国感情。如何创立所要具备的本质，唯有通过行动。本质不属于语言王国，但属于行动王国。我们的人道主义忽视了行动。它的试图失败了。

基本的行动在这里另有一个名字。叫做牺牲。

牺牲不意味割爱或苦修。主要是一个行动。把自己奉献给自己企图具备的本质。要懂得什么是产业，非得是为有它而舍身牺牲过，为救它而奋斗过、为美化它而劳苦过的人。那时他心中会泛起对产业的爱。产业不是利益的总和，那样看就错了。产业是心血的总和。

我的文明依靠上帝时，拯救了牺牲的观念，把上帝建立于人的心中。人道主义忽略了牺牲的根本作用。它企图用言词而不是用行动传播人的观念。

为了通过人不使人隐没，人道主义掌握的手段无非是一个用大写字母美化的"人"字。我们很有可能在一个危险的斜坡往下滑，有一天会把人看作是人的平均数或全体的象征。我们很有可能把我们的教堂与一堆石头混淆不分。

渐渐地，我们失去了遗产。

我们不去肯定通过各人实施人的各种权利，却开始谈论集团的权利。我们看到不知不觉间引入了一种漠视人的集体伦理道德。这个道德后来明确地解释为什么各人应该为大家庭牺牲自己。却不直截了当地也解释，为什么大家庭也应该为一个人作出牺牲。为什么把一人救出不正义的牢笼而死了一千人也是得失相抵的。这类事我们还记得，但是渐渐淡忘了。可是，我们的伟大首先在于这个原则，使我们与蚂蚁窝所以有如此明显的差别。

我们——由于缺少有效方法——从以人为基础的人道主义滑

向以人群为基础的这个蚂蚁窝。

我们有什么可与这类宣扬国家或群众的宗教相抗衡呢？来自上帝的人的伟大形象又怎么样了呢？通过一种已失去实体的词汇，这种形象已经面目难辨了。

渐渐地，忘了人，我们把我们的伦理道德局限于个人问题。我们要求各人不触及另一个人。各块石头不触及另一块石头。当然，石头散在地上时，是互不触及的。但是，它们相互触及才能造出教堂。教堂又使它们树立自己的意义。

我们继续宣扬人与人的平等。但是，忘了人，我们对自己说的事就一无所知。因为不知道在什么基础上建立平等，我们作出一个模糊的确认，也不知道如何实施。以众人的问题来说，贤人与恶人、愚者与智者之间的平等怎样去确定呢？以物的问题来说，平等也就是——如果我们妄图明确定义和付诸实施的话——要求每样东西占同等的位子，起同样的作用。这是荒谬的。平等原则会蜕变成同等原则。

我们继续宣扬各人的自由。但是，忘了人，我们把自己的自由说成是一种模糊的为所欲为，仅限于不损害他人。这没有实际意义，因为没有一个行动不涉及他人。我做了士兵，若把自己弄成残缺，就要被枪毙。不存在单独的个人。谁退出，谁触及大家庭。谁悲伤，也使得别人悲伤。

我们行使这样理解的自由权利，没法不引起克服不了的矛盾。由于不知道确定在什么情况下我们的权利可以实施，什么情况下我们的权利不可实施，我们假仁假义地闭上了眼睛，为了拯救一条含糊不清的原则，不去注意任何社会对我们各种自由会设置数不尽的障碍。

至于慈善,我们甚至不敢宣扬。确实,从前,创立本质的这个牺牲称为慈善,施之于人而荣归上帝。我们通过各人,给了上帝或人。但是,忘了上帝或人,我们只是给了个人。从此,慈善往往成了令人难以接受的工作。保证施舍公正的应该是社会,不是个人的好恶。个人的尊严要求本人不因另一人大方而低人一等。占有者除了占有自己的财物以外,还要求非占有者的感激,这是违情悖理的。

但是,尤有甚者,是我们受人误解的慈善背离了原来的目的。慈善纯粹建立在对个人的怜悯上,禁止我们去进行有教育意义的惩罚。真正的慈善是超越个人而履行对人的一种礼拜,强调要打垮个人而让人成长。

我们就这样失去了人。失去了人,我们的文明宣扬的博爱也失去了温暖的内容,既然大家在某个事物面前是兄弟,而不是纯粹的兄弟。分享不能保证博爱。只有在牺牲中才凝聚博爱。博爱凝聚在比自己更广大的共同献身中。但是,把这种真正存在的根源混同为一种毫无报偿的退让,我们把我们的博爱贬低为一种相互容忍。

我们已经停止奉献。我若把一切只给自己,也得不到别人的赠答——因为我不能给自己增一物——就什么也成不了。若有人要求我为某些利益去死,我会拒绝。利益莫大于人之生。什么样的爱的冲动令我不惜去死呢?人为一幢房子死。不会为一些什物和几堵墙。人为一座教堂死。不会为几块石头。人为一个民族死。不会为一群人。他若是一个大家庭的柱石,会为人的爱去死。人只会为了自己赖以为生的事物去死。

我们的词汇好像一如既往不见变化,但是我们的死已失去真正的实体,引导我们——倘若我们想达到什么结果——走向毫无出路的矛盾。我们没法不对这些争端闭目不看。因为不懂建筑术,就没法不让这些石头散放在地上。谨小慎微地议论集体,又不敢明确我们议论的东西,因而我们的议论实际上也是空谈。集体不凝聚在某个事物上,集体这个词是没有意义的。数量成不了本质。

若说我们的社会还有可取之处,是人在社会中还保留了些威望,这是因为真正的文明——被我们无知背叛的文明——留在我们身上的光辉没有完全泯灭,不顾我们自己还在拯救我们。

我们自己不再懂的东西,我们的对手怎么会懂呢?他们看到我们只是一堆散放的石头。既然我们由于忘了人不再知道什么叫集体,他们就给集体找一个意义。

一部分人一下子轻松愉快地得出逻辑的极端结论。并把这些结论作为绝对的套子。石头与石头必须是同等的。每块石头都由自己支配。无政府主义没忘记人的崇拜,但是把人的崇拜一丝不苟用于个人。这种一丝不苟产生的矛盾,比我们自己的矛盾更要不得。

另一部分人把这些散放在地上的石头集合在一起。他们宣扬群众的权利。这种公式难如人意。因为,个人虐待群众固然不可容忍,群众虐待个人同样不可容忍。

还有一部分人把这些没有力量的石头攫为己有,拼凑它们成一个国家。这样的国家也不会使人上进。它同样代表了乌合的一群。把集体的权力操于一人之手。是一块石头的统治,这块石头高踞于众块石头之上,还妄称自己与其他石头打成一片。这个国家明确宣扬一种集体的道德,我们至今加以拒绝。为了人而拒绝是很有道理的;但是由于忘了人,我们自己也在慢慢向这样的道德走去。

　　新宗教的信徒反对许多矿工冒生命危险去救一名埋在地下的矿工。因为那时这堆石头要受到触动。如果一名重伤员拖住了部队的行进，他们会结果他。大家庭的利益他们是用算术计算的——指挥他们行动的也将是算术。上升到一个更高境界，他们会受损失。从而憎恨一切与己不同的东西，既然在更高境界中他们支配不了什么与自己不分彼此。一切外来的习俗、民族、思想，对他们必然是一种冒犯。他们没有能力吸收。要把人的品质转化为自己的品质，适当的方法不是要他受损害，而是表明志向、确定愿景目标、创造发挥潜力的空间。转化人，不过是解放人而已。教堂可以吸收石头，石头在教堂中取得一种意义。但是一堆石头吸收不了什么，少了吸引能力，这堆石头只会重重压在他物身上。事实也是如此——但错的是谁呢？

　　集合的石头分量很沉，胜过散放的石头，我对此并不奇怪。

　　可是，最强的是我。

　　我是最强的，如果我不迷失道路。如果我们的人道主义恢复了人。如果我们懂得建立自己的大家庭，如果我们在建立中使用了唯一有效的工具：牺牲。我们的文明从前建立的大家庭，不是我们利益的总和，而是我们心血的总和。

　　我是最强的，因为树比土壤中的元素强。树把土壤中的元素吸收到自己身上。滋养自己成了树。教堂比石头堆辉煌。我是最强的，因为我的文明有唯一的能力，把不同的力量凝聚团结，而不使谁受损害。它使自己的力量源泉喷涌不止，同时又在其中汲取不尽。

出发时刻，我企图先接受后奉献。我的企图是空的。就像谈到可悲的语法课。应该是先奉献后接受——先盖屋后居住。

母亲献出她的奶，为她的亲人建立她的爱，我献出我的血，为我的亲人建立我的爱。这是神秘之所在。建立爱要从牺牲做起。然后，爱可以引来其他牺牲，无往而不胜。人总是应该走最初几步。他必须先生而后存在。

我执行任务回来，建立了我与农庄主侄女的亲属关系。她的微笑在我是一目了然的；通过她的微笑，我看到了我的村子。通过我的村子，看到我的国家。通过我的国家，看到其他国家。因为我所属的文明，选择了人作为柱石。我所属的第三十三联队第二大队，愿意为挪威而战。

很可能，阿利亚斯明天又要我去执行另一项任务。我今天穿上飞行服，向一位我看不见的神效劳。阿拉斯的炮火打破了外壳，我看见了。我这里的人同样也看见了。倘若我在黎明起飞，我会认识到我还在为什么战斗。

但是我极想回忆我看见的东西。为了今后容易记，我需要归纳成一个简单的信条。

我将为人高于个人——如普遍高于个别——而战斗。

我相信普遍精神的崇拜激励和凝聚个别的财富，并建立唯一真正的秩序，也即生命的秩序。一棵树是合乎秩序的，尽管它的枝杈不同于它的根须。

我相信对个别的崇拜只会导致死亡，因为它把秩序建立在相似上。它混淆了本质的一致与部分的等同。把石头排列成行建筑不了教堂。谁妄图把个别的习俗强加于其他的习俗，个别的国民强加于其他的国民，个别的民族强加于其他的民族，个别的思想强加于其他的思想，我将与谁斗争。

我相信，人高于一切的原则建立唯一有意义的平等和自由。我相信，每人在行使人的权利上是平等的。我相信，自由是向上做人的自由。平等不是同等。自由不是鼓励个人去反对人。谁妄图把人的自由屈从于个人和一群个人，我将与谁斗争。

我相信，我的文明为了确立人的统治，把同意为人作出的牺牲称为慈善。慈善是通过个人的平庸给人的献礼。慈善塑造人。谁借口我的慈善是在鼓励平庸，从而否定人，并把个人囚禁在永远的平庸中，我将与谁斗争。

我将为人斗争。反对人的敌人。但是也要反对我自己。

第二十八章

我回到了同志身边。我们大家都在半夜集合，接受命令。第三十三联队第二大队困了。大炉子的火焰变成一团炭火。大队表面上还撑得住，这仅是一种幻觉。奥什台愁眉苦脸看他那只表。贝尼珂在角落里，后脑靠着墙，闭上了眼睛。加瓦勒坐在桌上，眼神茫然，两条腿往下挂，像个快要哭的孩子撅着嘴。阿赞勃望着书摇晃。只有少校一人精神抖擞，但苍白得怕人，拿着纸在一盏灯下低声跟杰莱商量。"商量"也只是一种假象。少校讲话。杰莱点头，说："是的，当然。"杰莱死死念他的"是的，当然"不改口。他对少校的布置愈贴愈紧，像溺水者抱着救生者的脖子不放。我要是阿利亚斯，语气不变地对他说："杰莱上尉……天一亮您要枪毙……"我看他也会这样回答。

大队三天来没有睡觉,像一座纸糊的城堡那样挺着。

少校站起身,走向拉科代尔,把他从梦中叫醒——在梦中,拉科代尔或许下棋把我赢了:

"拉科代尔……您一大早就走。超低空飞行任务。"

"好的,我的少校。"

"您应该睡觉……"

"是的,我的少校。"

拉科代尔又坐下。少校往外走,身后跟着杰莱,像钓竿上拖了一条死鱼。肯定,杰莱没有睡不是三天,而是一星期了。阿利亚斯也是如此,他不但驾驶飞机执行军事任务,还肩负大队的责任。人的耐力是有限度的。杰莱的限度已经超过了。他们俩——救生者与他的溺水者——还是一起出发去追逐幽灵般的命令。

韦赞疑虑重重向我走来。韦赞也像个梦游者,在站着睡觉:

"你睡啦?"

"我……"

我把后脑勺靠在椅背上,因为我发现了一张椅子。我也是,睡着了,但是韦赞的声音在折磨我:

"这样下去是不行的!"

这样下去是不行的……事前设防……下去是不行的……

"你睡啦?"

"我……不……什么下去是不行的?"

"战争。"

这,倒是新鲜事儿!我又坠入睡乡。模模糊糊地回答:

"……什么战争?"

"怎么？'什么战争'？"

这样谈话是谈不深的。啊！波拉，倘若空军大队有几个蒂罗尔保姆，我们全体队员早就上床多时了！

少校一阵风似的打开门：

"上级决定。撤离。"

他背后站着杰莱，非常清醒。他可把他的"是的，当然"留到明天再说。今后剩余多少天他自己也不知道，反正今夜还可借用，去干那些累死累活的苦活。

我们大家站起身。说："啊……好……"除此还能说什么呢？

我们什么也不会说。我们将保证撤离工作。只有拉科代尔一人等待黎明起飞，去执行他的任务。要能回来，直接上新基地集合。

明天，我们也是什么都不会说的。明天，在证人看来，我们是失败者。失败者应该缄默。像种子。

要 塞 *

---

* 由于《要塞》遗稿是一部未完成稿,借鉴其他语种版本的做法,译者凭其主观选择,剔除了其中重复、冗长、晦涩难懂的部分,摘译出约四分之一的篇幅,对原著的面貌勾勒出一个大致的轮廓。

001　怜悯的错用与死亡的完美

因为错用怜悯的事我见得太多了。于是我们治国安民的人，为了把关心只用于值得关心的对象身上，学会了如何探测人心。叫女人家心惊肉跳的外伤，还有垂死的人、死去的人，我拒绝给予这种怜悯。我知道这是为什么。

青年时代，我也曾怜悯过乞丐和他们的溃疡。我给他们延医买药。沙漠骆驼队从一座小岛上驮来了神丹妙药，使肌肤整复如初。我这样做，直至有一天看见他们在挠痒，并在皮肤上洒上脏物，就像给土地施肥，催生绛红色的花朵，我明白了他们把溃疡像珍宝一样看重。他们骄傲地相互展现身上的疥疮，炫耀得到的施舍，因为乞讨得最多的人，生活不亚于有镇寺之宝的大主教。他们同意我的医生诊断，只是希望让他看到下疳的溃烂程度而大吃一惊。他们摇晃残肢，要在世上取得位子。因而把四肢浸在舒爽的净水里接受治疗，就像在宣誓效忠。但是病痛一旦消失，他们发现自己毫不重要，像个废人一样不能养活自己，于是又忙于培养脓疮，再也不去治愈了。全身重新长满疥疮，神气十足，拿起木钵，在骆驼队经过的路上，蓬头垢面，勒索旅客。

有过一个时期，我怜悯死者。以为被我抛弃在荒漠中的那个人，正在绝望的孤独中郁郁而死，未曾想过濒死的人决不会孤独。我见过自私的人或吝啬的人，受到损害时大喊大叫，大限时刻要求把亲友召到身边，然后倨傲公正地分赠他的财产，就像把毫无价值的玩具送给小孩。我见过胆怯的受伤者，同是一个人遇上微不足道的危险大声呼救，真正一旦陷于绝境，惟恐累及他的伙伴而谢绝一切帮助。我们赞扬这种自我牺牲的精神。但是我觉得其中隐约包含着一种轻视。我见过这样的人，暴晒在烈日下与人分享他的水壶，饥荒肆虐时与人分享他的面包。首先他已不再需要，满怀高尚的无知，把这根骨头抛给别人啃嚼。

我见过女人惋惜死亡的战士。这是我们欺骗了她们！你见到这些幸存者归来，神气，讨厌，高声宣扬自己的丰功伟绩，甘冒生命危险带回了其他人的死亡——据他们说，这种死亡惊心动魄，原本也会降临他们头上。年轻时我喜欢把别人的刀伤作为桂冠戴在自己头上。我回来标榜同伴的死亡以及他们可怕的失望。但是死神选中了的那个人，吐血或捂住肠子时顾不得别的，他独自发现了真理：死亡的恐惧是不存在的。在他看来，自己的躯体已像今后再也用不上的器物，完成服务使命后必须抛弃。一个支离破碎、千疮百孔的躯体。这个躯体要是渴了，濒死的人也只是得到一个解渴的机会，最好还是摆脱。这个半陌生的身子，也只是家庭的一件财物，如同拴在木桩上的驴子，任何装扮、喂养、宠幸它的心意都是白费。

那时开始了弥留状态，这不过是意识的摇摆，时而空白一片，时而充满阵阵回忆。回忆好似潮水涨落，带走了随后又带回了所有积蓄的形象，所有往事的贝壳，所有曾经听到过的声音的海螺。它们把心里的海藻冲上岸来，重新漂洗一番，千情万意再一次涌动。但是昼夜平分时，最后一次退潮，心空了，潮水与积蓄又回归上帝。

当然，我见过有的人交锋前惊惶失措，临阵逃避死亡。但是那个临死的人，请别误解，我从未见过他害怕。

那么我为什么要惋惜他们呢？我为什么要浪费时间去哀悼他们完成呢？我太理解死亡的完美了。为了给我十六岁的生活增添乐趣，他们给我送来一名女俘，她被人带来时已准备去死，小鹿似的拼命奔逃后，呼吸短促，用衣服捂着嘴巴咳嗽，已经劳累到还不知道死之将至，既然她喜欢微笑，这也使我感到少有的轻松。但是这丝笑容是河面上的清风，梦的痕迹，天鹅的展翅，日复一日，趋于纯洁，更见珍贵，更难留住，直至天鹅一旦飞去，只剩下这根纯之又纯的简单线条。

父亲的死亡也是如此。他完成了，变成了石头。据人说，刺客看到匕首不但没有刺透他的肉身，反而使他威严肃穆，急得白了头发。元凶主谋躲在王宫内，面对的不是他的受害者，而是巨大的石棺，他落入本人密谋造成的静默陷阱里，黎明时被人发现慑服于一动不动的死者而跪在地上。

父亲就是被乱臣贼子推入了永生，当他咽气时，三天中没有人敢出大气。把他入土后，大家才纷纷议论，肩头感到卸下了重负。他从不强制，但说话有分量，影响深远，在我们看来他那么重要，当我们用绳索把他吱吱嘎嘎放到穴底，不是在埋葬一具尸体，而是在储藏一份财富。把他放下时像在给一座神殿安放第一块石头。我们不是在给他下葬，而是给他封土，最后他就成了这块奠基石。

当我年轻的时候，是他教导我认识死亡，面对死亡，因为他从不低下头回避。父亲身上流的是苍鹰的血。

这是在那个称为"太阳饕餮"的凶年，因为那一年太阳扩大了沙漠。烈日照着沙地上的白骨、枯草、死壁虎的透明表皮、硬似鬃毛的骆驼草。花枝靠阳光成长，阳光却摧残了它的创造物，逼视着满地狼藉的枯花，犹如孩子在被他捣毁的玩具中间。

它侵吞到地下水源，吮吸着不多的几口井水。甚至金黄色的沙地也被它吸空了，变成白茫茫一片，以致被我们称为"镜子"，因为镜子什么也留不住，里面的映像没有分量，没有时间。因为镜子有时像盐湖，会灼伤眼睛。

牵骆驼的人，若跌入了这口回头无门的陷阱迷了路，一下子是不会发觉的，因为一切毫无区别。他们在阳光下像一团影子，鬼魂似的悠悠忽忽。黏在稠糊的阳光里以为在前进，陷在永恒的深渊里以为在生活。在任何力量都无法抗衡其寂静的荒野里，赶着骆驼队前进，朝着一口不存在的水井前进，黄昏带来了凉意，叫他们欢喜，其实此后只是无用的缓刑而已。这些天真的人，或许还埋怨黑夜过得太慢，黑夜不久会像眨眼似的一掠而过。为了鸡零狗碎的不平粗着嗓子对骂，却不知道对他们已经做出判决。

你以为骆驼队在这里会加速前进吗？过了二十个世纪你再回来看吧！

为了教导我理解死亡，父亲拉我骑上他身后的马背，跑到远处，这样我亲身发现了这些融入时间、蜕变为沙子、被镜子吞没的鬼魂。

他对我说："这里从前是一口井。"

这些垂直的烟囱深不可测，只映照出一颗星光，其中有一口井的井底泥土已经结板，被俘的星星也已经熄灭。一颗星的消失，足够把一支骆驼队掀翻在半途，跟遭到埋伏一样确定无疑。

围着这个狭窄的井口，像围着咬断的脐带，人与兽都徒然紧贴在上面，要在地腹中心取出生命之水。最可靠的工人，用绳子放到深渊底，徒然刮刨坚实的地皮。犹如活活钉住的昆虫，遇到死亡惊恐发抖，把翅翼上的茸毛、花粉、金屑洒落四周；骆驼队被一口枯井钉在地上,在绷断的挽具、打开的箱包、洒落一地的钻石和埋入沙土的金条组成的静穆中,开始变为一堆白骨。

当我注视着这一切,父亲说:

"你见过宾客和情人离去后的婚庆宴席。晨光照着他们遗留下的满地狼藉。打碎的酒坛,推倒的桌子,熄灭的炉火,这一切保留着喧闹凝结的混乱痕迹。但是看到这些景象,你学不到爱情是什么。"

他对我说:"一个不识字的人把穆罕默德的书掂在手里反复摩挲,呆望着描绘的文字和烫金的彩画,还是不明白其中的本质,本质不是虚饰的实物,而是神灵的智慧。因而蜡烛的本质不是留下残痕的蜡,而是光明。"

可是,由于我在这片犹如古祭台的平沙上,看到上帝用过后的剩菜残羹而吓得发抖,父亲又对我说:

"重要的东西不显示在尘土中。不要在这些尸骨上花费时间了。这里有的只是埋在永恒中,没有了车把式的车辆。"

"那么,"我对他高声叫,"今后谁来教育我呢?"

父亲回答我说:

"骆驼队的本质,当它行进时才会让你发现。忘了语言的无用聒噪,要看:如果悬崖截断骆驼队的道路,它绕过悬崖;如果岩石阻碍它的前进,它避开岩石;如果沙子太细,它选择粗沙的路走,但是它永远朝着同一个方向。如果在货物的重压下盐碱地嘎嘎作响,你看到骆驼队挣扎,拔腿,用脚试探,要找到一块硬地,一切恢复如常,立刻走上原来的方向。如果一头骆驼垮了下来,大家停下,收拾起断了绳子的箱包,放到另一头骆驼背上,拉绳打结,收拾妥当,然后又走上同一条道。有时,那个当向导的死了,大家围住他,把他往沙里一埋。讨论,然后又推举另一人当领路人,又一次朝着同一颗星辰前进。骆驼队必须这样朝着吸引它的方向移动,它是看不见的斜坡上受重力作用的石头。"

有一次一名少妇犯了罪,城里法官判她脱下衣服,让娇嫩的肌肤晒在阳光下,把她拴在沙漠中的一根木桩上。

"我教导你,"父亲对我说,"人向往的是什么。"

他又带了我去。

我们赶路时,她整天暴晒在日光下,太阳吸干了她的热血、口水和腋下的汗,吸干了她眼中的泪光。夜色朦胧,当我们到达禁地的边缘,她求主慈悲的时间已经不多;在岩石上竖着一个赤裸的白身子,比一根需要滋润、但与大地深处无声的水源已经断绝的枝条还要脆弱,她举起双臂,像大火中已经咯咯响的嫩枝,朝着神的怜悯呼叫。

"听她说什么,"父亲对我说,"她发现了事物的本质。"

但是我是个孩子,胆量小:

"可能她痛苦,"我回答他说,"也可能她害怕……"

"她已经超越了痛苦与害怕,"父亲对我说,"那些是厩棚里普通牲畜得的病。她发现的是真理。"

我听到她在诉苦。关在这个没有疆域的黑夜里,她呼唤的是家里的夜灯,安身的房间,关上的门。面对着无情的苍天,她呼唤的是她抱着入睡、意味世界一切的孩子。她在荒漠的高原上,忍受陌生人的经过时,歌唱的是丈夫的脚步,傍晚时踏上门槛,认了出来,心里感到了踏实。她暴露在无垠中无物可以依傍,哀求大家还给她那些生活的支柱:那团要梳理的羊毛,那只要洗涤的盆儿,这一个,而不是别个,要哄着入睡的孩子了。她向着家的永恒呼叫,全村都掠过同样的晚间祈祷。

当受刑的女人头斜侧在肩膀上时,父亲抱我坐上马背。我们又在风中疾驰。

"今夜在帐篷里,"父亲对我说,"你会听到流言蜚语和他们对残酷的斥责。但是叛乱的图谋,我不会让他们说出口:我在锻炼人。"

我猜想父亲还是仁慈的。

"我要他们爱井里的活水,"他接着说,"还有绿色庄稼把夏天留下的裂缝弥合后的平整地面。我要他们歌颂四季更替。我要他们像自我完成的果子,在沉默中慢慢成熟。我要他们长时期痛悼死亡,长时期敬重死者,因为遗产一代代缓慢传递,我不愿意他们的蜜汁在途中失落。我要他们像橄榄树的树枝。树枝善于等待。那时他们心中会开始感觉神的大循环,它像一阵风吹来对树进行考验。大循环领着他们从黎明到黑夜,从夏天到冬天,从生长的作物到储藏的庄稼,从青年到老年,然后又从老年到新生婴儿来来回回。

"因为,如果你从时间的停留与阶段的不同看待人,你对人会一无所知,就像对树一样。树不是种子,也不然后是枝干,然后是弯曲的树干,然后是枯木。绝不应该把它分割来看。树,是慢慢伸向天空的力量。就像你,我的孩子。神使你出生,使你长大,让你逐渐有了欲望、遗憾、欢乐、痛苦、愤怒和原谅,然后又使你回归于他。可是你不是这个小学生、这个丈夫、这个孩子、这个老人。你是那个在自我完善的人。如果你懂得发现自己是长在橄榄树上一根匀称的树枝,你会在摆动中体验到永恒。你周围的一切也会是永恒的了。你祖祖辈辈饮用的淙淙泉水是永恒的,爱人向你微笑时眼中流露的光芒是永恒的,黑夜的清凉是永恒的。时间不再是一个磨蚀沙粒的沙漏,而是捆扎麦子的收割者。"

002 要塞,我要把你建造在人的心坎里

这样,从要塞最高的那座塔楼的顶部,我发现要惋惜的不是受苦,不是死在上帝的怀抱里,不是哀悼本身。因为死者得到人们的悼念,要比生者更显而易见,更有力。我明白了人的忧患,我惋惜的是人。

我决定治愈他们。

我可怜这样的人,黑夜中他在祖屋里醒来,以为在上帝的星空可以遮风挡雨,突然前面出现的却是一条征途。

我禁止有人提出问题,深知不存在可能解渴的回答。那个提问题的人,只是在寻找深渊。

我对窃贼的心理有所了解,知道使他们免于贫困也救不了他们,我就谴责促使他们犯罪的焦虑。因为他们以为可把别人的金子据为己有,他们想错了。金子像星星闪闪发光。这种不可名状的爱只是用在一团他们无法掳掠的亮光上。他们偷窃其他人的财物,从浮光走向浮光,就像那个疯子为了捞起井中的月亮,要掏干黑色的井水。他们偷的是无用的尘土,都虚掷在花天酒地的短暂狂欢中。然后他们又蹲在黑夜的窝点,似被人撞见时面色苍白,怕惊动别人而一动不动,心想这里可能放着的东西,有一天让他满载而归。

那个人,我若把他放了,习性不会改变。我的士兵明天搜索树丛,又会在别人的花园里发现他,心头乱跳,以为这一夜又要

福星高照了。

当然，我首先对他们表示关怀，承认他们要比铺子里的老好人更有激情。但是我是城邦的建造者。决定把我的要塞在这里奠基。我留住了漂泊的骆驼队。它只是风中的种子，风把雪松的种子像香气那么驱散。而我迎着风把种子埋下，让雪松为神的荣耀而茁壮成长。

应该让爱找到它的目标。我要救这个爱一切存在而又可以满足的人。

因而我为什么把女人束缚在婚约中，下令用石头投掷偷情的妻子。我当然理解她的渴望，她心目中的人是多么重要。当夜晚允许奇迹产生的时候，她倚在露台上，被大海般的地平线四面包围，既受柔情又受孤独的任意摆弄，我洞悉她的心事。

我感到她心潮澎湃，等待着骑士的蓝披风，就像落在沙滩上的鳟鱼，等待着潮汐。她迎着漫漫黑夜发出呼唤。谁出现就满足了她。但是披风徒然接着披风，没有人符合她的心意。海岸为了滋润潮湿，召唤海涛的亲情。海涛绵绵无期地去后复来。后浪前浪摩擦不停。认定谁是和谁不是有什么意义呢？因为谁爱上了爱的临近，也可以不执意去相逢。

我救的只是会变、会自我调节内院的女人，如同雪松围绕它的种子茁壮成长，在原有的极限内尽情发挥。我救的是这样的女人，她首先爱的不是春天，而是包含了对春天的花的依恋；首先爱的不是爱情，而是某一张流露爱情的面孔。

因而为什么对这个黑夜里乱跑的女人，我不是净化她，或是召回她。我在她身边放上炉子、水壶、金黄铜盘，就像一道道边境线，为了渐渐地通过这套组合让她发现一张可以认清、熟悉的面孔，一丝只属于这里的微笑。这对她来说是神的渐渐显身。这时孩子会叫着要喂奶，手指受到要梳理的羊毛的诱惑，炉火也要求扇动。从那时起她心甘情愿，任劳任怨。因为我是那个使香气集中不散的制罐人。我是那个使女人有自己眉目而存在的人，为了以后面对上帝时不是在风中懦弱地叹息，而是具有热忱、温柔、个人悲情……

这样，我长时间沉思平安的意义，平安只来自初生的婴儿、收割的庄稼、打扫整洁的房屋，来自万事完成的永恒。平安来自满满登登的粮仓、沉睡的母羊、折叠整齐的衣服，平安来自完美，平安来自做成后立即献给上帝的礼物。

因为我觉得人跟要塞很相像。人打破围墙要自由自在，他也就只剩下了一堆暴露在星光下的断垣残壁。这时开始无处存身的忧患。他应该把嫩芽萌生的清香、母羊剪毛时的气息看作他的真理。真理像一口井愈掘愈深。目光左顾右盼不会看清上帝的面目。聚精会神、只知道羊毛重量的贤人，要比受黑夜诱惑的轻浮女子，更多地了解上帝。

要塞，我要把你建造在人的心坎里。

因为既有选择种子的时候，也有一旦选定高高兴兴等待庄稼成长的时候；既有为了创造的时候，也有为了创造物的时候。有时候彤云密布雷电交加，天空像决堤似的倾泻，但是有时候四处围堤，把漫溢的水都聚积在里面。有时候南征北战，但是有时候巩固帝国；我是上帝的侍者，我欣赏永生。

我恨变幻不定的一切。我要掐死这样的人，他半夜起身，在风中散播预言，就像中了雷击的树木，咯咯响，断裂，让森林跟它一起燃烧。当神动的时候我害怕。神是不动的，让他坐在永恒中！因为有创世纪的时候，但是也有建立习俗的时候，得到幸福的时候！

和解、培育和修剪是必要的。我缝补地面的裂纹,给人抹去火山的痕迹。我是深渊前的草坪。我是让水果成熟的地窖。我是船,从上帝那里接受作为抵押的一代人,从此岸载向彼岸。就像当初他交给我一样,上帝又从我手里接受他们,可能更为成熟,更为智慧,镌刻银壶的技术更高明,但是本质没有变化。我以我的爱关怀他们。

这是为什么我保护这样的人,他在第七代还重新修改龙骨的线条或盾牌的弧形,以使它们臻于完美。我保护这样的人,他从唱歌的祖辈继承了无名氏的诗歌,又向后代传诵,虽不尽照原本,但也加上了他自己的情韵、哀情和痕迹。我喜爱怀孕或喂奶的女人,我爱配种的牲畜,我爱周而复始的季节。因为我首先是个长住的人。要塞啊,我的家园,我要救你免于陷入沙的阴谋,我要在你四周布满岗哨,对着野蛮人吹响号角!

003 时间不是消耗我们,是完成我们

因为我发现了一个大道理。也就是人居住下来,事物的意义对他们也就随着家的意义而变化。道路、麦田、起伏的山冈根据它们是不是组成家园而对人有所不同。突然这些零星的物质组成一体,上了心就有了分量。那个人住不住在神的天国,他的宇宙就不一样。那些不信神的人嘲笑我们,相信追求可以触摸的财富,其实是错了,这样的财富是不存在的。因为他们若觊觎这群羊,这已经是出于豪情。豪情的欢乐本身是触摸不到的。

就像那些人,以为把我的家园分割才看得清楚。他们说:"就是些绵羊、山羊、大麦、房屋和山岭——还有什么别的吗?"他们可怜,占有不了别的什么。他们冷。我发现他们像那个分割尸体

的人。他说:"生命,我把它暴露在光天化日之下:这只不过是骨头、血、肌肉与内脏的混合物。"而生命是眼睛里的光芒,这在他们的尘土中是看不到的。而我的家园不只是这些绵羊,这些田野,这些房屋,这些山岭,而是统率和联结这一切的东西。这是我的爱的王国。他们若知道这点就会幸福的,因为他们住在我的家。

仪式存在于时间中,犹如房屋存在于空间中。时间的流失在我们看来不应该说是像一把沙子,在磨损我们,在消耗我们,而是在完成我们。应该说时间是一幢建筑物。这样,我过完一个节日以后又是一个节日,一个庆祝以后又是一个庆祝,葡萄收了一次又是一次,就像我在孩子时代,在父亲的深宫大院里从议事厅走到休息厅,每一个脚步都有一个意义。

我对墙壁的形式和房屋的排列都有我的法律规定。

这是一幢大宫殿,有女眷专用的翼房,有喷泉飒飒的内园,(我下令给房屋建造一个中心,近与远,进与出都能够以它为标记。要不就无所依据。没有立足点的自由在这不是自由。)也有粮仓与厩棚。粮仓与厩棚空关也是常有的事。父亲反对把不同的房屋混同使用。他说:"粮仓首先是粮仓,你若不知道待的是什么地方,那就不是住在一个家里。"他还说:"用途多少是无关紧要的,人不是一头要催肥的牲口,对于人来说爱比用途更重要。你不可能爱一个没有面目、脚步没有意义的家。"

那里有接待重要使节的大殿,只有骑士扬起沙尘的地平线上风吹旌旗猎猎的日子里,才对着太阳敞开,接待小公侯时是不用那座大殿的。那里有审理案子、陈放尸体的厅堂。那里有不知道什么用途的空房间——也许根本没有用途,除非为了让人了解秘密的意义,人是不能看透万物的。

那些奴隶,扛了东西穿过走廊,从肩上骨碌碌卸下沉重的帷幕。他们走上台阶，推开门，走下其他台阶；根据中央喷泉的距离远与近，他们发出的声音高或低，走近后宫边缘，变得像影子忐忑不安，因为犯错会招来杀身之祸。女人根据她们在宫中的地位，安静、盛气凌人或悄无声息。

……

宫殿的这种布局，其道理是在其中培养人。帝国的习俗、法律与语言，从本身寻找不出它们的意义。我很明白，把石块砌在一起，创造的是静默。静默不是在石头中可以发现的。我很明白，有了负担与束缚，使爱情激活。我很明白那个分解尸体、给骨头和内脏称分量的人，什么事都一窍不通。因为骨头与内脏本身毫无用处，书籍中的墨水与纸张也是如此。只有书籍带来的智慧才是一切，而智慧不包含在墨水与纸张中……

004 要塞像时间海洋中浮沉的船只

……

如果说我把我的家造得宽阔，为了给星星一个意义，那样，他们夜里偶然走到门前，抬起头仰望星空，就会赞美上帝那么英明驾驶着这些船只。如果说我把我的家造得坚固，它就可以长期承载生命，那时他们就可以过一个个节日，就像走过一个个房间，知道往哪儿去，通过不同的人生，瞻仰到上帝的面容。

要塞！我建造你就像建造一艘船只。我把你钉上钉子，配置缆绳，然后放入时间海洋中乘风破浪。

人的船，没有它人就会错过永生！

但是我的船承受的风险，我知道。船舱外的黑水总使它颠簸不止。还有其他各种可能的景象。因为拆毁神庙，取其石头建造另一座神庙，这类事时有发生。另一座神庙不见得更真，更假，更正义，更不正义。没有人将会认识灾难，因为静默的品质不是铭刻在石堆上的。

这是为什么我希望他们坚定地撑起船的龙骨。一代接着一代要保护它们，因为我若时时刻刻重建，就无法给神庙绘彩描金。

005　坚定地撑起海的肩膀

这是为什么我希望他们坚定地撑起船的龙骨。这是人的建设。因为船的四周存在盲目、无法描摹、但强有力的自然。谁忘记海的力量，就会疏于防卫。

他们以为有家居住是天经地义的。这还不是显而易见的事实么？当人住在船上，再也看不见海。也可说就是看见海，仅当作船的装饰。人心就是这样想的。对他来说海生来就是航船的。

……

他们待在汪洋大海中的一艘船里。有时我在他们中间默默散步。他们都成了船上的居民，俯在餐桌四周，给孩子喂奶或者数着念珠祈祷。船变成了家。

但是有一天夜里，风浪骤起。当我怀着沉默的爱去看他们，我看到什么都没有变化。他们镂刻他们的指环，纺织他们的羊毛，或者低声说话，不知疲倦地编织人与人的网络，以后他们中间少了一个，就会使大家若有所失。我怀着沉默的爱听着他们说话，不在意他们说话的内容，他们的炉子或生病的故事，知道事物的意义并不存在于物中，而是在行动中。当这个人庄重地微笑，他是在给人送礼……另一人感觉无聊，不知道这是害怕信仰还是缺乏信仰。我这样怀着沉默的爱注视他们。

可是诡谲莫测的海水涌动，重重压向他们，慢而可怕。海浪达到高峰时，一切都像悬着似的没有着落。这时整艘船都在颤抖，仿佛船架已经断开，四分五裂。在这混乱的时刻他们停止祈祷、说话、给孩子喂奶或镌刻银器。但是每次一声霹雳巨响穿透木头船身。船又往下落，沉甸甸的，四处受压。人经过这一番折腾都禁不住呕吐。于是，令人昏眩的油灯摇晃下，他们像在震动的厩棚里挤作一团。

我怕他们焦躁，传下话去：

"你们中间做银器的人给我镌刻一只水壶。给别人做饭的人更用心做饭。身体健康的人照顾病人。祈祷的人更虔诚地祈祷……"

我发现一个脸色苍白的人靠在一根柱子上，透过厚船板的捻缝倾听海的禁歌，我对他说：

"你去底舱给死的羊点个数。它们一吓，会相互轧死……"

他回答我说：

"神在挤压海水。我们都完了。我听到龙骨咯咯作响……既然是骨架，那是不应该露出来的。地球的底座也应该这样，我们把房屋、成行的橄榄树、温柔的绵羊都托付给它了；绵羊在晚上慢慢咀嚼上帝的草。照料橄榄树，喂养绵羊，准备一日三餐，培养家庭的爱，这些都是好事。但是基础动摇那就糟了。做成的一切又得从头做起。现在应该沉默的东西都说话了。如果山岭也呢喃有声，我们该怎么办呢？我就听到过这种呢喃声，永世也忘记不了……"

"什么样的呢喃声？"我问他。

"大王，从前我住的那个村子，建在一座山冈的稳固脊背上，介于天地之间，一个为了长住、也有了年头的村子。井栏上，石头门槛上，山泉斜坡上，美妙的磨纹闪闪发光。但是有一个夜晚，我们的地层深处有什么东西醒了。我们明白脚下的大地又开始活了，搅动了。做成的一切又得从头做起。我们害怕了。我们为自己害怕，更为自己努力的成果害怕，为我们一生交换而来的东西害怕。我是镌刻工，我为我两年来做的那只银壶害怕，为了它我两年来起早摸黑工作。另一个人为了他高高兴兴编织的毛毯发抖。他每天打开毛毯晒在阳光下。他很自豪，用这身老骨头换来了这片一看显得很高的浪涛。另一个人为自己种植的橄榄树害怕。我敢说我们中间没有人害怕死亡，但是都为那些愚蠢的小物件发抖。我们发现通过这些点滴的交换，生命才有了意义。若不损害一草一木，园丁的死则不算什么。但是你若威胁到树，那么对园丁来说等于死了两次。我们中间有一个说故事的老人，他满腹是沙漠中最美的故事。他曾把传说编得更加婉转动听。只有他一人会说，因为他没有后代。当土地开始坍塌时，他为那些可怜的故事发抖，再也没有别人去吟唱了。当土地继续活跃翻滚，一阵赭色大浪潮开始形成与沉降。流动的波涛慢慢旋转，卷走一切，你要人用自己来交换什么？在流动的水上能够建造什么？

"房屋在压力下慢慢旋转，房梁受到难以察觉的扭力，突然像黑色火药桶似的爆炸。或者是墙壁开始抖动，直至突然分崩离析。我们中间有人幸存下来，也失去了自己的意义，除了已经发疯又在歌唱的说故事人。

"你要把我们带往哪儿？这艘船要带了我们的劳动成果沉没了。我感觉外面的时间徒然流逝。我感觉时间在流逝。它不应该这样敏感地流逝，而应该凝聚、成熟、老去。它应该一点点搜集我们的劳作。但是它从此凝聚的、来自我们的东西，会留下去吗？"

006　用生命去交换比生命更长久的东西

我走在我的百姓中间，想到经过世代递嬗而留不下坚固的东西时，交换就不再可能；想到时间又像沙漏那样无益地流失。我想到这个栖身之地不够宽敞，人以生命交换而来的功业也不够长久，我想到那些法老下令建造不可摧毁的尖顶大陵墓，在时间的海洋中愈陷愈深，被时间慢慢分裂瓦解。我想到骆驼队绝迹的大沙漠里，有时冒出一座古庙，半埋在沙里，仿佛被看不见的蓝色风暴折断了桅杆，还在勉强漂流，但是已经劫数难逃。我想到这座神庙没有存在多久，尽管金碧辉煌，珠宝满堂，夺取了那么多的生命，浪费了几代人的血汗；这些流光溢彩的祭器是年迈工匠以一生岁月换来的，这些彩色缤纷的刺绣是白发妇女经年累月熬红了眼睛做成的，直到身子佝偻、咳嗽、受到死亡的摇撼才留下了金枝玉叶穿的这袭拖裾长裙。这片锦缎展现在眼前。今天的人看到会说："这块刺绣多美啊！真是美不胜收……"我发现老妇人经过了春蚕吐丝的变化，也不知道自己竟有这样灵巧。

但是他们留下的东西必须建造大箱子来承受，建造车辆把它们运走。因为我首先尊重的是比人更长久的东西。我也拯救了他们交换的意义。做成大圣体龛，置放他们托付的一切。

这样我在沙漠中又看到了这些缓慢行驶的船只。还在继续它们的旅程。我明白了这个主要的道理：首先要建造船只，给骆驼队配备鞍子，兴建比人更长久的神庙。此后他们就会在欢乐中用生命进行交换，去换取更宝贵的东西。这样诞生了画家、雕塑家、镌刻家和金银雕镂家。对于只为自己一生而不为永恒工作的人不要有任何指望。我就是教会了他们建筑和建筑法则也是徒劳一场。他们盖了房子若只为了自己住，何必用生命去换取呢？因为房子为他们一生服务，再也没有其他目的。他们说房子有用，只是把房子看成一件实用的工具。房子为他们服务，他们关心它是为了发财致富。但是他们死后一无所有，因为在石船里留不下自己的绣花布帛和镏金祭器。人家要求他们做的是交换，他们却要求他人的服务。当他们走了，不会留下任何东西。

黄昏里一切松懈下来，我在百姓中间散步，看着他们衣衫褴褛，站在陋屋门前，放下了蜜蜂般的忙碌工作。我更为关心的不是他们，而是他们整天合作制成的蜜糕是否完美。其中一个人不但眼睛已瞎，还失去了一条腿。那么老，那么死气沉沉，每次移动身子哼哼唧唧像一件老家具，因为年事太高口齿不清答话缓慢。但是说到他交换的东西，会逐渐思路清晰条理分明，还用颤抖的双手不断地把工作做到精益求精。他已巧妙地不受老骨头的牵累变得日益快乐，不可摧残，更加不易凋敝。死时不知道双手满握住的是星星……

这样，他们工作一生是为了创造自己也用不上的财富，交换来不会褪色的刺绣……只有一部分实用的工作，其他部分工作用于雕镂，讲究金属的无用的质量、图案的精美、线条的柔和，这些都没有实际价值，除了去换回肉身保持更加长久的东西。

晚间我这样散步在百姓中间，对他们怀着沉默的爱。我只是对满脑子空想的那些人表示担心，爱诗而又不写自己的诗的诗人，钟情而又不知道选择因而没有结果的女人，个个满心焦虑，我知道我若培养他们牺牲、选择与忘情宇宙的禀赋，我就会治愈这种焦虑。要爱上这朵花，也即是首先拒绝其他的花。唯有在这个条件下，这朵花才是最美丽的。交换之物也是如此。无理的人责怪老妇人做这块刺绣，借口说她可以绣其他东西，这是他宁可要无为来代替创造。

我在漫长的散步中，明白了我的帝国的文明，质量不存在于饮食的质量中，而在于对人要求的质量与从事工作的热忱中。质量不是占有，而是禀赋。我说的工匠，首先是文明人，他在他的作品中重生，作品不朽，也就不用害怕死亡。那个为帝国奋斗和交换的人也是文明人。而那个人从不创造，全身锦缎绮罗，都是从商人那里买来的奢侈品，即使一眼看来无可挑剔，也算不上文明人。我认识这些退化的种族，他们不再写自己的诗，而只是读别人的诗，他们不再种自己的地，而是依靠奴隶的劳动。南方的沙漠贫困艰苦，然而有创造性，永远培养出生气勃勃的部落，他们会北上掠夺对另一些人已死亡的财富。我不喜欢心灵上静止不动的人。这些人不交换什么，也什么都不是。生命也无能为力培育他们成熟。时间对他们来说，就像一把沙子那么流失，也把他们淹没。

007　在沙漠中扎下三角营地

我发现了另一个真理。定居的人以为可以太太平平住在自己的家里，这是空想，因为任何人的家都受到威胁。你建在山上的神庙，受北风的袭击慢慢腐蚀，只剩下像旧船的艏柱，已开始沉没。那一座被沙包围，渐渐占领。不久在它的基础上你将看到一片沙海。一切建筑都是如此，我的不可分割的，由绵羊、山羊、房屋与山岭组成的帝国也是如此；这一切首先出于我的爱的行动；但是代表这个面貌的国王如果死去，帝国又会溃散成零星的绵羊、山羊、房屋与山岭。

这样，我采取了行动。那些远征中的辉煌之夜，我怎么歌颂也不为太过。我在无人涉足的黄沙上扎下三角营地，走上一座山冈等待黑夜来临，审视着那个稍大于村庄广场的黑点——那里驻扎着我的战士，还有我留下的坐骑和武器，我首先思考他们的脆弱性。事实上还有什么更可怜的呢，这一小批人，蓝色大氅里是半裸的身子，在璀璨的星空下受夜寒的威胁，受口渴的威胁，因为他们羊皮囊里的水要维持到第九天才遇到井；受沙暴的威胁，风一起像暴乱一样锐不可当；最后还受挨打的威胁，会把人的身体打成像熟透的水果。人成了只待抛弃的废人。这一个个裹着蓝衣的身体，在钢铁的武器前僵硬倒下，立刻就被剥光衣服，横在广垠的沙地上无人理会，还有什么比这更可怜的呢？

但是面对这种脆弱性我又能怎样？我把他们捏在一起，不让他们分散与消亡。我在黑夜中布置我的三角营地，这就跟沙漠有了区别。我的营地像握紧的拳头。我看到雪松就是这样在岩石中成长，保护自己根深叶茂不被毁灭。雪松再也得不到安宁，日以继夜层层叠叠争斗，吸收敌对天地中的毁灭因素来营养自己。雪松无时无刻不在坚实。我也无时无刻不在安家，务使家存在下去。这原是一批乌合之众，稍有风吹草动，便会四处奔散，我就建立这块尖形基石，像塔楼那么矗立，像艏柱那么持久。防止营地在忘情中沉睡和溃散，在四周安排了岗哨，打听沙漠中的动静。犹如雪松从岩石中吸收营养并使岩石成为雪松，我的营地也利用来自外界的威胁壮大。悄无声息的使者带着黑夜的消息是会得到祝福的。他们神不知鬼不觉突然出现在篝火边，蹲下身说到在北方那些人逐渐逼近，或者在南方有部落正在追逐他们被偷的骆驼，或者外面发生谋杀传来的谣言，尤其在面纱后面一声不出的人思考这一个夜晚的密谋计划。你倾听这些使者带来寂静沙漠的故事！还有那些人也会得到祝福，他们突然出现在我们的篝火边，带来了凶讯，篝火立刻埋入沙里，大家拿了枪伏在地上，给营地戴上一顶火焰王冠。

因为一入黑夜，就奇事不断！

每晚，我把我的军队看作陷在大洋里、但永不沉没的一艘船只，知道白日来临个个毫发无损、精神抖擞，像公鸡在黎明时充满生气。备马时，听到人声响起，在晨光中像铜钹一样清亮。这时大家仿佛饮了晨曦的美酒，胸中鼓满新鲜空气，享受大地粗犷的喜悦。

我带着他们去征服绿洲。谁不理解人，不妨到绿洲中去寻找绿洲的宗教。但是绿洲中的人却不知道自己的家。必须千辛万苦在沙漠中追风逐日，才会真正发现。因而我教导他们这样的爱。

我对他们说："你们在那里找到芳草、泉水的歌声、披彩色长面纱的女人，她们会像一群敏捷的小鹿惊慌四逃，但是很容易捕获，干吧，她们生来是猎物……"

我对他们说："她们恨你们，会用牙齿和指甲推开你们。但是你们用拳头紧紧抓住她们的蓝色发环就能制服她们！"

我对他们说："你们只要软硬兼施按住她们不动，她们就会闭上眼睛不看你，但是你们的沉默像老鹰的影子压着她们。最后她们会对着你们睁开眼睛，你们会使她们热泪盈眶。

"你们会是她们的天地，她们怎么会忘记你们呢？"

最后为了他们对这个天堂心驰神往，我对他们说："在那里你们还能看到棕榈林和彩色斑斓的飞禽……绿洲会向着你们过来，因为你们心中怀着绿洲的宗教，被你们驱逐的人是不配的。他们的女人蹲在溪流里圆而白的小石子上洗衣服，以为是在完成一桩家家都如此的苦活，其实是在庆祝一个节日。但是你们，历尽沙漠艰辛，被烈阳晒干，满身是滚烫盐碱地的碱腥味，你们娶了她们，双手叉腰，看着她们在清水中洗衣服，你们就可体会胜利。

"你们今天能够在沙漠中像雪松那样生存，全亏周围有敌人锤炼你们。你们征服了绿洲，如果不把绿洲看作一个安乐窝，待在里面忘乎所以，而是对沙漠的一个长久的胜利，就会在绿洲中生存下去。

"那些被你们征服的人，因为闭塞自私，对现状心满意足。他们看到四周层层包围的沙漠，把它看作点缀绿洲的王冠，对于千方百计要赶走他们的骚扰者一笑置之，甚至在喷泉王国的家门前只派几名睡大觉的哨兵。

"他们以为占有财物就是幸福，抱着这种幻想沉湎于享乐。而幸福只是行动的热情与创造的满足。那些人再不用自己去交换什么，掠夺别人的粮食，而且还要精致讲究，即使有修养的人也只听人家的诗歌而不写自己的诗歌，享受绿洲而不建设绿洲，糟蹋别人提供的圣歌，那些人把自个儿缚在马厩的马槽旁，甘当牲畜的角色，供人奴役。"

我对他们说："绿洲一旦攻了下来，本质的东西对你们依然没有改变。这只是沙漠中另一种形式的营地。因为我的帝国危机四伏。它的财富只是山羊、绵羊、房屋和山岭的普通结合，但是如果联结它们的绳索断了，它们只是一堆零星的物件，听任别人盗窃。"

008　沦为洗衣妇的公主依然雍容华贵

……

但是，我也感到父亲的善良。他说："担任过要职、得到过荣誉的人,不能受辱。统治过的人不能废黜,你不能把施舍的人转变为乞丐,因为你这样做,损害的犹如你的船只的骨架与形式。"因而我根据罪人的等级来实施惩罚。那些我原来认为应该晋爵的人若渎职,我杀他们但不让他们沦为奴隶。有一天我遇见一位公主,当上了洗衣妇。她的同伴嘲笑她:"洗衣妇,你的王室威风到哪里去了?以前你可以叫人头落地,现在我们可以肆无忌惮地臭骂你……这真是报应!"因为对她们来说报应就是补偿。

洗衣妇不出一声,可能为自己,但更为大于自己的什么感到委屈。公主身材发僵,脸色发青俯在洗衣池上。她的同伴肆无忌惮地用肘臂捅她。她身上没有什么值得冷嘲热讽的,因为她面貌姣美,举止文雅,不声不响,我明白她的同伴嘲笑的不是那个女人,而是她的落难。因为那个令你嫉妒的人,一旦落入你的掌握,你会把他吞了。我于是把她叫到跟前:

"你曾是一国之尊,除此以外我对你一无所知,从今天开始,你对洗衣池的同伴有生杀大权。我再让你当权。去吧。"

当她又居高位管辖这些庸人俗流时,她正派地不记前仇。洗衣池的那些女人,既然再也不能以她的落难来饶舌,那么就以她的高贵来奉承,讨好她。她们组织隆重的盛大节日来欢庆她重登王位,在她经过时屈膝下跪,还以自己曾用指头碰过她而得意非凡。

父亲对我说:"这是为什么我不让王子受老百姓凌辱或者被狱卒粗暴对待的原因。但是我会在号角声响的竞技场下令砍下他们的脑袋。"

父亲说:"下贱的人是自身下贱。"

父亲又说:"一名首领决不应由他的下属审判。"

009　创造中也包括跳错的舞步

父亲对我这样说:

"你要他们成为兄弟,敦促他们建塔时同心协力。你要他们相互憎恨,把谷子抛向他们。"

他还对我说:

"让他们首先把自己的劳动果实给我送来。让他们把庄稼源源不断倒入我的仓库。让他们把粮仓盖在我的地方。我要他们噼噼啪啪打麦,打得金光四溅时宣扬的是我的荣耀。这样打粮食的劳动就变成了圣歌。他们弯腰背着沉重的袋子走向麦垛,或者全身白面往回背的时候,就不是一桩苦役。袋子的重量像一首祈祷歌使他们崇高。他们快活欢笑,捧在手里的一束麦穗像一座枝形烛台,杆子挺拔,鲜艳夺目。因为一种文明是建立在对人的要求上,不是对人的供给上。当然这个小麦他们会回来取走,喂养自己,但是对人来说这不是事物重要的一面。滋养他们心灵的不是他们从麦子那里取走的东西,而是他们给麦子带来的东西。

"因为再说一次,朗诵他人的诗句,吃他人的麦子,雇用建筑师来给自己建造城市,那是要不得的。这样的人我称之为定居部族。在他们周围我看不到打麦子时纷纷扬扬像光晕似的金色麦粒。

"不错,我奉献的时候我也收受,这首先为了能够继续奉献。我祝福这种有来有往的交换,这让人继续前进,愈走愈远。如果说收受可使肉体重生，只有奉献才使心灵丰富。

"我看到舞姬在编她们的舞蹈。舞蹈一旦创造和跳完，没有人可以把劳动果实带走藏起来。舞蹈像一蓬火烧了又灭。可是我要说编舞的人是文明人，尽管舞蹈中没有庄稼和粮仓。我还要说只会把他人的创造放在自己货架子上的人是不开化的人，即使这些东西精美绝伦，使他们对其完美表现出陶醉。"

父亲又说："人，首先是创造者。相互合作的人才是兄弟，呕心沥血去创造和积累的人才是活着。"

一天，有人对他提出异议：

"你说的创造是什么？要是说与众不同的杰作，那是没有多少人能够做到的，你提到的只是极少数人，那么其他人怎么办呢？"

父亲回答说：

"创造，也可以指舞蹈中跳错的那一步，石头上凿坏的那一凿子。动作的成功与否不是主要的。这种努力在你看来徒劳无益，这是由于你的鼻子凑得太近的缘故，你不妨往后退一步。站在远处看这个城区的活动，看到的是意气风发的劳动热忱。你再也不会注意有缺陷的动作。因为这些人俯身干活，总是在建造自己的宫殿、水池或空中大花园。必须通过他们双手的魔力，这些工程才会诞生。但是我要对你说的是，创造这些工程的人既有能工巧匠，也有手脚笨拙的人。因为你不能把人分割，如果你只保留大雕塑家，最后也会失去大雕塑家。谁会疯疯癫癫地去选择那么难以维持生计的职业？大雕塑家是从一大群小雕塑家中脱颖而出的。他们给他当阶梯，让他攀升。美的舞蹈来自对舞蹈的热忱。舞蹈的热忱要求大家都来跳，即使跳得不好的人也跳，否则就没有热忱，有的只是僵化的经验和毫无激情的表演。

"不要对错误说三道四,像历史学家在评判一个过去的时代。当雪松还是一颗种子、一株幼苗或一根长歪的枝条时谁去责怪它呢?让它成长吧,从错误到错误,长出了茂密的雪松林,遇上大风天气,百鸟像烟云似的飞起。"

父亲总结说:

"这话我对你说过。一个人的错误,另一人的成功,不要担心这样的区别,只有通过这人和那人的广泛合作才会结出果实。失败的行动是为成功的行动服务的,成功的行动向失败的行动指出的是它们共同追求的目标。一个人在寻找上帝,也是为人人在寻找上帝。因为我的王国犹如一座神庙,我邀集的是大家。我召集大家来建造我的王国。因而这也是他们的神庙。神庙的诞生也使他们做成了一生中最有意义的事,他们创造了金殿。参加创造的还有寻找金殿而没有成功的人。因为这座新的金殿首先有了这份热忱才诞生的。"

此外他还说:

"你创造不了一切都是完美的王国。因为情趣高尚是博物馆保管员的美德。但是你轻视低庸情趣,你就不会有画,也不会有舞蹈、王宫和花园。你若害怕大地上出现不良的作品,你就会无精打采。因为空洞的完美会使你得不到任何一物。你要创造一个一片热忱的王国。"

010 树——星星与我们的交流之路

我的军队厌倦了长年背着沉重的盔甲。我的军官们走来见我:

"我们什么时候回家?被征服的绿洲女人不及我们自己的女人有风情。"

有一个人对我说:

"大王,我想念那个跟我过过日子、拌过嘴的女人,我要回家好好种地。大王,有一个真理我没法更深理解。让我回去在村子的静默中成长。我感到有必要对自己的生活进行思考。"

我明白他们需要静默。因为只有在静默中,每个人的真理才能形成,才能生根。因为时间的重要性首先表现在喂奶中。母爱始于喂奶。谁见过孩子是一下子长大的?没有人。说"你长得多快!"的都是外人,母亲和父亲都没有看到他长大。他是在时间中变的。每时每刻就是他每时每刻的样子。

如今我的人需要时间,即使只是为了理解一棵树。每天在门槛前坐下,面对有同样树枝的同一棵树。树只是徐徐形成在那里。

因为,有一个晚上,这名诗人在沙漠的篝火前简要地叙述他的那棵树。我的人听着他说,其中许多人从前只看到过骆驼草、小棕榈树和荆棘。他对他们说:"树是怎么样的,你们不知道吧。我见过一棵树,偶然在一幢被遗弃的房子的一个没有窗户的隐蔽处长了出来,那棵树是出来寻找光明的。人必须生活在空气中,鱼必须生活在水中,树也必须生活在阳光中。树根伸入土内,枝叶插入星辰,它是星星与我们的交流之路。树生来没有眼睛,在黑夜里伸展强壮的骨骼,在墙壁之间摸索、磕碰。它的盘根错节反映出历程艰难。然后它朝着太阳打开一扇天窗,桅杆似的那样矗立,我则像历史学家回顾了它的胜利过程。

"根须齐心集力促使躯干挺直,树枝则明显不同,它在宁静中开花,绿叶像桌面那样铺开,受阳光的眷注,承天露的滋润,是神抚育的宠儿。

"我看它每日黎明从树底到树梢醒过来。因为它身上栖满了鸟儿,晨光初现就开始生活和歌唱;然后太阳一出,就把它的客人放入天空,像一个和善的牧羊老人,我的树像房子,像城堡,直到晚上都是空的……"

他这样说时,我们知道树需要长时间注视才会在我们心里长成。每个人都嫉妒那个内心怀有这批叶子和鸟的人。

他们问我:"什么时候,到底什么时候结束战争?我们也愿意明白一些事。这是我们成长的时候了……"

他们中间若有一人捕获了一头小沙狐,能够亲手喂养,他就养着它,有时羚羊要是不想死的话就养几头羚羊。沙狐的毛丝光发亮,性情顽皮,尤其急着要喂,战士忙于照料也对它一天比一天珍爱。这个人抱着幻想生活,以为对它倾注了爱心饲养、训练,会把自己一份东西留在小动物身上。

然后有一天,沙狐受到爱的召唤,逃进了沙漠,一下子使那个人心灰意冷。我还见过一个人,中了埋伏后有气无力地抵抗一阵后死去。当他的死讯传到我们耳边时,我记起了沙狐逃跑后他说过一句神秘的话,当时他的同伴知道他郁郁寡欢,提议他另外捕捉一只,他回答说:"捕捉不难,难的是爱,太需要耐心了。"

这时,当他们知道交换无望,也就对沙狐和羚羊厌了,因为一头沙狐因爱而逃跑,绝不会使他们向往沙漠。

另一人对我说:"我有几个儿子,他们长大了,我不能教育他们了。我也没有什么传给他们。我死后往哪里去呢?"

而我对他们怀着沉默的爱,看着我的军队开始融化在沙漠里,就像暴风雨后的河流,黏土留不住,沿着河道变不成树木,变不成草，变不成人的粮食，都白白死去。

我的军队为了帝国的利益曾经希望变成绿洲，使我在远方又多添上几幢行宫，为了在谈到它时可以说："这些棕榈树，这些新的棕榈林，这些雕刻象牙的村庄，使他们对南方多么向往……"

但是我们战斗并不会得到什么，每个人都想回到家乡。帝国的形象在他们心中损毁，就像一张不会去看的面孔，消失在世界的凌乱中。

他们说："多了或者少了这个谁都不认识的绿洲，对我们又能怎么样呢？它又能使我们增加什么呢？当我们回到家乡，生活在村子里，它又在哪儿使我们更富有呢？能够受惠的只能是住在那里的人、采摘树上枣子的人、在河水里洗衣服的人……"

011　关在营房里的三千名柏柏尔难民

他们错了，但我又能怎么样呢？当信仰消失时，上帝死了，再也没有用了。当他们的热忱衰退时，帝国崩溃，因为帝国是在他们的热忱下建立的。这本身不是在自欺欺人。我若把这片橄榄树林，这间栖身的小屋称为家园，凝视着这些就会感到爱，把它们汇聚在心中；他若把这些橄榄树看作普通的橄榄树，中间有一个遗落的小屋，除了遮风挡雨以外没有其他意义，谁还会保护家园不被出售和拆散呢？因为出售对小屋和橄榄树不会改变什么！

请看家园的主人，他踩着朝露沿路走去，空身一人，并无财物在身，既然眼前财物对他毫无用处，他就像个一无所有的人；若是天下过雨，他在泥地里步履艰难，也像个劳工在走路，用棍子拨开沾水的荆棘，像个浪迹天涯的旅人。从幽径中出来，对自己的家园也不用看一眼，然而明白他是这块地的王子。

你若遇见他，他若对你看，他就是他，不是另一个人。他有了基本的保证，安详自信，尽管眼前这对他毫无用处。

他不使用什么，但也不缺少什么。牧场、麦田、棕榈林都是他的，这是他依靠的根基。麦田正闲着，粮仓也无动静，打麦工也不做得金光四射。但是这一切都在他心里。走着的并不是普通人，而是主人，在苜蓿田里慢慢踱步……

只通过行动观察人，只认为在行动或具体经验或讲究利益时，才表现出人，这是有眼无珠。对人重要的，不是他眼前占有什么，因为我那个巡视田头的人占有的，仅是可以搓在手中的一把麦子或者可以采摘的几个果子。那个随我出征的人日常思念的，是他看不见、碰不到、不能抱在怀里，还未必在想他的情人，既然在这晨光初露的时刻，他呼吸大地的气息，压着沉甸甸的挂念，而她则躺在遥远的深闺里杳无音信。像出门了，像不在了。睡着了。可是那个人还是感觉她的存在，感觉他得不到的温情；像仓库中忘我沉睡的麦子；充满他闻不到的芬芳，充满他听不到的房屋中央水池的潺流声，然而他感觉一个帝国的分量，这使他跟别人不一样。

你遇到的那个朋友，他心中惦念着生病的儿子。病在异地他乡。他伸手感觉不到他的发烧，侧耳听不到他的呻吟，目前也改变不了他的生活一丝一毫。可是他的心中压着一个孩子的全部分量。

因而，从帝国过来的那个人，一眼看不到他的全部领土，利用不了它的财富，从中得不到丝毫利益，但是他作为家园的主人，心里很踏实，就像那个病孩子的父亲，那个情人远在他乡睡觉还是满怀情爱的人，无不如此。对人唯一重要的是事物的意义。

我当然认识村子里的铁匠,他走来跟我说:

"不关我的事我才不操心呢。我有茶,有糖,有健壮的驴子,有老婆在身边,有孩子长大懂礼貌,那时我完全幸福了,没别的要求了。为什么难过呢?"

他怎么会幸福呢,要是孤零零一个人在家?要是跟家人住在沙漠深处的帐篷里?我要他改正自己的想法:

"晚上你若到其他帐篷去找其他朋友,这些人若有什么事告诉你,也是让你听到沙漠中发生的事……"

因为别忘记,我看见过你们!我看见过你们围在篝火前忙着烤羊肉,我听到过你们响亮的笑声。我于是怀着沉默的爱慢步走向你们。你们肯定说起自己的孩子,这个长高了,那个病了;你们肯定也说起家,但是没有多说。只有那个旅客坐了下来,你们开始兴奋了,他随着远方的骆驼队来到这里,向你们叙说从那里带来的珍闻奇事,某位亲王的白象,那个说不上名字的女人在一千公里外的婚礼,又或者敌人的搬迁。他讲述这颗彗星,这场羞辱,这份爱情或这种面对死亡的勇气,或针对你的这份仇恨或极大关怀。那时你们心胸会宽阔,跟许多事会有关联,那时你们的帐篷被人爱或被人恨,受威胁或受保护,都有了它的意义。那时你们融入了这个神奇的网络,使你们变得比自己更宽阔……

因为你们需要一个天地,只有语言才能为你创造。

我记得那时父亲把三千名柏柏尔难民关进城北一座营房发生的事。他不愿意这些人跟我们的人杂居一起。他出于好心,供给他们粮食、衣服、糖和茶叶。但是不要求他们劳动以回报他的慷慨施予。因而他们不用为生存而发愁,每个人都可能这样想:

"不关我的事我才不操心呢。我有茶,有糖,有健壮的驴子,有老婆在身边,有孩子长大懂礼貌,那时我完全幸福了,没有别的要求了……"

但是谁会相信他们幸福呢？我们有时去看他们，这时父亲就要教导我。

他说："你看，他们变成了牲畜，开始慢慢腐烂……不是肉体，而是心灵。"

因为对他们来说一切失去了意义……

受保护的人没有什么可以相互说的了。他们千篇一律的家庭故事已经说完。他们的帐篷大同小异，也没什么可以描述的。经历了害怕、希望与创造后也不再害怕、希望与创造了。他们还用语言表达一些原始的要求，一个会说："把你的驴子借给我。"另一个会说："你的儿子在哪里？"人躺在床上张口有饭吃，还会期盼什么呢？还以什么名义奋斗呢？为了面包？有人送。为了自由？在有限的范围内完全自由。甚至还沉湎在这种使富人也心灵空虚的无限自由中。为了战胜敌人？但是他们不再有敌人了！

父亲对我说：

"你可以带一根鞭子，独自一人穿过营地，向他们的脸上挥去，会在他们中间引起的无非是群犬似的乱吠，边吼边退，咬人的样子。但是没有一人会挺身而出，你绝不会挨咬。你在他们面前叉起双臂。你蔑视他们……"

他还对我说：

"这是些人渣，已失去了人格。他们会在你的背后卑鄙地暗杀你，因为小人会露出狰狞的面目。但是他们经不住你目光的逼视。"

012　游吟诗人唱的故事

父亲说："这是人的一大神秘。他们失去了本质，还不知道自己失去了什么。躺在积累上享受的绿洲定居者也不知道。的确，他们失去了什么，并不表现在物质变化上。映在眼前的依然是同样的绵羊、山羊、房屋、山岭，但不再组成一个家园……

"要是他们失去帝国的意义，不会觉得自己僵化萎缩，丧失实质，也剥夺了事物的价值。事物保存的是表面。一颗钻石或一颗珍珠要是没有人要，那会是什么？等同于一块切割的玻璃。你摇晃的孩子若不再是献给帝国的礼物，他也就失去了自身的价值。但是你并不知道，因为他的微笑没有改变。

"因为这些物质的使用没有改变，他们就看不到贫困。但是一颗钻石有什么用途？没有节日首饰又算什么？一个孩子若没有了帝国，你若不再梦想这个孩子成为征服者、大人物或建筑师，他又是什么呢？岂不是一堆行尸走肉？……

"他们看不到日夜喂养他们的无形乳房，因为帝国喂养你的心，犹如远方的情人——即使睡着了如同死去那么安静——还在用她的爱喂养你，让你觉得事物有不同的意义。那边传出幽幽气息，你甚至呼吸不到，世界对你来说只是奇迹。就像家园的主人，踩着晨露，散步时惦记着佃农的睡眠。

"但是，情人离开了他他就会失望；他若自己不再爱或不再崇拜帝国，他不会觉察自己的贫困，这是人的神秘之处。他只是对自己说：'她不像我梦中那么美丽或者那么可爱……'于是他心满意足地四处流浪。但是世界对他已不再是奇迹。黎明不再是归来时的黎明，或醒来把她抱在怀里时的黎明，黑夜不再是爱情的圣殿。由于那个睡眠中呼吸的女人，黑夜不再是牧羊人的大斗篷。一切黯然失色。一切僵硬冷酷。人对灾难麻木不仁，不会为过去的充实流泪。他很满意自己的自由，然而这是不再存在的自由。

"因而那个心中已不再存在帝国的人说:'我从前的热忱是盲目愚蠢的。'当然他说得有道理。因为他身外已什么都不存在,除了零星的山羊、绵羊、房屋和山岭。帝国以前是由他的心创造的。

"但是女人的美貌若没有男人为之倾倒,还会表现在哪儿呢?钻石若没有人盼望占有,谈得上魅力吗?而帝国若没有了为帝国效忠的人呢?

"知道阅读形象的人,是把形象存放于心中的。他跟它犹如婴儿跟乳房那么密切,生命攸关,形象对他是顶梁柱,是感觉,是意义,是表现伟大的机缘,是空间与丰满,这个人如果脱离了源泉,就好似被腰斩了,会像被切断根须的树木一样窒息而死。他会茫无头绪。可是形象在他心中死去,不会带着他也死去,他不会觉得难受,跟平庸妥协而不自知罢了。

"这是为什么心中要时刻保持高尚的火光,高尚让人向着那个方向走去。

"因为主要的养料不是来自事物,而是来自连接事物的钮结。不是钻石,而是钻石与人的某种关系,使人获得滋养。不是这片沙漠,而是沙漠与部落的某种关系。不是书中文字,而是书中文字之间的某种关系——这是爱,是诗,是神的智慧……"

父亲派了一名游吟诗人到那群堕落的人中间。傍晚他坐在广场上开始唱。他唱的故事精彩绝伦。他唱倾国倾城的公主,要走近她必须烈日下在没有水井的沙漠里走上二百天。不存在的井成了爱情的牺牲与陶醉。羊皮囊里的水成了祈祷,因为它能把你引到可爱的人那里。他说:"我盼望棕榈树林和温柔的雨……而那个女人,我希望她用微笑迎接我……我那时分不清狂热与爱情……"

他们渴望有渴的欲望,对着父亲举起拳头:"昏王!你剥夺了我们的渴望——那才是为爱情牺牲的陶醉啊!"

他歌唱战争宣布后存在的威胁,使沙漠变成了蛇窟。每座沙丘都隐藏杀机和提供生路。他们渴望冒死亡的风险,这使沙漠虎虎有了生气。他歌唱敌人的威风,大家到处等着他,他在地平线上出没无常,就像从四面八方升起的太阳!他们渴望出现一个敌人,来势凶猛得像海水把他们团团围住。

当他们渴望见到像一张脸一掠而过的爱情,短剑纷纷出鞘。抚摩刀刃时高兴得流出眼泪!他们的武器已经遗忘、生锈、变钝,在他们看来就像失去了阳刚,但是唯有武器才使男人创造世界。于是发起叛乱的信号,像火那么美丽!

他们个个都像人那样死去!

015　总督与将军都有自己的道理

我的将军愚蠢顽固,聚在一起,彼此交谈,"必须弄清楚我们的人为什么四分五裂,相互憎恨"。他们把那些人召拢来,倾听各方的陈述,试图调解他们的观点,秉公处理,收回非法占有,做到物归原主。如果他们相互憎恨是出于嫉妒,将军们尽量评定谁是谁非。不久他们就听得糊涂了,因为一切问题都纠缠在一起,相同的行动都表现出不同的形象,从这个角度看高贵,从另一个角度看卑鄙,残酷的事又有高尚的一面。他们的会议继续开到深夜。因为再也睡不着,他们的愚蠢也有增无减。那时他们走来找我:"这样闹下去没有一个解决办法。这是希伯来人的洪水!"

但是我想起了父亲："当麦子发霉的时候，到麦子外面去找发霉的原因，给麦子换个粮仓。有人相互憎恨时，不要去听他们胡说相互憎恨的理由，因为他们还有其他没说出口和没想到的理由。他们相互关爱同样也有那么多的理由，他们漠不关心地生活也有那么多的理由。而我对于众说纷纭不感兴趣，知道其中包含的内容都隐晦难解，就像房屋的石头不带来阴影和安静，就像树木的成分说明不了树木，而我为什么要对他们憎恨的原因感兴趣呢？神殿都是用同样的石头建成的，可以宣扬爱，也可以宣扬恨。"

他们只用种种站不住脚的理由装饰憎恨，我仅是听听而已，不认为做出无谓的评判就能使它消除，只会使他们不论有理无理更加固执己见，被我认为无理的人耿耿于怀，被我认为有理的人趾高气扬。这样我在加深鸿沟。但是我想起了父亲的智慧。

当他征服了新土地，由于局势还不安全，他派了几名将军去辅助总督。在这些新省份巡查后回到首都的人向父亲汇报：

"在某省，将军侮辱了总督。他们从此再也不交谈。"

从另一个省份来的人说："大王，总督痛恨将军。"

然后第三个省份的人又来说：

"那边有一件重大纠纷等待大王裁决。将军和总督都把对方告上了。"

父亲开头听取争执的原因。这些原因都是不说自明的。谁受了这类的侮辱，都会下决心报复的。竟是些丧失廉耻的叛变和不可调和的诉讼。绑架与侮辱。每次不用多说的总是一个人有理，另一个人无理。但是父亲听厌了这些唠叨。

父亲对我说："我另有公干，才不去推究他们这些愚蠢的争端。争端各地都有，都大同小异。我每回选择的将军与总督，若能相互谦让，那则是莫大的奇事了！

"当那些被你关在笼子里的牲畜接二连三地死去,你不要在它们身上去找出事的原因。要在笼子上找,再把它烧了。"

他召来一名使者:

"是我没有分清他们的权限。他们两人不知道宴席上的座位谁先谁后。他们都恨恨地窥视对方。两人并肩往前走去坐下。那时只会是更粗野的或者更狡猾的人先坐上位子。另一个就会恨他,发誓下一次不要那么傻,要加速脚步先坐上去。以后自然而然地他们就会偷对方的妻子,盗窃对方的牛羊或者相互对骂。这只是些无聊的争执,但是他们深信不疑,也就耿耿于怀。我绝不去听他们的风言风语。

"你要他们相爱吗?不要把权力让他们分享,而要一个听从另一个,另一个听从帝国。那时他们就会彼此支持一起建设。"他严厉惩罚无事生非的肇事者,他对他们说:"你们做的这些丑事对帝国无益。将军无论如何要服从总督,总督领导无方我就惩罚他。将军不知道服从我也惩罚他。我劝你们别再说了。"

……

父亲对我说:"他们并不愚蠢。但是片面之词并不能带来有益的东西。你要学会的不是去听风言风语,也不是去听误导他们的推理。要学会从远处看。因为他们的憎恨不一定没有道理。如果每块石头不在适当的位子上,就没有神庙。如果每块石头在适当的位子上建成了神庙,石头就会令人肃然起敬,跪下祈祷。有谁听见石头说话了吗?"

016 雪松是土壤的完美状态

美德也是如此。我的将军愚蠢顽固,来跟我谈论美德。他们对我说:"现在社会伤风败俗。这是帝国正在走下坡路的原因。必须加强法律,采取更严厉的措施。对违法乱纪的人要砍头。"

而我在想:

"可能有一些人必须砍头。但是美德首先是结果。臣民的堕落首先是统率臣民的帝国的堕落。帝国如果朝气蓬勃,廉洁公正,就会激发臣民的高尚之心。"

我记起了父亲的话:

"美德是人的完美境界,不是全无缺点。我若要建设一座城市,我搜罗三教九流人士,给他们权利,叫他们自尊。抢劫、勒索或强暴都是歪门邪道,我给他们另外的志趣。这样他们会用粗壮的双手去建设。他们的自尊会换来塔楼、神庙和城墙。他们的凶狠会变成人格高尚和纪律森严,他们会为由自己建设、用心血交换而来的城市服务。他们会为了保卫它而死在它的城墙上。你就会在这些人身上发现引人注目的美德。

"但是你无视土地的力量,嫌弃泥水的污浊、蛆虫的丑陋;你首先要求人洁白无瑕。你责备他们锋芒毕露。你在帝国中安插阉人。他们追究的罪恶,只是些没有走上正途的力量。他们追究的也就是力量与生活。久而久之他们变成守业的庸人,看管着一个死亡的帝国。"

父亲说:"雪松用土壤营养自己,把土壤转化成茂密的枝叶,枝叶又用阳光营养自己。"

父亲有时还说:"雪松是土壤的完美状态。这是土壤转化成了美德。你若要保卫帝国,给它创造热忱,它就会汲取人的力量。同样的行为,同样的活动,同样的愿望,同样的努力,可以建城，也可以毁城……"

018　谁蜕变都只是坟地与遗憾

这是为什么那天晚上，我爬上了黑高峰，居高临下望着营地上的黑色点子，总是布成三角形阵势，总是三座山头上有哨兵防守，他们总是荷枪实弹，可是我的人如同枯木随时会被吹得四处飘零。我原谅他们。

因为我明白：毛虫成蛹时自己会死去；植物结籽时自己会死去。谁蜕变都会悲哀与焦虑。他的一切都归于无用。谁蜕变都只是坟地与遗憾。老帝国衰落时谁都回天乏术，这群人就在等待蜕变。毛虫、植物是无法医治的，孩子也是如此，他蜕变，要求开开心心回到童年，给他厌倦的游戏找回原有的色彩，在母亲的怀里感觉温柔与奶香——但是游戏的色彩、母亲怀抱的庇护、奶香都已不复存在。他悲伤，继续往下过。老帝国衰落时，那些人要求新帝国，虽不知道它是什么样儿的。孩子经过蜕变，失去了对母亲的依赖，不遇到妻子不会安定。她再一次独自把帝国组织起来。但是谁能向大家指出他们的帝国？谁能在世象纷纭中，依靠天聪睿智塑造出一个新面目，强制世人把目光转移到它的方向，认识它？认识时还要爱它？这不是逻辑学家的工作，而是创造者、雕塑家的工作。因而唯有雕塑家在无可无不可的大理石上，雕凿出唤醒爱的权力。

019　圣地存在于人的心灵

于是我叫来了建筑师，对他们说：

"未来的城市都取决于你们了,不是说精神意义上,而是指城市面貌与表情上。我想有了你们可使人人安居。好让他们享受城市的方便,而又不要在浮华排场上花费心力。但是我一直在学习区别重要与紧急。吃当然是紧急的事,不吃就没有人,也就不存在问题。但是爱、生命意义、领会神意是更重要的事。我不关心肠满脑肥的物种。我对自己提出的问题,不是知道人是不是幸福、繁衍和安居。我首先想到今后繁衍、安居和幸福的是什么样的人。因为与生计安全、兴旺发达的店主相比,我宁愿选择长年累月追风逐日的游牧部落。他们侍候一个更广大的神,自己也一天比一天美丽。必须选择时,我若获知上帝把崇拜赐予后者而不赐予前者,我会把我的臣民放逐到沙漠里,因为我喜欢人发出自己的光芒。蜡烛再粗也打动不了我。我以火焰检测蜡烛的质量。

"但是我看不出王子不及装卸工,将军不及士官,匠师不及工匠,虽然他们消费的财物更多。那些造青铜城墙的人,我也不说及不上砌泥墙的人。我不拒绝征服的台阶,它让人更上一层。但是我不混淆手段与目的,台阶与神庙。有了台阶可以进入神庙,这是紧急的事,不然神庙无人光临。但只有神庙是重要的。人生存下来,在周围找到成长的手段,这是紧急的事。但这里只是说引导到人身边的台阶。我为人注入的灵魂才是圣地,因为只有这才是重要的。"

……

020 岩石露出狰狞的怒容

我的将军愚蠢顽固,用他们的论证来跟我纠缠。因为他们聚在一起像开会似的为未来争论不休。他们就是希望这样表现自己的能耐。我的将军首先学的是历史，他们记得我征服的每个日期、我失败的每个日期、诞辰的日期和逝世的日期。这样在他们看来很明白，事件可以一桩桩推论。他们把人的历史看作一连串因果关系，其根源来自历史书的第一行，延伸到对后世影响的这一章，说出人类怎么有幸到了人才辈出时代的这一代将军。这样他们心潮澎湃，用前因后果向大家指出了未来。不是么？他们带着长篇大论的论据来找我："你应该谋取大众幸福，或建立和平，或促进帝国的繁荣。我们见多识广，我们研究过历史……"

但是我知道重复出现的事是有据可依的。下雪松种子的人可以预见雪松成长，扔石头的人可以预见石头坠落，因为雪松复现雪松，石头的坠落复现石头的坠落，即使他扔石头或者埋种子都还没有见诸行动。雪松从种子变成树，从树变成种子，像蛹壳似的蜕变，谁能预见它的命运？这也是一种创世记，我还无例可援。雪松会是一株新木，它茁壮成长，绝不是我认识的那样复现。我不知道它将往何处去。同样我也不知道人将往何处去。

……

我也是事后在平坦无痕的沙漠上，阅读了我的敌人的历史。我知道脚步总是一步步跟随，链子总是一节节串连，决不会有一节断缺。若不是起风掀动沙漠抹去上面的痕迹，像小学生擦干净的石板，我也可以循着足迹探索到事物的根源，或者追寻骆驼队在它歇脚的溪水边把它逮住。但是阅读时我并没得到什么教导，让我走在骆驼队的前面。因为统率骆驼队的真理不是我支配的沙漠，而是另一种本质。认识足迹只是认识干巴巴的事物反映，它不会告诉我恨、恐惧、爱——那才是人的主导。

我的将军愚蠢顽固，对我说："一切还是可以演绎的。我若知道了主导人的行动的这种恨、爱或恐惧，便可预测他们的行动。现在中包含未来……"

但是我回答他们说，超前一步预见骆驼队的行程总是可以的。这新的一步无疑朝着同样的方向，踏着同样的步子重复原来的一步。重复的事是有据可依的。但是骆驼队不久脱离了我的逻辑为它设计的轨道，因为它改变了欲望……

因为他们不明白我的意思，我对他们说起大迁徙的故事。

这发生在盐矿地区。这里没有东西保证生命，人在盐矿区就是想逃生。烈日晒得地面发焦，地中心冒出的不是清水，而是盐块，就是不干井水也都废了。其他地方的人，带了满满的羊皮囊过来，夹在星辰与岩盐之间赶快工作，用锄头刨下这些意味着生命与死亡的透明水晶。然后他们像被脐带拽着似的回到幸运的土地和丰泽的水边。这里阳光严酷无情，像饥荒一样不饶人。沙地处处崩裂露出岩石，盐矿四侧是硬如黑钻的紫檀木底座，以及风吹也休想撼动的尖峰。这片沙漠几百年来一成不变，还会一成不变地再过上几百年。山岭却继续慢慢腐蚀，就像小锉刀在锉。人继续采盐，骆驼队继续运送水和粮食，轮换苦刑工……

但是有一天清晨，人向山岭转过身去。呈现在眼前的景色是他们见所未见的。

因为来去无踪的风，几世纪以来啃啮着岩石，切割出了一张巨大的脸，露出怒容。认出以后，大家吓得四处逃跑。这件怪事传至井底；当工人从石头中钻出来，首先朝山岭看去，然后心惊肉跳，慌忙奔向帐篷，把炊具收拾打包，吆喝着妻儿奴隶，在恶毒的阳光下推着他们受诅咒的家当，走上北方的道路。但是没有水，这些人个个都死在路上。逻辑学家即使看到山岭腐蚀，人继续存在，他们的预言都是徒劳的。他们怎么会预见到要发生的事呢？

021　城池是扑向大地的突击

当然我们都知道推理会把人引入歧途。我瞧着这些人,最巧妙的论证、最激情的讲解都无法让他们确信不疑。他们说:"是的,你说得对。可是我不像你这样想……"这些人,有人说他们愚蠢。但是我明白他们一点也不愚蠢,恰恰相反,他们还是最聪明的人,他们尊重一种不是词语所能运载的真理。

因为,其他人,他们以为世界包含在词语中,人的言语表达宇宙、星星、幸福、夕阳、家园、爱、建筑、痛苦和科学……但是我认识的是面对着山岭,有责任心地一铲又一铲把山岭铲平的人。

我当然想到几何学家设计城墙时,手中掌握了城墙的真理。大家可以根据他们的图纸建造城墙。因为城墙对几何学家来说是一个真理,但是有哪个几何学家从重要性方面去理解城墙呢?从他们的图纸上哪儿看到城墙组成一座堤坝呢?谁让你发现城墙也像雪松的树枝,里面形成一座生气勃勃的城市?你从哪儿看到城墙是保护热忱的外皮,只要碉堡长久存在就允许一代代人交换走向上帝?他们看到的是石头、水泥和几何学。当然城墙是石头、水泥和几何学,但是它们也是船的肋骨和个人命运的避风港。我首先相信个人命运,并不因那么短促而无所作为。比如这朵独一无二的花,是打开的窗子,从中了解到春天。花是由春天变的。一个不开花的春天对我来说什么都不是。

说实在的,等待丈夫归来的妻子的爱情可能不重要,分别前的挥手也不那么重要,但是它是某件重要事的信号。城墙里闪闪发光的某一盏灯,如同船头上的灯笼,也不那么重要,可是这是一个释放的生命,其重量无法测量。

城墙是它的外皮。这座城是包在壳里的幼虫。这扇窗,是树上的一朵花。这扇窗背后可能是一个苍白的孩子,还在吃奶,不懂得自己的祈祷、玩耍、呢喃,但会是明天的征服者,建造新的城市,给它们增造城墙。这就是树的种子。哪部分更重要或者更不重要,我怎么知道呢?这个问题对我毫无意义——因为对于树,我说过,是决不能把它锯开来认识的。

偶尔,为了给我看城池,有人把我领到了山上。对我说:"看啊!我们的城池!"我欣赏街道的布局、城墙的构筑。我说:"那是蜜蜂睡觉的蜂窝。天一亮,它们就分飞到平原上,采花吮蜜。人就是这样耕作,这样收获。他们白天的劳作果实由小驴子队拉向粮仓、市场和储藏库……黎明时城池把人放出去,然后又把他们连同他们的负担和过冬储粮都一起接收。人是生产者,是消费者。因而我首先要研究他们的问题,治理他们的蚂蚁窝,才是为他们造福。"

但是有人为了给我看他们的城池,让我渡河从彼岸眺望。我侧面对着壮丽的夕阳,看到屋顶参差不齐、形状大小不一的房屋,清真寺的尖塔像桅杆,上面挂着烟一样的彤云。城池在我眼里像是正待扬帆的船队。城池的真理不再是井然有序和几何学家的真理,而是人乘风破浪扑向大地的突击。我说:"那是走向征服的豪情。我委派我的船长去领导我的城池,因为人首先在创造中感到欢乐,体验冒险和胜利的强烈诱惑。"然而这不更真实,也不更不真实,而是另一种看法。

也有人为了让我欣赏他们的城池,挟了我走进城墙里面,首先把我领到神庙。我走进去,里面肃静、阴暗、凉爽。这时我沉思。我的沉思在我看来比粮食或征服更重要。因为我饮食是为了生存，我生存是为了征服，我征服是为了回来，沉思默祷中感觉胸襟更加宽阔。我说："这是人的真理。人是通过心灵存在的。我指派诗人和教士领导我的城池。他们会使人的心开放。"然而这不更真实，也不更不真实，而是另一种看法……

现在，我有了智慧，使用"城池"这个词时，不是去推理，而是引起我心中的联想，以及经验教导我的一切，小街上孑然一身，屋里与人分享面包，平原上侧影灿烂，从山顶看到的井然秩序。还有其他我一时说不出或者想不到的事。我怎么用词语来推理，既然对于一个符号是真的东西，对于另一个符号则是假的？……

022 树就是秩序

这样在我看来，禁止矛盾是无效和危险的。我就是这样回答我的将军，他们来对我说起秩序，但是把表示力量的秩序跟博物馆的布置混为一谈。

因为我说树就是秩序。秩序在这里是统治不同事物的联合体。这根树枝上有鸟巢，另一根树枝上没有鸟巢。这根树枝上结果子，另一根树枝上不结果子。这根树枝朝上，另一根树枝朝下。而我的将军只想到他们的军事检阅，他们说彼此不再有什么不同的东西才是秩序。我若放任他们去做，他们也会把圣书做一番改进，圣书中的秩序表现了上帝的智慧，哪个孩子都看到其中的字母是穿插混杂的。将军们会把 A 都放在一起，B 都放在一起，C 都放在一起……这样他们整理出一部有秩序的书。一部给将军看的书。

他们怎么会接受不能表述，或不能达意，或跟另一个真理矛盾的东西呢？他们怎么会知道，在一个只是释义、但不能面面俱到的语言中，两个真理可以是相互抵触的呢？

我可以谈到森林或家园而不自我否定，尽管我的森林可能侵占到几个家园，而又不把一个家园完全覆盖；也可能我的家园扩展到几座森林而没有一座森林完全包括在内？但是这两者并不相互排斥。但是我的将军，若拥护家园，就会叫歌唱森林的诗人脑袋落地。

相互抵触是一回事，相互否定是一回事，我只知道一个真理，这就是生活，我只承认一种秩序，这就是统治不同事物的联合体。事物不同我认为是无所谓的。我的秩序是万物统一的全面合作，这种秩序促使我不断地创造，促使我去建立一种吸收各种矛盾的语言。这语言本身就是生活。要创造秩序，绝不是拒绝。因为，如果我首先拒绝生活，把我部族的人像木桩似的沿着一条路排列，我达到的秩序完美无缺。我若把我的臣民压制成一群白蚁也一样。白蚁对我有什么诱惑力呢？因为我喜欢的人，是从自己的宗教里解放出来，受到神鼓舞的人；这些神、房屋、家园、帝国、天国由我创造在他们心中，使他们去交换成更广阔的天地。所以我不让他们相互争吵，知道一个成功的行动是由一切不成功的行动促成的，知道人要成长必须创造，而不是重复。那时他就不是单纯消费现成的积蓄。最后还知道一切，即使船体的形式，都必须壮大、生活、变革，不然它也会死亡，被送入博物馆或苟延残喘。

我首先要区别连续性与停滞不前。我要区别稳定与死亡。衰落上面建立不成雪松的稳定与帝国的稳定。我的将军说："这样好，不用改变！"但是我恨定居者，说完成的城市是死城。

029　爱泉水的歌声而把泉水灌进了瓦罐

我在舞姬的面具前沉思。她神情呆板、固执、疲惫。我心想:"在帝国辉煌的时代这是一只面具,到了今天只是一只空盒的盖子。人已没有了悲情,已没有了公义。没有人再为他的事业难过。一个再也不叫人难过的事业是什么呢?

"他向往获得。他获得了。现在对他幸福吗?但是幸福是获得的过程。请看这株孕育花朵的植物。孕育花朵后幸福吗?不,是完成了。除了死亡以外,再也没有什么可以盼望了,因为我明白什么是欲望。工作的渴求。成功的滋味。然后休息。但是这种休息不是食物,养活不了谁。不应该混淆食物与目的。这个人跑得更快。他赢了。但是他不能拿赢得的赛跑生活。另一个爱海的人也一样,不能拿他唯一征服的暴风雨生活。他征服暴风雨是他游泳时的一次伸臂动作。这个动作带来另一个动作。培育花朵,征服暴风雨,建造神庙的快乐,不同于占有一朵开放的花朵,完成暴风雨的征服,建成一座神庙的快乐。使用最初受到谴责的东西,要战士去体会定居者的乐趣,期望从中得到享受,这是幻想。但是从表面看来,战士斗争得到的结果是造成了定居者,但是如果他是随后变成定居者的,他没有权利失望,有人对你说欲望永远会把满足赶跑,因而他的沮丧也是不对的。因为那时就会弄错欲望的目标。你说,你永远追逐的东西,也永远在走远……这就像树在抱怨:'我孕育了花朵,它却变成了种子,种子又变成了树,有一次树与花……'这样你征服了你的暴风雨,你的暴风雨变成了休息,但是你的休息只是在酝酿另一场暴风雨。我对你说,世上不会有神的大赦,让你不去变化。你愿意不变,那只是在上帝那里。当你慢慢变化,动作僵硬时,他把你收入他的谷仓。因为，你看到，人的诞生是很费时日的。

……

"有了婚礼，才有庆典，在爱的宗教推动下，人人参加，热闹非凡。满篓子的花撒得香气扑鼻，用血汗苦难换来的钻石放在火中燃烧，一颗钻石需要大众付出的劳苦，就像一滴香水需要摧残满车满车的花朵，每个人都不明所以地在爱情中筋疲力竭。但是她就在我的露台上，温柔的女俘迎着风披纱轻扬。而我，男人，凯旋的战士，终于得到了战争的犒赏。突然，面对着她，不知道变成什么……

"我的鸽子，"我对她说，"我的斑鸠，我的长腿羚羊……"因为我想用我发明的词语来拥有她，这个不可拥有的人！她像雪一样融化。因为我等待的馈赠是子虚乌有的。我大呼："您在哪儿？"因为我没有遇见她。"边界在哪儿？"而我变成了碉堡与城墙。我的城里燃起欢乐的火光庆祝爱情。而我孤独地在我可怕的沙漠里，瞧着她裸着身子睡觉。"我选错了猎物，我跑错了地方。她逃得那么迅速，我截住她准备抓住……——抓住她就不存在了……"但是我也明白自己的错误。我是在为跑而跑，我当时就像那个人那么傻，他把泉水灌满了瓦罐，藏进柜子里，只因为他爱泉水的歌声……

030　自以为自由的人哪儿都不在

这样在我看来，人若不能做出牺牲、抵御诱惑和接受死亡，就不值得关注；因为他就不具备形态；同样，他若混杂在大众里，受大众的支配，就接受规矩准绳。因为这也像野猪、孤独的大象和山上的人，大众应该允许各自单独静处，不要看见屹立山顶的雪松而发根,去把它砍倒。

……

于是在我面前提出了这个压倒一切的争讼,欣赏俯首听命的人和秉性耿直光明磊落的人。去理解这个问题,不要提出这个问题。因为那些受最严格的纪律约束的人,我一声令下,他们视死如归。他们拥护我的信念,能做到纪律严明,我可以当面训斥,要他们像孩子一般服从。然后派遣他们去冒险,当跟其他人发生冲突时,他们就会表现出钢铁般的素质、崇高的愤怒,以及面对死亡的勇气。

我明白这只是同一个人身上的两种表现。这个人我们钦佩他,因为他是誓死不二的硬汉;或者那个女人烈性难驯,在我的怀里像风浪中的船只难以驾驭;那个我称为男子汉的人,因为他不妥协,不屈从,不让步,不会因取巧、贪婪或丧气而改变本色;那个人不会在我严刑拷打下吐露半点秘密;那个人内心怀着不变的信念;那个人我承认群众或暴君都奈何不了他,他具有钢铁意志,我总是发现他还有另一面。服从,守纪律,待人礼貌,充满信仰和献身精神,富于灵性的赤子,道德的继承者……

但是另一些人,我称为放浪不羁,一切皆由自己做主,独来独往,他们并无任何召唤,也就不受差遣,凡有行动也只是毫不一致地随心所欲而已。

我讨厌这样的牲口,内心浮浅没有眷恋的人;我也不喜欢,无论作为国王还是主人,总想打掉臣民的锐气,要他们做盲从的蚂蚁,我明白我能够也应该用强制办法激励他们,而不是毁灭他们。他们在我的教堂里温顺、服从、乐于助人不是出于无奈,只有这样的人才是中流砥柱,才能让我的帝国发扬光大。但是这不是靠一个人,而是靠大家通力合作……

但是那个压在沉重的城墙下，受到哨兵的监视，我可以钉上十字架也不会弃绝的人，那个在我的屠夫严刑拷打下只是露出轻蔑微笑的人，我若把他看成顽固不化，那是我看错了人。因为他的力量来自另一个宗教，他另有温柔的一面。另一种人的形象，他坐着听人说话，两手放在膝盖上，露出坦然的笑容，他也是用人奶喂大的。还有被我掳掠在塔里的那个女人，她在天涯的牢笼里踱来踱去，不会被强暴也不会被占有，不会在要求下说一句爱情的话。她只是来自另一个国土，脱胎于另一种火，出生在另一个遥远的部落，满怀的是她的宗教信仰。除非改宗，否则我是无法走近她的。

我恨的那些人，首先是哪儿都不在的人。这是一群小人，他们自以为是自由的，因为自由改变意见，自由否定（既然他们自我判断，怎么知道自己在否定呢？）。因为自由欺骗，自由起伪誓，自由弃绝，也因为我只须——要是他们饿了——把他们领到食槽前叫他们改变主意。

031 孩子使石子改变意义

那些人来跟我说舒适，我想起了我的军队。知道为了生活的平衡人做出多少努力，虽然平衡达到后生活也就消失了。

这是我喜欢走向和平的战争的原因。随着它有温暖太平的沙子，蝮蛇乱窜的荒野，人迹不到的腹地和洞窟。我想得多的是那些孩子，他们玩耍，变换白石子的阵势，说："这是在行军，那是牛羊群。"但是过路人只看到石子，不明白他们心中的财富。同样，享受黎明的人，跳入天光下的镜面用凉水洗礼，然后在初现的晨曦中温暖身子。或者那个走向井边的人，口渴了，自己拉动吱吱咯咯的铁链,把沉重的桶提到井栏上,这样听到水的歌声以及一切尖利的乐曲。他口渴了,使他的行走、他的双臂、他的眼睛也都充满了意义,口渴的人朝着井走去,就像一首诗;而其他人向奴隶做个手势,奴隶把水端到他们嘴边,他们就听不到水的歌声。他们的舒适也只是放弃;他们不在辛苦中获得信仰,欢乐也不会找上他们。

我也注意到那个人,他听音乐而不用心。他叫人用轿子抬了去听,而不是自己走着去听;他因果皮苦而放弃果肉,而我要说的是:没有皮就没有果肉。你们混淆了幸福与自我放弃。富裕的人不去享受他的财富,这样的财富也就归于无用。没有人爬上山坡,大好风景也就寂寞空谷,得不到欣赏。如果有人抬着滑竿把你送到山顶,你看到的只是平淡无奇的景物罗列,你怎么会赋予它实质呢?因为对于双臂叉在胸前深感满意的人,这样的景色是经过努力后气定神闲的享受,在蓝色黄昏中也体现井然有序的满足,因为他走的每一步都是在调整山河,推远村庄的砾石路。这个景色起自他的胸臆,我发现他感到的快乐也是孩子的快乐,他排列了石子,建造了城市,于愿已足。看到一堆未经自己努力而成为风景的石子,哪个孩子会欢欣雀跃呢?

我看见过这样的人,他们渴得难受,渴是对水的嫉妒,比痛还不容易治,因为身体知道自己要什么药,要求它就像要求女人,在睡梦中也见到其他人在喝。好像他看到女人在对其他人微笑。我若不用上自己的身心,一切都没有意义。我若不身体力行就不存在什么历险。我的星象家,当他们由于夜间研究工作而要观察银河时,他们发现了这部大书,翻阅时一页页发出清脆的响声,他们赞美上帝,让世界充满了灵性,令人回肠荡气。

我对你们说:你们没有权利不努力,不做这件事,便要做另一件事，因为你们必须长大。

032　沙漠中竖起一顶空帐篷

那一年位于帝国东边的国王死了。那个人我曾予以狠狠打击，经过那么多次交锋，他明白我靠着他就像靠着一堵墙。至今我还记得我们的会见。沙漠中竖起一顶紫色帐篷，空空的。我们两人步入帐内，我们的军队都各待在一边，因为人混在一起会坏事。人人只在心里下功夫。一切镀金的表面都会龟裂。因而他们嫉妒地瞧着我们，须臾不离开武器，不会轻易为一件好事动心。父亲说这话很有道理："千万不要从表面去衡量一个人，必须深入他的灵魂、心和精神的第七层。否则的话，你们就会以你们本人的庸俗行为去妄加猜疑，会引起无谓的流血。"

我是这样明白了他的意思，我排除了杂念，关在三道墙的孤独后面，才看到他的内心。我们面对面坐在沙地上。我不知道那时是他还是我更加强大。但是在这种神圣的孤独中力量成为一种尺度。因为我们的行动会震惊世界，但是我们有所节制。我们于是讨论牧草问题。他说："我有二万五千头羊正在死去。你们那里下过雨了。"但是我不能容许他们带进来奇风异俗和腐蚀人心的怀疑态度。怎么在我的土地上接受另一个宇宙的牧羊人呢？我回答他说："我有二万五千个孩子要学习自己的祈祷，不是其他人的祈祷，因为不然他们就没有自己的形态……"于是两国人民兵戎相见。我们像两股潮水此来彼往。虽然双方都全力以赴，谁都不能前进一步，我们都处于武力巅峰时期，失败锻炼了我的敌人。"你打败了我，我由此变得更加强大。"

我绝不轻视他的伟大；不轻视他的首都的空中花园；不轻视

他的商人的香料；不轻视他的工艺匠的精致的金银器；不轻视他的大水坝。庸人才会想到去轻视别人，因为他的真理排斥其他真理。但是我们知道真理是并存的，并不认为承认了他人的真理则贬低了自己，很难说其他人的真理不正是我们的错误。苹果树，据我知道，绝不轻视葡萄树，棕榈树也不轻视雪松。但是这些树各自顽强茁长，根须绝不纠结在一起。保持各自的形态和特性，因为这才是不可估量的宝，谁都不可贬低谁。

他对我说："这盒香料、这颗种子、这棵黄雪松礼物，让你家布满了我家的香气，这才是真正的交换。还有就是从我的山上向你发出的战争叫嚣。或者来自一位大使，他训练有素，经验丰富，既有拒绝又有接受。因为在你工于心计、不怀好意时他拒绝你，但是超越仇恨时又接受你。唯一有价值的尊敬是一个敌人的尊敬。至于朋友，只有不是出于感恩图报、阿谀奉承和诸如此类的庸俗行为，他的尊敬才是有价值的。你若要为朋友去死，我不许你沾沾自喜……"

然而若要说我把他当作朋友，这也不是实话。可是我们见面心头确有一种喜悦。但是由于人的庸俗观念，词语在这里产生歧义。喜悦不是为他而有的，而是为上帝而有的。这是走向上帝的一条路。我们的见面是拱顶石。我们没有什么要对对方说的。

上帝原谅我在他死的时候流了眼泪。

我知道这是我的苦难的不完美。我想："我流眼泪，这是我还不十分纯洁。"假使他听到我的死讯，我想象他像从一块领地回到了黑夜。用同样的目光凝视天翻地覆与黄昏暮色。当世界在平静的水镜下变化时，那个溺水的人会对他的上帝说："主啊，日月都按你的意志出没。但是这束捆好的麦子，这个过去的时代又有什么可失去的呢？我存在过。"他会把我放在心里，保持难以言喻的沉默。

但是我还不够纯洁,我还不能体验永生。我像女人一样,当夜风吹枯了我生气勃勃的玫瑰园里的玫瑰时,感到这种表面的忧郁。因为它使我枯萎在我的玫瑰中间。我感到自己随着它们死去。

我长长的一生中,埋葬过我的将官,撤换过我的大臣,失去过我的妻子。我在身后留下我的一百种形象,像蛇蜕壳一样。但是当衡量日子的太阳升起时,测定年份的夏季来临时,经过一次次会见,签订一项项新条约,我的将士在沙漠中竖起了空帐篷。我们还是前去赴约。庄重的礼仪,矜持的微笑,临近死亡的镇静。这不是人的而是神的静默。

现在我留下了一个人,一个人对自己的过去负责,没有了见过我生活的证人。我不屑向臣民说明的一切行动,只有他——我的东邻——是明白的;我从未当众流露的一切思想,只有他在静默中是猜到的;一切压在我心头的责任,其他人都不知道,还认为是我独断独行,而他——我的东邻——从不感情用事,前后左右斟酌思量,与我有不同的看法。现在他长眠在发紫光的沙漠里,沙子像裹尸布盖在他身上,现在他不声不响了,现在他的微笑忧郁,充满神意,同意捆好麦子对着他的积累闭上眼睛。啊!我慌张中充满自私!我那么弱小,竟臆想本人命运的轨迹多么重要,自比为帝国,而不把自己融入帝国,发现个人的生命像一段旅程达到了这个巅峰。

那个夜里,我认识了自己生命中的分水岭,慢慢从那边的山坡上去,又从这边的山坡下来;第一次当上了老人,再也认不出人,也遇不到熟悉的面孔,对哪个都无动于衷,因为我对自己也无动于衷,把我的将官、我的女人、我的敌人统统留在另一边山坡上,可能还有我唯一的朋友,从此以后孤零零失落在一个我不再认识的部族居住的星球上。

035　山的意义也因人而不同

这是为什么无信仰者或逻辑学家的论据从不给我留下印象,他们对我说:"把家园、帝国或上帝指给我看,因为我看到的、碰到的只是石头和材料,我只相信我碰到的石头和材料。"这里的秘密只可领会无法言传,我绝不妄想说了出来会使他信服。同样,我不能背了他上山让他发现一种风景的真理,这对他不是什么胜利,也不能让他未曾征服而去欣赏这首乐曲。他向我讨教而又不思费力去学,就像有人寻找自动献出爱情的女子。这不是我力所能及的事。

我逮住他,禁闭他,用学习折磨他,就是明白好事皆难学这个道理。以辛苦与汗水来衡量工作的成果。这是为什么我召集了学监,对他们说:"别误会了。我把孩子托付你们,不是为了今后掂量他们的知识量,而是要让我高兴地看到他们的上进心。你们中间若有人坐了轿子到过千座山,看过千种风景,这样的学生我不感兴趣,因为首先没有一座山是他真正认识的,其次千种风景也只是浩瀚天地中的一粒灰尘。只有这样的人我感兴趣,他在登山时运动自己的肌肉,即使只登过一座山,他有了准备去了解今后所有的风景,也胜过你们那个对千种风景一知半解的假学者。"

……

我还要说一遍,当我说到山,意思是指让你被荆棘刺伤过,从悬崖跌下过,搬动石头流过汗,采过上面的花,最后在山顶迎着狂风呼吸过的山。

037　香粉与花汁液

可是,我思虑我城内的舞姬、歌女和艺伎。她们叫人造了银轿子,当她们大着胆子出门时,前面有当差的人吆喝开道,吸引人群围观。当掌声鼓得她们受不了,从浅睡中醒来,她们揭开丝绸面纱,乐意顺从人群的愿望,把雪白的面孔朝向他们献媚。她们谦逊地微笑,而吆喝的人叫得声嘶力竭,因为如果人群没有用爱的暴政使得舞姬表现谦逊,他们在晚上就要受到鞭笞。

她们在金浴缸里沐浴,大家受邀去参观如何调制她们的乳浴液。挤出一百头母驴的奶,加上香料与花汁,花汁非常昂贵,但是质地细腻闻不出香味。

我并不介意,因为归根结蒂提取花汁的工作只占国家很小一部分活动,价格也高得匪夷所思。然而什么地方有了珍贵物质而欢欣鼓舞,这值得庆幸。因为重要的不是用途,而是热忱。既然已经存在,艺伎洗了香与不香,又怎么样呢?

因为,当我的逻辑学家跟我争论时,我的宗旨是以有无热忱来考察我的国土,只有过分热衷奢靡、忽略面包的时候才出面制止,但我对于使工作显得高贵、有节制的奢华不横加指责,也很少关心这种奢华物的去向,因为它不用于日常生活。心想最好的命运是装饰妇女的云鬓,也胜过去建造愚蠢的纪念物。当然你可以说,纪念物是大众的财物,但是女人要是长得美,也引人注目;纪念物除非是献给上帝的神庙,只是令人目迷五色,不会让人贡献什么。而女人,要是长得美,会得到捐献和牺牲。你给了她什么还欣喜不已。不是她给了你什么。

于是她们在花汁中沐浴。至少,她们成了美的形象。然后吃的是无聊的珍馐佳肴,一根刺就会把她们梗死。她们有了珍珠,又失去了珍珠,珍珠失去不会叫我吃惊,因为这东西不长久也是好事。然后她们听说唱人讲故事,渐生睡意,睡去时不忘在倒下身子的地方选择一个坐垫,其颜色要与她们的饰带色彩搭配相宜。

时而再三,她们追求奢侈的爱情。她们为了哪个青年士兵变卖珍珠,跟他在城里招摇过市,她们看中最英俊、最神气、最潇洒、最阳刚的……

那个天真的士兵经常为此感激涕零,以为得到了什么东西,其实他只是满足了她们的虚荣心,让她们摆谱出足风头。

038　感激的虚荣与牺牲的报偿

这个女人来了破门大骂,她说:

"这是个强盗,恶棍,干尽了坏事。他是人类渣滓。无耻之徒,没一句真话……"

我对她说:"你去洗一洗。你满口脏话。"

另一个女人来了高声呼冤,说受到了诬蔑。你不必费心要人家理解你的行动。行动是永远得不到理解的,也没有什么不公正。因为公正追求的是一种空想,空想包含了公正的反面。我的将士在沙漠里,你看到他们多么高尚——高尚,贫穷,晒得又黑又渴。他们在帝国空旷的夜空下,蜷缩睡在沙子上。常备不懈,一有动静就拿起武器。这些人符合父亲的愿望:"让他们起来吧。这些人把全部财富放在挎包里时刻准备去死。他们招之即来,在战斗中忠诚慷慨。你们起来吧,我把帝国的钥匙交给你们。"他们守住帝国的大门,犹如天使那么警惕。他们比我的大臣的跟班,甚至大臣本人还要光明磊落。但是如果把他们召回朝廷,他们在宴席上坐不到上座,在候见厅里等待传达,他们这些真正高尚的人,便会埋怨自己这样屈居人后,郁郁不得志。他们说:

"不被赏识的人才叫命苦……"

而我给他们的回答:"被人理解、抬举、感谢、奖赏和发财的人才是命苦。他不久踌躇满志,俗不可耐,不惜用星夜去换取财富。他以前比其他人更富有,更高尚,更了不起。"为什么独来独往的人要去迎合定居者的意见呢?老木匠在木板的光泽中得到工作报偿。而那个人在沙漠的美妙宁静中得到报偿。一旦回来他就只会被人忘怀。他若难受,说明他此前不够纯洁。因为我对你说这句话:帝国建立在人的价值上。那个人是帝国的一分子,他促成树干的壮大。你若为他的利益着想,为了让他真正有所得,把他送回沙漠中去,等待几年就可以享受自己的工作成果。你的那个人将会是一位大人物,跟风平起平坐。而另一个将是一个平庸的商人。

高尚的人,我保护他们。保护他们又是不公正的。千万不要为用词而生气。这些长身子的蓝鱼,你若把它们陈放在海滩上,说它们丑是不公平的。因为这是你的错误,它们生来在水下畅游,在河岸不到的地方是美丽的。沙漠的将官是在城市车道不到、商人绝迹、名利无缘的地方是美丽的。因为沙漠中不存在名利。让他们感到安慰吧。他们若要的话又会成为王。我不会剥夺他们的王国,但我也不会关心他们的苦难。

另一女人来了:

"我是忠诚的妻子,贤惠美丽。我只为他活着。我给他缝制斗篷,医治创伤。我跟他共担苦难。现在他却把时间交给了那个嘲弄他、偷窃他的女人。"

我对她说:

"你不要对男人这么糊涂。谁有自知之明呢?人靠自己走向真理，但是人的精神升华犹如登山。你看见了山峰，以为登上后已到了绝顶，以后又发现其他山顶、其他沟壑、其他斜坡。谁了解自己的渴望？有人渴望听到水流声，为了听到水流声而接受死亡。有人渴望狐狸爬上他的肩头，不顾敌人走去守望在那里。你说的那个女人可能的确是为他而生的，所以他要负起责任。你应该对你的创造负责。他去找她是让她偷窃他。他去找她是让她受他恩泽。他不为一句温柔的话感到欣慰，也不为一句侮辱的话感到失落。多一句温柔的话与少一句侮辱的话已不在计较之列。他以自己的牺牲作为报偿。以她对他说的那句话，以他对她劝的这句话作为报偿。就像从沙漠回来的人，勋章不能报偿他，出于同样的原因，亏待也不会令人失落。当一个人升华、存在、圆满死去，还谈什么获得与占有？你要认为报偿，首先是终于给船松开缆绳的死亡。满载珍宝的人是幸福的！

"而你自己，是你不知道怎样跟上他，有什么要埋怨的呢？"

那时我明白结合的意义，跟集体是多么不同……就是我一刀刺进你身体，盟约还是把我们结合在了一起。

040 说谎的女人哭是因为没有人相信

上帝给我送来了那个花言巧语、口蜜腹剑的女人。我对着她就像对着海上的清风。

"你为什么撒谎？"我说。

她于是哭了起来，简直泣不成声。我对她的眼泪思索。

"她哭了，"我心想，"因为她撒谎时没有人相信。对我来说不是人在演什么喜剧。人不懂喜剧的意义。当然，这个女人要求人家把她当作另一个人。但是这不是叫我折腾的大事。她要做另一个人才是大事。美德,我看到经常装模作样的女人遵守美德,要多于实行美德的女人和因丑陋而有美德的女人。那些人那么希望有美德,被人爱,但是不知道控制自己。或者不如说被人控制——永远不甘心认命。用说谎表示自己是美的。"

玩弄字面的理由永远不是真正的理由。这是为什么我除了说词不达意以外不责怪她们。这是为什么我听了她们的谎言默不作声,怀着沉默的爱不去听语言的声音,而是理解这样做的努力。这是狐狸跌入陷阱后的挣扎。或是飞鸟在笼子里撞得血迹斑斑。我转身对上帝说:"主为什么不教她说一种可沟通的语言,因为我听她这么说,不但不爱她,反而要吊死她。然而她的遭遇的确很感人。她在心的黑夜里翅膀渗出了血,她怕我,就像这些小沙狐,我把肉块伸向它们,它们身子颤抖,咬上一口,又把肉拖进洞穴里去吃。"

"大王,"她对我说,"他们不知道我是纯洁的。"

当然,我知道她在我的家里闹得鸡犬不宁。可是上帝的残酷使我像心上中了一箭:

"请帮助她哭出来吧。让她流出眼泪来吧。她没有一点倦意,让她靠在我的肩上感到累吧。"

042　思想包含血腥的疯狂

我对他们说:"不要对你们的恨难为情。"因为他们曾把十万人判处死刑。那些人在牢房里踱来踱去,胸前挂着牌子,这使他们像牲口,跟其他人有所区别。我去了,走进牢房,叫人把那群人召来。在我看来他们跟其他人并无不同。我听他们,我瞧他们。我看见他们像其他人那样分面包,像其他人那样慌忙围在生病的孩子身边,摇他们,照管他们。我看到他们像其他人一样,孑然一身时感到孤独凄凉,看到关在厚墙中的那个女人开始对另一个犯人动情时,像其他人一样哭泣。

我想起了狱卒跟我说的事。有一个犯人在前一天跟人动刀子,又多了一份罪孽,我下令把那个人带来。由我自己审问他。他已经是死神怀抱里的人了,我要探讨的不是他,而是人的不可探测性。

因为生命到处都是可以扎根的。潮湿的岩石缝里生长青苔,被沙漠的旱风一吹就死定了;但是藏在深处的种子却不会死,谁敢说不会再泛青呢?

我从我的囚犯那里知道大家都嘲笑他。这伤了他的虚荣心和自尊。一名死囚的虚荣心和自尊……

我看到他们在寒冷中相互挤来挤去。他们跟地球上的任何羔羊没什么两样。

我召来法官,问他们:

"为什么他们要跟老百姓隔开,为什么他们胸前挂一块死囚牌子?"

"这是司法公正。"他们回答我说。

我想:

"当然,这是司法公正。因为据他们说公正就是铲除与众不同的东西。黑人的存在对他们是不公正的。他们若是工人,公主的存在便是不公正的。他们若不懂绘画,画家的存在便是不公正的。"

我回答他们说:

"我希望放他们出去是公正的。你们仔细想想明白。因为不然他们占领了监牢，在里面称王称霸，必然轮到他们把你们关起来，铲除。我不相信帝国有什么得益。"

这时，思想对我显出血腥的疯狂。我向上帝这样祈祷：

"神是不是疯了，让这些愚蒙浅陋的人那么自信？谁来教他们的不是一种语言，而是怎样使用一种语言？因为把词语进行恶毒的排列，在他们口中就成了毒刑拷打的理由。笨拙、出尔反尔或无效的词语都可以成为有效的刑具。"

同时，我觉得诞生既让我感到天真，又让我满怀希望。

044　鸟的游戏与眼泪的温柔

夜晚，我沿着另一道坡下山，那里都是新一代人，没有一张熟面孔，对人的语言已感到厌倦，从他们的车轮声、铁砧声里面已听不到他们心头的歌唱——犹如我听不懂他们的语言，心里也就没有了他们，对于从此与我无关的未来也漠不关心——我觉得自己早已入土。我关在这堵自私的厚墙后面陷于无望，（我对上帝说，主啊，你从我心中退出了，所以我抛弃人。）我想是什么让我对他们的行为感到失望。

再也不用为他们清理什么。又为什么把新的羊群赶进棕榈林内？我已拖着长袍在各个房间里转悠，犹如船只陷在汪洋，又为什么再为我的宫殿增添新塔楼？宫殿的每扇门前有七八名奴隶，像柱子似的站着，只要听到我沿着走廊发出长袍的窸窣声，就紧贴墙面让道，为什么还要再养其他奴隶？那些我不用倾听就能听到的女人还给我关在深宫，又为什么还要俘获其他女人？因为她们闭上眼皮，眼睛消失在天鹅绒里，我看着她们进入睡乡……我那时离开她们，一心要登上在星光中荡漾的高楼，从上帝那里接受她们睡眠的意义，因为那时一切也跟着睡了，那些抱怨、庸俗想法、低三下四的心计，这些虚荣随着白日又回到她们的心里，那时她们又要跟她们的女伴争宠，把她从我的心中挤走。（但是我若忘记她们的说话，留下的会是鸟的游戏和眼泪的温柔……）

045　老年的青春异常安详

夜晚，我从那个已无熟人的山坡下山，像已被无声的天使埋入土中。我感到做老人的安慰。成为一棵枝丫繁多的大树，树枝因皮孔和皱纹而坚硬，我的羊皮纸似的手指好像已被时间涂上香料，那么不容易损伤，犹如我自己一样。我想："这么老的人，暴君怎么还能用苦刑的气味——这只是牛奶发酸的气味——来吓唬他，改变他一丝一毫，既然生命对于他已像穿破的斗篷，只剩一根带子还系在身上。我已被安排在记忆中。我的一切异议都已没有意义。"

我也感到摆脱桎梏的安慰，仿佛这身老骨头在无形中已转化成了一对翅膀，仿佛我已脱胎换骨，陪伴着长年寻觅的这位天使在散步。仿佛我脱下了那层蜕壳发现自己异常年轻。这个青春不是来自热情与欲望，而是异常的安详。这个青春是接触到永生的青春，不是迎着朝阳接触到生命喧嚣的青春，它是空间与时间。我觉得终于成长完成后变得永生了。

我也像那个人，他在半路上遇见一个被匕首刺伤的姑娘。他用关节凸出的双臂抱她起来，她像一束落在地上的玫瑰那么凌乱，刀光一闪渐渐入睡，几乎带着微笑把雪白的额头靠在死神有翅膀的肩上,但是他引导她走向平原,只有那里有人将会治愈她。

"我将以我的生命灌输给睡着的美人,因为我对虚荣、愤怒、人的妄想、可能获得的财物、可能降临我身上的苦难,再也不感兴趣,我只对我交换而来的东西感兴趣。在我把肩上的那个人扛到平原上医治时,我变成了眼睛的光芒,纯洁额头上的一缕头发,我若把她治愈后教她祈祷,完美的灵魂使她全身挺直,像根须粗壮的一株花……"

我不包容在我的肉体内,肉体像一块老树皮咯咯作响。我在山坡上慢慢下来时,所有丘冈与平原就像一件广大的斗篷,我的家园内处处灯光闪烁,犹如点缀天幕的星星。我弯下身,像一棵树带着沉甸甸的果实。

048 拒绝遗憾,接受现实的存在

因为我给你带来极大的安慰,也即是不要遗憾什么,也不要舍弃什么。父亲就是这样说的:

"你利用你的过去,犹如你利用你的田野,这里横着一座山,那里流着一条河,你考虑这些存在,自由设计未来的城市。如果这些存在的东西不存在,你创造梦的城市,这轻而易举,因此梦所向无敌。但是容易的同时,也会在任意中失落和融化。你的基座是这一个,而不是另一个,这没有什么好抱怨的,因为基座的价值首先是它的存在,如同我的宫殿、我的门、我的墙。

"哪个征服者在攻占一块领土时,会遗憾这里横着一座山,那里流着一条河?我要刺绣就需要一块底布;要唱歌或跳舞就需

要规则，要行动就需要一个依靠的人。

"你若遗憾已有的伤痕，那就像遗憾不存在或不诞生于另一个时代。因为你以前种种只是今日的诞生。就是这么简单。事物要如实对待，不要去移动那些山。它们是怎样，也就怎样。"

050　战士知道用情，情人知道用武

女人对你掠夺是为了她的家。爱情当然是可喜的，使满室生香，泉水叮咚，静默的水壶奏出音乐，还有孩子眼睛里充满夜晚的宁静，一前一后来向你祝福。

但是不要用公式来评定优劣和表示偏爱，分什么战士在沙漠中的威武，和她的爱情的恩泽。因为这只是语言所加的区别。战士在广垠的沙漠献出的爱是爱，懂得爱的情人躲在井边对生命的奉献是对生命的奉献。不然献身既不是牺牲也不是爱的赠予。参加战斗的若不是人，而是傀儡和杀人机器，哪里还有战士的崇高？我看到的只是昆虫的自相残杀。那个体贴女人的人若只是她轿子边上低三下四的小人，哪里还有爱情的崇高？

我只认为放下武器、抚爱孩子的战士是崇高的，敢于战斗的丈夫是崇高的。

这不是从一个真理摇摆到另一个真理，或者前后不一，而是两个真理交融才产生意义。战士知道用情，情人知道用武。

但是夜夜跟你相伴的女人，得到你床头的温情，你是她的宝贝，她会含情脉脉地对你说："我的吻不甜蜜吗？我们的家不温馨吗？我们的夜晚不快乐吗？"你对她一笑表示是的。她说："那么留在我身边帮助我。欲望来时，你只要伸出手臂，轻轻一拨我

就会像挂满橘子的小橘树向你俯下身来。因为你在远方过的是吝啬的生活,不懂得什么是爱抚。你的内心感情犹如一口淤沙井中的水,流不到使草地滋润。"

不错,你在那些孤独的夜晚,对着某个涌上心来的形象感觉过这些绝望的激情,任何女人在静默中更美。

你以为战地上的孤独使你失去美妙的机会。殊不知,只有缺少爱的时候才学到什么是爱;只有走在引向山顶的巉岩中间,才学到什么是青山绿水;只有在祈祷中得不到回音时,才学到什么是上帝。因为当你的时间已经一去不复返,当你完成了成长后还允许存在,在时光流逝以外施给你的东西,才使你满足而不用担心厌倦。

当然,你可以误解,惋惜那个人在无奈的黑夜中呼吁,认为一切无益流逝的时光,夺走了他的财宝。你可以担忧这种没有爱情的爱情渴望,而忘了正是这种爱情渴望才是爱情的本质。这点男女舞蹈家是明白的,他们可以立即抱在一起,而正是你来我往,若即若离才构成舞蹈的诗意。

而我要对你说,失去的机会才是刻骨铭心的机会。透过牢房墙壁的温情可能成为最大的温情。当上帝不理会的时候祈祷最虔诚。燧石与荆棘可做爱情的沃土。

051 接待朋友的房子怎么也不嫌大

那个人说到自己的小房子很不公正:
"我盖得那么小,也足够接待我所有的真朋友……"
这个患风痛病的人,对人是怎么想的?我若要盖房子接待真朋友，那是怎么也不嫌大的，因为我认识世界上的人，即使那个给我砍了头的人，身上总有什么使他可以成为我的朋友，尽管这部分是那么小，那么容易消失。我们若会区别人，朋友是不难找到的。即使那个对我恨之入骨、要是能够会砍下我头的那个人。不要认为这样说是心慈面软、忠厚老实，因为我依然严厉、刚正、沉默。我的朋友分散各地数不胜数，我若请他们过来，我的家都会坐满。

但是那个人所谓的真朋友，不就是能把钱托付他而不担心被吞没的人——那么友谊只是仆人的忠诚；或者要求他帮助而不会拒绝的人——那么友谊只是求人方便而已；或者必要时会保护你的人。友谊是对人的敬意。我看不起算术！我说的朋友，是指我看到心中有抱负的那个人，他把我认了出来，向我微笑，面对着我开始脱颖而出，即使他今后可能会背叛我。

而那个人，你看到么，他称为朋友的人，是会替他喝下毒酒的人——你怎么要人人都高兴呢？

那个自称是好人的人，却一点不懂友谊。父亲是狠心的人，他有朋友，知道爱他们，对失望不很敏感，失望是失落的吝啬。失望是伪善行为，因为在这个人身上有你首先喜欢的这个品质，若又有了你不喜欢的那个品质，你就失望了，然而你喜欢的品质又怎么会消失呢？但是你，立即把你爱的或爱你的那个人，转化成了奴隶，他若没法完成奴隶的任务，你就谴责他。

而另一个人，因为一名朋友把他的这份爱送给他，就把这份爱转化成了义务，爱的馈赠变成了代饮毒酒和做奴隶的义务。朋友是不会爱毒酒的。另一个人认为自己很失望，那就不光彩了。这里说的失望，其实只是失望他不是个侍候周到的奴隶罢了。

053　教训只是临死时才对本人有用

　　我年轻时等待这个亲人的来临,一支骆驼队从远方护送她过来做我的妻子,路那么遥远,途中都老了容颜。你曾经见过骆驼队衰老吗?抵达我的帝国哨站的人,不知道自己的故乡。因为那些尚能回忆起故乡的人一路上纷纷死去。也一个接一个埋在道旁了。到达我们这里的人心怀的只是回忆的回忆。他们从长者那里学会的歌谣只是传说的传说。驶近来的是一艘在大海中建造、配置绳索的船只。这种奇事中的奇事你经历过吗?那名少女用金银轿子抬了过来,会开口时说的就是"井水"这个词,也知道一口井只是存在于从前幸福的日子里,她说这个词犹如在念一首得不到回答的祈祷,这是因为你有了人的回忆才向上帝这样祈祷。更令人惊讶的是她还会跳舞。这个舞蹈是在燧石和荆棘丛中授给她的,她知道一支舞蹈是一首可以讨国王欢心的祈祷,但是在沙漠中这得不到回答。因而对于直到你过世前的祈祷也是如此,这是一支舞蹈,你跳是为了感动上帝。但是最令人惊讶的是她还具有一切相应的资质。她温暖的乳房像白鸽,用于喂奶。她光滑的肚子给帝国带来孩子。她有所准备地到了这里,像一颗长翅膀的种子飞越大海,从未使她受益的积累使她资质开启。训练良好,妩媚动人;就像你历年的技能,你的行为以及继往开来的知识,只有当你完成后接近死亡时才对你有用,她不但肚子与乳房纯洁无邪,还很少跳起取悦国王的舞蹈,喝过浸润芳唇的井水,由于没有见过花也无从使用插花的艺术;当她成熟完美到我这里时,她只有死亡的分了。

055　爱与占有欲不能混为一谈

不要把爱与占有欲混为一谈，占有欲会带来最大的痛苦。爱其实与世俗的看法相反，绝不会使人痛苦。但是占有的本能会使人痛苦，这是与爱背道而驰的。因为爱上帝，我一拐一拐艰难地走在大路上，首先把上帝的爱带给大家。我决不把我的上帝作为私利。我用他给大家的东西丰富自己。哪个人不觉得受损害，凭这点我认出他是真正在爱。为帝国而死的人，帝国不可能损害他。我们可以说某人忘恩负义，但是谁会对你说帝国忘恩负义？帝国是依靠你的贡献而建立起来的，你若惦念它给你什么回报，那是你怎么会可悲地斤斤计较呢？把生命献给神庙的人，他换来的是神庙，这个人是真正在爱，但是他又会在什么方面被神庙损害了呢？真正的爱开始于你不盼望回报的时候。教导人要爱人人，进行祈祷至关重要，首先因为祈祷是等待不到回答的。

056　不遗憾过去，不梦想未来，注视现在

我教你同一个秘密。你的全部过去只是一次诞生，同样，直至今日帝国发生的大事也是如此。你若有什么事遗憾，那你就像那个人那么愚蠢，他遗憾没生在另一个时代或者另一个地方，他长得高了又遗憾不能矮。他充满荒谬的幻想，就会无时无刻不感到失望。过去是一块旧时代的花岗岩，谁用牙齿去啃就是个疯子。今天怎么来就怎么接受，犯不上跟不可补救的事纠缠。不可补救的东西没有意义，这是过去时代的标志。因为不存在达到的目标、完成的周期和终结的时代——除了对于历史学家来说，他们会给你发明这样的分门别类——你怎么知道应该遗憾的是还没

有完成的步骤，还是永远不能完成的步骤——因为事物的意义不存在于完成后由定居者享受的积累，而只存在于变革、前进或欲望的热忱中。那个刚被打倒，然而在征服者的靴子下试图东山再起的人，我要说他才是行动的胜利者，胜过那个依仗昨日的胜利像定居者那样享受现成的人，后者已经在走向死亡的路上了。

那时，你会对我说，既然目标没有意义，那么我该朝什么方向去呢？我回答你这个大秘密，它掩盖在朴实平常的词语中，我一生中逐渐获得的智慧：准备未来只是建立现在。遥远的形象是自己发明的果实，那些人追求它们，只是在乌托邦、想入非非中消耗岁月。因为唯一真正的发明是通过不一致的现象与矛盾的语言去解读现在。如果你偏听偏信那些关于未来的废话空谈，你就像那个人以为可以用笔随心所欲发明大柱子建造神庙。因为他怎么遇见自己的敌人？没有敌人他以什么作为依托呢？他根据什么来塑造他的柱子呢？柱子是通过几个世代跟生命发生摩擦而建成的。即使是一个形状，你也发明不了，但是它是在你的使用中逐渐光滑的。大作品和帝国就是这样诞生的。

只有现在的秩序需要整理。讨论这份遗产有什么用呢？对于未来你不需要预见，但是需要开道。

当然，当现在像零件似的提供给你时，你就有工作做了。对我来说，目前这些零星的山羊、麦田、房屋、山丘经过组合，可以称为家园或帝国，我从中汲取的东西是以前不存在的，我说是统一单纯的，因为谁不先认识它，就自作聪明去触动它，就会毁了它。因为我建立现在，犹如当我爬上山顶时，用肌肉的力量在组织景色，让我眺望青色氤氲中的城市像鸡蛋卧在田野的鸡窝里。这并不比看来像船或神庙的城市更真实和更不真实，但是这是另一回事。我用我的权力在人的命运中汲取营养，使自己从容安详。

你必须知道，一切真正的创造绝不是对未来的臆测，对空想与乌托邦的追求，而是在现在中看出新面目，这是从遗产中零星接受的材料的储存，这件事不是由你高兴或埋怨的，因为这跟你一样简单，出生时它们就存在了。

未来，就让它像树一般接二连三长出枝叶。从现在到现在，树将会成长，完成后走入死亡。你不要为我的帝国担忧。自从人在零星分散的事物中认出这张面目，自从我在石头上进行雕塑家的工作，以后，我会在严肃创作中给他们的命运注定方向。从此以后，他们从胜利走向胜利；从此以后，我的游吟歌手有故事可以唱了，因为他们不用礼赞死亡的神，而只需歌颂生命。

请看我的花园，园丁一早就在那里创造春天，他们决不讨论雌蕊与花冠：他们撒播种子。

而你们，丧失勇气的人，不幸的人和被征服的人，我对你们说，你们是一支取胜的队伍！因为你们就在此刻开始，这么年轻是多么美丽。

058　友谊是精神大巡游

朋友，首先是不评判的人。我对你说过，朋友对游民打开他的门，让他的拐杖和棍子放在角落里，不要求他跳舞来评判他的舞艺。如果游民说到外面路上的春天，朋友会在心中感到春天。如果他说到他来的那个村子遭受可怕的饥荒，朋友也会跟着他共同受灾。因为我对你说过，朋友也就是一个人心中向着你的那部分，会为你打开一扇从不向其他人打开的门。你的朋友是真的，他说的一切也是真的，他爱你，即使他在另一幢房子里会恨你。

神庙里的朋友，也就是那个由于上帝与我摩肩接踵对面相逢的人，也就是那个向我转过跟我同样的脸、被同一上帝照得神采奕奕的人；因为这时大家是一致的，虽然在其他地方他是掌柜、我是军官，或者他是园丁、我是水手。我超越我们的分歧之上见到了他，我是他的朋友。我可以在他身边不说话，也就是说不用担心我的内心花园、我的山丘、我的沟壑、我的沙漠，因为他不会用脚踩在上面。你，我的朋友，你怀着爱心听到我的肺腑之言，犹如我内心帝国的使者。你好好款待他，请他坐下，听他说话。我们这下都幸福了。但是你哪儿见过我接见大使的时候，怠慢他们或者拒绝他们，就因为他们的帝国地处偏远，走上一千天才走到我的国度，吃的菜肴不合我的胃口，或者因为他们的风俗与我们截然不同。友谊首先是超越庸俗琐事的休战和精神大巡游。我找不出理由去责怪坐在我桌子对面的人。

因为你要知道，好客、礼让、友好是人与人的内心交往。哪一个神若计较信徒的身材与肥胖，我不会涉足他的庙堂；朋友若不接受我的拐杖，还要我跳舞来评判我的舞艺，我去他的家里做什么呢？

你在世界上会遇到的法官已经不少。如果要把你性格重塑，让你心肠如铁，这项工作留给你的敌人去做吧。他们会做得很好，就像暴风雨考验雪松。你的朋友则是为了接待你的。要知道，当你走进上帝的圣殿，他不评判你，而是接待你。

063 艺伎的爱情

我想到了艺伎与爱情这样的好例子。因为如果你相信他们要的就是物质财富，那你错了。

因为通过自己的努力攀登山顶眺望的风景才是美景，爱情也是如此。因为什么事物本身都没有意义，一切事物的真正意义在于形成的构架。你的大理石头像不是一只鼻子、一只耳朵、一只下巴和另一只耳朵的总和，而是把它们组成一体的肌肉组织。拳头握紧才抓得住东西。诗的形象不是星、数字七和井所能分别代表的，而要我用纽带把它们串连，说出水井中七星闪烁，才有点儿诗意。当然要形成连接需要有连接的东西。但是它的力量不是在东西上。给狐狸设陷阱，不单是一根绳、一个坑、一只网，而是巧妙组合，这是创造工作，你听到狐狸的叫声，因为它给逮住了。同样我，歌手，或雕塑师，或舞蹈家，就知道怎样让你跌入我设下的陷阱。

爱情也是如此。从艺伎那里你能得到什么？只是在征服绿洲以后的肉体休息。因为她对你无所求，也不需要你有所求。当你盼望飞回到你的爱人身边，睡在你心中的天使经你的催促醒来，这时你对爱情产生感激。

区别不在于难与易，因为你爱的那个女子，她若爱你，你只需张开双臂拥抱她。区别在于无私赠予。因为艺伎不可能无私，既然你带给她的东西，首先在她看来只是一件贡品。

如果有人要你奉献贡品，你就要讨论是重是轻。然而这里谈的却是所跳的舞的意义。士兵到了晚上口袋里揣着菲薄的饷银，纷纷来到城里的烟花巷，必须精打细算使用，讨价还价。像买粮食一样买爱情。粮食吃饱了，以便在沙漠中进行新的进军，爱情买到了，情绪平静也可忍受孤独。但是他们都成了店铺老板，感觉不到些许热忱。

为了满足艺伎，必须比国王还富，因为你带给她的东西，首先她并不领情，还对自己的成功洋洋得意，从你这里得到勒索以后还夸耀自己多么能干美丽。对着这个无底洞，你就是填上一千支骆驼队的黄金，还不像给过什么。因为需要有个人才能接受。

这是为什么，我的武士到了晚上，手放在耳背抚摩他们俘获的沙狐，幻想中给了小野兽什么，它若走来蹲在他胸前，真是感激涕零。

但是在烟花巷里，你能给我找出一名艺伎，她会感到需要你而靠着你的肩膀？……

064 为之而死的东西叫人为之而生

于是我的帝国里住下了掠夺者。因为没有人想到再去创造人。表情生动的面孔不再是面具，而是一个空脑壳的盖子。

因为他们做的就是对生命的破坏。从今以后，我在他们身上看不到什么值得为之而死的、也为之而生的东西。因为你同意之而死的东西，也就是你能够为之而生的东西。他们摧毁古老建筑，高兴听到神庙轰然坍塌。可是这些神庙，如果坍塌，交换不来什么。他们摧毁自己的表现能力。他们摧毁人。

就好比某人不知道什么是欢乐。因为首先他说的"村庄"，也必须包括它的必要的因循守旧、风俗、礼仪。一座热忱的村庄是由此而来的，在这以后他混淆了意义。对于慢慢形成的传统结构，他并不以此为乐，而是沉湎在积蓄中享受现成，犹如在欣赏诗篇。这种希望是徒劳的。

这样，把人看作伟大的那些人，就愿意人享受自由。因为他们看到限制会打垮坚强的人。是的，敌人造就你，同时也限制你。但是失去敌人，你甚至不能诞生。

那个人也相信享受积蓄带来的欢乐。只是品味春天。但是你像一株植物那样品味它，春天的魅力是不大的。就像你等待一张脸让你心花怒放，爱情的魅力也是不大的。因为带给你体会的作品首先来自痛苦，你若不在以前遭遇过历经磨难的离别、劫数难逃的厄运，心中怎么留得住相思与苦难者的哀歌呢？

谁曾长时间朝着黎明茫然划桨过去，就会唱苦刑船的哀歌；谁曾在沙漠里口渴，就会唱看不见井的哀歌。你若没有痛苦，就什么都不会得到，因为你的心是空的。

村庄就不会是那样的诗篇了，让你可以不拘礼节坐到热腾腾的晚餐汤前，得到大家的情谊，闻到放牧归来的家畜的气味，共享节日广场上的篝火——因为节日不在其他事上反响，会在你心中引起什么共鸣？若不联想起奴役后的自由，憎恨后的爱情或失望后的奇迹，你不比你的一头牛更幸福或更不幸福。但是你心中的村庄是慢慢建成的，为了达到目前的状况，你曾经慢慢攀登过一座高山。因为我用我的仪式与习俗，还要通过你的牺牲、义务、义愤、谅解、与众不同的习惯塑造了你——一座幽灵村庄绝不会使你今晚心里充满歌声——不然太容易做人了——这是一种慢慢学会的、最初你还对它拒不接受的音乐。

但是你，走进这座村庄，你高高兴兴承袭这些习俗，因为这可不是娱乐与游戏，你若嬉笑对待，没有人会再相信你。也就不会留下什么。对他们如此，对你也如此……

066　奉献自己去完成就是祈祷

于是我想到了东西的精致问题。这一片营地的人生产的陶器美丽悦目，另一片营地的人生产的陶器丑陋难看。我在事实面前明白了，生产美丽陶器没有成文的法律，不是依靠学费，也不通过比赛与颁奖所能取得的。我还看到有人工作雄心很大，但是不是追求作品的质量，即使整夜不倦工作，创造出的作品立意夸张，平庸繁琐。因为事实上他们的不眠之夜，完全是在贪利、尚奢和求荣的心态中度过的，也就是说他们是为自己工作，不是为上帝在交换，不是去交换一件可以令人想到上帝的牺牲与形象的东西，在那样的创作中，皱纹，叹息，眼皮沉重，和泥太多导致两手发抖，熬夜工作后的满足，以及激情过后的疲惫都搅混一起。我只知道一种丰硕的行动，那就是祈祷，但是我也知道一切奉献自己去完成的行动，也就是祈祷。你像鸟，筑自己的窝，窝是温暖的；像蜜蜂酿它的蜜，蜜是甜的；像那个人，出于对陶罐的爱，也即是用爱、用祈祷在制作他的陶罐。一首为了出售而写的诗，你能相信这是诗吗？诗若是商品，那就不是诗。陶罐若是参赛品，那就不是陶罐，不是上帝的形象。它只代表你的虚荣的俗念。

068　妓女甘心自己的命运

人的另一个真理在我看来是显而易见的，也就是幸福对他不意味什么，就像利益也不意味什么。因为唯一推动他的利益只是按照禀性长久存在。富人要富有，水手要航海，偷猎者要在星光下窥伺。但是轻松安全的幸福，我看到很容易被大家抛弃。在这座黑黝黝的城市里，在这条流向大海的阴沟里，父亲突然对妓女的命运起了怜悯之心。她们像发白的油脂那样腐烂，也在腐烂那些旅客。他派军人去抓了几个回来，就像捉昆虫那样研究昆虫的习性。巡逻兵踱步在这座堕落城市的渗水墙头之间。偶尔从一家肮脏的小店，流出发馊像油脂的厨房污水，士兵看到那个妓女坐在凳子上等待，一盏灯照着她，苍白悲哀，像淋在雨里的一只灯笼，笑容却像一道伤疤，挂在一张麻木呆板的脸上。她惯常唱一支单调的歌，吸引路人的注意，犹如软体水母，喷汁设下陷阱。沿街都有这类悲伤的曲调。当男人受到诱惑，门在身后关上一会儿时间，爱情在最简陋的环境中消费，曲调暂时中止，代之以苍白魔女的短促喘息与士兵的僵硬沉默，他向这个幽灵购买不再思念爱情的权利。他来消除自己对此的苦相思，因为他可能向往棕榈树与微笑的姑娘。逐渐地，在远征途中，棕榈树林的形象在他的心中形成一片浓荫，不堪忍受。流水发出残酷的潺潺声，姑娘的微笑，薄衫下温暖的乳房，隐约可见的娉婷身影，流畅雅致的动作，这一切都灼痛他的心，愈来愈厉害。这是为什么他花掉菲薄的饷银要来烟花巷驱除他的幻念。当门再度打开时，他不敢正视其光芒的宝藏黯然失色了几小时后，他又回到了人间，恢复自我，狠巴巴，看不起别人。

士兵抓了几名妓女回来，关押所的灯光照得她们睁不开眼睛。父亲指指她们对我说：

"我来告诉你，我们首先是受什么控制的。"

他下令给她们穿新衣服，把每个人安置在一幢有喷泉的凉爽房屋里，叫她们学做精致的花边刺绣。他付她们的报酬是以前赚的两倍。然后他又撤销对她们的监视。

他对我说："这些沼泽地上可怜的白沫，如今可以幸福了吧。干净、安宁、有保障……"

可是她们接连失踪，又回到污水坑里去了。

"因为，"父亲对我说，"她们痛哭失去了原有的卑贱生活。这不是愚蠢地爱过卑贱生活不思幸福，而是人首先是受自己的禀性牵引的。金屋、花边刺绣和新鲜水果可以意味安逸、游戏和休闲。但是她们不能够以此生存，她们厌倦。如果它不是作为赏心悦目的景观，而转变成为心连心、义务与要求的网络，过光明、干净和有花边的生活，需要很长的学习期。她们只会接受但是从不给予什么。这些沉重等待的时刻，并不嫌其苦涩，而是正因为其苦涩，她们割舍不得，目光落在黑色门框上。黑夜的礼物——顽固，充满仇恨——随时会出现在那里，她们割舍不得那种轻微的眩晕，像中毒似的使她们昏昏沉沉，那时士兵推开门，瞧着她们，就像瞧着追捕的野兽，眼睛盯着它的咽喉……因为有时候其中一名士兵在其中一名妓女身上捅上一个窟窿，就像把匕首扎进羊皮囊，顿时声音全无，为了在硬石或瓦片之下找出她们赖以生存的几块银钱。

"她们舍不得污秽的陋屋，当烟花巷根据当局命令打烊以后，她们就可以聚在一起，喝她们的茶，或计算赚的钱，她们彼此谩骂，看淫秽的手上的掌纹预示未来。可能占卜时向她们预测跟更高尚的人住同样的房屋，还有这些盘绕墙面上的花草。这幢梦之屋的美妙之处，在于不是自己住，而是另一个变化了的自己住。会改变你人生的旅行也是如此。我若把你关进这座宫殿，你在里面还会抱着昔日的欲望、昔日的怨恨，昔日的失意，你若是个跛子，你在那里还会跛着脚走路。因为不存在使你脱骨换胎的神奇方子。我只能使用大量约束和磨难慢慢迫使你蜕变，最终成为另一种人。但是那个女人在这个单调纯净的环境中醒来，打哈欠，因为再没有任何冲击威胁；有人敲门时，缩着头没有目标；若还有人敲门，同样毫无目标期望，因为黑夜再也不会送来礼物。由于再也不会在恶浊的夜里疲惫，也就感不到晨光带来的解放。她们的命运今后可能会有好转，但是她们也因此没有了根据不同的预言每夜变化的命运，靠这样在未来过上好日子。现在她们就不再知道针对什么勃然大怒:怒火是乌七八糟生活的产物,但还是不由自主地涌上来,就像从海边捡回来的动物,在涨潮时刻还是会长时间痉挛。当怒气上涌时,她们再没有对之吼叫的不公平,一下子像那些死了婴儿的母亲,奶水再上来也毫无用处了。

因为人——我要对你说——寻找的是自己的禀性,而不是自己的幸福。

069　工作让人进入世界

于是我又想起了节省时间的形象,因为我问:"是为了什么?"另一人回答我说:"为了文化。"仿佛文化可以是空洞的操练。好比说她喂孩子,打扫房屋,做针线活。有人让她摆脱这些奴役,从此她不用操劳,孩子有人喂养,房屋有人打扫,针线活有人做。现在她节省的时间,必须用其他什么来填满。我要她听喂奶的歌,喂奶就成了一首赞美词,要她听房屋的诗,房屋紧贴她的心。但是现在她没有参与其间,听到就打哈欠。犹如山对你来说,是对荆棘、滚石、山顶狂风的体验;如果你从来没有离开过你的轿子,我说"山"这个字,不会引起你任何联想;如果她没有把时间与热忱倾注在家上,我跟她谈到家也不会有任何回应。当别人日出时迎着阳光打开门,清扫上面的积尘,她就不会领会飞尘的游戏;晚间,脚步轻轻留下的痕迹,托盘上的汤盆,炉子里熄灭的炭火,甚至熟睡孩子的脏尿布——因为生活是琐碎和美妙的——她也不能应付生活造成的混乱。她不再随着太阳起身,每天使自己的家焕然一新,就像小鸟,你看到它们在树上用灵活的嘴把羽毛梳理光泽;她不再把什物布置成一时的尽善尽美,好让日常生活,一日三餐,孩子喂奶和游戏,丈夫回家在蜡版上留下印迹。她不知道黎明时家是一团面，到了傍晚是一篇回忆。她从来没有准备过那张白纸。你跟她说家对她有一种意义，她又听进去什么呢？你若要给家创造生气，就把一只发乌的铜壶擦亮，让它整个白天在暗影里发光；要使女人成为一首赞歌，就要慢慢给她创造黎明时需要重建的家……

不然，你节省下来的时间没有任何意义。

妄图区分文化与工作的人，是个疯子。因为人先是对工作厌恶，工作成了他生命中的死肉，然后又对文化厌恶，文化成了没有保证的游戏，就像你掷出去的骰子，如果不牵涉你的财产，不滚动着你的期望，那就毫不叫你动心。其实不是在玩骰子的游戏，而是在玩你的牛羊群、牧场或者金银财宝的游戏。这就像玩沙堆的孩子。在他眼中这不是一把土，而是要塞、山岭或船只。

当然，我看到过人高高兴兴地休息。我看到过诗人在棕榈树下睡觉。我看到过武士在妓女家里喝茶。我看到过木匠在门廊下享受傍晚的清福。是的，他们好像满心喜悦。但是我对你说：这正是因为他们跟着人一起而累了。一名武士在观舞听歌。一名诗人在草地上耽想。一个木匠在观赏夜色。他们是在别处完成自己。他们每个人生活中的最重要部分还是工作的那部分。因为建筑师，当他促使神庙从平地拔起，而不是玩骰子时，他是一个人，豪情满怀，发挥他的全部意义；建筑师是这样，其他人也是这样。从工作中节省的时间，如果不是单纯的休闲，工作后松弛肌肉，思考后安定精神，那只是死的时间。你把生命分成了不可接受的两部分：一部分是工作成了你不愿全心全意去干的苦活，一部分是无所事事的休闲。

谁欲使雕镂师放弃对雕镂的信念，让他们去干不会滋养心灵的行当，以为提供他们别处生产的雕镂品，也使他们做上了人，谁就是个疯子,好像文化是谁的身上都能披的斗篷。好像雕镂师与文化生产者是不同的。

而我要说的是,对于雕镂师只有一种形式的文化,这是雕镂师的文化。它不是别的,只是完成自己的工作,表现自己工作中的劳苦、欢乐、磨难、恐惧、高尚与艰辛。

因为唯一重要的,能够创造真正诗篇的,是这部分使你投入身心,感觉饥渴,关系孩子的面包和正义伸张与否的这部分生活。不然,只是游戏、生活的漫画和文化的漫画。

……

只有孩子在沙堆上插上一根棍子,把它变成王后,产生爱慕之心。但是如果我要用这样的方法去提高人,以他们的感受去丰富人,我就必须把这根棍子当作一尊偶像,强加于大家,逼迫他们献祭,这会叫他们做出牺牲。

这时,游戏就不再是游戏。棍子就会见效。人就会唱出恐惧与爱的赞歌……

工作迫使你接受世界。耕地的人会遇到石头,对天上的水抱着戒心或充满期望,这样与人交流,会扩大襟怀,心明眼亮。他走一步就会发出回响。就像祈祷和祭礼规则,由不得要你跟着去做,要你诚心诚意还是三心二意,内心和平还是悔疚在心。就像父亲的宫殿,它要求那些臣子做这样的人,不再是一头畸形的牲畜,走来走去没有什么意义。

070 囚禁的舞姬及其舞蹈的意义

帝国的士兵抓来那名舞姬,当然首先是个美人。美丽而内心神秘。在我看来,认识她犹如认识了保留地、无声的原野、高山的黑夜和狂风中穿越沙漠。

"她是存在的。"我心想。但是我知道她是由异域的风俗习惯培养的,到了这里在为敌人的事业效力。可是我的人逼她打破沉默时,只是换来她凄凉的微笑,天真得叫人深不可测。

我首先钦佩人心中抗拒火的毅力。人世小丑,虚荣自满,你自怜自爱,仿佛自己是个什么人物。但是只要一名屠夫和一点贿赂,就会叫你把秘密和盘托出。因为你没有骨气。那个胖大臣傲慢自大,叫我反感;他曾经阴谋害我,但是经不住威胁把同谋出卖给了我,吓得浑身淌汗,供出他的阴谋、信仰、恋情,在我面前把心计披露无遗。——因为有的人在徒有其表的架子下一无所有。当他把坏事推诿在同伙身上起誓表忠时,我问他:

"谁使你有今天的?为什么挺着这只大肚子,眼睛朝天,抿紧嘴唇,不拘言笑?既然背后空空的,为什么摆出这副架势?人的内在要大于外表。而你却舍不得抛弃一身松弛的赘肉、晃动的牙齿、臃肿的肚子,而把它们应该为之服务和你自以为信仰的事业出卖了!你只是一个臭皮囊,装满了无聊的废话……"

那个家伙,被屠夫打断骨头时,又叫又闹,丑态毕露。而那个女人,受我威胁时,在我面前略微施个礼:

"我遗憾,大王……"

我注视她,没有再说什么,她害怕了。她已脸色苍白,更慢地又施个礼:

"我遗憾,大王……"

因为她想到她必定要受苦了。

"你想想,"我对他说,"我是你生命的主人。"

"大王,我尊敬您的权力……"

她神色庄重,由于携带一项秘密使命,为了忠诚冒生命的危险。

因此她在我的眼里成了藏有一颗金刚钻的圣物柜。但是我要对帝国尽责。

"你的行动死有余辜。"

"啊,大王……(她比在爱情中更苍白)……当然这是公正的……"

我体察人情,明白她思想深处没有说出来的话:"可能不是因为我死是公正的,而是我心中的东西保存了下来是公正的……"

我问她,"你心中的东西比你年轻的身体、明亮的眼睛更重要吗?你以为是在保护心中什么,其实你一死心中就什么也没有了……"

她表面上一怔,因为一时找不到话回答我:

"大王,可能的,您说得对……"

但是我感觉,她说我有理只是在言辞上,因为她不知道如何用话来辩护。

"你认输吧。"

"是的,原谅我吧,我认输了,但是不会说话,大王……"

我瞧不起意志受论据左右的人,因为词语应该表达你的意思,不是左右你的意志。它们指出什么,而不包括什么。但是她不属于听了一阵空话会打开灵魂的人。

"大王,我不会说话,但是我认输……"

我钦佩那样的人,通过词语,即使相互矛盾的词语,依然保持原有本色,就像船头,不论如何风急浪高,对准自己的星星驶去不改变方向。因为这样我知道那个人往哪儿去,但是那些固执于自己的逻辑的人,跟随自己的词语,像小毛虫那样扭动身子。

我长时间盯着她看，我问她：
"谁把你训练成这个样子的？你从哪儿来？"
她微笑没有回答。
"你愿意跳舞吗？"
她跳了起来。
她的舞蹈美妙动人，既然她心中有某个人，这对我也就不足为奇了。

你曾经从山顶上俯视过大河吗？河水在这里遇到了岩石决不冲击，而是绕过。流到远处才利用一个斜坡泻落。到了这片平原上迂回曲折，势头衰颓下来，再也不能奔海而去了。再过去，又躺在湖里睡着了。然后它又把这条支流往前伸，直得像支剑似的插在平原上。

我就是喜欢舞姬的舞姿铿锵有力。舞到这里戛然而止，然后又舒展自如。刚才还是嫣然一笑，现在又像在狂风中闪忽的火焰，摇曳欲灭。现在她轻快得像在一个看不见的山坡上滑行，后来又减慢速度，举步艰难，像在爬登山坡……因为舞蹈是贯穿生命的一种命运与步伐。要我被你的步伐打动，我希望你朝着某个东西去奠基和鼓动。你若要跨过激流，激流又阻挡你前进，那时你舞蹈。你若要追求爱情，你的情敌阻挡你前进，那时你舞蹈。你若要人死，就有剑的舞蹈。还有燕尾旗下的帆船舞蹈，如果这艘船为了到达它正侧着船身朝之驶去的港口，它必须在风中利用和选择那些看不见的转弯。

你必须有敌人才能舞蹈，如果没有人在你面前，哪个敌人会跳起他的剑之舞向你表示敬意呢？

可是，舞姬双手捧脸，在我心中引起凄恻之情。我看到的是一副面具。因为有的定居者装腔作势，脸上也露出虚假的痛苦，但是这是空盒子的盖子。因为你若什么都没有接受，就什么也没有。但是这一位，我承认她是一份遗产的保管人。她内心有这个足以抵抗屠夫的硬核。我磨盘的重量是不足以使它滴出秘密之油的。人为之死亡的保证，也使人为之舞蹈。因为赞歌、诗、或祈祷会使其外表与内心美丽的人，才是人……

073 梦的诞生，黑色花岗岩的沉默

于是我有了对死亡的钟情：

"请赐给我厩棚的安宁，"我对上帝说，"整齐的什物，收割的庄稼。我已完成了转变，就让我存在吧。心经过多次丧葬，我已累了。我已太老了，不会再度枝叶茂盛。朋友和敌人一个个先后离去，无所作为的苦命路看得一清二楚。我曾经远走，又回来了；我观察，又发现人围绕在金牛四周，不是利欲熏心，而是愚蠢。今天出生的孩子，对我比没有宗教的野蛮人还陌生。我内心都是无用的宝藏，像一首再也无人听懂的乐曲。

"我带着樵夫的斧子走进森林开始我的作业，听到树木的赞歌陶醉了。那么应该关在一座塔里才是正理。但是现在我把这些人看得太透了，我累了。

"主啊，向我显灵吧，因为失去对上帝的感受，一切都无情。"

兴高采烈以后我做了一个梦。

我是个征服者凯旋入城，群众举着繁花般的小旗四处奔走，在我经过时又喊又唱。鲜花铺出一条道路恭迎我们。但是上帝却让我感到一份悲情。我好像当了一个虚弱民族的囚徒。

因为给你荣耀的群众首先让你感到那么孤独！给你的东西也

会离你而去，因为他人与你之间唯有上帝之路相通。跟我一起匍匐祈祷的人才是真正的伙伴。我们融入同一尺度，是在同一株穗上做面包麦粒。但是那些崇拜我的人使我的心成了荒漠，因为我不会去尊敬错爱我的人，我不能同意这种自我欣赏。我不会接受香火，因为我不会根据其他人的看法来评论自己。我对自己累了，背着身子很重，必须轻装才能去见上帝，而那些向我烧香的人使我悲哀和荒芜，当口渴的人俯在井边，面对的会是一口枯井。我既不能奉献有价值的东西，匍匐在我面前的人也不会使我得到什么。

因为我首先需要的是朝大海敞开的窗户，而不是让我顾影自怜的镜子。

这群人中间，只有死人，再不为虚荣而纷争，在我看来充满尊严。

这时我做了一个梦，令我厌烦的欢呼声，像空洞的声音，再也不能给我教益。

一条陡峭打滑的小路俯视大海。暴风雨已经过去，黑夜像装满的羊皮囊滚动，我顽固地往上走，去问上帝事物的道理，向我说明人家企图强加于我的交换会走向哪里。

但是到了山顶，我只发现一块沉重的黑色花岗岩——这就是上帝。

"这就是他，"我心里说，"不可动摇，铁面无私。"因为我还希望不要陷于孤独。

"主啊，"我对他说，"告诉我怎么办。我的朋友、同伴、大臣，对我只是一些会发声的傀儡。他们在我的掌握中完全听我的吩咐。叫我痛苦的不是他们对我的服从，我的智慧传输给他们也是一件好事。而是他们变成了镜子的反影，使我比麻风病人更加孤单。我笑，他们也笑。我不说话，他们脸色阴沉。我会说的话，他们听了，就像风钻入树林中。完全是我在说而他们在听。对我来说没有交流，因为在大殿上只听到自己的声音，像在神庙中传过来冰冷的回声。爱为什么叫我害怕，这种只是自我重复的爱，又能给我带来什么呢？"

但是这块雨水淋漓发光的花岗岩对我来说深不可测。

"主啊，"我对他说，"邻近一棵树上停着一只黑乌鸦，我知道主是不开口的。可是我需要一个信号。我做完祈祷，你命令这只乌鸦飞起。这就像别人对我眨一下眼睛，我在世上就不再孤独一人了，即使这是一句含糊的知心话，我也与你沟通了。我不要求其他，除非还可能有什么需要我明白的。"

我观察乌鸦。但是它依然一动不动。这时我朝着石壁鞠躬。

"主啊，"我对他说，"你肯定是对的。主绝不应听从我的指令。乌鸦要是飞了起来，我会更加悲哀。因为只有同类才会给我信号，我若收到还是从我而来的，依然在反映我的欲望。我又一次遇到自己的孤独。"

因而，躬身下拜以后，我又从原路走回。

但是我的失望被一种意料不到、异常的恬静代替。我陷入路上的泥泞，被荆棘扎破皮肤，跟打在身上的狂风搏斗，可是内心则产生一片光明。因为我什么事都不知道，但是有什么事我可以知道的，无不叫我恶心。因为我从来没有接触过上帝，但是让人接触的神就不是神了。他也不会顺从我的祈祷。生平第一次，我感应到祈祷的伟大在于它不要求回应，在这种交流中不存在一点做买卖的不正之风。学习祈祷，也是学习沉默。只有不希冀好处才是爱的开始。爱首先是练习祈祷，祈祷是练习沉默。

074　船使海面生出朵朵浪花

因为我看见过他们掺和他们的黏土。他们的女人过来，碰碰他们的肩膀，这是开饭的时候。但是他们支开她回到盘子旁，自己专心干工作。然后夜来了，在苍白的油灯下，你又看到他们在黏土上努力寻求一个他们还说不出来的形式。热忱的人很少会舍得放下的，因为作品离不开他们，就像果子离不开树。他们是满含液汁的树干，给作品滋养。果子没有成熟从树上脱落以前他们也不会放下作品的。当他们不遗余力做的时候，你哪儿会看到他们在乎赚钱、荣誉或作品的最终命运？他们在工作的那一个时刻，既不是为商人，也不是为自己工作；而是为这只陶罐以及柄子的弯度工作。他们熬夜是为了一个意象，这个意象逐渐使他们的心感到满足，就像尚在腹中的胎儿蠕动，使妻子油然产生了母爱。

我召集你们来，是使大家都来为我建造在城池中心这只大陶罐出力，使它成为神庙的沉默的殿堂，殿堂升高时，就会包含你们的一份力量，你们就会爱它，这有多好。我敦促你们为一艘今后要下水的帆船建造船体、甲板和桅杆，这有多好。然后在一个晴天，就像在婚礼之日，我给它挂上风帆做婚纱，献给大海。

那时你们的锤子声就是赞歌，你们的汗水与喊号声就是热忱。你们给船下水则是一桩神迹，因为你们使海面生出朵朵浪花。

075　无穷分歧的统一

这是为什么爱的统一，我把它分割成不同的柱子、拱顶和动人的雕塑。因为统一若由我来说，可以予以无穷的变化。你没有权利为此反感。

只有来源于信仰、热忱或欲望的绝对性是重要的。因为船只往前行驶是统一体，必须有与之配合的人，他磨凿子，他用带泡沫的海水洗甲板，他爬桅杆或给木板上油。

那时候这种凌乱使你难受，因为你觉得大家要是摆出同样的姿势，往同一个方向拉，会更有力量。但是我回答，拱顶石对人来说不是处于视觉可见的支撑点上。它必须升高才能发现。同样你不能责怪我的雕塑师，为了达到要义和掌握要义，简约到了极致，而且使用一些符号如嘴唇、眼睛、皱纹和头发，因为他必须有一张网的结构才能捕捉猎物——由于网，你若不是近视和鼻子凑得太近，心中自会产生某种忧郁。这是统一体，使你变成另一种样子——同样不要责怪我一点不操心我的帝国内存在某种凌乱。因为人的这种协作，也就是使权枝分开生长的树结；我首先希望达到的和使我的帝国产生意义的这种统一，你必须远离几步才会发现，要不你看到水手往不同方向拉缆绳就会莫名其妙。你会看到的是船在海面上行驶起来。

相反，我若向我的人传递乘风破浪的这份爱，他们每个人心中有了分量向前倾斜，那时你会看到他们自有千百种特长各显其能。这一人织布，另一人在林子里斧光闪闪砍树。另一人锻打铁钉，别处还有其他人观察星辰为了学习治天下的才略。这些人形成统一体。造船，这不是织布、锻铁、观察星辰，但是诱导你对海钟情，这是统一体，按此来说，就不再有什么矛盾，而是爱的同心协力。

这是为什么我总是寻求合作，向敌人张开双臂，为了他们使我提高，知道到了一定的高度，战斗对我有点儿像爱情。

造船以前不会对造船有面面俱到的认识。因为由我个人独自绘制船只图纸，内容分门别类，我就抓不住重点。一切在实施时就有变化，其他人可以专心去做这些设计，我不必知道这艘船的每枚铁钉。但是我必须鼓动每个人奔向海的欲望。

我愈是像树木那样长大，愈是叶茂根深。我的大教堂是统一体，踌躇不安的人雕塑一张悔恨的脸，另一个知道快乐的人乐于雕塑出一抹微笑。抗拒我的人抗拒，忠诚的人继续忠诚。不要责备我接受了混乱与无纪律，因为我唯一承认的纪律是心的纪律，这是一切的统率；当你们进入我的神庙，神庙肃穆一体叫你们吃惊，当你们看到并排跪着信徒和拒绝入教的人，雕塑师和磨砂工，学者和凡人，快活的人和悲伤的人，不要对我说他们是不和谐的例子，因为他们在根本上是一体的，神庙通过他们而成为神庙，因为通过他们找到了一切对它是必要的道路。

但是创造表面秩序的人错了，不知居高临下去发现神庙、船只或爱，不思建立真正的秩序，而是强加一种官吏的纪律，每个人往一个方向拉，跨出同样的步子。如果你的每个臣民都像其他臣民，你一点也没有达到统一，因为一千根一模一样的柱子只产生一种愚蠢的镜子效果，而不是一座神庙。你的行动完美无缺，因为它把一千名臣民屠杀得只剩下一人。

真正的秩序是神庙。建筑师的心灵活动，像树根连接五花八门的物资，为了求得统一、持久和强大，必须维护物资的五花八门。

一个人不同于另一个人，一个人的语言有异于另一个人的语言，一个人的愿望与另一个人的愿望背道而驰，不要生气，还应该高兴，因为你若是创造者，你建造的一座神庙，目标更远大，将成为大家的公度。

但是谁把神庙拆散,按照尺寸把石块前后排列,自以为是在创造,我要说这样的人有眼无珠。

077 清水与醇酒,两者不可掺和

这是为什么我要说,我同时拒绝姑息与排斥。我不是拒不妥协,也不软弱或随和。我接受人包括他的缺点,可是对他不讲情面。我不把我的对手看作我一切不幸的见证人和替罪羊,不妨把他在广场上烧得尸骨不剩。我完全可以接受我的对手,可是我又拒绝他。因为水新鲜可口。纯酒也醇厚。但是掺在一起我则让阉割的人下咽。

世上没有人是绝对错的。除了那些人,他们推理、论证、示范,使用一种没有内容的逻辑语言,那就不错也不对。但是,那些人如果自负得不得了,发出一种简单的声音就会让大家长期流血。那样的人,我干脆把他们跟树分离。

但是这样的人是对的,他同意毁灭自己这身皮囊,而拯救藏在皮囊里面的积存。我对你说过这话。保护弱者,支持强者,这是令你困惑的难题。事情可能是你支持了强者,于是你的敌人保护弱者来反对你。这样你们会被迫投入战斗,为这一方拯救主张以怨报怨的政客的腐化特权,为另一方拯救用鞭子戕杀人性的奴隶主的残酷特权。生活向你建议赶紧使用武器解决这些分歧。因为这是任何敌人没法平衡的一种思想(像野草那样疯长),变成谎言,侵蚀世界。

这一切取决于你的良心,良心的领域是极其微小的。同样,当某个偷庄稼的人袭击你,你不可能同时思考斗争策略,又感觉拳头落在身上,同样你在海上也不可能同时害怕船只下沉和巨浪翻滚，害怕的人不会呕吐，呕吐的人不会想到害怕；同样若有人用一种清晰明白的新语言帮助你，你不可能同时思考和体验两个针锋相对的真理。

078　创造者不出现在他的创造物中

走来向我指手画脚的，不是我的帝国的几何学家，他们只剩了一个，况且也已经死了；而是一大群几何学家的评论员，这样的人何止成千上万。

当那个人建造一艘船，他绝不去关心铁钉、桅杆、甲板，而是在军营里关进了一万名奴隶和几名带了鞭子的武夫。船只雄伟壮观。我还没见过哪个奴隶吹嘘自己征服了大海。

但是当那个人创造了一道几何题，他绝不关心把它前因后果推算到底，因为这项工作超过他的时间和力量，他于是动员一万名评论员，他们修正定理，探索肥沃的道路，采摘树上的果子。但是因为他们不是奴隶，没有鞭子催促他们，也就没有一个人自以为跟那个唯一的真正几何学家并驾齐驱。因为首先他明白这一点，其次他丰富自己的作品。

但是我知道他们的工作是多么可贵——因为精神的收获也是必须进仓的——但是也知道混淆他们的工作与创造很可笑，创造是人的无偿、自由和不可预见的行为，我要让他们保持相当距离，怕他们骄傲自满来跟我平起平坐。我听到他们私下低声埋怨。

然后他们说话了：

"我们以理智的名义提出抗议。我们是真理的传教士。你的律法是另一个神的律法，他不及我们的神那么可靠。你有你的武士护驾，这批身强力壮的人可以把我们压垮。但是我们即使关在你的地牢里也有理由反对你。"

他们说着，猜到不会激起我的怒火。

他们彼此看一眼，对自己的勇气很满意。

而我在想，唯一真正的几何学家，以前每天是我的座上客。偶尔夜里无法入睡，我就走到他的帐篷里，虔诚地脱去鞋子，我喝他的茶，体味他的智慧之蜜。

"你，几何学家……"我对他说。

"我首先不是几何学家，我是人。当我不受睡眠、饥饿或爱情这些更紧迫的事控制时，偶尔想到几何学罢了。但是今天我已老了，你无疑是对的：我就只不过是个几何学家罢了。"

"你是个面对真理的人……"

"我只是个像孩子那么探索、寻找一种语言的人。真理没有在我面前显现。但是我的语言对大家来说，简单得就像你的山岭，他们自己把它看作他们的真理。"

"几何学家，你这人愤世嫉俗。"

"我多么愿意在宇宙中发现一件神圣外衣的踪迹，在自己的身外接触到一个真理，就像一个长期不为人知的神，我多么喜欢拖住他的衣角，拉下他的面罩，看一看真理。但是我发现除了自己以外并没有其他东西……"

他是这么说的。但是他们把自己的偶像高举过头，对着我挥舞像闪电。

"你们声音低些，"我对他们说，"我虽听不太明白，却还听得很清楚。"

他们还是放低了声音喃喃细语。

最后有一个人被他们私下推举出来表达他们的想法，因为他们倒也后悔竟然如此胆大妄为。他对我说：

"在我们要求你承认的众多道理中，你在哪儿看出有什么独断独行的发挥，雕塑师的行为和诗意？我们的建议都是按照严格的逻辑观点一环扣一环推理而来的，绝没有人为的因素去指导工作。"

这样，一方面，他们要求一个绝对真理的占有权，像这些部族自以为有了个彩绘的木头偶像，说什么它会打闪电，另一方面，他们与唯一的真正几何学家相提并论，因为这些人多少有些成就，好像也曾经效力或发现过什么，但是不曾创造过什么。

"我们在你面前算过一个图形中各条线之间的关系。如果说我们能够违背你的法律，你却不可能超越我们的规律。你应该任命我们当大臣，我们精通此道。"

我没有开口，对愚蠢进行深思。他们误会了我的沉默，犹豫了。

"因为我们首先想为你效力。"他们说。

我这样回答：

"你们自称不在创造，这倒是好事。因为斜视眼生出斜视眼。充气的皮囊放出来的只是风。如果你们来建立王朝，你们尊重的一种逻辑只适用于一去不复返的历史、已经树立的雕像、死亡的机构，王朝未建立已落在野蛮人的大刀之下。

"有一次大家发现一个人的踪迹，他清晨离开他的帐篷，往大海方向一直走到峭壁边跌了下去。那时有几位逻辑学家，俯身察看各种迹象，认识了真理。因为事件皆有环节，都是一个也不少。路是一步一步走的，走前面的一步总有后面的一步。倒着从果到因的步子，把那名死者送回了帐篷，顺着从因到果的步子，又把那个人推进了死亡。"

"我们都懂。"逻辑学家喊了起来,他们相互庆贺。

而我认为懂,无非是认清——我若会认清的话——某一个微笑比一潭死水还脆弱,既然只要略有所思,会使微笑黯然失色,还可能这个时刻微笑是不存在的,既然这张脸还在沉睡,恰好又不在这里,而是在走上一百天才到达的外国人的帐篷里。

但是创造本质上跟创造物是不同的,它摆脱种种标记,把标记抛在身后,又不表现在任何符号中。这些标记、这些痕迹、这些符号,你总是发现它们是一个个推算出来的。因为一切创造的影子反映在现实的墙上,形成纯逻辑。但是这种明显的发现还是会让你做个傻瓜。

由于他们没有信服,我继续善意开导他们:

"从前有一个炼金术士,他研究人生的秘密。他从曲颈瓶、蒸馏器、草药中提取出一小撮有生命的肉团,逻辑学家闻风而来。他们重做试验,把草药混在一起,在曲颈瓶下吹火,制造出另一种肉细胞。他们到处宣称生命的秘密已不再存在。生命只是由因及果、由果及因的自然结果,火对草药的作用,草药对草药的相互作用,这些东西起先是没有生命的。逻辑学家一如既往什么都精通。但是创造的本质不同于由它所主宰的创造物,在记号中不留下任何痕迹。创造者总是从创造中脱身而出。他留下的痕迹就是纯逻辑。而我,更加谦恭地前去向我的朋友几何学家讨教。他说:除了生命孕育生命以外,你从中还看出什么新奇的事吗?没有炼金术士的觉悟,生命是绝不会出现的,炼金术士据我知道是活着的。大家忘了这点,因为他永远从他的创造物中脱身而出了。因而,当你把另一个人领上了你的山顶,从那里问题安排得有条有理,这座山就成了你撇下他单独一人后留下的真理,没有人会问,你怎么选择了这座山,既然人已在那里了,人总要有个地方存在的。"

但是他们还在喃喃说个不已,因为逻辑学家一点不遵循逻辑,我对他们说:

"你们这些自负的人,你们带着洞悉事物的幻想,跟随墙上的影子跳舞;你们对几何学家的建议亦步亦趋,没有意识到有一个人是走着路测量出来的;你们阅读沙上的痕迹,没有发现别的地方有个人不愿去爱;你们从物质上去认识生命的升华,而不知道有一个人他反对,他选择;你们这些奴隶,别带了你们敲钉子的铁锤走到我面前,假装船只是由你们设计和下水的。

"那个硕果仅存的人已经死了,他若愿意我是会把他安置在我的左右,让他辅助我治理人。因为这个人是从上帝那里来的。他的语言知道给我发现这个远方的情人,她本质上跟沙子不一样,就不可能一下子把她识破。

"从无穷无尽的可能组合中,他知道选择了那个人,唯有他还没有获得出众的成就,然而是个单独找到道路的人。在深山的迷宫里缺少了导线,没有人能够依靠推理前进,因为你认识的那条路,只有出现了深渊才会中断,同样另一边的山坡尚未被人知道,那时偶尔有向导自告奋勇,仿佛他从那里回来,向你指出道路。有人走过一次,这条路就开出来了,在你看来是理所当然。然而你忘记一种做法所以神奇,是因为它像走在回头路上。"

079　幸福是对完美的奖励

那个人来了,反对父亲的说法。

"人的幸福……"他说。

父亲打断他的话:"别在我这里说这个词。我欣赏具有实质内容的词，但是抛弃空洞的外壳。"

"可是，"那个人对他说，"你是一国之尊，若不首先关心人民的幸福……"

父亲回答："我不关心捕风捉影、自以为得计的事，因为，我若使风不动，风不再存在。"

"但是，"那个人说，"我若是一国之尊，我希望人民幸福……"

"啊！"父亲说，"这下子我明白了你的意思。这个词不是空洞的。我确实见过不幸福的人与幸福的人。我也见过胖的人与瘦的人，生病的人与健康的人，活人与死人。我也希望人民幸福，就像我希望他们活着而不要死去。虽则一代代人都是要走的。"

"咱们说到一块来了。"那个人叫道。

"不。"父亲说。

他思索，然后说：

"因为当你说幸福时，你要么是在说人的一种状态，他幸福就像他健康，我对这种感官功能是无能为力的，你要么是在说一件我能够希望征服的可掌握的东西。它又在哪儿呢？

"有人在和平中幸福，有人在战争中幸福；有人希望独处，那时他很兴奋，有人需要节日的熙攘才会兴奋；有人在思考科学问题时快乐，科学可以回答提出的问题，有人通过上帝找到快乐，没有问题比谈到他更有意义。

"如果我要把幸福分解来看，我可能对你说对铁匠来说是打铁，对水手来说是航海，对富人来说是有钱，这样的话我等于白说，什么都没告诉你。然而有时候对于富人来说幸福是航海，对铁匠来说是有钱，对水手来说是什么都不干。这样这个没有内容的虚词就会使你不得要领，你再想理会也无用。

"你若愿意理解这个词，应该把它看作奖励，而不是目的，因为那时这就没有什么意义了。同样，我知道某一个东西是美的，但是我拒绝把美看作一个目的。你几曾听到过一名雕塑师对你说：'我要在这块石头上凿出美？'那些空洞抒情自我陶醉的人，都是些不入流的工匠。另一个，真正的，你就会听到他说：'我努力从石头上凿出那个压在我心头的东西。我只有凿才会把它凿出来。'凿出来的面孔不论又老又呆板，还是畸形无表情，或者是沉睡的青春，只要是个大雕塑家，你就会说他的作品就是美。因为美也不是目的，而是奖励。

"当我高声对你说富人的幸福是挣钱，我在跟你说谎。因为如果征服后放起了欢乐的火花，这是他的努力与辛劳得到了奖励。如果说展现在你面前的生命一时显得令人陶醉，这犹如你费了九牛二虎之力爬上山顶看到的风景使你欢欣雀跃。

"如果我对你说小偷的幸福是在星空下窥伺，这是他心中有一部分东西需要拯救，是对这部分的奖励。他接受了寒冷、不安全和孤独。他觊觎的黄金，我对你说过，他觊觎它就像它是一次升天的蜕变，因为他沉重，易受伤害，满以为怀里揣了黄金，穿越人群密集的城市，像添加了看不见的翅翼。

"我怀着沉默的爱，曾经仔细观察我的臣民中显得幸福的人。我总是意识到，幸福之于他们，犹如美之于雕像，绝不是有意寻求而来的。

"我总认为幸福是他们完美与心灵品质的标记。唯对那个会向你说'我感到这么幸福'的人打开家门与她共度一生，因为表现在她脸上的幸福是她的品质的记号，既然它出自一颗受奖励的心。

"不要要求我这一国之尊去为我的臣民征服幸福。不要要求我这雕塑家去追求美。我不知道往哪儿追求时会坐下来。美这样成了幸福。仅仅要求我给他们塑造一颗会燃起烈火的灵魂。"

082　知道上哪儿去睡

我明白了长久的大真理。

如果没有东西比你存在更长久,你就不会有什么盼望。我记得那个景仰死者的部族。每家的墓碑先后收留了一个又一个死者。墓碑竖在那里,说明依然留在人间。

"你们幸福吗?"我问他们。

"知道了上哪儿去睡,怎么还会不幸福呢?……"

083　缺了神圣纽结,也都什么都缺

我感到极度的疲乏。说得简单些也是在想自己像是上帝的弃儿。因为我觉得少了拱顶石,内心没有一点回响。在静默中说话的那个声音已经哑了。我站在那座最高的塔楼上想:"这些星星是为了什么?"骋目观看领地时思忖:"这些领地是为了什么?"这时从熟睡的城中传来怨声,我问自己:"这些怨声是为了什么?"我像一个异乡人,迷失在一群五方杂处的外路人中间说不来他们的语言。我像一件从人体上脱下的衣服凌乱遗落。我像一幢空房子。确切地说,我少的是拱顶石,因为身上一切俱已老朽。"不过我还是同样的那个人,"我对自己说,"知道同样的事情,保留同样的记忆,看过同样的情景,但是从此以后神思恍惚,无所用心。"如同高耸入云的教堂,如果没有人欣赏它的全貌,体验它的静默,在默祷中得到圣召,那只是一堆石头。就像

我自己、我的智慧、我的感官体会和我的回忆。我是一堆麦穗,不再是一束麦子。我认识到的厌倦,那首先是被剥夺了上帝的眷顾。

从一个人来说,不是被处死了,而是被流产了。在我那个厌倦的花园里,我很容易变得残酷无情,我在里面恰好像个等待人的人踱着空步子。我滞留在一个暂时的宇宙中。我向上帝送去祈祷,但这不是祈祷,因为它不是来自一个人,而是一个人相,烧尽了火焰的蜡烛。"啊!让我的热忱回来吧,"我说。要知道热忱只是连接事物的神圣纽结的产物。那时是一艘有人掌舵的船。一座有人欣赏的教堂。你若从中看不到建筑师,看不到雕塑家,那它除了是一堆零散的物件,还会是什么?

这时候,我明白那个人认出雕像的微笑,田野的美景或神庙的静默,他发现的是上帝。因为他超越物质得到了精髓,超越词语听到了赞歌,超越星辰感到了永生。因为上帝首先是你的语言的意义,你的语言若有了意义,向你显示上帝。这个小孩的眼泪,若使你感动,是对着大海开启的天窗。因为那时在你心中引起回响的不是他这几滴眼泪,而是所有人的眼泪。孩子只是牵了你的手谆谆教育你的人。

"主啊,为什么要我穿越沙漠?我在荆棘道上艰苦跋涉。只要你的一个信号,沙漠就会变换容貌,黄沙、天涯和海洋大风不再是零散的万象,而是巨大的帝国,使我处在其中奋发有为,这样我知道通过它阅读你。"

我认为,上帝隐身不现,才让人明显感到他的存在。因为他对水手来说意味着大海。对丈夫来说意味着爱。但是有的时候,水手问:"海又怎么样?"丈夫问:"爱又怎么样?"他们事事烦心。他们并不缺了什么,就是缺了连接事物的神圣纽结。于是他们也就一切都缺了。

095　钻石是地球内部的星星，不可分割

钻石是一个民族用血汗换来的果实，但是一个民族付出了血汗，钻石却是不可消费、不可分割的东西，没有一名工人可以享用。钻石是地球内部苏醒的星星，我应不应该放弃获取呢？金水壶要花上一生的心血做成，到头来也是不可分割的。他们若镂刻的话，我就要用其他地方种植的麦子来养活他们。我若要那些工匠迁出工匠区，送他们也去耕地，那样就不再有金水壶，会有更多的小麦用于分配。——你不是会跟我说高贵的人不采钻石，不镂刻金壶？你看到人在哪儿因此富有？钻石的命运跟我有什么相干？为了使老百姓羡慕嫉妒，我必要时可以答应每年一次把开采的钻石全部烧毁，这样让他们享受一日的节庆，或者捧出一名王后，我给她穿戴得璀璨夺目，这样他们有了一位钻光闪闪的王后。这样王后的光芒或节日的热烈，就会反过来倾注在他们身上。但是你又从哪儿看出，把钻石锁在博物馆内他们会变得更加富有？钻石进了那里眼下对谁也毫无用处，除了一些愚蠢的闲人，得到荣耀的则是一名粗俗愚钝的守卫。

因为你必须承认，使人花费时间的东西才是可贵的，如神庙。而帝国内可使人人感到的荣耀，则来自钻石和王后，因而我强迫他们去采掘钻石，用钻石打扮王后。

096　职责与游戏

有一天我要跟你说到必要或绝对，那是连接事物的神圣

纽结。

如果骰子不意味什么，骰子戏玩起来就不会扣人心弦。如果海涛汹涌澎湃，那个人奉了我的命令要出海，登船以前他对海情作全面了解，把乌云当敌人那样掂量，监视波涛，窥伺风向，这些事一件接一件叫他牵挂。我的命令不容他有片刻迟疑，他面对的就不是以供观赏的海景，而是矗立的圣堂，我则是拱顶石，使它挺拔长久。那个人，当他在乘风破浪中发布命令，会是个了不起的人。

但是另一个人，他不受我的统率，以游客的心情出海，随心所欲，悠闲自在，他绝进不了圣堂，这些乌云对他不是考验，不比画布上看见的更重要，这阵沁人心脾的清风不是世界的转变，而是肉体的轻抚，恶浪骇涛只是引起腹肌的疲劳而已。

这是为什么，我说职责是连接事物的神圣纽结，除非它在你看来是绝对的需要，而不是规则变化不定的游戏，才会建成你的帝国、你的神庙或你的家园。

父亲说："起初不是由你选择的事物，你要看出这是你的一项职责。"

097 死的树枝与树的死

我记起对于自由的这些说法。

当故世的父亲巍峨如山，遮住了人们的地平线，那些逻辑学家、历史学家、评论家幡然醒悟，提到当时他要他们收回的废话都兴奋异常，他们发现人是美的。

人是美的，因为是父亲培育了他。

"既然人是美的，"他们齐声喊叫，"人必须解放。人完全自由才前途无量,他的一切行为都是美妙的。因为别人会损害他的锦绣前程。"

傍晚,我走进自己的橘子园,里面有人在修枝整叶,我可以说:"我的橘树是美的,树上果实累累。可是那些也会结果子的树枝为什么要删除呢?树必须解放。它完全自由才会开花。因为别人会损害它开花。"

于是他们把人解放了。人站得笔直,因为他被修成直的。当那些士兵出现时,不是由于执行不可更替的模式,而是出于庸俗的统治需要,又用强制手段来压制他们,这些人见到自己的锦绣前程被人断送,奋起反抗。自由的愿望使他们内心燃烧顿时有燎原之势。对他们来说这是要美的自由。当他们在自由中死去时,他们为自己的美而死,死得美。

"自由"这个词听起来比军号还纯。

但是我想起父亲的话:

"他们的自由,是哪儿都不在的自由。"

从而以此类推,他们变成广场上的乌合之众。因为你若依照你的主意做决定,你的邻居又依照他的主意做决定,他们的行为总的来说相互抵消。如果每个人按照自己的心意画同样的东西,一个人画成红色,另一个人画成蓝色,再一个人画成红褐色,这东西就什么颜色都不是了。如果游行队伍组成了,每个人选择自己的方向,这群人狂风一吹如同尘土,什么游行队伍都不是了。如果你把你的权力分给大家,这份权力不会加强反会瓦解。如果每个人都选择神庙的庙址,把他的石头搬到他要搬去的地方,那时你发现的是遍地石头,而不是一座神庙。因为创造是统一体的,你的树是从一颗种子发芽而来的。当然这棵树是不公正的,因为其他种子就不会发芽了。

因为权力，若是出于统治的欲望，我认为是愚蠢的野心。但是它若是一种创造性行为和创造性应用，它若是遏制自然倾向，防止物质混同，冰川融化形成大川，神庙被时间风化，阳光热量分散，书页散落前后颠倒，语言衰退失去纯洁，权力相互抵消，努力受到牵制，联系一切事物的神圣纽结结构松散，七零八乱，那样的权力我是庆贺的。因为犹如雪松，它向往沙漠的岩石，把根须钻入汁水无味的土壤，用枝条捕捉掺杂冰霜、随同冰霜腐蚀的阳光，从此一成不变的沙漠中，一切都渐渐均匀调节，机理平衡，雪松也开始建立树的不公正，突破石壁熔岩，在阳光中如神庙屹立，在风中如竖琴吟歌，在不动中成长。

因为生命是结构，是力之线，是不公正。面对感到无聊的孩子你做什么，不也是要对他们施加限制，这些限制也就是一种游戏规则，有了规则你才会看到他们奔跑。

098　拒绝遗憾，拒绝做梦

假若你的爱情没有希望被人接受，你应该闭口不谈。若有了沉默，爱情会在你心里酝酿。因为它在世界上创造一个方向，任何方向都会走近、走远，进去、出来，找到、失去，可使你有所裨益。因为你是那个需要生活的人。假若没有神为你创造力之线，就谈不上生活。

假若你的爱情不被人接受，变成无益的哀求，像是对你的忠诚的报偿，你又没有心灵的力量闭口不谈，那时若有医生，找他给你治疗。因为不应该混淆爱情与心的奴役。为爱情祈祷是美，但是为爱情哀求是下人的行为。

假若你的爱情遭遇事物的绝对性，比如要跨过修道院或流放地的不可逾越的墙头，而那个女人反过来也爱你，虽然表面上听不见，看不见，你也要感谢上帝。因为世界上有一盏为你点着的长明灯。你没法享用我也不在乎。因为那个在沙漠中死去的人，虽则奄奄一息，还是因远方的一幢房子而富有。

如果我塑造伟大的灵魂，我选择最完美的灵魂藏匿于静默之中，没有人——在你看来——会得到什么。可是它使我整个帝国荣耀高贵。谁在远处经过都要躬身下拜。就会产生标志与奇迹。

那时如果有人对你有情——虽则无用——而你又报之以情，你将走在光明中。如果上帝存在，祈祷得到的回答也只是静默。

如果你的爱情被人接受，若有手臂对着你张开，那时祈祷上帝不让爱情腐烂，因为我为满足的心担忧。

104　鼓的声音是从哪里来的

他们团团围住我的父亲：

"该由我们来统治人。我们认识真理。"

帝国的几何学家的评论家这样说。父亲回答他们说："你们认识几何学的真理……"

"怎么？那不是真理么？"

"不是。"父亲回答说。

他对我说："他们认识的是他们的三角的真理。有的人认识面包的真理。你面和得不好，它就发不起来，你炉火烧得太旺，它就要烤焦。温度太低，面团又会发僵。虽然又香又脆的面包是用他们的手做的，使你齿颊生香，但是面包师决不要求我把治国大权交给他们。"

"你说到几何学家的评论家也许是对的。但是还有历史学家和批评家。这些人对人的行为指指点点。他们对人是有认识的。"

"而我,"父亲说,"我把治国大权交给相信魔鬼的人。因为,随着时代,魔鬼日趋精明,他对人的诡谲行为洞若观火。当然魔鬼对于线与线之间的关系一窍不通。我也不会要求几何学家给我在他们的三角中指出魔鬼在哪里。他们的三角中没有什么可以帮助他们指导大家的。"

"你没有说明白,"我对他说,"你真的相信魔鬼吗?"

"不。"父亲说。

但是他又说:

"什么是相信?假若我相信夏天使大麦成熟,我说的话既无深刻含意也不违常理,因为是我首先把大麦成熟的季节称为夏天。其他季节也是如此。但是我若找出了季节之间的关系,比如说大麦在燕麦之前成熟,既然这样的关系是存在的,我就相信。这些相关事物我不去操心:我利用这些相关事物,作为一张网去捕获猎物。"

父亲又说:

"雕像也是如此。你想一想,对于雕塑家来说,只是描述一张嘴巴、一只鼻子或一个下巴颏吗?当然不是。而是这些物体彼此之间的响应,这种响应——比如说——会是人的痛苦。此外这也是可以使你听得到的,因为你与之沟通的不是物体,而是联系物体的纽结。

"野蛮人自个儿相信声音在鼓里。他崇拜鼓。另一个人相信声音在鼓槌里,他崇拜鼓槌。最后一个人相信声音是他有力的双臂打出来的,你看到他张开双臂在空中挥舞。你也明白声音不是从鼓、鼓槌、手臂来的,击鼓者击鼓才是你说的真理。

"我不让几何学家的评论家来治理我的帝国,他们把用于建筑的东西奉为神明,就因被一座神庙打动了心,就崇尚石头的权力。那些人却带着三角的真理来给我治理人。"

可是我悲哀,我对父亲说:

"这么说来就没有真理了。"

他对我笑着说:"你若能给我说出人在怎样的认识上拒绝答案,我也会对阻碍我们的残疾哭泣。你向我承认有所感触的东西我是想象不出来的。读情书的人,都觉得心满意足,不论用的是什么墨水和什么纸。他才不在纸与墨水之间寻找爱情。"

108 对睡着的哨兵处以拯救性的死刑

我巡查时发现睡着的哨兵。

把这名哨兵处以极刑也不为太过。因为那么多人气息平静地睡眠都取决于他的警觉;那时生命滋养你,也通过你延续,犹如不为人知的小弯深处海水在颤动。关闭的神庙内藏着蜂蜜似的慢慢积累的神圣财富,流了多少汗,坏了多少剪子和锤子,运来了多少石块,损坏了多少眼睛,盯着针线穿梭在闪金光的料子上,在上面绣出花朵,虔诚的双手摆弄出多少纤巧的图案。谷物的粮仓为了顺利过冬,智慧的粮仓放着神圣的书本,里面积淀人的保证。我给病人送终,使他们符合习俗在亲属中平静死去,几乎不察觉地把遗产往后递送。哨兵,哨兵,你的意义等同于城墙,城墙是城池娇弱身体的护壁,防止它瓦解,因为城墙若有了缺口,体内的血就要流光。你四处巡逻,首先面向沙漠的喧嚣,沙漠内金戈声不绝,像波涛似的不断向你袭来,挤压你,锤炼你,同时又威胁你。因为什么东西侵蚀你,什么东西充实你,是无从区分的，因为同样的风吹出了沙丘，又吹走了沙丘；雕凿了悬崖，又削平了悬崖；同样的挫折使你的灵魂美丽或者痴呆，同样的工作养活你和逼死你，同样满足的爱使你如意，使你劳累。你的敌人就决定你的形态，因为他迫使你在城墙内部加固；对海也可说同样的话，它是船的敌人，因为海水随时随刻要吞没它，船首先要抗拒它；但是也可以说海水是同一艘船的墙、限制和形态，因为历代以来，船柱乘风破浪，与水的摩擦中渐渐地形成船体的形状，更和谐均匀，更结实，更美丽。因为可以说，风吹裂了船帆，也使船帆设计成了翅翼一般。可以说没有敌人，你没有形态，也没有尺寸。若没有哨兵城墙又算是什么呢？

这是为什么这名睡着的哨兵，使城市赤裸裸暴露于人前。这是为什么一旦发现后，抓住他要让他溺死在自己的睡眠中。

现在他睡着，头靠在扁石头上，嘴巴微微张开。面孔是一张孩子的面孔。把枪揣在怀里，就像睡梦中揣着一只玩具。我瞧着他，对他产生了怜悯。因为我怜悯在黑夜炎热中的软弱。

……

因为你睡在那里。睡着的哨兵。死去的哨兵。我惊恐地瞧着你，因为帝国也由于你睡着而死去了。我通过你看到帝国也病了，因为他给我派了几名要睡觉的哨兵，这不是好兆头……

"当然，"我心想，"屠夫将会效劳，把他溺死在自己的睡眠中……"但是在我的怜悯中又会向我提出新的意料不到的诉讼。因为只有强盛的帝国把睡着的哨兵的头砍下来，但是把哨兵派出去睡觉的帝国是没有权利砍谁的头的。因为理解严厉是很重要的。不是砍下睡着的哨兵的头可使帝国惊醒，而是帝国惊醒了才会去砍睡着的哨兵的头。这里你又混淆了因果关系。看到强盛的帝国砍人的头，就用砍头去创造你的力量，那你只是一个嗜血的小丑。

你树立了爱,你才会树立哨兵的警觉性和惩罚睡着的哨兵,因为那些哨兵已自行脱离了帝国。

……

当我的哨兵走在巡查道上,我不敢说个个都是意气风发。许多人感到无聊,想喝汤,因为一切思绪都平静下来时,动物的口腹之欲还是有的,感到无聊的人想到了吃。我不敢说他们的灵魂个个都是清醒的。我说的灵魂,是指你心中与连接事物的神圣纽结沟通的东西,嘲笑隔阂的东西。但是只是有时候其中一个灵魂燃烧了起来。其中一个心跳。其中一个遇到爱情,感觉上一下子充满了城市的重量与喧嚣。其中一个心胸拓宽,呼吸星光,包容河山,犹如灌满浪涛声的海螺。

我只要你有过这样的际遇,感觉过做人的满足,那就作好准备去接受,因为这就像睡意、饥饿或欲望,时不时会涌上心来,你的怀疑只要是纯真的,我要你为此感到欣慰。

你若是雕塑家,面孔的意义会涌上心来;你若是教士,上帝的意义会涌上心来;你若是钟情的人,爱情的意义会涌上心来;你若是哨兵,帝国的意义会涌上心来;你若忠于自己,即使你的屋子如被遗弃似的,打扫一下,还是会把你的心填得实实的。你不知道它什么时候来,但是重要的是你必须知道世界上只有它会使你满足。

这是为什么我培养你潜心学习,日后诗歌会奇迹似的叫你燃烧起来,帝国的仪式与习俗会使帝国植根于你的心内,因为没有一种禀赋不需要你的准备。不盖好房子准备接待,也不会有客人来访。

哨兵,哨兵,你在城墙上来回巡逻,炎热的黑夜使你怀疑与无聊，城市不声不响却要你倾听有什么杂音，人的房屋只是一堆没有生气的木架子却要你监视；沙漠中一片空白却要你绕着它呼吸；没有爱时努力去爱，没有信仰时努力去信仰，没有人可以对之忠诚时却要努力去忠诚，这时你对哨兵渐有感悟，感悟对你有时就是报偿，就是爱的赠予。

需要对谁表示忠诚时，对你自己忠诚，那是一点不难的；但我要求你时时刻刻不忘记呼吁，要求你说："但愿我的家有人光临。我造好了，保持干净……"我强迫自己是为了帮助你。我要我的僧侣主持祭礼，即使这些祭礼已不再有意义。我要我的雕塑师雕塑，即使他们怀疑自己的能力。我要我的哨兵来回巡逻，否则处以极刑，要不然他们主动跟帝国断绝了关系，自己会死去，我用我的严厉拯救这些人。

……

但是你，睡着的哨兵，不是因为你抛弃了城池，而是因为城池抛弃了你，使我面对你苍白的孩子面孔，对帝国产生忧虑，如果帝国不能再为我唤醒哨兵的话。

当然在丰沛时接受城市的歌声，在对你分裂的东西上发现纽结，这是我的错。我知道你必须站得笔直等待，轮到你在灯光下得到酬谢，突然会对巡逻的步子陶醉，仿佛星光下仪式隆重的神奇舞蹈。因为那边黑夜里，有船只在卸货，卸下来的是贵重金属和象牙，哨兵在城墙上就是保护这些船只，就是给你服务的帝国献上金银宝贝。因为在某处，有一对情侣，沉默后才敢于说话，他们相互对视，要说……因为要是一个人说话，另一个人闭上眼睛，天地就要变化。而你保护着这段沉默。因为在某处有人临终前还有一口气。他们俯下身去倾听心底的话以及永远的祝福，若能听到会终生不忘，你拯救了一名死者的最后遗言。

哨兵，哨兵，当上帝使你心里雪亮，有权把视野扩展至这片大地，我不知道你的帝国到哪里为止。我不在乎你在其他时间像其他人干苦活时发牢骚，想喝上一碗汤。你睡觉是可以的，你忘记是可以的。但是忘记时让你的住屋坍了下来那就难以交待了。

因为忠诚，是对自己的忠诚。

但是我要救的不是你一个人，而是你的同伴。从你身上得到铸造灵魂的内在素质。因为我离家时不会把家拆毁。我不欣赏玫瑰时不会把玫瑰捣碎。留着供别人欣赏，新月光会使它们不久盛放。

我会派遣士兵逮捕你。你将被处死，睡着的哨兵应得的死。留给你做的是不再重犯，希望以你的下场为榜样，去换取其他哨兵的警觉性。

109　我喜欢的青春面孔会受衰老的威胁

不幸的是，你认为温柔、天真无邪、满怀信心和腼腆的那个女人，容易受到犬儒主义、自私自利或巧言令色的威胁。一片柔情与满腔热忱被人利用，可能你会希望她更加老练。但是绝不会因此希望你家的女儿多疑、工于心计和冷漠寡情，因为你培养她们成这样的同时也毁了你原本要保护的品质。当然一切品质都包含自毁的因素。慷慨会养成寄生虫，使慷慨感到反胃。羞耻心会带来粗俗，使羞耻心受窘。善意会遇到忘恩负义，使善意心寒。但是你，为了让她免受生活中本有的种种威胁，却期望一个已经死亡的世界。你禁止建造一座美丽的神庙，是害怕地震会把美丽的神庙摧毁。

那些信任你的女人，我会叫她们保持信任，虽然对她们也会有人背叛。如果偷女人的贼偷去了其中一个，我心中当然会难过。我若想要一名英勇的战士,我会冒风险让他战死沙场。

因而,把你相互矛盾的愿望放弃吧。

你的行动又一次千真万确的荒谬。你自家的习俗创造了一副赏心悦目的面孔,欣赏过后你又憎恨起了这种习俗,因为在你看来习俗是一种束缚,确实习俗是变的束缚!毁灭了习俗,接着你也毁灭了你打算拯救的东西。

确实,由于害怕粗暴和狡猾会威胁到高尚的灵魂,你迫使这些高尚的灵魂表现得更加粗暴,更加狡猾。

要知道我爱那些受威胁的东西并不是无谓的。珍贵的东西受威胁不必要为之惋惜。因为我发现受威胁是事物品质的一个条件。我喜欢身处诱惑的忠诚朋友。没有诱惑,就显不出忠诚,我也没有朋友。我接受几个人倒下显出其他人的价值。我喜欢勇敢的士兵站在枪林弹雨下。没有勇气我就没有士兵。我接受其中几个人死亡,若是他们的死亡铺垫其他人的高尚。

你若带给我一件珍宝,我愿意它非常脆弱,一阵风就可从我这里夺走。

我喜欢的青春面孔会受衰老的威胁,我喜欢的微笑会被我一句话轻易化成眼泪。

110 所有的人都是可以征服的

那时,我曾对之深思熟虑的矛盾,才会出现解决办法。因为我是国王,对我睡着的哨兵弯下身时,这场残酷的诉讼使我伤心。把一个做好梦的孩子活生生地推入死亡,他绝没想到在这短短的夜间值勤要去受人的大刑。

因为他在我面前醒来,手掠过他的前额,然后,没有认出我,抬头看星星,轻轻叹口气,又要执锐披坚。那时,我感到这样一个灵魂是需要征服的。

在他的身边,我——他的国王——朝着城市转过身,表面上跟他呼吸同一座城池,其实不然。我想:"我遇到的伤心事,不会对他有什么好处。其他行动都没有意义,除非转化他,充实他,不是用那些他与我都能看到的、感到的、触摸到的、占有的东西,而是用透过事物看到的面目,联系事物内部的神圣纽结。"我明白重要的是首先区分征服与压服。征服是转化,压服是囚禁。我若征服你,我解放了一个人。我若压服你,我摧垮了一个人。征服是借助你、通过你造就你自己。压服只是一堆排列整齐、模样相同的石头,什么都不会从中产生。

我感到所有的人都是可以征服的。守夜的人与睡觉的人,在城墙上巡逻的人和受巡逻保护的人。因孩子出生而欣喜的人和因有人故世而难过的人。祈祷的人和怀疑的人。征服是给你建造骨架,开启心智去接受真知灼见。如果有人向你指出道路,你就会找到饮水的源泉。我就会在你心中树立我的神,让神照亮你道路。

重要的无疑是在童年时代征服你,不然你一旦定型,固执己见,再也不会去学一种语言。

113 不值分文的假养料

我们对现实有不同的看法。我说的现实,不是在天平上可以称出分量的东西（因为我不是一杆天平，也就看不起天平，也就不在乎天平上的现实），而是压在我心头的东西。压在我心头的是这张悲哀的脸，或这首康塔塔，或对帝国的这份热忱，或对人的怜悯，或行动的高尚，或生命的情趣，或这声咒骂，或这份遗憾，或这片离情，或采葡萄的融洽感情（那比采摘的葡萄更为可贵，因为即使别人运到其他地方出售，我已经得到了主要的东西。就像有个人要被国王授勋，他参加仪式，喜气洋洋，接受朋友的祝贺，感到胜利的骄傲——但是国王还没有来得及在他胸前戴上勋章，就跌下马背死了。你会说这个人空欢喜一场吗？）

对于你的狗来说，现实是一根骨头。对于你的天平来说，现实是一块秤砣。但是对于你来说则是另一种性质的东西。

这是为什么我要说财政家是微不足道的，舞姬是有道理的。这不是我看不起前者的工作，而是因为我看不起他们傲慢自大、刚愎自用，因为他们自以为是目标，是目的，是要义大旨，其实他们只是仆人，首先是为舞姬服务的。

因为不要弄错了工作的意义。有的工作是紧急的，如宫廷用膳。没有粮食就没有人。首先安排个人有吃有穿有住。干脆地说也就是他们要活下来。但是重要性并不在这里，重要性在于生活的质量。舞蹈家、诗人、金银雕匠、几何学家、星象观察家，首先是由厨师的工作养活的，他们做的工作使人高贵，给人一种意义。

当那个只知道厨艺的人来时（确实从那里运来了放在天平上的现实和喂狗的骨头），我禁止他谈论人，因为他会疏忽本质的事，就像军官对人只看他会不会摆弄枪支弹药。

既然舞姬都被赶到厨房里给你烧更多的菜肴，别人又为什么要在你的宫殿里跳舞呢？既然雕匠都被赶到锡壶工场去生产更多的锡壶，那又何必在那里去雕刻金壶呢？当你只要把那些人赶去打麦子好得到更多的面包，那又无须切割钻石，创作诗篇，观察星象呢？

但是因为在你的城里，就会缺少满足心灵的东西，而不缺少满足视觉与感官的东西，你将不得不给他们发明一些不值分文的假养料。你将为他们寻找制造诗歌的工匠，制造舞蹈的机器人，用车玻璃冒充钻石的骗子手。这样他们就有了生活的幻觉。虽然这一切留给他们的只是生活的漫画。因为那个人把舞蹈、钻石、诗歌的真正意义混同为马槽里的饲料——舞蹈、钻石、诗，只有在经过你本人努力后，才会用肉眼看不见的部分来滋养你。舞蹈是战争，是诱惑，是谋杀，是忏悔。诗歌是登山。钻石是经过长年累月的工作转化为星星的。但是本质的东西也不在这上面。

犹如玩九柱戏，你的乐趣是打翻对手的木柱，但是排上几百根木柱，造一架打翻木柱的机器，这样你也玩得高兴么……

115　成堆花朵才提炼出点滴香料

于是，我认为以受益者的观点来阅读我的城邦毫无意义。因为任何人都不是无可非议的。这不是我要说的问题。或者更确切地说是居于第二位的问题。因为接着我当然希望我的受益人受益以后更高尚了，而不是更庸俗了。但是对我来说首先重要的是我的城邦的面目。

于是，我走出宫门私访，随从跟着我，由他向过路人提问题。

"你是干什么的？"他遇到谁就问谁。

"我是做木工的。"这个人说。

"我是种庄稼的。"另一个人说。

"我是打铁的。"第三人说。

"我是牧羊的。"又一个人说。

或者我挖井,或者我给人治病。或者我给不识字的人代写书信。或者我是屠夫。或者我铸造茶盘。或者我织网。或者我缝制衣服。或者……

我看出这些人是为大家工作的。因为大家消费牲畜、水、药、木板、茶和衣服。每个人的个人消费都有限,因为你吃一次,治病一次,穿衣一次,喝茶一次,写信一次,你睡也是睡在一间房的一张床上。

但是也遇到有的人回答我说:

"我盖宫殿,我切割钻石,我做石雕……"

这些人当然不是为大家,只是为某些人工作,因为他们的工作产品是不可分割的。

确实,你若看到一个人花了一年工夫给他的花瓶上釉,你怎么把这样的花瓶分给每个人呢? 一个人在城邦里要为许多人工作。有女人,有病人,有残障人,有儿童,有老人,有今天休息的人。还有为我的帝国服务的人,他们不生产东西:他们是军人、差役、诗人、舞蹈家、总督。他们这些人跟其他人都一样消费,穿衣,穿鞋,吃喝,睡在一间房间的一张床上。因为他们没有东西用来交换他们消费的东西,那么就必须在什么地方去偷生产者生产的这些东西,让不生产这些东西的人同样活下去。工场的人没有一个可以消费掉自己生产的全部产品。因而就会余下一些产品,你也不能分给大家,因为这样没有人会生产了。

可是那些奢侈品、花朵和代表文明意义的东西,它们的设计与生产就不重要吗? 恰是有价值的、无愧于人的东西需要花费许多时间。这也是钻石的意义,长年累月的工作才形成指甲一般大的眼泪。或者成堆花朵才提炼出点滴香料。因为我早知道这些东西是不能分配给每个人的,我同样知道一个文明不是建立在物质的命运上,而是物质的创造上,至于眼泪与点滴香料的命运跟我有何相干呢?

我是君主,我偷生产者的面包与衣服分给我的士兵、女人与老人享用。

那么,偷面包与衣服分给我的雕塑家、钻石切割师以及写诗然而还是要吃饭的诗人,我又何必心中不安呢?

否则就没有钻石、宫殿,没有一切值得的东西。

这不会使我的人民很富有,他们投入到其他文明活动中去才会富有,因为这使投入的人花费许多时间,但是从我的路上遇见的人来看,也只占用很少一部分。

此外,我还想,既然这个东西不是分给每个人的,我也不能说得到的人是偷了别人的,那么,分给哪个人也就不重要了,然而这点又是明白的,谁该有谁不该有的问题就很难评定,需要慎重对待,因为这是文明的经纬线。至于他们的品质与道德评论是不重要的。

这里面肯定有一个道德问题。但是也有一个截然相反的问题。如果我使用排斥矛盾的词语来思想,我也就扑灭了心中的一线光明。

117　压着水库的水,会忘记哪一条缝隙

如果我看到一个人朝着东面走去,我不能预测他的前途。因为可能他在散步,也可能在我想他肯定去旅行时,他却出乎意料

地回头走来了。但是每次只要稍微放松我的绳子，我就能预见我的狗要往哪儿走；它总是拖了我往东走，因为那里有猎物的气味，我知道要是放开它，它就会直奔而去。绳子松一寸比脚下走千步使我更了解事物。

这名囚犯，我看他坐着或躺着，好像垂头丧气、心灰意懒的样子。但是他心向着自由，只要墙上有一个小洞就全身颤抖，肌肉紧张，全神贯注，我知道他的意向。如果那个缺口朝着原野，你给我说哪个人会忘了去看一眼！

你若按照你的智力推理，你就会忘记这个或另一个洞，或者甚至于你那时想着其他事，就是瞧着也不会看见。或者看到洞，却用三段论法来推论他是否善于利用。等你做出结论会太迟了，因为泥瓦工可能已把墙洞填满。你给我说，压着水库的水，会忘记哪一条缝隙？

这是为什么我说意向即使缺乏语言的表达，也比理智强烈，操纵一切。这是为什么我说理智只是精神的奴仆，首先改变意向，变成论证和格言，这样使你然后相信你的那堆大杂烩思想操纵了你。而我要说你只是受了神的操纵，神就是神庙、家园、帝国、对海的向往或自由的渴求。

因而，对于山那一边的邻国君王，我观察不到他的行动。因为鸽子一旦起飞，我从它的飞行轨迹看不出它是飞回鸽棚，或是在风中梳理羽毛；因为从一个男人回家的步子，我也看不出他迎合妻子的愿望，或是在尽无聊的义务；他的步子是走向离异还是爱情。但是这个我关在监狱中的人，如果他抓到机会，把脚踩上我遗忘的钥匙上，试试铁杆是不是有哪根摇动，用眼睛掂量狱卒，我就想到他已经在田野上自由闯荡。

我要知道邻国君王的，不是他在做什么，而是他念念不忘想去做的是什么。因为那时我知道哪个神——即使他自己也不知道——操纵着他,以及他今后的走向。

120　体会饥饿与培养欲望

因为你相信面孔的美对你是自然生成的吗?而我却说面孔的美也是你学习才有的结果。因为我从未见过一个天生的盲人,一经治愈后,就有微笑的。微笑也需要他学习的。但是你自童年以来就是用某种微笑预示你的欢乐,因为人家有一件惊喜之事瞒着你。或者用某种皱眉头预示你的艰苦,或者某种嘴唇颤抖引导你的眼泪,或者某种眼珠发亮说明正在策划,或者点一下头宣布和平与信任,投入他的怀抱。从千万次的亲身经验中,你创造了一种形象,这属于完美的祖产,它能够完全接受你,满足你,使你生气勃勃。你也会在人群中一眼认出,宁可死也不愿失去。

雷电击中了你的心,但是你的心也早准备去经受雷电。

因此我跟你不单说爱是慢慢生长的,还要教导你体会饥饿才会发现面包。这样我在你心中培养对诗歌做出回响。诗歌另一人听了无动于衷,而把你的心照亮。我使你有一种不可言状的饥渴,一种说不清的欲望。它是道路、结构与建筑的总和。神会一下子把它照亮,条条道路畅通无阻。当然目前你还浑然不知,然而你若认出它,追寻它,这说明它已有了一个名字,迟早会被你找到。

121　监狱比修道院更能传播信仰

当热忱消失后,你使用警察维持你的帝国。要是依靠警察才能拯救，这样的帝国其实已经死亡。因为我的约束是雪松力量的约束，它把土地的汁水都集结到它的木疤中去，它不是无谓地消灭荆棘和汁水，汁水当然会被荆棘吸去，但是必然也供应雪松。

你哪里看到人发动战争是反对什么吗？叶茂根深、消灭荆棘的雪松，才不顾什么荆棘。雪松不在乎荆棘的存在。它为雪松发动战争，把荆棘变成了雪松。

你要人在反对中死亡？谁愿意死亡？人都愿意厮杀而不愿意死亡。接受战争，是接受死亡。只有你拿自己去交换什么的时候，死亡才是可以接受的。因而也就是怀着爱的时候。

那些恨其他人的人，他们若有监狱，就会在里面关进去许多犯人。但是你也造就了你的敌人，因为监狱比修道院更能传播信仰。

那个拘禁和处死别人的人，首先是对自己心存怀疑。他消灭的是证人和法官。但是消灭把你看低的人并不会使你自己高大。

那个拘禁和处死别人的人，也会把责任推卸给别人。因而他其实是个弱者。因为你愈强大，愈会把错误的责任揽在自己身上。这些错误会成为教训，让你最终夺取胜利。一名将军吃了败仗后为自己开脱，父亲打断他的话说："不要那么自负，夸说自己竟会犯了一个错误。当我骑了一头驴子，它迷失了路，这绝不是驴子犯了错误，而是我犯了错。"

父亲在另外场合也说过："要为叛徒找原因开脱的话，首先是他们居然能够背叛成功。"

124 孤独的祈祷祈祷孤独结束

孤独的祈祷。

"主啊,怜悯我吧,因为孤独压在我的心头。我没有什么可以等待了。我在这个房间里,没有东西跟我谈话。可是我盼望的也不是谁的出现,因为发现走入人群反使自己更加迷茫。但是另一个女人,与我相像,也独自待在类似的房间里。如果得到她温情的人在这幢房子的其他房间,她就心满意足。她听不见他们,也看不见他们。她一时也不从他们那里得到什么。但是只要知道她的家有人住着,她就感到幸福。

"主啊,我不要求看见什么,听见什么。你显现奇迹不是为了感官的满足。你只要用我的家照亮我的心扉就能治愈我的孤独。

"主啊,那个荒漠的旅客,若来自一个有人住的家,想起它即使在边塞绝域,也会笑逐颜开。没有距离可以阻止他不受滋润,他就是死也死在爱情中……主啊,我甚至不祈求我的家近在咫尺。

"走路的人在人群中被一张脸打动了心,即使这张脸不是为他,他立刻也会容光焕发。犹如这名爱上王后的士兵。他变成为王后效忠的士兵。主啊,我甚至不祈求你答应我有这样的家。

"在汪洋大海上,有些人的命运为一座不存在的岛屿燃烧。他们这些船上的人,高唱岛屿的赞歌,为此感到幸福。令他们满足的不是岛,而是赞歌。主啊,我甚至不祈求这样的家真的在什么地方……

"主啊,孤独只是精神不健康引起的结果。精神只住在一个祖国,那就是万物的意义。犹如神庙,它是石头的意义。只有在这个空间里它展翼高飞。它绝不会因物而欢乐,但是通过物的联系解读其中的面目才会欢乐。只要教会我学习去阅读。

"主啊,那时孤独就与我无缘。"

126　我的岁月对我已成为回忆

我于是向他慢步走去，因为我爱他。

"几何学家，我的朋友，我为你祈祷上帝。"

但是他受过苦，累了。

"不要为我的身体担忧。我的腿脚死了，胳臂死了，像一根朽木。该让樵夫……"

"几何学家，你没有什么遗憾的吗？"

"我会遗憾什么呢？我记得我有过健壮的手脚。但是生命自始至终都是诞生。人必须是什么而习惯什么。你曾经为你的幼年、你的十五岁或你的壮年遗憾吗？这些遗憾都是拙劣诗人笔下的遗憾。这里没有什么遗憾的，只是一种忧郁的温情，这绝不是痛苦，而是香水挥发后留在瓶子里的芬芳。当然，哪天你失去一只眼睛，你会哀叹，一切蜕变都是痛苦的。但是带了一只眼睛走在生命之路上也不必凄怆。我也曾见过盲人大笑。"

"人会缅怀他的幸福……"

"你看痛苦在哪里？当然我看到过有人由于他爱的人离去而痛苦，对他来说她代表日月、时间与事物的意义。因为他的神庙坍塌了。但是我从未见过另一个人痛苦，他有过爱的激情，然后又不爱了，而失去了欢乐的根源。曾被诗歌感动后又对诗歌讨厌的人也是这样。你哪里看到他痛苦？精神睡着了，人就不存在了。因为厌倦不是遗憾。你感到还是爱……爱若没有了，也就没有了爱的遗憾。你感到的就只是厌倦，这发生在事物这一层面上，物则是没有什么可以给你的。当拱顶石拔除时，构成我的生命的材料也都纷纷倒塌，这是蜕变的痛苦，我怎么会认出来呢？既然只是现在真正的拱顶石和真正的含义才在我的面前显现，既然它们从前也不比现在更多意义。既然在我的眼里已是一座建造竣工、终于灯光灿烂的教堂，我怎么还会感到厌倦呢？"

"几何学家，你在跟我说什么啦？母亲想到死去的孩子会悲痛的。"

"那是在他离去的时候。因为事物失去了原有的意义。母亲奶水胀了，但已没有了孩子。满腹的知心话要跟心爱的人说，但已没有了心爱的人。你的家园已经出售和失散，你的家园的爱又能怎么样？这是蜕变的时刻，总是痛苦的。但是你错了，因为语言使人产生混乱。于是来了这样的时刻，从前的事物得到它们的意义，它使你产生转变。于是来了这样的时刻，你因曾经爱过而感到充实。这时的忧郁是甜蜜的。于是来了这样的时刻，母亲老了，面容更加动人，内心更加明亮，虽然她因害怕词语而不敢承认缅怀死去的孩子是多么甜蜜。你何时听到过一位母亲说，她宁可从未有过这个孩子，从未给他喂过奶，从未将他捧在手心里？"

几何学家很久不出声后又对我说：

"我的安排舒适的岁月，今天已经成了我的回忆……"

"啊，几何学家，我的朋友，请告诉我是什么真理使你这么睿智……"

"要认识一个真理，可能在静默中就可看见。要认识真理，可能需要永久的静默。我常说树是真实的，这是树的各部位之间的某种关系。然后说到树林，这是树与树之间的某种关系。然后说到家园，这是树、原野和家园的其他组成部分之间的某种关系。然后说到帝国，这是家园、城市和帝国的其他组成部分的某种关系。然后说到上帝，这是各帝国和世上一切事物之间的一种完美关系。上帝跟树一样真实，虽然更难于阅读。我没有问题再要提了。"

他思考：

"我不认识其他什么真理。我只认识结构，这对我解说世界多少有点儿方便。但是……"

他这次沉默良久，我不敢打断他："可是有时我觉得它们像什么东西……"

"你要说什么？"

"我若寻找，我就找到了，因为心灵只盼望它占有的东西。找到就是看见。我怎么去寻找我还没有感觉的东西呢？我对你说过，爱的遗憾就是爱。还没有走入心灵的东西谁也不会辛辛苦苦去盼望。可是我对还一点没有感觉的东西有过遗憾，不然我怎么会朝着我还不能想象的真理的方向走去呢？我选择了几条笔直的路走向尚未为人所知的井，这些路像在走回头路。我对我的结构有天分，就像盲目的毛虫对它们的太阳有天分。

"当你建造一座神庙和神庙很美时，它像什么？"

"当你制订人的礼仪，当礼仪使人兴奋，好像火会温暖你的盲人时，礼仪像什么？因为榜样并不都是美的，有的礼仪也并不使人兴奋。

"但是小毛虫看不到它们的太阳，盲人看不到他们的火；当你在建造使人心温暖的一座神庙时，你也看不到你会使神庙有怎样一副面目。

"以前一张脸对我说来只是看到它的一边，看不到另一边，因为它要我向它转过脸去。但是我还是看不到那张脸……"

这时候，上帝在向我的几何学家显灵了。

128 牺牲的高贵与自杀的庸俗

你问我:"这个民族为什么接受奴役,而不继续斗争到最后一个人?"

这有必要区别爱的牺牲与绝望的自杀,前者是高贵的,后者则是卑下或庸俗的。要做出牺牲,必须有一个神,如家园、群体或神庙,它接受了你代表的和与之交换的一部分。

有的人可以接受为大家而死,即使死是无用的。这样的死绝不会是无用的。因为其他人会因此更高尚,目光更明亮,心胸更宽阔。

儿子坠落深渊,哪个父亲不会挣脱你的阻拦跳下去救他?你拦不住他。但是你会祝愿他们一起跌下去吗?谁将以他们的生命来丰富自己?

荣誉不是宣扬自杀,而是宣扬牺牲。

131 零星石头的沙漠

我让你看到世界有一副新面目;好比孩子眼中的三块石头,要是我赋予它们不同的价值,再给他在游戏中扮演一个角色。孩子的现实并不存在于石头中,也不存在于规则中,规则只是一个有益的陷阱,现实存在于从游戏而生的热忱中。这样石头也从而有了一副新面目。

你的物,你的房子,你的爱情,你耳朵听到的声音,你眼睛看到的形象,如果不变成有一副新面目的宫殿的组成部分,对你又有什么用呢?

由于缺少了一个使物得到生命的帝国,那些无法从他们的物里感到趣味的人,会对物本身产生恨意。"为什么财富不使我富有?"他们哀叹,忖度只是财富不够,于是再增加财富。他们获得更多的财富,也受到更多的掣肘。在除不尽的烦恼中冷酷无情。他们从没见过别的也就不知道去寻找别的。直至看到有个人读情书时是那么幸福。他们从他的肩上看到他的快乐都来自纸上的黑字,于是命令奴隶在一张白纸上也排列出千变万化的黑色符号。从中找不到使他们快乐的法宝,还把奴隶鞭打了一顿。

133　创造即是修改

"我的诗写成了,接下来要做的是修改。"

父亲听了生气:"你写诗,写了后你要修改!写是什么,难道不就是修改吗?雕塑是什么,难道不就是修改吗?你见过捏土吗?对土坯一改再改,改出了一张面孔,大拇指第一次捏,就是对一堆土的修改。当我建筑我的城市,是对沙地的修改。然后修改我的城市。我一改再改,向着上帝走去。"

135　与敌人争夺阳光的树长得最高最直

我要你睁大眼睛看岛的海市蜃楼。因为你以为在树木、草原、牛羊群的自由中,在广大空间的孤独的激情中,在毫无羁绊的爱的热忱中,你会像一株树挺拔茁壮。但是我看到长得最直的树木不是自由成长的树木。因为那些树木并不急于成长,长长停停,长成曲干虬枝。而原始森林中的那株树木,挤在跟它争夺阳光的敌人堆里,在紧急呼叫声中直窜天空。

因为你在你的岛上找不到自由，找不到激情，找不到爱。

你若长期陷在沙漠中（脱离城市的尘嚣在此休息则另当别论），我只知道有一个方法使你感到它富有生气，使它让你饱经风霜，成为你激情的沃土。这就是构筑力之线的构架。不论这些力之线来自自然或帝国。

我会把水井稀落分布，务必使你艰苦跋涉才会出现在你面前。要把羊皮囊的水精打细算熬到第七天，竭尽全力朝着这口井走去。达到才是你的胜利。要克服这个空间与孤独肯定损失了好几头坐骑，因为这是必要的牺牲。井还在未找到它以前便埋入沙内的骆驼队身上表现荣耀。在骄阳下的白骨堆前闪光。

因此，动身时刻，你检点装备，拉紧绳缰，审查驮子会不会摇晃，核实水的储备量，一切全力以赴。现在你朝着千里外沙子背后泉水祝福的地方，一路上从一口井迈步走到另一口井，像在攀登台阶，因为这是一支不可不跳的舞蹈，一个不可不征服的敌人，把你投入了沙漠的仪式。我在锻炼你的肌肉的同时，也在锻炼你的灵魂。

142 苛求是为了面目长久

但是你可能要问："你为什么那么苛求？"

当我塑造一副面目的时候，我要求它长久。当我捏好一张陶土的脸，我把它放在窑里焙烧，烧硬后在相当长的一段时间里保持不变。因为我的真理若要产生丰硕成果，必须稳定。如果你每日变换你的爱，你爱的会是谁？你又从哪里采取大行动？连续性才能使你的努力见效。创造是不多的，有时为了救急必须紧急创造，但是每天创造那就不妙。因为要一个人诞生，需要我几世代的时间。不能借口改良树木，我每天把它拔掉，换上一颗种子。

确实，我认识的生命，会生会活会死亡。你集合了山羊、绵羊、家园和山，今天从这个集合中产生了一个新的生命，改变了人的行为。它存在，然后衰竭，在生命的天赋耗尽时死亡。

诞生总是纯粹的创造，天上送来的火，使万物生动。生命不是按照一条连续的弧线走的。因为它是你面前的这颗蛇蛋。然后它慢慢演变，这是蛋的一种逻辑。然后到了那一秒钟，孵出了一条眼镜蛇，你的一切问题都起了变化。

工地上有工人在堆砌石头。这是堆砌石头的一种逻辑。然后到了那一时刻，神庙开光了，使人改变面目。人的一切问题都起了变化。

如果我把我的文明的种子投入你的心田，我必须超过一个生命的时间使它枝叶茁壮成长，开花结果。我拒绝每天换一副面目，因为不这样什么都不会诞生。

相信一个人的生命时间，那是你大错特错了。因为首先生命结束时，他把自己托付给了谁或给了什么？我需要一个神来收留我。

我需要在事物的纯朴中死去。第二年我的橄榄树会为我的孩子结出橄榄。这样我死亡时恬然安宁。

153　仪式是为了弥补裂痕，接受遗产

一个世代作为不速之客寄寓在另一个世代的甲壳里，这个形象总是缠绕在我的心际。于是我感到仪式是必要的，促使人在我的帝国内留下或接受他的遗产。我家需要的是居住者，而不是来去无踪的野营者。

这是为什么我把长长的仪式作为必要的东西强加给你，我用仪式来弥合百姓间的裂痕，务求他们的遗产不致散失。因为树当然不用关心自己的种子。自有风把它们吹落在四处，这不错。因为昆虫当然不用关心自己的虫卵。太阳会孵化它们。它们的一切都会含在自己的身体内，用身体来传宗接代。

若没有人携了你的手，向你指出积蓄的精华不是物，而是物的意义，你会变成什么呢？书中的字是谁都看得见的。但是我要你呕心沥血去掌握诗的这些钥匙。

同样我要求葬礼仪式隆重。因为这不是把尸体入土了事。而是要把你的死者的遗产毫无遗漏地接受下来，就像承受瓦罐破裂后的滴水。把一切抢救下来是很难的。迎接死者是漫长的过程。悲悼他们，回顾他们的一生，纪念他们的节日，都需要你花很长时间。还需要你好几次回过身来看有什么遗忘。

同样婚礼，是为儿女呱呱落地做准备的。因为把你们包容在内的房子成了贮藏室、粮仓、库房。谁能说这里面藏了些什么？你们爱的艺术，你们笑的艺术，你们品味诗歌的艺术，你们镌刻银器的艺术，你们哭与思考的艺术，你们必须综合这一切，又把这一切托付给后人。你们的爱，我愿意它是一艘满载的船，今后跨越世代的深渊，而不是临时的结合，空自分享无聊的生活。

同样诞生的仪式，因为这也是弥合裂痕的一件大事。

这是为什么我要求举行仪式，在你婚嫁的时候，在你分娩的时候，在你死亡的时候，在你离别的时候，在你归来的时候，在你开始盖房子的时候，在你开始居住的时候，在你粮食储仓的时候，在你采摘葡萄的时候，在战争或和平到来的时候。

这是为什么我要求你教育孩子，让他们像你。因为这绝不是一名军士可把遗产交到他们手里的，遗产不写在他的手册里。如果别人可以把你的知识,还有你的各种想法教育他们,一旦脱离你总是有所损失,一切不能言传的也不会写在手册里。

你按照自己的形象培育他们,怕的是日后他们会毫无乐趣地徜徉在一座空营地里,由于找不到钥匙,让宝藏白白烂掉。

156　没有鸟的天空,埃尔克苏尔的井

刮起了一阵沙尘暴,挟着远方绿洲的碎片朝我们吹来,营地上落满了鸟。在每个帐篷下跟我们同住,不怕生,随意停在我们肩膀上,可是由于食物紧缺,每天死亡千余只,不久尸体发干发脆,像枯木的树皮。因为臭气冲天,我下令清除尸体。装了几大篓子,把这堆尘土倾倒在大海里。

当我们初次遭遇口渴时,我们在毒日头下建造海市蜃楼。在宁静的水面上反射出几何形城市,线条清纯。有个人疯了,大叫一声,朝着海的方向奔去。迁徙的野雁一声叫,会引起所有野雁的响应,我明白这人的叫声会动摇其他所有人。他们准备跟着这个通灵的人朝着海市蜃楼和虚无冲过去。一支枪瞄准他,把他撂倒。他只成了一具尸体,终于使我们安下心来。

我的一名士兵在哭。

"你怎么啦?"我对他说。

我以为他哭那个死去的人。

但是他发现脚下有我的一具发脆的鸟尸体,他哭天空光秃秃没有了鸟。

"当天空失去绒毛的时候,"他对我说,"对人的肌肤也是威胁。"

我们把那名工人从地心中吊起来,他晕了过去,但是他还是能够告诉我们井是干的。因为地下有淡水潮汐。有好几年水一直往北方的井流去。北方的井于是又成了血的源泉。但是这口井把我们拴住了,就像插在翅膀上的钉子。

每个人都想到了那些盛满枯木树皮的大篓子。

可是我们第二天傍晚重新集结埃尔巴赫尔井边。

夜色来临,我召集了向导:

"你们对我们谎报了井的情况。埃尔巴赫尔井是干的。我怎么处置你们?"

夜空深处星光闪烁,这一夜又伤心又壮丽。我们只有钻石当做粮食。

"我怎样处置你们?"我对向导说。

但是惩罚这些人毫无意义。我们不都要变成一堆蓬蒿了吗?

太阳升起,被沙漠的雾切成三角形,像插入我们肉体的一把锥子。有的人被打在脑门上倒了下来。许多人据称都发了疯。但是再也没有出现海市蜃楼,引动他们幻想清凉的城市。没有海市蜃楼,没有清晰的地平线,没有固定的线条。沙地环绕我们四周,上面有火光像在砖窑里乱跳。

我抬起头,通过涡形纹饰看到苍白的火棒,使火保持不灭。我想,"这是上帝的烙铁,把我们当牲畜似的打印记"。

"你怎么啦?"我对一个走路摇晃的人说。

"我眼睛瞎了。"

三头骆驼叫我下令宰了两头,我们喝它们内脏里的水。幸存的人给我们把空皮囊灌满,我统领这支骆驼队,派了几个人到据说情况不明的埃尔克苏尔井去。

"要是埃尔克苏尔井干了,"我对他们说,"你们死在那里跟死在这里都一样。"

隔了两天没有动静,这使我损失了三分之一的人。他们回来了。

"埃尔克苏尔井,"他们证实说,"是一扇开向生命的窗子。"

我们喝下水,集结埃尔克苏尔井,就可再喝,再装水。

沙尘暴停歇了,我们夜里抵达埃尔克苏尔井。井的周围有多刺植物。但是我们看到,不是没有叶子的木骷髅,而是几团乌黑的球体物,插在细木棍上。起初不明白看到的是什么,但是走近这些树木时,它们先后像喷火似的炸开了。原来是迁徙的乌鸦一下子吃光枝条上的叶子,把这里作为栖架,就像骨头旁边的肌肉纷纷开裂。起飞的乌鸦那么密,尽管那夜明月晶莹,还是把我们遮在阴影里。因为乌鸦不远飞,而是在我们头顶长时间振翅盘旋,扬起黑色滚滚尘土。

我们杀死了三千头乌鸦,因为我们缺少食物。

这次大大庆祝了一番。大家在沙地里做灶头,里面塞满干粪,像干草一样烧得炉火通明。空中飘起乌鸦的油脂香。井边当值的人不间歇地在做一根长达一百二十米的绳子,让我们的生命从地中心分娩。另一班人在营地各处配水,像给橘子树抗旱。

我这样慢慢走着,瞧着我的人又重生了。然后我离开他们,一旦回到孤独,我向上帝作这样的祈祷:

"主啊,我在同一天中看到我的军人肉体干瘪后又复活了。它已经像一段枯木的树皮,现在它又精力充沛,工作有效,复原的肌肉又可以把我们带往任何愿去的地方。可是只要一小时的阳光,我们就会从土地上消失,不留下丝毫痕迹。

"我听到笑声和歌声。我率领的军队是回忆的宝库。它是远方风土人情的钥匙。希望、痛苦、失望、欢乐都与它有关。它与外界不是孤立的,而是有千丝万缕的关系。可是只要一小时的阳光,我们就会从土地上消失,不留下丝毫痕迹。

"我率领他们去征服绿洲。他们将是蛮荒的种子。将把我们的习俗带给不知道这些习俗的人。这些人吃、喝,今晚只是过一种基本生活,一旦出现在肥沃的原野上,一切都会改变,不但习俗与语言,还有城墙的建筑与神庙的风格。他们担负一种重任,将在今后漫长的岁月中产生影响。可是只要一小时的阳光,我们就会从土地上消失,不留下丝毫痕迹。

"这件事他们不知道。他们那时渴了,现在肚子得到满足。可是埃尔克苏尔的井水拯救了诗、城市和空中大花园——这都是出于我的决心建造的。埃尔克苏尔的井水改变了世界。可是一小时的阳光就可以使井干涸,让我们从土地上消失,不留下丝毫痕迹。

"第一批从那里回来的人对我们说:'埃尔克苏尔井是一扇开向生命的窗子。'你的天使准备把我的军队扫入簸子,把它如同枯木的树皮倾倒在永恒中。我们通过这个针眼逃了出来。我就不会明白。从今以后,我若看到阳光下的一块平常大麦田,保持光与土的平衡,可以养活人,我就把它看作小车或小道,虽然不知道大车或大道从中而来。我看见从埃尔克苏尔井中走出了城市、神庙、城墙和空中大花园。

"我的人喝水,想到他们的肚子。他们只有肚子感到快乐。他们聚集在针眼四周。针眼底下一无所有,除了一只桶搅动黑水时发出的旋转声。但是水浇在干瘪的种子上,种子毫无反应,只感到吸水的乐趣，却会唤醒一种不为人知的力量，产生城市、神庙、城墙和空中大花园。

"我就不会明白，主若不是拱顶石、共同尺度、人与人的意义。大麦田和埃尔克苏尔井和我的军队，若没有主的存在，我发现都是分散的；主的存在才使我能去解读正在星光下建造的雉堞城墙。"

157 我要造城墙的人自己拆城墙

不久城池就出现在我们的视线内。但是我们什么都发现不了，除了巍峨的红城墙，向沙漠露出傲慢的背部，没有装饰，没有凸突面，没有雉堞，显然城墙的设计不是让人从外部观看的。

当你注视一座城池时，城池也在注视你。它竖起它的塔楼对着你。从雉堞后面观察你。它向你关闭或打开城门，还是它希望被人爱或向你微笑，朝着你展示脸部的饰物。每次攻占城市时，我们觉得它们投入了我们怀抱，因为它们造了就是供人参观的。高耸入云的城门，气派豪华的大道，不论你是游民还是征服者，总能得到王子般的款待。

但是城墙逐渐接近逐渐增大时，看来怎么好像带着悬峰的宁静，在对我们转过背去，仿佛城外一无所有似的，我的人有一种不祥之兆。

我们利用第一天绕着城墙侦察，慢慢地查看哪儿有缺口，哪儿有隐患，至少哪条道是封闭的。一个也没找到。我们在射程范围内猫腰前进，但是没遇到阻击打破静默，虽然有几名士兵愈益焦躁不安，擅自放出一梭子枪示威。但是城市在城墙后面，就像凯门鳄躲在甲壳里，不屑为了你走出梦境。

远处有一座山丘，并不俯视城墙，却可以驰目远眺，观察到一块水田芥似的密集绿地。而在城墙外面寸草不生。极目看到的只是曝晒在烈阳下的黄沙与岩石。绿洲的全部水源都被耐心地引到城内使用。一切植物集中在城墙里，就像头发束在头盔里。我们这些蠢人就闲逛在离天堂几步远的地方，里面花团锦簇，百禽争鸣，城墙像腰带似的把它们勒着，好比火山边上的玄武岩。

当士兵认识到城墙上没有一条裂缝，其中一部分人害怕了。因为自有人的记忆以来，这座城市从来不曾派送或接待过沙漠商旅。没有一名旅客随着行李带过来奇异风俗的感染。没有一名商人留下外乡常用的物件，也没有从远方掳来的女子给他们传宗接代。我的人觉得摸着了一个无名怪物的硬壳，它跟地球上的民族都不一样。因为船只遭遇海难，即使漂流到最边远的岛屿，你总会找到什么建立人的亲情，引起对方的微笑。但是这个怪物，即使让人看见，也不会露出它的面目。

然而也有一些其他人恰恰相反，心中躁动一种奇异的、不可名状的爱。只是有家业渊源的女子才会使你感动，她的身体内没有一滴异族的血，她的宗教与习俗中没有丝毫俚野杂音，她不是从民族大熔炉来的，大熔炉里一切都混杂不分，然后又四处流散。那个心爱的人，在自己的花园里成长，清新脱俗，香艳动人，真是个绝色美女！

但是其他人，还有我，一旦越过沙漠，遇到的事情深不可测。因为有反对你的人，有向你敞开心扉的人，也有用身子抵挡你的利剑的人，你可以考虑征服他，爱他或为此而死，但是用什么对付你一无所知的人呢？正在忐忑不安时我们发现，在那座又聋又哑的城墙四边的沙漠更白,因为堆着累累尸骨,无疑标志了远方客人的命运,犹如海边的泡沫流苏,海涛一浪浪把它们冲积在悬崖下。

夜色来临,我站在营帐前凝视矗立我们中间这座不可攻破的建筑物;我思索,我觉得这不只是一座要攻克的城池,而是我们遭遇到了围困。如果你在肥沃的地里嵌入一颗硬而完整的种子,种子被泥土包住,却没被泥土包围,因为你的种子一旦抽芽,果实就会盘踞土地。我想:"墙头后面若有一件我们从未见过的乐器,弹奏出粗犷或忧郁的曲调,闻所未闻的音乐,经验告诉我一旦神秘的隔阂消除,士兵在悦耳的乐声中徜徉,以后我会在营地晚会上看到他们拨弄那些不寻常的乐器,试奏出一首新曲,他们的心就会跟往常不一样。"

我又想:"征服者还是被征服者,我怎么区别!你看人群中这个不声不响的人。人群围着他,挤他,逼他。他若是空虚的人,人群会挤垮他。但是他若像我请来跳舞的舞姬是个充实、有城府的人,他若开口说话,他的话就会在人群中生根发芽,建立权威。他若前进,人群就会跟在后面前进,声势浩大。

"这片土地上哪儿只要有一个贤人,默不作声,运筹帷幄,他就可抵消你的千军万马,因为他如同一颗种子,你怎么识别他并把他斩首呢?他只通过他的力量又在大功告成时表示他的存在,这就是生活,与世界是永远保持平衡的。向你鼓吹乌托邦的疯子,你可以抗击他,但是你不能抗击一个思考现在与建设现在而现在又正如他说的人。一切创造都是这样,因为创造者从不显山露水。我把你引上高山,你从高山看到你的问题由此得到解决,你怎么又能抗拒找呢?非此即彼,你必须如此。"

……

我的将军围着我还是大胆进言：

"城里的人若不愿意听你说，你又怎样争取他们呢？"

"这是因为你太爱饶舌，使人对你的声音充耳不闻。这些人偶尔可以做到不听你，你认为他们又怎么能够做到不听见你呢？"

"我努力争取为我的事业工作的那些人，要是意志坚强可以对我的许愿装聋作哑。"

"当然，因为你暴露了自己！但是他若对某种音乐动感情，你向他演奏，他将听到的就不是你，而是音乐。对他呕心沥血要解决的一个问题，你若向他提出答案，他会被迫接受。尽管他对你充满仇恨或轻视，他怎么还能面对自己假装继续去寻找呢？如果一名赌徒走投无路，经你的指点有了脱身之计，你控制了他，他会服从你，尽管他装得不把你放在眼里。你寻找的东西，有人给你，你会收下的。那个女人寻找遗失的戒指或者一个谜底。我找到戒指，把戒指给她，或者我悄声向她说出谜底。她恨极了可以拒绝我的戒指或谜底，可是我控制了她，我命令她坐下……她若还继续寻找那才是疯了……

"城里的人，他们必然也在盼望、寻找、期待、保护和培育某种东西。不然他们围着什么建筑城墙呢？你若在一口小井四周筑护墙，我在护墙外面造一个湖，你的护墙显得可笑，不攻自破。你若筑城墙保护一个秘密，而我的士兵在城墙四周，高声把你的秘密喊出来，你的城墙不攻自破，里面空若无物。你若在钻石四周筑造城墙，我在墙壁外把钻石像瓦砾似的撒在地上，你的城墙不攻自破，因为反而显出你的寒碜。你筑墙保护一个完美的舞蹈，我把同一个舞蹈跳得比你还好，你自己会拆了墙跟我学习。

"对城里的人，我要做的事首先很简单，让他们听到我的声音。然后他们会听从我。但是我若在他们的城墙下吹军号，他们会躺在城墙上高枕无忧，决不会听到我大吹法螺。因为你只听到为你而说的东西，使你在诉讼中壮大或者瓦解。

"尽管他们假装对我不理不睬，我还是要对他们攻心。因为你不是单独存在的这是一条大真理。周围的世界在变，你不可能依然故我。我可以不用接触你就对你攻心，因为不管你愿不愿意，我要改变的是你的意义，你对此是承受不了的。你是一个秘密的持有者，秘密不再存在，你的意义也有了改变。那个人在孤独中跳舞与朗读，我给你偷偷地在他周围布置了嘲笑的观众，然后我揭开幕布，他的舞蹈戛然而止。

"他若还跳个不停，准是个疯子。

"你的意义是其他人的意义组成的，不管你愿不愿意。你的情趣是由其他人的情趣组成的，不管你愿不愿意。你的行动是一场游戏的活动。一支舞蹈的舞步。我改变游戏或舞蹈，我也把你的行动转化为另一个行动。

"由于一种游戏你筑造城墙，也由于另一种游戏你自己拆毁城墙。

"因为你不是靠物而靠物的意义而生存的。

"城里的人，由于把城墙作为靠山，我要惩罚他们的是他们这个妄想。"

162　休息在死亡的唯一永久和平中

当你跟我说到这些人生活简朴，与世无争，遵奉自己的家庭美德，不事声张地过自己的节日，虔诚地抚养自己的孩子，我又发觉你依然遇事抱有幻想。

"当然，"我回答你说，"但是你给我说说什么是他们的美德？什么是他们的节日？什么是他们的神？这已经与众不同了，就像一棵树，它有自己的方法吸收沙漠的水分，跟另一棵树不一样。不如此的话你又在哪里去找他们呢？

"你说，他们只要求和平生活……当然。可是他们已经是战争了；还是以他们要长久的名义，既然他们不顾一切可能发生的事，不顾一切可能会融化他们的事而要求长久。树也是战争，即使在种子状态也是如此……"

"可是一旦他们的灵魂获救了就可以长久。一旦他们的道德……"

"当然！一个民族的历史一旦完成了，可以长久。你认识的这个未婚妻，年纪轻轻死去了。她以前在微笑。这个人是不会再老了，千秋万代年轻与微笑……但是你的部落，要么它征服世界同化了敌人，要么它在自身毁灭的酵母里得到磨炼。它生气勃勃然而会死去。"

"但是你祝愿形象长久，就像你对情人的回忆长久。"

但是你又回来反驳我说：

"如果说决定长久的形式现在变成了大家接受的传统、宗教与仪式，它就会把代码一代一代往下传而保持长久。你从孩子明亮的目光中看出形式是可喜的……"

"当然，"我对他说，"当你完成了你的积蓄，你可以以你采的蜜来生活一时。谁爬上了山顶，谁可以以山顶的征服来生活一时。他记得跨越过的石头。但是记忆立刻又会死亡，于是景色本身空了。

"当然你的节日使你重新去创造你的村庄或者你的宗教，因为节日是阶段、努力与牺牲的回忆。但是它们的力量逐渐衰亡，因为它们使你养成一个过时或无用的意识。你认为你这样是必要的。你的幸运的部落变得思静不思动,从而不再生活。你若相信了这个景色,你待在那里,不久你就会厌倦,不再存在。"

"你的宗教的精华,是在于获取宗教的行动。你以前相信过这是礼物。但是一件礼物你不久就不知道做什么用。力量是在礼物的乐趣,不是在礼物的占用上,你享受够了礼物的乐趣,礼物就会被你搁置在阁楼上。"

"那我就没有休息的希望了?"

"那是在积蓄发挥作用的地方。当上帝收谷进仓时,休息在死亡的唯一永久和平中。"

168 朋友与敌人只是你杜撰的字眼

你说:"这个人是我的信徒,我可以用他。但是另一个人反对我,我不如把他划入另一个阵营,一点不想去影响他,除非通过战争。"

你这样做,是在坚定敌人,磨炼敌人。

而我要说的是,朋友与敌人只是你杜撰的字眼。字眼当然特指某个事物,就像给你描述你们若在战场上相遇的事情经过,但是一个人不是由一个字眼所能概括的。我认识有的敌人比我的朋友更接近,有的更有益,有的更尊重我。我对人的行动态度不是以他的言论为准的。我甚至要说我对敌人比对朋友更易施加影响,因为跟我走同一方向的人,相遇与交流的机会要少于跟我走反方向的人,后者不会放过我一个动作和一句话,因为这涉及他的安危。

当然我对这两种人施加的影响不同,因为我的过去是我继承过来的,我没有权力去改变一二。我占据的这片土地上面有一条河和一座山，我若到了这里跟人打仗，责怪山的位置与河的流向是荒谬的。从任何智力健全的征服者那里你不会听到这类埋怨。但是我会把河当作河利用，把山当作山利用。山处在这个位置可能不及处在另一个位置对我更有利，同时这个强者成为你的敌人肯定比成为你的盟友更加不利于你，但是遗憾自己不生于另一个时代或不作为另一个帝国的首领，这都属于梦的糟粕。但是由于这已存在，我必须独自面对，我只有对敌人和对朋友施加同样的影响力。这个影响用于这个方向多少有利，用于另一个方向多少不利。但是，如果对水平的杠杆施加影响，也就是用一个动作或一种力量来表示，在右面的天平盘里减去一个秤砣，或者在左面的天平盘里增添一个秤砣，这两种做法是相等的。

你从一个与你的历险无关的道德观点出发，把那个烦你、骂你、背叛你的人判罪，投入监狱，使他明天更加烦你、骂你或背叛你。而我，对那个背叛过我的人，就把他当作叛徒利用，因为他是棋盘上的一枚子，不可更改，我可以把他作为支点来设计与组织我的胜利。因为我对敌人的认识不正是一件武器吗？以后会趁胜利之际把他送到吊刑架上。

181　麦粒长上翅膀随风飞舞

遇上了诉讼，我只有通过行动，不是凭词语带领我的百姓走向真理的光明。因为生活，重要的是像建造神庙那么建造，才能使它有一个面目。日子天天相同，像石头排列整齐，我怎么过呢？但是你现在老了你说："我纪念了我祖先的节日，我教育了我的孩子，然后给他们娶了亲成了家，还有其他人，一旦完成就被上帝召回身边——因为这一切都为了上帝的荣耀——我虔诚地把他们埋葬。"

因为对待你也像对待美妙的种子，种子把大地提升成了赞歌，献给阳光。然后这个麦子，你把它提升成了情人眼里的光芒，她向你微笑，然后她使你有了祈祷的内容。而我若撒播种子，就像在默诵晚祷。而我是那个在星光下漫步撒播种子的人，我若目光太浅，急功近利，就没法评估我的作用。从种子长出麦穗，麦穗变成人体，从人产生神庙歌颂上帝。我将会说这个麦子有能力组织石头。

为了使泥土变成寺院，只要麦粒长上翅膀，随风飞舞。

185　国王要他献上玫瑰花

我对你说一说宝藏的意义，宝藏首先是看不见的，因为它从来不是物质的要素。你认识那名夜访的客人。那个人不拘礼节在旅店里坐下，放下他的棍子，微笑。大家围住他："你从哪儿来？"你知道微笑的威力。

你不用走远去寻找音乐岛，海在四周绣上白色花边，仿佛就是海献给你的现成礼物——我若不事前让你接受海的礼仪，即使把你放到他们皇冠般的沙地上你也永远不会找到。你在海的女儿的怀抱里若不经过艰苦醒来，你得到的不是别的，只是遗忘爱情的能力。你从遗忘到遗忘，从死亡到死亡……你会跟我说起音乐岛："那里有什么值得生活的？"而深得其中三昧的人，会使全体船员燃起对它的爱，甘愿接受死亡的威胁。

逃避，不会使你丰富，也不会给你带来什么。但是你要适应一种游戏的义务，就像对待你的妻子。

啊！当沙漠没有粮食供给我时，我对孤独很有感触。如果没有远不可及的绿洲使沙漠充满芬芳,我用沙子来做什么?如果不作为奇风异俗的边疆,地平线的极限怎会引起我向往?远方若不在折冲樽俎,我如何会去关心风?物质若不服务于一个面目,对我又有什么用?但是我们在沙地上坐下。我对你说一说你的沙漠,我向你揭开这一个面目,而不是另一个面目。你将会改变,因为你属于这个世界。当你坐在自家的房间里,我若对你说房子着火了,你会镇静自若吗?你若听到情人的脚步声呢?即使她不是向着你走来,也不会改变。不要跟我说我宣扬幻觉。我不要求你相信,但是要阅读。没有全局,局部算什么?没有神庙,石头算什么?没有沙漠,绿洲算什么?你若住在岛屿中央,要了解自己位置,必须有我在这里跟你说海!你若住在这片沙漠中,必须有我在这里跟你说那次远方的婚礼,奇遇,那个解放的女俘,那次敌人的行军。远方营帐下举行的婚礼,不会把仪式的光芒照到你的沙漠,这样说是错的,因为它的权力到哪里为止呢?

我将根据你的习俗与内心倾向跟你说话。我馈赠的将是事物的意义,经过的道路,途中的饥渴。我作为国王,赐给你的只是一棵玫瑰树,它可以使你充实,而我要求它长出玫瑰花。从那时起建造你自我解放的阶梯。你首先会翻土锄地,起早浇水。你监督你的成果,保护它不受虫害。然后即将绽开的蓓蕾让你感慨,然后玫瑰花开,采摘的那天将是你的节日。你采了花献给我,我从你的手里接过了花,你等待着。一株玫瑰花你拿了无用。你拿它换来了我的微笑……你回家路上,国王的微笑照着你像太阳。

186　燧石与荆棘已有玉体的幽香

　　沙漠骆驼队的意义不是体现在单调相像的一前一后的步子里。但是如果你收紧松动的绳结，催促走在后面的人，准备过夜的营帐，给牲口饮水，那么你已经进入爱的仪式，恰如过会儿皇冠般的绿洲使你的旅程告一段落时，你进入了棕榈林；恰如过会儿，其实只是穷乡的矮墙映入你的眼帘，你的神居住的城已经熠熠生辉，让你已像在里面走来走去。

　　因为，你的神居住的地方是不计距离的。首先燧石与荆棘使你认出了神。它们是崇拜的对象和升华的器物。恰如引导你走进妻子卧室的阶梯。恰如诗篇中的语言。它们是你的魔法的组成部分，因为你出了大汗，磨破了膝盖，才使城市呈现。你已经发现它们跟城市是很像的，犹如水果像阳光，胶泥的纹理像正在创作的雕塑师的心路。你已经知道到了第三十天，你的燧石中会生出大理石，你的刺茎植物中会生出玫瑰花，你的荒地上会开出水井。既然你知道自己一步步建造你的城市，怎么还会对自己的创造厌倦呢？当我的牵骆驼人露出倦容时，我总是对他们说，他们也在建造有蓝色水池的城市，种植丰产的橘树，恰如石材搬运工或园丁。我对他们说："你们一举一动都是你们的仪式。你们开始唤醒失去的城市。你们通过运送的材料也在雕塑绰约多姿的少女。这是为什么你们的燧石与荆棘已有了玉体的幽香。"

　　但是其他人看到的是日常平凡的工作。鼠目寸光，埋头工作，他们看不见船只，只看见甲板上的钉子。对沙漠中行走的骆驼队他们只看到反复不已的这一步，任何女人对他们都是卖身，因为他们把她当作礼物犒赏自己，图的是一时快乐。其实应该通过燧石与荆棘的道路，走近棕榈林，用手指轻轻推开房门才能到达她。当人从远方来，这个动作简直是如同会使死者复生的奇迹。

啊！只有那时候，她才会向你盛开，从时间的灰尘中复苏，慢慢走出你的孤独之夜，释放出香味，又一次开始你在人世的青春。爱情对你又将开始。只有耐心驯养羚羊的人，才会从羚羊身上得到回报。

193　口渴颠沛的遗憾也胜过把井忘怀

因为你的平等观把你毁了。你说："这颗珍珠由大家平分。哪个潜水员都会找到的。"

那样，海就不再神奇，不成为快乐的源泉与命运的奇迹。由于某一颗黑珍珠在哪一年被另一个人找去，深海潜水不再是一件神迹的礼仪，也不像一场传奇历险那么引人入胜。

同样，我希望你长年节衣缩食去准备唯一的节日，节日意义不存在于节日本身，节日瞬息即逝——节日是孵化，是胜利，是王子莅临——但是其意义是使你整个一年散发香味，心存期望，回忆报答，因为只有通往海的路是美的。你准备草窝是为了孵化，孵化不是草窝的本质，你艰苦奋战是为了胜利，胜利不是奋战的本质；你忙了一年布置房屋迎接王子——同样我希望你不要以一种无谓的正义的名义，叫大家一律平等，因为你绝不可能使老年人与青年人平等，你的平等是不平等的。你瓜分珍珠，使谁都得不到什么，我要你放弃你菲薄的一份，让那个得到整颗珍珠的人，回到家笑容灿烂，因为他的妻子问他时，他说："你猜猜！"让她看到握紧的拳头，因为他要刺激她的好奇，心里暗喜，自己有权力只要张开手就可散播幸福……

人人都分享富有,这证明海底采珠不是一桩单纯的苦活。犹如游吟诗人向你说唱爱情传奇,教育你如何欣赏爱情。他们歌颂的美使女人个个都美了起来。若有一个女人值得人为了得到她而死,通过她说明爱情是值得人为之去死的,女人个个都为此高兴,为此美丽,因为每个女人都秘藏着一颗她特有的神奇珍珠,像海一样。每次走近她们中间一个人,你不会不心跳,就像珊瑚湾的潜水员,当他们以海为家的时候。

当你准备节日时,你对平常日子是不公正的,但是即将来临的节日使平常日子充满芬芳,你也因而更加富有。你若不分享邻居的珍珠,你对自己是不公正的,但是珍珠归他所有,使你对今后的潜水兴高采烈,犹如我提到那口井,在远方绿洲中心汩汩出水,也使沙漠充满魔力。

啊!你的公正要求天天都相似,人人都相等。假若你的妻子爱吵爱闹,你可以休了她,重找一个不吵不闹的女人。你是礼物柜,但是你从来不曾收到自己的礼物。但是我希望爱情长久。只有选择后永不反悔的地方才生长爱情,因为不离不弃对于成长是重要的。埋伏、狩猎、捕获的乐趣不同于爱情。因为你在那时的意义是猎人的意义。女人的意义是猎物的意义。这是为什么她一旦被俘,她遵命侍候就失去了原有的价值。写成的诗对于诗人有何意义?它的意义是创作更多的诗。但是我给你家的这对夫妇关上门,你就应该比她走得更远。你的意义是做丈夫,女人的意义是做妻子。我给那个词加上更沉重的意义,你深情地说"我的妻子",你会发现其他的欢乐。也有其他的煎熬。但是煎熬是你欢乐的条件。你可以为那个人去死,因为她是你的,就像你是她的。你不会为你的女俘去死的。你的忠诚是有信仰者的忠诚,不是疲倦的猎人的忠诚。后者的忠诚不可同日而语，散布的是厌倦之情，而不是光明。

当然，有的潜水员找不到珍珠。有的人在他们自己选择的床上得到的也只是痛苦。但是第一种人的不幸是海洋令人向往的条件。这对大家都有益，对什么都没有找到的人也是如此。第二种人的不幸是爱情令人向往的条件，这对大家都有益，对于痛苦的人也是如此。因为对爱情的期望、疚恨与郁悒，胜过不知爱情为何物的牲畜的内心平和。同样，你在沙漠深处的荆棘丛中口渴颠沛，有遗憾也胜过把井忘怀。

199　我给你喂的是燧石，饮的是荆棘

我祈祷上帝给我教诲，蒙主慈悲中要我回忆朝着圣城走去的骆驼队，虽然我最初一点不明白，看到牵骆驼人和阳光如何能够给我指点迷津。

我的百姓啊，我看见你们遵照我的命令在准备朝圣事宜。最后一晚的活动在我总像在品味唯一的蜂蜜。因为远征的准备工作犹如造船竣工后的下水典礼，意义不下于造雕像和盖神庙，使用锤子，刺激你们的构思、运算与臂力。现在其意义不下于旅行，因为要为它抵御风暴。犹如对待那个女儿，养育了她，也责怪过她喜爱打扮——但是到了新郎等待她的那天黎明，总是嫌她不够漂亮，倾家荡产为她购置麻布和金镯，因为这也就像给船只举行下水典礼。

摞好物品，钉好箱子，系好包裹，你们在牲口中间神气十足，拍拍这头，骂骂那头，用膝盖抵住收紧皮带，驮子捆扎定当，看到它既不往左也不往右松动非常得意，认识到这些牲口在

石头中间步履艰难，磕磕碰碰，然而货物悬在空中还是保持弹性的平衡，好像一棵橘树，摇晃风中，枝头上一簇簇橘子从不跌落。

我那时欣赏你们的热情，我的百姓啊！你们正以四十天的沙漠生活准备自己的脱骨换胎。我不听风言风语，也从不把你们看错。因为出发前夕，我怀着沉默的爱走过来，你们在铁扣的碰击声和牲口的咕噜声中，激烈讨论选择哪条路线，指派哪名向导，每人担当什么任务。我没听到你们夸耀这次旅行，反而刻意描绘去年征途上的苦难，枯井，熏风，躲在沙下的蛇，好似肉眼看不见的神经，随时要咬人，强盗的埋伏，疾病与死亡；我听到这些不奇怪，知道这是羞于提到爱。

你们首先歌颂圣城金色拱顶的同时，假装不为自己的神慷慨激昂，这很好，因为神绝不是现成的礼物，也不是储藏某地的粮食，只是受苦受难后的欢庆与加冕典礼而已。

……

骆驼队开始迈步走。从那时开始了不为人知的消化，寂静，蛹脱壳的盲目之夜，厌恶，怀疑，伤害，因为一切蜕变都是痛苦的。你再也不适宜慷慨激昂，但是不理解也保持忠诚，因为对你已无所期望，因为昨日的你应该死去。你只是一阵阵怀念，怀念家园的清风，怀念银壶，这是饮茶的时刻，由她作伴进入爱情。甚至回忆起窗下摇曳的树枝，庭院里公鸡的啼声，对你也是残酷的。你会说："我那时候在家！"现在你哪儿都不在了。清晨被你唤醒的驴子对你也充满神秘，因为对你的马或狗还有点了解，它们对你做出反应。这是个自我封闭的动物，以什么脾性喜欢它的草地、棚子或者你本人，你一无所知。你飘零孤单，有时也会伸出手臂抱住它的颈子，拍拍它的鼻嘴，取悦这个冥顽不灵的生物。当然,那天遇到一口枯井,在你奉为神明的泥地上渗出几滴水,泉水的知心话伤透你的心。

这样沙漠的蛹壳又把你封闭了,因为从第三天起,你的步子开始陷在一望无际的软地上。你受到抵制,也就受到激励,斗士的拳头会引起你的还击。但是沙漠接受你的脚步,一步又一步像是一场没完没了的庭审,吞没你的申诉,把你引入静默。从黎明起你就精疲力竭了,左边那条白垩色地平线到了傍晚,还没有明显转向。你像个孩子消耗自己,一铲又一铲,妄图移去大山。但是你的工作没有使山有丝毫移动。你在无边的自由中不知所措,热诚正在窒息。这样,我的百姓,在这些旅途中,我每次给你喂的是燧石,饮的是荆棘。我叫你在夜里寒冷彻骨。又叫你在沙上熏风烧身,你必须头裹在风帽里满地打滚,满口沙子,对着烈阳渗不出半滴汗水。经验告诉我一切安慰的话都是无用的。

我对你说:"以后会有一个海底似的夜晚,风吹成堆的沙子像安静的麦垛睡着。你在凉意中走在一块既硬又有弹性的地上……"但是对你说话时我嘴唇上有一股谎言的味道,因为我在敦促你去做个不同于自己的人。我怀着沉默的爱,不会对你的咒骂感到冒犯。

"主啊,你可能是对的!上帝可能在明天,把幸存者装扮成张口结舌的群众。但是这些陌生人与我们有何相干!此刻我们只是一小撮陷入火圈里的蝎子!"

主啊,他们应该为了你的荣耀而存在。

或者,北风在黑夜中醒来,尽显残酷的本色,像大刀一挥把天上乌云扫空。赤裸裸的大地热气全消,而人被星星钉在地上瑟瑟发抖。我有什么要说的呢?

"黎明与阳光会回来的。太阳的热气如同血液在你们的四肢内缓缓流动。闭上眼睛,你们会感觉到它在体内……"

但是他们回答我说:

"在我们这块地方,上帝可能明天会开出一个幸运植物的菜园子,细心照料。可是我们今夜只是遭风雨摧残的一小畦黑麦。"

主啊,他们应该为了你的荣耀而存在。

这时,我避开他们的苦难,向上帝这样祈祷:"主啊!他们拒绝我的不解渴的饮水是对的。然而他们的埋怨也是不重要的:我像个外科大夫,给他们去除腐肉,也使他们喊叫。我知道他们内心贮藏一份欢乐,虽然我找不到话把它释放。无疑现在还不是时候。重要的是水果必须成熟然后才甜蜜。我们正在经历它的痛苦时刻。心里只感到苦涩。时光流逝,其作用是治愈我们的创伤,引导我们为你的荣耀欢乐。"

往前走的路上,我继续给我的百姓喂燧石,饮荆棘。

起初,我们走出的神奇的步子,跟已在旷野中走过的数不清的步子没有什么区别。长征仪式结束时举行庆祝。众多时刻中得到祝圣的一个时刻,才刺破蛹壳,放出带翅膀的珍宝,飞向光明。

205　黑色地砖,金色地砖,我不再属于这块乡土

我就是这样了解节日的,这就是你从一个形态进入另一个形态的时刻,而履行仪式则给你准备一次诞生。我给你说过船。很长时间是用木板和钉子建成的一幢房子,一旦配备了帆缆索具,就成了大海的新娘。你把它出嫁。这就是节日的时刻。但是生活中你不是时时刻刻都在让船只下水的。

我对你说到你的孩子时这样说过。他的诞生是节日。但是你

不会接连好几年天天为他的出生高兴得搓手掌。你等待某个形态改变，过另一个节日，就像你的果树产生的果实，成为一棵新树的根部，到另一个地方建立你的王朝。我对你提到收获庄稼时这样说过。粮食入仓是个节日。然后又是播种。然后又是春天的节日，使你的种子变成一潭清水似的嫩绿。然后你又等待，到了收获的节日，然后又一次入仓。这样从节日到节日，直到死亡，生命是没有储存的。天下从来没有不从哪儿来，又不往哪儿去的节日。一路上走了很久。门打开。这一刻就是节日。但是你在这个客厅待的时间不见得超过别的客厅。可是我愿意你高高兴兴跨出门槛往哪儿去，把你的欢乐留到你打破蛹壳的时刻。因为你的家室不大，哨兵的心地也不是时时闪光的。若有可能，我要把它留到锣鼓喧天的胜利日子。你必须思想里保存一种欲望似的东西，又要求它经常隐忍在心。

我在深宫内慢慢往前走，慢步踏在金色地砖上，慢步踏在黑色地砖上。中午由于遮在阴影里清凉如水。我一步一摇，是个不知疲劳的船夫，朝着我去的方向。因为我不再属于这块乡土。

门厅的墙慢慢旋转，我若举目观看拱顶，看到它像桥拱轻轻摆动。慢步踏在金色地砖上，慢步踏在黑色地砖上，我慢慢做我的工作，像个打井的人，把地下的瓦砾给你往上抬。他们柔软的肌肉随着绳索的喊声打节拍。我知道我往哪儿去，我不再属于这块乡土。

从门厅到门厅，我继续我的旅程。墙是这样的。墙上悬挂的装饰是这样的。我绕过放着枝形烛台的镶银大桌子。我手抚某一根大理石柱子。它是凉的。永远如此。我进入生活区。声音传到我耳里仿佛身在梦中，因为我不再属于这块乡土。

家庭的嘈杂声在我充满温情。发出肺腑的心曲听来总是悦耳的。没有东西完全睡熟。就是你的那条狗,在睡梦中有时轻吠几声,凭想起来挪动几下身子。我的宫殿也是如此,虽然午间使它昏昏睡去。静默中总会有一扇门不知在哪里碰撞。你想到女仆、女眷的工作。因为这不是她们的领域吗?她们给你叠好干净的衣物放入篮里。她们两人蹑行送去。现在她们放整齐后关上大柜子。这里是一种过去时代的做法。一种义务得到了遵守。有什么事刚刚完成。那么现在无疑是休息了,但是我知道什么呢?我不再属于这块乡土。

从门厅到门厅,从黑色地砖到金色地砖,我慢慢绕过膳房。我认出瓷器的歌声。然后有人提了一把银壶撞上了我。然后深宫的一扇门微弱碰击声。然后静默。然后一阵快步声。什么东西忘了,必须要你去做,比如牛奶溢了,或者孩子叫了,或者仅仅是一种熟悉的嗡嗡声意想不到地停止了。什么零件刚才在水泵、主轴或磨面机中卡住了。你跑去让那个谦卑的祈祷声重新响起……

但是脚步声消失了,因为牛奶已经脱险,孩子也哄好了,泵、主轴或磨面机已经重新念起它们的经文。躲过了一场危机。包扎了一道伤口。有一件遗忘的事记起来了。什么事?我不知道。我不再属于这块乡土。

现在我进入气味王国。我的宫殿像一个食品储藏室,它在慢慢准备水果的蜜汁和酒的醇香。我像穿越看不见的省份。这里是成熟的木瓜。我闭上眼睛,它们的香味传得很远。这里是木盒的檀香味。这里只是清洗不久的地砖地。几世代以来各个香味都凝集一处不散,就是盲人也可凭此认路。显然父亲在位时这些属地已存在了。但是我走过去,并不怎样去想。我不再属于这块乡土。

奴隶,根据相遇的礼仪,在我经过时退到墙边。但是我一片好意对他说"给我瞧瞧你的篓子",让他感到自己在世上的重要性。他举起发亮的双臂,小心翼翼从头上取下篓子。他低垂双目,用枣子、无花果和橘子向我献礼。我深深嗅一嗅气味。然后我笑了。那时他咧开嘴笑了,违反相遇的礼仪,他直视我的眼睛。他双臂一举又把篓子放到头上,目光依然盯着我看。我心想:"这盏点燃的灯意味什么?因为叛乱与爱情像火熊熊燃烧!在深宫厚墙后面燃烧的幽火意味什么?"我细看奴隶,仿佛他是海底深沟。我心想:"啊!人的神秘高深莫测!"我解决不了谜底继续走我的路,因为我不再属于这块乡土。

我穿过休息厅。我穿过议事厅,在这里加快了脚步。然后我慢慢下楼,一级级走下台阶,台阶一直延伸到最后一个门厅。当我开始在这里面踱步时,我听到一个低沉的声响,和一种兵器碰击声。我宽容地笑了:肯定我的哨兵在打瞌睡,中午的宫殿就像沉睡的蜂窝,一切都是慢悠悠的;只有睡不着的任性女人,奔去找东西的健忘女人,才会做个短暂的动作,或者永远不会少的调整、改进、挪动带来的闹声打破平静。羊群也是如此,总是有一只在咩咩叫;沉睡的城市也是如此,总会响起一个不可理解的叫声;即使在一片死气的坟地,也还有一名更夫踽踽独行。我继续慢步走我的路,低下头不去看匆忙整理衣帽的哨兵,因为这对我不重要:我不再属于这块乡土。

这时,他们挺起身子,向我敬礼,给我打开双扉门,我在白日无情的逼视下,眯起眼睛,在门槛上待了片刻。因为这里已是乡野。环绕的丘陵借阳光温暖我的葡萄园。我的庄稼垛成了方堆子。土地散发白垩土的气味。蜜蜂、蚱蜢、蟋蟀组成了另一种音乐。我从一种文明进到另一种文明。帝国日当正午,我要尽情呼吸。

我刚刚诞生了。

211　我把远处这个沙丘当作舒适的驿站

那个目光严厉的预言家来见我,他日日夜夜心怀一股神圣的怒火,此外还是个独眼。

他对我说:"必须拯救正义的人。"

我回答他说:"当然,惩罚他们显然是没有理由的。"

"把他们跟有罪的人区别。"

我回答他说:"当然,最完美的人应该树立为榜样。你选择最优秀雕塑家的最优秀作品放在底座上。你给孩子朗读最优秀诗篇。你希望最美的女人做王后。因为完美是宜于指明的一个方向,虽然要达到它不是你力所能及的。"

但是预言家冒火了:

"一旦筛选出了正义的人群,就要拯救他们,这样把邪恶一劳永逸地消灭掉。"

"哎!"我对他说,"你也过于强横了。因为你妄图把花朵与树木分离。颂扬庄稼而不要肥料。拯救优秀雕塑家而叫拙劣雕塑家脑袋落地。而我认识的人多少都是不完美的,从泥土到花朵,这是树的升华。我要说的是帝国的完美是建立在不怕丢丑的人身上的。"

"你赞赏丢丑!"

"我也赞赏你的愚蠢,因为提倡美德,作为一种完全值得称道和可以实现的完美状态,那是对的。设想十全十美的人是对的,虽然他不可能存在,首先因为人是有缺陷的,其次因为绝对的完美,不论存在何处,必然带来死亡。但还是用方向代替目的为好。不然朝着一个不可达到的目的前进你会生厌的。我曾在沙漠中饱经风霜。起初觉得它无法克服。但是我把远处这个沙丘当作舒适的驿站。我到了那里,它就失去了权力。我于是给自己选择另一个瞄准目标。从目标到目标,我从沙地里脱身出险了。

"不怕羞。或者是单纯与无辜的一个标志,就像羚羊也不怕羞,你若进行开导,会把不怕羞转化成坦率有品德,或者是去冒犯怕羞的人而得到乐趣,不怕羞是建立在怕羞的基础上的。两者彼此相依,彼此巩固。当醉醺醺的士兵经过时,你看到那些妈妈追着女儿,不许她们出门。而你的乌托邦帝国的士兵,都养成目不斜视的习惯,他们在也仿佛不在似的,你家的女儿即使赤裸裸洗澡你也不觉得有什么不妥当。但是我的帝国的怕羞不等同于没羞耻(因为最知羞耻的人都已死了)。怕羞是内心的热诚,含蓄,自尊和勇气。它是保护已经酿成的蜂窝,为了一场爱情而献出。如果什么地方有一个醉酒的士兵,我的国内就会去建立怕羞的品德。"

"那么你希望你的喝醉酒的士兵满口粗话……"

"恰恰相反,我会惩罚他们,要他们培育羞耻感。但是同样可能的是我愈要他们认识羞耻,他们对冒犯愈加沉湎。攀登高峰比踏上小丘的乐趣更多。征服一个顽强的敌人比打倒一个不思自卫的胆小鬼激发更多的豪情。女人蒙上面纱,也更刺激你的欲望,要看一看她们长得怎么样。惩罚是为了平衡欲念,我根据帝国民情的紧张程度来决定惩罚的宽严。若要把一条河流挡在山口,我就要估算堤坝的厚度。这是我的力量的标志。因为,当然,拦住一摊水,我只需一道纸墙。我怎么用阉人当士兵呢?我要他们顶住墙头抵挡,只有那时,他们才会干大恶或大善的事,这可以把恶化解。"

"那么你希望他们满脑子伤风败俗的念头……"

"不。你没明白我的意思。"我对他说。

219 今天早晨，我修剪了我的玫瑰树

我想过在你心中建立兄弟之爱，同时我又使你感到兄弟别离之苦。我想过在你心中建立夫妻之爱，我又使你感到夫妻别离之苦。我想过在你心中建立朋友之爱，同时我又使你感到朋友别离之苦，犹如掘井的人也会感到缺井之苦。

但是发现你受苦莫大于别离，我愿意治愈你，教导怎样找到存在。因为对于正在渴死的人来说，不存在的井要比没有井的世界更加甜蜜。即使你终生流落他乡，老家起火还是会叫你痛哭流涕。

我认识慷慨的种种存在，好比是树，伸展它们的枝叶，形成满地浓荫。因为我是居住的人，将给你指出你的家。

请你回忆一下你拥抱妻子时的情意；由于黎明使蔬菜恢复了原有的颜色，你把它们装到驴子背上，巍颠颠的一座金字塔，你要赶路上市场去卖。你的妻子向你微笑。她留在门槛上，跟你一样准备干自己的一份活，因为她将打扫房间，擦亮炊具，忙于给你做饭，想你，因为她张罗着就是给你酝酿惊喜，她想："他不要回家太早，给他撞见会叫我好扫兴……"虽然表面看来你愈走愈远，她又期望你晚些回来，但是没有东西把你与她隔开。对你也是这样，因为你出门也是为了家，你要修补老屋，创造快乐。你早在计划用赚来的钱买一块厚羊毛毯子，给妻子买一根银项链。这就是为什么你一路上唱歌，享受爱情的和平，虽然表面上你是在放逐中。你建设你的家，轻轻挥动你的棍子，给驴子指路，扶正你的篓子，揉揉眼睛，因为天色还早。你比平常有闲的时候还要接近妻子，那时你站在门前朝地平线转过身去，甚至没有想到再转过身来欣赏你的王国内的任何东西，因为那时你想到

的反而是你欲去参加的一场远方婚礼，或者某件苦活，或者某个朋友。

现在你与驴子都更加清醒了，逢上驴子表示自己的工作热情时，你倾听持续不长的小跑步像石子在唱歌，你默想你的早晨。你笑了。因为你已经选中了那家铺子，在那里为那个银镯头讨价还价。你认识那个老店主。他见到你去就高兴，因为你是他的好朋友。他问起你的妻子。他向你打听她的健康，因为你的妻子是个可爱的娇弱女子。他跟你说了她那么多好话，语调那么动人，即使最不在意的过路人，听到那些赞词，也认为她值得你为她买金镯头。但是你叹一口气。因为这就是生活。你不是国王。你是个菜农。那个商人也叹一口气。当你们对高不可攀的金镯头赞赏过后叹口气，他对你承认他觉得银镯头更可取。他给你解释：
"一只镯头，首先应该分量重。金镯头都是轻的。镯头有种神秘性。主要是链子的第一道节把你们两人连接一起。爱情中链子的分量给人一种甜蜜的感觉。手拉面纱，优雅地举起手臂，镯头应该重，因为它跟心是相通的。"商人从店铺后间向你走回来，带了他的最重的一只镯头，他请你试试分量的效果，闭着眼睛把它晃来晃去，想想你会是多少快乐。你被迫试了一试。你承认不假。你又叹了一口气。因为这就是生活。你不是一支富裕的骆驼队老大。而是一名赶驴子的驴夫。你指指等在门前的那头驴子，可不怎么健壮！你会说："我的货物那么少，它今天早晨驮着还能跑呢。"商人也叹了一口气。当你们对高不可攀的重镯头赞赏过后叹口气，他向你承认有轻的镯头，雕工精细，质量要胜过其他镯头，他给你取出你希望买的那个。几天以来，你像一国之主，按照自己的智慧作决定。留出当月的一部分利润买厚羊毛毯子，另一部分买一只新耧耙，还有另一部分买每日的伙食……

这时开始真正的舞蹈，因为商人了解人的心理。他若感到鱼儿已经上钩，决不会轻易放线。但是你对他说镯头太贵，跟他道别。他又叫住你。他是你的朋友。你的妻子那么美丽，他同意让点儿价。卖掉这件珍品落入丑妇手里他会难过死的。你往回走，但是步子慢慢的。你像在走回头路。你嘟嘴。你掂掂镯头。镯头不重不值钱。银子不太亮。你在另一家店里看到一块漂亮的花布料子。你在小首饰与美丽花料子之间犹豫不决。但是你也不应该太摆谱了，因为实在无法跟你做成交易，他也会让你走的。你面孔一红结结巴巴编个拙劣的借口说下次再来。

当然，对人毫不了解的那个人，会认为这是在跳吝啬的舞蹈，而这恰是爱的舞蹈，听到他谈驴子、蔬菜或者对金银重量与做工发表一套哲理，这样绕圈子推迟你回家的时刻，以为你反正离家远着呢，其实这个时刻你才是真正地住在家里。如果你按着家的仪式或爱的仪式走步子，说不上不在家或者没有爱情。你的不在一点不分离你而是结合你，不拆散你而是融合你。你能跟我说不在的分界线在哪儿吗？如果仪式顺利完成，如果你凝视把你们融为一体的神，如果这位神温暖人心，谁能把你跟家或朋友分离呢？我认识几个儿子，他们对我说："父亲过世时，老家左厢房没有盖成，我来盖。树没有种好，我来种。父亲过世时留下一些工作要由别人继续完成，我继续完成。或者向国王效忠，我来效忠。"我就不觉得在这样的家庭里父亲已经过世了。

至于你的朋友和你，如果你在你以外的地方或者他以外的地方去寻找共同的根，如果通过对不同物质的阅读，你们两人有一种联结事物的神圣纽结，那么距离与时间都不能把你们分开，因为使你们融为一体的神把墙壁与海视为无物。

我认识一个老园丁，他跟我说起他的朋友。生活把他们隔开以前，两人长期在一起情同手足，晚上一起喝茶，庆祝共同的节日，找对方询求意见或说知心话。当然他们已没有多少事可以向对方说的，更多时候是看到他们工作完毕一起散步，一言不发望着花朵、花园、天空和树林。但是如果哪一个一边用手指轻拍某一株植物一边摇头，另一个就会俯下身，看到毛虫的踪迹，也跟着摇头。鲜花盛开给他们两人带来同样的欢乐。

后来有一名商人雇用另一个园丁，要他为一支骆驼队工作几个星期。但是骆驼队遭劫，然后生活中的意外事件，帝国间的战争、暴风雨、洪水、破产、丧事和谋生，使园丁就像海面上一只木桶，流离颠沛好几年，看管一家又一家的花园，直到世界的尽头。

我的那个园丁步入沉默的老年以后，收到他朋友的一封信。信在途中漂泊了几年只有上帝知道了。只有上帝知道哪些驿车，哪些驿使，哪些船只，哪些骆驼队轮流领着它越过千山万水，怀着同样的执著到了他的花园。那天早晨，他喜气洋洋，要我分享他的幸福，要求我念一念他收到的信，仿佛有的人要求朗读一首诗。他窥视我读的时候有没有为之动容。其实那里面才几句话，因为这两个园丁拿铲子要比拿笔杆灵巧多了。我读到的只是："今天早晨，我修剪了我的玫瑰树……"然后信的主题在我看来无法捉摸，我沉思良久，摇摇头，好像他们做的一样。

然而我的园丁开始寝食不安了。你可以见到他打听地理、航海、驿站、骆驼队和帝国之间战争情况。三年后逢上有一天，我要派遣一名使官到地球的另一端。我把我的园丁召来："你给你的朋友写封信吧。"这下我的树木果蔬都遭了殃，对毛虫却是大喜日子，因为他好几天闭门不出，像个孩子写字时伸出舌头，把那封信改了又改，撕了又写，因为他知道自己有急事要说，他要带着一片真情上他的朋友家去。他必须在悬崖上架起自己的吊桥,穿越时间与空间去跟自己的另一部分会合。他要向他叙说衷情。他满脸通红把他的回信交给我,这次又在我脸上察看收信人读了有无喜悦的反应,先要在我身上试一试他的知心话的震撼力。我看到上面写得用心但很拙劣的笔迹,好似一首深信不疑的祷告词,用的字很平凡:"今天早晨,我修剪了我的玫瑰树……"我读了这句话不作声了,对着主题默思,其意义开始向我显现,因为主啊,他们在歌颂你,并不意识到自己超越玫瑰树,在你的身上结合。

……

看到园丁跟他的朋友交流那么幸福,偶尔我也想根据他们的神去跟我的帝国的园丁联系。晨曦出现前不久,我徐步走下宫廷台阶,前往花园。我朝着玫瑰树的方向走去。而我这个午时一到手操生杀大权,制定和战决策决定帝国存亡的人,却这里观望一下,那里观望一下,俯下身对着某根枝条凝望。然后我勉力放下工作站起身,因为我老了,为了通过唯一有效的道路跟他们汇合,我在心里只是对所有去世与在世的园丁说:"今天早晨我也是,我修剪了我的玫瑰树。"这么一条信息,要不要走上几年,传不传到某人那里,都不重要。这不是信息的目标。为了跟我的园丁汇合,我只是景仰他们的神,那就是日出时的玫瑰树。

主啊,关于我将超越自我后才可汇合的亲爱的敌人也是如此。因为他跟我相像,他也这样做事。于是我按照我的智慧执行正义。他按照他的智慧执行正义。这两种智慧显然是矛盾的,如果两者相冲突,我们之间的战争持续不断。但是他与我,通过不同的道路,凭各自的掌心去感觉同一团火焰的热量。主啊,只有在你身上它们才会汇合。

我的工作完毕后，我美化了我的百姓的心灵。他的工作完毕后，他美化了他的百姓的心灵。我想到他，他想到我，虽然没有一种语言我们能用来使我们相遇，当我们审判或制订仪式，惩罚或赦免，我们可以——他代替我犹如我代替他——说一句："今天早晨，我修剪了我的玫瑰树……"

因为，主啊，你是这个人和那个人的共同尺度。你是不同行为的基本纽结。

圣埃克苏佩里年表

1900 年

6月29日晨　生于里昂。祖父费尔南·德·圣埃克苏佩里，伯爵，祖籍里摩日，家谱可追溯到1325年。费尔南在第二帝国时期（1848～1871）曾任专区区长，退休后创办一家保险公司。父让·德·圣埃克苏佩里，在祖父任区长时出生。成年后在其父的保险公司工作。母玛丽·德·封斯科隆勃。安东尼有两姐一妹一弟。

1904 年

父亲在岳父家附近小车站突然脑溢血，不治身亡。此后，守寡的母亲和五个孩子生活在里昂，逢年过节则到亲戚德·特里科伯爵夫人的圣莫里斯·德·莱芒城堡和外公的拉摩尔城堡度假。

1908 年

进里昂圣巴托罗缪一家教会学校进预备班。

1909 年

10月　转入父亲曾就学的芒市耶稣会圣十字架圣母学校。

1911 年

5月25日　在学校初领圣体。学至1914年。

1912 年

7 月　暑假，在安省安勃里安机场，被一名飞行员抱上飞机接受空中洗礼。

1914 年

在圣十字架圣母学校编一份班级刊物《三年级回声报》。他的作文《帽子历险记》获全校当年最佳作文奖。正当他们在圣莫里斯·德·莱芒度假时，第一次世界大战爆发，圣埃克苏佩里夫人决定不回芒市，在安勃里安车站设立一家照料伤兵的卫生站，并亲自管理。

1915 年

11 月　安东尼和弟弟到瑞士弗里堡一家用现代教学法的中学上课。进入热爱读书的少年时代，阅读巴尔扎克、波特莱尔、陀思妥耶夫斯基。写十二音节短诗（至今还保存在全集中），也写短剧。

1916 年

在弗里堡的中学成绩平平，但是在哲学、物理化学、音乐和剑术课上屡获表扬。

1917 年

6 月　获中学毕业文凭。

7 月 10 日　弟弟弗朗索瓦得病逝世。

10 月　到巴黎准备投考海军学校。他进专业数学班学习。同时没有偏废文学。他结识了亨利·德·塞戈涅、亨利·德·维尔莫兰、贝特朗·德·索西纳。也得到母亲的表亲伊凤·德·莱斯特朗杰的接待,她介绍他遇到《新法兰西杂志》社的安德烈·纪德、让·普雷沃斯特、马克·阿莱格雷。又由姑妈阿那依斯·德·圣埃克苏佩里引见,到比利时王室成员德·旺多姆公爵夫人家做客。

1919 年

1 月　进入苏杜神父主持的波舒埃中学。

7 月　德·特里科夫人逝世,把圣莫里斯城堡遗赠给圣埃克苏佩里的母亲。

10 月　作为旁听生进入美术学校读建筑学。当时欣赏阿尔贝·萨曼的《金车》和亨利·巴塔耶的《疯狂的处女》。尽管有家庭的资助,生活拮据。服兵役使他摆脱经济困难。

1921 年

4 月　编入斯特拉斯堡第二航空大队,担任机械师。他不满意这项工作,立志要当飞行员,业余进修飞行课程,不久获得民航驾驶执照。

6 月　与教练官一起,初次驾驶飞机升空。

7 月　在着陆时,第一次遭遇严重事故,幸好身上无大伤。

8 月　调遣至卡萨布兰卡第三十七航空大队。在那里结识了许多朋友。

12 月　获空军飞行员驾驶执照。后来又通过后备役军校士官生考试。

1922 年

2 月　授下士职称。喜读让·吉罗杜和让·科克托的作品。

10月　授后备役少尉。转入布尔歇第三十四航空大队。

1923 年

在布尔歇驾驶一架 HD-14 飞机时失事。头颅骨折，被处分停飞十五日。

6月　兵役期结束以后，安东尼想加入空军，但是遭到未婚妻路易丝·德·维尔莫兰的家庭反对而作罢。无可奈何进入一家企业公司当监理。秋天与未婚妻解除婚约。其时向《新法兰西杂志》投稿。

1924 年

年初　在库布莱镇作为后备役军人。

3月　进入索莱汽车公司工作。有机会就回巴黎在布尔杰机场和奥利机场驾驶飞机。欣赏卓别林影片《朝圣者》和蒙泰朗《凡尔登死亡者的哀歌》。

1925 年

创作短篇小说《舞姬曼侬》，未出版。国家档案局还保存他的 10 页诗稿《告别诗集》，其中五首有他本人画的插图。

1926 年

1月 15 日　晋升为后备役中尉（他以后从未有机会完成服役）。

4月 1 日　在普雷沃斯特主编的《银船》杂志发表《航空员》，这是他的佚稿《雅克·贝尔尼的消失》一文中的片断。后又据此写成《南方邮航》。春天，离开索莱汽车公司，在苏杜神父和爱德华·巴雷斯将军的荐引下进入法国航运公司。

7月5日　获公共运输飞行员执照。

10月11日　又经苏杜神父介绍，进入航空企业总公司，俗称拉泰科艾尔公司，第二年又改成邮政航空公司。派至图卢兹，在开发部经理迪迪埃·多拉手下任职。当了几个月机械师后获得一个飞行员职位。

1927年

跟当时著名的航线开拓者一起工作，如瓦歇、梅尔莫兹、艾蒂安、吉约梅、莱克里文。他飞图卢兹—卡萨布兰卡一段航线。

10月19日　被任命为非洲撒哈拉沙漠中的朱比角中途站站长。开始写《南方邮航》。

3月1日　每周驾驶邮政机飞往南美洲。

4月16日　首次夜航，从里约热内卢飞往布宜诺斯艾利斯。

1929年

从非洲回法国，拜访伽利玛出版社社长加斯东·伽利玛，签订《南方邮航》出版合同时，伽利玛向他预约七部小说。到布列斯特进修海军部高等空中航运课程。获结业文凭，据夏桑将军的回忆，他的成绩十分勉强。里昂博物馆收藏他母亲的绘画作品使他感到自豪。

7月14日　布宜诺斯艾利斯—门多萨—圣地亚哥（智利）航线开通，圣埃克苏佩里调至南美洲工作。

10月12日　抵达布宜诺斯艾利斯后，在多拉领导下，与梅尔莫兹和吉约梅共同开拓了南美洲大陆上几条航线。任命为阿根廷邮航公司（法国邮航总公司的分公司）经理，负责开拓巴塔哥尼亚航线，从里瓦达维亚海军准将城（阿）—阿雷纳斯角（智）。伽利玛出版社出版了他的《南方邮航》。接着开始写《夜航》。

1930 年

整年在阿根廷度过。

4 月 7 日　对民航作出的贡献，使他荣获荣誉团骑士称号。

6 月 13～18 日　驾机寻找在安第斯山失踪的吉约梅。

9 月　经本杰明·克莱米欧介绍，认识了萨尔瓦多裔阿根廷人康素罗·桑星，不久两人订婚。

10 月　阿根廷爆发革命，康素罗先于未婚夫前往法国。

1931 年

1 月　母亲到布宜诺斯艾利斯。

2 月　圣埃克苏佩里获两月假期，随母亲回到巴黎。

3 月　法国邮航公司发生大股东波依乌-拉封财政丑闻，引起公司财产变卖。总经理和多拉都辞了，圣埃克苏佩里决定不回阿根廷。

3～4 月　度假期间，在德·莱斯特朗杰夫人和纪德面前朗读《夜航》手稿，纪德主动提出愿为该书作序。

4 月 12 日　与康素罗在妹夫的阿盖城堡举行宗教婚礼。

4 月 22 日　与康素罗在尼斯举行世俗婚礼。

5～12 月　作为夜航飞行员负责卡萨布兰卡—艾蒂安港航线。

12 月 4 日　《夜航》获费米娜文学奖。很快译成英语和德语。后在 1933 年米高梅电影公司把小说改编成电影脚本，由约翰·巴里摩尔、克拉克·盖博主演。由于没有工作，经济日益拮据。

1932 年

为了维持家庭开支，圣埃克苏佩里回法国邮航公司工作，驾驶水上飞机往来于马赛和阿尔及尔。

8月底～9月底　在蓬蒂尼参加由保尔·德雅尔丹组织的专题研讨会《世代、社会阶级、国家之间的价值传递》，遇见让·索伦伯格、马丁·杜加、雅娜·伽利玛、安德烈·马尔罗夫妇和拉蒙·费南特兹夫妇。调至卡萨布兰卡工作，飞卡萨布兰卡—达喀尔航线。

10月26日　在加斯东·伽利玛创办的《玛丽亚娜》创刊号上发表《一号线飞行员》，歌颂邮航与多拉的光荣事迹。以后又发表《巴塔哥尼亚的中途站》《阿根廷公主》。《阿根廷公主》修改后收入《人的大地》。为何塞·勒布歇《约瑟夫-玛丽·勒勃里克斯的命运》作序。勒勃里克斯是在空难中悲惨死亡的飞行员。

1933 年

1月16日　梅尔莫兹创造首次飞渡南大西洋的航行纪录。

1月25日　发表《梅尔莫兹》。

5月17日　发表《巴克，摩尔奴隶》，后收入《人的大地》。

8月30日　几家航空公司合并，其中包括邮航公司，组成今日的法国航空公司。圣埃克苏佩里没有能够进入法国航空公司，他为拉泰科艾尔公司试飞水上飞机。据马尔罗回忆，他曾邀请圣埃克苏佩里作为飞行员加入他们前往阿拉伯半岛，寻找萨巴王国的遗迹，但遭到他婉谢。

12月21日　驾驶水上飞机出事，差点淹死在圣拉斐尔湾。

1934 年

4月26日　回到巴黎，进入法国航空公司，可能由于飞行队没有空额，他被安排在宣传科工作。在法国和国外多次举行讲座。

7月24日　为法国航空公司每月定期飞越南大西洋。

8月12日　应约把《南方邮航》改编为电影脚本。美国影片《夜航》在巴黎上映。

12月15日　申请第一份技术专利（着陆装置）。其后共申请了十三项技术专利。

那年主要作品：

1月24日　《翡翠号的末日》，谈他的两名同事的死亡事故。

2月28日　为莫里斯·波尔德《航空的崇高与卑微》作序。

1935 年

4月25日　作为《巴黎晚报》特派记者抵达莫斯科做报道，历时一月。

5～6月　《不妥协者》报总编勒内·德朗杰和让·吕卡介绍他认识莱翁·维尔特，两人成为知己，圣埃克苏佩里后来写《小王子》就是献给他的。维尔特介绍他认识当时欧洲知名左翼人物，如维克多·塞尔日、亨利·让松。

11月　在地中海沿岸几个国家作巡回讲座，去了卡萨布兰卡、阿尔及尔、突尼斯、的黎波里、班加西、开罗、亚历山大、大马士革、贝鲁特、伊斯坦布尔和雅典。《安娜-玛丽》搬上银幕。

12月29日　购置一架西姆飞机，带上机械师安德烈·普雷沃，从巴黎布尔杰机场起飞，企图打破巴黎—西贡飞行记录。

30～31 日夜里，飞机坠毁在利比亚沙漠。这段记事载于他写的《人的大地》。

1936 年

1 月　与普雷沃在沙漠中被困四天后，得到一支骆驼队相救，被送至开罗。

1 月 10 日　法国作家兼飞行员约瑟夫·凯塞尔发表《圣埃克苏佩里画像》。

7 月 17 日　西班牙开始内战。

8 月　被《不妥协者》报派往加泰罗尼亚前线当战地记者。

10 月　参加在摩洛哥摩加多尔拍摄的《南方邮航》部分工作。

12 月 7 日　"南方十字架"号飞机失事坠落海中，梅尔莫兹和机组人员全部罹难。

1937 年

2 月　为法国航空公司开拓一条新航路：卡萨布兰卡—廷巴克图—巴马科—达喀尔。

6 月 9 日　晋升为后备役上尉。

4～7 月　第二次去西班牙。这次受《法兰西晚报》的派遣，前赴卡拉万切尔前线进行报道。下榻马德里佛罗里达酒店，结识了海明威、多斯·帕索斯、亨利·乔逊。完成《要塞》一书的最初部分。

1938 年

1 月　个人生活遇到极大的困难。第一次前往美国。

2月　与普雷沃一起，驾驶西姆飞机，试图创纽约—火地岛的飞行纪录。飞机坠毁在危地马拉，身受重伤，险些丧命。

3月　几天昏迷不醒后，送至美国继续治疗。在家人和他自己的坚持下，没有接受医生截肢的建议。疗养期间，不忘写作，开始写《人的大地》。经让·普雷沃斯特介绍，认识纽约希区柯克出版社的负责人寇蒂斯·希区柯克。

春季回到法国，与家人团聚一段时期。为安娜·莫罗·林白《听，起风了》一书作序。

7月　与康素罗约定，分居一段时期。

9月　在维希疗养。30日慕尼黑协定签订。

1939年

1月　晋升为荣誉团军官。

2月16日　《人的大地》在法、美两国同时出版。在美国书名为《风沙星辰》，列为"本月书籍"，成了畅销书。同年12月14日又获法兰西学院小说大奖。

3月　坐汽车前往德国，15日中止旅行。复活节拜访莱翁·维尔特，两人随后前去250公里外的夏尔·萨莱家，亨利·德·塞戈涅也来聚会，这晚是他生平第一次与三位知己团聚一起，感到无比幸福。

7月7日　与吉约梅同赴美国。吉约梅驾驶一架豪华的水上飞机，试图首次飞渡北大西洋。

8月16日　发表《飞行员与自然力量》，原本要收入《人的大地》，因时间匆忙版面已排而作罢。

8月26日　欧洲战云密布。仓促回到法国，30日抵勒阿弗尔。

9月3日　法国和英国向德国宣战。

9月4日　在图卢兹收到动员令，圣埃克苏佩里上尉编入技术教育部门，向飞行员授课。

11月3日　尽管健康情况不佳，他再三要求，编入空军侦察部门第三十三联队第二大队。驻扎在奥尔贡特。那一年冬季，虽是不战不和的"奇怪的战争"期间，飞行侦察任务愈来愈危险。

12月25日　与母亲和其他一些亲戚难得共度圣诞节。

1940年

1月19日　在德国军队的进攻下，法军节节败退，他所在的空军部队连续撤至苏瓦松、布尔歇、奥利、南吉、夏佩勒·旺多莫瓦兹、夏托鲁、波尔多，直至6月20日退至佩皮尼昂。

4月　写信给母亲，求她照顾他已无力顾及的可怜的"小康素罗"。

5月16日　向参议院议长保尔·雷诺提出他到美国向罗斯福总统求援。但这条建议没有被采纳。

5月23日　在阿拉斯上空侦察，成为他后来创作《空军飞行员》一书的主题。

5月28日　比利时投降。

6月2日　获空军棕榈叶十字勋章。

6月10日　法国开始大撤退。

6月16日　贝当元帅要求停战。

6月18日　戴高乐将军在伦敦发表继续抗战号召书。

6月20日　随同第三十三联队第二大队军官撤至阿尔及尔。

6月22日　法国与德国签订停战协定。

7月11日　圣埃克苏佩里复员。

8月初　回到法国，消沉失望，住在阿盖城堡，继续写《要塞》。

10月　到维希申请赴美签证，又回巴黎。跟维尔特见面两天，向他提起《要塞》的开头部分。最后在马赛跟吉约梅见面。这也是他们最后的相聚。

11月5日　又去阿尔及尔，然后陪同尚布将军到摩洛哥。又从丹吉尔到葡萄牙，想借道西班牙，但因内战时期写过反佛朗哥的报道，被佛朗哥政府拒签。

11月16日　抵达里斯本。

11月27日　获知吉约梅在地中海上空遇难。

12月31日　与法国电影导演让·雷诺阿同船抵达纽约。

1941年

1月　住在纽约中央公园附近。流亡美国的法国人的派系斗争非常激烈，简直不共戴天，使他大为痛苦。哲学教授莱翁·温斯里乌斯跟他结识。

1月31日　维希政府让他担任民族委员会成员，圣埃克苏佩里在《纽约时报》发表声明表示拒绝。写《空军飞行员》与《小王子》。

2月初　写给安德烈·布勒东的信。

4月19日　戴高乐将军从布拉柴维尔给勒内·伯勒万和佩蒂将军的信中提出这个问题："不能把圣埃克苏佩里争取过来吗？"圣埃克苏佩里持保留态度。

6月22日　德国向苏联宣战。

6月　在洛杉矶第一次遇见空气动力学理论家泰奥多尔·卡尔曼教授。春夏期间做了一次外科手术，住在加利福尼亚，跟让·雷诺阿和法裔影星阿娜贝拉（美国影星泰伦·鲍华的妻子）屡有往来。研究空气动力学。出院后住在皮埃尔·拉扎莱夫家。

1942 年

年初，康素罗从法国来到纽约。

2月 在纽约发表《空军飞行员》(英文版书名为《飞往阿拉斯》)，由贝尔纳·拉莫特插图。

4～5月 在加拿大做讲座。

7月 要求他的小说译者刘易斯·加朗蒂埃尔向美国参谋部递交一份北非登陆计划。夏天，在长岛住了一段时期。写《小王子》，并由自己作插图。

11月8日 同盟国在北非登陆。

11月11日 德军占领法国自由区。

11月27日 土伦港法国舰队为了不让德国染指，自行凿沉壮烈反抗。伽利玛出版社出版《空军飞行员》。

11月29日 在《纽约时报杂志》发表《致各地法国人的一封公开信》。此文最初于11月10日在蒙特利尔《加拿大》刊物上发表。圣埃克苏佩里夫妇回到纽约，住入原先属于葛丽泰·嘉宝的一幢房子。

12月 《空军飞行员》被维希政府列为禁书。

12月24日 海军上将达朗在阿尔及尔遭暗杀。吉罗将军任高级专员。

1943 年

3月 走遍纽约寻找一套法国空军军服。在蒙特利尔发表《给朋友的信》，后成为《给一个人质的信》的第一部分。

4月6日　雷那尔—希区柯克出版社出版《小王子》。

4月20日　在纽约港口上船,离开美国前去阿尔及尔。

5月4日　抵达阿尔及尔。住在朋友乔治·贝利西埃大夫家。遇见纪德,阅读亨利·米肖。

5月~6月初　在艾格瓦特(阿尔及利亚)进行飞行培训,然后到乌季达(摩洛哥)向第三十三联队第二大队报到。这支空军队伍现由美国人指挥,装备最新式的 P38 飞机。

6月3日　在纽约出版《给一个人质的信》。

6月19日　获高空飞行证书。25 日晋升为少校。

7月10日　同盟国在西西里岛登陆。

7月21日　从突尼斯城附近马萨机场起飞,进行他的第一次军事侦察任务。他拍摄罗纳河谷和普罗旺斯,也飞过阿盖城堡,当时他的母亲与妹妹正住在那里。

8月1日　第二次任务执行归来,他着陆时间较长。

8月12日　出现上一次事故症候后,指挥官提醒他说驾驶 P38 飞机的最大年龄为 35 岁。他实际已超龄八年。退入预备役。意志消沉,健康也恶化,住在阿尔及尔的贝利西埃医生家。

10月　戴高乐在阿尔及尔发表演说,提到法国著名作家时,不提安德烈·莫洛亚、圣-约翰·佩尔斯和圣埃克苏佩里。继续写《要塞》,同时研究空气动力学。

11月5日　在贝利西埃医生家跌跤。健康不佳,精神颓丧。

12月　里昂出现私印的《空军飞行员》。

1944 年

2月　在阿尔及利发表《给一个人质的信》。夏桑上校支持他,获得同盟国驻地中海地区空军司令员美国艾拉·埃克将军的特批，回到驻扎在撒丁岛阿尔盖罗的第三十三联队第二大队基地，但是只允许完成五次任务。

4月9日　戴高乐接替吉罗，成为战斗法国三军总司令。

5月16日　重新开始侦察飞行，但遇到各种技术困难和健康问题。

6月4日　同盟国进入罗马。

6月6日　驾驶飞机的左发动机起火，在诺曼底降落。

6月15日　执行任务时，氧气器出故障。

6月29日　飞机发动机故障，低空飞行，从意大利回到科西嘉岛巴斯蒂亚着陆。从冲洗的照片来看他，竟在不知不觉中飞越了德军军事基地上空而没有遭到截击。

7月17日　第三十三联队第二大队调防至科西嘉岛博尔戈。

7月31日　奉命前往格勒诺布尔—安贝里安—阿讷西地区进行五月份以来的第十次任务。从此踪影消失。此后五十多年中也没有找到飞机残骸与尸骨。

8月15日　同盟国在普罗旺斯登陆。

11月3日　圣埃克苏佩里受军队表扬。

1944年后

1945年

7月31日　在斯特拉斯堡大教堂举行全国追思悼念会。

1948年

3月1日　伽利玛出版社出版《要塞》。

1953 年

《青年书信》(1923～1931)出版。

1955 年

吕奇·达拉比科拉根据小说《夜航》改编的歌剧,由汉堡歌剧团在香榭丽舍剧院演出。歌剧脚本完成于 1940 年佛罗伦萨。

《给母亲的信》出版。

1956 年

《给生命一个意义》出版。

1965 年

巴黎先贤祠内竖立圣埃克苏佩里纪念铜牌。

1982 年

《战时文章》出版。

1983 年

国家档案馆举办"安东尼·德·圣埃克苏佩里"展览会。

2000 年

圣埃克苏佩里百年诞辰纪念,里昂机场改名为圣埃克苏佩里机场。